Simona Ahrnstedt

**The Things we left unsaid. Unsere Herzen auf dem Spiel**

Simona Ahrnstedt

Unsere Herzen auf dem Spiel

Aus dem Schwedischen
von Maike Barth

Forever

Forever by Ullstein
forever.ullstein.de

**Wir verpflichten uns zu Nachhaltigkeit**
- Klimaneutrales Produkt
- Papiere aus nachhaltiger Waldwirtschaft und anderen kontrollierten Quellen
- ullstein.de/nachhaltigkeit

MIX
Papier
FSC FSC® C083411

Deutsche Erstausgabe bei Forever
Forever ist ein Verlag der Ullstein Buchverlage GmbH
1. Auflage Dezember 2022
© für die deutsche Ausgabe Ullstein Buchverlage GmbH, Berlin 2022
© Simona Ahrnstedt 2020
Titel der schwedischen Originalausgabe: *Nattens Drottning* (Forum, Stockholm)
Published by agreement with Salomonsson Agency
Umschlaggestaltung: zero-media, München
Umschlagmotive: © FinePic®, München
Gesetzt aus der Quadraat Pro powered by *pepyrus*
Druck und Bindearbeiten: CPI books GmbH, Leck
ISBN 978-3-95818-655-2

## ~ 1 ~

Mit einer Hand, die fast gar nicht zitterte, öffnete Kate Ekberg die Tür der Bank im Zentrum Stockholms. Das traditionsreiche Haus hatte Marmorfußböden und hohe Decken, riesige Palmen wuchsen in antiken Töpfen und an den Wänden hingen Ölporträts der Gründer (ausschließlich Männer). So sah es heutzutage eigentlich in keiner Bank mehr aus. Doch hier drinnen schien die Zeit langsamer zu vergehen.

Kate stellte sich gerade hin. Sie hatte ihre Kleidung heute mit besonderer Sorgfalt gewählt, denn sie wollte, nein sie *musste*, bezaubern und überzeugen. Darum trug sie unter ihrem Wintermantel einen engen weinroten Bleistiftrock und eine auf Figur geschnittene Strickjacke mit V-Ausschnitt in demselben kühlen dunkelroten Ton, der so fantastisch mit ihrem blassen Teint und ihren dunklen Haaren harmonierte. Kate wusste, dass kleine Frauen meist weniger ernst genommen wurden als große, und da sie Pragmatikerin war, löste sie das Problem, indem sie hochhackige Schuhe trug. Ihr Haar glänzte und duftete. Erst heute Morgen war sie beim Friseur gewesen – eine hohe Ausgabe, wenn man bedachte, welche Richtung ihr Fiasko von einem Leben gerade nahm, aber verzweifelte Zeiten erforderten verzweifelte Maßnahmen. Sie schüttelte ihre Hollywoodlocken und sah sich nach ihrem persönlichen Bankberater Noah Antonsson um. Noah war jung und serviceorientiert, und er gab ihr fast alles, worum sie ihn bat, wofür sie gerade heute dankbarer war als je zuvor. Sie hoffte, es würde auch diesmal klappen.

»Hallo«, begrüßte sie die große blonde Frau, die auf sie zukam.

»Noah ist krank«, sagte die mit unverhohlener Schadenfreude. Sie starrte auf Kates Brüste, die von der weinroten Schafwolle vorteilhaft zur Geltung gebracht wurden.

»Kommen Sie ein anderes Mal wieder«, sagte die Frau, riss ihren Blick von Kate los und wendete sich ab. Bestimmt, um irgendeinem Arbeitnehmer oder Kleinsparer den Garaus zu machen, dachte Kate gehässig.

»Ungern«, sagte sie, wobei es ihr nicht gelang, die Panik in ihrer Stimme zu verbergen.

Gerade wollte sie noch etwas hinzufügen – was, das wusste sie noch nicht genau –, als das Smartphone in ihrer Handtasche piepte. Die höhnisch lächelnde oder vielleicht auch nur gestresste Bankangestellte nutzte die Gelegenheit und ließ Kate allein zurück.

Vielleicht hatte Noah sich ja gemeldet, dachte Kate hoffnungsvoll, während sie überlegte, an welche Strohhalme sich eine Frau in ihrer Lage noch klammern konnte.

*UW: Wo bleibt mein Geld, du Schlampe?*

Auch das noch. Was war das bloß für ein Tag.

Als sie von ihrem Display wieder hochschaute, war sie einen Augenblick lang wie gelähmt. Sie arbeitete ja schon daran, das Geld aufzutreiben. Zumindest versuchte sie es.

Denk nach, Kate, denk nach, ermahnte sie sich selbst. Wenn sie bloß mehr Zeit gehabt hätte. Dann hätte sie eins von den Dingen getan, die ein normaler Mensch in ihrer Situation tat: die

Polizei rufen oder vielleicht außer Landes fliehen. Sie ließ ihren Blick über die Schreibtische, Computer und die Angestellten in dunkelblauen und grauen Anzügen schweifen. Einige der Männer lächelten ihr höflich, aber geistesabwesend zu, ehe sie sich wieder ihren Bergen von Dokumenten zuwandten. Ansonsten ignorierte man sie. Sie nahm ihre Handtasche auf den anderen Arm. Sie musste das schaffen. Jetzt.

Mit einem Mal traf sie ein kühler grauer Blick. Von *ihm*. Kate kannte zwar nicht seinen Namen, aber sie hatte ihn schon bei früheren Gelegenheiten bemerkt. Bestimmt war er hier der Chef. Immer runzelte er die Stirn, als lastete jeder Börsenkrach der Welt auf seinen Schultern, immer war er über irgendetwas gebeugt, das ihm Kopfschmerzen zu bereiten schien. Sie kannte ihn nicht, und sie hatten nie miteinander gesprochen, aber sie fand ihn unsympathisch. Aus keinem besonderen Grund. Außer dass er sie, immer wenn sie hier war – sie hatte ihn wohl so zwei, drei Mal gesehen –, ansah, als grüble er darüber nach, warum man sie überhaupt hereingelassen hatte. Normalerweise hätte sie ihn ignoriert, aber heute war kein normaler Tag. Sie war geübt darin, den Rang eines Menschen einzuschätzen, und dieser streng aussehende Mann hatte die Herrschaft über das Geld der Bank. Er war ihr neues Ziel.

Kate zog ihre Strickjacke zurecht, wobei sie gegen die aufkommende Panik ankämpfte. Zusammenzubrechen war nicht ihr Stil, denn wenn sie ein zerbrechlicher Mensch gewesen wäre, wäre sie schon vor langer Zeit zugrunde gegangen. Nein, Kate Ekberg war eine Kämpferin, rief sie sich selbst ins Gedächtnis. Trotzig hielt sie dem misstrauischen Blick des Mannes stand und zwang ihn, sie wahrzunehmen.

»Kann ich Ihnen helfen?«, fragte er schließlich, so als zöge ihm jemand die Worte einzeln aus der Nase.

Sie hoffte, dass man nicht sah, dass sie unter ihrer knallengen und figurformenden Unterwäsche schwitzte wie ein Schwein. Als sie jünger war, hatte sie keine Kleidung gebraucht, die ihre Form zusammenhielt, aber dank des fortschreitenden Alters und der Schwerkraft war es nun einmal, wie es war. Unvermeidlich.

Sie ging auf ihn zu und schwang dabei provokativ die Hüften. Sie lächelte, aber nicht zu übertrieben. Männer waren leicht zu verschrecken, darum musste man möglichst freundlich, hilflos und ungefährlich aussehen. Dieser Mann trug einen altmodischen Zweireiher mit grauer Weste, schneeweißem Hemd und dunkelblauem Schlips.

Kate lächelte so, dass ihre Grübchen zu sehen waren.

»Hallo«, sagte sie und mischte ihrer Stimme einen Hauch Atemlosigkeit bei, eine Spur *Hallo, du großer starker Mann, kannst du mir armer Frau helfen*-Hilflosigkeit. Meistens funktionierte das, aber er sah immer noch grimmig drein. Stahlgraue Augen, wie ein wolkenverhangener Tag im November oder wie irgendein steinhartes Metall, aus dem man stahlharte Sachen herstellte.

»Ich hatte einen Termin bei Noah, aber ...« Sie beendete den Satz nicht und neigte ihren Kopf zur Seite. Mach schon, lass dich ein bisschen bezirzen, dachte sie, während sich auf ihrer Kopfhaut Schweißperlen bildeten.

»Noah ist offenbar krank.« Seine tiefe Stimme drückte Missbilligung aus, als sei Krankheit nun wahrhaftig kein hinreichender Grund, um der Arbeit fernzubleiben. Dann schwieg er wieder.

»Vielleicht könnten Sie das übernehmen? Es dauert auch nicht lange.« Kate biss sich auf die Lippe. Keiner ihrer Tricks wirkte bei ihm. Sein Unmut schien sogar eher noch zuzunehmen. War es möglich, dass er sie durchschaute? Aber sie weigerte sich aufzugeben. Also blieb sie dort stehen, mit Grübchen im Gesicht und Atemlosigkeit, und versuchte ihn dazu zu zwingen, sich ihrer anzunehmen. Sein Kiefer bewegte sich. Er war glatt rasiert, kein Barthaar war ihm entkommen, und er hatte kurz geschnittenes braunes Haar. Nicht ein einziges Härchen tanzte aus der Reihe.

»Kommen Sie«, sagte er schließlich, und sein Widerstreben schwang in jeder Silbe mit. Normalerweise hätte sie das belustigt und herausgefordert. Aber nicht heute. Denn wenn ihre Tricks nicht funktionierten, wie zum Teufel sollte sie das hier dann hinkriegen? Sie hatte keine Zeit herauszufinden, wie dieser graue, förmliche, misstrauische Bankmanager tickte, worauf er ansprang. Keine Zeit, ihr ganzes Arsenal an Kniffen auszureizen. Sie brauchte das Geld *jetzt*.

Er wies auf ein Büro, ging voraus und ließ sie hinter sich herhasten. Ihr Rock war eng, die blanken Stiefel hatten hohe Absätze, und er war so unhöflich, so lange Schritte zu machen, dass sie ihm auf ziemlich unwürdige Weise hinterherlaufen musste, um mitzukommen.

Als sie sich endlich setzen konnte, schlug sie die Beine übereinander und richtete ihr Haar, sodass es sanft ihre Schulter berührte. Mit dem Zeigefinger fuhr sie an dem Ausschnitt ihrer Strickjacke entlang, scheinbar unbewusst, und doch spielte sie mit ihrem Gegenüber. Die stahlgrauen Augen würdigten sie jedoch kaum eines Blickes. War sie etwa aus der Übung? Vor einer Viertelstunde, unmittelbar bevor sie die Bank betrat, hatte ihr Date für heute Abend abgesagt. Ein gepflegter Finanzmann mit kurz rasierten Haaren, mit dem sie geflirtet hatte und der für heute Abend der perfekte Mann an ihrer Seite gewesen wäre. Ein paar der Leute, deren Bekanntschaft sie machen wollte, gerieten bei einer allein auftretenden Frau so in Stress, dass sie einen männlichen Begleiter dabeihaben wollte, damit sie als ungefährlich und »normal« rüberkam und nicht wie eine harte Geschäftsfrau. Doch er hatte sie abserviert. Und jetzt auch noch das hier.

Sie lächelte, so liebreizend sie konnte, obwohl sie vor lauter Frust am liebsten mit dem Fuß aufgestampft hätte. Sie war nicht mit einem goldenen Löffel im Mund zur Welt gekommen. Alles, was sie besaß, hatte sie sich selbst erarbeitet. Bis heute kämpfte sie gegen das Gefühl an, eine Außenseiterin zu sein, die sie ja war, doch dieser verdammte Bankmanager vermittelte ihr haargenau dieses Gefühl, und das war für sie das Schlimmste.

Auf dem Schreibtisch, der zwischen ihnen stand, hatte jeder einzelne Gegenstand seinen Platz. Im Bücherregal standen fein sortiert nebeneinander nur Bücher und Ordner, keine Deko. Nirgendwo ein Foto. Und er hatte noch kein einziges Mal auf ihren Ausschnitt geschaut. War er schwul? Unwahrscheinlich. Sie wollte zwar nicht prahlen, aber sogar homosexuelle Männer standen auf sie. Doch dieser hier? Fehlanzeige.

Jacob Grim, las sie auf dem überdimensionierten Messingschild auf seinem Schreibtisch. Der Nachname kam ihr vage bekannt vor. Er klang wie der irgendeines toten Königs, dessen Namen sie in der Schule gelernt und gleich nach der Prüfung, in der sie zu allem Überfluss auch noch durchgefallen war, wieder vergessen hatte. Aber schließlich war sie auch keine Musterschülerin gewesen. Sie hatte sozusagen vollauf damit zu tun gehabt, den Alltag durchzustehen. Und dafür haufenweise Fehlstunden und Eintragungen ins Zeugnis kassiert.

Kate legte sich ihre Lieblingshandtasche von Chanel auf den Schoß, setzte sich aufrecht hin und beobachtete ihn unter gesenkten Lidern. Streng, steif und korrekt wäre noch untertrieben. Ihr kam der Gedanke, dass sich dieser Jacob Grim auf der Veranstaltung heute Abend eigentlich perfekt machen würde. Denn sie hatte ihr Gehirn durchforstet und wusste nun, wer er war. Er war reich. Elite. Privilegiert, bestimmt hoch anerkannt bei denen, von denen sie in erster Linie abhängig war: Männer mit Geld, Macht und Kontakten. Mit seiner makellosen Kleidung und den perfekt geschnittenen Haaren war er der Prototyp des reichen weißen Mannes, und sie hätte wetten können, dass er jeden, wirklich jeden in der Finanzbranche kannte, dass er über viele wichtige Beziehungen verfügte sowie Zutritt zu einer Welt hatte, in der Männlichkeit die härteste Währung war. Was würde der strenge Jacob Grim sagen, wenn er ihren Club besuchte? An einem der eher frivolen Abende, wenn ihre männlichen Barkeeper mit nacktem Oberkörper arbeiteten und die weiblichen in Lackleder. Oder wenn er um vier Uhr früh aufkreuzte, wenn die Geräuschkulisse ohrenbetäubend war, der Alkohol in Strömen floss und die Gäste auf dem Tresen tanzten. Kate musste lächeln. Sie liebte diese Nächte. Aber er hasste sicher alles, was laut oder lebensfroh war.

Wieder warf er ihr einen unterkühlten Blick zu, den wievielten, wusste sie nicht. Ganz offensichtlich ließen ihre Grübchen und klimpernden Wimpern ihn völlig kalt. Himmel, sie würde ihn nur zu gerne schockieren. Ihn aus der Fassung bringen. Kindisch, aber so war es.

»Ich heiße Kate Ekberg«, begann sie.

»Mhm.«

»Und ich brauche einen Kredit.«

Er richtete einen Block auf dem Tisch gerade aus. »Welch eine Überraschung«, bemerkte er trocken.

Aha. Vermutlich wusste er, wer sie war und dass Noah ihr mehrere Kredite zu sagenhaft niedrigen Zinsen bewilligt hatte. Sie vermisste Noah.

Wieder legte sie den Kopf schräg. Sie spürte ein Ziehen im Nacken und würde womöglich noch eine Zerrung bekommen. Jetzt mach schon, du förmlicher Jacob-fucking-Grim.

»An welche Summe hatten Sie gedacht?«, fragte er widerstrebend.

Sie sah ihn an und musste sich zusammenreißen, um zu lächeln und süß auszusehen, denn eigentlich war sie das nicht, nicht wirklich. Er hatte ihr Lächeln und ihr frisch frisiertes Haar und ihre wiegenden Hüften nicht verdient. Am liebsten würde sie ihm mit der Stiefelspitze ans Schienbein treten, ihren Kram nehmen und gehen. Aber sie musste das große Ganze im Auge behalten. Hier ging es ums Überleben. Wenn Kate Ekberg eines wusste, dann, dass man ziemlich oft seine Würde opfern musste, wenn man überleben wollte. Irgendwie würde sie diesen Mann dazu bringen, ihr das zu geben, was sie brauchte.

Kate atmete tief durch und sagte mit klarer Stimme, als wäre der Gedanke, ihr den Wunsch abzuschlagen, schon von vornherein ausgeschlossen:

»Ich brauche eine Viertelmillion Kronen.«

Und du musst sie mir geben, dachte sie.

Du *musst*.

## ~ 2 ~

Jacob Grim hatte sich zwingen müssen, seine Augen nicht abzuwenden, als Kate Ekberg in seine Richtung schaute. Er hatte sich aufrecht hingesetzt, seine Schultern gestrafft, sie kühl angeblickt und gehofft, dass sie den Wink verstehen und die Bank und seine hübsche, wohlgeordnete Welt verlassen würde. Doch jetzt saß sie hier. Kate Ekberg, siebenundzwanzig Jahre alt, wenn er sich richtig erinnerte, kurz vor Weihnachten geboren, also bald achtundzwanzig. Seltsam, wie manche Dinge sich ins Hirn einbrannten. Kate war Unternehmerin, aber sie war auch eine bekannte Persönlichkeit, und zwar eine von der glamouröseren Sorte. Manche der Promis, die die Bank betraten, konnte man kaum wiedererkennen, denn im echten Leben fehlte ihnen jede Ausstrahlung. Aber Kate strahlte wie ein ganzes Feuerwerk mit ihrem glänzenden dunklen Haar, ihrer auffälligen Kleidung und ihrer hellen Haut. Außerdem stand sie für all die Dinge, die Jacob Unbehagen bereiteten: extravaganter Lebensstil, Partys, Maßlosigkeit und Unzuverlässigkeit. Das Letzte wusste er genau genommen nicht. Jedenfalls *wirkte* sie so unzuverlässig wie ein Sofortkredit. Vielleicht war er aber auch ungerecht. Die Frau, die ihm gegenübersaß und von einer sexuellen Aura umgeben war, war womöglich die Normalere von ihnen beiden. Sogar sehr wahrscheinlich, wenn er ehrlich war. Es war nämlich schon einige Zeit her, dass er sich normal gefühlt hatte. Dass er normal *gewesen* war. Eine lange Zeit, bevor das aus ihm geworden war: eine leere Hülle.

Kate sah ihn direkt an, weder verängstigt noch unterwürfig. Ihre Mundwinkel wiesen ein wenig nach oben, weshalb es aussah, als lächele sie unaufhörlich. Vielleicht war sie aber auch einfach stets gut gelaunt. Es gab solche Menschen. Sie lachten sich durchs Leben und waren es gewohnt, alles zu bekommen, was sie wollten. Irgendetwas an dieser Situation führte dazu, dass er seinen Rücken noch mehr straffte, um sich so zu verhalten, als wäre er bedeutend älter als neununddreißig. Du bist doch noch nicht alt, Jacob, pflegte seine Schwester zu sagen, wenn sie ihn zu überreden versuchte, sich neue Kleidung zu kaufen, mal wieder unter Menschen zu gehen, zu leben. Aber sie täuschte sich. Er fühlte sich, als wäre er hundert.

Kate hatte sich auf einen der Besucherstühle gesetzt, ein Möbelstück aus dickem, glänzendem Leder, das bei jeder ihrer Bewegungen knarzte. Der enge Rock war ihr ein Stück die Oberschenkel hochgerutscht. Darunter trug sie dünne glänzende Strümpfe, die er sah, ehe er rasch aufblickte und ihrem belustigten Blick begegnete.

Die elektrisierende, exotische, sinnliche Kate Ekberg, die so ... Jacob fand nicht die richtigen Worte. War Kate herablassend? Verächtlich? Oder verspürte sie bei seinem Anblick Mitleid? So wie seine Familie, obwohl sie es allesamt abstritten.

»Eine Viertelmillion«, hörte er sie sagen.

Fast hätte er aufgelacht. Deswegen war sie also hergekommen, anstatt den Kredit online zu beantragen. Das war eine stattliche Summe. Sie lächelte und lächelte und lächelte. Fräulein Ekberg war sicher daran gewöhnt, dass Männer ihr alles gaben, was sie haben wollte, wenn sie ihren Kopf auf die Seite legte, so wie jetzt. Er hatte bemerkt, dass Noah ihr einen Kredit nach dem anderen zu lächerlich niedrigen Zinsen bewilligt hatte. Als wäre die vor einhundertfünfzig Jahren von hart arbeitenden Geschäftsmännern gegründete Bank, für die Jacob die Verantwortung hatte und die Ordnung und Stabilität verkörperte, nichts weiter als ihr Geldautomat, wann immer ihr der Sinn danach stand.

Sie bewegte sich, wobei ihr Rock noch etwas weiter hochrutschte und weiche Oberschenkel enthüllte. War das Absicht? Wahrscheinlich.

Große flehende Augen bohrten sich in seine. Sie biss sich auf die Unterlippe, als ob sie sie daran hindern wollte zu zittern. Er schämte sich, weil er sich davon beeindrucken ließ. Er war an Situationen wie diese, die ganz offensichtlich ein Spiel war, nicht gewöhnt, und fürchtete, er könne wie ein Trottel wirken.

»Ich brauche wirklich einen Kredit«, sagte sie leise und heiser. »Und möglichst heute noch. Das ist doch sicher möglich? Bitte.«

Warum sollte seine gut geführte Bank dieser Frau auch nur noch einen einzigen weiteren Kredit bewilligen, dachte er, während er zugleich mit Erschrecken erkannte, dass er drauf und dran war einzuknicken.

»Was wollen Sie mit so viel Geld?«, fragte er mit einer Stimme, die vor lauter unterdrückter Gefühle angespannt klang.

Sie blinzelte langsam, wobei sie verloren und sehr jung wirkte. Sie befeuchtete ihre Lippen und sah ihn direkt an. Wie ein unterwürfiges Reh. Er hätte am liebsten laut gelacht. Diese Verführerin hatte wirklich so gar nichts Unterwürfiges an sich.

»Ich hatte auf einen Blankokredit gehofft. Als meine Hausbank können Sie mir doch sicher besonders niedrige Zinsen anbieten? Das ist bestimmt eine bessere Lösung als, ich weiß nicht, irgendein Kredit bei einer anderen Bank?«

»Wozu brauchen Sie das Geld?«, wiederholte er.

Jetzt sah sie ihn flehend an. Eine winzige Pause. Dann: »Ich will renovieren. Das Badezimmer. Und die Küche. Es ist dringend notwendig. Ich weiß nicht, was ich machen soll, wenn Sie mir nicht helfen«, sagte sie, während sie ihm in dem riesigen Ledersessel gegenübersaß und völlig hilflos aussah. Sie hatte etwas an sich, gegen das man sich nur schwer verwehren konnte.

Jacob berührte die Stifte auf dem Tisch, er war von widersprüchlichen Gefühlen erfüllt. Einerseits war sie eine glamouröse Geschäftsfrau und sicher daran gewöhnt, alles zu bekommen, was sie wollte. Andererseits ... Sie wirkte beinahe verletzlich. Als ob sie die Starke spielte, aber in Wirklichkeit kurz vor dem Zusammenbruch stand. Unbegreiflicherweise erkannte Jacob sich selbst in diesem Gefühl wieder, und das brachte ihn aus der Fassung. Er konnte allem widerstehen und alles ignorieren, außer diese Verletzlichkeit. Er öffnete eine Übersicht ihres Bankkontos auf seinen Bildschirm. Ihre Einkünfte machten einen soliden Eindruck. Und auf alle seine Kontrollfragen antwortete sie prompt und ohne zu zögern.

»Ich werde schauen, was ich tun kann«, hörte er sich sagen. Es kam ihm vor, als ob ein anderer seinen Mund und sein Herz gekapert hätte, jemand, der einer zerbrechlichen und verängstigten Frau helfen wollte. Er sah sich die Kundendaten zu ihrem Unternehmen genauer an. Um Zeit zu gewinnen. Denn eigentlich war er befugt, den Kredit sofort zu bewilligen. Und dass ihre Finanzen in Ordnung waren, war leicht zu erkennen. Reihenweise hübsche schwarze Zahlen. Und eine Renovierung war ein triftiger Grund.

»Wirklich?«, sagte sie und sah ihn an, als hätte er soeben die Welt vom Krebs befreit. Ihre Bewunderung war gefährlich. Sie gab einem Mann das Gefühl, fantastisch zu sein, sogar einem Mann, der wusste, dass er alles andere war als das. »Kann ich den Kredit jetzt sofort bekommen?«

»Für die Renovierung?«

Sie sah ihm direkt in die Augen und antwortete ohne zu zögern. »Mein Handwerker hat darum gebeten.«

»Sie haben das Geld auf Ihrem Konto, sobald Sie hier, und hier, unterschrieben haben«, sagte er reserviert und legte die noch warmen Papiere vor sie hin, die der Drucker ausgespuckt hatte.

Sie fasste den Stift mit ihren schmalen Fingern und unterschrieb rasch und schwungvoll. Ihre Handschrift war seltsam ordentlich. Er sah sie an. Objektiv betrachtet, war sie sehr schön. Aber Schönheit bedeutete nichts. Hinter einem schönen Äußeren konnten sich Geheimnisse verbergen, von denen man sich nie wieder erholte. Das Äußere war ohne Bedeutung. Sein Blick streifte flüchtig ihr Dekolleté.

Sie lächelte, alles Verletzliche an ihr war verflogen, und sie sah wieder aus wie eine Femme fatale in einem Film noir. Als hätte sie tausend verschiedene Gesichter.

»Ja?«, fragte er und ärgerte sich, weil sie ihn dabei ertappt hatte, wie er ihre Brüste ansah.

Wieder lächelte sie, holte einen rosa Lippenstift aus ihrer Handtasche, schraubte ihn auf und zog ihre Lippen nach. »Ich frage mich bloß …« Sie hob eine sanft gerundete Schulter und ließ sie wieder fallen.

»Was?« Er hasste solche Spielchen. Sie hatte ihr Geld bekommen und damit gut.

Sie steckte den Lippenstift wieder in die Tasche. »Ob Sie schon jemals etwas Unerwartetes getan, Ihre Komfortzone verlassen haben.«

Jacob hätte am liebsten mit den Augen gerollt. Gab es etwas Deprimierenderes als Menschen, die glaubten, im Leben komme es bloß darauf an, loszulassen und in den Tag hineinzuleben? Hatte er etwa nicht gerade eben einen Kredit bewilligt? Er zwang sich, seinen Griff um den vergoldeten Füllfederhalter zu lockern, den er viel zu fest umklammert hatte, und legte ihn auf den Tisch.

Schob ihn auf der Tischplatte zurecht. Er war kein Ordnungsfanatiker, aber er mochte es, wenn die Dinge gerade ausgerichtet waren. Wenn die Situation und seine Umgebung geordnet waren.

»Ich habe beschlossen, mein Leben innerhalb des üblichen Rahmens zu leben, und damit fühle ich mich wohl.« Schließlich war nicht er derjenige, der hier saß und versuchte, sich mit manipulativen Mitteln Geld und Vorteile zu verschaffen, wie er gern hinzugefügt hätte.

»Aha.« Kate sah ihn forschend an.

»Was?«, fragte er noch einmal. Dieser Blick, er bohrte sich quasi in ihn hinein.

Sie lächelte. Schon wieder. Diese Frau lächelte viel. Und immer, wenn sie das tat, bekam sie Grübchen. Zwei Stück.

»Ich würde Sie gern etwas fragen.«

Sein Misstrauen gegen sie ließ Jacobs Herz heftig schlagen. Wenn sie noch mehr Geld wollte, würde er aufstehen und sie persönlich zum Ausgang geleiten.

»Was?«, fragte er zum dritten Mal. Kate Ekberg schaffte es, dass er wie ein Idiot klang.

»Ach, vergessen Sie es.« Sie biss sich auf die Unterlippe.

»Nichts lieber als das, glauben Sie mir«, sagte er. Das entsprach nicht ganz der Wahrheit. Gegen seinen Willen war er anscheinend neugierig und kurz davor, den offensichtlichen Köder zu schlucken.

Er sah sie an, sie sah ihn an, und die Luft verdichtete sich, als wäre sie aufgeladen. Wie diese Elektroden, die man für Herzpatienten benutzte.

Schließlich sagte sie: »Ich habe mich gefragt, wie ich Sie dazu überreden könnte, mich heute Abend zu einem Event zu begleiten.« Sie lachte ein atemloses feminines Lachen. »Entschuldigen Sie. Ich bin wohl durch all das hier ein bisschen aufgewühlt.« Sie machte eine Geste, als wolle sie auf das Büro, die Dokumente und ihn weisen. Als wäre sie eine kleine, schier überwältigte Frau. Er kaufte ihr das nicht ab. Er hatte die Härte in ihrem Blick gesehen, auch wenn sie diese gut zu verbergen wusste.

Trotzdem fragte er. »Event?«

»Ich könnte einen Begleiter wie Sie gebrauchen.«

»Wie mich?«

»Sie wissen schon, einen Mann mit Credibility.«

Er saß ganz still da. Hatte er richtig gehört, wollte sie ihn auf den Arm nehmen? Ihre Wangen hatten jetzt rosa Flecken. »Vergessen Sie es. Verzeihung«, sagte sie.

»Ich könnte Sie unter Umständen überraschen«, hörte Jacob sich sagen, obwohl er sich nicht erinnern konnte, wann er zuletzt jemanden überrascht hatte. Er hätte auch nichts gesagt, wenn sie nicht wirklich verlegen ausgesehen hätte, so als käme sie sich dumm vor. Er wollte sie nicht in Verlegenheit bringen.

»Wie meinen Sie das?«

Was würde diese grübchenlächelnde Frau wohl sagen, wenn sie wüsste, wie lange sein letztes Date her war? Hätte sie Mitleid? Würde sie schallend lachen? Wäre sie entsetzt? Vermutlich alles auf einmal.

Nächstes Jahr würde er vierzig werden. Sein Leben verging, ein Tag nach dem anderen, und er konnte nichts dagegen tun. Nur arbeiten und schlafen. Nur in seinem Büro sitzen und einer in Weinrot gekleideten Frau Blankokredite bewilligen.

»Jacob?« Kate berührte das Messingschild mit einem grazilen Finger. Sie hatte lange, lackierte Fingernägel, spitz, rot und feminin. Wie auch alles andere an ihr. Feminin. Verlockend. Gefährlich. Weit außerhalb seiner Komfortzone. Er wollte das Messingschild wegziehen und sie auffordern, die Finger davon zu lassen. Sie zum Gehen bewegen.

»Sie sagten, dass Sie mich überraschen wollen«, erinnerte sie ihn.

»Vielleicht, sagte ich.« Zumindest war seine Stimme fest.

»Mhm.« Sie hob das Messingschild hoch und studierte eingehend seinen Namen darauf. Er riss sich zusammen, um ihr nicht zu sagen, sie solle es wieder hinstellen.

»Jacob Grim«, sagte sie langsam.

»Ja?«

»Wollen Sie heute Abend mit mir ausgehen? Auf ein Event. Als mein Date.«

Die Frage hing zwischen ihnen in der Luft. Kate ruderte nicht zurück. Jacob ebenfalls nicht. Die Situation war ein klein wenig unpassend. Sie war Kundin der Bank. Doch zugleich regte sich auch etwas in ihm, etwas, das mit einsamen Abenden und einer herannahenden Midlife-Crisis zu tun hatte.

Sie hob eine Augenbraue. Ihre Augen waren dunkelblau, wie er jetzt bemerkte, obwohl sie aus anderen Winkeln beinahe violett wirkten. So etwas hatte er noch nie gesehen. Vielleicht war es eine optische Täuschung. Alles an ihr war wie ein Frontalangriff auf seine Sinne.

Jacob räusperte sich, zum wievielten Mal während dieser surrealen Begegnung hätte er nicht sagen können. Er wollte die Sache jetzt zu Ende bringen und zu seinem gewöhnlichen, normalen Leben zurückkehren. Zu deinem langweiligen Leben, flüsterte ihm eine innere Stimme leise zu. Ein Leben, das nur allzu oft aus gar nichts bestand.

Kate schenkte ihm noch ein herausforderndes Lächeln, und er wollte sagen, *danke, aber lieber nicht*. Doch das ging nicht. Reiß dich zusammen, flüsterte die innere Stimme, so eine Chance bekommst du nicht noch einmal.

»Zu einem Event? Warum nicht?«, sagte er mit einer Stimme,

die er selbst kaum wiedererkannte, die aber offensichtlich seine eigene war. Möglicherweise eine Stimme mit Credibility.

Kate blinzelte langsam. Sie wirkte verblüfft. Das war allerdings nichts dagegen, was er selbst empfand. Am liebsten wäre er aufgestanden und hätte gesagt, *ich habe es mir anders überlegt, und jetzt gehen Sie bitte.*

»Meinen Sie das ernst? Wollen Sie mit mir ausgehen?« Schwer zu sagen, ob sie sich freute oder erschrocken war. Ein bisschen von beidem, vermutete er. Er selbst war bloß erschrocken. Was hatte er getan?

»Ich meine immer, was ich sage«, entgegnete er.

Jetzt hatten sie ein Date. Kate Ekberg und er. Er hatte sie erschüttert, sie aus der Fassung gebracht. Das sollte ihm nichts bedeuten, doch das tat es. Denn irgendetwas sagte ihm, dass dies das erste und letzte Mal war, dass er die Nachtclubkönigin Kate Ekberg aus dem Gleichgewicht brachte. Er sah zu, wie sie mit wiegenden Hüften und hohen Absätzen aus seinem Büro stolzierte. Zu spät wurde ihm bewusst, dass er vergessen hatte zu fragen, wohin sie gehen würden.

## ~ 3 ~

»Die Lichttechniker sind jetzt da«, sagte Nanna Amundsen, die Bookerin und Vizechefin im Nachtclub *Kate's*. Sie ließ sich neben Kate auf das blaue Samtsofa sinken. Die hatte sich mitten im Club niedergelassen, um einen Haufen Papierkram zu erledigen, etwas, womit sie immer hinterherhinkte. Nanna fischte ihr Handy aus der Tasche. Sie war der Mensch, mit dem Kate mit Abstand die meiste Zeit verbrachte, ein Fels, den Kate gern an ihrer Seite hatte. Der Nachtclub hatte soeben in eine ganz neue Lichtanlage investiert. Kaum jemandem war es bewusst, wie wichtig Licht und Ton für die richtige Partystimmung waren. Im letzten Jahr hatten sie eine neue Beschallungsanlage gekauft, in diesem Jahr Laser und Lichteffekte für eine Viertelmillion. Geld, das Kate eigentlich nicht mehr hatte. Herrgott, sie musste dringend mehr Geld einnehmen. Und zwar schnell. Wenn sie ihre Rechnungen nicht mehr beglich, war sie innerhalb der Branche erledigt, und dann ging sie in Konkurs, und alle wurden arbeitslos und und ... Aufhören. Stopp.

»Hoffentlich geht es schnell«, sagte sie, ohne ihr inneres Chaos durchscheinen zu lassen.

Nanna warf Kate einen langen Blick zu. »Ja, schließlich sind Lichttechniker ja für ihre Effektivität bekannt.« Ihre Stimme triefte nur so vor Nanna-Sarkasmus.

Kate schmunzelte. »Sei nicht so Lichttechniker-feindlich.« Sie überlegte. »Aber gib ihnen kein Bier. Beim letzten Mal haben sie sich über das IPA-Bier hergemacht und sich die Kante gegeben.«

»Betrunkene Elektriker kann niemand gebrauchen«, stimmte Nanna ihr zu.

Der Brauereivertrag lief demnächst aus. *Kate's* wurde seit drei Jahren von einer kleinen, aber hippen schwedischen Brauerei gesponsert. Der Deal war, dass der Club die Getränke geliefert bekam, sie verkaufte und erst zum Schluss die Rechnung erhielt, die jetzt zum Jahreswechsel fällig wurde. Doch Kate war gezwungen gewesen, ihr Geschäftskonto panikartig leer zu machen – aus bestimmten Gründen –, und jetzt musste sie die Quadrat-Atmung anwenden, um nicht zu hyperventilieren. Vielleicht konnte sie die Jungs von der Brauerei überreden, ihr noch einen Aufschub zu gewähren? Dann musste sie allerdings beten, dass es nicht herauskam, dass Kate Ekberg in Geldnöten war. Anderenfalls: Konkurs, Panik etc.

»Ich gelobe: keine alkoholhaltigen Getränke für die Leute, die unsere Lasershow installieren«, sagte Nanna und ging, um die Arbeiten zu überwachen. Sie war so groß wie ein Model und drahtig wie eine Leichtathletin, mit muskulösen Armen, Beinen und Bauch. Sie war eine der besten Bookerinnen Schwedens, vielleicht sogar Skandinaviens, und hatte mindestens genauso viele nützliche Kontakte in ihrem Handy wie Kate. Ein gutes Netzwerk war das Wichtigste in dieser Branche, und Kate, die aus der Vorstadt kam und niemanden gekannt hatte, hatte zielstrebig darauf hingearbeitet, sich das bestmögliche Netzwerk aufzubauen. Heute konnte sie ohne zu übertreiben behaupten, dass sie jeden kannte, der in der Veranstaltungsbranche Rang und Namen hatte.

Kate fuhr fort, Rechnungen und Lieferscheine zu kontrollieren. Das war der am wenigsten glamouröse Teil ihres Daseins als Leiterin und Besitzerin eines Nachtclubs. Heute hatten sie geschlossen, aber im Hintergrund lief leise Musik und die Kronleuchter funkelten. Kate strich mit der Hand über den Samt und lächelte, wie immer, wenn ihre Liebe zu dem, was sie geschaffen hatte, sie überwältigte. *Kate's* hatte donnerstags, freitags und samstags geöffnet. Manchmal auch am Sonntag, wenn ein besonderer Künstler in der Stadt war oder sie einen Themenabend veranstalteten. Sie öffneten um 22 oder 23 Uhr und schlossen zu unterschiedlichen Zeiten, je nachdem, wie die Geschäfte liefen. Wenn der Laden brummte, hatten sie auch einmal bis fünf Uhr früh geöffnet, aber die letzten Stunden waren anstrengend, darum war das immer eine Frage der Abwägung. Zu allen anderen Zeiten standen die Räumlichkeiten leer, so wie heute, oder waren für private Feierlichkeiten, Events oder Auftritte vermietet.

Der Nachtclub belegte drei Etagen in der Mitte der Biblioteksgatan. Auf der Ebene, auf der sich der Eingang befand, lag die Garderobe, dahinter die große Tanzfläche, die Personalküche und ganz hinten die Restaurantküche. Sie boten einfache Gerichte an, aber ihr eigentliches Kerngeschäft waren Tanz und Musik. Auf der zweiten Ebene gab es einen Balkon, wo Kate gern stand und die Tanzfläche überblickte. Dort oben lag auch der kleine, ein wenig versteckte Club im Club: *Bar Noir*, der exklusive Bereich, der VIPs vorbehalten war. Der Einlass hierhin lief nur über eine streng reglementierte Gästeliste. Hier hinein kamen nur die reichsten, bekanntesten und angesagtesten Gäste. Das war nicht gerade das, was Kate an diesem Business am besten gefiel. Sie wusste, wie es sich anfühlte, außen vor zu sein, nicht dazuzugehören. Manchmal war sie vielleicht nicht streng genug und ließ ein Vorstadtmädchen zu viel hinein oder vergaß, sich hart und kühl zu geben. Aber Stockholm war nicht immer eine freundliche Stadt, und sie wollte es besser machen, wollte Grausamkeit und Angst nicht noch verstärken. Auf der dritten Etage lagen die

Personalräume, Lager und Kates kleines, vollgestopftes Büro. Allerdings fühlte sie sich am wohlsten, wenn sie hier im Club arbeitete. Der Musik aus den großen Lautsprechern zu lauschen, sich mit den Angestellten zu unterhalten, die blank geputzten Tresen und schimmernden Flaschen anzuschauen, im Kopf weitere Abende zu planen und sich an besonders gelungene Nächte zu erinnern. Wie damals, als das Kronprinzessinpaar einen Abend mit ein paar ausgewählten Freunden in der *Bar Noir* verbracht hatte. Oder als eine der bekanntesten DJs der Welt das Mischpult übernommen und spontan zwei Stunden lang aufgelegt hatte, sodass die Tanzfläche in schwitzender Ekstase explodiert war. Sie liebte auch all die Dinge, die Beweise dafür waren, was sie erreicht hatte. Zum Beispiel das Logo mit dem Namen und der kleinen Königinnen-Krone, das überall abgebildet war – auf den Servietten, auf dem teuren, dunkelblauen maßgefertigten Teppich im Eingangsbereich und auf allen Speisekarten. Als Kate noch völlig mittellos gewesen war, hatte sie mehrere Monate lang daran gezeichnet, und das Warenzeichen eintragen zu lassen hatte sie eine Summe gekostet, die für eine Einundzwanzigjährige ohne soziales und ökonomisches Kapital ein Vermögen war. Jetzt stand das Logo für ihren Erfolg. In einem harten Umfeld hatte sie das Unmögliche geschafft. Als gewöhnliche junge Frau hatte sie einen exklusiven, eleganten Nachtclub eröffnet, den mittlerweile jeder, der einen Namen hatte, besuchen wollte. Einen Club, in dem Weltklasse-Künstler, junge Mitglieder der Königsfamilie und Milliardäre aus aller Welt zusammenkamen. Die Nächte waren intensiv, zuweilen glamourös, zuweilen an der Grenze zum Wahnsinn, aber immer fantastisch. Kate blieb stets, bis der letzte Gast gegangen war, und ging selten vor dem Morgengrauen ins Bett. Sie bewegte sich wie eine Spinne in ihrem Netz, verteilte Wangenküsschen, Umarmungen und Schmeicheleien. Sie sprach mit den wichtigsten Gästen, stand immer in Kontakt mit dem anwesenden DJ und sorgte dafür, dass genau die richtigen Vibes die Stimmung zum Kochen brachten. Sie hatte auch ein Auge auf die jungen Mädchen, damit niemandem etwas zustieß, hörte sich Geheimnisse an, die betrunkene Gäste ihr anvertrauten, verschickte pausenlos SMS, lotste den einen am Türsteher vorbei und schrieb anderen, sie sollten unbedingt kommen, denn dieser Abend sei absolut magisch. Sie liebte das alles: ihren Gästen Realitätsflucht und Unterhaltung auf einer bebenden Tanzfläche zu bieten, die richtigen Personen einander vorzustellen, NHL-Spieler, Megainfluencer und Schlagersternchen willkommen zu heißen. Danach verbrachte sie ihre Tage damit, Künstler zu buchen, den Club zu repräsentieren und Besprechungen abzuhalten. Dieses Leben, in dem Geld, Alkohol und Drogen flossen, hatte zeitweise etwas Zynisches, aber es gab nichts, das sie mehr liebte. Seit sie zum ersten Mal in einer Schuldisco gewesen war, an einem aufregenden Abend, den die neunten Klassen veranstaltet hatten, brannte in ihr eine heftige Liebe zu der Magie, die entstand, wenn Musik, Tanz und Dunkelheit die Menschen zusammenbrachte, um ein paar Stunden lang nur im Hier und Jetzt zu leben. Dort, auf der Tanzfläche in der Schulkantine, hatte sie alles vergessen können, was jenseits des hämmernden Rhythmus lag, der aus den Lautsprechern tönte. Sie gab sich vollkommen dem hypnotischen Pulsieren im Körper und der alles umfassenden Freude hin, die sie in jeder einzelnen Zelle spürte.

Nanna kam mit einem Glas dampfend heißem Wasser wieder, in dem eine Zitronenscheibe schwamm. Sie war vor vier Jahren in Kates Leben getreten und hatte großen Anteil an dem Ruf, den der Club in der Hauptstadt genoss. Sie stellte das Wasser vor Kate ab.

»Danke. Wie läuft es?« Kate wärmte ihre Hände an dem Glas

und trank in kleinen Schlucken. An den Wochenenden war es heiß im Club. Die Gäste tanzten und feierten, als gäbe es kein Morgen. Doch tagsüber merkte man, wie zugig es hier eigentlich war. Kate winkte den Reinigungskräften zu, die kamen, um den Fußboden zu bohnern, und Emil, ihrem tätowierten Barkeeper, der hier war, um den Getränkevorrat für das kommende Wochenende zu kontrollieren. Sie kannte all ihre Angestellten gut, und die meisten arbeiteten schon seit mehreren Jahren für sie. Das war eins ihrer Erfolgsgeheimnisse: erstklassiges Personal zu haben und die Leute gut zu behandeln, sodass sie bleiben wollten.

Nanna steckte die Hände in die Gesäßtaschen ihrer schwarzen Jeans. »Gut. Wenn nichts explodiert, haben wir eine neue Lightshow.«

»Daumen drücken, dass nichts explodiert. Was steht als Nächstes an?«

Nanna griff nach ihrem Telefon und stopfte ihr schwarzes Seidenhemd in die Hose. Dann begannen sie die übliche Diskussion darüber, wer gerade hip war, wen sie kontaktieren und welche DJs sie verpflichten wollten.

Nach einer Stunde stieß auch Parvin Galli zu ihnen, die sich um die PR und Social Media des Clubs kümmerte. Sie holte sich Kaffee, warf sich auf eines der Sofas und gähnte herzhaft.

»Müde?«, fragte Nanna.

»Ich war bis heute früh um sechs in einem illegalen Club am Globen.«

»Schläfst du eigentlich nie?«, fragte Kate. Parvin war nur vier Jahre jünger als sie selbst, aber sie hatte Energie wie ein Teenager auf Red Bull. Kate musste zumindest hin und wieder einmal schlafen, während Parvin es liebte, die Nächte durchzumachen.

»Schlaf ist was für Weicheier«, sagte Parvin und fuhr sich mit der Hand über den rasierten Schädel. Sie hatte buschige Augenbrauen, ein Nasenpiercing und den hübschesten Mund, den Kate je gesehen hatte. Parvins iranische Mutter unterrichtete Gender Studies, ihr italienischer Vater besaß ein Restaurant, und ihre Geschwister schienen ausnahmslos Genies zu sein. Parvin selbst hatte Astrophysik studiert, eine Fachrichtung, von der Kate bis dahin noch nie gehört hatte. Sie hatte das Studium jedoch hingeschmissen und sich auf Social Media konzentriert. Mittlerweile war sie genauso unverzichtbar für das *Kate's* wie Nanna. Zusammen bildeten sie ein unschlagbares Trio.

»Hast du den Zeitungsartikel gesehen?« Parvin schüttete den Kaffee in sich hinein und fixierte sich auf ihr Smartphone. Ihre Daumen bewegten sich ohne Pause.

Kate nickte zufrieden. Am letzten Wochenende hatte sie Besuch von einem schwedischen Hollywoodstar gehabt, der gerade in der Heimat war, um eine Weihnachtskomödie zu drehen. Er war mehrere Stunden geblieben. Einige Prominente wollten nicht fotografiert werden, und im *Kate's* wurde ihre Integrität stets respektiert. Mitglieder des Königshauses, Politiker und Künstler wussten, dass sie auf Diskretion zählen konnten. Aber dieser Schauspieler ließ sich gerne fotografieren und wusste, wie viel das Kate bedeutete. Parvin hatte die Bilder an die Presse »geleakt«, und es war eine ganze Doppelseite erschienen. Kostenlose Werbung.

»Gute Arbeit«, lobte Kate.

»Gibt es was zu essen?«, fragte Parvin, ohne von ihrem Smartphone hochzuschauen. Sie musste wohl ihre Energiespeicher auffüllen.

Kate nickte in Richtung der Tüte mit veganen Zimtschnecken, die sie für ihr PR-Genie gekauft hatte, während sie weiter darüber sprachen, welche Prominenten, Künstler, Diven und Filmstars sie gerne im Club sähen und welche lieber nicht. Das Ziel war wie immer die perfekte Mischung. Kate liebte kreative Persönlichkeiten aus den Bereichen Mode, Film, Architektur und Fotografie, Nanna sorgte dafür, dass die Reichen und Schönen kamen, und Parvin kümmerte sich darum, dass Fotos und Hashtags in die sozialen Medien und an die Presse gelangten. Sie waren sich einig, dass sie eine gute Mischung aller Altersstufen haben wollten, und *Kate's* war der einzige Nachtclub in Schweden, der ein cooles, gemischtes Publikum anzog und gleichzeitig Gewinn machte. Wenn man mal davon absah, dass sie jetzt pleite war, dachte Kate. Sie erhielt eine Mail von ihrem Steuerberater und wusste, dass es darin um die Rechnung für die Lichtanlage ging, die bald fällig war. *Ruhig, ganz ruhig. Atmen.*

Parvin nahm sich noch eine Zimtschnecke, Nanna holte eine Nagelfeile und eine kleine Flasche mit korallenrotem Nagellack aus ihrer Tasche, und Kate trank von ihrem Zitronenwasser, während sie sich unterhielten.

Kate hatte ihr Smartphone auf lautlos gestellt. Jetzt vibrierte es vor ihr auf dem Tisch. *Mama*, stand auf dem Display. Was wollte sie, verdammt? War sie wieder einmal betrunken?

»Sie hat mich auch schon angerufen«, sagte Nanna mit einem Blick auf das Display, das Kate zu ignorieren versuchte.

»Hast du mit ihr gesprochen?«, fragte Kate, die nicht wollte, dass ihre Kollegin in ihren Ärger mit hineingezogen wurde.

Nanna nickte unbeschwert. »Jep.«

Warum um Himmels willen? Kate sprach jedenfalls niemals freiwillig mit ihrer Mutter. »Und was hat sie gesagt?«

Nanna kratzte sich mit einem frisch lackierten roten Nagel vorsichtig an der Wange. Sie war in Äthiopien geboren und adoptiert worden, hatte Wangenknochen, an denen man sich verletzen konnte, sowie die längsten natürlichen Augenwimpern der Welt. Als sie sich über ihren Afro strich, klirrten die vielen Silberreifen an ihren Handgelenken. Nanna war in diesem Jahr vierzig geworden – da hatten sie es im Club so richtig krachen lassen –, sah aber aus wie neunundzwanzig. Sie war wirklich cool, und es gab keinen bedeutenden Club in New York, Berlin oder Madrid, in dem sie noch nicht gewesen war, und das Letzte, was Kate wollte, war, dass Nanna zu viel über ihre schäbige und peinliche Herkunft erfuhr.

»Wir haben uns nur ein bisschen unterhalten«, sagte Nanna und spiegelte sich in ihrem Smartphone. »Sie hat gefragt, wie es dir geht. Wie Mütter das so machen.« Soweit Kate wusste, hatte Nanna, anders als gewisse Leute, eine ganz normale Mutter.

»Willst du nicht drangehen?« Nanna nickte ermunternd in Richtung des klingelnden Telefons. Kate nahm es widerstrebend in die Hand.

»Hallo, Mama«, sagte sie und tat so, als bemerke sie nicht, wie Nanna und Parvin wortlos miteinander kommunizierten. Keine der beiden wusste, woher sie stammte, was sie durchgemacht und was sie getan hatte. In Parvins Familie liebte und unterstützte man sich. Und Nanna hatte Mutter, Vater, zwei Brüder und die Geborgenheit der ganzen Familie im Rücken. Sie hatten ganz einfach nicht dasselbe erlebt wie Kate.

»Ich habe mir Sorgen gemacht. Wie geht es dir?«

»Mir geht es gut«, sagte Kate. Ihre Mutter schien nüchtern zu sein, und das war sicher gut so, aber in Kates Augen gab es dadurch noch weniger Anlass, miteinander zu sprechen. »Ich bin bei der Arbeit«, fügte sie ein wenig spitz hinzu und schämte sich sofort. Sobald sie die Stimme ihrer Mutter hörte, schien sie in alte Verhaltensmuster zurückzufallen.

»Ich wollte nur hören, ob du daran denkst, dass du mich besuchen wolltest?«

Shit. Daran hatte sie natürlich in dem ganzen Chaos nicht gedacht. »Ja. Ich schicke dir eine SMS, wenn ich mich auf den Weg mache, okay?«

Kate legte auf, wich Nannas und Parvins Blicken aus und fühlte sich von ihren zahlreichen schmutzigen Geheimnissen niedergedrückt. Was war sie nur für eine Blenderin. Niemand wusste, was sie heute getan hatte und in welche Situation sie sich idiotischerweise und aus eigener Schuld gebracht hatte. Was würden Nanna und Parvin sagen, wenn sie davon wüssten – sie vertrauten ihr, respektierten sie und mochten sie wahrscheinlich sogar. Was für einen Eindruck hätten sie von ihr? Dieser Gedanke war fast das Schlimmste: Dass der Respekt und die Zuneigung der beiden in Verachtung oder vielleicht sogar Mitleid umschlagen könnten. Man könnte meinen, dass sie, die mit so viel Schmutz und so viel Scham aufgewachsen war, daran gewöhnt sein müsste. Aber so funktionierte das nicht. Je besser es für sie lief, umso mehr stand auf dem Spiel und umso mehr schämte sie sich.

Kate dachte daran, wie Jacob Grim die Augenbrauen hochgezogen hatte, als sie ihn um den Kredit bat. Sie atmete aus, langsam und betont. Die Schlinge zog sich zu, das spürte sie. Wie konnte sie bloß so dumm sein, das einfach geschehen zu lassen? Sie beschloss, eine Liste mit möglichen Maßnahmen zu erstellen. Polizei, natürlich. Oder lieber zum Anwalt? Irgendwelche Kriminellen um Hilfe bitten? Oder noch etwas anderes? Aber was?

Sie beobachtete Nanna und Parvin, die gerade lautstark miteinander diskutierten. Bestimmt wegen eines neuen Influencers, über den sie nicht derselben Meinung waren. Über solchen Kram würde sie später nachdenken, beschloss sie. Das war eine gute Strategie: Das, was sie nicht lösen konnte, auf später zu verschieben, denn sonst würde sie in ihren Sorgen ertrinken. Manchmal lösten sich die Probleme auch ganz von allein, also warum sollte man sich Gedanken über ungelegte Eier machen? Auch wenn etwas in ihr deutlich sagte, dass dieses Problem nicht ohne Kampf verschwinden würde.

»Mit wem gehst du hin?«, fragte Nanna nach einer Weile.

»Wohin?«, wollte Kate wissen.

»Zum Empfang heute Abend. Hast du nicht gesagt, dass dieser Finanzmann, der Idiot, abgesagt hat? Gehst du nicht hin? Es wäre sicher gut, wenn du hingehen würdest.« Nanna rieb vielsagend Daumen und Zeigefinger gegeneinander.

»Ich gehe mit meinem Bankberater hin.« Kate griff rasch nach ihrem Glas und trank in kleinen Schlucken, ohne Nanna anzusehen. So viel zum Thema, die Kontrolle über die Dinge zu verlieren.

Nanna hörte auf, ihre Nägel zu feilen, und warf ihr einen skeptischen Blick zu. »Noah? Ist der nicht erst so zwölf Jahre alt?«

Kate tat so, als sei sie von einem Text auf ihrem Laptop völlig in Anspruch genommen. Ehe sie log, antwortete sie lieber gar nicht. Das gehörte ebenfalls zu den Strategien, die sie in Perfektion beherrschte.

Nach einer Weile stand Nanna auf, um sich anderer Probleme anzunehmen, Parvin telefonierte laut mit einem Journalisten der skandinavischen Ausgabe der *Vogue*, der eine Reportage machen und dafür auf die VIP-Gästeliste gesetzt werden wollte, und Kate entspannte sich ein wenig.

Ja. Offensichtlich würde sie heute Abend mit Jacob Grim ausgehen. Wie auch immer das möglich war. Der süße Noah wäre tatsächlich eine weniger seltsame Wahl gewesen. Sie hatte sich immer noch nicht von dem Erstaunen darüber erholt, dass Jacob Grim Ja gesagt hatte. Zugegeben, sie hatte dringend ein Date wie ihn gebraucht, einen respektablen und langweiligen Finanzmann, aber in erster Linie hatte sie ihn gefragt, um in einer für sie unbehaglichen Situation wieder die Oberhand zu gewinnen.

Denn sie fand das Machtgefälle zwischen ihnen unerträglich, und wenn sie ängstlich oder verunsichert war, reagierte sie wie ein Tier in der Falle: Sie ging zum Angriff über. Und dann hatte er Ja gesagt. Obwohl nur zu offensichtlich war, was er von ihr hielt. Kate war es nicht gewohnt, dass Männer sie nicht mochten. Jedenfalls bevor sie sie kennengelernt hatten. Bevor sie gemerkt hatten, dass die Kate, die sie nach außen hin zeigte, größtenteils eine Kunstfigur war, eine glitzernde Fassade. Und wenn es so weit war, hatte sie sie sowieso schon längst verlassen.

Gegen fünf Uhr ging Kate nach Hause, um sich fertig zu machen. Sie nahm Kleider und Accessoires aus dem Schrank und hielt sie sich vor dem Spiegel an. Sie war nicht besonders erpicht auf diesen Empfang, dachte sie, als sie das Glitzerkleid eines angesagten schwedischen Designers auf einen Hocker warf und stattdessen nach einem dunkelblauen Kleid griff. Aber sie musste hingehen, also blieb ihr nur, die Zähne zusammenzubeißen und ihr Allerbestes zu geben. Zum Schluss entschied sie sich für eine sichere Wahl, ein graues Kleid mit dünnen Silberfäden, das sie in einem Secondhandladen gekauft hatte. Häufig bekam sie Kleider, Accessoires, Make-up und Schuhe von Designern, Handelsvertretern oder Modehäusern geschenkt, die ihre Produkte auf einem Foto mit Kate Ekberg sehen wollten. Nach außen lebte sie ein beneidenswertes Leben, mit teuren Partys, coolen Events und vielen schicken Kleidern. Aber das meiste war nur geliehen, Fassade und schöner Schein – eine Art gegenseitiger Ausnutzung. Die gleichen Leute, die ihr heute gratis Kleider schickten, würden Kate nicht einmal mehr grüßen, wenn sie in Konkurs ging. Sie zog sich ein eng anliegendes Unterkleid an und darüber das graue. Es saß gut und schmeichelte ihrer Figur.

Heute Abend würde es von potenziellen Finanziers nur so wimmeln – Geschäftsführer, die locker eine Viertelmillion springen lassen konnten, damit ihr Lieblings-DJ im Club spielte, oder Repräsentanten von Spirituosenherstellern, die einen Abend lang die Drinks sponsern konnten. Oder eine Lichtanlage. Das waren Menschen, die niemals erfahren durften, was sie verheimlichte. Wie verzweifelt sie war. Sie unterdrückte ihre Unruhe mit derselben Hartnäckigkeit, demselben eisernen Willen und Kampfgeist, mit denen sie es so weit gebracht hatte, heute eine wichtige und gefragte Person zu sein. Sie schob die Erinnerung an jenen Abend beiseite, den sie verdrängt hatte, bis sich ihre Vergangenheit plötzlich an einem kalten und rauen Novembertag in Gestalt von Ubbe Widerström materialisiert hatte. Wenn die Wahrheit ans Licht kam, würde das ihr Leben zerstören. Das war keine melodramatische Übertreibung, sondern Tatsache. Was sie sich aufgebaut hatte, würde ihr genommen, und das würde so sein wie in einem ihrer immer wiederkehrenden Albträume, in denen sie alles verlor, was sie besaß, all ihre Würde und Menschlichkeit, während Leute um sie herumstanden und sie auslachten, ohne auch nur einen Finger zu rühren, um ihr zu helfen.

Kate wählte eine graue Clutch, tat Smartphone, Kreditkarte, Lippenstift und Schlüsselbund hinein, begegnete ihrem Blick im Spiegel und rief sich zur Ordnung. Denk nicht mehr daran, Kate. Stell dich nicht so an. Finde eine Lösung. Seit ihrer Kindheit hatte sie ihre Probleme selbst gelöst. Dass sie keine Hilfe bekam, wusste sie schon, solange sie denken konnte. Sie war daran gewöhnt. Und auch dieses Mal würde sie es hinbiegen.

Fuck them all, dachte sie trotzig. Das war ein guter Ausdruck. Irgendwann würde sie ihre Nachbarin Betty bitten, das für sie auf einen Wandbehang zu sticken.

Fuck them all.

## ~ 4 ~

Jacob traf frühzeitig zum Empfang in der amerikanischen Botschaft ein, weil er immer pünktlich war. Ein Mann tat seine Pflicht, hielt seine Versprechungen, kam pünktlich und so weiter und so weiter. Das war für ihn ganz selbstverständlich. Wenn er gesagt hatte, er komme irgendwohin, dann tat er das auch. Egal, wie impulsiv sein Beschluss, Ja zu sagen, auch gewesen sein mochte. Kate Ekberg hatte seinen Assistenten bei der Bank angerufen und ihm mitgeteilt, wo die Veranstaltung – eine Vernissage moderner amerikanischer Fotokunst – stattfand, sodass er keinen Vorwand hatte, sein Versprechen nicht einzuhalten.

Und jetzt war er also hier, ein paar Minuten vor der vereinbarten Zeit, fror im bitterkalten Wind und fühlte sich unbehaglich. Die Botschaft war schön gelegen, nah am Wasser, aber die Luft war eisig kalt. Grüppchenweise trafen die in Mäntel gehüllten Gäste ein, Männer mit dicken Schals, Frauen in Winterstiefeln mit klappernden Absätzen und einige mit Mütze. Es versprach, voll zu werden. Er konnte sich nicht genau erinnern, wann er zuletzt auf einer ähnlichen Veranstaltung gewesen war. Tagsüber war er natürlich von Angestellten, Kunden und Kollegen umgeben, aber es war Ewigkeiten her, dass er außerhalb der Bürozeiten zu einem gesellschaftlichen Anlass gegangen war.

Er beschloss, drinnen zu warten, hielt ein paar jungen Frauen die Tür auf und folgte ihnen ins Gebäude. Früher war er bei Pärchendinners und Grillpartys gewesen oder auch einmal ausgegangen. Aber die Abendeinladungen, Bierabende und Partys waren mit den Jahren immer seltener geworden, als sich die Leute an seine Absagen gewöhnten und aufhörten, ihn weiterhin einzuladen. Er hatte nichts vermisst, im Gegenteil, er hatte die Einsamkeit vorgezogen. Doch darum war er nicht mehr daran gewöhnt, Konversation zu machen. Wusste er überhaupt noch, wie das ging?

Er gab seinen Mantel an der Garderobe ab, postierte sich in der Nähe des Eingangs und versuchte so auszusehen, als fühle er sich vollkommen wohl in der Situation, und nicht, als ob es ihn vor Unbehagen am ganzen Körper kribbelte. Es waren mehr Männer als Frauen gekommen, die meisten waren in seinem Alter, vielleicht auch ein bisschen jünger, lebhafter und irgendwie *lebendiger*. Er sah niemanden aus seinem Bekanntenkreis, aber mehrere Gesichter kamen ihm vage bekannt vor, teils aus seinem Arbeitsumfeld, teils aus der Öffentlichkeit. Er war der Einzige mit Schlips. Und auch der Einzige in Weste und weißem Hemd. Die anderen Männer im Raum waren legerer und definitiv moderner gekleidet. Sie trugen Hemden in Hellblau, in glänzendem Grau, sogar in Lila, und einige wenige trugen Rosa. Nirgends ein Schlips. Irgendwann im Laufe des letzten Jahrzehnts hatte sich die Mode offenbar geändert, ohne dass er es mitbekommen hatte. Er zog seinen Krawattenknoten zurecht. Eine Finanzfrau, die er von seiner Arbeit kannte, nickte ihm zu, machte aber keine Anstalten, herüberzukommen und ihn zu begrüßen. Er erwiderte ihr Nicken und atmete langsam aus. Hoffentlich überlebte er den Abend. Er ließ den Blick über die Fotografien schweifen, Porträts von Filmstars, Persönlichkeiten des Kulturlebens und Politiker. Nicht unbedingt sein Stil, aber trotzdem ganz interessant.

Dann betrat Kate den Raum, und Jacob hörte, wie ein Raunen durch die Gästeschar ging. Es schien, als ob sich alle gleichzeitig nach ihr umdrehten. Einige starrten sie offen an, andere begannen zu flüstern, eine Frau machte sogar schnell ein Foto mit ihrem Smartphone. Kate schien das überhaupt nicht zu stören. Sie erblickte ihn und schenkte ihm ein Lächeln, das die Leute dazu brachte, sich nun zu ihm umzudrehen. Jacob erwiderte ihr Nicken steif.

»Du hast dich umgezogen«, sagte er.

Sogar er selbst konnte hören, wie hölzern das klang. Früher ging ihm Konversation leichter von der Hand, auch wenn er nie ein Freund von Small Talk gewesen war, doch jetzt war er von ihrer Erscheinung wie geblendet. Ihr glänzendes Haar, die geschwungenen, verwegenen Augenbrauen und dann ihr Kleid, das ihren Kurven folgte wie ein enthusiastischer Liebhaber, verwirrten ihn. Was erwartete Kate von ihm? Warum hatte sie ausgerechnet ihn gebeten, sie zu begleiten?

Sie legte den Kopf schief und schenkte ihm eins von ihren Kate-Lächeln.

»Danke, du siehst auch ziemlich gut aus.« Ihre Stimme war leise und ein bisschen heiser, und in der Tiefe ihrer dunkelblauen Augen lag ein Glitzern.

»Verzeihung«, sagte Jacob, »ich wollte sagen, dass du fantastisch aussiehst.« Jetzt klang er wenigstens wie ein normaler Mensch.

»Danke.« Kate nahm zwei Gläser Champagner vom Tablett eines herbeieilenden Kellners und gab eins davon Jacob.

Wieder fiel ihm auf, was für schöne Hände sie hatte. Heute Abend trug sie schmale Goldringe an mehreren Fingern und am Zeigefinger einen Ring, der aussah wie ein glitzerndes V. In ihren Ohren funkelten Ohrringe in verschiedenen Größen und Designs. Er fand das ein bisschen gewagt, aber er war auch noch nie einer Frau wie Kate begegnet. Vielleicht erklärte das sein Interesse an ihr? Sie war anders als die Frauen, die er kannte. Anders als die Frau, die …

»Du siehst auch fantastisch aus«, sagte sie und durchbrach seine rasch düster werdende Stimmung. Sie hob ihr Glas und schenkte ihm wieder dieses Lächeln. Das mit den Grübchen und einem Subtext, den er nicht richtig deuten konnte, außer dass sie sich wahrscheinlich auf seine Kosten amüsierte.

»Du machst dich über mich lustig«, konstatierte er, allerdings ohne ihr böse zu sein und vielleicht sogar mit einem Augenzwinkern. Sie war schön, und er war immer noch Mann genug, um sich davon bezaubern zu lassen.

»Ein bisschen, aber du siehst gar nicht so übel aus, Jacob Grim.«

»Du solltest vielleicht mit deinen Komplimenten etwas sparsamer umgehen, sonst steigen sie mir noch zu Kopf«, sagte er.

Sie lachte, nippte an ihrem Champagner und sah sich um, wobei ihr Blick suchend über die Gäste streifte.

»Suchst du jemanden?«

»Ich schaue mich nur um«, sagte sie. Aber er sah ja, dass sie den Raum absuchte.

»Warum wolltest du herkommen?«

»Weil hier das Geld ist«, sagte sie.

Hier musste sich Jacob fast auf die Zunge beißen. Hatte er ihr nicht erst heute Morgen eine Viertelmillion Kronen gegeben? Brauchte sie *noch mehr* Geld? War sie so etwas wie eine Glücksspielerin? Aber wozu brauchte sie dann ihn? Hielt sie ihn für eine leichte Beute? Er warf ihr einen raschen Blick zu, wie sie dastand und ihren Champagner trank und ganz präsent zu sein schien, als würde sie sich von der auf sie gerichteten Aufmerksamkeit ernähren und diese in Sauerstoff und Energie umwandeln, wie eine private Version der Fotosynthese: Aufmerksamkeit rein, Energie raus.

Eine Frau wie Kate Ekberg könnte einen Mann wie ihn bloßstellen, ihn vermutlich sogar zerstören, ohne sich anzustrengen, vielleicht sogar ohne es zu merken. Er versuchte, diese Erkenntnis von sich abzuschütteln. Er wollte nicht daran erinnert werden, dass er früher einmal ein ganz gewöhnlicher Mann gewesen war, dass auch er Liebe erfahren hatte. Diese Erfahrung hatte ihn um ein Haar zugrunde gerichtet, und er war erleichtert gewesen, als er schließlich so abgestumpft war, dass er keine Trauer mehr spürte. Manchmal hörte er, dass jemand sich darüber beklagte, zu wenig zu fühlen. Die Zeitungen schrieben darüber, und es wurde in Radiointerviews diskutiert. Das konnte er überhaupt nicht nachvollziehen. Er selbst war froh darüber, dass er endlich nichts mehr fühlte. Er registrierte, dass Kate supersexy war, ohne dass diese Tatsache weitere Reaktionen bei ihm hervorrief. Das redete er sich zumindest ein. Zwar bemerkte er den Duft ihres Parfüms, der von ihrer warmen Haut aufstieg, aber mehr auch nicht. Und er ahnte, wie ihr dickes, dunkles Haar ihn dann und wann streifte, wenn sie den Kopf bewegte oder ihm im Gedränge nahe kam, aber das bedeutete nicht, dass das eine Wirkung auf ihn hätte, kein bisschen. Innerlich war er vollkommen tot, das rief er sich ins Gedächtnis. Außer, wenn Kate einen Schritt nach vorn machte, der Schlitz ihres grauen Kleides sich öffnete und Jacobs Blick einen gerundeten Oberschenkel und eine weiche Wade streifte, und auf einmal war er nicht mehr zu einhundert Prozent unbeeindruckt. Sie warf ihm einen Seitenblick zu, als lese sie seine Gedanken. Als er jung war, hatte in seinem Zimmer ein Foto von einer Sängerin gehangen. Einer jungen Frau mit heiserer Stimme und sanften Kurven und wohlgeformten Beinen. Als er daran dachte, musste er beinahe lächeln. Herrgott, er war noch so jung und außerstande gewesen, sich die Katastrophe auszumalen, die auf ihn zukam.

»Kennst du hier jemanden?«, fragte sie.

»Ein paar bin ich schon begegnet. Und du?«

Sie zuckte die Schultern. Er hatte keine Ahnung, was das bedeutete.

»Bist du verheiratet?«, fragte sie statt einer Antwort.

Jacob stutzte, aber dann schüttelte er den Kopf. Die Frage störte ihn fast gar nicht mehr. Fast.

»Und du?«, fragte er und versuchte, genauso ungezwungen zu klingen wie sie. »Ich meine, ich weiß ja, dass du nicht verheiratet bist«, erinnerte er sich. »Aber ...« Verlegen verstummte er.

»Aber was, Jacob?«, fragte sie, wobei sie den Kopf schräg hielt. Flirtete sie mit ihm?

»Du weißt schon. Ist da jemand?«, fragte er und hustete.

»Nein, Jacob, ich bin mit niemandem zusammen.«

Einen Augenblick lang schwiegen sie.

»Wo wohnst du?«, fragte er, als das Schweigen unangenehm wurde. Er hatte ihre Adresse in ihren Unterlagen gelesen, sie sich aber nicht gemerkt.

Sie kicherte.

»Habe ich etwas Lustiges gesagt?«

»Warum macht ihr das?« Sie sah ihn neugierig an.

Er wusste nicht, was sie meinte. »Was denn?«

»Menschen aus der Oberschicht stellen immer diese Frage. ›Wo wohnst du?‹ Das habe ich noch nie begriffen.«

»Wirklich?« Darüber hatte er noch nie nachgedacht, die Frage war ihm ganz automatisch entschlüpft. *Wo wohnst du? Wohnst du gern dort? Kennst du den und den?*

Ein Fotograf kam auf sie zu. »Darf ich ein Bild machen?« Kate stellte sich seitlich zu ihm, die Hand in die Hüfte gestemmt, und feuerte ein Lächeln ab, während sie gleichzeitig das Kinn vorschob. Ihn ignorierte der Fotograf komplett. Was Jacob ganz recht war.

»Was fragen die Leute denn sonst so?«, erkundigte er sich, nachdem der Fotograf weitergegangen war, um Jagd auf den nächsten Promi zu machen, während er den nächsten uninteressanten Bankier ignorieren würde.

»Was man beruflich macht, glaube ich. Aber ich weiß nicht, ob das besser ist.« Sie schien zu überlegen. »Alle Kreise haben ihre Codes. Die Menschen aus der Oberschicht sagen Apartment statt Wohnung und sprechen statt reden.«

»Das klingt, als hättest du etwas gegen die Oberschicht.«

»Tatsächlich? Die meisten sind wohl ganz okay, aber ich habe mit vielen zu tun, die sich für etwas Besseres halten, besonders, wenn sie etwas getrunken haben. Leute, die glauben, sie seien mehr wert, weil sie im Nobelvorort Djursholm wohnen und viel Geld verdienen.«

»Vielleicht sind sie auch ganz gewöhnliche Menschen, wie die meisten«, sagte er. Er fand, sie übertreibe. Es war nicht die Menge an Geld oder die familiäre Herkunft, die darüber entschieden, wie sich jemand verhielt. Unhöfliche Menschen gab es überall.

Sie schien darüber nachzudenken. »Hältst du es nicht für möglich, dass die Erfahrungen, die du gemacht hast, damit zusammenhängen, wer du bist?«, fragte sie sanft.

»Wie meinst du das?« Er hielt sich für durchaus fähig, seine Erfahrungen von einer objektiven Sichtweise zu trennen.

Kate nickte in Richtung der Small Talk machenden, gut gekleideten Gästeschar. »Du würdest dich wundern, wie viele dieser Stützen der Gesellschaft – Männer, mit denen du vielleicht zusammen aufs Internat gegangen bist oder mit denen du Tennis gespielt hast oder gesegelt bist – mit einem jungen Mädchen sprechen, das weder über soziales noch über finanzielles Kapital verfügt, wenn sie mit ihm allein sind.«

»Ja, das würde ich vielleicht. Mich wundern, meine ich.«

»Mindestens zwei der Männer hier im Raum haben mich Hure genannt, einer hat vorgeschlagen, dass ich ihm einen blase, als Gegenleistung für einen Scheck für den Club.«

Er wusste nicht, ob sie ihn auf den Arm nahm oder ihn schockieren wollte. Es konnte sich dabei ja nur um abscheuliche Einzelfälle handeln.

»Und was ist passiert?«

»Willst du wissen, ob ich ihm einen geblasen habe? Ich habe ihm meinen Drink ins Gesicht geschüttet. Er hält sich jetzt von mir fern.«

»Gut.«

»Das ist genau das, was mir an der Clubszene so gefällt«, fuhr sie fort.

»Dass die Leute dich schikanieren?«

»Nein, das kommt in allen Branchen vor. Ich meine, dass es demokratisch ist. Auch wenn du nicht die richtige Herkunft oder nicht die richtige Ausbildung hast, und sogar wenn du als Flüchtling hierhergekommen bist, kannst du es bis ganz nach oben schaffen. Das mag ich. Und ich mag Männer«, fügte sie mit einem Lächeln hinzu, das ihn elektrisierte. »Nur, um das einmal klarzustellen. Einige der Typen, mit denen ich zu tun habe, sind tatsächlich unangenehm, aber das kümmert mich nicht, denn im Großen und Ganzen sind Männer für vieles gut.«

»Gut, dass wir das klargestellt haben«, sagte er und spürte, wie es unter seiner Haut vibrierte. Kate war wie Quecksilber, wie Feuer. Und jetzt war er sich sicher, dass sie mit ihm flirtete.

Sie schlenderten durch den Raum. Kate blieb mehrmals stehen, um sich mit jemandem zu unterhalten. Er hörte zu und nickte, überließ ihr aber die Bühne. Sie machte das gut. Glänzend.

»Small Talk kann manchmal anstrengend sein, oder?«, sagte sie, als sie wieder allein waren. Sie blieben vor dem schwarz-weißen Porträtfoto eines Jazzmusikers stehen.

»Du scheinst ihn zu beherrschen.« Er hatte beobachtet, wie sie mit den Menschen sprach, höfliche Fragen stellte, die aufrichtig wirkten, nicht zu laut lachte und ihr Gegenüber bestätigte. In seinen Augen war sie ein soziales Genie.

»Ja, das gehört schließlich zu meinem Job. Aber als ich noch jünger und unsicherer war, habe ich das geübt.«

Es war nicht einfach, sie sich in irgendeiner Situation als unsicher vorzustellen. Sie schien jede Lage meistern zu können – mit einem Lächeln, mit Willenskraft oder mit Überredung. Notfalls auch mit einem Drink ins Gesicht. Sie war tatsächlich ziemlich beeindruckend. Wieder betrachtete er ihren Mund. Er war so weich, so feucht, so rosa. Jetzt hatte er den Faden verloren.

» ... darum habe ich die Fragen vorher geübt.«

»Wie zum Beispiel?«

Sie schwenkte ihr Glas durch die Luft. Es war immer noch nahezu voll, denn sie trank nur sehr zurückhaltend. »Was machst du im Sommer oder an Weihnachten oder welches Fest auch immer gerade bevorsteht. Was gefällt dir an deiner Arbeit am besten? Hast du in letzter Zeit einen guten Film gesehen? Was hast du sonst für Hobbys? Mittlerweile versuche ich, ein bisschen interessanter zu sein, aber als Eisbrecher sind diese Fragen immer hilfreich.«

»Faszinierend.« Er verstummte. »Und, was hast du Weihnachten vor?«, fragte er dann.

Sie lachte, laut und unvermittelt, und Jacob spürte Freude in sich aufsteigen. Er hatte ganz vergessen, dass er früher einmal Humor gehabt hatte.

»Ich arbeite«, sagte sie in warmem Tonfall. Eine Frau, die Spaß an ihrer Arbeit hatte. »Ich arbeite fast ununterbrochen. Um Weihnachten herum haben wir ein paar Tage geschlossen, aber wenn die Leute freihaben, wollen sie feiern, und dann sind wir bereit.«

»Das klingt heftig. Und nach langen Abenden.«

»Ja. Mein Arbeitstag beginnt meist um 23 Uhr. Manchmal wünsche ich mir ein paar freie Tage, aber Dezember ist eine stressige Zeit. Warst du schon einmal in meinem Club?«

Er schüttelte den Kopf. Als er noch jung gewesen und feiern war, hatte es den Club noch nicht gegeben. Und dann hatte er geheiratet. Und dann ...

»Was würdest du machen, wenn du einen freien Tag hättest?«, fragte er rasch.

»Ich weiß, was du versuchst.«

»Was?«

»Du bombardierst mich mit Fragen, damit du nicht über dich selbst sprechen musst.«

»Tue ich das?«, sagte er und unterdrückte ein Lächeln. Sie hatte zu hundert Prozent recht. Oder zu neunundneunzig. Er interessierte sich wirklich für ihre Antworten, und er genoss den Klang ihrer Stimme. Sie war so tief und heiser, so sexy. Besser konnte man es nicht sagen. Kate Ekberg hatte eine sexy Stimme. Und einen sexy Mund. Und sexy Beine.

»Etwa nicht?«

»Kann schon sein, ich denke darüber nach.«

Sie nippte noch einmal vorsichtig an ihrem Champagner. »Wenn ich irgendwann im Dezember einen freien Tag hätte, dann würde ich zu einem Weihnachtskonzert gehen. Das habe ich noch nie getan. In einer Kirche. Das soll so wunderschön sein.«

Wieder schwiegen sie.

»Hast du Geschwister?«, fragte sie nach einer Weile. Tabletts mit Fingerfood schwebten an ihnen vorüber, und sie nahm sich ein Pastetensandwich, aber Jacob lehnte alles ab. Er hatte weder Hunger noch Durst.

»Ja, eine zwei Jahre jüngere Schwester. Und du?«

»Nein, ich bin Einzelkind.«

Wieder Schweigen. Sie aß ihr Sandwich auf und tupfte sich sorgfältig die Mundwinkel ab.

Jacob wurde nicht richtig schlau aus ihr. Sie hätte jeden Begleiter haben können, den sie wollte. »Warum wolltest du eigentlich, dass ich heute Abend mitkomme?«

»Weil ich hier bin, um zu arbeiten, und weil du hier hineinpasst, Jacob. Du bist weiß. Gehörst der Elite an. Bist ein Mann. Alles, was ich nicht bin. Ich brauche dich.«

»Du bist auch weiß«, bemerkte er einfältig.

»Stimmt. Aber in diesem Milieu bin ich trotzdem ein bunter Vogel. Ich falle auf, und außerdem fühlen sich die Leute oft gestresst, wenn ich allein auftauche. Deshalb brauche ich dich. Du bist einer von ihnen.« Sie ließ ihren Blick über die Menschenmenge schweifen.

»Warum fühlen sie sich gestresst?«, fragte er und versuchte, ihr zu folgen. Wollte sie sagen, dass sie ihn benutzte? Und wenn ja, hätte er dann etwas dagegen?

»Eine Frau allein, das bringt die Leute dazu, seltsame Dinge zu tun. Einige bekommen Angst, andere fühlen sich bedroht. Es hat eine Weile gedauert, bis ich das kapiert habe. Aber als der x-te Mann, mit dem ich über Geschäfte reden wollte, nach einer Minute anfing, von seiner Frau zu sprechen, hat es klick ge-

macht. Die Männer glauben, dass ich an ihnen interessiert bin.«
Sie schüttelte den Kopf, als seien Männer unbegreiflich. »Darum sorge ich jetzt immer dafür, einen supernormgerechten Mann als Begleitung zu haben, wenn ich reiche Leute überreden will, eine Lichtanlage zu sponsern oder die Renovierung der Toiletten im Kate's.«

Er wusste nicht, was er darauf sagen sollte. Zum einen hatte er sich selbst noch nie in diesem Licht betrachtet. Es gab viele Begriffe, mit denen er sich selbst beschreiben könnte: sorgfältig. Respektiert. Gesellschaftlich aus der Übung. Aber sie hatte wohl recht. Er ließ sich das Wort auf der Zunge zergehen. Supernormgerecht. Zum anderen war er noch nie auf die Idee gekommen, dass es für eine Frau ein Problem sein könnte, irgendwo allein hinzugehen. Das klang ausgesprochen altmodisch. Sie hatte ihm aber immer noch nicht darauf geantwortet, warum sie ausgerechnet ihn ausgewählt hatte.

»Du hast doch bestimmt jede Menge Freunde«, sagte er.

»Glaubst du?« Sie lächelte, als sie das sagte, aber in ihren Augen blitzte etwas auf. Sie schlenderte weiter, und Jacob folgte ihr.

»Dann bin ich also deine Galionsfigur?«, fragte er, weil er sie mit der Frage nach den Freunden nicht unter Druck setzen wollte.

»Keine Ahnung, was das Wort bedeutet. Komm mit. Kennst du den?« Kate nickte zu einem Mann hinüber, den Jacob tatsächlich kannte, weil sie zur gleichen Zeit an der Handelshochschule Wirtschaft studiert hatten.

Jacob stellte sie einander vor und stand dann daneben und hörte zu, während Kate von Clubnächten, Champagnersorten und Künstlern sprach, von denen er noch nie gehört hatte.

»Ist es gut gelaufen?«, flüsterte er, als sie weitergingen.

»Glaube schon. Kennst du den da? Den mit dem Schnurrbart?«

Jacob nickte und wiederholte die Prozedur: Er stellte sie vor und stand dann daneben, während sie ihren Charme spielen ließ. Sie war wie eine Naturgewalt, dachte er, während sie sich für ein Gruppenbild entführen ließ, wobei sie eine entschuldigende Grimasse in seine Richtung zog. Jacob wartete an einem Stehtisch. Er nickte den beiden Männern zu, die bereits dort standen.

»Wen die wohl gevögelt hat, um hier reinzukommen?«, sagte der eine, ein Mann mit lockigen roten Haaren und kleinen runden Augen, und Jacob wurde klar, dass er Kate meinte.

»Haha, ja, vor mir auf den Knien würde sie sich gut machen«, sagte der andere, der weißblonde, zurückgelegte Haare hatte und eine hässliche Fliege um den Hals.

»Über wen sprechen Sie?«

»Über die kleine Goldgräberin da drüben«, grinste der Rothaarige.

»Alter, den Mund hätte ich gern um meinen Schwanz«, sagte der mit der Fliege.

»Ihre Kommentare sind ziemlich geschmacklos«, sagte Jacob mit Nachdruck.

Die beiden Männer sahen ihn erstaunt an. »Ach, das war doch nur Spaß«, sagte der Rothaarige. Er strich sich eine Locke hinters Ohr und boxte Jacob auf den Oberarm. Freundschaftlich. Unter Männern. Jacob zog seinen Arm weg.

»Seid ihr etwa zusammen? Gehört sie irgendwie zu dir oder was?«

Jacob richtete sich zu seiner vollen Länge auf. Er spannte seine Kiefermuskeln an und bündelte all seine Energie in seinem Blick. »Reden Sie nicht in diesem Ton über Frauen. Über niemanden, ist das klar? Es spielt keine Rolle, mit wem sie zusammen ist. Wenn Sie nichts Intelligentes zu sagen haben, dann halten Sie das Maul.«

Die beiden Männer sahen sich an. »Nichts für ungut«, sagte der Weißblonde eingeschnappt. Der Rothaarige schnaubte nur. Mürrisch entfernten sie sich.

Jacob kochte vor Wut. Er, der niemals fluchte, hatte gesagt, sie sollten ihr Maul halten. Aber er hatte sich auch noch nie so etwas anhören müssen. Passierte Kate das öfter? Erlebten andere Frauen das auch? Es war ungeheuerlich. Oder war er naiv? Sie hatte es ihm ja erzählt, vor fünf Minuten erst. Er hatte gedacht, dass sie übertreibe. Und jetzt das.

»Jacob?«

Kate stand wieder neben ihm. »Ist alles in Ordnung?«, fragte sie und betrachtete ihn viel zu eingehend, als könne sie ihm ansehen, wie wütend er ihretwegen war. Aber er hatte nicht vor zuzulassen, dass die beiden Männer den Abend noch weiter zerstörten. Sie brauchte nicht zu wissen, was vorgefallen war. Und wenn er hier war, um sie zu beschützen, dann würde er das auch tun und nicht noch einmal von ihrer Seite weichen.

»Alles in Ordnung«, sagte er. »Wen möchtest du noch kennenlernen?«

Zwei Stunden später half er Kate in ihren Mantel. Er war aus Wolle und von einer exklusiven Marke, aber ihm erschien er viel zu dünn für die Kälte, die vom Djurgårdskanal herankroch und den Abend feucht und ungemütlich machte.

»Wie kommst du nach Hause?«, fragte er. Sein Blick fiel auf ihre Handtasche. Warum brauchte Kate so dringend derartig viel Geld? Was verheimlichte sie? Shoppingsucht? Sofortkredite? Kriminelle Machenschaften?

Sie verknotete ihren Gürtel in der Taille und zog ihre Lederhandschuhe an. »Ich nehme ein Taxi.«

»Lass mich dir einen Wagen holen«, sagte er.

»Danke, ich weiß wirklich nicht, wie ich das jemals allein hinkriegen sollte.« Aber sie lächelte, als sie das sagte.

Jacob winkte eins der Taxis heran, die vor dem Gebäude auf Fahrgäste warteten.

»Danke für den schönen Abend«, sagte er und öffnete ihr die Autotür. Dass der Abend in Moll geendet hatte, war nicht ihre Schuld.

Sie hielt inne. »Danke, dass du gekommen bist«, sagte sie sanft.

»Natürlich bin ich gekommen«, entgegnete er und fragte sich, ob sie geglaubt hatte, dass er sich anders verhalten würde.

Wieder lächelte sie, nicht dieses Filmstarlächeln, mit dem sie sonst um sich warf, sondern ein privates, herzliches Lächeln.

»Ja, so bist du wohl.« Sie sagte das, als sei es etwas, über das sie gründlich nachgedacht hatte.

»Wie denn?«, flüsterte er und war sich auf einmal ihrer schön geschwungenen Oberlippe bewusst.

»Zuverlässig«, antwortete sie, und er fragte sich, ob ihre Worte als Lob oder als Kritik gemeint waren. »Danke, Jacob«, sagte sie noch einmal, und es klang fröhlich und aufrichtig. »Für diesen Abend. Dafür, dass du mir beigestanden hast. Danke.« Sie legte flüchtig ihre behandschuhte Hand an seine Wange, lächelte noch einmal und ließ sich dann auf den Rücksitz des Taxis gleiten. Als der Wagen losfuhr, sah sie ihn durch die Scheibe an.

Erst als das Taxi außer Sicht war, hob Jacob die Hand und strich sich übers Kinn, wo Kate ihn berührt hatte. Er wusste immer noch nicht, warum er mit ihr zu dem Empfang gegangen war. Vielleicht weil er geahnt hatte, dass sie ihn brauchte. Vielleicht. Aber da war noch etwas anderes. Kate Ekberg, mit ihrer Energie, ihrer Zielstrebigkeit und mit unerwartet vielen Schwierigkeiten, erweckte etwas in ihm zum Leben, ein wildes Tier, das tausend Jahre lang geschlafen hatte. Er war froh, dass der Abend vorüber war. Sie würde in ihr aufregendes Leben zurückkehren, und er würde nach Hause gehen und ihr vermutlich nie wieder begegnen. Jacob sah zum Himmel hinauf, doch es waren Wolken aufgezogen und keine Sterne zu sehen.

## ~ 5 ~

Einige Tage später hob Kate bei der Bank fünfzehntausend Kronen in bar ab. Sie stopfte sie in ihre Handtasche, während die Bankangestellte ihr dabei zusah. Sie wartete nur darauf, dass sie ihr das Geld wieder wegnehmen, auf den Alarmknopf drücken oder sie fragen würde, was sie mit so viel Bargeld vorhabe.

»Vielen Dank«, sagte Kate.

»Viel Glück«, sagte die Angestellte, und das klang wie ein Omen. So oder so konnte das Ganze nicht glücklich ausgehen. Kate fuhr mit dem Taxi zum Treffpunkt. Es kam ihr unwirklich vor, dachte sie, hier mit einer Tasche voller Geld zu sitzen, unterwegs zu ihrem Feind, während draußen vor der Fensterscheibe Stockholm vorbeizog. Sie hatte sich schon mit Junkies, Kriminellen und Machos angelegt, aber die betrachtete sie nicht als ihre Feinde, sondern eher als Bestandteil einer unvollkommenen Welt, mit der sie irgendwie klarkommen musste, genauso wie sie mit Personalproblemen, Lieferschwierigkeiten und komplizierten Alkoholgesetzen klarkommen musste. Ubbe stand auf einem ganz anderen Blatt. Wie würde es sich anfühlen, ihm wieder zu begegnen? Seitdem sie ihn verlassen hatte, hatten sie sich ein paarmal von Weitem gesehen. Zu der Zeit, als sie ihren Club gründete, hatte er sogar ein Restaurant in Stockholm betrieben. Das war besonders nervenaufreibend gewesen. Er hatte damals hinter ihrem Rücken Lügen über sie verbreitet, das wusste sie. Aber sie waren sich nicht persönlich begegnet, sie hatten nicht miteinander geredet, und sie hatte seine Existenz mehr oder weniger verdrängt. Bis jetzt, wo er sie angriff und ihr Lebenswerk bedrohte. Das war das Schlimmste. Sie war so stolz auf das *Kate's*, doch genau dieser Stolz und eine gute Portion Eitelkeit drohten sie jetzt zu Fall zu bringen. Sie hatte der renommierten Zeitung *Dagens Industri* ein langes Interview gegeben, in dem sie darüber sprach, wie sie ihr Unternehmen aufgebaut hatte. Sie war daran gewöhnt, interviewt und porträtiert zu werden. Eine junge Frau in der harten Männerwelt der Vergnügungsbranche übte eine besondere Faszination aus. Aber an einem Punkt in diesem Interview hatte sie erwähnt, dass sie es sich jetzt zum ersten Mal leisten könne, ihren Angestellten Weihnachtsgeld zu zahlen. Ihr hätte klar sein müssen, dass es sich rächen würde, so anmaßend zu sein, sich zu früh zu freuen. Denn seit diesem Interview hatte Ubbe sie auf dem Radar, und es hatte nicht lange gedauert, bis er sich wieder in ihr Leben gedrängt hatte. Sie wurde erpresst. Sie. Die toughe Kate. Erpresst von so einem Arschloch, der Filme von ihr hatte, Sexfilme, von deren Existenz sie bis vor Kurzem noch keine Ahnung gehabt hatte. Zuerst hatte sie sich geweigert, ihm zu glauben. Daraufhin hatte er ihr einen Link zu einer Pornoseite geschickt, auf der er eine Szene mit ihr hochgeladen hatte. Einen Filmausschnitt, auf dem sie als Achtzehnjährige harten Sex mit Ubbe hatte und dabei gefilmt worden war, ohne es zu wissen. In dieser Szene war ihr Gesicht von der Kamera abgewandt.

»Beim nächsten Mal kann man dich erkennen«, hatte er geschrieben. Und darum saß sie nun mit fünfzehntausend Kronen in der Handtasche in einem schäbigen Taxi. Denn sie konnte nicht das Risiko eingehen, dass einer ihrer Geldgeber, VIP-Gäste oder Geschäftspartner die Filme zu Gesicht bekam, in denen sie mehr oder weniger freiwillig an erniedrigenden sexuellen Handlungen beteiligt war. Und was, wenn ihre Mutter oder ihre

Freunde davon erfuhren? Schon beim Gedanken daran geriet sie in Panik. Die fünfzehntausend in ihrer Tasche waren nur ein Teilbetrag. Den Rest würde sie überweisen, sobald sie das Geld hatte, und würde für die Übergabe neue Anweisungen von Ubbe erhalten. Alles in allem eine halbe Million. Außer dem Kredit von Jacobs Bank war es ihr gelungen, den Rest der Summe aus ihrem Unternehmen abzuzweigen. Mit dem Wirtschaftsprüfer würde sie sich später auseinandersetzen. Danach würde kein Geld für Boni mehr da sein. Nicht einmal, wenn sie selbst auf ihr Gehalt für die letzten zwei Monate des Jahres verzichtete. Es reichte nicht. Sie konnte gerade eben noch die laufenden Kosten bestreiten. Vorausgesetzt, sie konnte irgendwie das Geld für die Männer von der Beleuchtungsfirma auftreiben. Puh, mit diesem Thema konnte sie sich immer nur kurzzeitig beschäftigen, dann schaltete sich ihr Gehirn ab. Und sie war nicht so dumm, dass sie sich einbildete, dass Ubbes kranke Forderungen damit aufhören würden. All ihre Instinkte sagten ihr, dass er sich an ihr festbeißen würde wie ein wütender Terrier. Wie lange würde ihn die halbe Million auf Distanz halten? Wie viel Zeit hatte sie, um das Problem zu lösen, falls er nicht hielt, was er versprochen hatte? Der Ubbe, an den sie sich erinnerte, nahm Drogen, kaufte Luxusartikel und biederte sich bei Promis an, indem er sich spendierfreudig zeigte. Eine halbe Million würde ihn nicht allzu lange über Wasser halten. Kate war jetzt schon mehr oder weniger bankrott. Sie musste etwas unternehmen, aber sie wusste nicht, was. Erpressung war kriminell, Sexfilme ohne Einwilligung im Netz hochzuladen war absolut gesetzwidrig. Es war ihr durchaus klar, dass sie Anzeige erstatten sollte. Oder mit irgendjemandem reden. Etwas *tun*. Wenn sie die Situation von außen betrachtet hätte, wäre sie auch dieser Ansicht gewesen, aber jetzt war es nun einmal sie selbst, der die Schlinge um den Hals lag, die sich immer fester zuzog, je mehr sie sich sträubte. Denn Ubbe könnte ihr Leben schneller zerstören, als man »Ermittlungsverfahren« buchstabieren konnte. Der kleinste Fingerzeig, dass sie Anzeige erstattet hatte, und er würde die Filme weltweit leaken. Dann stünden sie für alle Ewigkeit im Internet. Konnte sie ihn anzeigen, ohne dass er davon Wind bekam? Das war die Frage. Das musste sie herausfinden. Sie hatte Ubbe schon als abgeschlossenes Kapitel betrachtet, ein Irrtum, den sie mit seelischen Wunden und teuer erkauften Erfahrungen bezahlt hatte. Sie hatte keine Ahnung gehabt, dass er sie beide an jenem abscheulichen Abend gefilmt hatte. Jetzt hatte sie seine Nachrichten abgespeichert und auch die abstoßenden Filmausschnitte, die er ihr zugeschickt hatte. Obwohl ihr bei dem Gedanken an die Filme übel wurde, bewahrte sie sie in einem Ordner auf ihrem Computer auf. Wenn ihr etwas zustieß, brauchte sie Beweise.

Sie stieg aus dem Taxi und versuchte, ruhig und gelassen zu wirken.

Ubbe war kaum zu übersehen. Der ehemalige Torwart war groß, blondiert, tätowiert und breit wie ein Schrank. Und Kate hatte schon genug Männer gesehen, die Anabolika nahmen, um die Anzeichen bei Ubbe deuten zu können. Kaum zu glauben, dass sie ihn früher einmal attraktiv gefunden hatte. Jetzt sah sie nur noch das Falsche, das Höhnische, das Böse in ihm.

»Schau an, schau an, wenn das nicht die kleine Kate Ekberg ist«, sagte er mit seiner rauen Stimme. Sie wusste, dass er als Fernsehkommentator gearbeitet hatte, er hatte die richtige Stimme und das passende Aussehen, aber null analytischen Verstand. Offenbar war sein Gastspiel schnell wieder beendet gewesen.

Sie gab ihm das Geld. Vielleicht hätte sie diesen Moment filmen sollen. Ein Geständnis aufnehmen? Und wie zum Teufel machte man das? Es war wie in einer schlechten Soap. Die Clubszene hatte ihre schmutzigen Seiten, es wimmelte vor Drogen und Kriminellen, aber bisher hatte Kate noch nie einem Ex Lösegeld übergeben müssen. Das war ein neuer Tiefpunkt.

»Wo hast du den Film? Woher soll ich wissen, dass du ihn wirklich löschst?«, fragte sie kalt.

»Ich lösche gar nichts, solange du nicht den Rest rüberwachsen lässt. Wir haben eine halbe Million vereinbart.«

*Wir haben gar nichts vereinbart. Du erpresst mich, du verdammtes Arschloch. Und glaub nicht, dass du damit durchkommst.* »Das tue ich ja, aber ich habe das Geld erst heute erhalten.« Alles war so schnell gegangen, dass sie keine Zeit gehabt hatte, nachzudenken oder einen Plan oder Gegenangriff zu entwerfen. Das hatte er natürlich beabsichtigt. Ubbe mochte zwar ein Idiot sein, aber er war auch gerissen.

Er grinste höhnisch. »Überweis das Geld, das mir zusteht, dann ist es vorbei. Glaub aber nicht, dass man das Konto zu mir zurückverfolgen kann, Mädel. Dafür bin ich zu schlau.«

»Ja, Ubbe, du bist ein verdammtes Genie.«

## ~ 6 ~

Dröhnende Musik und lautes Lachen schallten durch den ganzen Nachtclub. Oben in der Bar Noir hatte ein Queerclub den Freitagabend vorübergehend an sich gerissen. Kate liebte solche Take Overs, wenn ein Konzept ihren Club kaperte. Es würde ein verrückter Abend werden. Eine bekannte britische Dragqueen war in der Stadt, und Stockholms queere Community stand Schlange für eine Clubnacht, die atemberaubend zu werden versprach.

»Heute Abend brennt die Luft«, sagte Nanna mit einem breiten Grinsen, als wieder ein Paar in Lackleder eintraf.

»Auf beiden Tanzflächen«, bestätigte Kate. Sie spürte die kribbelnde Vorfreude im ganzen Körper.

Die beiden arbeiteten eng zusammen, seit Kate Nanna von einem Konkurrenten am Stureplan abgeworben hatte, indem sie ihr das doppelte Gehalt bot sowie die Möglichkeit, ihren Arbeitsplatz so zu gestalten, wie sie wollte. »Wenn du zu mir kommst, können wir Großes vollbringen«, hatte Kate gesagt. Ungefähr ein Jahr später war Parvin an Bord gekommen. Zusammen bildeten sie nun ein Frauentrio an der Spitze einer Welt, die zu fünfundneunzig Prozent von Männern kontrolliert wurde.

»Wie lief eigentlich der Empfang?«, fragte Nanna, nachdem sie mehrere Freunde mit Wangenküsschen begrüßt hatte.

Sie waren bisher noch nicht dazu gekommen, über den Abend in der Botschaft zu sprechen. »Gut. Ich habe ein Gespräch über eine Kooperation geführt und wollte dich bitten, die Sache weiterzuverfolgen.« Der Großteil der Einkünfte des Clubs – das Geld für die Miete, das Personal und die Künstler – stammte aus Eintrittsgeldern. Aber einige Einnahmen resultierten auch aus Kooperationen mit allen möglichen Unternehmen, von Champagnerkellereien über Brillendesigner bis hin zu Produzenten von erotischem Spielzeug. Den Letztgenannten hatten sie einen denkwürdigen Abend zu verdanken. Kate hatte immer noch einen Karton voller rosa Vibratoren zu Hause. »Es ist gut gelaufen«, wiederholte sie nachdenklich.

»Ist etwas passiert, Kate? Du bist seit ein paar Tagen ziemlich blass.«

Energisch schob Kate ihre Sorgen, die sie seit dem Treffen mit Ubbe verfolgten, beiseite und lächelte herzlich. »Es war ein gelungenes Event, und ich bin froh, dass ich hingegangen bin.« Sie war sich ziemlich sicher, dass es ihr gelungen war, Gelder für die Lichtshow einzutreiben. Ein IT-Milliardär hatte gesagt, dass er so etwas gern sponsern würde. Aber es war nur noch ein Monat bis Weihnachten, und am Jahresende mussten auch noch andere große Rechnungen beglichen werden. Shit. Sie sah zu Parvin hinüber, die die Treppe heruntergesprungen war und Nanna jetzt mit raumgreifenden Gesten und ausdrucksvoller Mimik von dem Mann erzählte, mit dem sie zuletzt zusammen gewesen war. Nanna verdrehte die Augen, während sie gleichzeitig die hereinströmenden Gäste im Blick hatte. Parvin liebte es, von ihren Dates zu erzählen, während Nanna deutlich zurückhaltender war, was ihr Privatleben anging. Kate hätte am liebsten die Hände über dem Kopf zusammengeschlagen. Wie sollte sie ihnen nur beibringen, dass aus dem Bonus, den sie ihren Angestellten versprochen hatte, nichts wurde? Wie würden sie reagieren? Alle beide liebten es, Geld auszugeben, und hatten eine kleine Extra-Anerkennung auch wirklich verdient.

»Du weißt aber schon, wenn ein Mann behauptet, der spontane Typ zu sein, bedeutet das, dass er nach einem Bier albern wird und Schläge für kinky hält?«, sagte Parvin mit der ganzen Weltgewandtheit einer Vierundzwanzigjährigen. Sie tippte auf ihrem Smartphone herum und sprach dabei sehr laut, um die Musik und das Gelächter zu übertönen.

»Oder er ist einfach nur eine Frohnatur«, fand Nanna.

»Ah, please.«

Kate hörte zu, sagte aber nichts. Sie war die Chefin, und sie sprach nur äußerst selten über ihre eigenen Dates, und außerdem war sie auch nicht der Typ Frau, der sich ständig Gedanken über Männer machte, aber jetzt … Jacob Grim hatte sich erstaunlicherweise in ihre Gedanken geschlichen. In ihrer Rolle als Besitzerin eines Nachtclubs musste sie schlagfertig sein und ihre Persönlichkeit geschmeidig an alle Arten von Menschen anpassen, von Snobs bis zu Superstars und Möchtegern-Gangstern. Sie liebte das. Hauptsache, jemand tanzte gerne, feierte und hörte Musik, dann kam Kate mit ihr oder ihm aus. Allerdings gehörte sie nicht zu den Menschen, die sich anderen ohne Weiteres öffneten. Als Jacob sie gefragt hatte, warum sie ihn eingeladen hatte, hatte er einen empfindlichen Punkt getroffen. Sie kannte viele Menschen und hatte Hunderte von Bekannten, aber nur wenige gute Freunde. Einen Teil von sich hielt sie unter Verschluss. Aber als Jacob Grim und sie sich verabschiedet hatten … Das war seltsam. Denn sie hatte ein Kribbeln verspürt. Wann war ihr das zuletzt passiert? Von einer leichten Berührung? Sie fühlte sich nicht von Jacob angezogen, dessen war sie sich sicher. Oder? Nein. Er war definitiv nicht ihr Typ. Und er schien auch nicht an ihr interessiert zu sein, sie hatte ihm die Worte regelrecht aus der Nase ziehen müssen. Und trotzdem. Er hatte sie den Leuten vorgestellt. Er hatte hin und wieder gelacht. Und es hatte zwischen ihnen gefunkt. Solche Funken spürte sie doch sonst auch nicht. Sie versuchte, das wenige, was sie über ihn wusste, objektiv zu betrachten. Er war älter als sie. Er war ein wenig zu mager, so als äße er zu wenig und müsse ein paar Kilo zunehmen, und er kleidete sich langweilig. Als besäße er nur Kleidung aus dem vergangenen Jahrzehnt, oder als verabscheue er alles Modische. Was ihn aber vor allem alt wirken ließ, waren seine Augen. Es schien, als hätte er irgendwann aufgegeben. Da war eine abgrundtiefe Trauer in ihm, davon war sie überzeugt. Was war geschehen? Er war ein Rätsel, und sie liebte Rätsel. Und wenn sie ehrlich war, hatte er kein einziges Mal auch nur eins ihrer Vorurteile bestätigt, im Gegenteil, er hatte sich nicht in den Vordergrund gedrängt, nicht alles, was sie sagte, hinterfragt, und er hatte ihr aufmerksam zugehört, wenn sie sprach. Sie wurde nicht schlau aus ihm. Oder aus sich selbst.

Ihr Handy klingelte.

»Jacob Grim« stand auf dem Display. Sie sah auf die Uhr, es war elf Uhr abends. Wer rief heutzutage überhaupt noch an? Es schickten doch alle SMS. Und warum rief Jacob mitten in der Nacht an? Hilfe, dachte sie. Er wollte ihr doch nicht sagen, dass sie das Geld zurückzahlen musste?

»Hallo«, sagte Jacobs tiefe Stimme, als sie das Gespräch annahm.

»Wie geht's?« Sie hielt den Atem an. Bitte, bitte, frag mich nicht nach dem Geld.

Er räusperte sich. »Ich wollte mich für den Abend neulich bedanken.«

Oh. Kate taute ein wenig auf. War er nicht zauberhaft oldschool? Anzurufen und sich für den Abend zu bedanken. Wer tat so etwas noch? Alte Leute. Gäste auf königlichen Hochzeiten. Und offensichtlich auch Jacob Grim.

»Du hast gesagt, dass du ein Nachtmensch bist. Ich hoffe, ich rufe nicht zu spät an.«

»Im Gegenteil. Mein Abend hat gerade erst angefangen. Jacob, darf ich dich etwas fragen?«

Langes Schweigen. Als ob er ihr nicht vertraute. Fair enough.

»Was denn?«, sagte er endlich.

»Bitte entschuldige, wenn das zu persönlich ist. Aber wie alt bist du eigentlich?«

»Ich werde nächstes Jahr vierzig.«

Sieh an. Meist konnte sie das Alter von Menschen fast auf den Monat genau schätzen. Jacob hätte sie auf mindestens fünfundvierzig geschätzt, aber nicht auf neununddreißig. Kate sah Nanna an, die eine phänomenale Midlife-Crisis gehabt hatte, sich seitdem in schwarzes Leder kleidete, Malkurse besucht hatte und das Geschmiere als »Aquarelle« bezeichnete.

»Warum fragst du? Oder nein, das will ich gar nicht wissen.«

Wie aus dem Nichts überkam sie eine Welle der Zärtlichkeit. Er war so kühl, so korrekt. Aber trotzdem spürte sie Wärme in sich aufsteigen. Und seinetwegen hatte sie ja sowohl Kribbeln als auch Funken gespürt.

»Entschuldige, ich wollte dir nicht die Laune verderben«, sagte sie sanft.

»Nicht? Und ich dachte schon, du hast Spaß daran, mich aus dem Gleichgewicht zu bringen.« Sein Tonfall war herb. Aber es war ein Scherz, noch dazu auf seine eigenen Kosten. Sie lachte leise.

»Aber so etwas würde ich doch nie tun, Jacob.« Sie blickte sich um und hoffte, dass niemand hören konnte, dass sie mit ihm flirtete. Er war süß, auf seine staubtrockene Art. Allerdings stimmte das so nicht ganz, er war nicht nur spröde, hin und wieder blitzte auch noch etwas anderes auf. Sie hatte bemerkt, wie sein Blick an ihrem Mund hing, und hatte eine kleine Flamme gesehen, die sie mühelos als Begehren identifiziert hatte.

Er antwortete nicht, aber plötzlich kam ihr der Gedanke, dass er am anderen Ende der Leitung lächelte.

»Danke für deine Hilfe«, sagte sie. Denn seine Anwesenheit hatte ihr geholfen. In einer Welt, in der der Mann die Norm war, war es für sie von unschätzbarem Wert gewesen, ihn an ihrer Seite zu haben wie einen sicheren Hafen. Jacob war der perfekte Begleiter gewesen.

»Keine Ursache«, antwortete er.

Wieder wurde es still in der Leitung. Sie biss sich auf die Lippe und merkte, dass sie ein wenig errötete. Als sie aufblickte, starrten Nanna und Parvin sie mit großen Augen an. Sie drehte ihnen den Rücken zu.

»Jacob?«

»Ja?«

»Schön, dass du angerufen hast. Sag Bescheid, wenn ich einmal etwas für dich tun kann.« Sie würde ihm gern VIP-Karten für das *Kate's* schenken. Vielleicht würde er zusammen mit einer Frau erscheinen? Das gönnte sie ihm, beschloss sie. Wirklich. Auch wenn es ihr lieber wäre, dass er einen Freund mitbrächte, dachte sie, ohne diesen Gedanken näher unter die Lupe zu nehmen, weil er vollkommen absurd war. Was interessierte es sie, wen Jacob Grim in ihren Club mitbrachte?

»Auf jeden Fall«, sagte er.

Als sie aufgelegt hatten, lächelte Kate. Was für ein eigenartiges Gespräch.

## ~ 7 ~

Ende der Woche fuhr Jacob zum Abendessen zu seinen Eltern. Er umarmte seine Mutter und drückte sie fest. Sie war drahtig und ständig in Bewegung, sie wanderte, dekorierte die verglaste Terrasse zu Weihnachten mit Tannenzweigen und fuhr Langlaufski. Das Interesse für die Natur hatten sie gemeinsam. Die ganze Familie war so, sie trieben alle Sport und waren gern draußen in der Natur.

»Isst du auch ordentlich?«, fragte sie, als die Umarmung vorüber war.

Jacob wusste, dass sie aus Fürsorge fragte, aber wie immer war es ihm lästig. Die Wahrheit war, dass er tat, was er konnte, und ihre Worte klangen wie ein Vorwurf. Als müsse er sich noch mehr anstrengen.

»Auf jeden Fall duftet es hier ganz wunderbar«, log er. Seine Mutter wollte nur sein Bestes. Auch wenn es nach Safran roch, was ihm die Stimmung verdarb.

Kochen war nicht Gunillas starke Seite, und es spielte auch keine Rolle, wie oft er ihr sagte, dass er Safran nicht mochte und auch noch nie gemocht hatte. Es war immer dasselbe. *Magst du keinen Safran? Seit wann das denn? Das mochtest du doch immer?*

Aber Gunilla liebte es, ihre Familie um sich zu haben und sie um den Tisch versammelt zu sehen, und das war das Mindeste, was Jacob tun konnte: ein paarmal im Jahr zum Familienessen zu kommen.

»Es gibt Fischsuppe«, sagte sie.

»Herrlich«, sagte er und versuchte, enthusiastisch zu klingen.

»Hallo, Bruderherz«, begrüßte ihn seine kleine Schwester Jennifer. Sie war zwei Jahre jünger als er. Als sie klein waren, hatten sie ununterbrochen gestritten, aber als Erwachsene waren sie einander nähergekommen, jedenfalls seit dem, was ihm zugestoßen war und was die ganze Familie belastet, sie alle traurig gemacht, aber auch fester zusammengeschweißt hatte. Er umarmte sie, so gut es bei ihrem riesenhaften Babybauch ging. Jennifer würde bald ihr drittes Kind bekommen, und ihr Bauch fühlte sich an seinem Körper groß und warm an. Jennifer umarmte ihn lange und strich ihm über den Rücken. Er duldete es, obwohl er sich bei all diesen Gefühlsbekundungen nicht wohlfühlte. Weil sich darin die ständige Sorge der Familie um ihn ausdrückte. Auch seinen Vater begrüßte er mit einer kurzen und männlichen Umarmung und klopfte ihm auf den Rücken. Früher hatten sie sich nie umarmt, sein Vater hatte viel gearbeitet und war auch nicht der Typ Mensch gewesen, der andere umarmte oder über Gefühle sprach. Aber seit *dem* taten sie es. Sich umarmen.

»Hallo, Papa«, sagte Jacob.

Lennart Grim sah ihn prüfend an. »Und dir geht es gut?«

»Ja, sicher.«

Es war sein Vater gewesen, der Jacob aus der psychiatrischen Klinik abgeholt hatte, als das schlimmste Chaos vorüber war und er entlassen wurde. Sie hatten nicht viele Worte gewechselt. Sein Vater war schweigsam und blass gewesen, und Jacob bewegte sich wie im Nebel und konnte nicht reden. Seine ganze Energie war darauf gerichtet zu atmen. Aber die Zeit war vergangen, und meistens verhielten sie sich so, als ob alles so wäre wie immer. Auch wenn Jacob seine Eltern dann und wann dabei ertappte, dass sie einen besorgten Blick miteinander oder mit Jennifer tauschten. Sie alle hatten etwas verloren, und mit seinem Verhalten hatte Jacob es ihnen noch schwerer gemacht.

Seine Eltern wohnten in einer hübschen Neubauwohnung in Norra Djurgårdsstaden, in Citynähe. Nachdem auch Jennifer ausgezogen war, hatten sie die Villa in Djursholm verkauft, sich stattdessen diese pflegeleichte und luftige Wohnung genommen und waren in eine neue Lebensphase gestartet. Sie spielten Golf, reisten und waren glücklich miteinander, soweit Jacob wusste. Sie gaben Abendeinladungen, gingen ins Theater und engagierten sich in verschiedenen Vereinen. Sie waren sogar schon gemeinsam mit Jennifer, deren Mann Gustaf und den Enkelkindern in den Urlaub gefahren. Alle in dieser Familie waren energisch und zufrieden. Unter ihnen fühlte Jacob sich wie ein Trauerkloß. Nicht, dass sie irgendetwas falsch gemacht hätten. Im Gegenteil, sie bemühten sich wirklich, ihn mit einzubeziehen. Die Schuld lag bei ihm.

»Gehst du zum vierzigsten Geburtstag von Fredrik Nordensköld?«, fragte Jennifer und strich sich Butter auf ein Stück Brot.

Als die Einladung gekommen war, hatte Jacob zugesagt. Fredrik war ein alter Freund aus dem Elite-Internat Lundsberg. Aber er wollte eigentlich nicht hingehen und hatte beschlossen, wieder abzusagen.

»Ich muss wahrscheinlich arbeiten«, sagte er langsam, wobei er in seiner Suppe rührte. Er mochte Fisch, aber die Suppe hatte die intensiv gelbe Farbe des verhassten Safrans. Für Safranhasser war der Dezember ein finsterer Monat, dachte er.

Seine Mutter betrachtete ihn bekümmert. »Fredrik ist doch ein guter Freund von dir. Kannst du es nicht versuchen?«

Jacob legte seinen Löffel hin und nahm sich vom Brot. Doch, er konnte schon. Aber er wollte nicht. Alle, die er von früher kannte, würden dort sein. Alle, die wussten, was passiert war.

»Ich habe abgesagt, weil ich im hundertsten Monat bin, aber

dir würde es guttun hinzugehen. Du musst mal unter Menschen«, sagte Jennifer. Sie lehnte sich in ihrem Stuhl zurück und schnaufte leise. Als baldige Dreifachmutter hielt sie sich für einen besseren Menschen und glaubte sich mit allem auszukennen. Das ärgerte ihn maßlos, nicht zuletzt, weil sie tatsächlich in fünfundneunzig Prozent der Fälle recht hatte.

»Lass deinen Bruder in Ruhe«, sagte Lennart, aber es war ihm anzusehen, dass er eigentlich ihrer Meinung war.

»Es ist jetzt zehn Jahre her. Er kann sich nicht bis in alle Ewigkeit verstecken«, beharrte Jennifer.

Als sie klein waren, hatte Jacob sie leicht mundtot machen können, aber als Erwachsener konnte er sie ja nicht einfach kneifen oder ihr damit drohen zu petzen, dass sie sich nachts aus dem Haus stahl. Er konnte ihr nicht einmal die Zunge herausstrecken. Manchmal half es einem herzlich wenig, erwachsen und klüger zu sein.

»Ich verstecke mich nicht«, verteidigte Jacob sich und schob sich ein paar Stücke Gemüse aus der Suppe in den Mund.

»Nimm doch jemanden mit«, sagte Jennifer beharrlich.

Er sah, dass ihre Mutter sich auf die Zunge biss, damit ihr nicht die Frage herausrutschte, auf die sie alle gern eine Antwort gehabt hätten. Ob er jemanden kennengelernt hatte. Was ja nicht der Fall war.

Er wischte sich den Mund ab. Nichts würde ihn dazu bringen, noch mehr zu essen, beschloss er.

»Jennifer hat recht. Gibt es denn niemanden, den du fragen könntest?«, wollte Gunilla wissen und schob ihm die Suppenschüssel hin.

Ganz unverhofft dachte er an Kate. Aber sie konnte er ja wohl kaum anrufen, das wäre ja seltsam. Sie kannten einander gar nicht. Er wusste nicht einmal, ob er sie mochte. Aber Kate war so lebendig. Als packe sie das Leben ohne jede Angst bei den Hörnern und kämpfe sich einfach vorwärts. Mit ihr an seiner Seite hatte sogar er sich ein bisschen lebendig gefühlt. Und Kate hatte keine Ahnung davon, was ihm widerfahren war. Sie zog ihn damit auf, dass er so war, wie er war, nicht damit, was ihm passiert war. Das fühlte sich gut an.

Er gab auf. Weil seine Mutter sich Sorgen machte. Weil seine Schwester hochschwanger war und ihn mit so viel aufrichtiger Liebe ansah. Weil sein Vater über Nacht grau geworden war, damals, vor zehn Jahren. Und vielleicht auch ein wenig seiner selbst wegen.

»Vielleicht kenne ich jemanden, den ich fragen könnte«, sagte er langsam.

Seine Mutter und seine Schwester tauschten einen Blick so voller Hoffnung, dass es fast schon komisch wirkte. Sogar sein Vater schien sich zu freuen.

Jacob bereute es schon. Er hob seinen Löffel.

»Iss nicht zu viel. Zum Nachtisch habe ich einen Schokoladenpudding gemacht.«

»Mama, ich mag keine Desserts«, sagte er, er wusste nicht, zum wievielten Mal in seinem Leben. Und glibberige Puddings mochte er am allerwenigsten. Er schauderte.

»Nicht? Seit wann das denn?«

## ~ 8 ~

Als Kind hatte Kate oft nicht gewusst, ob sie zu Hause ein warmes Essen bekommen würde, und hatte alles getan, um nicht hungrig sein zu müssen. Sie hatte Nahrungsmittel gestohlen oder versucht, sich bei Freunden zum Mittag- oder Abendessen einzuladen. Einen Sommer lang hatte sie überlebt, indem sie Getränkedosen sammelte und sich für das Pfandgeld heiße Würstchen und Limonade kaufte. Dabei war sie von einem Klassenkameraden beobachtet worden, und am folgenden Tag wusste die ganze Schule, dass die verranzte Kate Ekberg Mülleimer durchwühlte. Aber was sollte sie sonst tun? Auf ihre Mutter war kein Verlass, und schon früh hatte Kate erkannt, dass sie ihr Überleben selbst in die Hand nehmen musste. Mit einer Mutter, die trank, und der ständigen Angst, dass das Sozialamt eingreifen würde, hatte sie gelernt, den Mund zu halten, und lieber alle möglichen Jobs angenommen. Sie hatte Lager aufgeräumt, in sengender Sonne und strömendem Regen Erdbeeren verkauft, bei McDonald's gejobbt, bei Coop an der Kasse gesessen und Post sortiert. Die meisten dieser Jobs hatte sie gehasst. Die Arbeit im *Kate's* war etwas völlig anderes, dachte sie und strich mit der Hand über den Tresen. Besser als männliche Bewunderung, besser als Sex, besser als alles.

Wieder einmal war der Club geschlossen und still, und sie war allein hier. Nanna hatte den ganzen Tag lang Besprechungen mit Künstleragenturen, und Parvin war laut Instagram bei einem Parfümrelease. Kate öffnete ihren Laptop und setzte sich auf einen Barhocker. Sie klickte sich zur Website der Polizei durch. Das hatte sie jeden Tag getan, seit Ubbe Kontakt zu ihr aufgenommen hatte. Sie hatte versucht zu verstehen, was eine Anzeige bei der Polizei für Konsequenzen haben würde. Schon mehrmals hatte sie begonnen, ein Formular auszufüllen, es aber nie abgeschlossen. Sie hatte auch Anwälte gegoogelt. Sie kannte zwar jede Menge Anwälte – sie liebten ihren Club –, aber keiner von ihnen gehörte zu der Sorte Mensch, der sie sich anvertrauen würde. Das war wohl der Haken. Sie vertraute niemandem. Vorgestern hatte sie bei einer privaten Sicherheitsfirma angerufen. Als sie dort um Rat bat, sagte der Mitarbeiter am Telefon, dass es allein schon dreißigtausend Kronen koste, ein Dossier anzulegen. Und dass sie dazu rieten, unter keinen Umständen in dieser Art Filme mitzuwirken. Danke für gar nichts. Am besten, sie sah es gleich ein: Sie konnte es sich nicht leisten, weder den Anwalt noch private Sicherheitsleute. Sie war besiegt, und sie hatte das Geld auf das Konto überwiesen, das Ubbe ihr genannt hatte. Das Konto lief nicht auf seinen Namen, also über einen Mittelsmann, bestimmt irgendein Gauner, der die Summe dann in kleineren Beträgen an Ubbe weiterleitete, aufgeteilt auf minderjährige Kriminelle, die ihm das Geld per Swish schickten. Ohne Spuren zu hinterlassen.

Sie fuhr den Computer herunter und ging eine Runde durch den verwaisten Club, streichelte das schimmernde Holz, inspizierte die neue Beleuchtungsanlage, zog sich gefütterte Lederstiefel an, wickelte sich in einen breiten Schal und ging mit raschen Schritten zu Fuß nach Hause. Es war kalt und dunkel, und die Menschen hasteten über die verschneiten Straßen, aber sie genoss die Luft, Stockholm und die Tatsache, dass sie warme Kleidung hatte und ein Zuhause, zu dem sie gehen konnte. Ihr ganz eigenes Zuhause. Sie vergaß nie, dankbar dafür zu sein.

Sie wohnte in einem der kleinsten, ältesten und am schlechtesten instand gesetzten Gebäude im Stadtteil Lärkstaden, um die Ecke vom Valhallavägen. Das Haus hatte keinen Aufzug, die Treppenstufen waren heruntergetreten und schief und die Rohrleitungen uralt und rostig, aber die Dreizimmerwohnung ganz oben in dem eckigen Turm war ihre, und wie bei allen Dingen, die ihr gehörten, bewachte sie sie wie ihren Augapfel. Außerdem: Turmzimmer. Ja, das machte ihr Glück vollkommen. Da spielte es keine Rolle, dass immer mal wieder braunes Wasser aus dem Hahn kam, dass die Heizung mehr Geräusche von sich gab als Wärme und dass das zerbeulte, zerkratzte Parkett schon vor fünfundvierzig Jahren hätte abgeschliffen werden müssen.

Als sie das Haus betrat, wurde die Tür im Erdgeschoss einen Spaltbreit geöffnet, und ein Kopf erschien in der Türöffnung.

»Ich dachte doch, dass ich dich gehört hätte«, sagte Betty Bergman, Kates sechsundachtzigjährige Nachbarin und Vermieterin, der das Gebäude gehörte.

Kate hob die Tüte hoch, die sie in der Hand hatte. »Ich habe uns Krabbensandwiches gekauft.«

Bettys runzeliges Gesicht hellte sich auf. »Oh, wunderbar.« Sie nahm Kate die Tüte ab und schaute hinein. »Und Mandelkekse, du bist ein Schatz. Ich habe ein bisschen Sherry da. Oder Tee.«

»Ich komme in zehn Minuten runter.«

Kate stieg die vier Treppen mit ihren hohen und unregelmäßigen Stufen hoch, zog sich etwas Bequemeres an und ging wieder zu Betty hinunter.

Als sie anklopfte, hatte ihre Freundin bereits den Tisch in ihrer schäbigen Küche gedeckt, und bald darauf saßen sie am Küchentisch und aßen die Krabbensandwiches. Kate begnügte sich mit Tee, während Betty am Sherry nippte. So hatten sie über die Jahre viele Male zusammengesessen.

»Ich fühle mich wirklich wohl hier«, sagte Kate. Hier fühlte sie sich sicher, und sie mochte die gemeinsame Zeit mit Betty. »Du bist meine beste Freundin.«

»Du brauchst Freunde in deinem eigenen Alter. Wie Nanna und Parvin.« Betty schluckte eine Krabbe hinunter.

»Ich bin ihre Chefin. Und ich habe Freundschaft nie obenan gestellt.«

Das waren Variationen des immer gleichen Themas. Sie gab meist den unmöglichen Arbeitszeiten die Schuld, aber das Problem reichte tiefer. In ihrem Smartphone hatte sie die Nummern internationaler Stars, Künstler, Promis und anderer attraktiver Gäste ihres Nachtclubs gespeichert. Aber genau wie Betty zu sagen pflegte, hatte sie nur wenige enge Freunde, vielleicht gar keine. So war es schon immer gewesen. Schon als Kind war sie eine Außenseiterin gewesen, die Mädchen in der Schule hatten sie nicht gnädig behandelt, und sie war schon als Sechzehnjährige mit Ubbe zusammengekommen. Danach hatte sie sich auf anderes konzentriert als darauf, sich Freundinnen zu suchen, nach dem Motto, wenn sie sie nicht wollten, würde sie sich nicht aufdrängen. Manchmal fehlte ihr etwas, und dann ging sie damit um wie mit den meisten Dingen, an die sie nur ungern dachte: Sie arbeitete noch härter und verdrängte es. Eines schönen Tages würde sich das wohl rächen, dachte sie. Wenn sie nicht schlau genug war.

»Ich brauche sonst niemanden«, sagte sie. Nicht einmal Betty wusste alles über sie, und so sollte es auch bleiben.

»Du brauchst Liebe genauso wie alle anderen«, protestierte Betty. Auch diese Diskussion führten sie nicht zum ersten Mal. Kate hatte nicht grundsätzlich etwas gegen Liebe und Partnerschaft, das war nur einfach nichts für sie. Sie nahm gerne an, was Männer ihr boten, aber sich an jemanden zu binden – der

Gedanke, sich zu verlieben, abhängig und unfrei zu werden, versetzte sie beinahe in Panik. Die Mitglieder ihrer Familie hatten außerdem erwiesenermaßen kein gutes Händchen für Männer.

»Wie läuft es mit der Stickerei?«, fragte sie ihre Freundin, um das Thema zu wechseln. Männer und Liebe waren eine Sackgasse. Sie biss in ein Stück Gurke.

Betty lebte ein reiches Leben. Sie betrieb einen Blog, in dem sie Rentnern alles rund ums Internet beibrachte, sie sammelte antike Tiaras, die sie auf Online-Auktionen ersteigerte, und sie bestickte bunte Wandbehänge mit Botschaften wie *Kein Schwanz ist so hart wie das Leben* und *Ein großer Schwanz ist nur ein kleiner Trost in einem armen Haus* und ähnlichen Sprüchen, die auffallend oft von Schwänzen handelten. Sie verkaufte sie im Internet, und Kate fragte sich häufig, wer diese Wandbehänge erwarb.

»Ich arbeite an einem neuen Sprichwort. *Das Leben ist wie ein Schwanz. Manchmal ist es hart, ohne dass man weiß, warum.* Das wird super. Du darfst es sehen, wenn ich damit fertig bin. Jetzt erzähl mir von deinem Liebesleben.«

Bettys Augen blinzelten sie hinter ihrer strassbesetzten Cateye-Brille an.

»Da gibt es im Augenblick nichts zu erzählen. Mein Liebesleben ist ziemlich tot.« Das stimmte, aber auf einmal wanderten ihre Gedanken zu Jacob.

»Habe ich dir schon von dem Seemann erzählt, den ich in den Fünfzigern im Hafen von Göteborg kennengelernt habe?«

»Nein, erzähl«, sagte Kate mit erwartungsvollem Lächeln. Sie liebte es, wenn die ältere Dame einen Schwank aus ihrem langen Leben erzählte. Betty war viermal verheiratet gewesen, hatte ein Hochzeitsfoto aus den Fünfzigerjahren, eins aus den Siebzigern und zwei aus den Achtzigern, alle standen in ihrem Bücherregal, aber sie hatte nie Kinder bekommen. Sie war zwischen zwei Weltkriegen geboren worden, war Aktivistin und Feministin gewesen und hatte in Uppsala Wirtschaft studiert. Das Mietshaus hatte sie von ihrem letzten Mann geerbt. Wenn sie das Haus verkaufen würde, wäre sie reich, aber sie vermietete lieber einige der Wohnungen, unter anderem an Kate. Betty hatte auch schon zu einem frühen Zeitpunkt in das *Kate's* investiert, als sonst noch niemand daran gedacht hatte. Jetzt war sie Minderheitsgesellschafterin, und zwar eine vorbildliche, der das Unternehmen am Herzen lag, die sich aber nicht einmischte.

Nachdem sie Kate zum Lachen gebracht hatte, tätschelte Betty ihr die Wange. »Vielen Dank für das Sandwich. Ich weiß, du kümmerst dich um alle, aber vergiss bitte nicht dich selbst.«

»Ich bin froh, dass ich dich habe«, sagte Kate und deckte den Tisch ab.

»Du klingst besorgt, meine Liebe. Du sagst es mir doch, wenn irgendetwas passiert ist?«

»Es ist nichts«, sagte Kate. Sie wagte es nicht, Betty von der Erpressung zu erzählen. So tickte sie nun einmal nicht, und wenn man selbst noch nicht in so einer Lage gewesen war, konnte man das nicht verstehen. Betty war lieb und vorurteilsfrei, aber jeder hatte seine Grenzen, und die Angst, dass ihre Freundin sie missbilligen könnte, reichte aus, damit Kate den Mund hielt. Sie würde das selbst klären. Ihr musste nur noch einfallen, wie.

Rasch spülte sie das Geschirr ab, stellte die letzte zierliche Teetasse in das Abtropfgestell und wischte die zerkratzte Arbeitsplatte sauber.

»Morgen wollte ich waschen. Wenn du möchtest, mache ich deine Wäsche mit«, bot sie an. Die Waschküche lag im Keller, und Betty konnte nicht mehr so gut Treppen steigen.

Sie plauderten, bis Betty auf ihrem gestreiften Chintzsofa einnickte. Kate legte ihr einen weichen Strickschal um, schloss leise die Tür und ging mit dem kleinen Beutel voll Wäsche zu ihrem Turmzimmer hinauf.

## ~ 9 ~

Nach dem Sonntagsessen bei seinen Eltern kämpfte Jacob ein paar Tage lang mit sich, bevor er einen Entschluss fasste. Er wog ab, was dafür- und was dagegensprach, dass er Kate anrief. Dafür: Sie hatte ihm angeboten, ihm einen Gefallen zu tun, und er brauchte ein Date. Dagegen: Das war Wahnsinn. Dafür: Kate wäre die perfekte Begleiterin. Dagegen: Warum sollte sie mit ihm ausgehen wollen? Noch ein Dagegen: Er war viele, viele Jahre lang mit keiner Frau mehr ausgegangen. Als er am Boden gewesen war, hatten Freunde, vielleicht in bester Absicht, gesagt, er solle sich durch die Betten schlafen, wieder ins Spiel kommen. »Reiß dich zusammen, es ist schließlich niemand gestorben«, hatten sie gesagt. Seitdem hatte er keinen Kontakt mehr zu ihnen. Jetzt fühlte er sich eingerostet und unschlüssig. Er hasste Unentschlossenheit. Also rief er Kate rasch an, bevor sein Gehirn ihn dazu überredete, es bleiben zu lassen. Es dauerte, bis sie sich meldete, und er war schon kurz davor, wieder aufzulegen. Aber dann hatte er plötzlich Kates heisere, ein wenig atemlose Stimme im Ohr. Er konnte sie vor sich sehen. Vielleicht zurückgelehnt in einem Sofa aus Samt. Mit einem Funkeln im Blick und einem spöttischen Lächeln um die Lippen.

»Ich möchte dich um einen Gefallen bitten«, sagte er und versuchte, unbekümmert zu klingen.

»Ja?« Sie klang wachsam, wie so oft. Trotz ihres glamourösen und kontaktfreudigen Auftretens hatte sie immer etwas Argwöhnisches an sich.

Jacob räusperte sich. »Du hattest etwas von einem Gegengefallen gesagt? Als wir zuletzt miteinander gesprochen haben.« Was, wenn sie das schon wieder vergessen hatte? Oder es vielleicht gar nicht ernst gemeint hatte? Viele Menschen sagten spontan Dinge, die sie gar nicht meinten: Wir müssen uns mal treffen, wir hören voneinander, lass uns zusammen Mittag essen. Phrasen, die überhaupt nichts zu bedeuten hatten. Er verstand das nicht. Man sagte doch nichts, was man nicht auch ernst meinte.

»Selbstverständlich«, sagte sie, allerdings immer noch mit Misstrauen in ihrer heiseren Stimme.

Jacob nahm Anlauf. »Würdest du mich auf eine Party begleiten?«

Am anderen Ende wurde es mucksmäuschenstill.

Nach einer Weile hörte Jacob leise Jazzmusik und wie jemand redete. Oder vielleicht ein Radio. War Kate zu Hause? In ihrem Club? Warum sagte sie nichts? Jetzt bereute er, dass er angerufen hatte. Er *wollte* nicht einmal zu dieser Party gehen. Obwohl ihn niemand sehen konnte, straffte er die Schultern. Es war offensichtlich, dass er sie überrumpelt hatte. Er würde sich entschuldigen und sich verabschieden. Kein Problem.

»Ich hatte dabei mehr an so etwas wie ein paar VIP-Tickets für den Club gedacht«, sagte sie endlich.

Von allem, was Kate zu ihm sagen konnte, war das vielleicht das Niederschmetterndste. Er hatte sich lächerlich gemacht. Es gab keinen Grund, warum Kate seine Frage mit Ja beantworten sollte. Er hatte schließlich die Fotos von ihr gesehen, die plötzlich überall aufzutauchen schienen, auf den Titelseiten der Sonntagsbeilagen, in Zeitungsartikeln, im Internet. Kate Ekberg und ihr Club begegneten ihm auf Schritt und Tritt. Er hatte ein ausführliches Interview mit ihr gelesen, ein Porträt, in dem sie über ihre Herkunft, ihr Unternehmen und ihre Visionen sprach. Und sie schien auf jedem Event zu sein, das in der Hauptstadt über die Bühne ging. Oftmals mit superinteressanten Männern an ihrer Seite, mit einem lächelnden und durchtrainierten männlichen Supermodel auf einer Modenschau oder einem bekannten Schauspieler bei der Einweihung einer Champagnerbar. Gut aussehende Männer. Junge Männer. Fröhliche Männer.

»Entschuldige bitte, ich habe mich geirrt«, sagte er reserviert.

»Jacob?«

»Vergessen wir das einfach.«

»Jacob!«

Er griff nach seinem Schlipsknoten. »Ja?«

»Ich war überrumpelt. Selbstverständlich komme ich gern mit.«

»Das ist nicht notwendig«, sagte er steif.

Sie lachte leise. »Das weiß ich doch.« Sie klang ganz ruhig und besonnen. »Ich möchte aber mitkommen. Du hast mir beigestanden, und ich möchte dasselbe für dich tun. Wann ist diese Party?«

Jacob nannte ihr Datum und Uhrzeit, und sie legten auf.

Dann stand er still da und starrte in die Luft. Das war unerwartet gewesen.

Als Nächstes rief er seine Schwester an. »Ich bin's, Jennifer.«

»Ja, das sehe ich, du rufst ja von deinem Handy aus an. Was gibt's?«

»Kannst du mir helfen? Ich brauche etwas Neues zum Anziehen.«

»Gehst du zur Party?«

»Ja«, sagte er kurz, weil er nicht wollte, dass sie zu sehr aus dem Häuschen geriet. Aber es war schon zu spät. Jennifer juchzte.

»Oh, wie schön! Mit wem gehst du hin?«

»Niemand, den du kennst«, sagte er und fügte rasch hinzu: »Was soll ich anziehen?« Bei der Frage rutschte ihre Stimme vor Glück beinahe ins Falsett, was er natürlich mit dem Themenwechsel beabsichtigt hatte. Er mochte zwar aus der Übung sein, was Beziehungen anging, aber seine kleine Schwester konnte er immer noch manipulieren.

Jacob hoffte, dass er damit jetzt nichts losgetreten hatte. Aber selbst wenn, es konnte nicht schaden, wenn er seine Garderobe mit Sachen aus diesem Jahrzehnt auf den neuesten Stand brachte. Er versuchte das, was in ihm aufkeimte, zu unterdrücken, aber es gelang ihm nicht ganz. Freude. Er spürte Freude. Kaum zu fassen.

# ~ 10 ~

Kate ertappte sich dabei, dass sie Zeit und Sorgfalt bei der Wahl ihres Outfits verwendete, das sie bei der Party tragen würde, zu der Jacob sie eingeladen hatte. Erstklassige Sachen, sowohl drunter als auch drüber, verliehen einem Selbstbewusstsein. Oder vielleicht nur Selbstvertrauen? Den Unterschied hatte sie sich nie merken können, dachte sie, während sie ihre Kleider durchsah. Sie hatte noch nie viel für diesen albernen Selbsthilfekram übrig gehabt. War man hübsch gekleidet, fühlte man sich super, und Ende. Sie begegnete ihrem eigenen Blick im Spiegel und lächelte sich zu. Es hatte ein wenig gedauert, aber heute gefiel ihr, was sie sah. Am liebsten mochte sie wohl ihre Augen. Ihre Augen und ihre Brüste. Sie leisteten ihr gute Dienste. Sie mochte es, erwachsen zu sein, die Kindheit hatte sie gehasst. Und auch die unsicheren, schwierigen Teenagerjahre. Einige Menschen blühen in der Schule auf, aber sie blühte jetzt auf, und das war ihr gerade recht. Sie machte vor dem Spiegelbild das Victory-Zeichen. Denn das, was sie geleistet hatte, hätte eigentlich gar nicht funktionieren dürfen. Das sagten alle, die über sie schrieben oder sprachen. Dass Kate Ekberg aus einer der schlimmsten Problem-Vorstädte Stockholms das Unmögliche erreicht hatte: als junge Frau und ohne Kontakte in der Vergnügungsbranche erfolgreich zu sein. Well. Und hier war sie nun.

Eigentlich war es ziemlich erstaunlich, dass Jacob sie gebeten hatte mitzukommen, dachte sie, wobei sie sich umdrehte und einen Bügel nach dem anderen aus dem Schrank nahm. Damit hätte sie nie gerechnet. Vielleicht hatte ihm in letzter Minute jemand abgesagt, so wie es ihr in der letzten Woche passiert war? Noch erstaunlicher war es, dass sie Ja gesagt hatte. Sie verblüffte sich selbst, denn so etwas machte sie normalerweise nicht: mit einem elf Jahre älteren Banker zu einer privaten Feier gehen. Aber sie hatte sich dabei ertappt, dass sie neugierig war. Was verbarg Jacob hinter seinem spröden Äußeren? Sein flüchtiges Lächeln, seine freundlichen Augen und seine beschützenden Gesten verrieten ihr, dass mehr in ihm steckte als das äußerlich Sichtbare. Nicht, dass sie sich von ihm angezogen fühlte, sagte sie sich. Kein bisschen, mal abgesehen von dem seltsamen Kribbeln natürlich. Er war schon interessanter, als sie gedacht hatte. Wie auch immer, sie schuldete ihm einen Gefallen, sie hatte schon länger nicht mehr gedatet, und manchmal war es einfacher, Ja zu sagen als Nein. Sie war schließlich nicht an ihm interessiert. Aber einen Abend konnte sie sich schon leisten, auch wenn es ein Freitag war und sie praktisch niemals einen Clubabend ausließ. Sie nippte vorsichtig an einem halben Weinglas spritzigem Chablis. Sie achtete sehr darauf, nicht zu viel zu trinken, denn sie hatte eine Heidenangst, sie könnte ein Alkoholikergen von ihrer Mutter geerbt haben.

Ihre Turmwohnung war nicht groß. Sie verfügte über ein winziges Schlafzimmer mit einem antiken Eisenbett, das stets mit ägyptischer Baumwollbettwäsche bezogen war, eine kleine Küche mit einem uralten Gasherd, auf dem sie sich nur selten etwas kochte, und einem Tisch, an dem sich notfalls sechs Personen zusammendrängen konnten, sowie ein Wohnzimmer, das gerade einer hübschen Sitzgruppe Platz bot. An den Wänden hingen Schwarz-Weiß-Fotografien von New York und London und die Lithografie eines Künstlers aus ihrem Bekanntenkreis. Der eigentliche Grund, warum sie wahrscheinlich niemals hier ausziehhen würde, war ihr nach Maß getischlerter begehbarer Kleiderschrank, dachte sie, während sie unsicher war, welches Kleid sie wählen sollte. Um Hosen machte sie einen Bogen. Für ihren Hintern und ihre Oberschenkel gab es einfach keine passende Hose, und außerdem fühlte sie sich in Kleidern und Röcken ohnehin am wohlsten. Manchen Frauen standen einfach keine Hosen, und sie war eine von ihnen.

Sie zog eine Kommodenschublade auf und nahm einen ihrer besten BHs und einen dazu passenden Slip heraus. Beides stützte ihren Körper an den richtigen Stellen und war mit verspielten Details wie Spitze und kleinen Schleifen versehen. Das Set war von guter Qualität und hatte seinen Preis. Aber bei Unterwäsche machte Kate grundsätzlich keine Kompromisse. Die Natur hatte sie mit großen Brüsten, ziemlich viel Bauch und ausladenden Hüften ausgestattet. Zarte Materialien und schmale Bändchen, die in die Haut einschnitten, vertrugen sich nicht mit einem Körper wie ihrem. Sie schloss die Schublade, in der ihre Unterwäsche ordentlich zusammengerollt zwischen Duftkissen, Luxusseifen und Sandelholzkugeln lag. Ursprünglich war dieser Raum das Dienstmädchenzimmer gewesen, aber nachdem sie sich von Betty das Okay geholt hatte, hatte Kate sich Schränke und Schuhregale nach Maß anfertigen lassen und es mit Spotlights, Auslegeware und einem Hocker in hellem Plüsch eingerichtet. Jetzt war es ihr absolutes Lieblingszimmer, in dem ihre geliebten Schuhe, Kleider und Accessoires wohnten. Sie zog ihren BH zurecht und trug Roll-On-Deo sowohl unter den Armen als auch in der Leistengegend auf. Dann zog sie Strumpfhosen mit Naht an, von einer Marke mit stabilem Bund, der sich nicht einrollte. Sie hatte mehrere Jahre lang nach der richtigen Sorte gesucht, und nun hatte sie eine ganze Schublade voll davon in verschiedenen Farben. Sie hoffte, dass die Produktion dieser Strumpfhosen niemals eingestellt wurde. Zum Schluss entschied sie sich für ein italienisches Vintage-Kleid in Dunkellila, das sie in einem Laden auf Östermalm entdeckt hatte und das ihr erstaunlicherweise passte, obwohl italienische Kleider für ihre Miniaturmaße berüchtigt waren. Sie hielt es sich vor dem Ganzkörperspiegel an, den der Tischler angebracht hatte. Jep, perfekt. Nicht zu partymäßig, sondern eher elegant. Sie hatte die Haare auf große Heizwickler aufgerollt, trank noch ein wenig Wein und hörte sich einen Künstler an, den sie vielleicht für ihren Club buchen wollte, während sie letzte Hand an ihr Make-up legte. Smokey Eyes und heller Lippenstift. Glamourös und klassisch, aber gleichzeitig tough. Dazu jede Menge Ohrringe. Nicht zu damenhaft.

Pünktlich zur verabredeten Zeit schickte Jacob ihr eine SMS, dass er draußen im Taxi warte. Kate schlüpfte in ein Paar Pradas und klapperte die Treppen hinunter.

Betty schaute aus ihrer Tür und rief: »Viel Spaß!« Kate winkte und huschte aus der Tür.

Sie betrachtete Jacob eingehend, während er ihre Mäntel in der Garderobe der Villa Pauli in Djursholm aufhängte. Das Haus aus roten Ziegeln war ein privater Country Club für die Reichsten, und schon am Eingang herrschte Gedränge. Alle schienen sich zu kennen. Überall Wangenküsschen, Lachen und Schulterklopfen. Ein vierzigster Geburtstag, hatte Jacob gesagt. So etwas hatte sie noch nie mitgemacht. Was allerdings in diesem Moment ihre Gedanken beherrschte, war, dass Jacob verdammt gut aussah. Sie konnte sich kaum an ihm sattsehen. Heute trug er viel besser sitzende Kleidung, und sie konnte nicht anders, als ihn mit Blicken zu verschlingen. Tja, in diesem Anzug und mit dem Hemd in einem Blau, das seine sonst so finsteren Augen zum Funkeln brachte, sah er gar nicht so übel aus. Er trug keinen Schlips. Das wirkte zwar modern, aber irgendwie fehlten ihr seine Krawatten. Auf ihre unzeitgemäße, aber wohlgeknotete Art waren sie sexy. Aber sie wollte sich nicht beklagen. Denn der Ausschnitt des leuchtend blauen Hemdes umschloss einen kräftigen Hals, und ihr gefiel, was sie da sah. Männliche Schultern und ein starker Hals und Nacken konnten außerordentlich sexy sein.

»Was?«, fragte er, nachdem er ihre Mäntel abgegeben hatte und wieder bei ihr war. Eine Mikrosekunde lang streifte sein Blick ihr Dekolleté, bevor er sich rasch wieder ihrem Gesicht zuwandte. Das war ebenfalls etwas Neues. Jacobs Blick war nicht mehr zu einhundert Prozent kläglich. Er war sozusagen mehr Mann und weniger Elend. Und ihr gegenüber nicht gleichgültig. Und ganz ehrlich, dieses Kleid brachte ihre Brüste fantastisch zur Geltung, und sie hatte nichts dagegen, dass Jacob Grim das auf seine respektvolle Art zur Kenntnis nahm. Als sei ihm natürlich bewusst, dass es extrem unhöflich wäre, sie anzustarren, als könne er sich aber nicht beherrschen. Weil sie *da* waren. Direkt vor ihm.

»Ich versuche nur, nicht zu vergessen, dass ich die Leute fragen muss, wo sie wohnen, wenn ich mich mit ihnen unterhalte«, sagte sie und betonte jede Silbe. Sie ließ ihren Blick über die Menschenmenge schweifen. »Es ist hier very Djursholm.«

»Ich weiß«, sagte er entschuldigend.

Er begrüßte einige der Gäste und stellte sie hier und dort vor. Ein Fotograf bewegte sich diskret durch die Menge. Kate posierte bereitwillig zusammen mit Jacob, der nicht ganz so steif wirkte wie ein Stock.

»Ich hasse es, fotografiert zu werden«, brummte er, nachdem der Fotograf weitergegangen war.

»Da wäre ich nie draufgekommen«, sagte sie und boxte ihn spielerisch in die Seite. Ah. Dieser Mann war beachtenswert stabil gebaut, das konnte sie spüren. Und er ertrug ihre ironischen Kommentare und Spitzen mit Gleichmut. Jacob Grim war ein Mann, der bei näherer Bekanntschaft punktete. Bestimmt würde er eines schönen Tages eine Djursholmprinzessin hinreichend glücklich machen.

Kate sah sich neugierig um. Sie war schon in den meisten Eventlocations in Stockholm gewesen, aber hier noch nie. Der Festsaal hatte etwas konservativ Überbordendes, als hätten hier in vergangenen Jahrhunderten Könige und Grafen gefeiert. In Schwarz-Weiß gekleidetes Personal servierte Willkommensdrinks, und der Tisch mit Geschenken bog sich jetzt schon. Es war offensichtlich, dass diese Feier von einem guten (und teuren) Festplaner organisiert worden war, denn alles lief wie am Schnürchen, es bildeten sich nirgends Schlangen, und die Gläser wurden immer sofort nachgefüllt. Kate machte sich eine mentale Notiz, dass sie herausfinden musste, wer dafür verantwortlich war. Sie erblickte mehrere bekannte Persönlichkeiten, vor allem natürlich aus der Wirtschaft, immerhin waren sie hier in Djursholm, in der Hochburg der Liberalen, aber ansonsten schien sich vor allem die ganz gewöhnliche schwedische Oberschicht ein Stelldichein zu geben, die Sorte Menschen, denen gegenüber sich Kate, so albern es war, am unsichersten fühlte. Menschen, die sorglos ihre Privilegien zur Schau stellten und mit der größten Selbstverständlichkeit ihren Platz in der Welt einnahmen. Das lag natürlich an ihrer Herkunft, das war ihr bewusst, aber dieses Wissen nützte ihr herzlich wenig, wenn sie so wie hier von ihnen umringt war. Das Vorstadtmädchen in ihr kam wieder zum Vorschein und sorgte dafür, dass sie sich ein wenig zu vulgär, zu stark geschminkt, zu viel von allem fühlte. Sie streckte ihren Rücken, hüllte sich in ihren unsichtbaren Mantel aus *Ihr mich auch* und begegnete jedem einzelnen Blick, der sich auf sie richtete. Einige der Gäste erkannten sie, das merkte sie sofort. Das war eher die Regel als die Ausnahme, und Kate hatte lange üben müssen, um unbeeindruckt zu wirken, aber heute Abend kostete sie das große Anstrengung. Denn sie war sich nicht sicher, warum die Leute sie anstarrten. Weil sie sie aus Zeitschriften und Fernsehauftritten wiedererkannten? Aus dem Club? Oder weil sie etwas anderes, viel Schlimmeres gesehen hatten? Etwas, das im Internet kursierte und gegen das sie machtlos war. Auf einmal fühlte sie sich ausgeliefert, und sie fasste Jacobs Arm fester. Kein bisschen wie die Powerfrau, die sie sonst war.

»Alles in Ordnung?«, fragte er und legte seine Hand auf ihre. Sie fragte sich, ob er ihre Verunsicherung spürte oder ob es Zufall war, dass er ihr gerade in dem Moment Zuwendung gab, als sie ins Wanken geriet.

Sie lachte, weil sie ihm nicht zeigen wollte, wie unsicher sie war. »Glaubst du mir, wenn ich dir sage, dass ich ein bisschen nervös bin?«

»Es würde mir nie in den Sinn kommen, dir nicht zu glauben«, sagte er höflich und ohne jede Ironie. Er reichte ihr ein schmales, hohes Kristallglas mit einem sprudelnden Getränk. Echter Champagner, wie sie erkannte, als sie daran nippte. Eiskalt und köstlich, vermutlich sündhaft teuer. Man konnte über die Oberschicht sagen, was man wollte, aber feiern konnte sie.

»Keine üble Party«, sagte sie, während sich ein beinahe umwerfend schöner Mann einen Weg zu ihnen bahnte.

Sie erkannte ihn sofort, denn seine blonden Haare und sein Tausend-Watt-Lächeln waren unverwechselbar. Wahrhaftig, Alexander de la Grip. Der berüchtigte Playboy hatte früher oft ihren Club besucht, stand immer im Zentrum, war immer von Frauen umringt. Und von Männern. Und von allen dazwischen. Alle standen auf Alexander. Nur zu leicht hätte ein richtiger Stinkstiefel aus ihm werden können, aber soweit sie sich erinnern konnte, hatte er sich nie danebenbenommen. Alexander hatte alle seine Rechnungen bezahlt und immer großzügige Trinkgelder gegeben, hatte sich nie jemandem aufgedrängt. Jetzt lächelte er Jacob an, und die beiden Männer umarmten sich flüchtig. Anders als bei den meisten anderen Gästen, die Jacob heute begrüßt hatte, schien er sich ehrlich darüber zu freuen, Alexander zu sehen. Kate nippte an ihrem Champagner und wartete ab, wie sich die Situation entwickeln würde, denn ein ungleicheres Paar als diese beiden gab es selten.

»Wir haben uns lange nicht gesehen«, sagte Alexander und fuhr sich mit der Hand durch den blonden Schopf. »Wie geht es dir?«

»Gut«, antwortete Jacob.

»Dies ist ...« Er wollte ihm Kate vorstellen, wurde aber davon unterbrochen, dass sich ein Lächeln auf Alexanders Gesicht ausbreitete, das die Sonne hätte überstrahlen können.

»Kate Ekberg! Wie geht es der schönsten Nachtclubkönigin der Welt?«

»Ausgezeichnet, aber mein Nachtclub vermisst dich«, antwortete sie und empfing ein Wangenküsschen von ihm. Das beherrschte niemand so perfekt wie Alexander de la Grip, und falls irgendwo auf der Welt eine Frau existierte, die seinem Charisma widerstehen konnte, war Kate ihr noch nicht begegnet. »Man erzählt sich, dass du dich verliebt hast und ein Langweiler geworden bist«, fuhr sie fort. Nichts ging ihr über eine kitschige Liebesgeschichte. Es war nichts Ungewöhnliches, wenn Paare erzählten, dass sie sich in ihrem Club gefunden hatten. Und so verliebt, wie Alexander in jenem Jahr gewesen war ... so etwas hatte sie nur selten erlebt. Ganz schön schmalzig.

»Stimmt.« Alexander hob die linke Hand, an der ein dicker

Goldring glänzte. »Ich bin jetzt ein glücklich verheirateter Familienvater.«

Sie zog die Nase kraus. »Ein Glück, dass nicht jeder, der heiratet und einen Haufen Kinder bekommt, so denkt wie du, sonst würde ich schnell in Konkurs gehen.« Ein nicht unbeträchtlicher Teil von Stockholms Nachtleben ging auf das Konto von Männern, die sich vor gemütlichen Abenden am heimischen Herd drückten. Und auf reiche Männer wie Alexander. Männer, die nur das Exklusivste wollten und ohne mit der Wimper zu zucken an einem einzigen Abend Drinks und Champagner für mehr als vierzigtausend Kronen bestellten. Ausschließlich Männer. Reiche Frauen waren cleverer und verbrannten ihr Geld nicht, indem sie auf dicke Hose machten.

»Nicht jeder ist der großen Liebe begegnet.« Seine strahlend blauen Augen zwinkerten sie an. Er sah fantastisch aus, geradezu blendend. Und dennoch merkte sie, dass sie nicht besonders beeindruckt war. Ihre Blicke wurden eher von Jacob angezogen. »Willst du Fotos von meinen Kindern sehen? Ich habe drei, einen Sohn und zwei Töchter.«

»Wenn du in meinen Club kommst, schaue ich mir die Bilder an«, versprach Kate. Sie könnte sich ungefähr hundert Dinge vorstellen, die sie lieber täte, als die Kinder anderer Leute zu bewundern. Kinder waren so was von nicht ihr Ding.

»Und bring deine Frau mit«, fügte sie hinzu. Alexander war mit einer rothaarigen Ärztin verheiratet, einer Frau, die die Welt rettete und am laufenden Band Prachtkinder gebar. Außerdem war Isobel de la Grip supernett, wenn Kate sich recht erinnerte. Sie lächelte dem Fotografen zu, der sich herangedrängt hatte, um ein Bild von Alexander und ihr zu machen, warf ihr Haar in den Nacken und zeigte ihre Grübchen.

Alexander schüttelte Jacob die Hand. »Ich rufe dich an«, sagte er energisch und verschwand, ehe Jacob »Nein, danke« sagen konnte, was nach Kates Vermutung seine Grundeinstellung zu den meisten gesellschaftlichen Einladungen war.

Jacob sah sie fragend an.

Sie schnitt eine Grimasse. »Was?«

»Ich sehe doch, dass du über etwas nachdenkst, Kate. Sag's mir.«

»Okay. Nur, dass du der introvertierteste Mensch bist, den ich kenne.«

»Und du bist der extrovertierteste.«

»Wir ergänzen einander«, neckte sie ihn.

»Genau mein Gedanke«, antwortete er trocken.

Sie lachte. Wie gesagt, er war amüsant. Und gut aussehend mit seinem muskulösen Hals und seinen granitgrauen Augen, dachte sie und ließ ihre Wimpern ein wenig flattern.

Sie mischten sich unter die Gäste. Jacob begrüßte mehrere der Anwesenden, vorwiegend Männer, aber auch die eine oder andere Frau. Alle waren höflich, oberflächlich und freundlich ihm gegenüber, aber Kate spürte, dass etwas in der Luft lag. Sie war mit einer Alkoholikerin als Mutter aufgewachsen und hatte darum besonders feine Antennen für unausgesprochene Stimmungen. Da war etwas, was keiner sagte, was aber alle dachten. Und es hatte mit Jacob zu tun.

Als Kate sich einem weiteren Mann vorgestellt und als Erstes »Und wo wohnen Sie?« gefragt hatte, hörte sie Jacob leise kichern.

Sie nahm noch ein Glas Champagner, begegnete seinen stahlgrauen Augen und spürte ein angenehmes Kribbeln im Bauch. Schau an. Sie war tatsächlich ein bisschen scharf auf diesen Gentleman. Sie legte ihre Gefühle in ihren Blick und sah, wie Jacob errötete. Er mochte ja ein steifer Banker sein, aber begriffsstutzig war er nicht.

Kate entschuldigte sich, um sich frisch zu machen, und öffnete die Tür zum luxuriös duftenden Vorraum der Damentoilette. Sie wusch sich die Hände, ordnete ihr Haar und zog ihren Lippenstift nach. Zwei Frauen sprachen leise miteinander, und Kate machte sich, so gut sie konnte, unsichtbar. Sie liebte es, Tratsch zu belauschen.

»Hast du gesehen, Jacob Grim ist hier«, zischelte die eine, die ein eng anliegendes beigefarbenes Kleid von der Sorte trug, die Kate teuren Fummel zu nennen pflegte.

»Ja, ich habe ihn schon seit Jahren nicht mehr gesehen, nicht seit *dieser Sache*, du weißt schon.«

»Ich weiß. Er war in der Psychiatrie, habe ich gehört.«

Die Frauen schienen sie gar nicht wahrzunehmen. Vielleicht wussten sie nicht, dass sie zusammen mit Jacob hier war. Oder es war ihnen egal, wer sie hören konnte.

»Er sollte endlich mal darüber hinwegkommen. Es ist ja nicht, als ob, ja, du weißt schon, es ist ja niemand gestorben.«

»Ja, oder? Aber nichtsdestotrotz. Was für ein Trauerspiel. Und seine Tochter ...«

»Ja, wirklich ... Der Ärmste.«

Mit einem Mal fühlte sie sich schäbig, wie sie hier stand und Klatsch über Jacob belauschte. Sie wollte nichts mehr hören. Irgendetwas war ihm also zugestoßen, etwas, das ihm so sehr zugesetzt hatte, dass die Leute darüber sprachen. Eine Frau? Eine Tochter? Die beiden Frauen wechselten das Thema und tratschten jetzt über die missglückte Aufspritzbehandlung einer Freundin, und Kate verließ den Raum.

Jacobs Miene hellte sich auf, als er sie sah, und er wirkte kein bisschen mitgenommen. Sie betrachtete ihn eingehend und versuchte zu ergründen, was er erlebt hatte, das so schlimm war, dass auf der Damentoilette darüber geklatscht wurde. Aber stattdessen spürte sie wieder dieses merkwürdige Prickeln. Sie war mit ihm hierhergekommen, um sich damit bei ihm für seine Hilfe zu revanchieren, aber es war nicht total unerträglich für sie. Es störte sie nicht einmal, dass sie einen Abend im Club verpasste.

Jacob betrachtete sie aufmerksam und fragte, ob sie noch Champagner wolle und ob sie sich setzen wolle oder lieber stand. Und er hörte zu, nicht nur ihr, sondern auch wenn andere sprachen. Dies war einer dieser Abende, an dem Männer ihre Erfolge miteinander verglichen, das war offensichtlich. Von der Performance ihrer Aktien über die Anzahl der Kilos, die man auf der Bankpresse schaffte, bis dahin, in welches Boot oder Auto man zuletzt »investiert« hatte. Aber Jacob sagte nicht viel und prahlte auch nicht, sondern murmelte und nickte, während er gleichzeitig sensibel für ihre Bedürfnisse war, sie in die Gespräche einbezog und ihr das Gefühl vermittelte, dass sie wichtig war. Er war nicht der Typ, der sich aufspielte oder andere zu übertrumpfen versuchte. Und er verhielt sich dem Servicepersonal gegenüber höflich. Darin zeigte sich der Charakter eines Menschen, davon war Kate überzeugt. Viele waren zwar zu ihresgleichen und zu Ranghöheren freundlich, benahmen sich dem Servicepersonal gegenüber jedoch daneben. Aber nicht Jacob. Auch wenn er sich offensichtlich nicht unwohl dabei fühlte, dass andere ihn bedienten. Begriff denn keiner, wie gestört das war? Daran gewöhnt zu sein, jemanden zu haben, der einem zu essen und zu trinken gab und der einem hinterherräumte?

Der Abend schritt voran, und sie machte Small Talk mit Jacob und versuchte, ihm dabei zu helfen, sich ein wenig zu entspannen. Sie kicherte und biss sich auf die Lippe. Flirtete ein bisschen und prostete ihm mit noch mehr eisgekühltem Champagner zu.

Sie war ein wenig angesäuselt und später von dem exquisiten Essen wohltuend satt, und die ganze Zeit über spürte sie dieses angenehme Prickeln der Energie, die zwischen Jacob und ihr war. Keine aggressive Energie, im Gegenteil, sie war einfach da zwischen zwei erwachsenen Menschen, und es stand ihnen frei, sie zu erforschen – oder sie zu ignorieren.

»Mehr Champagner?«, fragte er. Jacob war einfach wundervoll. Sanft, aber nicht unterwürfig, freundlich, aber nicht schwach, männlich, aber nicht selbstgefällig.

Sie sah ihm tief in die Augen. »Ja, gern.« Sie würde herausfinden, was ihm zugestoßen war. Sie lächelte und ließ ihre Augen funkeln. Und sie würde ihn verführen. Aber nicht unbedingt in dieser Reihenfolge.

# ~ 11 ~

Eine elegant gekleidete Frau trat zu ihnen und forderte Jacob mit lauter Stimme auf, mit ihr zu kommen. Sie hatte sich bereits vorhin mit einem Namen vorgestellt, der einem Zungenbrecher ähnelte und wie zwei Sorten Alkohol klang. Jetzt verkündete sie leicht angesäuselt, dass sie ihm unbedingt ein Kunstwerk zeigen müsse, das mit seiner Verwandtschaft zu tun habe. Kate lächelte über seine stoische Miene, als er ihr mit festem Griff entführt wurde. Sie selbst blieb stehen, leicht beschwipst und aufgekratzt, und ausnahmsweise einmal allein, als das Geburtstagskind, Fredrik, zu ihr trat.

»Kate«, sagte er und wirkte unangenehm berührt.

»Fredrik! Herzlichen Glückwunsch!«, sagte sie, denn sie hatten sich bisher noch nicht begrüßen können. Sie schenkte ihm ein blendendes und einen Hauch schadenfrohes Lächeln, denn er sah nervös aus, und das geschah ihm nur recht. Sie lächelte ihn weiter geheimnisvoll an.

Er räusperte sich. »Danke. Was machst du hier?«

Sie riss die Augen auf und versuchte, ein unschuldiges Gesicht zu machen. Alles andere als ihr natürlicher Look. »Hier?«

»Auf meiner Party.«

»Du liebe Güte, Fredrik, meinst du, ich würde dir deine Party verderben? Aus Rache dafür, dass du mich beim Empfang der Botschaft sitzengelassen hast?«

Er wand sich, offenbar war es exakt dieser Gedanke, der ihn beunruhigte.

Kate nippte wieder an ihrem Champagner. Es kam nur äußerst selten vor, dass sie sich auch nur den kleinsten Schwips gönnte. Sie hasste es, die Kontrolle zu verlieren, und sie hatte einen Job, bei dem sie fit sein musste, und dann war da noch das mit den Alkoholikergenen, aber es war eine nette Party, sie musste ausnahmsweise einmal nicht arbeiten, und teurer Champagner war das Beste, was sie kannte, also ja, sie war minimal angesäuselt. Großzügig beschloss sie, ihn nicht länger zu quälen. Sie gestikulierte mit ihrem Glas. »Fredrik, glaub mir, ich bin nicht sauer auf dich, ich habe das schon lange vergessen.«

Dass ausgerechnet dieser Fredrik sich als Jacobs Freund entpuppt hatte, war einfach ein wahnsinnig lustiger Zufall. Nicht zuletzt, weil Fredrik völlig panisch aussah. Als glaube er wirklich, sie sei eine durchgeknallte Stalkerin. Als glaube er, dass sie auch nur eine Sekunde lang an ihn gedacht hatte. Was für ein Ego. Aber natürlich, Jacob und Fredrik waren gleichaltrig und beide in der Finanzbranche, und wenn sie etwas gelernt hatte, dann dass die schwedische Elite eine überschaubare Welt war. Jeder war schon mit jedem zusammen gewesen, man ging auf die Partys der anderen, schlief mit deren Ehepartnern und machte an denselben Orten Urlaub. Das klang wie ein Vorgeschmack der Hölle. In Wahrheit war sie froh, dass Fredrik abgesagt hatte, denn sonst hätte sie Jacob nicht kennengelernt.

»Ich bin zusammen mit einem gewissen Jacob Grim hier«, fügte sie hinzu, und er sah auf komische Weise erleichtert aus.

»Ich wusste gar nicht, dass ihr euch kennt?«

»Jetzt kennen wir uns«, sagte sie ein wenig rätselhaft. Sie ließ ihren Blick durch den Raum schweifen, und dann blieb ihr das Lachen im Halse stecken.

Gottverdammte Scheiße.

Ubbe war hier. Ihre gute Stimmung verpuffte, als er sie quer durch den Raum hämisch angrinste. Kate hielt sich selbst für unerschrocken. Die Clubszene war nichts für naive Gemüter, und sie würde behaupten, dass es nur wenige Dinge gab, die ihr Angst machten. Doch Ubbe Widerström war eines davon. Was für eine Ironie des Schicksals, dass sie ihm ausgerechnet hier über den Weg laufen musste. Umgeben von haufenweise geerbtem Geld und der Finanzelite von Djursholm. Aber er hatte schon immer gern in den besseren Kreisen verkehrt, und sein Status als ehemaliger Spieler der Nationalmannschaft sowie eine fantastische Rettung in einem Finale Anfang der 2000er-Jahre verliehen ihm genau den Promistatus, den man brauchte, um zu Veranstaltungen wie dieser hier eingeladen zu werden. Dass er mittlerweile ein abgehalfterter, in Konkurs gegangener ehemaliger Gastwirt war, tat der Sache keinen Abbruch. Einmal Fußballlegende, immer Fußballlegende. Er liebte seinen Status und polierte seinen dämlichen Pokal mindestens einmal in der Woche. Als Fredrik sich entfernte, kam Ubbe zu ihr hinüber. Sie stand da wie angewurzelt.

»Hi, Kate«, sagte er mit seiner abstoßenden Stimme, und sie reagierte so, als hätte jemand mit den Fingernägeln über eine Schiefertafel gekratzt. Langsam und aggressiv maß er sie mit seinem Blick, von oben bis unten. Lange starrte er ihr ins Dekolleté, und sie musste sich beherrschen, um sich nicht zu bedecken oder ihm eine Ohrfeige zu verpassen. Dieses Aas.

»Was willst du?«, fragte sie kühl.

Eine junge Frau begleitete ihn. Ubbes Mädchen waren immer noch alle im selben Alter, achtzehn, neunzehn Jahre, obwohl er selbst älter wurde. Diese Frauen hatten aufgespritzte Lippen und verlängerte Wimpern und waren ausnahmslos blond oder blondiert. Kate erinnerte sich, dass er versucht hatte, sie dazu zu überreden, ihr dickes dunkles Haar zu bleichen. Sie verurteilte andere Frauen nicht – man tat, was man konnte, um zu überleben –, aber sie bezweifelte stark, dass diese junge Frau um ihrer selbst willen derartig viel Zeit investierte, um sich in eine Männerfantasie zu verwandeln. Sie erkannte die Frau aus einer dieser Dokusoaps aus dem Fernsehen wieder, die ihre Teilnehmer rücksichtslos bloßstellten. Sie war mit anderen Worten ein Mensch, der ein starkes Bedürfnis hatte, gesehen zu werden, und dem es außerdem an Selbstbewusstsein mangelte. Ubbes perfektes Opfer.

»Ich bin nur freundlich. Das ist Tanya«, stellte er seine Begleitung beiläufig vor. Das Mädchen warf ihr einen feindseligen, etwas verschwommenen Blick zu und sagte starr Hallo. Sie hatte blendend weiße Zähne, die fast schon von selbst im Dunkeln leuchteten, genau wie Ubbe, und beide waren sonnengebräunt und blondiert. Sie sahen aus wie Ken und Barbie, ein krimineller Ken und eine Barbie auf Droge.

»Und dieses hochnäsige Weibsbild ist Kate. Sie hält sich für was Besseres, obwohl sie alles mir zu verdanken hat. Ohne das, was ich für sie getan habe, würde sie in ein Haus wie dieses niemals hineingelassen werden.«

Tanya betrachtete sie eingehender. »Ich kenne dich«, verkündete sie. Ihre Pupillen waren groß und dunkel, und es schien ihr schwerzufallen, ihren Blick längere Zeit zu fokussieren. Es war so offensichtlich, dass Tanya versuchte, sich anzupassen, dass sie sich für die Party in Schale geworfen hatte, mit einem zu kurzen Rock und einem zu engen Top. Sie wirkte leicht deplatziert.

Während sie redeten, drängten sich die anderen Gäste um Ubbe, schüttelten ihm die Hand und wollten ihm erzählen, dass sie das Finale gesehen hatten. Ubbe lachte und prahlte, dabei warf er Kate triumphierende Blicke zu, wie um ihr zu sagen, dass andere Menschen ihn durchaus zu schätzen wussten. Wie konnte es sein, dass die Leute nicht kapierten, was für ein Schwein er war? Während Ubbe mit Plattitüden wie »im Fußball kann alles passieren« und »ich war nur ein Teil der Mannschaft« um sich warf, beobachtete Kate, wie Tanya auf jedes Wort, jede Bewegung und jedes Grunzen reagierte, das er von sich gab, wie sie sich unaufhörlich an seine Laune und seinen Willen anpasste. Kate wollte ihr sagen, sie solle fliehen, solange sie noch konnte, aber sie wusste, dass es nicht so einfach war. Anfangs war Ubbe immer sehr charmant. Und es gab so viele kaputte Mädchen, die seiner ersten Offensive Glauben schenkten, wenn er ihnen all das sagte, wonach sie sich sehnten: »Du bist anders als alle anderen Mädchen. Keine versteht mich wie du. Du und ich gegen die ganze Welt.« Das war so verführerisch. Sie war ja ganz genauso gewesen. Sie war sechzehn, als sie sich kennenlernten, er war zehn Jahre älter und auf dem Gipfel seiner Fußballer-Karriere. Im selben Sommer hatte er dieses verdammte Finalspiel mit einem Tor gerettet. Sie waren sich in einem Lokal begegnet, für das sie viel zu jung war, und sie war ihm verfallen wegen der Aufmerksamkeit, die er ihr schenkte, und dem Glamour, der ihn umgab. Ganz langsam, anfangs unmerklich, war der Glanz verblasst, und zurückgeblieben war ein grausamer Kontrollfreak, der ihr fast zwei Jahre ihres Lebens geraubt hatte. Und jetzt hatte er sich wieder eingeschlichen. Das konnte sie nicht hinnehmen.

»Was glotzt du?«, fragte Tanya.

»Entschuldige. Das wollte ich nicht. Aber ich möchte, dass du weißt, dass du mich kontaktieren kannst, wenn du das willst.«

»Wieso, warum sollte ich das wollen?«

Kate begegnete ihrem störrischen Blick und erkannte sich selbst darin wieder. Mit einem Schaudern erinnerte sie sich daran, dass auch sie auf diesem Ohr taub gewesen war.

»Hör nicht auf sie. Ich habe Kate gekannt, als sie noch eine armselige kleine Schlampe war. Lass Tanya gefälligst in Ruhe.«

»Ich rede nur mit ihr.«

»Du und dein großes Maul.«

Er hatte sich schon immer darüber beschwert, dass sie zu viel redete, zu laut lachte und sich aufspielte. Was für ein widerwärtiger Mensch er doch war, das erkannte sie jetzt nur zu deutlich. Wieso sahen es die anderen nicht?

»Es ist mein Ernst«, erklärte sie Tanya. Mehr wagte sie aber nicht zu sagen, da sie wusste, dass Ubbe seinen Frust an der Person auslassen würde, die ihm gerade am nächsten war, und das war Tanya.

»Sie ist bloß neidisch, hör nicht auf sie«, höhnte Ubbe.

»Ich hoffe, er behandelt dich gut, Tanya. Ich hoffe, er zeigt dir, dass du ihm etwas bedeutest, so wie du es verdient hast.« Als ob Ubbe in der Lage wäre, etwas für einen anderen Menschen zu tun.

Tanyas Blick flackerte. »Klar tut er das.«

»Gut. Das sollte er auch.«

»Halt's Maul, Kate. Kapierst du? Komm, Tanya.«

Kate spürte, wie sich ihre Nackenhaare aufstellten. »Rede nicht mit ihr wie mit einem Hund.«

Ubbe schnippte mit den Fingern, und Tanya biss sich auf die Lippen und schmiegte sich an ihn. »Ich rede, wie ich will. Bilde dir nicht ein, dass du nach allen Seiten Befehle erteilen kannst, nur weil du es zu etwas gebracht hast.«

Kate erkannte, dass sie im Augenblick nichts mehr für Tanya tun konnte. Sie zuckte mit der Schulter. »Tja, Ubbe, so weit habe ich es wohl doch nicht gebracht, schließlich bist *du* ja ebenfalls hier.«

Seine Augen verdunkelten sich. Es war dumm, ihn zu provozieren, das wusste sie, aber sie hatte eine Stinkwut auf ihn. Wie kam es, dass er eine solche Macht über Tanya hatte? Und über sie selbst? Und warum fiel ihm nicht einfach ein Klavier auf den Kopf? Oder bekam zumindest einen Schlaganfall.

Ubbe machte drohend einen Schritt auf sie zu. »Denk dran, was ich gegen dich in der Hand habe. Sieh dich vor.« Sein Blick war starr und seine Pupillen riesig, und er schniefte unablässig.

»Zumindest kokse ich nicht«, sagte sie verächtlich und erkannte im selben Moment, dass sie zu weit gegangen war.

Er machte noch einen Schritt nach vorn, hob die Hand und sie sah ihm an, wie gern er ihr eine verpasst hätte. Wie viele Ohrfeigen hatte er ihr schon gegeben? Zwanzig? Dreißig?

»Ubbe, hör auf«, flüsterte Tanya.

Seine Kiefer mahlten, aber er war klug genug, um sich zu beherrschen. Er warf ihr einen letzten drohenden Blick zu, packte Tanyas viel zu schmalen Oberarm und zog sie mit sich.

Kate sah ihnen nach und atmete stoßweise.

Sie hasste es, dass Ubbe ihr immer noch Angst machen konnte, dass ihr Körper sich immer noch an die Erniedrigungen und an die Schmerzen erinnerte und so stark reagierte, obwohl sie sich zwingen wollte, ruhig zu bleiben und nicht überzureagieren. Aber wenn sie etwas gelernt hatte, dann, dass Ubbe keine Kränkung ungerächt ließ. Hierfür würde sie noch bezahlen müssen.

## ~ 12 ~

Jacob war höchstens zehn Minuten weg gewesen. Es hatte ein wenig gedauert, sich Frau Smirnoff-Beams Anekdoten über ehemalige Feste in diesen Räumlichkeiten anzuhören und sich dann höflich von ihr zu verabschieden. Als er zu Kate zurückkehrte, hatte sich irgendetwas verändert. Sie wirkte blass und angespannt, und als er ihre Hand streifte, war sie eiskalt.

»Was ist passiert?«, fragte er und blickte sich um, um nach möglichen Gründen für ihren Stimmungsumschwung zu suchen. Kate schien tatsächlich Angst zu haben. Hatte jemand etwas zu ihr gesagt? Er ließ seinen Blick über die Gäste schweifen. Der Geräuschpegel war hoch, aber er konnte nichts Besorgniserregendes entdecken. Hatte sich jemand ihr gegenüber schlecht benommen? Er ballte die Fäuste und war erschrocken darüber, wie wütend ihn diese Vorstellung machte.

»Nichts«, sagte sie, mied aber seinen Blick, was ihr gar nicht ähnlich sah. Seine Besorgnis wuchs.

»Du bist ganz blass. Geht es dir gut? Ist dir übel? Willst du dich hinsetzen?« Hatte sie zu viel getrunken? Sie hatten beide einiges intus, aber gerade eben noch hatte sie gar nicht betrunken gewirkt. Nur fröhlich und ein bisschen ausgelassen.

»Nein«, antwortete sie mit schwacher Stimme.

»Was, nein?« Sie klang nicht wie sie selbst.

»Ich habe mit Fredrik gesprochen. Wir kennen uns.«

»Hat er etwas Unangebrachtes gesagt?«, fragte Jacob mit rauer Stimme.

»Nein, nein. Entschuldige. So habe ich das nicht gemeint.«

»Möchtest du, dass wir gehen?« Jetzt war er ernsthaft besorgt.

Sie nickte und wartete, während er ihre Mäntel holte, dann hüllte sie sich rasch in ihren und zurrte den Gürtel fest um die Taille. Ihre Hände bebten, das konnte er sehen, und sie schluckte und schluckte.

»Aber was ist denn passiert? Ich mache mir Sorgen.«

»Ach, das ist nichts«, sagte sie, aber ihre Stimme brach in einem nahezu lautlosen Schluchzen und strafte ihre Worte Lügen.

Nachdem sie ins Dunkel hinausgeeilt waren, drehte sie sich zu ihm um, neigte den Kopf, trat einen Schritt auf ihn zu und schmiegte sich in seine Arme. Das kam so unerwartet, dass Jacob sich versteifte. Kate lehnte ihre Stirn gegen seine Schulter und klammerte sich an ihn. Jacob stand stocksteif da, wobei ihr Duft ihm in die Nase stieg und ihr lockiges, glänzendes Haar sein Kinn kitzelte. Doch nachdem der erste Schock vorüber war, legte er seine Arme um sie. Sie schniefte, und Jacobs Brust schnürte sich zusammen. Er sagte nichts, wusste auch gar nicht, was er hätte sagen sollen, sondern stand einfach nur in dem eiskalten Winterabend da und hielt sie. Als er sich ihr nach einer Weile zu entziehen versuchte, weil er dachte, dass sie bestimmt nach Hause wollte, schlang sie ihre Arme fester um seine Taille. Wieder schniefte sie.

»Kate«, sagte er sanft und spürte einen Druck auf seiner Brust. »Was ist da drinnen passiert? Kann ich irgendetwas für dich tun?« Er hätte für sie getötet.

Doch sie schüttelte den Kopf. »Lass uns noch einen Augenblick hier stehen bleiben«, murmelte sie gegen seinen Mantel.

Er zögerte, doch dann legte er sein Kinn auf ihren Scheitel

und hielt den weichen Körper an seinen, um ihr ein wenig von seiner Wärme, seiner Ruhe abzugeben. Sie roch so gut, und er schloss die Augen und versuchte, einfach nur für sie da zu sein, solange sie ihn brauchte.

Nach einer Weile hörte sie auf zu schniefen. Sie bewegte sich unruhig, und die Umarmung veränderte sich, von sicher und Trost spendend zu etwas anderem, etwas Intimerem, Aufgeladenem. Etwas potenziell Gefährlichem. Peinlich berührt spürte er, dass er hart wurde, und er versuchte, sich diskret zur Seite zu drehen, damit sie es nicht merkte. Er wollte sich wirklich beherrschen, aber es ging nicht. All das Weiche, das Kate Ekberg war – ihre Brüste, ihre Kurven, ihre Schenkel –, all das presste sich gegen seine harten Kanten, und er konnte die Reaktion seines Körpers nicht kontrollieren. Kates Finger glitten über seinen Rücken, und die Berührung pflanzte sich auf direktem Weg bis in seine Lenden fort. Langsam hob sie den Kopf, und ihre Blicke begegneten sich, verfingen sich ineinander. Er sah die Schneeflocken, die auf ihrem dunklen Haar lagen, und dann drückte sie ihren Bauch und ihre Hüften gegen seine Erregung, ohne seinen Blick loszulassen, nicht fest, aber entschlossen. Unwillkürlich stöhnte er auf. Sie hatte an seiner Brust geschnieft, aber ihre Augen waren nicht gerötet, und sie schien nicht besonders viel geweint zu haben, wenn überhaupt. Irgendetwas sagte ihm, dass sie nicht zu den Frauen gehörte, die häufig weinten.

»Besser?«, fragte er leise.

»Ja«, sagte sie und presste sich weiter gegen seine Erektion, bewegte sich langsam hin und her, rieb sich an ihm, während ein fast unmerkliches Lächeln ihre Lippen umspielte.

»Kate«, hauchte er, seinen Empfindungen wehrlos ausgeliefert.

Zur Antwort hob sie ihr Kinn und presste ihre Lippen auf

seine in einem weichen, langen Kuss, immer noch, ohne seinen Blick loszulassen. Automatisch spannte er seine Arme an, die sie umfingen, und seine Lippen bewegten sich über ihre. Es war nur ein Küsschen, aber trotzdem. Es war so intim, einem anderen Menschen auf diese Art zu begegnen, die Grenzen der Freundschaft zu überschreiten – hin zu etwas ganz anderem. Und für ihn war es lange her. Vielleicht war das der Grund für den Kurzschluss in seinem Gehirn.

Kate schloss die Augen, und er spürte, dass sie den Kuss vertiefen wollte. Sie neigte den Kopf zur Seite, ließ ihre Hände zu seinem Nacken hinaufgleiten und wandte sich ihm zu.

Jacob legte seine Hände um ihre Schultern, ließ sie dort und schob Kate dann behutsam von sich. Als er einen Abstand zwischen ihnen geschaffen hatte, ließ er sie los und trat noch einen Schritt zurück. Kate öffnete die Augen. Sie lächelte, als würde er den Kuss gleich fortsetzen. Aber das würde er nicht tun. Dies war der direkte Weg in die Katastrophe und ins Elend, ein Weg, den er nicht einschlagen würde. Egal, wie fantastisch sich das angefühlt hatte. Trotzdem: nein.

Ihre Brust hob und senkte sich unter ihrem Mantel. »Was machst du?«, fragte sie und streckte spielerisch ihre Hände nach ihm aus.

Rasch trat er ein paar Schritte zurück, sodass sie ins Leere griff. Sie ließ ihre Hände sinken und sah ihn fragend an. Er verstand sie. Es gab sicher nicht viele Männer, die es ablehnen würden, Kate zu küssen. Offenbar war er ein Idiot. Er fühlte sich definitiv wie einer, und er war drauf und dran, nach ihr zu greifen.

»Fahren wir nach Hause?«, fragte er rasch und tat so, als würde er in der eiskalten Nacht nach einem Taxi Ausschau halten.

»Jacob?« Ihre Stimme klang überrascht. »Was ist los?«

»Es ist schon spät, ich rufe einen Wagen«, sagte er wie der größte Idiot und tastete in der Manteltasche nach seinem Handy.

»Also, Jacob, was ist los? Was soll das?«

»Nichts. Aber es ist spät. Zeit, sich zu verabschieden«, brabbelte er.

Sie warf ihm einen verwunderten Blick zu, zuckte dann aber die Schultern, und eine Art Maske glitt über ihr Gesicht. »Wie du willst«, sagte sie und zog sich ihre Fingerhandschuhe aus glänzendem Leder über. Sie strich sich mit dem Zeigefinger unter den Lippen entlang und spielte mit einer Locke. »Das ist vielleicht auch besser so.«

Jacob nickte kurz. Im Grunde war er ihrer Meinung.

Davon mal abgesehen: Er war der größte Idiot des Universums.

## ~ 13 ~

»Du weißt aber schon, dass das Buttermilch ist?«

Jacob war tief in Gedanken versunken und zuckte zusammen. »Was?«

Er hatte endlose Besprechungen hinter sich. Besprechungen mit Steuerungsgruppen und verschiedenen Leitungskonstellationen, alle mit hohen Ansprüchen. Gerade eben hatte er seinen beiden Assistenten Anweisungen gegeben, wie sie die dort getroffenen Entscheidungen umsetzen sollten.

Noah Antonsson, der junge Mann, der im Bereich Fondsinvestments und Unternehmensberatung arbeitete und zu dessen Kundinnen auch Kate gehörte, nickte in Richtung des Kaffeebechers, in den Jacob eben einen großen Schluck Buttermilch gegeben hatte.

»Oh, Mist. Danke.«

»Kein Problem«, sagte Noah lächelnd und sah verdächtig so aus, als hungere er nach Gesellschaft.

Jacob spülte seinen Becher gründlich aus und begann noch einmal von vorn. Noah blieb neben ihm stehen. Bedächtig schenkte Jacob sich neuen Kaffee ein. Doch Noah rührte sich nicht vom Fleck, sondern öffnete den Kühlschrank, nahm einen Liter Milch heraus und reichte ihn Jacob freundlich.

»Danke«, sagte Jacob kurz und reserviert.

»Ist alles in Ordnung?«, fragte Noah, der am Tresen lehnte und es nicht eilig zu haben schien.

Jacob wandte sich ab und hatte keinerlei Interesse, diesen extrem gut gekleideten und geschniegelten Kollegen näher kennenzulernen. »Hab gerade nur viel um die Ohren. Danke nochmals.«

»Anytime«, sagte Noah und stellte die Milch wieder in den Kühlschrank, nachdem Jacob sich eingeschenkt hatte.

Jacob runzelte die Stirn. »Du warst krank«, fiel ihm ein.

»Ja, Magen und Darm. Ich glaube, ich hatte eine Lebensmittelvergiftung. Aber es war schnell wieder vorbei. Glück gehabt. Ich hasse es, mich zu übergeben.«

Jacob gelang es, den spitzen Kommentar, dass sich wohl niemand gerne übergab, hinunterzuschlucken.

»Hast du etwas von Kate Ekberg gehört?«, fragte Jacob und bereute es sofort. Warum hatte er das gefragt?

»Wir haben eine Benachrichtigung bekommen, dass sie zweihundertfünfunddreißigtausend überwiesen hat. Ich habe sie angerufen, das Geld war offenbar für einen Handwerker. Vorher hat sie fünfzehntausend in bar abgehoben. Das ist ungewöhnlich. Aber es schien seine Richtigkeit zu haben.«

»Ja. Ihr Badezimmer«, sagte Jacob langsam. Irgendetwas daran stimmte nicht. Er würde nachsehen, an wen das Geld gegangen war. Sicherheitshalber.

»Und sonst so«, sagte Noah, gerade als Jacob hoffte, das Gespräch sei beendet. »Ich bin gerade umgezogen«, fuhr er fort. »Das ist natürlich irre viel Arbeit, man vergisst das immer, aber jetzt bin ich fertig. Es ist krass geworden, genauso, wie ich es haben wollte. Hat mich ein Vermögen gekostet, aber das ist es wert, oder?« Er sah Jacob auffordernd an.

»Äh«, sagte der.

Noah trat einen Schritt näher und schien etwas Wichtiges sagen zu wollen. »Wir arbeiten hart. Da ist es wichtig, einen Ort zu haben, wo man die Batterien aufladen und Energie tanken kann, meinst du nicht?«

Jacob nahm seinen Becher. Er konnte ohne zu lügen sagen, dass ihm so ein Gedanke noch nie gekommen war. Noah klang wie ein frisch Bekehrter, wie jemand, der gerade Feng-Shui, oder wie das hieß, für sich entdeckt hatte. Er nickte kurz. »Ich muss weiterarbeiten«, sagte er und ließ ihn stehen. Er begriff nicht, warum Noah so kontaktfreudig war. Die meisten blieben auf Distanz zu ihm, entweder aus Respekt vor der Tatsache, dass er der Chef war, oder weil er sie nicht zu Nähe, Vertraulichkeiten und Small Talk ermutigte. Er würde ein Auge auf den jungen Mann haben. Obwohl der, abgesehen von einer Fixierung auf Inneneinrichtung, über die er unbedingt reden wollte, recht damit hatte, dass Jacob neben der Spur war. Daran dachte er, als er, zurück in seinem Büro, ein Glas Wasser auf seinem Schreibtisch verschüttete. Zwar nicht so neben der Spur wie damals, als es am schlimmsten war und er sich in der Psychiatrischen Notaufnahme wiedergefunden hatte, weil er sich das Leben nehmen wollte, nachdem seine Frau ihn verlassen hatte. Aber doch. Er war nicht ganz er selbst.

Nachdem er das verschüttete Wasser aufgewischt hatte, sank er auf seinen Schreibtischstuhl und schickte einem seiner Assistenten eine Nachricht, dass er vor dem nächsten Tagesordnungspunkt eine Pause brauche. Seine seltsame Laune hatte mit Kate zu tun. Es wäre albern, das zu leugnen. Als sie dort in der Winternacht vor der hell erleuchteten Villa Pauli gestanden hatten und sie sich von seiner Umarmung trösten zu lassen schien, hatte er etwas *gefühlt*. Jacob rieb sich die Stirn. Offenbar keimten in ihm Gefühle für eine viel zu junge Nachtclubkönigin mit zweifelhafter finanzieller Situation auf. Das hatte er nicht kommen sehen. Während all der Jahre, in denen er auf gesellschaftlichem Gebiet immer unsicherer und einsamer geworden war und sich zunehmend mit dem Gedanken versöhnt hatte, dass er keine Chance mehr bekommen würde, war eine Frau wie Kate die Letzte, von der er gedacht hätte, dass sie sein Interesse wecken könnte. Sie war anders als alle anderen Frauen, die er kannte, anders als Amanda, die ihn betrogen hatte, anders als die Frauen in seinem ehemaligen Bekanntenkreis. Doch als Kate sich in seine Arme geschmiegt und ihre Wange an seine Brust gelegt hatte, hatte sein Hirn gewissermaßen in einen neuen Modus geschaltet. Irgendetwas hatte Kate geängstigt, und Jacob war von einem fast unwiderstehlichen Beschützerinstinkt erfasst worden. Als wäre er gewillt, sich notfalls zwischen sie und einen heranrasenden Zug zu stellen. Er hatte Fredrik Nordensköld angerufen und sich in kühlem Tonfall erkundigt, ob er etwas Unangemessenes zu Kate gesagt hätte. Fredrik hatte stotternd widersprochen, und Jacob glaubte ihm. Aber irgendetwas war vorgefallen, und er wollte für Kate da sein.

Doch zeitgleich mit dem Bedürfnis, sie zu beschützen und für sie zu sorgen, war auch die Lust in ihm erwacht, und damit hatte sich in ihm eine Schleuse geöffnet. So viele Gefühle waren auf ihn eingestürzt, dass Jacob in Panik geraten war. Und das schon, bevor sie ihren Mund auf seinen gepresst hatte.

Er zerrte an seinem Schlipsknoten. Gefühle zu verdrängen, beherrschte er, das war seine Überlebensstrategie. Er *konnte* sich nicht öffnen. Denn wenn er sich gestattete, bestimmte Dinge zu fühlen – wie Lust und Begehren –, dann würden vielleicht auch andere Dinge die Schutzmauern durchbrechen, die er um sich errichtet hatte. Und ob er damit zurechtkäme, das wusste er schlicht nicht. Menschen, die behaupteten, es sei besser, jemanden zu lieben und ihn zu verlieren, als gar nicht erst geliebt zu haben, hatten keine Ahnung, wovon sie sprachen. In seinen Augen gab es nichts, das schlimmer war, als geliebt und verloren zu haben – als betrogen und seines Kindes beraubt worden zu sein.

Nach dem Mittagessen, einem Salat am Computer, beschloss er, das Büro zu verlassen. Es tat ihm gut, sich zu bewegen, und er ging in flottem Tempo zum Berzelii Park und zum Wasser hinunter. Es war natürlich keine wirklich revolutionäre Erkenntnis, dass Bewegung guttat, aber trotzdem. Früher hatte er sich viel bewegt, und er ging meistens zu Fuß zur Arbeit, aber er hatte sich schon lange nicht mehr ordentlich ausgepowert. Jetzt hatte er damit begonnen, in der Mittagspause rasche Spaziergänge zu machen und an den Abenden immer länger werdende Joggingrunden zu drehen. So bekam er den Kopf frei und konnte besser schlafen und klarer denken. Er beschleunigte seine Schritte noch einmal. Die Luft war frisch und kalt, und es war sogar ein wenig sonnig, auch wenn die blassen Sonnenstrahlen nicht wärmten. Als er an Svenskt Tenn vorbeikam, wurde er jedoch langsamer. Es war, als klängen ihm noch Noahs Worte in den Ohren: dass das Zuhause ein Ort sein sollte, an dem man Energie tankte. Er spürte nichts Derartiges, wenn er nach Hause kam, und hatte seine Wohnung bisher auch noch nicht so gesehen. Vor dem Schaufenster des berühmten Einrichtungshauses blieb er stehen. Er kam fast jeden Tag auf dem Weg zur Arbeit hier vorbei. Er wohnte ganz am Ende des Strandvägen, gegenüber vom Nobelpark, ganz in der Nähe von Djurgården, und die Bank lag nur einen Steinwurf vom Kungsträdgården entfernt. Svenskt Tenn war das Lieblingsgeschäft seiner Mutter, aber er hatte es schon seit Ewigkeiten nicht mehr betreten. Jahrelang hatte er zu Weihnachten und zu seinen Geburtstagen Geschenkgutscheine für Svenskt Tenn bekommen. Vielleicht war seine Mutter ebenfalls der Meinung, dass seine Wohnung nicht das war, was sie sein sollte? Er hatte die Gutscheine jedoch nie eingelöst, sondern aufgehoben. So war mittlerweile ein hübsches Sümmchen zusammengekommen. Er blieb vor dem Schaufenster stehen und sah sich bunte Kissen und teure Deko-Objekte an. Jennifer hatte ihm mit seinem Outfit zu Fredriks vierzigstem Geburtstag geholfen, aber dies müsste er auch selbst hinkriegen. Kurz entschlossen betrat er das Geschäft, schließlich wollte er sich nur umschauen und sich vielleicht ein bisschen aufwärmen.

Eine halbe Stunde später, er war auf dem Weg zurück ins Büro, rief er seine Schwester an.

»Wie geht's dem Bauch?«, fragte er.

»Immer noch kein Baby. Du brauchst dich aber nicht jeden Tag danach zu erkundigen.« Sie klang weinerlich.

»Was machst du gerade?«

Jennifer schnaufte und prustete ihm ins Ohr. »Nichts. Ich soll mich ausruhen, aber es juckt mich überall. Am ganzen Körper. Und ich rülpse. Und immer, wenn ich mir die Nase putze, mache ich mir in die Hose.«

Er hatte wohl selbst Schuld, da er sie ja gefragt hatte. Seine Schwester nahm es mit persönlichen Grenzen nicht so genau.

»Klingt furchtbar«, sagte er aufrichtig. »Ich habe mit Joggen angefangen, hatte ich das schon erzählt?«

»Ja. Mehrmals. Jacob, falls du dich zu einem von diesen Leuten mit Midlife-Crisis entwickelst, die joggen und sich über verschiedene Laufstrecken austauschen und ständig darüber reden, wie gut das tut, dann kündige ich dir die Freundschaft auf. Mit solchen Idioten bin ich bestens versorgt.«

»Ich verspreche, dass ich nicht so werde«, sagte er und beschloss, sie nicht über die neuen Laufschuhe mit Wintersohlen in Kenntnis zu setzen, die er sich gekauft hatte. Oder über den Spezial-Jogginganzug für den Winter, den er im Internet bestellt hatte. Oder die Stirnlampe. Vielleicht war er ein wenig über das

Ziel hinausgeschossen. »Ich habe gerade bei Svenskt Tenn eingekauft«, sagte er stattdessen. »Etwas, das sich Textilien nennt, was aber offenbar nur Kissen und Decken sind. Wusstest du das?«

»Das Kissen und Decken Textilien sind? Ja, Jacob, das wusste ich. Wie kann man so etwas *nicht* wissen?«

»Jedenfalls habe ich das gekauft. Und eine Vase. Und Kerzenleuchter.«

Er hörte, wie sie nieste, schniefte und fluchte, bevor er wieder ihre Stimme im Ohr hatte. »Jacob, ich sage dir das mit aller Liebe und allem Respekt, aber du musst dir einen männlichen Freund suchen.«

»Gefällt es dir nicht, dass ich dich anrufe?«

»Ich rede gern mit dir, aber nicht jeden Tag und nicht über Stoffe und Joggen. Ehrlich gesagt, ist das etwas seltsam. Du bist seltsam. Was ist los mit dir?«

»Nichts.«

»Dann hör auf, mich zu fragen, ob das Kind schon da ist, und such dir einen Kumpel. Oder mehrere. Ich muss pinkeln. Oder spucken. Vielleicht auch beides. Tschüs.«

Vage erinnerte sich Jacob an frühere Bekannte, an seine Freundesgruppe aus Männern. Sie hatten Bier getrunken, über Fußball, Golf, die Börse und über Autos geredet. Aber das, was passiert war, hatte ihre Freundschaft verändert. Seine Freunde hatten gemeint, er solle sich zusammenreißen und darüber hinwegkommen, und er hatte das nicht hören wollen. Die meisten waren wohl erleichtert gewesen, als er sie von sich stieß. Wer wollte schon seine Zeit mit einem Trauerkloß verbringen, der keinen an sich heranließ? Er wusste nicht einmal mehr, was die anderen jetzt machten und ob sie überhaupt noch in Stockholm wohnten. Als er wieder im Büro war, googelte er sie, wenn auch ohne besonderen Enthusiasmus. Einen fand er in London, einen in New York, während ein paar genau wie er noch in Stockholm waren. Sie wohnten nicht einmal weit von hier. Allerdings wollte er seine ehemaligen Freunde nicht treffen. Er wollte Kate treffen.

Am selben Abend saß Jacob, umgeben von seinen neuen Textilien, im Wohnzimmer und dachte nach. Was war der nächste Schritt? Das war die zentrale Frage. Er ging in die Küche und trank etwas Wasser, wobei er »So datest du« googelte, ohne sehr viel klüger zu werden. Die Datingregeln waren im besten Fall unklar und ziemlich willkürlich. War es wirklich früher genauso schwierig gewesen? Jacob konnte sich nicht erinnern. Es gab so vieles, was er vergessen oder verdrängt hatte.

Er sah aus dem Fenster und dachte an den Abend in der Villa Pauli. Der unverhoffte Kuss, der so erregend gewesen war … Er blieb bei der Erinnerung an Kates verlockendem Mund auf seinem Mund hängen, an ihren Körper, der sich an seinen presste. Sie hatte weitergehen wollen, ihn küssen, aber er hatte einen Rückzieher gemacht. Die bittere und peinliche Wahrheit war nicht zu leugnen: Er hatte Panik bekommen. Er hatte sich aus ihrer Umarmung befreit und sie damit in Verlegenheit gebracht, obwohl er derjenige war, der peinlich war, nicht sie. Niemals sie. Er scrollte zu ihrer Nummer und starrte sie einen Moment lang an. Aber er wusste nicht, was er sagen sollte.

Stattdessen zog er seinen neuen gefütterten Jogginganzug und Laufschuhe an. Es war kalt, und sein Atem stand wie eine Wolke in der Luft, als er aufbrach, um in Dunkelheit und Schneefall zu laufen. Er lief eine Runde auf der Insel Djurgården, drehte aber nach einer Weile um und lief den Strandvägen entlang, vorbei am Nybroplan und in die Biblioteksgatan. Sie zog ihn an wie ein Magnet, dachte er, als er sich vor ihrem geschlossenen Club wiederfand. Plötzlich öffnete sich die Tür, und er erblickte sie.

Kate.

# ~ 14 ~

»Du hättest ihm einen Zungenkuss geben sollen, Kate!«

Bettys vor ein paar Tagen geäußerte Worte liefen als Endlosschleife in Kates Kopf, als sie im Club saß und auf die nächste Besprechung wartete. Zum wiederholen Mal schaute sie auf die Uhr. Der Mann, mit dem sie sich treffen wollte, hatte sich verspätet, darum konnte sie das Gespräch mit Betty am vergangenen Wochenende in Gedanken noch einmal in allen Einzelheiten durchgehen. Sie hatte ihr von der Party in der Villa Pauli erzählt, hatte auch den Kuss erwähnt oder das Küsschen, um genau zu sein, und die Augen der älteren Frau hatten aufgeleuchtet, als habe ihr jemand erzählt, dass Jesus sich aufgemacht habe, um der Erde Frieden zu bringen. Bis Betty erfuhr, wie abrupt das Ganze geendet hatte. Da war ihr Blick erloschen, und ihre Mundwinkel waren herabgerutscht.

»Und dann sind wir nach Hause gefahren, jeder zu sich, ohne ein Wort über das zu verlieren, was passiert war«, hatte Kate ein wenig steif geendet. Es war immer noch beschämend. So abzublitzen.

Bettys Enttäuschung hatte fast schon komisch gewirkt. »War das etwa schon alles?«, hatte sie gefragt, als könne sie nicht glauben, dass Kate derartig versagt hatte.

»Ja.«

»Du musst irgendetwas falsch gemacht haben. Du hättest ihn

mit der Zunge küssen sollen, dann hätte er begriffen, was du wolltest.«

»Ich kann niemanden küssen, der nicht geküsst werden will. Das nennt man Übergriff«, hatte Kate entgegnet. Sie konnte immer noch nicht verstehen, warum er sich aus ihrer Umarmung befreit und so unangenehm berührt ausgesehen hatte wie der niedergeschlagenste Mann der Welt. Für sie war es ein ganz wunderbarer Abend gewesen, bis zu dem Moment, als Ubbe aufkreuzte. Aber das konnte doch wohl nicht alles zunichtemachen? Zwischen Jacob und ihr war so eine Energie gewesen, und allem Anschein nach hatte er sich von ihr angezogen gefühlt. Aber als sie ihn verführen wollte, hatte er sich zurückgezogen. Normalerweise hätte Kate das nichts ausgemacht. Aber um ehrlich zu sein, bekam sie normalerweise keine Abfuhr. Ohne falsche Bescheidenheit konnte man behaupten, wenn Kate Ekberg einen Mann aufriss, dann konnte sie so weit gehen, wie sie wollte. Aber sie nahm Jacobs Abfuhr ja nicht persönlich. Sie versuchte, ihre innere Ruhe zu finden, ihre innere Nachtclubkönigin. Das funktionierte nur halb. Außer ihr war niemand hier, sowohl Nanna als auch Parvin waren zu eigenen Besprechungen unterwegs, und sie hatte ihren geliebten Club für sich allein. Was bedeutete, dass sie sich selbst quälen konnte, soviel sie wollte. Aber was juckte es sie eigentlich, dass ein neununddreißigjähriger Bankmanager sie nicht wollte? Pah. Sie holte sich noch mehr heißes Wasser. Es gab schließlich Dutzende Männer, die mit Freude alles tun würden, um was sie sie bat. Vielleicht hatte Jacob Kopfschmerzen gehabt? So etwas kam vor. Oder es gab irgendwo eine zukünftige Verlobte im Hintergrund. Oder er musste am nächsten Morgen fit sein. Whatever. Männer brauchten genau wie Frauen nicht immer willig zu sein. Der spröde Jacob durfte Nein sagen, wann immer er wollte, genauso wie sie Nein sagen durfte, wenn ihr der Sinn danach stand, ohne eine Erklärung dafür liefern zu müssen. Das war fair und gerecht. So lagen die Dinge nun einmal in einer modernen, gleichberechtigten und nicht verurteilenden Welt. Und das war auch gut so. Sehr gut. Supergut. Selbst wenn sie auch jetzt noch, Tage später, nicht aufhören konnte, sich den Kopf darüber zu zerbrechen. Wollte Jacob sie nicht? Fühlte er sich nicht von ihr angezogen, hatte sie seine Signale falsch interpretiert? Ach, fuck it.

Wieder schaute sie auf die Uhr – ihre Verabredung war schon zehn Minuten verspätet – und dann auf ihr Smartphone, wo die schlimmsten ihrer Probleme lauerten. Denn Ubbe, dieser Kotzbrocken, hatte sich natürlich gemeldet. Nachdem sie in der Villa Pauli zusammengestoßen waren, hatte sie schon damit gerechnet, dass das passieren würde. Dass sie auch nie schlauer wurde, dass sie immer widersprechen musste! Anfangs, als sie gerade erst zusammengekommen waren, hatte er ihr gesagt, dass er ihre vorlaute Art mochte. Jetzt wusste sie, dass das für ihn eine Herausforderung gewesen war: sie zu brechen. Er war leidenschaftlich gewesen und hatte ihr geschmeichelt, und sie war ihm rettungslos verfallen. Sie war sechzehn gewesen und ungeliebt. Ubbe war älter und so dermaßen weltgewandt, hatte die jugendliche Kate gedacht. Berühmt und umschwärmt und zu gut, um wahr zu sein. Was für eine Ironie. Denn es war ja so: Wenn etwas zu gut war, um wahr zu sein, dann war es auch nicht wahr. Die erwachsene Kate wusste das.

Die Veränderung war schleichend gekommen. Hier ein kalter Blick, dort ein abfälliges Wort. Eine erste Ohrfeige, als sie »Widerworte« gab. Damals hätte sie ihn natürlich verlassen sollen. Hinterher sagte sich das so leicht, dass man ja »einfach« nur hätte gehen müssen. Aber sie hatte gedacht, dass sie seine harten Worte und seine Kritik vielleicht verdient hatte. Im Innersten hielt sie sich für wertlos, für einen hoffnungslosen Fall und für dumm wie Brot. Und sie hatte nicht gewusst, wo sie hätte hingehen können. Es hatte eine lange Zeit der Demütigungen gebraucht, immer wieder Angst und dass er sich an einem anderen Lebewesen vergriff, das sie liebte, ehe sie von ihm loskam. Und er hatte ihr nie verziehen, dass sie ihn verlassen hatte. Natürlich nicht. Ubbe war nicht der Typ, der verzieh. Die deprimierende Wahrheit war, wenn er nicht im Gefängnis gelandet wäre, hätte sie es vielleicht nie geschafft. Und jetzt war er in ihr Leben zurückgekehrt.

Kate las Ubbes letzte SMS noch einmal.

*UW: Das war verdammt respektlos gegenüber mir und meinem Mädchen, du miese Schlampe. Das gibt ein Bußgeld. 5 000.*

So hatte er das auch schon gemacht, als sie noch zusammen waren. Sie bestraft und willkürlich Bußgelder verhängt, wenn sie irgendwie sein Missfallen erregt hatte. Wenn sie mit einem anderen Mann zusammen gelacht hatte, zwang er sie, auf dem Fußboden zu schlafen, wenn sie zu spät nach Hause kam oder die falschen Kleider trug, brüllte er sie manchmal eine Stunde lang an. Einmal hatte er sie zur Strafe gefickt, als er fand, dass sie sich zu lange mit einem seiner Freunde unterhalten hatte. Bis heute konnte sie noch nicht daran denken, ohne dass sich ihre Muskeln verkrampften. Er hatte sie dazu gezwungen, sich eine Haarsträhne abzuschneiden, bevor sie ausgingen, und ihren Lieblingspulli wegzuwerfen, um ihren Gehorsam zu beweisen. Wenn »Kate demütigen« eine olympische Disziplin gewesen wäre, hätte er die Goldmedaille gewonnen.

Damals hatte er seine Macht körperlich und psychisch demonstriert, heute tat er das mit Geld. Aber ihr reichte es jetzt.

Sie war kein verängstigter Teenager mehr, sie würde sich wehren. Das hätte sie gleich nach der ersten Erpresser-SMS tun sollen. Aber sie war in Panik gewesen, weil sie wusste, zu was Ubbe fähig war. Er war ein unberechenbarer Junkie, kannte üble Typen und brachte sie sehr geschickt dazu, ihm zu helfen. Er hatte zwei Seiten. Eine soziale und coole, die ihn zu einem guten Freund vieler Promis machte, und eine eiskalte und aggressive, die sie später nur allzu gut kennengelernt hatte. Wenn sie nicht aufpasste, würde er kurzerhand die Sexfilme hochladen und den Link an alle schicken, die sie kannten, nur um ihr zu beweisen, dass er dazu imstande war. Oder er würde sie ermorden. Das war keine Hysterie von ihr, sondern eine reale Gefahr. Einmal hatte er fast einen Mann erschlagen und war dafür ins Gefängnis gekommen. Wenn es nur um sie selbst gegangen wäre, hätte sie die Konsequenzen vielleicht in Kauf genommen. Aber jetzt ging es um den Club. Um ihre Angestellten. Sie schrieb:

KE: *Habe kein Geld mehr. Du hast alles bekommen, was ich hatte.*

UW: *Hure. Schick mir das Geld JETZT. Du weißt, was sonst passiert.*

»Hallo, entschuldige, dass ich mich verspätet habe«, sagte eine Männerstimme, und sie zuckte zusammen. Rasch legte sie das Smartphone hin. »Hallo, Aram«, sagte sie und nickte in Richtung des Stuhls, der ihr gegenüberstand. »Kein Problem. Danke, dass du gekommen bist.«

Aram Tigris war der Chef einer Sicherheitsfirma und gehörte zu ihrem Bekanntenkreis. Sie hatte großes Vertrauen zu ihm. Er war für seine ruhige und diplomatische Art bekannt, aber Kate wusste, dass er eine Vergangenheit bei den Peschmerga hatte, der kurdischen Miliz. Der ehemalige Krieger war darauf spezialisiert, die Gäste des Clubs zu beschützen und Unruhestifter nach draußen zu befördern, und sie hatte seine Leute schon oft engagiert. Sie kam direkt zur Sache.

»Es geht um eine junge Frau, die Hilfe braucht. Sie wird mit Sexfilmen erpresst, in denen sie zu sehen ist.«

»Oh, Kate, das tut mir leid. Kennst du die Frau?« Aram wohnte seit fünfzehn Jahren in Schweden, und sein Schwedisch war nahezu perfekt. Sie wusste, dass er drei Dinge liebte: den schwedischen Sommer, Kiruna und seine Familie.

»Ja. Ich habe ihr versprochen, dass ich ihr helfe.«

Kate konnte gut lügen. Vielleicht glaubte Aram ihr. Vielleicht auch nicht. Sie hatte die drei Einschusslöcher in seinem Arm mit eigenen Augen gesehen. Und sie hatte ihn ein einziges Mal wütend werden gesehen, als ein Mann einen seiner Angestellten angriff. Dieser Mann war mit gebrochener Nase und gebrochenem Handgelenk ins Krankenhaus gekommen. Aram war nicht einmal außer Atem gewesen. Aber sie konnte sich ihm gegenüber nicht outen. Sie hatte Investoren an der Hand, Männer, die sie nie wieder ernst nehmen würden, wenn sie auf einer Pornoseite sahen, wie sie gefickt wurde. Sie musste dieses Jahr ihre Alkohollizenz erneuern lassen. Dafür musste man einen untadeligen Lebenswandel vorweisen. Berichte über Sexfilme galten bestimmt als tadelig. Und sie sorgte sich um Betty. Denn Betty war nicht nur ihre Vermieterin, Nachbarin und Freundin. Als Teilhaberin würde sie mit in den Schlamassel hineingezogen. Kate wollte sie um jeden Preis schützen.

»Der offizielle Rat lautet immer, zur Polizei zu gehen«, sagte Aram nachdenklich.

»Aber?«

Er faltete die Hände und schien nachzudenken. »Das sagt man immer, weil es so erwartet wird, aber wenn es zu nichts führt, weiß ich nicht, wozu es gut sein soll.«

»Und wenn die Frau Beweise hat?«

»In einer perfekten Welt, klar. Offiziell würde ich ihr wie gesagt raten, Anzeige zu erstatten.«

»Und wenn es um deine Freundin ginge oder deine Tochter?«

Ein gefährlicher Glanz trat in Arams schwarze Augen. Seine siebzehnjährige Tochter Linn war sein Augenstern, und für Aram war sie noch immer ein unschuldiges Kind. Diese Auffassung teilte Kate nicht so ganz. Sie hatte Linn schon mehrere Male wegschicken müssen, als sie versucht hatte, in den Club hineinzukommen, und sie wusste, dass das Mädchen ziemlich wild war. Ein Wissen, dass sie im Übrigen nicht mit Aram teilen würde. Niemals.

»Ich hoffe, dass keine von beiden so dumm ist, bei so etwas mitzumachen«, sagte Aram streng. Dann war ja wohl klar, wer hier die Schuld trug, dachte Kate bitter. Es war immer dasselbe Lied.

»Sie kann doch nichts dafür«, sagte sie.

»Vielleicht nicht, aber das ist so unnötig. Wenn ihr Frauen nicht mitmachen würdet, gäbe es ja kein Problem.«

»Danke, ich werde es ihr ausrichten«, sagte Kate bitter. Das war genau die Reaktion, die sie befürchtet hatte. Schuldzuweisungen. Vorwürfe. Es war so widerlich. Dass man eine Frau mithilfe von Sex kontrollieren konnte. Für Männer galt das nicht im gleichen Maße. Es schien niemanden zu stören, wenn ein Mann in einem Film Sex hatte, aber für Frauen sah die Sache anders aus. Erst im letzten Jahr hatte sich eine junge Frau das Leben genommen, nachdem ihr Ex-Mann ihre privaten Sexfilme ins Netz gestellt hatte. Sie hatte die Schande nicht ertragen. Kate konnte sie verstehen. Es war so ungerecht, dass sie am liebsten auf irgendetwas eingeschlagen hätte. Sie war daran gewöhnt, komplizierte Situationen zu bewältigen, ihre Hartnäckigkeit und ihren Einfallsreichtum zu mobilisieren und das Problem zu lösen, aber hier scheiterte sie. Sie hatte sich darin verstrickt und wusste nicht, wie sie sich wieder befreien sollte.

»Kate, manch einer würde in einer solchen Situation auf die Idee kommen, sich bei Kriminellen Rat zu holen«, sagte Aram ernst.

»Was meinst du damit?«, fragte sie schuldbewusst. Der Gedanke war ihr ja auch schon gekommen. Mit einem der etwas zwielichtigen Typen zu sprechen, die immer vor den Kneipen in der City herumlungerten, und sie um Hilfe zu bitten.

»Das ist viel zu gefährlich, ich hoffe, du weißt das. Kriminellen kann man nicht vertrauen. Da kommst du leicht vom Regen in die Traufe.«

Nachdem Aram gegangen war, loggte Kate sich in die Online-Bank ein und überwies fünftausend Kronen an Ubbe. Jetzt war sie praktisch blank. Es ist, wie es ist, ermahnte sie sich streng. Sie hatte sich Zeit erkauft. So musste sie das sehen. Fünftausend für ein bisschen Ruhe und Frieden. Sie würde das hinkriegen, es musste ihr nur noch einfallen, wie. Sie ging durch ihren Club und suchte Trost in dem, was sie erschaffen hatte. Heute war der Club dunkel und im Ruhemodus.

»Mein wunderbarer kleiner Club«, sagte sie zärtlich. Übermorgen veranstalteten sie einen Abend zum Thema Weihnachten. Sie würden Glubbel, einen prickelnden Glühwein, trinken, ein ekelhaftes Gebräu, wie sie fand, und Discoversionen von Weihnachtsliedern spielen. Als Parvin das im letzten Jahr vorgeschlagen hatte, war Kate nicht wirklich von der Idee überzeugt gewesen. Wie witzig waren denn Christbaumohrclips, hässliche

Weihnachtspullover und Pfefferkuchenshots? Aber es war ein Riesenerfolg gewesen, und in diesem Jahr hatten sowohl das Radio als auch die sozialen Medien darüber berichtet, also war der Erwartungsdruck hoch. Ständig rief jemand an und wollte auf die Gästeliste gesetzt werden. Dabei waren Themen-Abende das Albernste, was sie sich vorstellen konnte. Kate öffnete die Eingangstür und trat auf die Straße. Sie schloss ab und steckte die Hände in die Taschen. Sie wusste nicht, weshalb sie aufsah und über die Straße spähte. Das Gefühl, beobachtet zu werden. Zuerst konnte sie nichts Außergewöhnliches entdecken. Kälte, die in der Luft Eiskristalle bildete. Weihnachtlich geschmückte Straßen und Fassaden, Adventsleuchter in den Fenstern der Steinhäuser. Aber dann sah sie ihn, und aus irgendeinem Grund war sie überhaupt nicht überrascht. Als hätte sie gespürt, dass Jacob dort in der Winternacht stand und sie beobachtete. Langsam hob er die Hand und winkte. Sie ging auf ihn zu.

»Hallo«, sagte er, als sie sich auf halbem Wege trafen.

Sein Atem stand wie eine Wolke in der Luft. Er trug Trainingskleidung, eine schwarze Jogginghose, Jacke und eine reflektierende Weste. Modische Laufschuhe. Das hätte eigentlich albern aussehen müssen, aber das tat es nicht. Er sah sportlich und stark aus.

»Bist du hier zufällig vorbeigekommen?«, fragte sie.

»So kann man es sagen. Arbeitest du?«

Sie sah zu ihm hoch. Er war frisch rasiert und roch nach Schweiß und nach Mann. Sah freundlich aus. Zu jemandem wie Jacob konnte man leicht Vertrauen fassen.

»Ich bin auf dem Nachhauseweg.«

Der Beinahe-Kuss hing zwischen ihnen in der Nachtluft.

Er sah sie mit ernstem Blick an. Und Kate verspürte den bizarren Impuls, sich Jacob anzuvertrauen, ihm von der Erpressung zu erzählen, die sie schon so lange bedrückte. Die Bürde mit jemandem zu teilen, sie für einen Moment auf seine breiten Schultern abzuwälzen. Sie biss sich auf die Innenseite ihrer Wange. Der Impuls war stark.

»Soll ich dich nach Hause begleiten? Es ist schon dunkel.«

Er war wirklich süß. Begriff er nicht, dass die Nacht und die Dunkelheit ihr natürliches Habitat waren? Auf den Straßen Stockholms hatte sie niemals Angst. »Danke, aber ich bin müde und wollte mir ein Taxi nehmen. Aber du?«

Er blieb stehen. »Ja?«

»Möchtest du am Donnerstag zu unserem Weihnachts-Special kommen? Ich kann dich auf die Gästeliste setzen. Dich und einen Freund.«

»Gern«, sagte er sofort, und es beschlich sie das merkwürdige Gefühl, dass er zu allem, was sie vorschlug, Ja gesagt hätte. Willst du von dieser Klippe springen? Gern. Willst du mit mir nach Hause kommen und mit mir schlafen? Gern.

»Dann bist du herzlich willkommen«, sagte sie sanft. Und dann überkam sie ein Schwindelgefühl. Als würde sie ebenfalls springen.

## ~ 15 ~

»Warst du schon mal hier?«, fragte Benjamin und schüttelte sich den Schnee aus seinen kurz geschnittenen dunklen Haaren. Auch sein Bart war kurz gestutzt, was ihm ein modernes und hippes Aussehen verlieh. Er trug ein schwarzes Poloshirt und Wildlederschuhe, eine schwarze Hose, viele breite Silberringe und schwarze Lederarmbänder.

»Ich gehe nur selten aus«, antwortete Jacob vage und stampfte sich den Schnee von seinen neuen Schuhen. Sie waren sehr schick, aber neben dem modebewussten Benjamin kam er sich trotzdem vor wie ein Langweiler. »Und du?«

Benjamin blies in seine kalten Hände. »Ich bin schon einmal mit der Arbeit hier gewesen. Es ist verdammt posh. Man muss auf der Gästeliste stehen.«

Benjamin arbeitete mit IT-Sicherheit, und sie hatten sich erst mehrere Jahre nach Jacobs Zusammenbruch kennengelernt, darum betrachtete Benjamin ihn nie mitleidig oder mit Unbehagen. Für Benjamin Breuer war Jacob einfach ein Typ von vielen, ein Freund, der in einer Bank arbeitete, ein Mann, den er auf Seminaren über Cybersicherheit und Internetbetrug getroffen hatte, und das war außerordentlich erholsam. Sie hatten zusammen ein Bier getrunken, bevor sie sich auf den Weg zum Club machten. Es war über ein Jahr her, seit sie sich zuletzt gesehen hatten, und über dem Bier hatten sie erörtert, was seitdem in ihren Leben geschehen war. In Jacobs gar nichts, während Benjamin zum Chef für IT-Sicherheit aufgestiegen war und angefangen hatte, Padel-Tennis zu spielen. Jacob hatte zugehört, ein paar Fragen eingeworfen und noch ein zweites Bier getrunken, bevor sie weitergezogen waren. Er war nicht betrunken, aber angeregt. Er hatte die Rechnung übernommen. »Danke«, hatte Benjamin gesagt. »Das nächste Mal bin ich dran.« Das fühlte sich gut an, wie ein Versprechen, dass sie sich wiedersehen würden. Seine kleine Schwester hatte recht, er sollte sich wirklich ein paar Freunde zulegen, Freunde, die nicht wussten, was er durchgemacht hatte. Es fühlte sich an, als hätte er sich selbst neu erfunden. Jacob Grim 2.0. Nicht mehr am Boden.

Jacob befühlte die Innentasche seines kurzen Wollmantels, der ebenfalls neu war. Tatsächlich war alles, was er trug, bis hin zu seiner Unterwäsche, neu. Irgendetwas war in den letzten Wochen mit ihm geschehen, wie er feststellte. Zuerst hatte er Jennifer gebeten, ihn in Kleidungsfragen zu beraten, dann hatte er das halbe Svenskt Tenn aufgekauft, und heute hatte er eine lange Mittagspause gemacht, war zu Fuß zum Kaufhaus NK gegangen und hatte seine Kreditkarte in der Herrenabteilung zum Glühen gebracht. Eine junge Verkäuferin hatte seine Spendierlaune gewittert, und bald hatte Jacob Hemden, Pullover und Hosen gekauft, als gäbe es kein Morgen. Shopping hob die Stimmung, wie er mit einem leichten Erstaunen festgestellt hatte. Noch nie hatte er verstanden, welcher Reiz darin lag, impulsiv Geld aus dem Fenster zu schmeißen, aber heute schien ein Damm gebrochen zu sein, und er konnte gar nicht mehr aufhören. Wie gesagt. Ein neuer Jacob. Doch im Moment war er nervös wie ein Teenager, trotz der Biere und der schicken neuen Sachen.

Sie fröstelten in der Kälte. Obwohl es ein Donnerstag war, stand vor dem Nachtclub eine lange Schlange, und sie warteten geduldig.

»Cool, dass du mitgekommen bist«, sagte Jacob. Es war ihm nicht leichtgefallen, sich bei Benjamin zu melden, aber er war froh, dass er den Schritt gewagt hatte.

»Machst du Witze?« Benjamin stampfte auf den Boden, sodass der Neuschnee um seine Wildlederschuhe aufstob. »Hammercool, dass du mich angerufen hast.« Er schlug Jacob freundschaftlich auf den Rücken. Als wären sie zwei ganz gewöhnliche Kumpel. Das Gefühl war gar nicht mal unangenehm.

Die Schlange bewegte sich kaum vorwärts. Aber die Wartenden schienen guter Laune und in festlicher Stimmung zu sein. Immer wenn die Tür aufging, drang dröhnende Musik heraus, und ein erwartungsvoller Schauer ging durch die Warteschlange.

Jetzt schwang die Tür wieder auf, und da stand Kate. Jacob hatte Schmetterlinge im Bauch. Sie sprach mit den beiden Türstehern. Die nickten nachdenklich und ließen ihre Blicke dann über die Wartenden schweifen. Einer der beiden, eine junge Frau, die die Hände in den Taschen ihrer großen Jacke vergraben hatte, ging die Schlange ab und kam auf Jacob und Benjamin zu.

Sie baute sich vor ihnen auf und sah wichtig aus. »Kommt rein, ihr braucht nicht hier zu stehen, ihr seid auf der VIP-Liste.«

Sie gingen an den neidischen Wartenden vorbei, und dann waren sie drinnen. Dort empfing sie exklusiver Luxus. Dunkelblaue Wände und von goldenen Kronleuchtern beschienene Fußböden erschufen eine Atmosphäre von zurückhaltender Eleganz und Geborgenheit, trotz des Gedränges. Wie Benjamin gesagt hatte – verdammt posh.

Sie gaben ihre Mäntel ab, und Jacobs Blick fiel auf sein Spiegelbild. Er fuhr sich mit der Hand durch die Haare. Er sah tatsächlich gut aus.

»Herzlich willkommen.« Das war Kate.

Jacob konnte fast hören, wie Benjamin nach Luft schnappte.

Kein Wunder. Kate trug ein eng anliegendes rotes Kleid und rote Stiefel mit hohen Absätzen. Sie war die unangefochtene Königin.

»Hallo.«

Sie streckte ihm die Hände entgegen, und er zog sie mutig an sich und bekam einen Kuss auf die Wange. Bis ans Lebensende würde er von dem Gefühl zehren, das ihre Lippen auf seiner Haut hinterließen. Als sie den Raum mit der Tanzfläche betraten, war es dort alles andere als zurückhaltend elegant. Benjamin riss die Augen auf. Kate grinste. »Ich weiß. Aber bei unseren Themen-Abenden gehen wir aufs Ganze.«

Jacob betrachtete die Deko. Überall Kunstschnee, Rentiere und bunte Lampions. »So etwas habe ich noch nie gesehen«, überschrie er eine Technoversion von *All I want for Christmas*. Bedienungen in sexy und eindeutig nicht jugendfreien Outfits eilten vorüber. »Das ist wie Weihnachten auf Ecstasy«, fügte er hinzu, während Licht und Lärm um sie herum explodierten.

»Warte, bis die Leute was getrunken haben«, sage sie, lächelte herzlich und führte sie zu einem reservierten Tisch, auf dem eine Flasche Champagner in einem Eiskübel stand. »Das geht aufs Haus«, sagte sie. »Macht euch bemerkbar, wenn ihr etwas braucht. Mein Personal kümmert sich um euch. Leider muss ich weiter«, sagte sie, warf ihm eine Kusshand zu und verschwand.

»Mir war gar nicht klar, dass du Kate Ekberg kennst.«

Benjamin sah ihn mit etwas an, das Jacob lange nicht mehr im Blick eines anderen gesehen hatte: Bewunderung.

»Sie ist eine Bekannte von mir«, sagte er mit einem beiläufigen Achselzucken. Das stimmte ja wohl auch. Dass er und diese anziehende Frau sich kannten. Zumindest ein bisschen. Und neulich Abend hatte sie ihn geküsst. Er lächelte in sich hinein. Noch war er nicht tot. Nicht, wenn eine schöne Frau ihn küssen wollte. Es war ihm egal, dass sein Leben so armselig war, dass ein Kuss, der nur ein paar Sekunden gedauert hatte, den Höhepunkt des vergangenen Jahrzehnts darstellte.

Sie tranken Champagner, und eine freundliche Bedienung stellte ihnen ein Tablett mit Fingerfood auf den Tisch.

»Lecker«, sagte Benjamin mit vollem Mund.

Jacob sah, wie Kate sich durch den beschneiten Raum bewegte, und folgte ihr mit dem Blick. Sie blieb an einzelnen Nischen stehen, ähnlich der, in der Benjamin und er saßen, machte ein wenig Small Talk und ging dann weiter. Sie kümmerte sich um ihre Gäste, nahm Gläser mit Champagner entgegen, wechselte hier und da ein paar Worte, schüttelte Hände, posierte für Fotos und ging dann zur Bar. Sie war ständig in Bewegung, lächelte unablässig, arbeitete pausenlos – und es wirkte alles ganz natürlich. Hier war sie ganz offensichtlich in ihrem Element, hier brillierte sie. Hier, in ihrem Club, war sie ein Star. Es war faszinierend anzusehen.

Aus dem Augenwinkel sah Jacob, dass Benjamin sich zurückgelehnt hatte und ihn beobachtete. Widerstrebend wandte er sich seinem Freund zu.

»Was ist?«, fragte er, als er Benjamins belustigtes Lächeln bemerkte.

Benjamin schob sich noch etwas Käse in den Mund. »Nichts. Danke, dass ich mitkommen durfte.« Er sah Kate nach. »Sie ist ziemlich …« Hier war Jacob drauf und dran, Benjamin aufzufordern, seine Zunge zu hüten, aber Benjamin begnügte sich mit dem unverbindlichen Wort »nett«.

So konnte man das auch ausdrücken, dachte Jacob. Sexy, strahlend, rätselhaft hielt er für zutreffender. Kate Ekberg war ein Rätsel. Jedenfalls für ihn. Darüber würde er ein andermal nachdenken. In diesem Augenblick war er einfach nur froh und entspannt – in all ihrer Alltäglichkeit fantastische Gefühle.

Eine energische kleine Frau mit schwarzem Pagenkopf und einer breiten Halskette aus Kunststoff in Form des Feminismussymbols kam zu ihnen und fragte Benjamin, ob er tanzen wolle, was er fröhlich bejahte. Als die Musik zu einer Discoversion von *Jingle Bells* wechselte, kam auch auf Jacob eine Frau zu. Er sah sie fragend an. Sollte er sie kennen?

»Willst du tanzen?«, erkundigte sie sich gut gelaunt.

»Wie bitte?«

Sie beugte sich vor, formte ihre Hand zum Trichter und wiederholte ihre Frage. Er hatte also doch richtig gehört. Gleich darauf stand er auf einer vollen Tanzfläche und tanzte zu hämmernder Weihnachts-Discomusik. Nach ein paar Tänzen setzte er sich wieder an ihren Tisch, und später, als Kate sah, dass er allein war, setzte sie sich zu ihm, schlug die Beine übereinander und stibitzte eine Olive von seinem Teller.

»Möchtest du?«, fragte er und langte nach der beinahe leeren Flasche.

»Bei der Arbeit trinke ich nicht. Das ist Ginger Ale«, sagte sie und hielt ihr halb volles Champagnerglas hoch. »Ich muss den Schein aufrechterhalten, aber sonst würde ich die Nachtarbeit nicht durchhalten. Und ich muss für meine Gäste und mein Personal da sein. Ich bin für sie verantwortlich.«

Je länger sie sich unterhielten, desto klüger und seriöser wirkte sie. Er hatte sich Gedanken gemacht wegen des Geldes, das sie auf ein fremdes Konto überwiesen hatte, aber jetzt nicht mehr. Er hatte nicht vor, sie zu fragen, warum sie so viel Bargeld abgehoben hatte, das ging ihn nichts an. Sie hatte Geheimnisse, aber das musste nichts Schlimmes bedeuten.

»Du arbeitest offenbar sehr viel.« Er nuschelte nicht, aber er war auch nicht mehr ganz nüchtern. Der Alkohol löste seine Zunge. Sein Kopf war angenehm leer, die Gedanken, die ihm sonst immer, wirklich immer, durch den Kopf gingen, hatten sich zur Ruhe begeben.

Er hielt sein Weinglas hoch. »Dann trinke ich für uns beide«, sagte er großmütig und trank ihr zu.

Kate betrachtete ihn mit einem leisen Lächeln um ihren Mund, um den seine Fantasie in den letzten Tagen so an die hundertmal gekreist war.

»Tu das«, sagte sie und fügte dann hinzu: »Du siehst heute Abend gut aus, Jacob.« Sie legte den Kopf auf die Seite, und ihr dunkelblauer Blick traf ihn ins Herz wie ein Speer. Whooosh. So etwas war ihm noch nie passiert. Er hatte nicht einmal gewusst, dass man so fühlen konnte.

»Ich freue mich, dass wir hergekommen sind«, sagte er.

»Apropos. Wo ist eigentlich dein Freund?«

Benjamin hatte den Club schon lange verlassen, eng umschlungen mit der Frau, die auffällige Christbaumohrringe trug.

»Er ist mit der Dunkelhaarigen gegangen, mit der er getanzt hat.« Sie hatten schon auf der Tanzfläche angefangen zu knutschen. Zwei Seelen, ein Gedanke, ganz klar.

»Ja, das sah heiß aus. Ich glaube, sie ist Filmregisseurin. Bleibst du noch? Ich muss mit einem Gast sprechen, der reinwill. Und einer der Tische hat drei Champagner Cristal bestellt, und ich habe versprochen, bei ihnen vorbeizuschauen, aber ich komme gerne wieder.«

»Ich warte auf dich«, sagte er, ohne zu zögern. Er hatte bereits beschlossen, so lange zu bleiben, wie Kate ihm Gesellschaft leistete.

Als sie nach einer Weile von der Ausübung ihrer Pflichten zurückkehrte, lehnte sie sich ein wenig nach vorn und lächelte. »Wo waren wir stehen geblieben?«

»Du hast gesagt, ich sähe gut aus.«

Sie lächelte noch breiter. »Habe ich das?«

»Hm. Ich möchte zu Protokoll geben, dass du das gesagt hast. Und dass du der schönere Mensch von uns beiden bist.«

»Wenn du das sagst.«

Jacob nickte. »Ich habe dich beobachtet, als du in der Bank warst.«

»Das kann ich mir nicht vorstellen.«

»Willst du behaupten, dass ich lüge?«

Er war angenehm beschwipst, hatte die Beine von sich gestreckt, die Hand um sein Weinglas gelegt und ein Gefühl von Wärme in der Brust.

Kate legte ihr Handy weg und schlug die Beine übereinander. »Immer, wenn ich dich gesehen habe, schienst du mich zu verabscheuen.«

Er hatte nicht erwartet, dass sie ihn überhaupt wahrgenommen hatte. »Aber ich habe dich schon immer hübsch gefunden. Ehre, wem Ehre gebührt.«

»Habe ich dir neulich Angst gemacht? Als wir uns geküsst haben?«

Ehrlichkeit. Offenheit. Er beschloss, sich ebenso zu verhalten. »Ja, ich war ... ach, ich weiß nicht, was ich war. Aber hinterher habe ich es bereut.«

»Und wenn ich dich heute küssen würde?«

Er legte seine Hand auf den Tisch, war sich seiner Sache sicher. »Dann würde ich nicht zurückweichen, im Gegenteil.«

Die Musik wurde leiser.

»Was ist los?«, fragte er.

»Es ist ein Uhr. Donnerstag, wie schließen jetzt.«

»Schon?« Jacob begriff nicht, wie die Zeit so schnell vergangen war. Die Deckenlampen gingen an. Die Gäste begannen, die Bar zu verlassen. Das Personal räumte die Gläser zusammen und unterhielt sich mit den letzten Gästen. Das Wachpersonal ging herum und sorgte dafür, dass sich alle benahmen. Er vermutete, dass es an der Zeit war, nach Hause zu gehen. »Danke für den schönen Abend«, sagte er und erhob sich. Er wollte sie nicht aufhalten. Sie war sicher müde und musste den Club schließen oder was immer die Besitzerin eines Nachtclubs so machte.

Kate strich sich das absurd sexy rote Kleid über den Knien glatt. Trotz der vorgerückten Stunde sah sie taufrisch aus.

»Jacob?«, sagte sie leise.

»Yes?«

»Hättest du Lust, die Nacht mit mir zu verbringen?«

## ~ 16 ~

Kate nahm nie Männer mit zu sich nach Hause. Das war eine Regel, an der sie eisern festhielt. Die meisten Frauen, die sie kannte, fühlten sich bei einem One-Night-Stand in ihrer eigenen Wohnung am sichersten, aber nicht Kate. Tatsache war, dass es kaum etwas gab, was ihr ein größeres Gefühl der Unsicherheit vermittelte, als andere Menschen in ihrer Wohnung zu haben. Schon der Gedanke, dass ein Mann in ihre Privatsphäre eindringen könnte und Zugang zu ihren persönlichsten Sachen hätte, paralysierte sie beinahe.

»Können wir zu dir nach Hause fahren?«, erkundigte sie sich beiläufig.

»Selbstverständlich«, sagte er nur.

Wenn Jacob Schwierigkeiten gemacht hätte, wäre sie gegangen. Sie hatte klare Grenzen und wusste genau, was sie akzeptieren konnte und was nicht. Aber Jacob hinterfragte das nicht, und sie hatte ziemlich gute Sensoren dafür, ob ein Mann gut oder schlecht war. Die hatte sie nicht immer gehabt, und dafür hatte sie teuer bezahlt. So war das Leben nun einmal. Ungerecht. Manchen erging es schlecht, andere kamen klar, und das folgte keiner Logik. Leute, die an Gerechtigkeit und Karma glaubten, hatten keine Ahnung, wovon sie redeten. Aber jetzt war sie älter und klüger. Ihre Arbeit mit den vielen Besprechungen, Mittagessen, Abendessen und Events sowie ständigem Kontakt zu den unterschiedlichsten Menschen hatte ihr Urteilsvermögen geschult, und sie verließ sich darauf. Bei Jacob ging sie kein großes Risiko ein, er war vertrauenswürdig. Außerdem war sie neugierig darauf, wie er wohnte. Die Wohnung sagte so viel über einen Menschen aus, und Jacob war ihr ein Rätsel. Er war sowohl verschlossen als auch lustig. Sowohl streng als auch leidenschaftlich. Sein ordentliches Äußeres zum Beispiel, war es nur eine Fassade? War er in Wirklichkeit schlampig? Oder ein Pedant? Wie würde er als Liebhaber sein? Gewissenhaft und effektiv? Selbstsüchtig? Gehemmt? Sie hatte schon mit so vielen Männern geschlafen, die sich selbst als die größten Sexgötter aufgespielt und sich dann als langweilig, selbstsüchtig und fade entpuppt hatten. Viele Männer machten den Fehler, davon auszugehen, dass guter Sex dasselbe war wie guter Sex für *sie selbst*. An Jacob hatte Kate jedoch höhere Erwartungen.

Ihre Hände lagen dicht nebeneinander auf dem Autositz, aber sie berührten sich nicht. Zwei Menschen, die durch die Nacht fuhren, um Sex zu haben.

»Dein Club ist wirklich ein Meisterwerk«, sagte er nach einer Weile in warmem Tonfall.

»Danke.« Sie lächelte. Vielleicht war es ihm nicht bewusst, aber ihren Nachtclub zu loben war der direkte Weg in ihr Herz. Und in ihre Möse, dachte sie im Stillen.

Kate war daran gewöhnt, dass sich Männer durch eine erfolgreiche Geschäftsfrau und Unternehmerin bedroht fühlten. Einige wünschten sich, dass sie für sie sorgte, praktisch und finanziell, während gleichzeitig ihr Gefühl der Unterlegenheit wuchs und sich nur zu bald in kleinen Nadelstichen aus passiver Aggressivität äußerte. Andere Männer sagten ihr, dass ihnen ihr Erfolg gefalle, werteten sie aber gleichzeitig mit ihren Worten und Taten ab. Jacob war anders, dessen war sie sich ziemlich sicher.

»Ich habe ihn allein aufgebaut.«

»Man spürt deine Persönlichkeit in jedem Detail.«

Als Vorspiel war das gar nicht übel, dachte sie. Oft spielte sie ihre Persönlichkeit herunter, war lieb, freundlich und kokett, weil das alles einfacher machte. Aber das mit Jacob war kein Spiel, nicht mehr. Und er schien sie nicht zu fürchten. Er bewunderte das, was sie erreicht hatte. Sie nahm seine große warme Hand in ihre.

»Viele Investoren haben nicht an mich geglaubt. Einige wollten mich anfangs nicht einmal treffen«, bekannte sie. Dieses Kapitel ihrer Erfolgsstory behielt sie normalerweise für sich. Wie man sie ausgelacht oder sexuelle Gegenleistungen vorgeschlagen hatte. Sie »Kindchen« genannt hatte.

»Aber jetzt bist du erfolgreich, und sie sind selbst schuld.« Jacob drückte ihre Hand.

»Und weißt du was? All diese Männer, jeder Einzelne, will jetzt meinen Nachtclub besuchen.«

Er wandte ihr sein Gesicht zu. »Dürfen sie das?«

»Ja.«

»Weil du tausendmal besser bist als sie?«

»Genau.« Einige legten ihr das als Schwäche aus, dass sie sie einließ. Sie freute sich, dass Jacob die Sache aus ihrer Perspektive sah: dass sie damit in der Position der Stärkeren war.

Das Taxi hielt. Jacob Grim wohnte natürlich in einem der prachtvollen Steinhäuser vom Ende des 19. Jahrhunderts am Strandvägen. Ihre Vorfahren hatten womöglich beim Bau dieses steinernen Palasts mitgearbeitet, dachte sie, als er sie ins Treppenhaus einließ. Sie ließ ihr Hand über das Treppengeländer in der Eingangshalle gleiten und hörte ihre Absätze auf dem Marmorfußboden. Das weckte Gefühle in ihr. Dieser Wohlstand, diese historischen Gebäude, die von Menschen erbaut worden waren, die hungerten und schufteten. Wobei sie mittlerweile selbst zu denen gehörte, die sich so etwas leisten konnten, selbst ein Produkt dieses Landes und dieses Systems war und zu denen gehörte, die ihr Geld mithilfe anderer verdiente. Es war kompliziert, wie immer bei sozialen Aufstiegen. Sie fragte sich, ob Jacob jemals über solche Dinge nachdachte.

Er öffnete die schmiedeeiserne Tür des Aufzugs, der sie in die oberste Etage gebracht hatte, öffnete die Wohnungstür, an der sein Name prangte, und hielt sie dann für sie auf. Diese altmodische Höflichkeit war verführerisch. Früher einmal eine Methode, die betonen sollte, dass Frauen das schwächere Geschlecht sind, war es heutzutage in erster Linie eine höfliche Geste. Es gab Frauen, die das hassten und sich dadurch gedemütigt fühlten, und andere, für die es wichtig war, sich als Frau fühlen zu können. Für Kate spielte das keine Rolle. Gleichberechtigung und Respekt steckten nicht in solchen Details. Allerdings war es angenehm. Wie ein Spiel mit raffinierten Regeln, das weitere spannende Interaktionen versprach.

»Hier, lass mich Licht machen«, sagte er, und seine Stimme war dicht neben ihrem Ohr, als er sich nach dem Lichtschalter in dem dunklen Flur streckte. Er war ein toller Mann, dachte sie, als der kleine Flur von einem sanften Licht erhellt wurde. Er war schweigsam, aber stets bereit, für sie da zu sein, wenn sie das wollte. Es war ein berauschendes Gefühl. Sie hatte den ganzen Abend seinen Blick auf sich gespürt, bis ihr ganzer Körper geprickelt und ihr Blut gesiedet hatte. Sie war es nicht gewohnt, so zu reagieren. Dass Männer sie anstarrten, war definitiv nichts Außergewöhnliches. Aber aus irgendeinem Grund war dies hier anders. Jacob sah sie zärtlich und fürsorglich an und nicht ausschließlich mit Begehren. Sie betrachtete ihn verstohlen. Jacob erinnerte an einen kräftigen Leoparden oder einen Puma. Nicht groß und muskulös, sondern leise und beobachtend, geschmeidig. Er war kein Mann, der einem sofort auffiel. Aber während der kurzen Zeit, die sie einander kannten, hatte sie begonnen, ihn attraktiv zu finden. Er war bei Weitem nicht der hübscheste Mann, den sie je gesehen hatte, aber er war sexuell attraktiv, auf eine zurückhaltende, intensive, irgendwie gegenwärtige Art.

»Möchtest du etwas trinken?«, fragte er.

Kate schüttelte den Kopf. Sie war weder hungrig noch durstig, sie wollte nur ihn. Sie legte ihre Hände um seine rauen Wangen, spreizte die Finger und presste ihre Handflächen an seine Haut, zog ihn an sich und küsste ihn, mit geöffnetem Mund und Zunge und voller Hunger. Sie hörte, wie er heftig die Luft einsog, als hätte sie ihn überrascht, aber eine Sekunde später lagen seine Arme wie ein Eisenring um sie, und endlich erwiderte er ihren Kuss. Jacob Grim küsste gut, dachte sie, während ihr Gehirn sich vernebelte und ihr Körper warm und bereit wurde. Seine Umarmung war stark und seine Absicht unmissverständlich, aber dennoch an ihr Tempo angepasst, als sei er bereit, ihr die Führung zu überlassen. Das gefiel ihr. Bald begann sie zu keuchen, von Küssen und Zärtlichkeiten. Er strich ihr über den Rücken und umfasste ihre Hüften, und schließlich legte er ihr seine Hand auf die Brust.

Sie nickte. »Das ist schön«, sagte sie und schloss die Augen, während er mit sanften Bewegungen ihre Brüste liebkoste.

»Wollen wir ins Schlafzimmer gehen?«, flüsterte er.

Sie entwand sich behutsam seinen Armen und tat so, als würde sie ihren Mantel und ihre Tasche auf der Flurgarderobe zurechtrücken, während sie sich tastend vergewisserte, dass sein Smartphone sich noch in seinem Mantel befand, den er danebengeworfen hatte. Dann nickte sie, während sie ihn unverwandt ansah.

Er nahm ihre Hand und führte sie ins Schlafzimmer. Obwohl

sie gerade eben noch seine Zunge in ihrem Mund und seine Hand auf ihrer Brust gespürt hatte, fühlte sich das Händchenhalten intimer an. Er blieb auf der Schwelle stehen und küsste sie wieder. Es roch sauber hier, und als sie einen Blick in sein Schlafzimmer warf, sah sie ein ordentlich gemachtes Bett. Keine Zierkissen, aber eine aufgeschlagene Tagesdecke und dazu passende Bettwäsche. Aus irgendeinem Grund rührte sie das. Sie begannen einander behutsam auszuziehen. Er hatte einen schönen, starken Körper und breite Schultern, war aber ein wenig mager. Sie legte ihm eine Hand in den Nacken, und er beugte sich vor und küsste ihr Schlüsselbein, bevor er die Träger ihres BHs herunterstreifte, mit dem Finger dem Rand des Stoffs folgte und flüchtig ihre Brüste berührte.

»Du bist wunderschön«, sagte er heiser.

Sie liebte die Art, wie er sie ansah, wie sinnlich und feminin sie sich unter seinen heißen Blicken und begierigen Fingern fühlte. Sie wollte ihn jetzt haben, sie war erregt und voller Erwartung. Sie umfasste seinen Kopf mit den Händen, strich ihm mit ihren Handflächen durchs Haar und ließ ihre Finger damit spielen, während er Küsse auf ihre Haut regnen ließ. Sie schloss die Augen und genoss es, ihn an ihrem Körper zu spüren. Seine Lippen, seine ein wenig kratzigen Wangen, seine Handflächen.

»Ich liebe deinen Körper«, hauchte er an ihrem Hals, und sie musste lachen. Das Kompliment war übertrieben, aber es war auch besonders schön, denn Jacob schien nicht zu den Menschen zu gehören, die zu Übertreibungen neigten. Er war ein Mann der Präzision, nicht des Überschwangs.

»Darf ich dir den Rest ausziehen?«, fragte er, während er ihren Blick festhielt. Es war, als ob er alles tun würde, was sie wünschte. Normalerweise hatte sie für Sexspiele und Rollenspiele nicht viel übrig, aber bei Jacob fühlte sie sich ein bisschen wie eine Herrscherin. Als träte er seine Macht an sie ab.

»Tu das«, sagte sie und ließ es zu, dass er ihr das Unterkleid, Unterwäsche und Strümpfe auszog. Er küsste sie sanft und liebkoste sie andächtig. Sie hatte Grübchen im Po. Weiche Brüste, breite Hüften und einen gerundeten Bauch. Sie war ziemlich kräftig, konnte Gewichte heben, lange Strecken schwimmen und stundenlang in hochhackigen Schuhen laufen. Sie mochte ihren Körper. Und sie freute sich, dass Jacob ihn zu schätzen wusste.

»Zieh du dich auch aus«, befahl sie ihm, und er folgte ihrem Wunsch. Sie ließ ihre Hand über seinen behaarten Brustkorb gleiten. Auch an seinem Bauch zog sich ein Streifen Haar hinab. Er zog zuerst seine Socken aus, dann die Hose und schließlich zwängte er die Unterhose über seine Erektion. Kate lächelte. Bald standen sie sich ganz nackt gegenüber. Er legte eine Hand um ihren Nacken und die andere auf ihre Brust und zog sie an sich. Sie schloss ihre Hand um seinen Schwanz und ließ sie auf und ab gleiten, während sie ihn erforschte. Seine Küsse waren vielversprechend. Er schwoll in ihrer Hand an und atmete stoßweise, als sie ihn liebkoste.

»Lass das lieber«, brachte er mühsam hervor. »Ich habe das lange nicht mehr gemacht.«

»Das hier?«, neckte sie ihn.

Er keuchte auf. »Ich würde mir wünschen, dass es noch etwas länger dauert, falls du einverstanden bist.«

Sie ließ ihn los und küsste ihn auf den Hals. Er roch gut. Nicht nach etwas Bestimmtem, sondern einfach nur gut.

Nackt ging er zum Bett und zog den Überwurf herunter. Sie schlüpfte unter die Decke und gab sich seinen Küssen, dem Vorspiel und dem Sex hin.

Zehn Minuten später dachte Kate, dass der Sex okay gewesen war, aber nicht mehr, wenn sie ehrlich sein sollte. Jedenfalls nicht für sie. Jacob beherrschte das Vorspiel deutlich besser als den Akt an sich. Vielleicht waren ihre Erwartungen zu hoch gewesen. Er hatte gesagt, dass er sich Zeit lassen wolle, und sie war sehr erregt gewesen, und dann war er gekommen, und jetzt war es vorbei. Er hatte das gut gemacht, absolut, war sowohl innig als auch zielstrebig gewesen. Kein bisschen pornomäßig, wofür sie sehr dankbar war. Kaum etwas war so abtörnend wie ein Mann, der versuchte, einen Pornodarsteller zu imitieren. Jacob war nicht so, aber er war auch nicht besonders geschickt, und darüber hatte sie ihre Konzentration verloren. Ein wenig zu harte Knie, nur die Missionarsstellung und zu wenig und zu kurzer Fokus auf das, was sie brauchte.

Kate täuschte normalerweise keine Orgasmen vor – das lehnte sie aus Prinzip ab –, aber sie kam nicht, wenn alles derart schnell ging. Sie brauchte mehr Zeit, oder sie musste sich selbst anfassen, oder er bereitete ihr mit seinen Fingern Lust. Jetzt war er praktisch sofort gekommen, nachdem er sich ein Kondom übergestreift hatte und in sie eingedrungen war. Es war trotzdem schön gewesen, sagte sie sich und seufzte über das Klischee. Die Frau, die sich mit Nähe und Erregung begnügte. Das war ein einziger großer Schwindel. In ihrer Welt war Sex ohne Orgasmus einfach kein vollkommener Sex, jedenfalls nicht, wenn es IHR Orgasmus war, der ausblieb.

Aber sie konnte nichts daran ändern, denn hinterher war Jacob gleich eingeschlafen. Dennoch war er bei Weitem nicht der schlechteste ihrer Liebhaber. Er war zärtlich, männlich und er duftete gut. Und er hatte ihr so wunderbare Sachen zugeflüstert, wie schön sie sei, wie perfekt, und sie fühlte sich umworben, auch wenn sie nicht mit ihm hatte Schritt halten können, obwohl sie anfangs sehr feucht gewesen war. Zumindest hatte er keine Probleme, einen hochzukriegen. Sie hatte schon ein paar solcher One-Night-Stands gehabt – Alkohol und ein Alter über dreißig waren keine gute Kombi, wenn man einen steifen und ausdauernden Mann haben wollte, dachte sie.

Sie blieb im Bett liegen und schaute aus dem Fenster. Die Nacht war sternenklar. Sie überlegte kurz, ob sie sich selbst einen Orgasmus verschaffen sollte, indem sie masturbierte, aber ihr fehlte die Energie. In erster Linie hatte sie sich nach Vergessen gesehnt und, ja, nach körperlicher Nähe. Jetzt, im Dunkel und in der Stille der fremden Wohnung, gingen ihre Gedanken im Kreis, und sie war hellwach.

Sie hatte Durst und stand auf. Die Wohnung war groß, viel größer, als der kleine Flur vermuten ließ. Sie gelangte in ein Wohnzimmer, wo sie im Finstern einen protzigen Kachelofen erahnte. Auch hier hohe Fenster, von denen ein kalter Luftzug kam. Sie lehnte sich über das breite Fensterbrett und sah hinaus. Östermalm war menschenleer. Bürgersteige und Bäume waren von Pulverschnee bedeckt. Die Straßen lagen schwarz und öde da, und weder Autos noch Hundebesitzer waren zu sehen. Weit entfernt schlug eine Kirchturmuhr vier. Sie sollte eigentlich müde sein, aber teils war sie einen umgekehrten Tagesrhythmus gewohnt, teils hatte sie den Kopf voll.

Ubbe hatte sich wieder gemeldet. Mindestens zehn Nachrichten hatte er ihr im Laufe des Abends geschickt. Diesmal keine Forderungen, nur Drohungen und Beschimpfungen. Sie hasste seine verdammten SMS. Hasste es, dass sie diese nicht löschen konnte, weil sie sie später vielleicht noch brauchen würde, um zu beweisen, was für ein Dreckskerl er war. Sie hasste es, dass Ubbe ihr Handy, ihren Computer und ihr Leben beschmutzte, dass er das *Kate's* und ihre Angestellten bedrohte. Sie fand die Küche, nahm ein Glas aus dem Schrank, füllte es mit kaltem Wasser, trank in großen Schlucken und sah in die Nacht hinaus. Dann suchte sie ihre Kleider zusammen, lächelte über den leise schnarchenden Jacob, küsste ihn auf die Stirn, zog sich an, rief sich ein Taxi und fuhr nach Hause. Für heute hatte sie bekommen, was sie wollte. Es war an der Zeit, die Dinge in Angriff zu nehmen, die sie erledigen musste. Denn sie hatte nicht vor, sich von einem miesen Erpresser manipulieren zu lassen. Sie musste das beenden.

## ~ 17 ~

Hatte das Leben in den letzten Tagen nicht neue Farben angenommen? Jacob blickte sich in einer Welt um, die ihm heller und glücklicher vorkam. Die Straßen waren weihnachtlich bunt geschmückt, was er bisher gar nicht bemerkt hatte. In den Fenstern leuchteten Sterne aus Lichterketten, und Stockholms Plätze waren voller roter Weihnachtssterne, grüner Tannen und weißer Hyazinthen. Die Menschen lächelten einander und ihm zu, und Jacob lächelte zurück.

Als er heute Morgen aufwachte, war Kate schon weg gewesen. Nicht einmal eine handschriftliche Nachricht hatte sie dagelassen, nur ihren Duft in seiner Bettwäsche. Davon abgesehen war es, als wäre sie nie da gewesen. Aber das war sie. Sie hatten sich geliebt, und jetzt sah Jacob überall Freude und Hoffnung, wohin er auch blickte. An der Peripherie seines Bewusstseins verbarg sich etwas, das nicht ganz stimmte, aber er kam nicht darauf, was es war. Rasch ging er die kurze Strecke von der Bank zur Königlichen Oper. Er blinzelte in die Sonne, die sich plötzlich über der Hauptstadt zeigte. Als er die Tür zum Restaurant Operabaren öffnete, war seine Schwester schon da. Jennifer winkte ihm von ihrem Tisch aus.

»Du siehst gut aus«, sagte sie, als sie sich begrüßt hatten und er sich niederließ. »Was hast du gemacht?« Sie musterte ihn eingehend.

*Sex gehabt.* »Nur einen Spaziergang gemacht und mir Bewegung verschafft.«

Sie kniff argwöhnisch die Augen zusammen und sah genau aus wie ihre Mutter, wenn sie ein Geheimnis witterte. Jacob lächelte unschuldig.

»Hm. Wie lang ist deine Mittagspause?«, fragte sie, ganz offensichtlich nicht überzeugt.

»Ich habe Zeit.«

Mit gerunzelter Stirn schlug sie die Speisekarte auf. Jacob wusste, dass sich die Mitglieder seiner Familie damit abwechselten, ein Auge auf ihn zu haben. Das hatte er ganz zufällig entdeckt. Dass sich sein Vater in regelmäßigen Abständen bei ihm meldete und Hilfe beim Kauf elektronischer Geräte haben wollte. Dass seine Mutter ihn einmal in der Woche bat, eine Tasse Tee mit ihr zu trinken. Und dass Jennifer ihn an einem der verbleibenden Tage anrief und mit ihm zu Mittag essen wollte. Zuerst hatte es ihn gewaltig genervt, dass sie gemeinsame Sache gegen ihn machten, aber dann hatte er es akzeptiert, als eine Art Wiedergutmachung für das, was er ihnen zugemutet hatte, als eine Möglichkeit, damit sie sich weniger Sorgen um ihn machen mussten. Und mittlerweile gefiel es ihm sogar. In Stockholm herrschte vorweihnachtliche Hektik. Aus jedem Lautsprecher und aus jedem Schaufenster erklang weihnachtliche Musik, und die Leute kauften Weihnachtsgeschenke. Hier im Operabaren war es jedoch vergleichsweise ruhig.

»Wie geht es den Kindern?«

»Gut. Ich möchte mit dir über Weihnachten reden«, sagte Jennifer und überflog die Speisekarte. Dabei stöhnte sie unablässig und rutschte auf ihrem Stuhl herum, als versuche sie, eine bequemere Stellung zu finden. Sie war wirklich enorm dick, dachte er bei sich. Konnte ein Körper derart wachsen, ohne Schäden davonzutragen?

»In Ordnung«, antwortete er, während er versuchte, sich zwischen Dorsch und Saibling zu entscheiden. Er freute sich, ausnahmsweise einmal Appetit zu haben.

Jennifer hatte aufgehört, sich auf ihrem Stuhl zu winden, und warf ihm einen misstrauischen Blick zu.

»Was?«, fragte er und legte die Speisekarte auf den Tisch. Er hatte sich für Saibling mit Muschelsoße entschieden.

»Sonst bist du nicht so entgegenkommend, wenn ich mit dir über Weihnachten sprechen will. Wenn ich mich recht erinnere, hast du mich angemotzt, als ich dich letztes Jahr danach gefragt habe.«

»Entschuldige.«

Sie beobachtete ihn genauso, wie sie es schon getan hatte, als sie noch klein waren und er Bonbons oder einen Lutscher hinter seinem Rücken versteckt hatte. Jennifer, die Impulsivere von ihnen beiden, hatte ihre Süßigkeiten immer sofort verschlungen, während er sich seine aufgespart hatte. Das hatte sie zum Wahnsinn getrieben, erinnerte er sich mit einem Lächeln. Was natürlich auch seine Absicht gewesen war. Er hatte es gemocht, seine kleine, geschäftige Schwester zu ärgern. Schon als Kind war sie herrisch und zielstrebig gewesen.

»Hast du etwas vor?«, fragte sie. Ihr Ton war rau, aber Jacob nahm noch etwas anderes wahr, einen Unterton, den er nicht identifizieren konnte und der ihn hellhörig werden ließ.

»Etwas? Was denn zum Beispiel?« Glaubte sie, er wolle verreisen? Ohne ihnen etwas davon zu sagen? Früher einmal hatte er wohl darüber nachgedacht, das zu tun, Weihnachten Weihnachten sein zu lassen, aber das konnte er seiner weihnachtsverrückten Familie nicht antun. Nicht nach allem, was er ihnen in der Vergangenheit zugemutet hatte.

Jennifer sah ihn ernst an. »Jacob. Du machst hoffentlich keine Dummheiten?« Sie lehnte sich schwer schnaufend nach vorn und legte ihre Hand auf seine. »So etwas hast du doch nicht vor?«, wiederholte sie, und ihre Augen wurden feucht.

Jacob erkannte überrascht, dass Jennifer sich wirklich Sorgen um ihn machte. Das kam völlig unerwartet. So gut wie heute hatte er sich schon lange nicht mehr gefühlt. Aber das konnte sie nicht wissen, und in diesem Moment saß seine geliebte, nervige kleine Schwester ihm hier gegenüber und hatte Angst, dass er sich wieder etwas antun wollte. Das war es, was Jennifer gemeint hatte. Nicht, dass er sich auf eigene Faust auf die Malediven davonmachen wollte, sondern dass er keinen Lebensmut mehr hatte. Er hatte viele der Erinnerungen aus der Zeit, als es ihm entsetzlich schlecht gegangen war, verdrängt. Aber er erinnerte sich noch, dass er allmählich immer tiefer und tiefer gesunken war, dass er mit einem Psychologen gesprochen hatte – was er sich hätte schenken können – und dass er Pillen bekommen hatte, die ihn nicht stark genug betäubten. Dass er sich an jenem Abend ins Auto gesetzt und Gas gegeben hatte und dann mit hundertvierzig Stundenkilometern gegen die Felswand gerast war. Er hätte tot sein sollen. Aber er hatte überlebt, mit gebrochenen Knochen und mehreren Schrammen, und gewusst, dass er seinen Eltern und Jennifer so etwas nie wieder antun würde. Jetzt ging ihm auf, dass seine Familie von seinem Entschluss zu leben nichts wusste. Sie machten sich immer noch Sorgen. Jacob schämte sich.

»Bitte entschuldige, wenn ich flapsig geklungen habe. Ich wollte dich nicht beunruhigen. Ich höre mir gerne an, wie du und die anderen in der Familie sich das vorstellen, und ich verspreche euch, dass ich mir nichts antun werde.«

»Sicher?«

»Versprochen, Jennifer. Das kannst du auch Mama und Papa ausrichten. Ich schwöre bei allem, was mir heilig ist. Und wenn du möchtest, können wir über Weihnachten sprechen.« Der Gedanke an Heiligabend löste nicht einmal mehr Panik bei ihm aus, wie er merkte.

Jennifer schluckte, lehnte sich zurück und faltete die Hände über ihrem Bauch. Ihr Nabel zeichnete sich deutlich unter dem Strickkleid ab, und er hatte einen Flashback zu dem Bauch seiner Frau, in dem sein eigenes Kind gewesen war. Entschlossen schob er die Erinnerung beiseite. Es ging ihm gut, und das sollte auch so bleiben.

»Ich glaube dir«, sagte sie schließlich.

»Gut. Was möchtest du essen?«

Nachdem sie bestellt hatten, machte Jennifer wieder einen fröhlicheren Eindruck. »Ich habe dich bei meiner Friseurin auf einem Foto in einer Illustrierten gesehen.« Ganz offensichtlich bezweckte sie etwas mit dieser Äußerung, und er war sofort auf der Hut. Man durfte sie niemals unterschätzen.

Er warf ihr einen reservierten Blick zu. So war es schon gewesen, als sie noch klein waren. Sie regte sich auf, und er wurde immer ruhiger, was sie nur noch lauter werden ließ, worauf er sich verschloss, manchmal, weil er nicht wusste, was er sagen sollte, manchmal aus purem Starrsinn. Schwer zu sagen, wer gewonnen hatte.

»Tatsächlich?«, sagte er nur ungerührt. Ihr Essen kam, und er schob sich ein Stück Saibling in den Mund. Er konnte sich nicht erinnern, wann ihm zuletzt etwas so gut geschmeckt hatte.

»Jep. In deinen schicken neuen Sachen, du warst richtig flott. Aber du hast ganz vergessen zu erwähnen, dass du mit Kate Ekberg ausgehen wolltest. Ich wusste gar nicht, dass du sie kennst.«

Er zuckte mit der Schulter und suchte nach etwas, was sie vom Thema ablenkte.

»Und wie geht es den Kindern?«

Sie schnaubte. »Das hast du mich eben schon gefragt. Versuch das gar nicht erst. Ich weiß, was du vorhast. Wie ist sie so?«

»Wer?«

Wieder schnaubte sie, diesmal lauter. Es war geradezu lächerlich einfach, sie zu provozieren. »Kate Ekberg. Erzähl schon. Ist sie so divenhaft, wie man behauptet?«

»Kate ist bezaubernd«, sagte er scharf und legte mit einem Klirren sein Besteck auf den Tisch.

Jennifer bedachte ihn mit einem Wolfsgrinsen, weil sie es geschafft hatte, ihm eine Reaktion zu entlocken. »Ich wusste es! Mama hat nicht geglaubt, dass da etwas zwischen euch ist, aber ich habe es gewusst. Ich habe gewonnen! Ha!«

Jacob ergriff wieder sein Besteck und schnitt langsam ein Stück Kartoffel und ein Stück Fisch ab. »Da ist nichts zwischen uns, und niemand hat etwas gewonnen.« Er schaute auf seinen Teller hinunter, für den Fall, dass er rot wurde.

»Habt ihr euch wiedergetroffen?« Sie lächelte immer noch ihr selbstzufriedenes Kleine-Schwester-Lächeln.

Er schnitt noch mehr Kartoffeln, tat mit dem Messer Muschelsoße darauf und schob alles zusammen in den Mund. »Ich bin in ihrem Club gewesen«, konnte er sich nicht verkneifen zu sagen, nachdem er zu Ende gekaut hatte. Dieses Verhalten sah ihm gar nicht ähnlich. Normalerweise gelang es ihm besser, private Dinge für sich zu behalten.

Jennifers Augen weiteten sich. »Ist da etwas zwischen euch? Jacob! Habt ihr miteinander geschlafen?«

Die anderen Gäste drehten sich nach ihnen um.

Er schwieg so lange, dass seine Schwester die Antwort verstand.

»Jacob!« Das sagte sie jetzt leiser und mit solch aufrichtiger Freude in ihrer Stimme, dass Jacob verlegen wurde.

»Ich hatte gleich das Gefühl, dass du dich verändert hast. Und dann mit Kate Ekberg. Sieh an. Du Teufelskerl.«

Es gefiel ihm, seiner kleinen Schwester zu imponieren. Jennifers Reaktion vorhin hatte ihn erschüttert. Ihm war nicht bewusst gewesen, was für Sorgen seine Familie sich machte. Es war eine schreckliche Erkenntnis, dass er den Menschen, die er liebte, solche Pein verursachte. Er musste sich zusammenreißen und ihnen zeigen, dass es ihm besser ging.

»Eigentlich könnte ich deinen Rat gebrauchen«, sagte er, wobei er in die Luft starrte.

»Übers Daten?«

Er nickte.

»Tja. Ich bin seit circa einer Ewigkeit verheiratet. Ich habe keine Tipps für dich.« Sie kratzte sich den Bauch und schnitt eine Grimasse. »Mach ihr bloß kein Kind«, sagte sie, verstummte dann abrupt und schlug sich die Hand vor den Mund. »Nein! Wie taktlos. Entschuldige bitte.« Tränen traten ihr in die Augen. »Verzeih mir, Jacob.«

»Kein Problem«, sagte er mit rauer Stimme, aber dennoch aufrichtig. Das war ein Fortschritt. Es hatte eine Zeit gegeben, als ein solcher Kommentar ihn dazu gebracht hätte, sich komplett zu verschließen. Was, wenn an all den Plattitüden etwas dran war? Dass die Zeit alle Wunden heilte und so weiter. Zusammen mit Kate fühlte er sich wie ein Mann. Wenn auch vielleicht nicht wie ein perfekter Mann, wie er vor sich selbst zugeben musste. Das war es, was heute an ihm genagt hatte, nicht irgendwelche Kommentare über Kinder.

Jennifer wirkte immer noch ganz verzweifelt.

»Es ist in Ordnung, wirklich«, sagte er ehrlich.

Sie nickte. »Was möchtest du wissen?«

Jacob grübelte verzweifelt darüber nach, wie man ein solches Gespräch begann. Denn jetzt war ihm aufgegangen, was es war, das sein Unterbewusstes beschäftigte. »Wie du schon gesagt hast. Wir hatten ... ähm ... Sex.« Es fühlte sich an, als hätte er etwas im Hals, und er räusperte sich. »Aber. Also. Ich glaube, ich habe sie nicht ... äh. Du weißt schon.« Er hustete. Zweimal. »Befriedigt«, brachte er schließlich hervor. War es hier drinnen nicht wahnsinnig heiß? Er zog an seinem Kragen. Jennifer schien sich mindestens ebenso unbehaglich zu fühlen wie er.

»Um das klarzustellen: Du willst über Sex reden? Den du gehabt hast? Und du willst mit mir darüber sprechen?« Sie warf ihm einen gequälten Blick zu.

Jacob zerrte wieder an seinem Hemdkragen, dann nickte er. Sie hatten noch nie so miteinander gesprochen. Aber je mehr er über das nachdachte, was sich in seinem Bett abgespielt hatte, desto bedrückter wurde er. Für ihn war der Sex fantastisch gewesen. Aber das brauchte ja nicht zu bedeuten, dass Kate das ebenso empfunden hatte.

Jennifer schwieg eine ganze Weile und sah aus, als grübele sie darüber nach, was sie ihm sagen sollte. »Was möchtest du wissen?«, fragte sie schließlich. Sie nahm ihr Wasserglas und trank ausgiebig.

»Ich weiß nicht.« Doch eigentlich wusste er es ja. Er lehnte sich über den Tisch. »Ich glaube nicht, dass sie gekommen ist.« Das stimmte nicht ganz. Er war sich sicher, dass sie nicht gekommen war. Er war verheiratet gewesen. Er wusste Bescheid. »Kommst du jedes Mal beim Sex?«

Sie starrte ihn an.

»Jennifer?«

Sie wedelte mit ihrer Hand, wie um sich Luft zuzufächeln. Dann winkte sie einen Kellner heran. »Ein Glas Rotwein«, bestellte sie schroff. »Ein großes. Willst du auch eins? Wir nehmen zwei«, entschied sie, ohne seine Antwort abzuwarten. »Und gut gefüllt.«

»Du bist schwanger«, glaubte er sie erinnern zu müssen.

»Das Kind hätte schon letzte Woche kommen sollen. Da muss es jetzt durch. Mama braucht Wein, wenn sie mit ihrem Bruder über Sex reden soll. Ein Glas schadet nichts.«

Als der Rotwein kam, trank sie. Er ebenfalls. Mehrere große Schlucke, die schnell ins Blut gingen und ihn zumindest ein halbes Prozent entspannten.

»Ich kann nicht für alle Frauen sprechen, aber ich bin mir ziemlich sicher, dass Frauen nicht jedes Mal kommen«, begann sie, wobei sich rote Flecken auf ihrem Hals ausbreiteten. »Bestimmt haben schon viele einen Orgasmus vorgetäuscht. Einige öfter als andere. Und definitiv öfter, als ihr Männer glaubt.«

Ja, das war ihm ja irgendwie schon klar. Wie die meisten Männer glaubte er nicht, dass das ausgerechnet ihn in größerem Stil betraf, aber das war natürlich schlicht naiv. »Aber warum?« Jacob wollte jetzt verstehen.

Seine Schwester warf ihm einen kühlen Blick zu. »Ich mag dich. Für einen Mann, großen Bruder und Absolventen der Handelshochschule bist du erstaunlich anständig. Aber manchmal … Manchmal frage ich mich, ob Männer nicht eigentlich zu dumm zum Leben sind.« Sie trank noch mehr Wein und beugte sich dann nach vorn, als wolle sie eine große Wahrheit verkünden. »Hör mir gut zu. Frauen täuschen vor, weil Männer nicht das können, was sie können sollten.«

»Täuschst du auch vor?«

»Ich habe ja kaum Sex. Aber ja, ich habe es auch schon gemacht.« Sie trank noch mehr Wein.

»Mit Gustaf?« Er mochte seinen Schwager und war sich nicht sicher, ob es richtig war, so über ihn zu reden, aber er konnte es auch nicht lassen.

Sie biss sich auf die Lippe. »Das muss aber unter uns bleiben.«

Jacob nickte, völlig fasziniert von dem Thema. Er dachte an Kate. Er hatte ihre gemeinsame Nacht sehr genossen. Aber er war sofort gekommen. Er war so erregt und berauscht gewesen, dass er sich nicht hatte beherrschen können. Und danach war er sofort eingeschlafen. Jetzt schämte er sich dafür. Wie peinlich. So unmännlich und gar nicht wie der Mann, der er sein wollte, für den er sich vielleicht sogar gehalten hatte.

»Ja, ich habe bei dem Vater meiner Kinder, meinem geliebten Ehemann, einen Orgasmus vorgetäuscht«, sagte Jennifer beschämt. »Das ist nichts, worauf ich stolz bin, und im Zweifelsfall würde ich es auch leugnen. Aber so ist es.« Sie kniff den Mund zusammen, als wolle sie weitere peinliche Bekenntnisse darin einsperren.

»Merkt er das nicht?« Jacob wusste, dass seine Ex-Frau so getan hatte, als ob, aber als er sie behutsam darauf angesprochen hatte, hatte sie nicht darüber reden wollen.

»Nein«, sagte Jennifer und wurde rot.

Jacob hatte jetzt mehr als genug Stoff zum Nachdenken. »Danke.«

Sie leerte ihr Weinglas und wischte sich die Oberlippe ab.

»Was wünschst du dir zu Weihnachten?«, fragte er großmütig.

»Dass wir nie wieder über dieses Thema reden«, sagte sie mit Nachdruck.

## ~ 18 ~

Nachdem Jacob bezahlt hatte und Jennifer dreimal auf der Toilette gewesen und danach losgewankt war, um eine Freundin zu treffen, machte Jacob noch einen Abstecher zum Kaufhaus NK. Er musste noch nicht gleich wieder im Büro sein und hatte vieles zu klären. Die Nacht mit Kate und das Gespräch mit seiner Schwester hatten ihm einiges zu denken gegeben, und er schaute sich mit neuen Augen in dem weihnachtlich geschmückten Warenhaus um. All diese Frauen jeden Alters, die mit Tüten und Weihnachtsgeschenken an ihm vorbeihasteten – wurden sie befriedigt? Jacob berührte einen dunkelblauen Schlips auf einem Regal. Natürlich wusste er als Mann, dass Frauen Orgasmen vortäuschten, das wussten alle Männer, aber er hatte bisher noch nicht darüber nachgedacht, was das bedeutete. Er hob einen grauen Schlips hoch. Brauchte er noch einen weiteren grauen? Er legte ihn wieder hin und nahm stattdessen einen grellbunten. Irgendwo im tiefsten Inneren war er davon überzeugt, dass er als Liebhaber verantwortlich dafür war, seine Partnerin sexuell zu befriedigen, dass es seine Aufgabe als Mann war, ihr Genuss zu bereiten. Zwar war er betrunken und müde gewesen, als er Kate mit zu sich nach Hause genommen hatte, und sein letztes Mal war eine Ewigkeit her, und vielleicht hatte er auch ein bisschen Leistungsdruck gespürt, aber das war keine Entschuldigung dafür, dass er ihr weniger gegeben hatte, als Kate von ihm erwarten durfte. Tief in Gedanken versunken, verließ er die Krawattenabteilung und ging zu den Herrendüften hinüber. Er wollte ein guter Liebhaber sein. Er wollte etwas geben. Bei Kate fühlte er sich stark und lebendig. Das Mindeste, was er tun konnte, war, sich auch entsprechend zu verhalten, nicht selbstsüchtig und mittelmäßig und austauschbar zu sein und auch nicht so egoistisch, dass es ihm egal war, ob sie einen Orgasmus hatte oder nicht. Auf dem Rückweg ins Büro rief er sie an.

»Hallo, danke für den schönen Abend«, sagte er, als sie sich meldete.

»Ich habe zu danken«, sagte sie, aber ihre heisere Stimme klang unaufmerksam, beinahe reserviert, so als störe er. Als ob sie sich überhaupt nicht über seinen Anruf freue, als wäre ihr eine SMS lieber gewesen. Vielleicht machte man das in ihrer Welt nicht so? Anrufen, nachdem man Sex hatte. Aber für ihn war es undenkbar, sie nicht anzurufen. Selbst wenn ihr die gemeinsame Nacht nicht so viel bedeutet hatte wie ihm.

»Ich wollte nur hören, ob es dir gut geht.«

»Mir geht es gut, aber ich muss arbeiten, bin auf dem Weg zu einer Gala.«

»Natürlich«, sagte er und merkte selbst, wie steif und unsexy er klang.

Nachdem sie sich verabschiedet hatten und Jacob wieder in der Bank war, schloss er sich in seinem Büro ein und starrte in die Luft. Sein erstes Mal war spät gewesen – mit einem gleichaltrigen Mädchen, das heute mit einem zwanzig Jahre älteren Risikokapitalgeber verheiratet war –, und bevor er Amanda getroffen hatte, hatte er ein paar kurze Beziehungen gehabt. Bei Amanda und ihm war der Sex anfangs ganz okay gewesen, dann kühlte sie jedoch immer mehr ab, und nach der Geburt von Olivia, war ihr Sexleben fast komplett eingeschlafen. Sie hatte behauptet, sie sei nicht besonders sexuell veranlagt, und die Male, wenn Jacob etwas anderes als die simpelsten Dinge ausprobieren wollte, hatte sie sich beklagt, dass er es falsch angehe oder dass seine Fragen seltsam und nervig seien, und schließlich hatten sie gar nicht mehr über Sex gesprochen und auch kein Sexleben mehr gehabt. Er hatte gedacht, so etwas komme wohl gelegentlich in allen Beziehungen vor, und hatte sich bemüht, sich darüber zu freuen, dass er eine Familie hatte, und alles andere zu verdrängen. Vielleicht hätte er mehr kämpfen müssen, dachte er, während er zerstreut seine Stifte ordentlich aufreihte, vielleicht hätte er hartnäckiger, neugieriger, hellhöriger sein müssen. Doch sich im Alleingang zu einem besseren Liebhaber zu entwickeln war schwierig.

Nach einer Weile hörte er von draußen Lachen und Musik und so etwas wie das Plopp eines Champagnerkorkens. Er ging hinaus, um zu sehen, woher die Geräusche kamen. Die Beleuchtung war gedämpft, und im Raum herrschte entspanntes Stimmengewirr.

Noah hob grüßend die Hand.

»Was ist los?«, fragte Jacob.

»Wir machen eine spontane Nobel-After-Work-Party.« Noah zeigte auf einen Bildschirm, wo gerade die Nobelpreisverleihung lief. »Wir feiern den Wirtschaftspreis.«

Jacob beschloss, ein Auge zuzudrücken. Seine Mitarbeiter durften ja wohl an einem Freitagnachmittag ein bisschen Alkohol bei der Arbeit trinken. Er selbst hatte beim Mittagessen etwas getrunken, und wer war er, unterschiedliche Maßstäbe anzulegen? Er wollte schon zurück in sein Büro gehen, als Noah ihn aufhielt.

»Möchtest du nicht ein Glas mittrinken? Es geht immerhin um den Nobelpreis für Wirtschaftswissenschaften, ist also quasi Arbeit.«

Jacob zögerte, und Noah nutzte die Gelegenheit, ihm ein Glas in die Hand zu drücken und rasch ein wenig einzuschenken. Jacob blieb stehen, sah seine leicht angeheiterten Angestellten sich unterhalten, hielt sein Glas fest und fühlte sich fehl am Platz. Noah stand bei einer Gruppe von neuen Kollegen, und Jacob ging zu ihnen hinüber. Er würde ein paar Minuten bleiben und sich dann entschuldigen und die Angestellten in Ruhe feiern lassen, beschloss er.

Einer der Neueren in der Gruppe, Henning, der gerade erst als Unternehmensberater angefangen hatte, erzählte, dass er eine Frau getroffen habe, und gab zu, dass er keine Ahnung habe, ob sie genauso an ihm interessiert war wie er an ihr. »Außerdem ist sie erfahren und viel weltgewandter als meine früheren Freundinnen«, sagte Henning finster. Jacob trat näher. Er wusste nicht, ob er das mutig oder dumm finden sollte, sich so bloßzustellen. Ganz offensichtlich hatte der Alkohol zu Hennings Offenherzigkeit beigetragen, denn sein Blick war ein wenig glasig, und sein Schlips hing auf halb acht.

»Du solltest Noah um Rat bitten«, sagte Veronica, die als Anlageberaterin arbeitete. Sie hatte ihre Pumps ausgezogen und hielt sie in der Hand. Mit ihren dunklen Haaren und ihrem selbstsicheren Auftreten erinnerte sie ihn an Kate.

»Wieso?«, fragte Henning.

Veronica ließ ihre Schuhe auf einen Stuhl fallen und füllte ihr Glas bis zum Rand. Überhaupt schien bei diesem After Work reichlich Alkohol zu fließen. »Ach, du weißt gar nicht, dass Noah Orgasmusexperte ist?«, sagte sie zwischen zwei Schlucken.

Alle, einschließlich Jacob, drehten sich zu Noah um.

Dessen Wangen färbten sich rosa, aber er stritt es nicht ab, im Gegenteil. »Das bin ich tatsächlich«, sagte er und lächelte entschuldigend, als ob er nichts dafürkönne, dass der Orgasmusgott ihn auserwählt hatte. »Ich kann euch gern Tipps geben. Soll ich?« Seine Stimme war leise und sanft, aber definitiv selbstbewusst.

Alle nickten heftig. Ein weiterer Champagnerkorken ploppte. Jacob blieb am Rand der Gruppe stehen, ohne ein Wort zu sagen. Keiner nahm von ihm Notiz, und das war ihm sehr lieb.

Noah hob seine Hand, formte damit eine Mulde und streckte den Mittelfinger aus. Aller Augen waren auf diesen Finger gerichtet, als ob er magisch wäre. »In der Vagina der Frau sitzt der G-Punkt«, begann er.

»Ist das denn nicht ein Mythos?«, unterbrach ihn Veronica sofort, ebenso misstrauisch wie erwartungsvoll.

Noah schüttelte den Kopf. »Man kann da drinnen so etwas wie ein Kissen spüren, das sich leicht geriffelt anfühlt, das ist der G-Punkt. Massiert zunächst diesen Punkt.« Er machte eine Komm-her-Bewegung mit dem Finger, bewegte ihn langsam vor und zurück, als ob er gerade das Innere einer Frau massieren würde. Jacob sah ihm fasziniert zu und versuchte, sich daran zu erinnern, ob er das jemals gemacht hatte. Vielleicht?

»Kannst du mir folgen, Henning?«, fragte Noah und durchbrach die konzentrierte Stimmung.

Henning nickte nachdrücklich.

Noah fuhr fort: »Du massierst also ihren G-Punkt, und gleichzeitig könntest du sie zum Beispiel lecken.«

Jacob hielt den Atem an. In seinem ganzen Leben hatte er noch an keinem Gespräch wie diesem teilgenommen. Hier und da kicherte jemand, und Gläser wurden aufgefüllt, während Noah weitersprach. »Die meisten Männer glauben, sie seien besser beim Sex, als sie in Wahrheit sind. Dir muss wirklich daran gelegen sein, es der Frau schön zu machen, verstehst du?«

Alle nickten, und Noah lächelte schief.

»Man muss sensibel dafür sein, was funktioniert, und sich die Zeit nehmen, die es braucht.« Er sah seine Zuhörer an, die um ihn herumstanden wie die Jünger um einen Orgasmus-Jesus. »Man muss die ganze Zeit im Blick haben, wie die Partnerin reagiert. Idealerweise entwickelt sich das gemeinsam. Und jede Frau ist anders.«

Jacob trank ein paar große Schlucke. Er zog an seinem Hemdkragen und versuchte, seinen Schlips zu lockern. Vielleicht war Noah nur ein selbstgefälliger Aufschneider, dachte er bei sich. Obwohl der junge Mann nicht selbstgefällig wirkte, wie er da inmitten der Menschentraube stand und Weisheiten von sich gab. Nur lebhaft und engagiert.

»Wo hast du das alles gelernt?«, fragte Veronica mit einem neuen Glanz in ihren Augen. Die anderen nickten zustimmend.

»Ja, oder haben deine Frauen immer schon fontänenmäßige Orgasmen bekommen?«, sagte jemand hämisch.

Noah ließ sich nicht provozieren. »Im Gegenteil. Es hat damit angefangen, dass mir meine damalige Freundin ein Buch geschenkt hat. Sie war mit meiner Performance nicht zufrieden. Und so hat eine Kombination aus Interesse und höheren Zielen dazu geführt, dass ich dazugelernt habe.«

Jacob fragte sich, wie viele Partnerinnen dieser schmächtige, gut gekleidete und freundliche junge Mann eigentlich befriedigt hatte. Hundert? Tausend? Auf einmal kam er sich vor wie der langweiligste und Nicht-Orgasmen-hervorrufende Mann, der je gelebt hatte.

»Dann haben wir experimentiert, meine Freundin und ich. Gleich am ersten Abend hatte sie mehrere Orgasmen hintereinander. Und intensivere als vorher.«

»Mehrere? Wie viele denn?«, fragte Veronica. An ihrem Hals zeigten sich rote Streifen, und ihre Augen glänzten.

»Weiß ich nicht mehr. Wir Männer schaffen einen oder zwei, vielleicht drei.« Noah sah die Männer an, die um ihn herumstanden. Niemand sagte etwas. »Aber manche Frauen können immer wieder kommen. Fünf, sechs, sieben Mal. Vielleicht noch öfter.«

Veronica blinzelte heftig und schien plötzlich ihr ganzes Sexleben mit neuen Augen zu betrachten.

Jacob hörte nur: *Sieben Mal.*

»Wenn Frauen beim Sex keinen Orgasmus bekommen, liegt das am mangelnden Können der Männer, wenn ihr mich fragt. Jedenfalls beim Heterosex, der der Einzige ist, mit dem ich Erfahrung habe.«

»Aber was ist denn der häufigste Fehler, den man, oder ich, macht?«, fragte Henning, der jetzt aussah wie ein Mann, der im Leben nur ein einziges Ziel verfolgte.

»Dass Männer glauben, dass Frauen genauso funktionieren wie sie selbst. Bei den allermeisten Frauen reicht ein bisschen Rein und Raus nicht.«

Tja. Das wusste sogar Jacob. Für guten Sex brauchte es Intimität. Selbstlosigkeit. Geduld und die Bereitschaft, mehr zu geben, als man empfing. All das, worin er versagt hatte, als er mit Kate schlief.

»Das wissen nicht alle Männer. Die Norm besagt, Penetrationssex und der Orgasmus des Mannes sind das Wichtige, und so wird es nicht gut. Man muss weiter denken. Vielleicht benutzt man Spielzeuge. Es gibt Idioten, die in Dildos und Ähnlichem nur Konkurrenten sehen. Aber Hände, Finger und Spielzeuge führen zu besseren Ergebnissen. Natürlich nur, wenn die Frau damit einverstanden ist. Man geht immer von der Frau aus. Das A und O ist die Kommunikation. Deine und ihre.«

Jacob versuchte, sich zu erinnern, wie er während des Sex kommunizierte. Sagte er etwas? Hatte Kate etwas gesagt? Hatte überhaupt einer von ihnen etwas getan, außer zu keuchen und zu stöhnen? Er konnte sich nicht daran erinnern.

Noah fuhr fort. »Sorry, wenn ich zu privat bin, aber das Thema hat mich mitgerissen. Und das alles ist nur eine Google-Suche entfernt. Aber merkt euch: Das Geschlecht einer Frau ist etwas Fantastisches. Es ist komplex und wunderbar und rätselhaft.«

Aus dem Fernseher kamen Trompetenstöße, und die beendeten passenderweise sein Schlusswort. Henning wirkte vollkommen weggetreten. Jemand lachte nervös. Veronica war tief in Gedanken versunken. Die Kollegen prosteten sich zu, räusperten sich und bald hatte sich die Gruppe wieder anderen Themen zugewandt.

Jacob sah Noah lange an, der jetzt über Wertpapiere sprach und kein Problem damit zu haben schien, dass er eben noch eine Sexpredigt gehalten hatte. Jacob stellte sein Glas ab und zog sich in sein Büro zurück. Aber er konnte sich nicht mehr auf die Arbeit konzentrieren, sondern dachte bis in den späten Abend über das Thema nach. Dieser Tag hatte ihm so etwas wie ein Aha-Erlebnis beschert. Sex konnte so viel mehr sein, als er es gewohnt war, das wurde ihm jetzt klar. Er saß lange da und googelte und dachte nach. Wie Noah gesagt hatte: Das meiste konnte man im Internet finden. Dann legte er sich ins Bett und dachte an Kate und an alles, was er mit ihr tun wollte, für sie tun wollte, mit ihr zusammen tun wollte. Bis er kam.

Und dann ... Dann entwarf Jacob Grim einen Sexplan.

## ~ 19 ~

Am nächsten Tag machte sich Kate endlich auf den Weg zu ihrer Mutter. Diesen Besuch hatte sie lange vor sich hergeschoben, und je näher sie ihrem Ziel kam, desto schwerer wurden ihre Schritte. Schon wenn sie in den Aufzug stieg, klopfte ihr immer das Herz bis in den Hals. Obwohl der ganze Mist, der ihre Jugend geprägt hatte, nicht einmal hier im Enskedetal passiert war. Sowohl Kate als auch ihre Mutter hatten die heruntergekommene dunkle Mietwohnung in dem wesentlich schlechteren Vorort, in dem Kate aufgewachsen war, hinter sich gelassen. Kate war weggezogen, sobald sie irgend konnte, und hatte ihre alkoholabhängige Mutter zurückgelassen. Der Umzug, beziehungsweise die Flucht, führte zu schäbigen und gesetzwidrigen Untermieten, Wohnungen mit Schimmel in der Lüftung und einem Leben mit den Möbeln fremder Menschen und den Namen anderer Leute an der Tür, und dann zu Ubbe, kurz vor ihrem siebzehnten Geburtstag. Ubbe hatte damals eine schicke Wohnung auf Kungsholmen gehabt, und eine Weile hatte sie geglaubt, dass sich ihr Leben doch noch zum Guten wenden würde. Dort hatte sie gewohnt, bis sie abermals gezwungen war, jemanden zu verlassen und aus einer toxischen Beziehung zu fliehen. Sie hatte alles getan, um zu überleben, aber sie wurde trotzdem nie das Gefühl los, dass sie ihre Mutter im Stich gelassen hatte. Mia-Lotta war erst Jahre danach aus »ihrem« Vorort weggezogen, als sie sich auf den schmerzhaften Weg gemacht hatte, trocken zu werden. Ein Zustand, dem Kate bis heute nicht zu trauen wagte.

Sie stieg aus dem Aufzug, zog ihren hellbraunen Wollmantel zurecht und steuerte auf die Tür mit dem Namen Mia-Lotta Ekberg zu. Sie wappnete sich gegen ihre ätzenden Erinnerungen, die sie wie verkapselte Eiterbeulen in sich trug. Dennoch sickerten sie heraus, und wie in einem Film sah sie die vielen Male, als sie aus der Schule gekommen war und in der verkommenen, siffigen Wohnung im ersten Stock alles still gewesen war. Miefige Luft und der Geruch nach Rauch und dann diese unheimliche Stille und die Angst, dass Mama vielleicht tot auf dem Sofa lag. Oder die Male, als Kate hungrig und erschöpft nach Hause kam und Mama nicht aufhörte zu weinen, der Rotz lief ihr herunter, und mit tonloser Stimme wiederholte sie immer nur, dass sie nicht mehr konnte. Oder als Mama wie rasend schrie, dass alle gegen sie seien, dass Kate verwöhnt sei und dumm, dass sie ein Irrtum gewesen sei. Wie gesagt. Die Erinnerungen waren schmerzhaft.

Kate holte zitternd Luft. Immer noch bildete sich beinahe ein Kloß in ihrem Magen, wenn sie an früher dachte, aber nur beinahe, denn sie hatte sich darin geübt, nichts zu fühlen. Oder zumindest so zu tun, als fühle sie nichts, was praktisch dasselbe war, jedenfalls sah sie das so. Entschlossen drückte sie auf den Klingelknopf. An der Tür hing ein Adventskranz. Als Kate klein war, hatten sie so etwas nie gehabt. Keine Weihnachtsdeko, keine Weihnachtssterne oder Adventsleuchter, soweit sie sich erinnern konnte. Als sie hörte, wie sich hinter der Tür Schritte näherten, rückte sie ihre Handtasche zurecht. Heute hatte sie eine ihrer einfacheren, billigeren Taschen genommen, denn sie schämte sich immer dafür, dass sie so viel mehr verdiente als ihre Mutter. Sie schämte sich auch dafür, dass sie in der City wohnte und ihre Mutter in einem Hochhaus in einem heruntergekommenen

Stadtteil. Ihre Mutter hatte zwar nie ein Wort darüber verloren, aber Kate schämte sich trotzdem. Ein Schlüssel wurde umgedreht, und die Tür ging auf. Ihr schlug der Geruch von Kaffee, Menthol und demselben Weichspüler entgegen, den sie schon in ihrer Kindheit verwendet hatten. Sie selbst benutzte niemals Weichspüler, und sie verabscheute den unechten Duft nach Sommerwiese.

»Hallo«, sagte ihre Mutter mit einem unsicheren Lächeln.

»Hallo, Mama.«

Mia-Lotta Ekberg war sowohl kleiner als auch schmaler als Kate, zerbrechlich, und ihr Gesicht trug die Spuren eines harten Lebens. Ihre Mutter sah älter aus als ihre sechsundvierzig Jahre, dachte Kate, während sie ihren Mantel und die Tasche aufhängte. Mia-Lotta war siebzehn gewesen, als sie schwanger wurde, und achtzehn, als Kate geboren wurde. Ein Teenager, der Zigaretten, Alkohol und coole Jungs mochte. Niemals eine gute Kombination. Mittlerweile war Mia-Lotta still und zurückhaltend, als wolle sie damit ihre geräuschvollen und unberechenbaren Jahre kompensieren. Aber die Narben blieben. Narben heilten nur langsam, dachte Kate nicht zum ersten Mal.

»Mein liebes Mädchen. Kaffee?« Sie umarmte Kate.

Immer diese Kaffeetrinkerei. Aber Kate sagte Ja. Ihre Mutter kochte guten Kaffee.

Sie setzten sich in die kleine Küche. Ein rote Tischdecke, billig, aber sauber und ohne Flecken. Weiße Hyazinthen und ein Adventsleuchter aus rot gestrichenem Holz. Alles sah normal aus, und das war für sich genommen schon schockierend. Für Kate fühlte es sich immer noch so an, als ob ihre Mutter normal *spielte* und nicht normal *war*.

»Wie läuft's bei der Arbeit?«, fragte Kate, nahm den Pfefferkuchen, den ihre Mutter ihr anbot, und tunkte ihn in den Kaffee. Nur bei ihrer Mutter tunkte sie. Nirgends sonst.

»Gut. Vor Weihnachten mache ich viele Sonderschichten. Ich durfte auch schon an der Fleischtheke arbeiten.« Mia-Lotta klang stolz darauf, dass sie eine Arbeit hatte, eine richtige, ganz normale Arbeit an der Kasse eines Supermarkts. In Kates Jugend hatten sie Geld von verschiedenen Männern und vom Sozialamt bekommen.

»Das ist schön.« Kate konnte es sich nicht verkneifen, sich verstohlen umzusehen. Auch als es ihrer Mutter am schlechtesten ging, war es ihr immer noch gelungen, ihrem Umfeld vieles zu verheimlichen. Der Schule. Dem Sozialamt. Oma. Aber Kate merkte so etwas sofort, das hatte sie immer schon getan.

»Ich trinke nicht, Kate«, sagte Mia-Lotta sanft.

Kate nippte an ihrem Kaffee und langte nach einem zweiten Pfefferkuchen. Ihr ganzer Körper war in Alarmbereitschaft, sie konnte nichts dafür. »Gehst du noch zu deinen Treffen?«

»Immer.«

Kate wagte es, sich zu entspannen, zumindest ein kleines bisschen, denn Mia-Lotta klang aufrichtig. Die AA-Treffen schienen ihr zu helfen.

»Du solltest irgendwann einmal mitkommen.«

»Mal sehen«, sagte Kate. Sie hatten schon oft darüber gesprochen. Aber sie hatte ja keine Probleme, ihre Mutter war die Alkoholikerin.

»Noch Kaffee?« Mia-Lotta hob die Kanne hoch, und Kate ließ sich nachschenken. Sie berührte den lackierten Küchentisch von IKEA. Aus ihrer Jugend war fast nichts mehr vorhanden, weder der zerkratzte Küchentisch von einer Sozialarbeiterin noch das angeschlagene Porzellan aus irgendeinem gottverlassenen Müllraum. Das fühlte sich gut an. Je weniger Erinnerungen, desto besser. Kate hob den Becher mit rosa Rand – auch der von IKEA, vermutete sie – und trank einen Schluck. Sie schielte auf ihr Smartphone. Es kam ihr vor, als wäre sie schon eine Ewigkeit hier, aber der Uhr nach waren es nur zwanzig Minuten.

Sie schwiegen. In dem Schweigen lag all das Unausgesprochene. Ihre Beziehung war voller Fallstricke. Kate liebte ihre Mutter, jedenfalls glaubte sie das. Aber Liebe war nie einfach, nicht einmal unter den besten Voraussetzungen. Und ihre Kindheit hatte so einiges zu wünschen übrig gelassen. Wie hatte sie ihre Freunde beneidet, die den Freitagabend gemeinsam mit ihrer Familie verbrachten, oder auch Klassenkameraden, die an ihren Geburtstagen mit Torte gefeiert wurden. Und wie hatte sie sich geschämt, weil sie ihrer eigenen Mutter nicht wichtiger gewesen war als der Alkohol. Wie traurig war sie gewesen, als sie sich gefragt hatte, wenn nicht einmal ihre Mutter sie mehr liebte als die Flasche, wer sollte sie dann überhaupt lieben? Es brauchte Zeit, sich an eine Mutter zu gewöhnen, die nicht trank, die nicht jedes Mal, wenn sie miteinander sprachen, wieder anders war, eine Mutter, die sich verhielt, als wäre sie ein ganz gewöhnlicher Mensch, und die sie nicht bei jeder Gelegenheit mit Vorwürfen überschüttete. Es war nicht so, dass Kate ihrer Mutter nicht verzeihen wollte, sie wusste nur nicht, wie sie das anstellen sollte. Wie verzieh man? Wie hörte man auf, wütend zu sein? Wie bekam man seine Kindheit zurück?

»Du sprichst ziemlich oft mit Nanna«, sagte Kate, und wegen ihres schlechten Gewissens, das sie stets verfolgte, klang sie schroff. Doch ihre Angestellten sollten sich nicht um die nervige Mutter ihrer Chefin kümmern müssen.

»Ich wollte wissen, wie es dir geht. Du bist immer so beschäftigt und gehst nie ans Telefon.«

Du hast auch nie etwas Wichtiges zu sagen, dachte Kate. Sie

lächelte gezwungen, wie eine Wiedergutmachung ihrer unfreundlichen, vage schambehafteten Gedanken. Mia-Lotta Ekberg hatte vor acht Jahren mit dem Trinken aufgehört. Aber während der ersten zwanzig Jahre in Kates Leben war sie betrunken, deprimiert, gewalttätig oder ganz einfach nur boshaft gewesen. Was Kate anging, waren acht nüchterne Jahre nur ein ungewisser Anfang. Denn wann hörte man auf, sich vor einem Rückfall zu fürchten? Wann würde sie damit aufhören, ihre Mutter als jemanden zu sehen, der die meiste Zeit betrunken zu Hause auf der Couch lag? Es dauerte, bis das Gehirn umprogrammiert war.

»Entschuldige, es ist gerade viel zu tun«, sagte Kate automatisch.

»Natürlich«, beeilte sich Mia-Lotta zu sagen. Das war ebenfalls etwas Neues. Dass sie keinen Streit mehr suchte.

Kate schaute in ihren Becher. Würde ihr schlechtes Gewissen jemals nachlassen?

Ihre Mutter war noch nie in ihrem Nachtclub gewesen. Als das *Kate's* öffnete, war Mia-Lotta gerade am Anfang ihrer Abstinenz, und Alkohol war ein extrem schwieriges Thema gewesen. Niemand, der nicht mit einem Alkoholiker zusammengelebt hatte, konnte das verstehen. Während der ersten Jahre im Club hatte Kate ständig gefürchtet, dass Mia-Lotta dort stockbesoffen auftauchen, Einlass verlangen und sie blamieren würde. So hatte früher ihre Realität ausgesehen. Mehr als einmal war Mia-Lotta in Kates Schule aufgetaucht, mit verstrubbelten Haaren und so betrunken, dass sie nicht geradeaus gehen konnte. Dass sie das *Kate's* nie besucht hatte, war daher eine Erleichterung. Allerdings war Kate gleichzeitig auch enttäuscht, weil ihre Mutter nie auch nur ein Fünkchen Interesse für den Nachtclub gezeigt hatte, den ihre Tochter aufgebaut hatte. Wie gesagt, es war kompliziert. Doch falls es Mutter-Tochter-Beziehungen gab, die nicht kompliziert waren, hatte Kate jedenfalls noch nie etwas von ihnen gehört. Ihre Mutter sprach zum Beispiel nie mit ihrer Oma, wenn es sich vermeiden ließ. Nicht, dass Kate besonders erpicht darauf war, Kinder zu bekommen, aber was, wenn sie eine Tochter bekäme, die ihre Mutter ebenfalls einfach nur nervig fand? Verdammt deprimierend. Sie rührte mit dem Löffel in ihrer Tasse herum. Wann konnte sie wohl aufstehen und gehen? Die niedergeschlagene und traurige Kate hinter sich lassen und wieder die fröhliche Kate werden.

»Wie geht es dir denn so? Hast du jemanden kennengelernt?« Mia-Lotta schob ihr die Pfefferkuchen hin.

Kate spürte, wie ihr Kiefer zuckte. Das war die Frage, die Singlefrauen ständig zu hören bekamen. Merkten die Leute nicht, wie privat so eine Frage war? Dass es fast schon unhöflich war, sich nach so etwas zu erkundigen? Sie lief doch auch nicht herum und fragte Verheiratete nach ihrem Privatleben aus. Wann haben Sie sich zuletzt gestritten? Ist einer von Ihnen in letzter Zeit fremdgegangen? Haben Sie oft Sex? Ihr Sexleben ging niemanden etwas an.

Wie aus dem Nichts schoss ihr der Gedanke an Jacob durch den Kopf. Vielleicht, weil sie gerade an Sex gedacht hatte. Denn Jacob hatte sie unleugbar sowohl kennengelernt als auch mit ihm geschlafen. Obwohl der Sex mit ihm unbeholfen gewesen war, war sie ein bisschen in ihn verschossen. Sie hatte nicht geplant, dass mehr daraus werden sollte. Hin und wieder hatte sie One-Night-Stands, und nur selten wurde mehr daraus. Selten datete sie jemanden ein paar Monate lang. Sie mochte Männer, und sie brauchte Sex, aber sie kam ihnen fast nie gefühlsmäßig nahe. Zum einen waren die Männer, mit denen sie sich traf und die sie mochte, weitgehend austauschbar, wenn sie ehrlich war. Nicht, dass etwas mit ihnen nicht gestimmt hätte – sie mochte Männer, wie gesagt –, aber sie waren nur selten etwas Besonderes. Zum anderen wollte sie sich nicht verletzlich zeigen. Das hatte sie ein einziges Mal getan. Sie hatte ihr Herz in die Hand genommen und es Ubbe geschenkt, und für diese Dummheit bezahlte sie noch heute. Im wahrsten Sinne des Wortes. Aber sie dachte öfter an Jacob, als sie es erwartet hatte.

Nachdem sie eine Stunde lang Kaffee getrunken hatte, erhob sie sich und verabschiedete sich von ihrer Mutter. »Ich habe eine Besprechung«, entschuldigte sie sich. Das stimmte zwar nicht ganz, aber sie fühlte sich erschöpft.

»Arbeite nicht zu viel«, sagte Mia-Lotta, als Kate sich ihre Stiefel anzog.

Sie umarmten sich. »Tschüs, Mama«, sagte Kate und schwor sich, in Zukunft öfter ans Telefon zu gehen, wenn ihre Mutter sie anrief. Wenn auch nur, um Nanna zu entlasten.

Auf dem Heimweg war ihr Gang schwungvoller. Sie war erleichtert, weil es ihrer Mutter gut zu gehen schien, und auch, weil sie die Pflicht, sie zu treffen, hinter sich gebracht hatte. Sie hatte nicht die Absicht, wegen ihrer Gefühle ein schlechtes Gewissen zu haben.

Ihr Telefon piepte.

Kate blieb stehen und sah nach. Eine SMS von Jacob.

*JG: Denke an dich. Möchte dich treffen. Viele Grüße,*
*Jacob Grim.*

Sie lächelte über das ganze Gesicht. Er war einfach zu süß.

*KE: Würde dich auch gern treffen. PS: Du weißt*
*schon, dass ich SEHE, von wem die SMS ist?*

Sie wollte Jacob wiedersehen. Das wurde ihr klar, während sie auf seine Antwort wartete. Seine SMS verursachte ein angenehmes Prickeln in ihrer Brust. Sehr angenehm. Als Jacob sie neulich angerufen hatte, nachdem sie miteinander geschlafen hatten, war sie gerade beschäftigt gewesen und ziemlich sicher, dass sie mit ihm fertig war, und sie war kurz angebunden gewesen. Aber dann hatte sie es bereut und darüber nachgedacht, sich bei ihm zu melden. Doch sie wünschte sich, dass er die Initiative ergriff und ihr zeigte, dass sie ihm etwas bedeutete. Das sah ihr übrigens kein bisschen ähnlich. Normalerweise dachte sie über Sex und Beziehungen gar nicht viel nach, sondern machte einfach. Wenn sie einen Mann treffen wollte, meldete sie sich bei ihm. Wenn nicht, dann ließ sie ihn fallen, ohne sich groß Gedanken darüber zu machen. Wenn der Sex schlecht war, hatte sie null Geduld. Wenn es nicht passte, suchte sie sich jemand anderen. So machten es die meisten, die sie kannte.

No drama.

Keine große Sache.

Aber bei Jacob spielte sie plötzlich alberne Spielchen. Grübelte darüber nach, was er mit seinen SMS meinen könnte. Wie armselig. Aber vielleicht war das genau das, was sie brauchte, überlegte sie, während sie seine nächste SMS las.

> *JG: Du kannst dir das vielleicht nicht vorstellen, aber ich schreibe nur selten SMS. Ich ziehe es vor, miteinander zu sprechen. Oder sich zu treffen. Möchtest du mit mir ausgehen? (Das war Jacob Grim)*

Sie lachte auf. Ja, das war genau das, was sie brauchte. Einen Dezemberflirt. Mit einem Gentleman, der nerdige, aber süße SMS schrieb. Wieder piepte ihr Handy.

*JG: Du hast gesagt, du bist noch nie in einem Weihnachtskonzert gewesen. Ich habe zwei Eintrittskarten für die Storkyrkan am Sonntag. Möchtest du mitkommen?*

Wieder blieb sie stehen. Jacob erinnerte sich daran, dass sie ihm das erzählt hatte. Wie aufmerksam. Ein Flattern in ihrer Brust. Gab es irgendwo auf dieser Welt etwas Attraktiveres als das? Dass ein Mann sich daran erinnerte, was SIE mochte, und sich um sie bemühte? Diese Tickets waren meist in null Komma nichts ausverkauft. Sie brauchte ja nicht noch einmal mit ihm ins Bett zu gehen, wenn sie nicht wollte. Sie zögerte und überlegte, ob sie vielleicht scheinheilig war, beschloss dann aber, dass sie nicht für seine Gefühle verantwortlich war. Dann schrieb sie rasch:

*KE: Gern.*

Wie gesagt. Sie willigte ein, mit ihm ein Konzert zu besuchen. Mehr nicht.

## ~ 20 ~

»Du findest es nicht übertrieben?« Jacob begutachtete skeptisch die rot-weißen Tischdecken, die Kerzen in den Chiantiflaschen, die italienischen Wimpel und die Poster mit toskanischen Landschaften an den Steinwänden. Er hatte das Restaurant in Gamla Stan gewählt, weil es von hier aus nicht weit zum Konzert war, aber das Lokal war das reinste Touristenklischee.

»Es ist perfekt«, sagte Kate und klang absolut ehrlich.

Jacob rückte ihr einen Stuhl zurecht. Zumindest waren die Tischdecken aus Stoff, wie er sah. Und aus der Küche duftete es vielversprechend.

»Ich liebe solche Lokale«, fuhr Kate fort und legte sich ihre kleine, geflochtene Handtasche auf den Schoß.

Jacob knöpfte sein Sakko auf und setzte sich ihr gegenüber. »Wirklich?«

Sie nickte. »Dort ist es so entspannend. Als würden sie sich nicht verstellen, sondern zu dem stehen, was sie sind: jemand aus der Vorstadt, das mag ich.«

»Du erstaunst mich«, sagte er aufrichtig. Denn das tat sie. Unaufhörlich. Wie sie ihm da so gegenübersaß, mit warmem Blick und ruhigen Bewegungen, wirkte sie entspannt, als ob auch sie heute Abend keine Rolle spielen müsse. Sie trug ein dunkelblaues Polo-Shirt und einen engen blauen Rock, große goldene Ohrringe, mehrere kleine funkelnde Steine in den Ohrläppchen, einen goldenen Stern weiter oben im Ohr sowie schmale Goldringe an den Fingern. Ihre Fingernägel waren heute dunkelgrau lackiert. Die Kombination war citychic, aber dennoch dezent und alltagstauglicher als sonst. Als sähe er zum ersten Mal die echte Kate, was ja ein höchst seltsamer Gedanke war angesichts der Tatsache, dass er sie schon nackt gesehen und mit ihr geschlafen hatte. Aber trotzdem. Diese Kate schien das erste Mal sie selbst zu sein, seit sie sich kannten.

»Möchtest du einen Aperitif?«, fragte er, als ein Kellner an ihren Tisch kam.

Kate lehnte sich auf ihrem Stuhl zurück. »Warum nicht«, sagte sie und bestellte, ohne einen Blick in die Getränkekarte zu werfen: »Einen Manhattan bitte, mit extra Kirschen.«

Er bestellte dasselbe für sich, aber ohne Kirschen. »Kommt das *Kate's* heute ohne dich zurecht?«, fragte er nur halb im Scherz. Es war offensichtlich, dass sie eng mit dem Club verwachsen war und sich ihm mit Haut und Haaren verschrieben hatte.

»Ich habe fantastisches Personal, das ausgezeichnet allein zurechtkommt.«

Ihre Drinks wurden serviert, und sie prosteten sich zu. Kate nippte an ihrem Cocktail, nahm dann den Spieß mit den roten Kirschen und zog eine mit ihren kleinen weißen Zähnen herunter. Er wandte den Blick nicht von ihr ab.

»Fehlt dir der Club, wenn du nicht dort bist?«, fragte er.

»Immer«, sagte sie mit einem schiefen Lächeln.

»Und die Vorstadt? Fehlt dir die auch?«

»Interessante Frage. Irgendwie bin ich stolz darauf, von dort zu stammen, das habe ich mit vielen gemeinsam. Darauf, dass man es geschafft hat, obwohl niemand an einen geglaubt hat.«

Es war schwierig, sich vorzustellen, dass jemand Kate kennenlernte und nicht an sie glaubte. Schwierig, sich vorzustellen, wie sich das anfühlte. Er selbst war immer unterstützt worden, von seinen Eltern, seiner Familie. »Du bist sehr stark«, sagte er.

»Danke. Mittlerweile weiß ich das auch. Aber es hat mehrere Jahre gedauert, bis ich realisiert habe, dass ich jetzt jemand bin. Jemand, von dem die Leute etwas wollen. Und dass sie nicht plötzlich mich als Person lieben, sondern die Vorteile, die sie durch mich haben. Es war schwierig, das mental klarzukriegen.«

»Es ist imponierend, was du erreicht hast.«

»Und ich dachte schon, du hältst mich für oberflächlich«, sagte sie und strich mit einem ihrer langen Nägel über den Beschlag auf ihrem Glas.

»Du hast viele Facetten«, sagte er leise.

Und ohne Vorwarnung verdichtete sich die Luft zwischen ihnen.

Kate schlug die Speisekarte auf und sagte leichthin, diesmal ohne Augenkontakt: »Flirtest du mit mir?«

»Ja.« Sie hatte recht. Er flirtete.

Kate schlug die Speisekarte wieder zu. »Und ich habe einen Bärenhunger«, verkündete sie, und er dachte, dass es ihm gefiel, wie sie das Leben anpackte, direkt und lebensfroh.

Sie nahm Pasta mit Trüffeln und Pecorino, er eine Pizza mit Parmaschinken, Pesto und Rucola sowie einen guten Rotwein für sie beide.

»Dies ist ein guter Ort für ein Date«, sagte Kate lobend, als sie ihre Drinks geleert hatten und mit Rotwein anstießen.

Er mochte es, dass sie ihr Treffen als Date bezeichnete.

»Weil?«

»Zum einen sind hier viele Touristen, und man erkennt mich nicht so häufig wieder. Zum anderen ist die Beleuchtung gedämpft. Das ist das Wichtigste«, sagte sie, als konstatiere sie eine universelle Wahrheit.

»Kate, es gibt keine Beleuchtung, in der du nicht magisch aussiehst«, sagte er ehrlich.

»Schmeichler. Mach ruhig weiter so.«

»Wird dir das nicht zu viel?«

»Wenn, dann sage ich dir Bescheid.« Sie zwinkerte ihm zu. Eine schwülstige italienische Ballade mischte sich mit Gläserklirren und gedämpften Unterhaltungen.

»Datest du viel?«, fragte er und probierte den Wein. Das war doch eine normale Frage? Er war sich nicht sicher. Bei Kate entspannte er sich und wurde neugierig und beinahe schon kühn. Ein ungewohntes Gefühl für ihn, der sonst lieber schwieg und grübelte.

»Es kommt darauf an, was man mit ›viel‹ meint, aber ich bin schon auf so einigen Dates gewesen.«

Sie klopfte mit ihren Fingern auf den Tisch, und er dachte an ihre Nägel auf seiner Haut.

»Erzähl.«

Sie warf ihm einen belustigten Blick zu.

»Du willst von meinen anderen Dates hören?«

»Nur ganz allgemein. Wenn du willst.«

»Du bist schon komisch«, sagte sie, aber nicht böse. »Warte mal. Ja, eins der eher bizarren Erlebnisse war, als ich mitten in einem Date abserviert wurde.«

»Du machst Witze.«

»Schön wär's. Wir waren gerade fertig mit essen, und mir war schon klar, dass er nicht der Mann meines Lebens war. Ich bin kurz zur Toilette gegangen, und als ich zurückkam, war er weg und das Match bei Tinder aufgelöst. Und auf dem Tisch lag die Rechnung. Nicht bezahlt. Das hat mich wohl am meisten geärgert, denn er hatte sich das Teuerste von der Karte bestellt.«

»Ich entschuldige mich stellvertretend für alle Männer.«

Sie lachte. »Das ist zumindest eine gute Geschichte. Und ich habe seinen Namen in eine Negativliste bei Facebook eingestellt. Danach hatte er es bei den Frauen in Stockholm bestimmt nicht leicht. Und du, datest du viel?«

»Kann ich nicht behaupten«, antwortete er leichthin, als wäre dies nicht sein erstes Date seit Langem. »Ich war verheiratet. Aber Tinder und Daten habe ich nicht ausgiebig probiert. Wenn ich es täte, hoffe ich, dass ich mich besser benehmen würde«, sagte er mit Nachdruck.

»Das tust du. Dich besser benehmen, meine ich.« Sie nahm sich ein Stück Baguette aus dem Brotkorb, der auf ihrem Tisch stand, und tauchte es in Olivenöl auf einem Teller. »Auch wenn die Latte natürlich niedrig liegt«, fügte sie hinzu und biss in ihr Brot.

Er schnaubte. Kate war witzig. Ein bisschen spitzzüngig, aber auch selbstironisch. Sie war nicht überheblich, aber manchmal doch ein klein wenig boshaft. Er mochte das, wie er merkte. Das war spannend und hielt ihn auf Zack.

Ihr Essen kam. »Mir läuft das Wasser im Mund zusammen«, sagte sie und sah seine dampfende Pizza lüstern an.

»Möchtest du probieren?«, fragte er und schnitt ihr ein dreieckiges Stück ab, auf dem der Mozzarella Fäden zog. Er hielt es ihr hin, und sie griff begierig danach.

Sie verschlang das Stück Pizza. »Willst du auch meine Pasta probieren?«, fragte sie mit schmalen Augen.

»Kate. Ich habe nicht den Eindruck, dass du mir etwas von deiner Pasta abgeben möchtest.«

»Nur wenn ich muss.«

Jacob nickte nachdrücklich. Kate spießte eine Penne auf, fügte mit einem Löffel Trüffel und Käse hinzu und hielt ihm ihre Gabel hin.

»Bitte«, sagte sie und schien ihn auf die Probe stellen zu wollen, als glaube sie nicht, dass er jemand war, der von einer fremden Gabel aß, als wolle sie ihn herausfordern, gegen die Tischsitten zu verstoßen, die er zutiefst verinnerlicht hatte.

Jacob lehnte sich über den Tisch, ergriff ihr Handgelenk, zog es zu sich heran, öffnete den Mund und schloss seine Lippen um die Gabel. Er kaute langsam und konzentriert. »Gut«, sagte er dann.

»Du hast einen hübschen Mund«, sagte sie leise.

Das hatte ihm noch niemand gesagt. »Und du hast einen fantastischen Mund«, sagte er. Ihrer war rosa und ausdrucksvoll, sowohl fröhlich als auch stur und manchmal verletzlich. Ihre Blicke verfingen sich ineinander. Er fragte sich, ob sie sich ebenfalls daran erinnerte, was ihre Münder und Lippen miteinander gemacht hatten. Sie hob ihr Weinglas, und in ihren Augen glitzerte es. Sie erinnerte sich. Es gefiel ihm, hier mit ihr zu sitzen, als Mann und Frau. Wein zu trinken und die Augen sprechen zu lassen, während die Erinnerungen an die letzten Tage in ihm nachklangen. Er dachte an all das, was er gern mit ihr ausprobieren wollte, wenn sie ihn nur ließ. Alles, was er ihr geben wollte, wenn er eine zweite Chance bekam.

»Erzähl mir von dir«, bat er sie, denn er wollte hinter ihre Mauern sehen.

»Was möchtest du wissen?«, fragte sie und nahm sich noch Pasta.

Sein Blick blieb abermals an ihrem Mund hängen. Wie so oft. Oder an ihren Grübchen. Oder ihren gestikulierenden Fingern. Ihr Lebenshunger, aber auch ihre Weichheit waren faszinierend. Er hatte eine ganze Menge Fragen, die eigentlich alle Variationen darstellten von »*Kate, willst du noch einmal mit mir schlafen?*«, aber er begnügte sich mit: »Wie bist du in der Clubszene gelandet? Braucht man dafür eine Ausbildung?«

Kate legte ihr Besteck hin und faltete die Hände. »Ich habe nicht studiert, ich habe ja kaum das Gymnasium geschafft.«

Sie machte so einen intelligenten Eindruck, aber die Schule war nicht jedermanns Sache, das wusste sogar Jacob. »Die Schule ist etwas für eckige Charaktere«, sagte er.

»Nennst du mich etwa rund?«, lächelte sie.

»Ich würde dich eher einzigartig nennen.«

Er wurde von einem violetten Glanz in ihren Augen belohnt.

»Wenn du das sagst.«

»Das tue ich.«

»Danke«, sagte sie. »Ich gebe es nicht gern zu, aber ich habe Komplexe wegen meiner schlechten Noten und meiner mangelnden Ausbildung.«

»Wie hast du mit dem *Kate's* angefangen?«

»Ich war zwanzig und in einer ziemlich destruktiven Spirale. Ich habe viel gefeiert, mich herumgetrieben und diverse Jobs gemacht. Ich habe in der Garderobe gearbeitet und hinter der Bar oder an der Tür der meisten Lokale in der Stadt gestanden. Als ich neunzehn war, habe ich darum gebettelt, im Restaurant Sturecompagniet im Service jobben zu dürfen. Das war eine harte Zeit, es ging mir nicht besonders gut.« Sie wartete ab, bis eine kichernde Mädchengruppe an ihrem Tisch vorüber war. »Dann habe ich einen Mann getroffen, der mir ein Lokal zeigte, das leer stand. Er wollte wohl Eindruck schinden. Aber als ich dort stand, konnte ich den Club sehen, der daraus werden könnte. In mir passierte etwas. Das erste und einzige Mal, dass ich so etwas erlebt habe.«

»Was ist dann geschehen?«

»Ich war wie besessen. Ich wollte einen Nachtclub eröffnen.

Ich bin manchmal so, ich stürze mich in etwas hinein, und ich kann an nichts anderes mehr denken. Plötzlich fühlte sich etwas richtig an. Wenn ich einen Nachtclub betreiben würde, könnte sich mein Leben um all das drehen, was ich liebte: Partys, Musik und Menschen dazu zu verhelfen, ihren Alltag für einen Moment zu vergessen. Es war mein Glück, dass ich keine Ahnung hatte, dass es für eine Frau ohne Ausbildung und ohne Kapital praktisch unmöglich ist, einen Nachtclub zu eröffnen.«

»Aber wie hast du es dann geschafft?«

»Kurz gesagt, haben mich alle abblitzen lassen, aber ich habe mich nicht geschlagen gegeben, sondern habe einen Investor gesucht und gefunden, der an mich glaubte. Ich war verdammt smart und hartnäckig und habe rund um die Uhr gearbeitet und mir das beste Personal besorgt. Und hier bin ich jetzt.«

»Was für eine Motivation.«

»Ich hatte auch Glück. Zur Eröffnung hatten wir gute Presse. Ein internationaler Star war in der Stadt und kam ins *Kate's*. Das hat uns viel Aufmerksamkeit gebracht.«

»Man sollte das Glück nie unterschätzen.«

»Aber ansonsten ist meine stärkste Motivation der Wunsch, mich nicht wertlos zu fühlen.«

»Wirklich?«

»Ja. Reich wird man mit einem Nachtclub jedenfalls nicht. Aber das *Kate's* ist einer der wenigen privaten Clubs in Skandinavien. Das kommt mir entgegen. Selbstständig zu sein.«

»Ja«, sagte er langsam. Die Selbstständigkeit stand ihr.

»Und du? Wie bist du in der Bankenwelt gelandet? Dein Lebenstraum, oder?« Nur mit Mühe konnte sie die Ironie in ihrer Stimme unterdrücken.

»Es gefällt mir, aber ich habe mich nicht bewusst dafür entschieden. Es hat sich einfach so ergeben.«

»Was hast du studiert?«

»Ich war auf der Handelshochschule.«

»Natürlich«, sagte sie trocken.

»Wie alle meine Freunde. Meine Mutter, mein Vater und meine Schwester haben da studiert. Ich weiß nicht, ob ich irgendjemanden kenne, der nicht dort gewesen ist.«

»Es ist ja eine sehr gute Schule.«

»Ja, aber es ist ein wenig fantasielos.« Er trank von seinem Wein, während er an all die Entscheidungen dachte, die er getroffen oder auch nicht getroffen hatte.

»Bereust du es?« Sie lehnte sich über den Tisch und sah ihn interessiert an.

»Nein, ich mag meine Arbeit, und ich mache sie gut.«

»Auch wenn du dich manchmal mit nervigen Nachtclubbesitzerinnen herumschlagen musst, die Geld von dir leihen wollen?«

»Für eine Renovierung.«

»Genau. Renovierung.« Sie sagte das leichthin, aber es war eine Warnung, und er beließ es dabei.

»Das ist nur ein angenehmer Nebeneffekt«, sagte er einfach.

»Viele Männer aus der Finanzbranche besuchen meinen Club«, sagte sie. Sie hatte jetzt einen Ellenbogen auf den Tisch gestützt und aß ihre Pasta mit der Gabel, mit der sie hin und wieder in der Luft herumfuchtelte. Jacob wiederum aß den Tischmanieren entsprechend, so wie er es gelernt hatte.

»Sind die cool?«, fragte er.

»Sie sind selten lustig, eher ängstlich. Und sie wollen sich profilieren. Aber es gibt natürlich Ausnahmen.« Sie schenkte ihm einen tiefen Blick und ein Grübchenlächeln mit circa tausend verschiedenen Andeutungen.

Ah. Es war herrlich, mit Subtexten zu spielen, zu balancieren, Andeutungen zu machen und die Luft aufzuladen, ohne es zu übertreiben. Der Balanceakt war spannend. Er hoffte, dass er ihr beweisen konnte, dass er eine Ausnahme war, die ihre Zeit wert war.

»Wie lange arbeitest du schon bei der Bank?«

»Viel zu lange. Meine Familie war vor langer Zeit an der Gründung der Bank beteiligt, und da war es nur natürlich, dass ich ...« Er verstummte. Vor seinem Zusammenbruch hatte er eine aktivere Rolle gespielt, er war gereist und hatte viel Geld bewegt, aber später war er auf eine andere Position gewechselt. »Ich habe vorher andere Dinge gemacht.« Er wandte den Blick ab.

»Jacob? Ich weiß, dass dir etwas zugestoßen ist. Hat das mit deiner Ehe zu tun?«

»Ich möchte lieber nicht darüber sprechen.« Er zögerte. Nahm sein Rotweinglas und traf dann eine Entscheidung. »Aber wenn ich dir etwas darüber erzähle, sagst du mir dann, was in der Villa Pauli passiert ist?«

Sie sah aus, als versuche sie zu beurteilen, wie vertrauenswürdig er war.

»Du meinst, ein gegenseitiger Austausch von Traumata? Ich muss sagen, ich habe schon angenehmere Dinge bei einem Date gemacht. Aber auch unangenehmere. Ich bin dabei, aber lass uns nicht diesen Abend zerstören. Es läuft so gut, und ich würde mich freuen, wenn das auch so bleibt. Und keine Folgefragen.« Sie berührte einen ihrer goldenen Ohrringe.

»Deal, keine Folgefragen. Ich war mit Amanda verheiratet. Wir hatten eine Tochter, Olivia. Wir haben uns scheiden lassen, und seitdem habe ich Olivia nicht mehr gesehen, und das belastet mich.« Das war eine Art, das Schlimmste zu beschreiben, was ihm jemals widerfahren war. Er nahm einen großen Schluck Wein und fühlte den Druck auf seiner Brust, als ob sich ein Metallreifen darum gespannt hätte. Aber jetzt war es raus. Keine Lüge, nur sehr weit von der Wahrheit entfernt.

Sie schwieg und schien seine Worte zu verdauen.

»Ich bin bei der Party jemandem begegnet«, sagte sie dann.

»Einem Mann?«

Sie warf ihm einen scharfen Blick zu. »Keine Nachfragen, haben wir gesagt. Aber ja, einem Mann. Aus meiner Vergangenheit. Wir kannten uns, als ich noch sehr jung war. Er war älter, und ich war kaputt, und er war nicht besonders nett zu mir, und ich bin bis heute sozusagen traumatisiert von dem, was ich erlebt habe.«

Mit einem Mal wollte Jacob den Deal Deal sein lassen und tausend Folgefragen stellen. Wer war der Mann? Was war passiert? Hatte er ihr wehgetan? Aber ihr warnender Blick sagte ihm, dass sie wütend würde, wenn er ihre Vereinbarung brach. Vertrauen. Das war das Spiel, das sie spielten. Und die Regeln waren klar.

»Danke, dass du mir das erzählt hast«, sagte er und legte sein Besteck zur Seite. Sein Appetit war wie weggeblasen.

Sie schob sich den Rest Pasta in den Mund, legte ihre Gabel hin und lächelte, als hätte sie keine einzige Sorge. »Ich glaube, jetzt brauchen wir einen Nachtisch.«

Er zwang sich, die Frage, wer Kate verletzt hatte, auszublenden. Sie war eine Frau mit einer dunklen Vergangenheit, aber wer hatte keine Leichen im Keller? Es war besser, die Geheimnisse ruhen zu lassen. Er winkte einen Kellner heran und bestellte noch zwei Gläser Wein.

»Und die Dessertkarte«, ergänzte Kate.

Er beobachtete sie, wie sie zwischen Zitronentorte und Tiramisu schwankte. Lange. Dabei sah er die Andeutung einer anderen Frau, einer weniger selbstsicheren Person, die sich bestimmt nicht oft zeigte.

»Darf ich einen Vorschlag machen«, sagte er nach einer Weile.

»Vielleicht«, sagte sie misstrauisch, als nähme sie die Dessertfrage sehr ernst.

»Wir bestellen beides und teilen dann«, entschied er.

»Hm«, sagte sie und musterte ihn, als versuche er, sie um ihren Nachtisch zu bringen.

»Kate, ich will dir dein Dessert nicht wegnehmen, ich mag Süßes nicht einmal«, bekannte er.

Sie rang nach Luft und griff sich mit dramatischer Geste an die Brust. »Was für ein Frevel.«

Jacob nickte stoisch. »Ich weiß. Das ist einer meiner zahlreichen Charakterfehler. Vielleicht sollte ich mir Hilfe suchen. Aber gestatte mir, dich darauf hinzuweisen, dass auf die Art mehr Nachtisch für dich bleibt.«

Kate klappte die Dessertkarte zu. »Ich weiß. Das ist auch der einzige Grund dafür, dass ich nicht aufstehe und gehe.«

Jacob lachte und bestellte zwei Desserts sowie einen doppelten Espresso für sich und einen Cappuccino für sie.

Sie stürzte sich auf den Nachtisch, während Jacob an seinem bitteren Espresso nippte. Sie waren in vielerlei Hinsicht so unterschiedlich wie Tag und Nacht, Feuer und Wasser oder andere Gegensätze. Nord und Süd. Ihr Nachtclub war vor allem auch deshalb erfolgreich, weil sie die Gabe hatte, Menschen wirklich zu sehen und mit ihnen auszukommen. Er selbst war im besten Fall gewillt, Menschen zu tolerieren, er mochte nur wenige und liebte noch weniger. Kate war eine Königin der Nacht, er selbst ging gern früh ins Bett und stand früh auf, er liebte das Tageslicht und war am liebsten draußen in der Natur. In den Gesprächen, die sie bisher geführt hatten, hatte sich gezeigt, dass sie anscheinend genau entgegengesetzte Geschmäcker hatten, was Filme betraf (er sah sich Dokumentarfilme an, sie mochte Komödien), Literatur (ihm war bewusst geworden, dass er wohl ausschließlich renommierte weiße männliche Autoren las, was ihm bisher noch nie aufgefallen war, während sie Krimis sowie Bestseller von amerikanischen und britischen feministischen Komikern las) und Musik (mit Musik, die nach 1980 entstanden war, konnte er nichts anfangen, und sie liebte jede Art moderner Musik). Unbegreiflich, dass zwei Menschen so unterschiedlich sein und sich dennoch ununterbrochen miteinander unterhalten konnten.

Kate legte die Dessertgabel beiseite und griff nach ihrer Kaffeetasse. »Du machst einen verstopften Eindruck. Was ist los?«

»Du drückst dich wie immer sehr kultiviert aus.«

Sie zuckte die Schultern. »Ich bin mit Herz und Seele eine Vorstadtpflanze. Ich meine nur, dass es aussieht, als würdest du etwas ausbrüten.«

»Ich habe nur darüber nachgedacht, wie verschieden wir sind.«

»Na und, was spielt das für eine Rolle?«

Auch darin unterschieden sie sich. Ihr war das egal, während er wusste, dass man sich über bestimmte Unterschiede nicht einfach hinwegsetzen konnte.

»Jacob?«

»Ja?«

»Denk nicht so viel nach.«

## ~ 21 ~

Gamla Stans schmale kopfsteingepflasterte Gassen waren glatt und vereist, als sie zum Weihnachtskonzert hinüberschlenderten, und Kate nahm das als Vorwand, um sich bei Jacob einzuhaken und sich an ihn zu drücken. Sie mochte es, wie fest sich sein Arm an ihrem anfühlte. Nach Ubbe hatte sie Probleme mit älteren Männern gehabt, aber vielleicht konnte Jacob sie davon heilen. Die alten Verhaltensmuster zu korrigieren war immerhin etwas, für das man dankbar sein konnte.

»Einer meiner Ahnen hat Stockholms Blutbad überlebt«, erzählte Jacob, als sie über den schneebedeckten Platz Stortorget gingen.

»Tatsächlich?«, sagte sie und versuchte, so zu tun, als wüsste sie genau, wann das gewesen war. Vor langer Zeit, das war alles, an was sie sich noch aus dem Geschichtsunterricht erinnern konnte. Aber sie wusste, dass genau hier unter ihren Füßen Blut geflossen war.

»Es gibt ein Buch über diesen Teil meiner Familie«, fuhr er nachdenklich fort, als spräche er mit sich selbst.

Kate sah zum Himmel und betrachtete die Schneeflocken. Was für eine Vorstellung, aus einer Familie zu stammen, deren Ahnen sich so weit zurückverfolgen ließen, ordentlich aufgezeichnet und weitervererbt. Kate wusste, dass ihre Großmutter in der gleichen tristen, grauen Kleinstadt geboren und aufgewachsen war wie sie. Das war ungefähr die Familiengeschichte, soweit sie sie kannte. Sie hatte sich nie besonders dafür interessiert, woher sie kam, sondern sich mehr darauf fokussiert, wo sie hinwollte. Sie war ein Einzelkind, und auch ihre Mutter war ein Einzelkind gewesen. Über ihren Vater wusste sie noch weniger, nämlich nur, dass er in eine dysfunktionale Familie hineingeboren worden, schon als Kind auf die schiefe Bahn geraten und schließlich als Parkbank-Alki geendet war. Er hatte nie mit ihr und ihrer Mutter zusammengewohnt, sie hatte nie ein Wort mit ihm gewechselt, und er war an Leberzirrhose gestorben, als sie ein Teenager war, und hatte absolut nichts hinterlassen. Außer einer Tochter, die aufwuchs, ohne auch nur die Spur einer Ahnung zu haben, wie ein guter Mann sein sollte. Alles, was sie über Beziehungen wusste, hatte sie sich selbst aneignen müssen.

Jacob ist einer von den Guten, das weißt du, flüsterte ihr eine Stimme zu, eine Stimme, die sie noch nie gehört hatte. Aber wenn er so toll ist, was ist dann mit seiner Frau und seinem Kind, sagte eine andere, ihr besser bekannte und zweifelnde Stimme. Jacob hatte Geheimnisse, und das könnten schmutzige Geheimnisse sein, das sollte sie besser nicht vergessen. Ihr Zynismus hatte ihr bisher immer gute Dienste geleistet. Es wäre dumm, jemanden anzuhimmeln und auszuflippen, nur weil er Desserts bestellte und Türen aufhielt und sich in jeder Hinsicht um sie bemühte.

Vor dem Portal der Storkyrkan brannten Feuer in großen Eisenkörben, die die Fassade erleuchteten. Funken stoben wie kleine Explosionen in den dunklen Himmel. Und der Vorplatz war voller Menschen.

»Wunderschön«, sagte Kate und sah an der gelben Fassade empor. Sie hatte Kirchen schon immer gemocht, auch wenn sie nicht gläubig war. »Wie alt sie wohl sein mag«, überlegte sie laut.

»Hier hat schon im 13. Jahrhundert eine Kirche gestanden.«

Sie drückte wieder seinen Arm. Klar, dass der nerdige Jacob mit womöglich dunkler Vergangenheit das wusste. »Und bei der Gründung war hundertprozentig einer deiner Ahnen dabei«, neckte sie ihn.

Sie betraten die Kirche und setzten sich auf eine Bank. Um sie herum saßen Familien, und Jacob sah lange ein kleines Mädchen mit geflochtenen Zöpfen und Samtkleid an. Kate tat so, als bemerke sie es nicht, aber sie machte sich ihre Gedanken darüber. Was bedeutete es eigentlich, dass er seine Tochter nicht traf? Hatte er keine Lust? Durfte er nicht? Sie wollte die Antwort wissen und wollte es auch wieder nicht. Neugierig war sie auf jeden Fall, das war sie immer, aber Wissen bedeutete Verantwortung, und dafür war sie nicht bereit. Nur weil sie der Gedanke, ein Date mit ihm zu haben, nicht abstieß, bedeutete das noch nicht, dass sie all ihre *issues* über Bord geworfen hatte.

»Ich habe die Hochzeit gesehen«, sagte Kate mit sanfter Stimme. Der Hochzeitstag der Kronprinzessin war ein sonniger Samstag gewesen, nicht nur in Stockholm, sondern auch bei ihr zu Hause. Sie hatte sich die Übertragung gemeinsam mit ihrer Mutter angeschaut, ohne Streit, ohne Kummer und ohne Alkohol. Das war eine schöne Erinnerung. Eine Woche später hatte sie Ubbe kennengelernt, und ihr Leben hatte eine neue, ungesunde Wendung genommen. »Ich war erst sechzehn, als Victoria und Daniel geheiratet haben. Das war so romantisch. Hast du das gesehen? Ihr Kleid. Ganz zauberhaft.« All diese Fragmente, die einen Menschen ausmachten. Aus welchen Erinnerungen bestand Jacob? Eine Ex-Frau. Ein Kind. Was noch?

Als die Musik begann, ließ sie sich von dem Erlebnis mitreißen. Die altbekannten Psalmen und schwedische Weihnachtslieder, der Chor und die Instrumente. Kate schniefte. Sie war nicht darauf vorbereitet, dass *Gläns över sjö och strand* und die Chorversionen der modernen Weihnachtslieder sie so berühren würden.

»Hier«, flüsterte Jacob und reichte ihr einen Stapel ordentlich gefalteter Servietten.

Sie nahm sie und lächelte durch die Tränen. »Papier? Ich dachte, du wärst jemand, der Stofftaschentücher benutzt.«

»Da ich nicht zweihundert Jahre alt bin, habe ich nur Papier dabei. Ich habe sie im Restaurant mitgehen lassen, für den Fall, dass du sentimental wirst.«

»Du hast sie mitgenommen, falls *du* sentimental wirst«, sagte sie.

Jacob putzte sich rasch die Nase. »Ich bin bloß gegen irgendetwas allergisch«, sagte er und klang verdächtig verschnupft.

Kate putzte sich die Nase und wisperte: »Wie du siehst, haben wir doch etwas gemeinsam, wir mögen Musik. Und wir heulen alle beide.«

»So etwas Unmännliches wie heulen würde ich niemals tun«, behauptete er würdevoll und tupfte sich dann rasch mit der Serviette die Augen.

Als die letzten Töne des *Ave Maria* verklungen und der Applaus verebbt war, gingen sie langsam in Richtung Ausgang. Dabei unterhielt sich Kate mit einem älteren Paar über das Konzert.

»Das war das beste Weihnachtskonzert seit vielen Jahren«, sagte die ältere Dame mit stahlgrauen Haaren und Brille.

»Es war wundervoll«, stimmte Kate ihr zu. Das ältere Paar ging weiter, Hand in Hand. Es war ein schöner Anblick.

Ein anderes Paar, zwei Frauen um die zwanzig, mit Halstüchern und Lederjacken im Partnerlook, trat zu ihr. »Wir müssen dich mal was fragen – du bist doch Kate Ekberg, oder?«

»Die bin ich«, sagte sie.

Die Frauen grinsten begeistert. »Mensch, ich bin so promigeil«, sagte die eine. »Dürfen wir ein Selfie mit dir machen?«

Kate warf sich in Pose, rasch und geübt, und lächelte in die Handykamera. Als die beiden sich bedankt hatten, warf sie Jacob einen Blick zu. Manche Menschen konnten nicht gut damit umgehen, dass sie immer im Zentrum der Aufmerksamkeit stand, aber Jacob wartete einfach, sah sich in der Kirche um und blieb in ihrer Nähe. Als wolle er bereit sein, falls sie ihn brauchte. Wie ein Anker. Sie fuhr sich mit dem Finger über den Hals und fühlte ihren eigenen, raschen Puls. Was wollte Jacob von ihr? Ging es ihm um mehr als Dating und eine schnelle Nummer?

Jacob begegnete ihrem Blick und trat neben sie. »Fertig?«

Sie schlenderten zur Drottninggatan. Kate wollte sich noch nicht verabschieden, noch nicht gleich, sie wollte sich die Stimmung des Konzerts noch bewahren, und Jacob schien damit zufrieden zu sein, neben ihr durch die winterliche Nacht zu gehen.

»Stört es dich, wenn man mich erkennt?«, fragte sie, als sie stehen blieben und sich das Schaufenster einer Buchhandlung ansahen. Sie las hin und wieder Bücher, und es gefiel ihr, sie um sich zu haben. Als Heranwachsende hatte sie manchmal in der Bibliothek Zuflucht gesucht und Geschichten von Drachen und Hexen mit glücklichem Ausgang gelesen.

»Warum sollte mich das stören?«

»Viele Männer können nicht gut damit umgehen, die zweite Geige zu spielen.«

Das galt übrigens auch für viele Frauen, dachte sie beschämt. Wer mit ihr unterwegs war, stand immer in ihrem Schatten, war unsichtbar und wurde beiseitegeschoben. Das konnte man Kate schnell übel nehmen, wofür sie vollstes Verständnis hatte. Wenn sie ehrlich war, würde ihr das auch nicht gefallen. Peinlich, aber wahr. Sie mochte es, die Nummer eins zu sein, diejenige mit dem

Glamourfaktor, mit der alle reden wollten. Auf die Art hatte sie schon ein paar Freundinnen verloren. Frauen, die auf die Dauer nicht damit umgehen konnten, dass sie so viel Raum einnahm. Sie fragte sich, wie Jacob sich verhalten würde, falls sie sich weiter trafen. Würde er ihr ebenfalls kleine Nadelstiche verpassen? Sie vor anderen kritisieren? Vielleicht war sie deswegen so gern mit ihm zusammen? Weil es keine Rolle spielte, wenn er das täte. Aber das mit ihm hatte keine Zukunft. Es gab nur das Hier und Jetzt. Männer gab es wie Sand am Meer. Und Jacob hatte ganz offensichtlich so einige Probleme, genau wie sie auch. Vielleicht würden sie sich nach dem heutigen Abend nie mehr wiedersehen. Sie versuchte, in sich hineinzuspüren, wie sich das anfühlen würde: Jacob nie mehr zu treffen. Sie konnte sich die Frage nicht wirklich beantworten und war sich auch gar nicht sicher, ob sie es wirklich so genau wissen wollte.

Sie flanierten durch die City, schauten in weihnachtlich geschmückte Schaufenster und unterhielten sich über das Konzert. Am Sergels Torg begann Kate zu frösteln. Für einen langen Spaziergang war sie nicht warm genug angezogen.

»Du frierst«, stellte er fest.

Er selbst trug einen dicken Mantel, warme Schuhe und einen riesigen Schal.

»Ein bisschen«, gab Kate widerstrebend zu, denn sie hasste es, auch nur die geringste Schwäche zu zeigen.

Er nahm sofort seinen Schal ab, sah sie fragend an, und als sie nickte, wickelte er sie darin ein. Der Schal roch gut.

»Willst du den Abend noch fortsetzen? Mit mir, meine ich? Oder würdest du jetzt lieber nach Hause gehen?«

Er war wirklich süß mit seiner rücksichtsvollen Art. Aber auch ein klein wenig anders als sonst. Sie konnte es nicht genau benennen, aber Jacob schien heute selbstsicherer und zielstrebiger zu sein.

»Gern«, sagte sie, drückte seinen Arm und presste sich an ihn, um etwas von seiner Wärme abzubekommen. »Mit dir.«

Okay, Jacob gefiel ihr, und wenn schon. Es gefiel ihr, dass er wusste, wie man den richtigen Wein auswählte. Dass er bei einem Weihnachtskonzert heimlich weinte. Dass er ihre Grenzen respektierte. Dass er heute anders war. Sie hatte nicht vorgehabt, noch einmal mit ihm zu schlafen, aber sie war jederzeit gern bereit, ihre Meinung zu ändern. Vielleicht konnte sie ihm beibringen, was ihr gefiel. Das wäre dann so etwas wie ihr Vermächtnis an die Frau, die nach ihr käme. Jeder hatte eine zweite Chance verdient.

Kate fischte ihr Handy aus der Tasche und googelte rasch. »Magst du Rooftop-Bars?«, fragte sie.

»Magst du sie?«

»Du musst aufhören, so einfühlsam zu sein, sonst bilde ich mir noch ein, dass du mich magst.«

»Ach was, du bist zu hübsch und zu cool für mich. Hast du eine Bar gefunden?«

»Komm«, sagte sie, nachdem sie rasch nachgesehen hatte. Sie wusste genau, wohin sie mit dem Mann gehen wollte, der sie vielleicht ja doch mochte.

## ~ 22 ~

»Hier bin ich noch nie gewesen«, sagte Kate, als Jacob und sie sich in bequemen Sesseln mit Aussicht über ein dunkles, winterliches Stockholm niedergelassen hatten. Sie ging oft aus, um die Konkurrenz im Auge zu behalten und ganz generell auf dem Laufenden zu bleiben, aber in dieser Rooftop-Bar war sie heute das erste Mal, sie hatte aber viel davon gehört. Sie betrachtete die Aussicht.

»Ich auch nicht. Obwohl ich gleich hier um die Ecke arbeite. Und natürlich, weil ich nie ausgehe«, fügte er hinzu.

»Du gehst mit mir aus.«

»Das tue ich.«

Sie bestellten ihre Drinks und schauten hinaus über die Stadt: über dunkle Gebäude mit schneebedeckten Dächern, funkelnde Lichter und einen sternenklaren Himmel. Sie zeigten sich gegenseitig markante Punkte Stockholms.

»Ich liebe diese Stadt«, sagte Kate leidenschaftlich. Sie reiste viel, für die Arbeit, um Clubs zu besuchen und sich Anregungen zu holen. New York, Berlin und Ibiza. Es gab viele interessante Städte, aber keine konnte sich mit Stockholm messen.

Sie bekamen ihre Drinks, Gläser mit Eiswasser und ein Schälchen mit Oliven. »Bist du hier geboren?«, fragte er und sah sie aufmerksam an.

Sie ließ sich gegen die Stuhllehne sinken, schlug die Beine übereinander und sonnte sich in seiner Wertschätzung. Es war ein angenehmes Gefühl, Gegenstand von Jacob Grims warmem

Blick, seinen interessierten Fragen und seiner unverhohlenen Bewunderung, vielleicht sogar Anbetung, zu sein. Denn genauso sah er sie an, als ob sie anbetungswürdig sei.

»Nein, wir kommen ursprünglich aus Katrineholm, der ödesten Stadt der Welt – ich entschuldige mich bei allen, die dort wohnen. Aber kurz nach meiner Geburt sind wir nach Stockholm gezogen, in den Vorort Fittja.« Ihre Mutter wurde als Teenager schwanger, ließ sich vom Sozialamt eine Wohnung in einem Problemviertel zuweisen und holte sich für praktisch alles Hilfe und finanzielle Unterstützung. Das war für sie die einzige Möglichkeit gewesen, nach Stockholm zu kommen und Fuß zu fassen. Kate schämte sich dafür, dass sie deswegen auf Mia-Lotta herabsah. Sie schielte zu Jacob hinüber, der ganz in dieser Umgebung zu Hause zu sein und sich wohlzufühlen schien, und fragte sich, ob jemand wie er, mit seinen Ahnen und seinen Marmortreppen, überhaupt wusste, wo Fittja lag. Oder auch Katrineholm.

»Bist du viel gereist?«, fragte sie und nippte an ihrem teuren Drink. Ihr Leben hatte sich schließlich doch zum Guten gewendet. Sie war unabhängig und konnte mit fast allem umgehen, was ihr begegnete. Niemand konnte ihr mehr etwas anhaben, und darauf war sie stolz. Niemand außer Ubbe, erinnerte sie eine innere Stimme.

»Glaube schon. Ich habe ein Semester in London studiert und bin viel in Europa herumgekommen. In den USA. War Skifahren.«

»Ich bin noch nie Ski gelaufen«, sagte sie. In Fittja, dem Stadtteil, wo sie aufgewachsen war, fuhr kaum jemand in den Skiurlaub, sondern man blieb während der Ferien im Asphaltdschungel. Und im Haushalt von Mia-Lotta Ekberg waren alle Einnahmen für Alkohol draufgegangen, sodass für Skier oder Schlittschuhe kein Geld da gewesen war. Bei Schulausflügen war Kate »krank« zu Hause geblieben. Immer diese ambivalenten Gefühle. Zu wissen, wie es sich anfühlte, arm und verwundbar zu sein, jetzt aber der Mittelklasse anzugehören. Heute bewegte sie sich in Kreisen, zu denen nur wenige Zutritt hatten, sie kannte sogenannte hippe Menschen und kaufte in den richtigen Läden ein. Das war reichlich zweischneidig.

»Du hast viele andere Dinge gemacht, Kate«, sagte Jacob. Er streckte seine Hand aus und berührte ihren Zeigefinger.

Kate sah seine Hand an, die die ihre so sanft streichelte. Eine neue Kraft ging von ihm aus. Sie hatte das schon den ganzen Abend lang gespürt. Eine rauere, maskuline Energie, auf die sie und ihr Körper reagierten.

»Du bist heute anders«, sagte sie mit fragendem Unterton.

Sie hatte erwartet, dass Jacob widersprechen oder die Frage weglächeln würde, doch das tat er nicht.

»Mhm«, sagte er, und es kam ihr vor, als würde er mit jedem Atemzug mehr Raum einnehmen, mehr Anziehung verströmen und weniger Zurückhaltung zeigen.

Urplötzlich wurde ihr heiß. Sie biss sich auf die Unterlippe und wartete.

»Ich habe nachgedacht.« Jacob betrachtete sie mit intensivem Blick, und jetzt spürte sie es ganz deutlich auf ihrer Haut, die sich nach mehr Berührung sehnte, zwischen den Beinen, wo es pochte und pulsierte. Erregend.

»Und ich habe ein paar Dinge gelernt, habe neue Fertigkeiten und Erkenntnisse, über die ich gern mit dir sprechen will«, fuhr er fort.

»Sprechen?« Sie konnte den Blick nicht von ihm abwenden. Seine Augen brannten, sodass ihr immer heißer wurde.

Jacob nickte langsam, als hätte er alle Zeit der Welt. »Vielleicht auch erforschen.«

Seine Worte waren ganz alltäglich, aber in der Art, wie er sie ansah, wie seine Fingerspitzen über ihre Haut strichen, war nichts Alltägliches. Wieso war er ihr auf einmal so nah? Wieso war ihr so heiß?

»Woran denkst du, Kate?« Seine Stimme war noch etwas tiefer geworden, tief und dunkel, und ließ sie innerlich vibrieren. Es war eine feste und sinnliche Stimme. Eine zielstrebige Stimme, die wusste, was sie wollte.

Kate nahm seine Hand und betrachtete seine Finger und seine Handfläche. Jacob zitterte nicht, doch er schien den Atem anzuhalten. Sie war also nicht die Einzige, die erregt war. Gut. Sie mochte es nicht, wenn das Ungleichgewicht zu groß wurde. »Ich habe gerade daran gedacht, dass vorher keiner von uns schon einmal irgendetwas von dem gemacht hat, was wir heute Abend machen. Wir waren beide noch nie in diesem italienischen Restaurant.«

»Das Essen war erstaunlich gut«, sagte er. »Vor allem die Nachspeisen.«

»Davon hast du nicht probiert.«

»Nein. Aber ich sehe dir gern beim Essen zu, betrachte deinen Mund, deine Lippen, stelle mir vor, dich zu küssen. Dich zu lecken.«

Kate schluckte. Woher kam auf einmal dieser neue Jacob? »Wir waren auch beide noch nie bei einem Weihnachtskonzert in der Storkyrkan«, fuhr sie fort, während ihre Wörter und Sätze sich mit Subtext anreicherten. Aus irgendeinem Grund erschien es ihr bedeutsam, dass alles für sie beide unbekanntes Terrain war und kein geprobtes und bereits eingespieltes Ritual.

»Und keiner von uns kannte diese Rooftop-Bar. Wir haben gemeinsam neue Erinnerungen erschaffen«, sagte er, als habe er sie genau verstanden.

»Prost, auf neue Erinnerungen«, sagte sie, wobei ihre Stimme fast gar nicht bebte. Sie war so erregt, dass sie nicht einmal ihr Glas erhob. Sie stießen nicht miteinander an, so überwältigt waren sie von diesem Neuen und Unbekannten.

Jacob kam ihr noch näher, sodass fast kein Raum mehr zwischen ihren Körpern blieb. Er legte seine Hand auf ihr Bein, sanft, behutsam. Sie schaute sie an. Die Hand lag weit oben auf ihrem Oberschenkel, und sie ließ sie dort, ließ sich von der Berührung wärmen, erregen.

»Darf ich dir etwas erzählen?«, fragte er. Irgendetwas daran, was er tat, raubte ihr die Konzentration. Sein Daumen spürte empfindliche Stellen auf und massierte sie. »Kate?«

»Was?«, sagte sie, leise keuchend. Ihr Rock war hochgerutscht, und seine Finger berührten sie durch die Nylonstrümpfe. Es fühlte sich an wie kleine Stromschläge. War sie das, die so schwer atmete, als wäre sie gerannt?

»Ich habe darüber nachgedacht, wie wir bei mir zu Hause Sex hatten. Ich habe nicht dafür gesorgt, dass es dir gut ging. Ich war selbstsüchtig. So bin nicht ich, und so will ich mit dir zusammen auf keinen Fall sein. Ich wäre gern ein guter Liebhaber.«

Kate fiel keine intelligente Entgegnung ein. Irgendwie hatte er die Machtverhältnisse zwischen ihnen umgedreht, war nicht mehr der zugeknöpfte Banker, sondern brachte sie fast schon allein mit seinen Fingern auf ihrem Oberschenkel und seiner Stimme zum Höhepunkt. Ihr ganzer Körper vibrierte. Alles Blut befand sich auf dem Weg zu ihrem Epizentrum, euphemistisch ausgedrückt. Denn er machte sie richtig heiß. Feucht. Empfindsam. Hungrig. Sie bewegte sich vorsichtig auf ihrem Stuhl.

»Kate?«

Sie öffnete die Augen. Es war ihr nicht einmal aufgefallen, dass sie sie geschlossen hatte, während seine langen, starken und überaus geschickten Finger sie offenbar in eine bebende, atemlose und in höchstem Grad geile Frau verwandelten. Sie räusperte sich und streckte sich nach ihrem Wasserglas.

»Das habe ich nicht kommen sehen, als ich zugesagt habe, mit dir ein Weihnachtskonzert zu besuchen.« Sie presste die Beine zusammen, denn sie konnte nicht denken, wenn er sie so berührte.

Er lächelte zufrieden. Sie durfte ihn und seine Intelligenz und Männlichkeit nicht unterschätzen. Das konnte leicht passieren. Und dann fand man sich in einem Sessel in einer Rooftop-Bar wieder. Geil. Verwirrt. Vor allem verwirrt. Sie trank von ihrem Wasser. Shit. Ihre Hand zitterte ja.

»Kate?«, fragte er wieder.

Sie schlug ihre Beine übereinander, strich ihren Rock glatt und versuchte, die Kontrolle zurückzugewinnen. »Ja?« Dieser neue, achtsame und gleichzeitig toughe Jacob war wie Kryptonit. Freundlich und vertrauenserweckend, doch auch mit einem Hauch Gefahr, das machte sie an. Pass auf dich auf, warnte sie ihr innerer Kompass.

Jacob sah aus, als wisse er genau, was es sie kostete, die Kontrolle zu behalten, und als habe er vor, sie ihr zu entreißen. Er nahm ihre Hand in seine, umschloss sie mit seiner großen. Mit dem Zeigefinger beschrieb er kleine Kreise auf ihrer Handfläche. Beugte sich vor und drückte seine Lippen auf die Innenseite ihres Handgelenks. »Darf ich dir zeigen, was ich gelernt habe?«

# ~ 23 ~

Jacob war von einem überbordenden Gefühl beherrscht, das fast schon animalisch war. Und Kate reagierte offenbar darauf. Er fühlte sich kühn, so als ob alles möglich wäre.

»Ich wäre gern besser und würde dir gern mehr Genuss bereiten«, sagte er.

Sie schenkte ihm eines ihrer belustigten, spöttischen Lächeln. »Willst du damit sagen, dass du neulich nicht dein Bestes gegeben hast?«

»Nein«, sagte er, ohne zu zögern. Er war sich hundertprozentig sicher, dass er mehr zu bieten hatte. Es gefiel ihm, dass sie ihn herausforderte. »Ich würde es gern noch einmal versuchen und dich zum Höhepunkt bringen.« Wieder ließ er seine Hand an ihrem Oberschenkel hinaufgleiten.

Sie sah ihn mit ihren beinahe katzengleichen Augen an. Sie schimmerten im Dunkel der Rooftop-Bar. Und er spürte, wie sie unter seiner Hand zitterte. Zitterte! Eine Frau dazu zu bringen, mit Lust und verschwommenem Blick zu reagieren, machte süchtig. Das sollte sein neues Hobby werden, beschloss er, und sog ihren Duft ein. Seine neue Freizeitbeschäftigung würde es sein, Kate aufzugeilen, sie dazu zu bringen, nach ihm zu schmachten und nach dem, was er ihr geben konnte.

Sie spreizte ein wenig ihre Beine. »Weißt du, ich habe schon andere Männer getroffen, die so angegeben haben.«

Jacob runzelte die Stirn. Er war sich nicht sicher, ob andere

Männer das Gesprächsthema waren, das er sich in diesem Moment ausgesucht hätte.

»Sogar ziemlich viele Männer«, sagte Kate, »die mit ihren sexuellen Fähigkeiten geprahlt haben. Sie haben sich selbst als Sexgötter bezeichnet und gesagt, sie würden es mir beweisen, und blablabla, und als ich dann mit ihnen im Bett war, waren sie bestenfalls Mittelmaß.«

»So gern ich auch deine Geschichten von all den Männern hören will, mit denen du geschlafen hast und die erbärmliche Liebhaber und angeberische Idioten waren, möchte ich doch zwei Dinge zu Protokoll geben. Erstens: Ich prahle nicht, und zweitens: Ich weiß, dass ich nicht einmal mittelmäßig war, als wir uns geliebt haben.«

»Uns geliebt haben?«

Er drückte die Innenseite ihres Oberschenkels. »Sex hatten. Miteinander geschlafen haben. Gefickt haben.«

Ihre Augen wurden dunkel, aber ihre Stimme klang fest und belustigt, trotz ihrer geröteten Wangen und geweiteten Pupillen.

»Also. Einmal hat ein Mann wie ein Irrer in mich hineingestoßen und mich dann gefragt, wie oft ich gekommen bin – nach ungefähr drei Minuten.«

»Tut mir leid.« Er spielte mit seinem Daumen auf ihrer warmen Haut.

»›Genauso oft, wie du auf dem Mond gewesen bist‹, habe ich geantwortet. Ein anderer wollte, dass ich stocksteif unter ihm liegen sollte, weil ich sonst zu aggressiv rüberkäme.«

»Machst du Witze?«

»Ich sage nur, dass die Latte nicht hoch liegt.«

»Was brauchst du?«

»Damit wir noch einmal miteinander schlafen?«

»Das natürlich auch. Aber um zum Orgasmus zu kommen.

Mit mir.« Es überraschte ihn sogar selbst, dass er über Orgasmen und Verführung sprach, als sei das sein üblicher Modus Operandi. Aber zusammen mit ihr fühlte sich das ganz natürlich an. Es weckte Erinnerungen an den Jacob, der er einmal gewesen war oder der er zumindest hoffte, gewesen zu sein.

»Du glaubst also, dass du mich zum Höhepunkt bringen kannst? Das hat beim letzten Mal nicht geklappt, falls ich dich darauf hinweisen darf.«

»Ich weiß. Und ich weiß auch, dass das mein einziges Ziel ist. Dich zum Höhepunkt zu bringen. Viele Male.«

Kate sah ihn an. Ihre Wangen glühten, und ihre Pupillen waren groß und schwarz. »Hast du ›viele Male‹ gesagt? Willst du damit sagen, dass du damit Erfahrung hast? Denn ich wäre schon mit einem Mal zufrieden.«

»Nein, ich möchte, dass wir zusammen nach Höherem streben. Ich weiß jedenfalls, dass ich danach strebe.«

»Nach Höherem?«

»Ja. Ich werde dich nicht unter Druck setzen, das ist das Erste«, sagte er leise, ohne direkt auf ihre Frage zu antworten. Er hatte keine Erfahrungen damit, noch nicht. Aber er hatte den Willen und das theoretische Wissen. Er konnte es schon vor sich sehen, wie fokussiert und engagiert er sein würde. »Ich werde sehr aufmerksam sein, Kate. Sehr sensibel. Ich werde deinen ganzen Körper als eine einzige erogene Zone sehen.«

Er berührte die Innenseite ihres Handgelenks. »Hier.« Er liebkoste ihr Knie. »Hier.« Er würde hellhörig dafür sein, was ihr gefiel. Er würde ihr zuhören, sie lesen. Er nahm ihre Hand, drehte ihre Handfläche nach oben, küsste sie und leckte flüchtig darüber. Er hörte, wie sie nach Luft rang. Schon jetzt lernte er ihre verschiedenen Laute und Signale kennen. Man musste nur seine Sinne schärfen, auf die Geräusche horchen, die Zeichen sehen, die Vibrationen spüren. Es war, als träte man in eine andere Welt, wo kleine Signale ihm Fingerzeige gaben, ob er etwas richtig oder falsch machte. Bis jetzt schien er auf dem richtigen Weg zu sein.

Er küsste ihre Fingerspitzen und berührte die sexy Nägel. »Ich werde deine Klitoris lecken und deine Schenkel liebkosen, deine Pussy küssen und massieren. Wenn du mich lässt.« Er hörte einen erstickten Laut von ihr und spürte, wie das Selbstvertrauen durch seine Adern strömte. Er schien tatsächlich auf der richtigen Spur zu sein, und das war berauschend. Sie bewegte sich leicht neben ihm, sagte nichts, atmete mit offenem Mund und geschlossenen Augen, sagte weder Ja noch Nein, und so sollte es sein. Er war dabei, sich auf ihre Wellenlänge einzustellen, und war bereit, sich ihren Bedürfnissen anzupassen. Seinen Mangel an Erfahrung würde er mit vollkommener Hingabe wettmachen. »Bist du jetzt schon feucht?«, flüsterte er. Aber sie brauchte nicht zu antworten, er ahnte schon, wie es um sie stand. Fantastisch.

Wieder legte er ihr seine Hand ganz oben auf den Oberschenkel, spürte ihre Wärme. Aufmerksam betrachtete er ihr Gesicht, ihre geöffneten Lippen, ihre glühende Haut. Sie öffnete die Augen, und sie waren vernebelt, groß und blank.

Er beugte sich vor und küsste sie sanft. »Willst du mit zu mir nach Hause kommen?«, fragte er an ihrem Mund.

Sie nickte.

»Küss mich«, sagte er, nur weil er es konnte und wollte.

Ein Glitzern trat in ihre Augen. »Ich mag es nicht, wenn man mir Anweisungen erteilt«, sagte sie, und küsste ihn dennoch.

»Das werde ich mir merken«, murmelte er an ihrem Mund. An diesem Abend drehte sich alles um sie. Und um sie beide.

Im Taxi auf dem Weg nach Hause fuhr Jacob fort, sie überall dort zu liebkosen, wo er an sie herankam.

So hatte er sich noch nie verhalten in der Öffentlichkeit, dachte er, als er im Rückspiegel dem Blick des Fahrers begegnete.

»Wenn ich gewusst hätte, wie anregend es ist, sich in der Öffentlichkeit unanständig zu benehmen, hätte ich das schon viel früher getan«, murmelte er.

»Ist Rumknutschen auf dem Rücksitz eines Taxis das Unanständigste, was du bisher gemacht hast?« Auch wenn ihre Wangen gerötet waren, war sie immer noch so weit Herrin ihrer selbst, um belustigt zu klingen.

»Forderst du mich heraus?«, fragte er.

»Du hast einiges zu beweisen, sage ich bloß«, antwortete sie.

»Rein mit dir«, sagte er mit einem Nicken in Richtung Haustür, als er das Taxi bezahlt hatte.

Sie plusterte sich auf. »Ich mag es nicht, wenn man mir Befehle erteilt, hast du das vergessen? Ich bin die Frau, die beim Yoga die Luft anhält, wenn man ihr sagt, dass sie einatmen soll. Ich kann wohl verdammt noch mal selbst entscheiden, wann ich einatme.«

Jacob lachte. »Liebe Kate, würdest du bitte ins Haus gehen, wenn es keine Umstände macht, damit wir hier nicht herumstehen und frieren und damit ich damit fortfahren kann, mich extrem unanständig zu benehmen?«

Sie nickte gnädig. »Selbstverständlich.«

Im Treppenhaus fiel er vor ihr auf die Knie und schob ihr langsam das Kleid über die Schenkel hoch. »Trägst du solche Strümpfe, du weißt schon...«

»Du meinst mit Hüfthaltern? Nein, die trägt kein Mensch. Die sind zu unbequem.«

Sie zog die Strumpfhose hinunter. Er streckte sich nach ihr und begrub seine Nase zwischen ihren Schenkeln, sog ihren Duft ein und leckte sie über ihrem Slip.

Mit seinem Zeigefinger folgte er der Spalte, die er durch den Stoff hindurch erahnen konnte. »Du bist feucht«, konstatierte er.

»Ja, ungefähr seit Gamla Stan.«

Jemand betrat das Treppenhaus. Jacob erhob sich, zog sie in den Aufzug und verdeckte ihren Körper mit seinem. Sie wand sich gegen ihn und biss ihn in den Hals.

Oben in seiner Wohnung knutschten sie zuerst im Flur, dann in der Küche. Und im Wohnzimmer. Er war hart wie Granit, während sie feucht war und warm und weich. Bald waren ihre Kleider in seiner ganzen Wohnung verstreut.

»Vergiss nicht das Kondom«, sagte sie.

Er hatte zwar eine ganze Schublade voll davon, aber heute wollte er sich auf ihren Orgasmus, oder noch lieber ihre *Orgasmen*, fokussieren, und Penetrationssex war nicht das Wichtigste für ihn.

»Ich möchte dich zuerst mit den Fingern und mit dem Mund verwöhnen, ich möchte dich lecken, bis du kommst. Darf ich?« Er hielt den Atem an und hörte, dass er sehr von sich überzeugt klang, fürchtete aber auch, er könne zu ungestüm sein.

Sie stützte sich auf die Ellenbogen und sah ihn an. »Ich komme meist nicht bei Oralsex.«

»Warum nicht?«

Sie überlegte. »Es dauert ziemlich lange, und die meisten Männer wollen nicht so lange dabeibleiben.«

»Ich bin nicht die meisten Männer«, sagte er, und dessen war er sich zumindest sicher. Er hatte Durchhaltevermögen und war sexuell frisch bekehrt. Damit sollte er ziemlich weit kommen.

Träge verzog sie den Mundwinkel. »Eingebildet bist du wohl gar nicht.«

»Gefällt dir das?«

»Sehr.«

Er würde ihr alles geben, seine ganze Leidenschaft, er würde all sein neues Wissen und seine bisherigen Erfahrungen nutzen, und hoffentlich würde das ausreichen. An seiner Bereitschaft haperte es jedenfalls nicht, er war ganz außerordentlich willig.

»Darf ich?«

Sie betrachtete ihn lange. Dunkelblaue, nahezu violette Augen begegneten seinen.

»Kate?«

Als Antwort spreizte sie die Beine. Jacob lächelte. Und dann widmete er sich mit voller Konzentration seiner Aufgabe. Er begann damit, ihre Waden zu liebkosen, umfasste ihre Beine, strich an ihnen auf und ab und nahm ihre Weichheit und ihre Rundungen wahr. Sie atmete tief aus. Er streichelte, kitzelte und knabberte sich hinauf bis zu ihren Oberschenkeln. Jetzt stieß sie gedämpfte Laute aus. Er nahm das als ein gutes Zeichen. Wie gesagt, man lernte schnell, wenn man genau zuhörte. Er benutzte weiter seine Finger und Handflächen, bis sie sich ruhelos und auffordernd bewegte. Er beugte sich vor und schnupperte durch den dünnen Slip aus glattem Stoff an ihr. Langsam zog er ihr den Slip aus. Sie öffnete die Beine noch weiter, und er musste darüber lächeln, wie begierig sie ihn willkommen hieß. Ihr dunkles, krauses Haar glänzte. Behutsam wölbte er seine Hand über den kleinen Busch und presste sanft dagegen, bis sie begann, sich gegen seine Handfläche zu bewegen. Er spreizte sie und betrachtete die feuchten Falten und die zarte Haut. Er streckte die Zunge aus und kostete von ihr.

»Ich möchte, dass du dich entspannst und dich nur auf dich selbst konzentrierst«, murmelte er, während er sie rundherum küsste. Dies war etwas Neues zwischen ihnen, und er wollte, dass sie ihm vertraute, und wusste, dass er Zeit hatte und dass sie sich ihm anvertrauen konnte. Er leckte die Innenseite ihrer Oberschenkel, versuchte es mit einem vorsichtigen Zwicken und wurde mit einem Zittern und einem Wimmern belohnt. Er hob den Blick und betrachtete die Frau vor sich ausgiebig, legte die Hände um ihre weichen Oberschenkel, beugte sich wieder nach vorn und strich mit dem Finger über ihre Spalte, die feuchte Falte, und tastete sich vor. »Denk an etwas, was dir gefällt«, sagte er und hoffte, dass er ihr vermitteln konnte, dass er wusste, was er tat, und dass sie ihm vertrauen konnte. »Ich werde jetzt einen Finger in dich einführen«, sagte er langsam, sehnsüchtig. »Ich werde spüren, ob es dir gefällt. Entspann dich einfach und schalt das Denken aus. Willst du die Augen zumachen, oder möchtest du schauen?«

»Zumachen«, flüsterte sie.

»Tu das, was sich für dich am besten anfühlt, Kate. Ich werde nicht müde, es gibt nichts, was ich mir sehnlicher wünsche als dies. Wenn ich merke, dass du es genießt, werde ich zwei Finger in dich einführen, und dann werde ich dich massieren.« Langsam führte er seinen Zeigefinger ein und beobachtete sie, während er nach dem Bündel Nervenenden tastete, das das Zentrum ihrer Lust war. Er bewegte seinen Finger in einem gleichmäßigen Rhythmus, zuerst leicht, eher wie eine sanfte Massage, und dann fester, als sie anschwoll und tiefer, schneller, heftiger atmete. Dann führte er noch einen Finger ein. Sie stöhnte dumpf, zog ihre Knie eine Spur an und bewegte sich vor und zurück.

»Du bist so sexy.« Er flüsterte die Worte gegen ihre Haut und ließ seine Zunge über ihre empfindlichen Zonen spielen. »Das ist so erregend, wenn du zeigst, was du dir wünschst. Ich brauche das, Kate, dass du mit mir kommunizierst, okay?«

Ihre Hände umklammerten das Laken, bis die Knöchel weiß wurden. Ihr Haar umgab sie wie ein dunkler Heiligenschein. Ihre

Haut glühte, und rosa Flammen breiteten sich auf ihrer Brust und ihrem Hals aus.

»Ich versuche es jetzt mit drei Fingern. Willst du das?«

Sie nickte heftig. Jacob lächelte in sich hinein.

Er wusste, dass er kurz davor war, sie zum Höhepunkt zu bringen, denn sie zog sich um seine Finger zusammen, keuchte und spannte die Muskeln an, und dann begann es.

Zweifel waren ausgeschlossen. Er spürte die Kontraktionen und hörte ihre Laute. Das war besserer Sex. *Viel* besser.

»Wow«, sagte Kate in Richtung Zimmerdecke, als ihr Atem sich wieder beruhigt hatte. Sie lag wie hingegossen in seinem Bett, völlig entspannt in den zerwühlten Laken. Ihre Haut trug die Spuren seiner Bartstoppeln, Finger und Zähne. Behutsam strich er über die rosa Abdrücke, für die er verantwortlich war.

»Geht es dir gut?«, fragte er leise.

»Sehr gut. Aber ich habe Durst.« Ihre Stimme war ein heiseres Flüstern.

Er küsste sie auf die Schulter, bevor er ihr Wasser holte. Er fühlte sich vital und absolut fantastisch, als er durch die Wohnung ging. Nachdem sie getrunken hatte, gab sie ihm das Glas zurück, und er trank den Rest.

Sie beobachtete ihn dabei, streifte mit ihrem Blick seinen Hals, seine Brust und seine Erektion. Er stellte das Glas hin, zog sie an sich und küsste sie. Er hatte noch ihren Geschmack auf den Lippen, und sie küsste ihn gierig. Wie oft würde er sie zum Höhepunkt bringen können? Ob er das noch einmal erleben durfte? War es vermessen, sich als wiedergeborenen Menschen zu sehen? So fühlte es sich jedenfalls an. Der alte Jacob Grim, der nur mittelmäßig im Sex war, war verschwunden, und an seine Stelle war ein selbstsicherer, Orgasmen auslösender Liebhaber getreten. Ein Mann, der zwar noch viel zu lernen hatte, denn er hatte seine volle Leistungsfähigkeit noch lange nicht erreicht, aber trotzdem. Jemand, der sich zusammen mit einer Frau weiterentwickeln konnte. Mit Kate.

»Bevor wir miteinander geschlafen haben, hatte ich zehn Jahre lang keinen Sex gehabt«, sagte er leise.

Obwohl sie sich bemühte, konnte sie ihr Erschrecken nicht verbergen.

Jacob nickte. Zehn Jahre. Das war eine furchtbar lange Zeit. Vielleicht hatte noch kein Mann vor ihm jemals so lange ohne Sex gelebt. Es war höchste Zeit, das aufzuholen.

## ~ 24 ~

Mehrere Stunden später versuchte Kate, sich daran zu erinnern, wie oft sie gekommen war. Aber sie hatte den Faden verloren, denn sie war vollauf damit beschäftigt gewesen, all die fantastischen Dinge, die Jacob mit ihr machte, auszukosten. So war sie noch nie gekommen, und sie hatte nicht geglaubt, dass ihr Körper fähig war, einen Orgasmus nach dem anderen zu erleben.

Aber dass es zehn Jahre her war, seit Jacob zuletzt Sex hatte ... Zuerst hatte sie geglaubt, sie hätte sich verhört, ihre Befriedigung hätte ihr Hörvermögen beeinträchtigt. Aber nein. Und sie war auch jetzt noch von dieser Tatsache schockiert.

»Mit wem hattest du das letzte Mal Sex?«, fragte sie. Sinnlos, um den heißen Brei herumzureden. Ihr Gehirn konnte im Augenblick keine komplizierten Sachverhalte verarbeiten.

»Mit meiner Ex-Frau.«

Dazu hatte Kate circa eintausend Folgefragen. »Hast du denn seit deiner Scheidung keine Dates gehabt? Keine One-Night-Stands?« Alle Geschiedenen, die sie kannte, schliefen sich wild durch viele Betten.

»Nein.«

»Shit.«

»Jep.«

Kate konnte sich nicht einmal vorstellen, zehn Wochen lang keinen Sex zu haben, phasenweise nicht einmal zehn Tage. Aber zehn Jahre! Shit. Das erklärte auch, warum er beim ersten Mal sofort gekommen war und warum er so eingerostet gewirkt hatte. Eben erst hatte er ihr vier, fünf, sechs Orgasmen entlockt. Und sie hatten Sex in allen erdenklichen Stellungen gehabt. Er hatte einen herrlichen Körper, stark und ausdauernd.

Und der Sex mit ihm ... Oh, mein Gott.

»Und wo kam dann das her?« Sie deutete zuerst auf ihn und dann auf ihren eigenen nackten, befriedigten Körper. »Das hier.«

Er strahlte wie eine Discokugel.

»Hat es dir gefallen?« Wieder liebkoste er sie mit seinen empfindsamen Fingerspitzen. Unglaublich, aber er entdeckte Stellen, deren Berührung sie abermals erzittern ließ, küsste sie, blies über ihre Haut, biss sie.

»Ja«, piepte sie. Wie konnte es sein, dass sie schon wieder kommen wollte? Das war doch verdammt noch mal nicht normal.

»Ich habe dazugelernt«, sagte er.

Kate hörte ihn wie durch ein Rauschen. Die Dinge, die er mit ihrer Haut machte, mit ihrer Klitoris ...

»Meinst du, du hast es studiert?«, fragte sie, als seine Worte ihre Synapsen erreichten. »Wie denn?« Er musste ein sehr, sehr guter Student sein, um so schnell so viel dazuzulernen.

Mit einem hungrigen Grinsen warf Jacob sich auf sie, drückte sie in die Matratze und bedeckte sie mit seinem harten Körper.

»Lass es mich dir zeigen«, sagte er und beugte seinen Kopf zu ihrem Hals hinunter. Er küsste sie.

Kate aalte sich unter ihm und kicherte. »Hast du studiert, wie du mich auf den Hals küsst?«

Er spreizte ihre Beine, indem er seine Knie zwischen ihre Oberschenkel presste. »Das klingt, als hätte ich dir meine neuen Skills noch nicht ausführlich genug demonstriert.«

Wieder kicherte Kate. Sie wusste nicht, was sie am meisten erstaunte. Dass ihr Körper von seiner Aufmerksamkeit nicht genug bekommen konnte oder dass Jacob Grim Wörter wie *Skills* benutzte.

Sie machte einen halbherzigen Versuch, ihre Beine zusammenzupressen, aber Jacob hielt dagegen, während er sie mit seinem Blick fixierte. Kate mochte es nicht, festgehalten oder dominiert zu werden. Für sie waren Gewalt und Dominanz nicht erregend. Aber sie hatte nichts dagegen, ein bisschen zu spielen, zumindest mit Jacob. Offenbar vertraute sie diesem Mann zu einhundert Prozent, dachte sie, als sich ihre Beine, ihr Rücken und ihr ganzer Körper entspannten und ihn dazu einluden, ihre Beine noch weiter zu spreizen. Er würde nichts gegen ihren Willen tun, dessen war sie sich vollkommen sicher.

Er schenkte ihr ein herzliches und ziemlich selbstbewusstes Lächeln. Kate liebte diese Phase einer Beziehung, dieses frühe Stadium, wenn ein Mann sie so ansah wie Jacob jetzt, wenn noch keine Vorwürfe und Enttäuschungen zwischen ihnen standen, sondern nur Freude und Leidenschaft.

Jacobs geschickte Hände strichen über ihren Brustkorb. Seine Handfläche berührte flüchtig ihre Brust, und ihre Atmung beschleunigte sich und wurde tiefer. Er liebkoste behutsam eine ihrer Brüste. Sie mochte es nicht, wenn man sie hier zu hart anfasste, denn sie waren empfindlich, und sie hasste es, wenn Männer sie kneteten oder daran zerrten. Jacob hatte das schon gelernt. Sanft küsste er ihre Brustwarze, blies darüber, leckte sie und küsste sie noch einmal, ehrfürchtig, perfekt. Kate musste einfach sein Gesicht betrachten, während er sie liebkoste. Normalerweise war es anders: Sie schloss beim Sex am liebsten die Augen – sie wusste gar nicht genau, warum –, aber jetzt war sie fasziniert davon, wie fokussiert Jacob war, wie er es zu genießen schien. Mindestens genauso sehr wie sie.

Nachdem sie, unbegreiflicherweise, noch einmal gekommen

war und hinterher wie hingegossen dalag, fragte er sie mit dem Mund an ihrem Hals: »Darf ich in dich eindringen?«

»Oh ja«, murmelte sie und dachte, von ihr aus dürfe er sie vollkommen in Besitz nehmen. »Aber ich kann wahrscheinlich nicht mehr viel tun«, sagte sie entschuldigend.

»Habe ich dich zu sehr strapaziert? Du bist doch noch jung.«

»Ich bin ganz offiziell strapaziert.«

Er streifte sich ein neues Kondom über, drang in sie ein und bewegte sich langsam in ihr.

»Bist du nicht schon gekommen?«, fragte sie ihn, während sie seinen Bewegungen folgte.

»Einmal, ganz zu Anfang.«

»Tu dir keinen Zwang an«, sagte sie und umschlang ihn mit den Beinen. Sein Rhythmus wurde schneller, und sie passte sich seinen Bewegungen an.

Hinterher lagen sie reglos auf dem Bett. Kate winkte mit einer Zehe. Das war ungefähr alles, was sie noch schaffte.

»Das war mit Abstand der beste Sex, den ich je hatte. Ich glaube, es war der beste Sex, den irgendjemand jemals hatte«, murmelte sie.

Er lachte auf und nickte zustimmend. Sie konnte es an ihrer Schulter spüren.

Wenig später weckte sie ihr Telefon. Wie spät war es eigentlich? Drei Uhr nachts? Zwölf Uhr mittags? Sie hatte jedes Zeitgefühl verloren. Sie brauchte das Handy nicht einmal zu holen, um zu wissen, wer ihr geschrieben hatte.

Die Blase war geplatzt. Sie entzog sich dem neben ihr dösenden Jacob.

Sollte sie ihm von Ubbe erzählen? Vielleicht hatte er eine Idee. Er war klug. Aber warum sollte er in ihr Schlamassel mit hineingezogen werden wollen, nur weil sie fantastischen Sex hatten?

Und sich Jacob anzuvertrauen würde das Problem ja nicht lösen. Im schlimmsten Fall könnte es etwas zwischen ihnen zerstören. Denn wenn sie ihn in ihr Leben ließ, glaubte er vielleicht, er habe ein Recht, seine Meinung kundzutun, Forderungen zu stellen und Lösungen vorzuschlagen. Daran hatte sie kein Interesse. Oder sollte sie es ihm trotzdem erzählen? Sie betrachtete seine entspannten Gesichtszüge und sein verwuscheltes Haar. Nein, Jacob war ein netter Flirt, und ihre Probleme löste sie selbst. Außerdem wollte sie nicht riskieren, dass er sie verurteilte. Man konnte ja nie wissen, was die Leute dachten. Sie zog sich die Decke bis unters Kinn und verschränkte die Arme hinter dem Kopf. Neben ihr hatte Jacob leise zu schnarchen begonnen. Seine sexuellen Höchstleistungen hatten ihn offenbar entkräftet.

Sollte sie versuchen, ihre Wertgegenstände zu verticken, um sich mehr Zeit zu erkaufen? Wie viel könnte sie für die schönsten ihrer Taschen und ihren Schmuck bekommen? Und wie schnell? Oder sollte sie die Sachen lieber zum Pfandleiher bringen? Aber bekam man dort nicht nur ganz wenig Geld? Sie runzelte die Stirn. Was für ein beschissenes Durcheinander. Zum Pfandleiher gingen doch wohl nur arme Leute? Sollte sie versuchen, mit Noah von der Bank zu sprechen, einen neuen Termin vereinbaren und hoffen, dass Jacob nichts davon mitbekam? Sie war völlig blank. Wie sollte sie die ganzen Rechnungen des Clubs bezahlen? Es blieb ihr wohl nichts anderes übrig, als doch zur Polizei zu gehen. Das war das einzig Richtige, das wusste sie ja. Sie musste sich nur erst an den Gedanken gewöhnen.

»Was seufzt du denn so«, sagte Jacob neben ihr.

»Ich dachte, du schläfst«, antwortete sie.

»Was ist los? Bist du enttäuscht, weil du nur siebenmal gekommen bist?«

»Du hast also mitgezählt. Eingebildet sind wir wohl gar nicht?«

»Keine Spur. Nur sehr tüchtig. Soll ich dir etwas holen? Brauchst du etwas? Ich mache alles, was du willst, solange ich keinen Finger rühren muss.«

»Du hast schon genug für mich getan«, sagte sie und ließ ihren Blick über seinen Körper gleiten. Der war toll. Richtig toll. Und Jacob war heute wirklich derjenige gewesen, der am meisten gegeben hatte.

»Soll ich dir einen blasen?«

Er riss die Augen auf. »Wie bitte?«

»Wie höflich. Du musst nicht Ja sagen«, sagte sie, denn sie war überzeugt, dass Männer und Frauen sich in vielerlei Hinsicht ähnelten. Manchmal wollte man Sex, manchmal nicht. Wenn Jacob lieber schlafen wollte, statt noch mehr Sex zu haben, würde sie es nicht persönlich nehmen.

»Ein verlockendes Angebot. Müsste ich mich dafür bewegen?«

Statt einer Antwort umschloss sie ihn mit der Hand. Er war nicht hart, aber auch nicht ganz schlaff. »Ich will dich tief in meinen Mund nehmen und fest saugen, dann sehen wir weiter.« Sie glitt nach unten und schloss ihre Lippen um ihn. Er wurde schnell hart, und Kate konzentrierte sich vollkommen aufs Lutschen, um ihm zu zeigen, dass sie mindestens genauso großzügig und einfallsreich sein konnte wie er. Und vielleicht auch, um den ganzen anderen Mist zu vergessen.

# ~ 25 ~

Ein paar Tage danach war Jacob immer noch voller Freude. Er war ein Superheld, und eines war einfach nicht zu leugnen: Sex erhöhte das Wohlbefinden. Das hatte die Menschheit immer schon gewusst. Er selbst natürlich auch, auf einer rein intellektuellen Ebene, aber etwas zu wissen und es zu erleben waren zwei ganz verschiedene paar Schuhe. Jetzt wusste er Bescheid.

Sogar die Arbeit ging ihm leichter und rascher von der Hand, aber seine Freude schwand, als sein Telefon klingelte.

*Amanda: Wir sind zwischen den Jahren in Stockholm.
Können wir uns treffen?*

Das war das Letzte, was er wollte: seine Ex-Frau treffen. Er konnte sich nicht einmal dazu überwinden, ihr zu antworten.

»Ich gehe mal kurz in die Stadt, Weihnachtsgeschenke kaufen«, sagte er stattdessen zu Noah, der aufgetaucht war, während Jacob rasch seinen Computer herunterfuhr und Brieftasche und Handy einsteckte.

»Was willst du kaufen?«, erkundigte sich Noah.

»Etwas für meine Nichten.« Er musterte den jungen Mann. Noah hatte keine Ahnung, was er in Gang gesetzt hatte, und Jacob wollte es dabei belassen. Erstaunlich, was sich unter einer Fassade verbergen konnte.

Mit einem freundlichen Gruß verließ er eilig das Büro. Er

hatte keine Lust, über Amanda und ihren Wunsch, ihn zu treffen, nachzudenken. Das tat ihm weh, und er wollte lieber weiter gute Laune haben. Er überquerte den Norrmalmstorg, bog in die Biblioteksgatan ein und kam am *Kate's* vorbei. Der Club war geschlossen, natürlich. Keine Schlange, keine Türsteher, nur ein anonymer Eingang. Er fragte sich, ob Kate dort drinnen saß und sich über ihren Laptop beugte oder gerade mit ihrem Personal diskutierte. Vor dem Schaufenster der Buchhandlung in der Sturegallerian blieb er stehen. Der Laden war gut besucht, aber er ging trotzdem hinein und blätterte in Büchern, während die anderen Kunden um ihn herum drängelten. Die Biografie einer internationalen Nachtclubikone weckte sein Interesse. Es war ein prachtvoller und kostspieliger Band mit vielen Farbfotos, und er fragte sich, ob das Buch Kate gefallen würde. Aber er wusste nicht einmal, ob sie Biografien las, und er wollte nichts kaufen, was sie nicht mochte, so jemand wollte er nicht sein. Und außerdem waren sie nicht zusammen, wie er sich ins Gedächtnis rief. Ein Geschenk würde vielleicht etwas zwischen ihnen zerstören, sie war extrem unabhängig und ironisch belustigt von seinen altmodischen Höflichkeiten. Das mochte er an ihr. Allerdings war sie nicht besonders ironisch gewesen, als er sie zum Höhepunkt gebracht hatte. Er grinste selbstzufrieden, als er sich daran erinnerte. Er beschloss, ihr kein Geschenk zu kaufen, verließ die Buchhandlung und betrat die angrenzende Einkaufspassage. Dort kam er an einem Geschäft für Kinderkleidung vorbei, das ihm vorher noch nie aufgefallen war, und ging hinein, ließ seinen Gedanken freien Lauf und dachte darüber nach, was Jennifers Kindern gefallen würde. Keine Kleidung, dessen war er sich sicher, während er eine Strickjacke befühlte. Welches Kind wollte schon weiche Pakete bekommen? Plötzlich musste er an Olivia denken. Sie war wie ein schwarzes Loch in seinem Herzen.

Ein junges Paar betrat den Laden. Sie hatten ein Kind dabei, ein Mädchen in adrettem Mantel und mit Schnürstiefeln. Jacob wandte sich ab. Schaute wieder hin. Das Mädchen erinnerte ihn an Olivia. Die gleichen runden Wangen und das gleiche helle dünne Haar, das im Nacken immer verfilzte. Das Mädchen sah traurig aus, das sah er, obwohl er nicht hinschauen wollte. Die Eltern stritten sich wegen irgendetwas, wie Eltern das oft taten, mit bösen Blicken, unterdrückten aggressiven Bewegungen und spitzen Bemerkungen. Das Mädchen umarmte ein Kuscheltier. Jacob erinnerte sich daran, wie Amanda und er sich angebrüllt hatten, in jenen schrecklichen Wochen, während ihre Tochter immer verängstigter, stummer und verzweifelter wurde und sie alles zerstörten, was sie gehabt hatten. Er hatte vorher nicht einmal gewusst, dass er so wütend werden konnte.

Die Luft in dem Laden war zum Schneiden. Jacob wischte sich den Schweiß von der Stirn.

»Kann ich Ihnen helfen?«, erkundigte sich eine Verkäuferin.

Alle in diesem Geschäft waren freundlich, außer den Eltern. Sie stritten sich weiter und zogen die allgemeine Aufmerksamkeit auf sich, während Jacob wie angewurzelt dastand, die eine Hand in der Tasche, die andere auf den Kassentresen gestützt. Er wollte sie zurechtweisen, aber es fiel ihm schwer, sich zu konzentrieren. Als er Luft holen wollte, schnürte ihm etwas die Brust ab. Sein Mantel zog ihn zu Boden. Er schwitzte, und ihm war übel. Er schluckte und schluckte, um sich keine Blöße zu geben. Er wollte sich nicht übergeben. Er zerrte an seinem Krawattenknoten, der bombenfest saß. Leute rempelten gegen ihn. Das Kind sah ihn an. Mit großen Augen. Jetzt zitterte seine Hand am Tresen. Oder war es die Erde, die bebte? Schwer zu sagen. Es klang, als arbeite jemand neben ihm mit einem Schlagbohrer, aber außer ihm schien niemand etwas davon zu merken. Er musste sich hinsetzen. Die Übelkeit nahm zu. Hatte er eine Lebensmittelvergiftung? War er dabei, verrückt zu werden? Sollte er so enden, gerade, als sich alles zum Guten zu wenden schien? Bekam er Schaum vor dem Mund und begann zu schreien und endete in der Psychiatrie? Drehte er mitten in der Sturegallerian komplett durch?

Jacob trocknete sich die Oberlippe. Mit bebenden Händen griff er nach seinem Handy und starrte es mit trübem Blick an. Schweiß rann ihm in die Augen. Er musste jemanden anrufen. Aber er wollte seine hochschwangere Schwester nicht behelligen, sie nicht beunruhigen. Benjamin kannte er nicht gut genug. Und um seine Eltern anzurufen, war er wohl doch zu alt? Sie würden sich schreckliche Sorgen machen, das konnte er ihnen nicht antun. Mit wachsender Panik suchte Jacob nach der Nummer seines Arztes. Warum fand er sie nicht? Seine Finger waren zittrig. Warum hatte er seinen Arzt nicht unter Favoriten abgespeichert? Der Name Kate Ekberg sprang ihm ins Auge. Wie ein Leitstern in der Nacht. Kate. Er würde Kate anrufen. Die besonnene, sorglose, toughe Kate. Er wischte sich den Schweiß von der Stirn, während es klingelte.

»Jacob?«

»Mir geht es nicht gut«, brachte er hervor. Jetzt fühlte sich sein Schlips wie ein Henkerstrick an. Er war in Schweiß gebadet, seine Lungen wurden zusammengepresst, er bekam keine Luft und klang jämmerlich. Heiser und schwach. Er hätte lieber die 112 anrufen sollen. Es flimmerte ihm vor Augen, und er merkte, dass er ohnmächtig wurde. Oder starb. Was, wenn er einfach zusammenklappte, während er mit ihr telefonierte? Wie peinlich.

»Wo bist du?« Kates Stimme war klar und fest und durchschnitt seine Angst wie ein japanisches Fleischmesser. Eine Frau, die nicht bei jeder Schwierigkeit gleich einknickte. Er schämte sich, weil er sie belastete. Sie hatten zusammen Sex und Spaß, keine Beziehung, nichts Ernstes, und dann kam er und zerstörte alles, indem er sich wie eine elendige Klette aufführte.

»Sturegallerian. Aber ich brauche Luft.«

»Schaffst du es raus zum Svampen?«

»Ja«, krächzte er, obwohl er sich nicht sicher war, ob er auch nur einen einzigen Schritt tun, geschweige denn zu dem Betonpilz mitten auf dem Stureplan hinauslaufen konnte.

»Dann geh, ich bin gleich da.«

»Aber du brauchst nicht ... ich wollte nur ...« Er zitterte am ganzen Leibe. Er würde tatsächlich sterben. Es war bestimmt das Herz, es fühlte sich an, als würde es seine Rippen sprengen. Oder war dies ein weiterer Zusammenbruch? Wurde er jetzt ernsthaft geisteskrank? Das war fast noch schlimmer als der Gedanke ans Sterben.

»Kate«, sagte er und wusste nicht einmal, was er eigentlich sagen wollte. Es spielte auch keine Rolle.

»Ich bin unterwegs.«

Irgendwie schaffte Jacob es, sich durch den weihnachtlichen Trubel zu zwängen, durch die Sturegallerian und hinaus an die frische Luft. Er war in Schweiß gebadet, zitterte, und ihm war speiübel, als er den Pilz erreichte und sich dagegenlehnte. Die Luft war eiskalt an seinem verschwitzten Gesicht.

Dann sah er Kate, die in hochhackigen Stiefeln, mit wehenden Haaren und in einem weißen Wollmantel über den Fußgängerüberweg in der Biblioteksgatan eilte. Wie ein Engel, dachte er wirr. Sie wirkte besorgt. Er hasste es, wenn die Leute ihn mit Sorge betrachteten. Er hasste es zutiefst.

Jacob zwang sich, seine Stütze zu verlassen, sich gerade hinzustellen und sich auf sie zu konzentrieren.

»Entschuldige bitte, Kate.« Er strengte sich an, stark zu klingen, aber ihrem Gesichtsausdruck nach zu urteilen, gelang es ihm nicht. Sie hatten keinerlei Ansprüche an den anderen. Er hätte lieber seine Schwester anrufen sollen. Oder irgendjemand anders, nur nicht Kate.

»Entschuldige dich nicht. Was ist passiert?«

»Ich weiß nicht. Es hat sich angefühlt, als würde ich ...« Er machte eine vage Geste. Das Allerschlimmste war vorüber, und jetzt schämte er sich noch mehr.

»Hast du das früher auch schon einmal gehabt?«

»Nein.«

»Soll ich den Notarzt rufen?«

»Es fühlt sich schon besser an, jetzt, wo du hier bist.«

»Wird es schlimmer, wenn du dich bewegst?«

»Nein.«

»Hast du Schmerzen? Also, starke Schmerzen?«

Er spürte in sich hinein. »Nein«, bekannte er.

»Ich bin zwar keine Ärztin, aber ich habe schon viele Panikattacken gesehen.«

»Es hat sich aber wie etwas Schlimmeres angefühlt«, sagte er. Könnte es sein, dass es bloß Angst gewesen war? Wie albern.

»Ja, Jacob, es fühlt sich schrecklich an, aber es ist nicht gefährlich.«

»Es könnte auch das Herz sein?« Jetzt wünschte er sich fast, dass es eine »richtige« Krankheit wäre.

»Vielleicht.« Aber sie schien nicht überzeugt. »Lass uns mal ein Stück gehen.«

Jacob hätte sich am liebsten auf die Erde gelegt, aber er folgte ihr. Sie steuerte auf den nächsten Park zu.

»Besser?«, fragte sie nach einer Weile.

»Ja.«

»Wenn es das Herz wäre, hätte die Bewegung es schlimmer gemacht.«

»Das war ein Risiko.«

»Vermutlich. Willst du darüber sprechen?«

Jacob schüttelte heftig den Kopf. Bloß nicht. Er wollte nur vergessen. Er atmete tief ein und wurde zunehmend stabiler, auch wenn er sich fühlte, als hätte sein Körper einen Marathon durchgestanden. Er war von kaltem Schweiß bedeckt, überempfindlich und völlig erledigt.

»Sollen wir uns irgendwo hinsetzen und etwas trinken?«

Unbedingt.

## ~ 26 ~

»Du meinst also, dass Austern gut sind für einen Mann, der eben beinahe gestorben wäre?«

»Pah. Du bist nicht gestorben. Und ich liebe Austern, du etwa nicht?«

Jacob trank von dem strohtrockenen Champagner, den er bestellt hatte, um zu feiern, dass er nicht auf dem Stureplan zusammengebrochen und gestorben war. Er war immer noch aufgewühlt. Er zwang sich, eine Auster zu probieren. Sie schmeckte nicht ganz so widerlich, wie er es in Erinnerung hatte, aber auch nicht gerade köstlich. Er trank vom Champagner, um den Geschmack der Austern hinunterzuspülen.

»Es ist nicht meine erste Wahl«, sagte er diplomatisch.

Sie unterbrach ihr Schlürfen. »Du magst keine Austern und keine Nachspeisen. Sonst noch was?«

Er hatte sich selbst nie als Person gesehen, die viele Dinge nicht mochte, aber sie hatte recht. »Safran«, räumte er widerstrebend ein.

»Aber Jacob.«

»Gibt es nichts, was du nicht magst?«

Sie schien nachzudenken und schüttelte dann den Kopf. »Nein, ich bin nicht wählerisch.« Sie nahm sich eine Auster und verschluckte sie mit glänzenden Augen. »Lecker«, sagte sie zufrieden. Sie aß sie pur, während Jacob sich sechs zubereitete bestellt hatte.

Er betrachtete seinen Teller. Unfassbar, dass jemand so etwas essen konnte, wenn man auch normales, gekochtes Essen haben konnte, das nicht aus Schleim bestand. »Danke, dass du so schnell gekommen bist.«

»Sieht so aus, als würde ich bei dir immer schnell kommen.« Sie lachte, schluckte eine Auster hinunter und wischte sich den Mund ab. »Und, was machst du in der Stadt? Abgesehen davon, Panikattacken zu bekommen, meine ich.«

Sie wischte sich die Finger an einem feuchten Tuch ab und leerte dann ihr Glas zur Hälfte. Sie machte eine entschuldigende Grimasse in seine Richtung. »Entschuldige, aber ich habe Hunger und Durst. Zum Mittagessen hatte ich nur einen Salat, das ist kein richtiges Essen.« Sie schüttete noch eine Auster in sich hinein, während Jacob dachte, dass Austern auch nicht besser waren als Salat. »Willst du deine nicht?« Kate blickte lüstern auf seine Austern mit Kaviar und gebräunter Butter.

»Greif zu«, sagte er. »Du nimmst meine Nahtoderfahrung auf die leichte Schulter. Haben wir wirklich beschlossen, dass es sich nur um eine Panikattacke gehandelt hat?«

»So habe ich das nicht gemeint. Aber ja, wenn es das Herz gewesen wäre, wärst du jetzt tot, oder was glaubst du?« Sie schenkte ihm ein unbekümmertes Grübchenlächeln. »Und das? Was hast du damit vor?« Sie zeigte auf eine Auster mit Västerbottenkäse und Knoblauchbutter.

Jacob schob ihr seinen Teller hinüber.

»Wie überaus tröstlich, dass es nicht das Herz war«, sagte er trocken. Aber vielleicht hatte sie recht. In all den Jahren in der dekadenten Welt der Nachtclubs hatte sie bestimmt schon Hunderte Menschen mit Panikattacken, Anfällen oder Paranoia erlebt. »Meine kleine Schwester hat zwei Töchter. Ich wollte ihnen Weihnachtsgeschenke kaufen.«

Sie schlürfte die letzte Auster in sich hinein, atmete aus, lehnte sich zurück und legte die Hände auf den Bauch. »Hammerlecker.«

»Dessert?«, fragte er. Sie hatte sich in null Komma nichts ein Dutzend Austern einverleibt.

»Danke, aber nicht jetzt. Ich möchte den Nachgeschmack genießen.« Sie holte ihren Lippenstift aus der Tasche und zog ihre Lippen nach.

In Jacobs Welt machte man so etwas nicht bei Tisch, aber ihm gefiel alles, was sie tat. Wie sie Austern schlürfte, Lippenstift auflegte und unbekümmert mit Panikattacken umging. Vielleicht, weil es ihn nicht direkt betraf, weil sie nicht zusammen waren, weil er keine Gefühle für sie hatte. Das stimmte nicht so ganz, wisperte eine hartnäckige Stimme in seinem Kopf, aber er befahl ihr, die Klappe zu halten und die Dinge nicht mehr als nötig zu verkomplizieren.

»Musst du zurück zur Arbeit?«, fragte er. Jetzt, wo alles vorüber war, fühlte er sich so lebendig wie lange nicht mehr. Seine Adern mussten voller Endorphine sein. Sein Herz schlug ruhig und gleichmäßig. Das Leben war doch ziemlich wunderbar.

Kate warf einen Blick auf ihr Handy. »Noch nicht«, sagte sie. »Mein Team arbeitet völlig eigenverantwortlich, manchmal glaube ich, dass sie mich überhaupt nicht brauchen. Musst du zur Arbeit?«

»Nein«, beschloss er spontan. Er schickte seinem Assistenten rasch eine Nachricht, dass ihm etwas dazwischengekommen und er nach Hause gegangen sei, und ließ sich von dem Gefühl, seine Pflichten zu vernachlässigen, mitreißen. Es fühlte sich aufregend an, tragischerweise. Er musste rebellischer werden.

»Möchtest du noch etwas trinken?«, fragte er hoffnungsvoll,

denn er wollte seine Zeit mit ihr verbringen, jetzt, wo er eine neue Laufbahn als Rebell eingeschlagen hatte.

»Jetzt nicht, aber vielleicht später noch ein Gläschen? Willst du Gesellschaft beim Weihnachtsgeschenkeaussuchen? Mit Kindern kenne ich mich nicht aus, aber ich kann deine Shoppingbegleiterin sein. Shoppen kann ich nämlich«, sagte sie selbstsicher. Sie versprühte Leben und Freude, und er war zufrieden, solange er bei ihr sein durfte.

»Ich bin ein Rebell«, verkündete er.

»Klar bist du das.«

»Da war ein Kind, das meine Panik ausgelöst hat«, erklärte Jacob, während er ein rosa Regal mit Barbiepuppen betrachtete. Sie waren in der Spielwarenabteilung von NK, umgeben von Spielsachen in knalligen Farben. »Sie sah Olivia, meiner Tochter, nicht einmal ähnlich. Aber trotzdem. Es hat mich einfach überwältigt.« Er nahm einen knallrosa Karton in die Hand, stellte ihn dann aber wieder zurück. Amandas Nachricht erwähnte er nicht, er wollte nicht zu viel über das nachdenken, was geschehen war, denn das ertrug er nicht.

Kate hörte zu, sagte aber nichts. Sie schien ihn zu verstehen, und das, was er erzählte, brachte sie weder aus der Fassung, noch machte es sie ernsthaft traurig. Das fühlte sich angenehm an.

Er hielt ein Puzzle hoch, über das Kate die Nase rümpfte.

»Was ist daran falsch?«, fragte er. Bis jetzt hatte sie jedes einzelne pädagogische Spielzeug, das er vorschlug, schlechtgemacht. »Bist du keine Feministin und gegen geschlechterstereotype Spielsachen?«, sagte er, denn so erklärte Jennifer das.

»Ich bin Feministin, aber mal ehrlich, wer will schon Puzzles?« Sie nahm ein teures, naturgetreues Kuscheltier vom Regal, einen Schäferhund. »Wenn man auch einen Hund haben kann.

Ich liebe Hunde. Von so einem habe ich immer geträumt. Oder guck mal hier.« Sie griff nach einem grotesken Schmuck-Set in schreienden Farben und betrachtete es mit leuchtenden Augen. »Guck mal! Das hätte ich mir zu Weihnachten gewünscht, als ich klein war. Aber meine Oma war immer für praktische Dinge, wie Unterhosen und Fausthandschuhe. Etwas zu schenken, nur weil es schön war, kam in ihrer Welt nicht vor.«

Jacob schluckte das Gefühl, das in ihm aufstieg, hinunter. Man sah ihr überhaupt nicht an, dass sie so eine ärmliche Jugend gehabt hatte. Oder vielleicht war es gerade das, was sich in ihrem Lebenshunger und ihrem bissigen Humor ausdrückte und ihrer energischen Art, das Leben anzupacken. Sie betrachtete lüstern die Schmuckstücke in der bunten Verpackung. Vielleicht war es das, wovon die achtjährige Kate geträumt hatte. Jacob wiederum hatte Chemiebaukästen und Bücher über Roboter gemocht. Ja, er war ein Nerd gewesen, und zwar lange bevor das als cool galt. Aber er hatte das bekommen, was er sich wünschte, jedes Jahr. Das hatte Kate nicht.

Es endete damit, dass Jacob sowohl den Schäferhund als auch das bizarre Schmuckset kaufte, aber auch noch zwei Holzpuzzles mitnahm, obwohl Kate so tat, als müsse sie sich darauf übergeben.

»Hör auf. Meine Schwester wird mich sowieso schon zur Schnecke machen«, sagte er und stieß sie spielerisch in die Seite. Jennifer sähe es am liebsten, wenn die Mädchen Unisexspielsachen bekämen, damit sie nicht von klein auf in irgendwelche Rollenbilder gezwungen wurden, und noch etwas anderes, das er vergessen hatte. Grundsätzlich teilte er zwar ihre Ansicht, aber aus irgendeinem Grund machte es viel mehr Spaß, Plastik mit Glitter und maßlos überteuerte Kuscheltiere zu kaufen. Er beschloss, den Mädchen auch noch Fußballschuhe zu schenken.

Um seine nichtfeministischen Einkäufe auszugleichen. »Darf ich dich jetzt auf einen Drink einladen, als Dank für deine Hilfe?«

»Das darfst du«, sagte sie gnädig.

Im Foyer-Café bestellte er zwei Gläser Pol Roger. Kate nippte an dem eisgekühlten Drink, schloss die Augen und stöhnte wollüstig. Jacob hatte noch nie jemanden getroffen, der Champagner so liebte wie sie.

Mit ihrer Hand verbarg sie einen kleinen Rülpser. »Mehr Champagner gibt es für mich jetzt aber nicht. Du führst mich auf Abwege.«

»Magst du das nicht?«

»Ich würde sagen, ich habe sowohl mit Worten als auch ohne Worte gezeigt, wie sehr mir gefällt, wohin du mich führst.« Sie tauchte die Zunge in den Champagner und fuhr sich dann mit einer rosa Zungenspitze über die Oberlippe. Er schluckte.

»Das zwischen uns kommt sehr überraschend«, sagte sie. »Erzähl mir mehr darüber, wie du gebüffelt hast, um gut im Bett zu werden.« Sie beugte sich über den Tisch und betrachtete sein Gesicht.

Er hob seine Hand und strich mit einem Finger über ihre Wange. »Ich wollte ein guter Liebhaber sein, und mir war klar, dass ich das nicht bin, also habe ich es geändert«, sagte er einfach.

Die Luft zwischen ihnen knisterte angenehm, ein unaufhörliches, leises Sirren. »Machst du so etwas häufig?«

Jacob ließ seine Hand auf die Tischplatte sinken. Sie legte ihre daneben.

»Du meinst, alles über die Klitoris, den G-Punkt und Orgasmen lernen?«, fragte er leise, wobei er seinen kleinen Finger an ihren legte.

»Dich verbessern.«

»Nur wenn es um …« Jacob hätte beinahe *dich* gesagt, stockte aber, »Sex geht«, sagte er stattdessen. Und fuhr fort: »Ich habe mich lange Zeit so klein gefühlt, nicht wie der, der ich sein wollte. Es war höchste Zeit, mein eigenes Schicksal, mein Leben in die Hand zu nehmen. Klingt das hochtrabend?«

»Du mit deinen komplizierten Wörtern. Es klingt klug, dass du beschlossen hast, dich nicht von deiner Vergangenheit bestimmen zu lassen.« Sie verstummte, als seien diese Worte auch für sie persönlich von Bedeutung. Vielleicht wollte Kate ebenfalls ihre Vergangenheit hinter sich lassen? Dann erhellte sich ihre Miene, als hätte sie sich die schwierige Frage beantwortet. Der Champagner, oder etwas anderes, verlieh ihrer Haut einen rosa Schimmer. Sie wirkte jung und keck und gleichzeitig erwachsen und gefährlich. Eine Frau, die die Verantwortung für ihr eigenes Leben übernahm und die er zigmal zum Höhepunkt gebracht hatte. Sofort begann sein Blut zu sieden.

»Tja, ich beschwere mich nicht.« Sie schob ihr Bein zwischen seine Beine und presste ihr Knie an seinen Oberschenkel, wie um ihren Worten Nachdruck zu verleihen. »Und, bist du fertig mit Lernen?«

Er konnte sie überall spüren. Unter dem Tisch, an seinem Schenkel. Ihre Hand und ihre Haut. Ihren dunklen Blick. »Nein, ich glaube, damit ist man niemals fertig«, sagte er heiser. Er war weit davon entfernt, ein Sexgott zu sein. Ihre fantastische Nacht war mindestens zu einem ebenso großen Teil ihrem Zusammenspiel zu verdanken. Kates Reaktion hatte ihm Selbstvertrauen gegeben. Zusammen mit ihr war er gut.

»Menschen bringen mich selten zum Staunen, aber du erstaunst mich, Jacob Grim.«

»Freut mich, dass ich dich einmal kurz aus der Fassung bringen konnte. Mir wird nämlich in deiner Nähe meist schwindlig.«

Sie betrachtete ihn lange, als sähe sie sich in seinem Kopf um. »Mache ich dich jetzt nervös«, fragte sie schließlich und bewegte ihr Knie unter dem Tisch.

»Du machst mich immer nervös«, antwortete er aufrichtig.

Sie schmunzelte. Ihre schrägen Augen funkelten ihn an, und er hatte wieder dieses Schwindelgefühl. »Angenehm nervös oder unangenehm nervös?«, fragte sie und legte unter dem Tisch eine Hand auf sein Knie.

»Ich würde sagen halbe-halbe.«

Sie warf den Kopf in den Nacken und lachte laut. Jacob lächelte. Kate zum Lachen zu bringen war beinahe genauso befriedigend, wie sie zum Höhepunkt zu bringen.

Als sie sich erhoben und die Bar verließen, waren beide beschwipst. Kates Wangen hatten eine hübsche rosa Farbe angenommen, und Jacob hätte gern ihre Hand genommen. So begnügte er sich damit, sie hin und wieder zu streifen, während sie sich durch den Weihnachtsrummel drängten. Auf dem Weg nach draußen kamen sie an der erst kürzlich eröffneten Hermès-Boutique vorbei, und Kate verlangsamte ihre Schritte.

»Möchtest du reingehen?«, fragte er.

»Egal, wie erwachsen ich werde, in schicken Boutiquen fühle ich mich immer noch wie eine Landpomeranze«, flüsterte sie, nachdem der bullige Türsteher sie vorbeigelassen hatte.

»Ehrlich?« Sie sah aus, als könne sie wirklich jedes Geschäft betreten und sich vom gesamten Personal bedienen lassen. Aber ihre Persönlichkeit war komplexer, das wusste er ja bereits. Hinter der fröhlichen Fassade verbarg sich eine Frau, die es schwer gehabt hatte. Sie war tough, aber verletzlich, hart, aber empathisch.

Sie bewunderte die Seidentücher, die sie umgaben. Einen Schal in satten, bunten Farben befühlte sie etwas länger. Ihre

Farben: Schwarz, Dunkelblau, Gold. Er sah Kronen, goldene Schmetterlinge und Amazonen.

»Gefällt er dir?«, fragte er.

»Er ist aus Seide, eigentlich total unpraktisch. Flecken gehen nie wieder raus, und er verträgt keinen Regen. Aber sie sind wunderschön. Und sie haben alle einen Namen. Schau. Dieser hier heißt *Königin der Nacht*.«

»Jacob? Jacob Grim? Bist du es?«

Jacob fuhr herum und wusste sofort, dass ihn nichts Gutes erwartete.

Eine Frau, die beide Hände voller Tüten hatte, sah ihn an. Er erkannte sie vage wieder und versuchte, sich an ihren Namen zu erinnern. Sie war keine Kundin aus der Bank, sondern eine Bekannte. Sie hatte sowohl Amanda als auch ihn gekannt, sie hatten in denselben Kreisen verkehrt. Dorotea? Nein, Dorthe.

Ihre Blicke waren wie Dolche. Er nickte ihr kurz und reserviert zu und hoffte, dass sie weitereilen würde.

Dorthe pflanzte sich vor ihm auf. »Wir haben uns lange nicht gesehen. Wie geht es dir? Du warst ja völlig am Ende.«

»Danke, Dorthe. Es geht mir jetzt wieder gut. Und du? Wie geht es dir?«

»Das freut mich, dass es wieder aufwärts gegangen ist. Schlussendlich.«

Damals, als es passierte, hatten die Leute ihm den Rücken gestärkt. Sie waren aber auch ein wenig ungläubig gewesen. Wie konnte es sein, dass er so gar nichts geahnt hatte? Und war es nicht doch ein *bisschen* seltsam, dass er nicht darüber hinwegkam? Ständig ließen sich Menschen scheiden. Auch Dorthe, wenn er sich recht erinnerte.

»Ja, das ist alles lange her. Ich muss …«, versuchte er, das Thema zu wechseln.

Aber sie unterbrach ihn. »Ich kann immer noch nicht fassen, wie das geschehen konnte. Niemand kann das. Du Ärmster.«

Kate stand schweigend daneben. Jacob zerrte an seinem schon vorher misshandelten Schlips. Die Griffe der Taschen, die er trug, schnitten ihm in die Handflächen, und ihm wurde warm. Er hätte sich nicht umdrehen sollen.

»Danke der Nachfrage, Dorthe. Mir geht es wirklich gut. Ich möchte nicht …«

»Entschuldige, aber ich muss dich fragen … ist das nicht …?«, unterbrach Dorthe ihn abermals. Sie starrte Kate unverhohlen an. Jacob trat einen Schritt vor und machte sich breit, um Kate vor dieser engherzigen böswilligen Person aus seinem früheren Leben zu beschützen.

Kate sagte immer noch nichts, aber er spürte, wie sich etwas in ihr zusammenbraute. Sein Unbehagen wuchs. War Kate sauer? Hätte er sie einander vorstellen sollen? Aber er wollte sie nicht mit dieser grässlichen Frau bekannt machen. Dorthe drückte sich an ihm vorbei, lüstern und zielstrebig, wie ein Raubtier, das eine geschwächte Beute witterte.

»Du bist es tatsächlich«, entfuhr es ihr, als wäre Kate eine Art Freak. Dorthe warf Jacob einen vielsagenden Blick zu. »Habe ich etwas verpasst? Seid ihr zwei *zusammen*?« Ihr Blick wanderte zwischen ihnen beiden hin und her, und er meinte geradezu sehen zu können, wie sich die Zahnräder in ihrem boshaften Hirn drehten. Wie sie loslief, alle anrief, die sie kannte, und etwas sagte wie: »Rate, wen ich getroffen habe! Den armen, am Boden zerstörten Jacob Grim. Genau den. Mit *ihr*, der Frau mit dem Nachtclub, du weißt schon, wen ich meine.«

Ihm lief es kalt über den Rücken. »Wir müssen gehen«, sagte er schroff, während Kate seinen Arm ergriff und sich eng an ihn schmiegte.

»Nein, Jacob und ich sind nicht zusammen«, sagte sie in einem Ton, den er noch nie gehört hatte. Sie drückte sich an ihn, und es fühlte sich an, als ob sie ihn stützte und etwas von ihrer Stärke auf ihn übertrug.

»Wir schlafen nur miteinander. Ich kann einfach nicht genug von ihm bekommen, weißt du. Er ist der beste Liebhaber, den ich je hatte. Einfach fantastisch.«

Jacob blinzelte. Der Subtext war klar und deutlich: Jacob ist kein armes Würstchen.

Dorthe fiel der Kiefer herunter, aber sie brachte kein Wort hervor.

Kate streichelte Jacobs Arm und lächelte, aber er konnte mit seinem ganzen Wesen den Stahl in ihr spüren. Sie war auf seiner Seite.

Dann plusterte Kate sich in ihrem Mantel auf, warf den Kopf in den Nacken, und er konnte buchstäblich fühlen, wie sie all ihr Charisma einschaltete. Laut und deutlich sagte sie: »Durrte, oder wie du heißt, du hast doch sicher noch andere Leute, die du mit deinen geschmacklosen Fragen und unverschämten Sticheleien drangsalieren kannst. Wir wollen dich nicht aufhalten.«

»Aber, aber ...«, stammelte Dorthe.

Jacob musste beinahe lachen.

»Ciao.« Kate zog Jacob hinter sich her durch die Eingangstür und blieb erst stehen, als sie draußen waren. Sie bürstete ihm ein wenig Schnee vom Mantel. »Was für eine grässliche Frau«, sagte sie mit Nachdruck.

Er versuchte, ihr Gesicht zu lesen. »Bist du wütend? Auf sie?«

»Natürlich bin ich wütend. Sie war unverschämt. Sie kann froh sein, dass ich sie nicht geschubst habe.«

»Du hast mich verteidigt.« Er lächelte so breit, dass die Haut auf seinen Wangen spannte. Kate Ekberg hatte für ihn gekämpft. Für ihn. Wie eine Löwin. Wie eine Königin.

Kate warf den Kopf in den Nacken. »Sie hat mich provoziert. Und wir sind doch ein Team, du und ich?«

»Danke«, sagte er.

Sie legte ihm eine Hand an die Wange. »Anytime.«

Er wünschte, er könnte mit Worten ausdrücken, wie gut sich das anfühlte.

»Ich muss jetzt leider zurück zur Arbeit«, sagte sie dann mit Bedauern. »Nanna und Parvin, meine engsten Mitarbeiterinnen, und ich haben einen Termin mit einem IT-Unternehmer. Er will unsere Lichtshow sponsern. Das ist einer von denen, die du mir vorgestellt hast, und jetzt wollen wir ihm ein wenig Honig um den Bart schmieren. Ich habe zu danken. Wir stehen uns gegenseitig bei, Jacob.«

»Ich begleite dich, wenn ich darf.«

Und da sie nichts gegen seine Gesellschaft einzuwenden hatte, begleitete er sie bis zum *Kate's*.

»Vielen Dank für den schönen Tag«, sagte er und wartete noch, bis sie durch die Tür glitt und ihr Nachtclub sie verschluckt hatte.

Dort blieb er stehen. Er hatte eine Panikattacke überlebt. Er hatte Champagner getrunken, Austern probiert, Weihnachtsgeschenke gekauft und eine Frau aus seiner Vergangenheit erduldet, und das alles hatte er Kate Ekberg zu verdanken. Resolut ging er zu Fuß zurück zu NK und kaufte den Schal von Hermès, den sie so bewundert hatte. Während die Verkäuferin das dramatische Seidentuch in einen viereckigen Karton legte, den sie umständlich mit braunen Bändern verknotete, redete er sich ein, dass er Kate dieses Geschenk machte, um sich bei ihr zu bedanken, und nicht, weil er ein bisschen in sie verliebt war. Er bezahlte den astronomischen Preis, nahm die berühmte orange Tüte und schlenderte mit all seinen Geschenken nach Hause, wobei er leise vor sich hin summte.

# ~ 27 ~

»Wie läuft es mit diesem Mann, den du kennengelernt hast?«, erkundigte sich Betty, während sie die Strümpfe in dem bestimmt schon hundert Jahre alten Weidenkorb sortierte, den Kate für sie aus der Waschküche hochgetragen hatte. Das Rauf- und Runterschleppen von Schmutzwäsche, Waschmittel und sauberer Wäsche aus dem Keller des Mietshauses war ein gutes Workout. Besonders, da Kate dort unten ein ganz kleines bisschen Angst hatte und sich einbildete, dass es da Zombies oder Gespenster gab, weshalb sie schon mehrmals die Treppe hochgerannt war, während ihr das Herz bis zum Halse schlug. Aber sie mochte es, vormittags in Bettys Küche zu sitzen und gemeinsam die Wäsche zu sortieren. Und bisher war sie allen Zombieattacken entkommen.

Kate hängte Hosen und Pullis auf samtbezogenen Bügeln über eine von Bettys Türen. Ein Bügeleisen stand bereit, und sie wollte bei der Gelegenheit auch gleich ein paar ihrer eigenen Blusen bügeln.

»Dir entgeht so leicht nichts, das muss ich sagen. Wir verstehen uns ganz ausgezeichnet, dieser Mann und ich.«

»Und wenn du verstehen sagst, meinst du Sex?« Bettys Stimme klang hoffnungsvoll.

Kate sah auf das Bügelbrett hinab und lächelte. »Ja, Betty, wir haben Sex.«

»Guten Sex?« Bettys Augen leuchteten.

»Sehr guten.«

Betty legte den letzten Strumpf in den Korb und trug ihn weg. »Ich vermisse Sex«, sagte sie sehnsüchtig, als sie wiederkam. Sie öffnete den Kühlschrank.

»Ich verstehe, dass du das vermisst. Wie läuft es bei Tinder?«

Während Kate die letzte Bluse bügelte, bereitete Betty ein Tablett mit Essen vor. Sie legte Brötchen, Käse und Butter in einer kleinen Butterdose bereit und stellte zierliche Teetassen auf den Tisch. »Ich treffe mich mit einem Mann auf eine Tasse Kaffee. Aber er ist viel jünger als ich, erst sechsundsiebzig. Wir werden sehen. Erzähl mir von deiner Sexbeziehung.«

Kate hob den Blick vom Bügelbrett und sah die ältere Frau ungläubig an. »Meiner was?«

»Sagt man das nicht so?«

»Ich wusste nicht, dass du das Wort kennst. Und ich sage das nicht.« Kate schauderte. »Mein neuer *Freund* heißt Jacob. Er hatte gestern eine Panikattacke. Er hat irgendein Trauma.«

Sie hängte die Bluse auf einen Bügel und trug das Tablett ins Wohnzimmer hinüber. Sie hatte sich Sorgen um ihn gemacht, aber es hätte ihm nicht geholfen, wenn sie ihm das gezeigt hätte, und nachdem er ein bisschen durchgeatmet hatte, war es ja besser geworden. Ein Glück, dass es kein Herzinfarkt gewesen war, dachte sie, denn sie war ein Risiko eingegangen. Sie setzten sich, und Betty schenkte Tee ein. Kate hobelte sich eine Scheibe Käse ab, strich Butter darauf, rollte sie zusammen und schob sie sich in den Mund. Als sie klein war, hatte es bei ihnen zu Hause nie Aufschnitt gegeben, und nun konnte die erwachsene Kate nicht genug davon bekommen.

»Das haben wir doch alle. Leute ohne Traumata sind schrecklich uninteressant.«

»Stimmt.«

Kate nahm ihre Teetasse und ging durch das Zimmer, während Betty sich noch ein Brötchen schmierte. Sie mochte Bettys Wohnung, die ein einziges Durcheinander voller Gegenstände und Fotos, Gemälde und Figürchen war. Sie würde die Sache mit Ubbe klären. Sie hatte es vor sich hergeschoben, aber so konnte es nicht mehr weitergehen. Er hatte gerade so etwas wie einen kranken Schub, bombardierte sie mit Nachrichten und drohte ihr. Sie konnte einfach nicht mehr. Was Jacob darüber gesagt hatte, sein eigenes Schicksal in die Hand zu nehmen, war haften geblieben. Sie wollte frei sein, und es war höchste Zeit, diesen Schlamassel auszuräumen.

Sie stellte ihre Tasse hin und nahm ihre Blusen.

»Ich muss gehen«, sagte sie zu Betty.

Nachdem sie ihre Kleider ordentlich weggehängt hatte, setzte sie sich an ihren Computer im Schlafzimmer. Sie machte einen Bogen um den Ordner mit den Beweisen, googelte und blieb bei deprimierenden Artikeln über Rache-Pornos hängen beziehungsweise über Cyber-Stalking, wie es jetzt hieß, nachdem es nun tatsächlich strafbar war. Dieses Mal ließ sie ihrer Angst aber nicht die Oberhand. Sie las sich genau durch, wie man Anzeige erstattete. Auf der Website der Polizei fand sie jede Menge hilfreiche und wohlklingende Sätze darüber, wie wichtig es sei, Anzeige zu erstatten, und dass die Verbreitung von Sexbildern verboten sei, und sie fühlte sich mutiger. In den letzten paar Jahren hatte sich viel getan, das war deutlich. Es gab ein Problembewusstsein, einen Straftatbestand und den gesellschaftlichen Willen, Frauen wie ihr zu helfen. Und sie hatte Beweise, sowohl auf ihrem Computer als auch auf ihrem Smartphone. Beweise, dass sie bedroht und erpresst wurde. Dieses Mal würde sie Ubbe zwingen, die Konsequenzen zu tragen. Sie nahm all ihren Mut zusammen, dachte an die Zombies, denen sie entkommen war, und ging zum

Polizeirevier Kungsholmen. Jetzt war Schluss damit, Ubbes Hass immer nur herunterzuschlucken.

»Wie heißen Sie noch gleich? K-e-i-t? Oder wie schreibt sich das? Mit C?«

»Kate Ekberg«, buchstabierte sie leise. Sie war gleich erkannt worden, als sie die Wache betrat. Und jetzt musste sie auch noch laut ihren Namen und ihre Personennummer sagen, und alle starrten sie an.

»Da haben wir Sie«, sagte der ältere Polizist, nachdem er ihre Daten im Computer gefunden hatte. »Wie kann ich Ihnen helfen?«

»Ich möchte Anzeige erstatten.«

Er sah sie über seine Brille hinweg an. »Aha, soso, meine Liebe. Und was möchten Sie anzeigen?«

Kate schluckte. »Muss ich das hier sagen, vor all den Leuten?«

Er musterte sie lange. Irgendetwas ging in seinem Blick vor, aber sie war zu aufgewühlt, um es zu analysieren. Misstrauen? Müdigkeit?

»Bitte warten Sie hier«, sagte er dann.

Kate wartete. Und wartete. Nach einer Stunde wurde sie aufgerufen und durfte einem jungen Polizisten in ein Büro folgen. Erst jetzt kam sie auf den Gedanken, dass sie darum hätte bitten sollen, mit einer Frau zu sprechen. Das wäre ihr leichter gefallen. Man bot ihr einen Platz gegenüber dem Polizisten und seinem Kollegen an.

»Was möchten Sie zur Anzeige bringen?«

»Ich...« Sie verstummte. »Ich werde erpresst.«

Ein Schimmer von Interesse flammte in den Augen des einen Polizisten auf. »Von wem?«

»Meinem Ex-Freund.«

»Und Sie sind nicht mehr mit ihm zusammen?«

»Nein, darum habe ich ja Ex gesagt.« Smart, Kate. Sei nicht überheblich gegenüber Polizisten. Sie lächelte mit Grübchen und Augen, um ihrer scharfen Zunge die Spitze zu nehmen. Das Mädchen aus der Vorstadt, das geklaut hatte und gejagt wurde, misstraute der Polizei, während die Nachtclubbesitzerin ein komplexeres Verhältnis zum Auge des Gesetzes hatte. Meistens waren die Beamten ihre Alliierten im Kampf gegen Drogen und Sexaffären sowie dabei, Ruhe und Ordnung aufrechtzuerhalten. Meistens, aber nicht immer. Wenn sie etwas gelernt hatte, dann, dass es in jeder Berufsgruppe schwarze Schafe gab.

»Was will er von Ihnen? Dieser Ex?«

Sie wappnete sich. Wenn die Worte einmal heraus waren, konnte sie sie nicht mehr zurücknehmen. War das hier wirklich eine gut Idee? »Er hat Filme von mir und droht, sie ins Internet zu stellen. Wenn ich ihm nicht noch mehr Geld gebe.« So. Jetzt konnte sie nicht mehr zurückrudern.

»Was sind das für Filme?«

»Filme, auf denen wir Sex haben.«

Beide blickten auf und sahen ihr ins Gesicht. Mit versteinerten Mienen.

»Verstehe«, sagte der eine. »Hat er das heimlich gefilmt?«

»Was spielt das für eine Rolle? Er hat sie gedreht, als wir noch zusammen waren.« Es sollte keine Rolle spielen dürfen, ob sie zugestimmt hatte, dass sie gefilmt wurde, oder nicht. Wie konnte sich das Gespräch so schnell auf die Frage verengen, wozu sie ihr Einverständnis gegeben hatte? Sie spürte, wie ihre Krallen sich ausführen, eine nach der anderen, und sich eine Rüstung um sie legte.

Der eine Polizist lehnte sich zurück und verschränkte die

Arme vor seiner breiten Brust. »Er hat Sie nicht dazu gezwungen? Zum Sex. Das war freiwillig?«

»Ja.«

Er seufzte tief, als wäre Kate der Inbegriff der Dummheit in der Welt. »Warum haben Sie dabei mitgemacht? Was haben Sie sich dabei gedacht?«

»Er hat die Filme gemacht, ohne dass ich davon wusste. Und so oder so ist es doch wohl strafbar, sie gegen meinen Willen zu veröffentlichen? Mich damit zu erpressen?«

»Das müssen wir untersuchen. Wissen Sie, wo die Filme sind? Auf welcher Website?«

Kate wand sich auf ihrem Stuhl.

»Warum wollen Sie das wissen?« Plötzlich konnte sie vor sich sehen, wie diese beiden muskelbepackten Polizisten sich Filme mit ihr ansahen. Sie vielleicht all ihren Kollegen zeigten. Sich dabei einen runterholten und feixten.

»Um der Sache nachzugehen, natürlich.«

Das fühlte sich alles falsch an. Sie fühlte sich ausgeliefert, in die Enge getrieben und ihrer Würde beraubt. Sie hätte jemanden mitnehmen sollen. Wenn man mal ignorierte, dass sie niemanden hatte.

Jetzt sahen beide Polizisten sie mit dem gleichen Blick an. Sie umklammerte ihre Tasche und schwitzte.

»Falls ich ihn anzeige ...«

»Falls?«, fragte der eine müde.

»Haben Sie es sich anders überlegt? Denn wenn Sie erst einmal Anzeige erstattet haben, können Sie sie nicht wieder zurückziehen.«

»Was geschieht dann?«, fragte sie. »Ermitteln Sie? Erfährt er, dass ich ihn angezeigt habe?«

»Ein Ermittler meldet sich bei Ihnen und vernimmt Sie. Sie

müssen ihm alles in Ihren eigenen Worten schildern. Wenn die Staatsanwaltschaft beschließt, Anklage zu erheben, ja, dann wird er es erfahren.«

»Danke für die Informationen«, sagte sie, nahm ihre Tasche und ihre Handschuhe und verließ die Wache, ohne Anzeige zu erstatten. Sie hätte einen Anwalt mitnehmen sollen, dachte sie. Aber wen? Keinen Mann und niemanden von diesen Star-Anwälten und definitiv keinen Anfänger.

Sie setzte sich auf eine verschneite, eiskalte Bank und weinte hinter ihrer Sonnenbrille. Dann putzte sie sich die Nase – sie hatte immer noch Taschentücher übrig, die Jacob ihr in der Kirche gegeben hatte.

Sie war pleite und musste unter Umständen damit anfangen, Sachen zu verkaufen, um zu überleben. Oder einen Sofortkredit aufnehmen. Oder sich einfach nur hinlegen und sterben.

Und dabei hatte sie noch nicht einmal angefangen, über einen anderen Aspekt nachzudenken:

Würde Ubbe Wind davon bekommen, was sie beinahe getan hatte?

Und falls ja, wie würde er sich rächen?

## ~ 28 ~

»Hast du Zeit? Ich würde gern etwas überprüfen«, sagte Noah, als er an den Türrahmen von Jacobs Büro geklopft hatte.

»Komm rein«, sagte Jacob.

»Kate Ekberg hat mich kontaktiert«, sagte sein Kollege vorsichtig, nachdem er sich Jacob gegenübergesetzt hatte. »Sie hat sich erkundigt, ob wir ihr ein paar Monate lang die Zinsen auf einen Kredit stunden können, den sie bei uns aufgenommen hat. Es betrifft eine größere Summe. Ich habe sie gebeten, das mit dir zu besprechen, weil sie deine Kundin war, als der Kredit bewilligt wurde. Hat sie sich bei dir gemeldet?«

Jacob runzelte die Stirn. Das hatte sie ihm gegenüber mit keiner Silbe erwähnt.

»Ich kümmere mich darum«, sagte er.

Kate wartete schon an der Strömbron auf ihn. Sie schaute auf die dunkelgraue Wasserfläche, während Sturmmöwen kreischend um sie herumflatterten.

Sie umarmten sich nicht, das war nicht ihre Art.

»Sollen wir ein Stück gehen?«, fragte er.

»Gern, ich muss den Kopf freikriegen.«

Sie gingen über die Brücke, aber er sah sofort, dass heute etwas an ihr anders war. Das Leuchten, das er erst gestern gesehen hatte, als sie bei NK waren, war verschwunden. Sie lächelte und antwortete ihm ganz normal, als er sich nach ihrer Arbeit erkundigte, aber sie wirkte spröde, wie dünnes Eis, das brechen würde, wenn es unter Druck geriet. Sie schob ihr Kinn vor und spannte die Kiefermuskeln an. Sie schien auf einen Angriff zu warten, und ihre Haut wirkte dünner und straffer.

»Ist alles in Ordnung?«, fragte er beunruhigt, als sie auf die Skeppsbron einbogen. Es war zwar nicht kalt, aber von der Ostsee her blies ein rauer Wind. Kates Augen waren gerötet, das sah er jetzt. Er blieb stehen, nahm ihren Arm und dachte an den Mann, von dem sie ihm erzählt hatte. »Kate, was ist passiert?«

»Nichts«, sagte sie, aber sie schien nicht einmal die Kraft zum Lügen zu haben.

Angst erfasste ihn, messerscharf und schneidend. »Erzähl es mir. Ich höre dir zu.«

»Ich weiß nicht, ob ich dich damit belasten möchte«, sagte sie leise und bohrte ihr Kinn in das flauschige Tuch, das sie sich um den Hals geschlungen hatte.

»Ich bin sehr belastbar.«

Sie war still und verbissen, schien nachzudenken. »Können wir weitergehen? Es redet sich dann leichter.«

Sie schlugen den Weg zum Slottsbacken ein. »Du musst wissen, dass ich das noch niemandem erzählt habe«, begann sie.

»Was auch immer es ist, ich werde darüber Stillschweigen bewahren«, versprach er.

Sie lächelte blass. »Du weißt ja noch nicht, um was es sich handelt. Was, wenn ich jemanden ermordet habe?«

»Hast du?«

»Nein.«

»Na also.«

»Es ist eine traurige Angelegenheit. Schmutzig und hoffnungslos. Als ich achtzehn war, genau in der Nacht meines Geburtstags ...« Sie verstummte. Der Wind pfiff ihnen um die Ohren. »Shit, es ist so schwer, darüber zu sprechen. Ich war mit einem Typen zusammen. Wie waren schon ein paar Jahre ein Paar, und er hat gebettelt und gebettelt und mich sozusagen weichgeklopft. Er wollte ... Kinky Sex. Verdammt, Jacob.« Sie atmete tief durch, ihre Stimme klang gepresst, aber sie sprach schließlich doch weiter. »Er wollte mich fesseln, was vielleicht keine große Sache ist, aber ich wusste schon, dass ich ihm nicht vertrauen konnte, dass er mir nicht guttat. Er bestand darauf, dass ich alle möglichen Sachen machte, bei denen ich mich nicht wohlfühlte. Aber für mich war es, als wäre das die einzige Art, ihm zu beweisen, dass ich ihn liebte. Er sagte, alle machten das, und dass ich langweilig und prüde wäre. Ich hatte getrunken. Ich kann mich also nicht einmal damit herausreden, dass ich etwas genommen oder er mich unter Drogen gesetzt hätte. Ich wusste, auf was ich mich einließ. Mir ging es immer nur darum, dass es ihm gut ging. Verdammt krank. Denn ihm ging es um dasselbe: Ihm ging es auch nur darum, dass es *ihm* gut ging. Keiner von uns verschwendete auch nur einen Gedanken an mich. Und er tat Dinge mit mir, denen ich nicht zugestimmt hatte, die ich nicht machen wollte.«

Kate schüttelte den Kopf. Sie weinte nicht, aber ihr Gesicht war grau und verkniffen, obwohl ihre Nasenspitze sich in der bitteren Kälte gerötet hatte.

Jacob hätte sie am liebsten in den Arm genommen und sie an sich gezogen. Das war viel schlimmer, als er erwartet hatte, und er versuchte, den Zorn zu unterdrücken, der in ihm aufstieg. Was Kate da beschrieb, waren eindeutige Übergriffe. Und sie war gerade erst achtzehn gewesen. Zwar vor dem Gesetz erwachsen, was dem Täter wahrscheinlich bewusst gewesen war, aber trotzdem unerhört jung. Er konnte sie vor sich sehen, eifrig bemüht, aber voller Angst. Ausgeliefert. Einem Menschen, der sich um sie hätte kümmern, sie beschützen müssen.

»Ich höre dir zu«, sagte er leise. Er wollte für sie da sein, von ihr beansprucht werden, einen Teil ihrer Bürde auf seine Schultern nehmen.

»Er hat mich dazu gebracht, Sachen zu machen, die ich nicht machen wollte, meine Grenzen verwischten. Er hatte Fantasien über Würgesex und darüber, mich zu erniedrigen, mir wehzutun, mich zum Weinen zu bringen. Und dann hat er alles gefilmt. Aber das habe ich erst viel später erfahren.«

»Wie meinst du das?«

Sie steckte ihre Hände noch tiefer in die Jackentaschen. »Das ist vor zehn Jahren passiert, damals war das Internet noch nicht so populär wie heute. Man konnte Filme noch nicht so einfach verbreiten, oder zumindest war es noch kein Big Business, und nicht jeder wusste, wie das ging. Ich dachte, er wollte sie nur für sich selbst. Aber jetzt kann man sie auf jeder beliebigen Pornoseite hochladen. Und sie sind bares Geld wert. Viel Geld.«

»Das ist furchtbar, Kate.« Der Mann, den sie da beschrieben hatte, war ein Psychopath. Jacob tastete nach ihrer Hand und nahm sie behutsam in seine. Sie drückte sie fest, und dann gingen sie, Hand in Hand, in Richtung Stortorget.

»Er hat mich nicht schlimm geschlagen, es war nicht wirklich eine Misshandlung, auch wenn ich die eine oder andere Ohrfeige oder einen Tritt bekommen habe. Am Ende habe ich mich gefühlt, als wäre ich nicht mehr wert als das, was er mir gab.«

Jesus Maria. Jacob war übel. Egal wie wütend er auch auf Amanda sein mochte, wie verbittert, am Boden zerstört oder rasend vor Zorn er auch gewesen war, er wäre nie, niemals auf den Gedanken gekommen, sie körperlich anzugehen. Das lief allem zuwider, an das er glaubte. Vielleicht war er altmodisch, aber man behandelte Frauen mit Respekt.

»Aber ich hatte einen Hund«, fuhr Kate fort. »Einen kümmerlichen kleinen Mischling, meine süße Mini, die ich schon als Welpen bekommen hatte. Ich hatte sie von einem Türsteher, der sie einschläfern lassen wollte. Sie hat mich geliebt und mir vertraut. Und obwohl sie so klein war, hat sie mich verteidigt. Als Ubbe sie getreten und gesagt hat, er wolle sie töten, da bin ich gegangen. Dass er sich mir gegenüber wie ein Schwein benommen hat, das konnte ich aushalten, aber nicht gegen meinen unschuldigen Hund. Also habe ich diese Beziehung hinter mir gelassen und Schluss gemacht, obwohl er mich bedroht und geschlagen hat, und bin zu einer Bekannten gezogen, die mich versteckt hat.«

Nicht zu ihren Eltern, wie ihm auffiel. Es gab so vieles, was er nicht über sie wusste.

Auf dem Stortorget war gerade Weihnachtsmarkt, und sie blieb an einem kleinen Stand stehen, der Pfefferkuchen und Karamellbonbons verkaufte. »Jetzt ist das alles wieder hochgekommen. Ich bin ihm bei dem vierzigsten Geburtstag begegnet, wo wir zusammen waren. Ubbe Widerström.«

»Der Name kommt mir bekannt vor. Fußballer?«

»Ehemaliger. Er kam gleich, nachdem ich ihn verlassen hatte, ins Gefängnis, er hatte einen anderen Mann misshandelt. Während Ubbe saß, hatte er schon die nächste Freundin. Es fiel ihm nie schwer, Frauen zu finden, und da dachte ich, dass alles vorbei wäre, und lebte mein Leben weiter.«

»Aber?«

Kate war bleich und sah zu Boden. »Ich hätte es natürlich besser wissen müssen. Im November hat er sich bei mir gemeldet. An dem Tag, bevor ich zur Bank gegangen bin.«

»Ah.«

»Genau. Er hat die Filme wieder ausgegraben. Wenn ich nicht zahle, wird er sie veröffentlichen und Links herumschicken, an die Medien, Gäste des Clubs, meine Geldgeber, meine Mutter. Ich weiß nicht, ob ich das überlebe. Ich bin stark, Jacob, aber das bricht mir das Genick. Ich sehe keinen Ausweg.«

Herrgott. Er wusste nicht, was er sagen sollte. Das war entsetzlich.

»Können wir reingehen? Ich friere.« Sie zeigte auf ein Café.

Sie gingen hinein, und sie bestellte sich heiße Schokolade mit Sahne. Er nahm schwarzen Kaffee und zwei Pfefferkuchen.

Sie schlürfte ihre heiße Schokolade, wischte sich die Oberlippe ab und warf ihm einen Blick zu. »Jacob, das ist *mein* Problem, okay?«

Er versuchte, Ordnung in das Chaos seiner Gedanken zu bringen. »Du wirst erpresst?«

»Ja.«

»Und deswegen brauchtest du auch das Geld?«

»Nicht für eine Renovierung. Und auch nicht, um Sofortkredite zurückzuzahlen, falls du das geglaubt hast.«

»Natürlich nicht«, sagte er rasch und schämte sich, denn genau dieser Gedanke war ihm ja anfangs gekommen. Sein Herz wollte brechen, aber er wollte es sich nicht anmerken lassen, wollte sie nicht mit seinen Gefühlen belasten. »Darf ich dich noch etwas fragen?«

»Kommt drauf an«, sagte sie über ihrer Schokolade. »Was willst du wissen?«

Zuerst das, was auf der Hand lag. »Du bist nicht allein, Kate. Du hast mich. Was kann ich tun?«

»Nichts.«

»Ich habe Geld.«

»Das ist nicht verhandelbar, Jacob. Ich kann kein Geld von dir annehmen, um damit einen anderen Mann zu bezahlen. Das geht einfach nicht. Und Geld ist auch keine Lösung.«

»Die Polizei?«

Sie sah müde aus. Ausgelaugt. »Ich habe es versucht, glaub mir.« Ihre Unterlippe zitterte.

»Ich glaube dir. Aber hast du das alles allein durchgemacht?«

Kate nickte und wirkte plötzlich klein. Sie war eine so starke Persönlichkeit, dass man vergaß, wie jung sie war.

»Danke, dass du nicht mir die Schuld gibst.«

»Kate, das würde ich nie tun, niemals«, sagte er schockiert.

»Danke, das dachte ich auch nicht. Aber trotzdem. Man weiß ja nie. Ich glaube, das ist einer der Gründe, warum ich das Ganze für mich behalten habe. Weil ich nicht weiß, wie die Leute darauf reagieren. Es ist so einfach, dem Opfer die Schuld zu geben, mich zu fragen, wie ich so dumm sein konnte, was ich mir dabei gedacht habe, und mir sagen, dass ich selbst schuld bin. Das habe ich mir selbst schon tausendmal gesagt.«

»Schuldzuweisungen sind das Allerletzte. Du hast nichts falsch gemacht.«

»Danke.« Sie biss sich auf die Lippe und schien nicht seiner Meinung zu sein.

»Kate, du hast überhaupt nichts falsch gemacht«, sagte er scharf. »Das ist mein Ernst. Du hast einem Dreckskerl vertraut, du hast einem Mann, den du liebtest, dein Vertrauen geschenkt, und du hattest einfach das Pech, dass er das ausgenutzt hat.«

Sie sah immer noch nicht ganz überzeugt aus, und er erkannte das wieder. Niemand war ein strengerer Richter als man selbst. Wenn dieser Mann jetzt hier gewesen wäre, hätte Jacob das eine oder andere mit ihm zu besprechen gehabt. Er ballte die Fäuste im Schoß. Aber er war ein zivilisierter Mensch, der nicht daran glaubte, dass Gewalt eine Lösung war.

»Was kann ich tun?«, fragte er und versuchte, mit seinem Ohnmachtsgefühl klarzukommen. Er wollte sich kümmern, das ins Reine bringen und lösen. Er wollte das Meer teilen und die

Erdrotation verändern. Aber nicht, wenn sie das nicht wollte. Ihre Grenzen zu respektieren erschien ihm jetzt noch wichtiger als früher.

»Würdest du mir etwas versprechen? Versprichst du mir, dass du mich nie darum bittest, dir die Filme zu zeigen? Dass du nie im Internet danach suchst.«

»Sind sie online?« Er war zutiefst schockiert.

»Ja. Als ich mich geweigert habe, ihm Geld zu geben, hat er einen kurzen Ausschnitt hochgeladen. Der verbreitet sich jetzt über Pornoseiten weltweit. Ich denke immer, dass Menschen, denen ich begegne, das gesehen haben könnten. Ich kann dir gar nicht sagen, wie schrecklich sich das anfühlt. Mein Gesicht ist darauf nicht zu sehen, und man kann mich nicht identifizieren, aber trotzdem. Ich kann mich niemals wirklich sicher fühlen.«

Jacob hatte sich auch schon Pornos im Internet angesehen. Aber er würde es nie wieder tun, beschloss er spontan. Niemals.

»Kate, ich verspreche es dir«, sagte er. Er wollte nicht, dass der Film irgendwo da draußen war, wollte nicht, dass sie verunsichert war und litt.

»Danke. Ich habe sie zu Hause, in einem Ordner. Das fühlt sich widerwärtig an, aber ich muss sie aufheben. Als Beweise.«

»Ich verstehe«, sagte er und konnte sich nur schwer vorstellen, wie sie das aushielt.

Zwischen ihnen machte sich Schweigen breit, tiefes Schweigen. Er war bestürzt. Erschüttert. Hinter ihrer Fassade verbarg sich so viel. Und sie trug das alles mit sich herum.

»Jacob?«

Er blickte auf und sah sie an.

»Du? Möchtest du … du weißt schon?« Sie verstummte wieder, und diese Unsicherheit und Verletzlichkeit sah ihr so gar nicht ähnlich.

»Was denn?« Wenn sie ihn bat, den Mount Everest zu besteigen, würde er es tun.

Ihre dunkelblauen Augen sahen ihn an. Es fühlte sich an, als würde sie ihn einsaugen, als ob ihrer beider Puls im selben Rhythmus schlagen würde, als ob elektrische Ströme zwischen ihnen pulsierten.

»Möchtest du irgendwann mit zu mir nach Hause kommen?«

Jacob saß stocksteif da und wusste, dass dies etwas Großes war. Er hatte den Eindruck gehabt, dass sie ihn nicht mit zu sich nach Hause nehmen wollte, aber jetzt ...

»Gern«, sagte er rasch, bevor sie es sich anders überlegen konnte.

»Heute Abend muss ich arbeiten, aber du könntest trotzdem kommen? Heute Nacht? Oder ist das zu spät?«

Ob er heute Nacht zu ihr kommen konnte? Nichts könnte ihn davon abhalten.

Als sie sich verabschiedet hatten, piepte sein Smartphone. Es war nicht Kate, sondern eine SMS von einer unbekannten Nummer.

*Alex hier, habe mich gefreut, dich auf der Party zu treffen. Sollen wir ein Bier zusammen trinken? Heute Abend?*

Jacob hatte wirklich die Absicht, Nein zu sagen. Sein Gehirn war ganz darauf eingestellt, Nein zu sagen. Aber zu seiner eigenen Verwunderung und zu der seines Gehirns tippten seine Finger rasch ein Ja an Alexander de la Grip. Offenbar war er jetzt so jemand. Jemand, der Ja sagte.

# ~ 27 ~

Als Kate klein war, vielleicht sieben Jahre alt, hatte ihre Lehrerin sie zur Schulsozialarbeiterin geschickt. Zu Hause herrschten Unordnung und Chaos, und Kate konnte nicht gut schlafen. In der Schule war sie mit einigen Mädchen in Streit geraten, und es hatte eine Prügelei gegeben. Als die Lehrerin mit ihr gesprochen hatte, hatte Kate Kopfschmerzen und Bauchschmerzen vorgetäuscht. Niemand kannte die Wahrheit. Die Lehrerin hatte ihr gesagt, sie solle mit der Sozialarbeiterin sprechen und dass Kate sich besser fühlen werde, wenn sie darüber sprach, warum sie immer so wütend war. Das Schlimme werde dann vielleicht verschwinden. Leider hatte Kate ihr vertraut. Doch es war nur noch viel schlimmer geworden. Die Schläge und Spötteleien nahmen zu, und ihre Mutter hatte noch mehr getrunken, nachdem die Schule sie kontaktiert hatte. Damals hatte Kate gelernt, den Mund zu halten. Dass man sich besser fühlte, wenn man seine Geheimnisse und Sorgen mit jemandem teilte, war der größte Mist aller Zeiten. Denn niemand konnte einem helfen.

Kate stand an der Balkonbrüstung über der großen Tanzfläche im *Kate's*. Der Abend hatte gerade begonnen, und von hier aus hatte sie einen guten Überblick, ohne dass die Gäste sich beobachtet fühlten. Es ging ihr doch gut, dachte sie, während sich der Club mit Gästen füllte. Und das schien damit zu tun zu haben, dass sie sich Jacob anvertraut hatte. Anfangs hatte sie gedacht, es handele sich nur um Einbildung. Aber das Gespräch mit ihm hatte irgendetwas in ihr gelöst. Eigentlich war alles genau wie vorher, das wusste sie. Sie wurde noch genauso bedroht, war in Panik und so ausgeliefert wie zuvor, aber sie fühlte sich stärker als in den ganzen letzten Wochen. Als hätte sie zum ersten Mal jemanden auf ihrer Seite.

Sie würde das schon hinkriegen, dachte Kate voll neuer Zuversicht. Zuerst einmal würde sie ihre letzten Kronen von ihrem Sparkonto abheben und so oft sie konnte hier im Club essen. Einen sofortigen und totalen Einkaufsstopp für sich selbst verhängen und alle weiteren Weihnachtseinkäufe ausfallen lassen.

Sie begrüßte Nanna, die sich neben sie gestellt hatte.

»Ich glaube, das wird ein guter Abend«, sagte Nanna und spähte über die bebende Tanzfläche. Beide trugen ihre übliche »Uniform«, hübsche schwarze Kleider.

»Das glaube ich auch«, sage Kate und winkte einem ihrer Stammgäste, einem etwas abgehalfterten, aber immer noch berühmten Rockstar. Es war die Woche vor Weihnachten, und die Stockholmer waren in Feierlaune. Heute legte eine neue DJane auf, auf die Kate sich schon freute. Eine junge Frau, die ein ganzes Konzept um ihre Person herum aufgebaut hatte und die sowohl ihren eigenen Stil hatte als auch Gespür für ihr Publikum bewies, wenn sie neue Clubmusik mit Superhits mischte.

Parvin kam mit hoch erhobenem Smartphone angerannt.

»Im VIP-Bereich ist einiges los«, sagte sie und tippte rasch eine SMS.

»Ich gehe hin«, sagte Kate.

»Hast du gehört, dass Nanna jemanden kennengelernt hat?«, fragte Parvin und blinzelte Nanna zu.

»Nein, ist das wahr?«, sagte Kate und sah sie neugierig an.

Nanna schüttelte abwehrend den Kopf. Aber sie sah schon

ein wenig verlegen aus. Hatte sich Kates toughe Marketingchefin etwa ernsthaft verliebt?

Kates Handy summte.

»Hallo, Mama«, meldete sie sich, ein Auge auf die Tanzfläche gerichtet. Es war schon spät, aber die Leute wussten, dass sie sie fast zu jeder Tages- und Nachtzeit anrufen konnten. »Ist etwas passiert?«

»Neinnein. Aber ich wollte dir etwas erzählen. Etwas Wichtiges.« Dann verstummte sie, als fiele es ihr zu schwer weiterzusprechen, und Kates sämtliche Alarmglocken begannen zu schrillen. Wenn es um einen Mann ging, wollte sie verdammt noch mal nichts davon hören. Ihre Mutter hatte einen extrem schlechten Männergeschmack.

»Was?«, fragte Kate.

»Nichts«, sagte Mia-Lotta rasch und kleinlaut. »Wir können das auch später besprechen. Aber ich wollte dir sagen, dass ich morgen zu einem Treffen der Anonymen Alkoholiker gehe. Möchtest du vielleicht mitkommen?«

Auch das noch. »Mama, das ist gerade kein gutes Timing«, sagte sie und spürte, wie sich ihr die Nackenhaare aufstellten. Denn diese ganze Sache mit Ubbe hatte auch etwas mit ihrer Mutter zu tun. Mia-Lotta hatte damals eine Schwäche für Ubbe gehabt. Sie fand ihn so gut aussehend und war von seinem Charme und seinem Glamourfaktor hingerissen gewesen. Als Kate ihr später erzählen wollte, was Ubbe ihr angetan hatte, hatte ihre Mutter ihr vorgeworfen, sie lüge und wolle nur die Aufmerksamkeit auf sich ziehen. Das hatte furchtbar wehgetan. Wie konnte man seinem eigenen Kind derart misstrauen? Was war sie nur für eine Mutter?

»Kate?«

»Was? Ich kann dich kaum verstehen, ich bin im Club.« Sie

wollte dieses Gespräch nicht, wollte nicht zurück zu dem, was so wehtat. Sie wollte die coole Kate sein, der das alles egal war, die fröhliche Kate, die die Kontrolle über ihren Club hatte.

»Du weißt doch, wie sehr ich dich liebe? Oder?«, fragte Mia-Lotta plötzlich vom anderen Ende der Leitung.

Kate runzelte die Stirn. Irgendetwas stimmte nicht. Ihre Mutter klang so anders. Trank sie? Nein, Kate hatte einen sechsten Sinn dafür, ob ihre Mutter betrunken war. Es war etwas anderes. War sie krank? Rief sie an, um ihr mitzuteilen, dass sie starb? Sie spürte einen Stich in der Brust. Sie wollte nicht, dass ihre Mutter starb.

»Was ist denn los mit dir, Mama?« Vor Sorge klang ihre Stimme unnötig scharf.

»Ich weiß, dass ich nicht für dich da gewesen bin, aber in Zukunft möchte ich das ändern, so gut ich kann. Du bist meine Tochter.«

Nachdem sie das Gespräch beendet hatte, starrte Kate lange das Telefon an.

»Ist alles okay?«, fragte Nanna.

»Ehrlich gesagt, weiß ich es nicht. Meine Mutter war so seltsam.«

Irgendetwas Großes ging in Mia-Lottas Leben vor. Und in Kates Welt war »groß« gleichbedeutend mit »katastrophal«. Mit einer Kraftanstrengung schob sie die aufkeimende Unruhe beiseite. In diesem Augenblick hatte sie vollauf mit anderen Dingen zu tun: SMS von Leuten, die auf die Gästeliste wollten, der Barchef signalisierte, dass er mit ihr sprechen wollte, während sie die leise Vorahnung beschlich, dass der Abend magisch werden würde. Die Musik war perfekt, der Gästemix ebenso, und die Beleuchtung war fantastisch. Sie hatte keine Zeit, über Probleme nachzugrübeln, die sie sowieso nicht lösen konnte.

»Kannst du heute abschließen?«, fragte Kate mehrere Stunden später. Es war feucht-stickig im Club, und die Stimmung war auf dem Höhepunkt. Die Leute tanzten auf den Tischen, und brennende Eisfackeln wurden herausgetragen. Die DJane hatte fantastisch abgeliefert. Kate war beinahe high. Und trotzdem sehnte sie sich fort.

»Natürlich«, sagte Nanna.

»Danke.«

Kate winkte Parvin zum Abschied und simste Jacob, dass sie unterwegs sei.

Keiner sagte etwas, aber Kate spürte die Blicke ihrer Angestellten, als sie den Club zum ersten Mal seit Menschengedenken vor der Schließzeit verließ. Hinter ihr dröhnte die Musik, und dann schlug die Tür zu, und alles war still.

Sie hüllte sich in ihren Mantel, nahm ein Taxi und fuhr durch das nächtliche Stockholm nach Hause.

## ~ 30 ~

»Wusstest du, dass die Klitoris mehr Nervenenden hat als die Eichel?«, fragte Jacob seinen Freund und nahm sich eine Handvoll Nüsse.

Auf den Fernsehern an den Wänden liefen Sportübertragungen. An den rustikalen Tischen saßen überwiegend Männer und schauten sich die verschiedenen Spiele an. Jacob war sich nicht ganz darüber im Klaren, wie sie hier gelandet waren. Solange er denken konnte, war er noch nie in einer Sportbar gewesen. Er hatte kein besonderes Interesse an Fußball oder Eishockey, doch nun saßen sie hier. Zwischen Männern und vereinzelten Frauen mit bunten Schals, die Bier tranken, Nüsse aßen und ihre Mannschaft anfeuerten. Zumindest war das besser, als Golf zu spielen, was die meisten anderen Männer in seinem Bekanntenkreis taten.

»Das war das erste Mal, dass ich mir wirklich die Zeit genommen habe, mich für den Orgasmus meiner Partnerin zu interessieren«, fügte er hinzu.

Alexander de la Grip nickte nachdenklich. Der um einige Jahre jüngere Mann war leger gekleidet, in verschlissenen Jeans und einem grob gestrickten weißen Polo-Pullover. Seine blonden Haare waren im Nacken etwas länger. Alle Frauen in der Bar starrten ihn an. Es war fast schon komisch, wie sie seiner Anziehungskraft erlagen, während er selbst keine von ihnen auch nur eines Blickes würdigte. Kurz gesagt war Alexander de la Grip die Sorte

Mann, neben dem alle anderen Männer alt aussahen. Aber Jacob machte das nichts aus, denn er war derjenige, der heute Abend zu Kate nach Hause gehen würde. Er allein.

»Bisher habe ich da hauptsächlich meiner Intuition vertraut. Aber es ist ein faszinierendes Thema, man lernt nie aus«, sagte Alexander. »Und vergiss auch nicht, dich der anderen Öffnung zu widmen, wenn wir schon ins Detail gehen. Natürlich nur, wenn sie das mag.«

»Hallo.« Sie wurden von einer jungen Frau mit strahlend blauen Augen unterbrochen, die an ihren Tisch getreten war. »So etwas habe ich noch nie gemacht«, sagte sie atemlos, die eine Hand in die Hüfte gestemmt. Sie beugte sich vor und zeigte dabei sehr hübsche Brüste in ihrer aufgeknöpften Bluse. »Aber darf ich dir meine Telefonnummer geben?« Dabei sah sie Alexander in die Augen.

Jacob hustete. Alexander lächelte nur.

Er hielt seine Hand mit dem Ehering hoch. »Sorry, Schätzchen.«

Jacob war noch nie jemandem begegnet, der so zufrieden damit wirkte, verheiratet zu sein. Und er wusste nicht einmal, wie sie überhaupt auf das Thema Sex zu sprechen gekommen waren. Sie hatten sich einen Tisch genommen, Bier geholt, und nun saßen sie hier, und Jacob erzählte von seinen neu gewonnenen Erfahrungen, wie ein frisch Bekehrter. Vielleicht hatte er das Bedürfnis anzugeben. Wobei Alexander nicht wie einer wirkte, der auf seine Informationen angewiesen war, dachte er trocken.

»Schön, dich zu treffen«, sagte Alexander und stieß sein Bierglas gegen Jacobs.

»Ich habe mich noch nie so mit jemandem unterhalten«, bekannte Jacob.

Alexander stellte sein Bier hin und studierte die Karte. »Isobel und ich haben ein sehr gutes Sexleben, aber man darf sich nie auf seinen Lorbeeren ausruhen, wenn man im Spiel bleiben will. Manche Frauen sind es einfach wert, dass man immer sein Bestes gibt.« Er nickte in Richtung eines Bildschirms. »Wie ein Sportler.«

Das Seltsame war, dass Jacob ihn genau verstand. Für manche Frauen musste man sich einfach anstrengen.

»Wie habt ihr euch kennengelernt?«, fragte er, während er sich überlegte, ob er etwas essen sollte. Wenn er nachher Sex mit Kate hatte, brauchte er vielleicht Energie, um seine Geliebte so befriedigen zu können, wie sie es verdiente.

»Isobel ist Ärztin und hat für eine humanitäre Organisation gearbeitet, an die ich gespendet habe. Ich habe sie zu einem Date gezwungen.«

»Gezwungen?«

»Ich bin nicht stolz darauf, aber ich habe es gemacht, um sie zu ärgern, weil sie so verdammt überheblich war. Dann habe ich mich in sie verliebt. Isobel ist der vielschichtigste und vollkommenste Mensch, den ich kenne. Sie verleiht meinem Leben Sinn. Wir haben viel zusammen erlebt.«

»Reisen und so etwas?«

Alexander schüttelte den Kopf. »Mehr so Sachen auf Leben und Tod. Sie steckte in einer Falle und wäre beinahe gestorben. Ich wusste, dass ich ohne sie nicht leben wollte.«

»Was ist passiert?«

»Das bleibt aber unter uns?«

Jacob nickte. »Selbstverständlich.«

Alexander wartete, bis die Kellnerin ihren Tisch abgeräumt hatte. »Sie wurde im Tschad, in Afrika, gefangen genommen. Sie hat dort in einem Kinderkrankenhaus gearbeitet und wurde von einer kriminellen Bande gekidnappt.«

»Um Gottes willen.«

»Ein Geheimkommando aus Elitesoldaten wurde hingeschickt. Und ich war dabei, als sie befreit wurde.«

Jacob starrte den blonden und scheinbar sorgenfreien Mann an. Das klang verdammt ernst. Lebensgefährlich. »Wirklich?«

»Ja, ich wurde dummerweise angeschossen und wäre beinahe draufgegangen, aber ...«

Mit einem Rums stellte Benjamin seine Tasche zwischen ihnen auf den Tisch und begrüßte sie gut gelaunt. Alexander und Jacob wechselten einen Blick, der besagte, dass sie ihre Unterhaltung bei einer anderen Gelegenheit fortsetzen würden, und Jacob stellte die beiden Männer einander vor.

Sie bestellten, aßen und unterhielten sich über Filme, Autos und die Arbeit. Zwischendurch betrachtete Jacob schweigend Alexander und Benjamin, die intensiv über Computerspiele diskutierten. Sie schienen ein gemeinsames Interesse gefunden zu haben. Ihm wurde klar, dass er eine Männerfreundschaft hatte. Er gehörte dieser kleinen Gruppe von drei Männern an, die einander gewählt hatten. Das war etwas Großes, und er musste erst einmal eine Weile auf die Tischplatte schauen.

Als sie gegessen und sich eine Weile unterhalten hatten, leerte Alexander sein letztes Glas Bier. »Ich verabschiede mich jetzt, ich muss nach Hause. Ich zahle, keine Widerrede.« Er klopfte Jacob auf die Schulter. »Wir hören voneinander. Schön, dich zu sehen.«

Sie standen auf und umarmten sich. Auch das war etwas Neues für Jacob.

»Ich habe heute Abend ein Date«, sagte Benjamin, nachdem Alexander gegangen war.

»Wie schön, mit wem denn?«

Benjamin wirkte ein wenig verlegen. »Mit der Frau, die ich im *Kate's* getroffen habe. Inés.«

»Sie scheint nett zu sein«, sagte Jacob, der sich undeutlich an die Frau erinnerte, mit der Benjamin getanzt, geknutscht und mit der er den Club verlassen hatte. Seitdem hatte er nichts mehr von ihm gehört.

»Sie macht hier in der Nähe Filmaufnahmen. Wie treffen uns, wenn sie Feierabend hat.«

»Filmt sie auch abends?«

»Zu allen Tageszeiten. Sie ist Regisseurin.«

»Ich dachte, das mit euch wäre eine einmalige Sache gewesen.«

»Das dachten wir beide auch. Aber dann haben wir uns verabredet, und so ist es jetzt. Was hast du für Pläne?« Er warf einen vielsagenden Blick auf Jacobs viele Tüten und die Blumen.

»Ich treffe mich mit Kate Ekberg«, antwortete er, wobei er es schaffte, lässig zu klingen.

»Cool«, sagte Benjamin, als sei das das Normalste von der Welt. »Grüß sie. Eine klasse Frau.«

Nachdem sich auch Benjamin verabschiedet hatte, bestellte Jacob ein Glas Wasser. Er wollte nicht noch mehr Alkohol trinken. Er warf einen Blick in seine Tüten. Dort lag der Schal von Hermès. Jetzt war er froh, dass er ihn gekauft hatte. Zuerst hatte er ihn Kate als Dank für ihre Hilfe schenken wollen, aber dann war ihm eingefallen, dass sie morgen Geburtstag hatte. Um das gebührend zu feiern, hatte er Blumen dabei – die Stiele sorgsam feucht eingewickelt –, Schokoladenpralinen und eine Flasche Wein. Sein erster Gedanke war es gewesen, ihr Schmuck zu schenken, aber nachdem er sich in mehreren Geschäften umgesehen hatte, hatte er es sich anders überlegt. Nicht weil es zu teuer gewesen wäre, sondern weil er sie nicht mit übertriebenen Geschenken in Verlegenheit bringen wollte.

Noch immer wusste er nicht, wie sie zueinander standen, was

sie einander bedeuteten. Er wusste nicht einmal, ob er Kates einziger Liebhaber war. Aber das spielte auch keine Rolle, redete er sich ein. Er war mit dem zufrieden, was er hatte. Er schaute auf die Uhr und fragte sich, wann sie sich wohl melden würde.

Kate simste ihm um halb zwölf. Da war Jacob bereits nervös geworden, dass sie es sich anders überlegt haben könnte, zu müde war oder im Club gebraucht wurde.

*KE: Ich bin jetzt zu Hause. Kommst du?*

Jacob nahm seine Tüten, und während er sich auf den Weg zu der Adresse machte, die sie ihm ebenfalls geschickt hatte, schrieb er:

*JG: Bin unterwegs. 10 Minuten.*

*KE: ♡*

## ~ 31 ~

Dass Kate beschlossen hatte, Jacob zu sich nach Hause einzuladen, war ein großer Schritt. Noch nie hatte sie einen Mann, einen Liebhaber, in ihre Privatwohnung eingelassen. Nicht, dass sie sich zu Hause isoliert hätte, dachte sie, während sie Teelichter in teuren, mundgeblasenen Kerzenhaltern in unterschiedlichen weißen Nuancen anzündete. Man betrieb keinen Nachtclub, wenn es einem keinen Spaß machte, dafür zu sorgen, dass Menschen sich wohlfühlten. Aber die Empfänge und Feiern, die sie ausrichtete, oftmals für geschäftliche Events, fanden in ihrem Club oder in anderen Lokalen statt. Nur selten kamen Gäste zu ihr nach Hause. Betty kam manchmal auf eine Tasse Kaffee oder ein Glas Wein herauf, wenn ihre Beine mitmachten. Außerdem hatte Kate hier hin und wieder Besprechungen mit Nanna und Parvin, wenn sie sich ungestört austauschen wollten.

Aber ein Date nahm sie niemals mit nach Hause.

Und die Tür zu ihrem Schlafzimmer blieb stets geschlossen.

Doch jetzt war Jacob auf dem Weg hierher, und sie musste zugeben, dass sie nervös war. Ihre Wohnung war ein Spiegel ihrer Persönlichkeit. Nicht nur der Kate, die sie nach außen zeigte, sondern der Kate, die sie im tiefsten Inneren war. Das Mädchen aus der Vorstadt, das es geschafft hatte, das stolz auf seine Herkunft war, aber auch jede Menge Komplexe wegen ihrer sozialen Herkunft und ihrer mangelnden Bildung hatte, mit denen sie sich arrangierte, so gut es ging.

Sie war nicht schlampig, aber auch nicht pedantisch. Sie sah sich selbst als jemand, der sich nicht übermäßig Gedanken machte, was andere über die Wohnung dachten, aber heute war es ihr offenbar doch wichtig. Denn sie rückte hier ein Kissen zurecht, staubte dort ein Bild ab, nahm eine beige Decke weg und legte stattdessen eine andere in kräftigeren Farben hin. Sie putzte sich die Zähne und legte Lipgloss auf.

Als es an der Tür klingelte, zuckte sie zusammen, vor allem aus Vorfreude. Und als sie öffnete, stand Jacob dort, mit Blumen in der einen und Tüten in der anderen Hand und einem Lächeln im Gesicht.

»Genau genommen ist es noch nicht ganz Mitternacht, aber trotzdem herzlichen Glückwunsch zum Geburtstag«, begrüßte er sie.

»Wow«, sagte sie, denn der Blumenstrauß, den er ihr überreichte, war teuer. Lange, intensiv rote und duftende Rosen. Das war vielleicht nicht besonders fantasievoll, aber gewagt und deutlich. Ihr wurde ganz weich und warm zumute. Mia-Lotta hatte ihren Geburtstag meistens vergessen, und Kate hatte schon vor langer Zeit beschlossen, keine Erwartungen mehr an dieses Datum zu haben.

Mit den Rosen im Arm bat sie ihn einzutreten.

»Schön hast du es hier«, sagte er, als sie in der Küche standen. Er hatte etwas zu trinken mitgebracht, und sie öffnete die Flasche mit französischem Rotwein und nahm Gläser aus dem Schrank. Sie waren unter den ersten Dingen gewesen, die sie sich angeschafft hatte, als sie begann, eigenes Geld zu verdienen. Das hatte ihr das Gefühl gegeben, erwachsen und normal zu sein. Denn normale Menschen besaßen richtige Gläser, in Sets.

Sie prosteten sich zu, und sie sah den Hunger in seinem Blick, den er nicht immer verbergen konnte. Ein angenehmer Schauer überlief sie.

»Danke«, sagte sie.

Er war ein guter Mann. Er hatte das, was sie ihm über die Sexfilme erzählt hatte, so gut und ruhig aufgenommen. Und er hatte sie überhaupt nicht infrage gestellt, was ihr Stressniveau sofort um mindestens tausend Prozent gesenkt hatte. Die Leute begriffen nicht, wie zermürbend es war, ständig auf Herabwürdigungen und mehr oder weniger offen geäußerte Vorwürfe gefasst sein zu müssen. Solche Menschen wollten darüber diskutieren, »inwieweit die Frauen selbst verantwortlich« waren, als ob das etwas sei, das sich theoretisch durchdringen ließ. Sie beobachtete das auch in ihrem Nachtclub. Junge Mädchen, die begrapscht wurden, die Kränkungen und Übergriffe über sich ergehen ließen und sich dann auch noch anhören mussten, dass sie selbst schuld seien, dass sie ihr Verhalten ändern oder einfach nur lockerer werden sollten. Aber Jacob schien tatsächlich zu den besseren Männern zu gehören.

Kate nippte am Rotwein, während er langsam seine Hand hob und an einer ihrer Locken zog. Sie fühlte ein Ziehen in der Magengrube. Er war bei ihr, er war attraktiv, und er sah sie mit einem Blick an, der Lust verriet. Manchmal war das Leben gar nicht so übel.

»Danke, dass du das so gut aufgenommen hast, was ich dir erzählt habe«, sagte sie, während er den Wein probierte.

»Nichts zu danken. Ich fühle mich durch dein Vertrauen geehrt.«

Sie stellte ihr Weinglas auf den Tisch. »Ich bin dir trotzdem dankbar«, sagte sie und legte Verheißung und Verführung in ihre Stimme. Deshalb hatte sie Jacob zu sich eingeladen – ihren Liebhaber. Weil sie mehr wollte von seinem sexuellen Einfallsreichtum, aber auch, weil sie ihm etwas zurückgeben wollte. Sie betrachtete die schwülstigen Rosen, spürte, wie sie eine Gänsehaut bekam, und ließ sich von seinem unverhohlenen Hunger verführen. Denn er sah sie an, als wäre er ein ausgehungerter Wolf und sie sein Abendessen. Die Anziehung war so stark, dass man sie fast schon sehen konnte, wie kleine Funken in der Luft. Jacob übte einen körperlichen Reiz auf sie aus, das war ein herrliches Gefühl, und sie wollte es genießen.

»Ich wünschte, ich könnte dir irgendwie helfen«, sagte er und strich ihr mit dem Zeigefinger über die Wange.

Ja, so jemand war Jacob. Jemand, der Probleme lösen und helfen wollte. Sie erkannte sich darin wieder, die Dinge regeln zu wollen, Sachen geradezubiegen. Aber sie hatte ihm noch nicht wirklich alles erzählt, hatte es nicht über sich gebracht, ihm zu verraten, wie vulgär die Filme in Wahrheit waren. Kate wusste, dass sie keinen Grund hatte, sich zu schämen. Kinky Sex war völlig okay. Aber Ubbe hatte ihre Grenzen überschritten, Grenzen, die sie damals nicht hatte schützen können, Grenzen, die sie erst nach mehreren Jahren hatte definieren können. Und bei der Vorstellung, dass ihr ganzes Umfeld sehen konnte, was sie getan, wobei sie mitgemacht hatte, drehte sich ihr der Magen um. Dass man womöglich in Podcasts und in den Nachrichten über sie sprach und Stalker und Journalisten sich an ihre Fersen hefteten. Einen Raum voller Menschen zu betreten und nie zu wissen, wer sich vielleicht gerade die Filme angesehen hatte, in denen sie geschlagen und gedemütigt wurde, viel zu brutalen Sex hatte und vor Schmerzen zu weinen anfing. Oder Filmausschnitte, in denen sie den Sex sogar genoss, denn es war ja nicht einfach so, dass Ubbe sie nur vergewaltigt hätte. Sie hatte es auch genossen. Nicht alles und nicht die ganze Zeit, aber sie hatte Ubbe geliebt, und sie hatte gern mit ihm geschlafen, und das hatte er ausgenutzt. Als

Frau Sex zu genießen – gab es etwas mehr Schambehaftetes? Sie kämpfte immer noch darum, ihrem jugendlichen Ich zu vergeben und Schuld und Scham dorthin zu verbannen, wo sie hingehörten: zu Ubbe, der ihre Liebe, ihre Verletzlichkeit und ihre Jugend ausgenutzt hatte. Heute war sie zwar stark, aber als sie von der Existenz der Sexfilme erfuhr, glaubte sie einen Augenblick lang, ins Bodenlose zu fallen. Herrgott, junge Mädchen nahmen sich wegen so etwas das Leben. Aber sie hatte nicht vor, sich umzubringen. Sie wollte es verdrängen, und sie wollte verdammt noch mal *leben*.

Sie lächelte Jacob an. Sie trug sexy Unterwäsche, er war hier, und nichts anderes zählte.

Jacob legte seinen Zeigefinger auf ihre Unterlippe, drückte sie nach unten, und sie sog ihn in ihren Mund und saugte daran. Es war wie ein Versprechen auf das, was sie mit ihm tun wollte. Sie umfasste seinen Nacken, zog ihn an sich und küsste ihn mit Lippen, Zunge und viel Gefühl, bis sich die Welt um sie herum aufzulösen schien. Sie rang nach Luft, als er sie um die Taille fasste, sie auf den Küchentresen hob, zwischen ihre Beine trat und sie auseinanderschob und sich voller Begierde und Hitze gegen sie presste. Während sie sich gegenseitig auszogen, tauschten sie Küsse voller Sehnsucht, Begehren, aber auch voller Vertrauen. Sie ließ es zu, dass er ihr ein Kleidungsstück nach dem anderen abstreifte, und ließ ihn zu sich ein, in einer Weise, wie sie es noch nie getan hatte, flüsterte ihm zu, dass er ihr gehöre, dass sie ihm vertraue, dass sie zueinander passten. Küsse, die wie Versprechen und Geschenke waren.

Als sie nackt waren, führte sie ihn ins Schlafzimmer und kontrollierte nicht einmal, dass er sein Smartphone draußen ließ. Das Misstrauen, das ihr ständiger Begleiter war, musste diesem Neuen und Ungewohnten weichen: Zutrauen und Zärtlichkeit.

Sie führte ihn zu ihrem Bett. Sie hatte es frisch bezogen, mit weißer Bettwäsche, und der Mond schien durchs Fenster herein.

»Komm«, sagte sie und streckte ihre Hand nach ihm aus, wollte ihn spüren, seine Haut an ihrer. Er hatte etwas Weiches, nach dem sie hungerte, etwas Unschuldiges, trotz all dem, was er mit ihr machte und von dem sie sich ernähren wollte. Er war gut gebaut und fasste sie manchmal fest an und zeigte seine Stärke, aber nie, ohne dass sie ihn darum gebeten oder ihm deutlich gezeigt hatte, dass sie sich genau das wünschte. Er benutzte seinen Körper, um ihr ebenso viel zu geben, wie er empfing – wenn nicht sogar noch mehr.

»Wie kommst du, wenn du es dir selbst machst?«, fragte er. Sie zog eine Schublade auf und nahm ihren Vibrator heraus. Seine Augen begannen zu glitzern. Das war es, was den himmelweiten Unterschied ausmachte, dachte Kate, während er ihrem Körper einen ersten Orgasmus entlockte. Während er den Vibrator benutzte und sie leckte, ließ er einen Finger um ihre andere Öffnung kreisen. Sie kam sofort. Es war so schwierig, manchen Leuten zu erklären, dass es einen Unterschied gab zwischen hemmungslosem Sex, bei dem man das tat, was einen anmachte und was man kontrollieren konnte, und Sex, den jemand anders kontrollierte, der einen erniedrigte und einem Angst machte. Jacob sah ihr ins Gesicht, flüsterte, dass sie sich entspannen solle, und schien unermüdlich zu sein – genau, was sie brauchte, um sich sicher zu fühlen.

»Nimm mich hart«, hauchte sie gegen seine Haut und wölbte ihren Rücken von der Matratze, als er ihr zu Willen war und ihre Körper gegeneinanderstießen, primitiv und hungrig. Er wölbte seine Hand um ihre eine Brust, und sie drückte sich gegen die warme Handfläche, um ihm zu zeigen, dass es ihr gefiel. Einfühlsam drückte er sie ein wenig fester. Sie mochte männliche

Körper. Ihre festen Bäuche und muskulösen Schultern. Ihre behaarten Beine und Achselhöhlen. Ihre Bartstoppeln und die tiefen Stimmen. Sie mochte ihr selbstverständliches Auftreten in der Welt. Und sie mochte auch ihren eigenen Körper, viel mehr als die meisten anderen Frauen, die sie kannte. Sie wusste nicht, wieso das so war. Als sie jung war, hatte sie sich für vieles geschämt und ihre Brüste zuerst zu klein gefunden, später dann zu groß, sie hatte sich Sorgen über ihren Bauch und ihre Oberschenkel gemacht und über den Geruch ihrer Scheide. Heute stand sie auf dem Standpunkt, dass ein Mann, der ihren Intimgeruch oder ihre Intimbehaarung nicht mochte, dann auch dort nichts zu suchen hatte. Mit den Jahren hatte sie gelernt, sich mit ihrem Körper und sich selbst wohlzufühlen. Er leistete ihr gute Dienste, er war stark und gesund, und er genoss den Sex. Glücklicherweise war sie durch ihre früheren Erlebnisse nicht traumatisiert worden, aber natürlich hatte sie Narben davongetragen, und trotz all ihrer Vorsichtsmaßnahmen geriet sie manchmal in Panik. An solchen Tagen wollte sie ihre Wohnung nicht verlassen und sich einfach nur in ihrem sicheren Hafen verschanzen. Sie ging damit um, wie sie auch mit allem anderen umging: mit eisernem Willen und zäher Verbissenheit, indem sie ständig ausging, ständig unterwegs war, sich immer mit Menschen umgab. Sie weigerte sich, sich einengen zu lassen, ebenso wie sie sich weigerte, Niederlagen zu akzeptieren.

Sie öffnete die Augen und begegnete Jacobs warmem, grauem Blick. Er hatte wunderschöne Augen, wie Wolken an einem stürmischen Himmel.

»Geht es dir gut?«, fragte er, während er mit seinen großen Händen über ihren Körper strich, langsam, geduldig, als wisse er ganz genau, was sie brauchte und wann. Er gab sich solche Mühe, ihr zu gefallen, und das machte sie ein wenig dünnhäutig.

Sie nickte und zwang sich, sich zu erden, ihre ständigen Zweifel beiseitezuschieben. Jacob würde ihr niemals wehtun. So war er einfach nicht.

»Es geht mir mehr als gut, du bist fantastisch. Das fühlt sich so wunderbar an.«

»Ich bin glücklich, hier bei dir zu sein«, murmelte er und küsste ihr Schlüsselbein, und sie wollte ihn fragen, ob es ihm ebenfalls gut ging. Das war eine Frage, die sie nur selten äußerte, aber sie wollte ebenso viel geben wie er und ihm zeigen, dass das, was sie miteinander machten, ihr etwas bedeutete, dass sie ihm vertraute und dass das etwas Kostbares war. Sie zog sein Gesicht zu sich heran, liebkoste sein strenges Kinn, fand seinen Mund, küsste ihn, bewegte sich mit ihm. Sie verlor sich in ihrem gemeinsamen Rhythmus und ihrem Hunger, küsste ihn, um ihm zu zeigen, dass er etwas Besonderes für sie war, dass sie sich wünschte, dass er sich bei ihr geborgen fühlte. Sie klammerte sich an ihn und flüsterte, wie wunderbar er sei, begegnete ihm, wie sie noch nie einem anderen Menschen begegnet war.

»Kate«, atmete er mühsam.

Zur Antwort schlang sie ihre Beine um seinen Rücken, ihre Knie um seine Taille. »Noch keiner hat mich so zum Höhepunkt gebracht wie du«, sagte sie in sein Ohr. »Keiner ist so wundervoll. Ich liebe das Gefühl, das du mir gibst.«

»Kate«, keuchte er, und sie hörte ihre eigenen Atemzüge, spürte, wie er den Rhythmus, ihren Orgasmus und seinen eigenen kontrollierte. *Ja. Ja. Ja.* Sie öffnete wieder ihre Augen, hatte gar nicht bemerkt, dass sie sie geschlossen hatte. Jacob sah sie an, während er sich in ihr bewegte.

»Hör nicht auf«, sagte sie erstickt. Küsste ihn, bewegte ihre Zunge in dem Rhythmus, den sie brauchte, hinein und heraus, presste ihn an sich und fühlte, wie sich die Welle aufbaute. »Oh Gott. Ja«, sagte sie und hielt ihn in sich, als sie kam.

»Kate«, sagte er erstickt, und dann stieß er hart in sie hinein und kam, lange und keuchend und innig, und dann lagen sie eng umschlungen und verschwitzt da.

Hinterher, als Jacob das Kondom abgestreift, die Kerzen in der Küche gelöscht und Wasser geholt hatte, machte sie es sich in seinen Armen gemütlich und fühlte sich geborgen und umsorgt, während er ihr Haar küsste, ihr über die Stirn strich und ihr Nonsens ins Ohr murmelte. Sie ließ ihre Sinne erschlaffen, spürte den Duft der Rosen, der durch die Türöffnung hereinströmte, sog seinen Geruch und den seiner Haut ein, die Wärme der Luft und die Stille der Nacht draußen vor den Fenstern. Sie vertraute ihm, dachte sie und schob das kleine Misstrauen, das ihr ständiger Begleiter war, beiseite. Sie brachte es zum Schweigen, denn jetzt wollte sie nichts anderes tun, als das herrliche Nachglühen von richtig gutem Sex zu genießen. Sie hatte ein halbes Glas teuren Rotwein getrunken, war zweimal gekommen, und ihr Körper fühlte sich behaglich schlaff an. Aber sei auf der Hut, Kate, flüsterte ihre ständige innere Unruhe ihr zu.

»Bleib bei mir«, sagte sie und gähnte, dass ihr Kiefer knackte.

Sie hatte nichts dagegen, allein zu schlafen, und war gern ungestört, aber es war schön, Jacobs Körper neben sich im Bett zu spüren, und er vermittelte ihr ein Gefühl der Sicherheit. Als könne sie alles loslassen, wenn er bei ihr lag. Als würde er alle Zombies und Verbrecher in die Flucht schlagen, dachte sie, während sie bereits in einen angenehmen Traum hinüberglitt.

»Ich bleibe bei dir«, war das Letzte, was sie hörte, ehe sie einschlief.

## ~ 32 ~

Jacob lag in Kates Bett. Es war ein wenig zu weich und zu schmal für ihn, und unglaublich feminin mit Spitze am Kissenbezug und all dem raschelnden Firlefanz, der an den Bettpfosten hing. Nicht, dass er sich beklagen würde, aber es war eng und sehr warm.

Kate schnarchte leise an seiner Brust, und er lächelte über das so gar nicht elegante Geräusch. Er war sich sicher, dass die zauberhafte Kate Ekberg ihm nicht glauben würde, dass sie nachts Äste zersägte, wenn er es ihr sagte.

Jacob schob Kate ein Stück zur Seite, stand auf und stellte fest, dass er nicht mehr müde war. Das war er gewohnt. Es kam oft vor, dass er mitten in der Nacht wach lag, und dann kam er ins Grübeln, aber nicht heute. Heute war er hellwach, aber völlig angstfrei.

In einer Zimmerecke stand ein großer Mac, der zum Leben erwachte, als er an ihm vorbeiging, was Jacob zusammenzucken ließ. Es war spooky, wenn Maschinen ein Eigenleben führten. Er schaute zum Bett hinüber, doch Kate schlief weiter. Er wollte nicht an ihre privaten Sachen gehen, aber das Licht des Bildschirms erhellte den Raum, und er fürchtete, dass sie aufwachen könnte. Sie brauchte ihren Schlaf. Er hatte sie ziemlich strapaziert, dachte er mit einem selbstzufriedenen Grinsen. Nach kurzem Zögern zwängte er sich auf ihren schmalen Schreibtischstuhl. Abgesehen von dem Computer war alles in ihrer Wohnung altmodisch und klein und für sie gemacht. Aber der Stuhl war von guter Qualität, und Jacob strich mit den Fingern über die gepolsterte Armlehne und stellte sich vor, wie sie hier saß und die Weltherrschaft in der Clubszene plante. Er betrachtete den Computer. Er kannte sich besser mit Windows-PCs aus, wusste aber, dass das Monstrum von Mac ganz einfach auszuschalten sein musste. Sein Blick blieb am Bildschirm hängen. Sie hatte einen aufgeräumten Desktop mit nur wenigen Ordnern und einem hübschen Hintergrundbild. Er überlegte, ob er die Nachrichten lesen und vielleicht die Börsenkurse checken sollte. Das machte er zu Hause, wenn er nicht schlafen konnte. Oder sollte er den Ausschaltknopf suchen und wieder zu ihr ins Bett gehen? Versuchen, sich neben sie zu quetschen. Er hob seine Hand, berührte die Maus und öffnete die erstbeste Suchmaschine. Ihre Sachen zu berühren fühlte sich an, als ob er in ihre Privatsphäre eindringe, aber der Computer war nicht passwortgeschützt, und er wollte nur etwas googeln. Obwohl er doch ein bisschen müde war. Vielleicht sollte er die Nachrichten auslassen, dachte er, während er auf gut Glück eine Seite anklickte. Besser, er schaltete den Computer aus und kroch zurück zu Kate ins Bett.

# ~ 33 ~

Kate träumte nur selten, zumindest konnte sie sich meist nicht daran erinnern. Sie arbeitete hart, schlief schnell ein und lag dann da wie eine Tote. Aber manchmal erwachte sie doch aus einem Albtraum, durchgeschwitzt und in Todesangst. Es waren immer Varianten ein und desselben Traums. Darin schauten alle, die sie kannte, alte Freunde und neue Bekanntschaften, lüstern und begierig auf eine Bühne, um die sie sich versammelt hatten. Und da war sie, Kate. Nackt. Gefesselt. Geschlagen. Ubbe filmte sie, während das Publikum johlte und applaudierte und Ubbe anspornte, immer schlimmere Dinge zu tun. Im Traum wurde ihr klar, dass alle, die sie kannte, ihr schaden wollten. Sie hatten sie getäuscht, und sie war darauf hereingefallen. Das fühlte sich hundertprozentig real an. Obwohl sie den Traum schon ein Dutzend Mal geträumt hatte, erkannte sie nie, dass es nicht wirklich passierte. Denn alles wirkte so echt. Die Leute hielten sie wirklich für dumm und leichtgläubig. Sie wollten ihr Böses. Sie wussten, dass sie sich niemals von Ubbe lösen könnte. Dass sie eine Heuchlerin war.

In dem Moment, als Ubbe sie vergewaltigen wollte, erwachte sie. Es war jedes Mal genau derselbe Moment, in dem sie sich aus dem Albtraum befreite. Sie lag still, atmete, blinzelte und versuchte zu realisieren, dass es nur ein Traum gewesen war. Aber auf einmal signalisierte ihr Gehirn Alarm: irgendetwas ging vor sich, etwas, das nicht sein sollte. Schlaftrunken und immer noch aufgewühlt, versuchte sie zu analysieren, woher ihr Unbehagen rührte. Sie war ein misstrauischer Mensch, weil sie Grund zum Misstrauen hatte, und in diesem Moment fühlte sich etwas definitiv falsch an. Angst durchfuhr sie. Sie sah einen Lichtschein von ihrem Computer, und davor saß Jacob, ganz versunken. Was zum Teufel ...?

»Was machst du da?«, fragte sie mit trockenem Mund. Sie versuchte, sich den Schlaf aus den Augen zu blinzeln und das Gehirn aufzuwecken. Das war schwierig, vom Albtraum war sie immer noch in kaltem Schweiß gebadet, und ihr Puls raste.

Jacob fuhr zusammen, als wäre er in Gedanken weit weg gewesen. Als er sich umdrehte, sah er schuldbewusst aus, und all ihre Alarmglocken schrillten. *Das ist kein Albtraum, du bist wach.* Beinahe wünschte sie sich, dass sie sich immer noch in dem entsetzlichen Traum befände. Damit sie sich geirrt hätte, denn sie wollte nicht glauben, dass Jacob dort saß und nach dem Ordner mit den Sexfilmen suchte. Aber natürlich, er war einfach zu gut gewesen, um wahr zu sein. Das waren sie ja immer. Eine eigenartige Erschöpfung breitete sich in ihr aus.

»Ich wollte dich nicht wecken«, sagte er, und seine Stimme klang anders als sonst. Als ob er wüsste, dass er etwas Falsches getan hatte, und versuchte, es hinter einer gut gelaunten Fassade zu verstecken.

»Was machst du da?«, wiederholte sie. Sah er nicht ziemlich ertappt aus, gestresst?

»Nichts. Ich wollte nur die Nachrichten lesen.« Er machte eine vage Geste in Richtung Computer. »Er ist von allein angegangen.«

Es war das Licht des Bildschirms, das sie geweckt hatte. Ihr Gehirn wusste, dass dort die Bedrohung war. Einmal hatte sie einen One-Night-Stand dabei erwischt, wie er sich vor einer Pornoseite auf seinem Smartphone einen runterholte. Alles war nur einen Click entfernt. Vor allem Ubbes Filme. Vielleicht war Jacob ebenfalls Stammgast dieser Pornoseiten. Vielleicht hatte er sie sogar schon gesehen, ohne zu wissen, dass sie es war. Sie spürte, wie ihre Gedanken sich selbstständig machten und immer abwegiger wurden, aber sie konnte sie nicht stoppen. Denn in ihrem Traum hatte Jacob ja im Publikum gesessen. Hatte er sie ausgelacht? Hatte er ihr Ausgeliefertsein genossen und dazu masturbiert? Kate stand auf, die Decke fest um sich gewickelt. Jacob sah sie wachsam an und schien definitiv ein schlechtes Gewissen zu haben.

»Ist das alles«, fragte sie schroff.

»Kate? Was ist los?«

»Es ist nicht etwa so, dass du nach Sexfilmen suchst? Und hoffst, etwas richtig Perverses zu finden, dass du da oben abspeichern kannst?« Sie tippte sich fest mit dem Zeigefinger an die Stirn. Wie hatte sie nur so verdammt dumm sein können, dass sie ihren Schutzpanzer für ihn geöffnet hatte. Sie kannte ihn nicht und wusste nicht, was er von ihr wollte. Ihr Atem beruhigte sich, und sie wurde immer kaltblütiger. Jetzt ging es nur noch um Schadensbegrenzung und darum, sich selbst zu schützen.

»Was?«, fragte er und schaffte es, gleichzeitig unschuldig und schuldig auszusehen.

Kate nickte und sagte mit vor Ironie triefender Stimme: »Nicht wahr? Versuch nicht, so zu tun, als hättest du das vergessen. Dass auf diesem Computer, nur einen oder zwei Clicks entfernt, Filme von mir sind. Gib's zu.«

»Willst du damit sagen, dass ich dir hinterherspioniere«, protestierte er und sah gekränkt und beleidigt aus. »Das ist nicht witzig, Kate.«

»Nein«, stimmte sie ihm zu. Sie war so wütend, dass ihre Stimme zitterte, während sich in ihr eine eisige Kälte ausbreitete.

Darüber sollte sie nicht entsetzt sein. Doch das war sie. Über ihn. Über sich selbst. »Das ist alles andere als witzig.«

»Du täuschst dich, Kate, wenn du so etwas von mir glaubst, nehme ich dir das sehr übel.«

»Oh, ich bitte um Verzeihung, falls ich dein Ego und dein Selbstbild als Erlöser der Welt gekränkt habe. Willst du etwa behaupten, dass du nicht daran gedacht hast?«, fragte sie sarkastisch.

Er schwieg, und sie nahm das als weiteren Beweis dafür, dass er nicht besser war als alle anderen.

»Nein, Kate«, sagte er schließlich verbissen. »Es wäre schon ein Übergriff, nach solchen Filmen zu suchen oder sie sich anzusehen. Auf so eine Idee würde ich niemals kommen. Ich will dich beschützen.«

»Ich habe nicht um deinen Schutz gebeten, um dein Geld, deine Blumen oder um deine verdammte Sexprahlerei. Alles, was du willst, ist, dir den Schund reinziehen, das kannst du genauso gut gleich zugeben, denn ich glaube sowieso nichts anderes. Ich weiß, dass ich recht habe.« Sie wusste es, denn seine Körpersprache verriet ihr die Wahrheit. Und warum würde er sonst praktisch drei Sekunden nachdem sie ihm anvertraut hatte, dass sie Sexfilme hatte, vor ihrem Computer sitzen?

Jacob befand sich in einem Schockzustand, und es fiel ihm schwer, vernünftige Gedanken oder zusammenhängende Sätze zu formulieren. Im ersten Moment hatte er nicht glauben können, dass irgendjemand, *Kate*, eine so schlechte Meinung von ihm haben könnte. Kate, mit der er innigen und intimen Sex gehabt hatte. Kate, der er vertraute, für die er vielleicht Gefühle hatte – für die er zumindest etwas empfand. Jetzt sah sie ihn an, als ob er pervers wäre. Es gab ihm einen Stich. Er schien ein Fremder für sie geworden zu sein, ein unwillkommener Eindringling, ein Widerling und ein Krimineller. Er konnte es nicht ändern, er fühlte sich schmutzig. Aber in ihm keimte auch noch etwas anderes auf: ein wachsender Zorn darüber, zu Unrecht beschuldigt zu werden. Womit hatte er das verdient? Wie? Er weigerte sich, das auf sich sitzen zu lassen.

Kates Augen brannten, ihr Mund war eine verzerrte Grimasse mit entblößten Zähnen. »Warum sollte ich das nicht glauben?«, fragte sie. »Was sonst solltest du mitten in der Nacht an meinem Computer machen? Während ich schlafe. Welchen anderen verdammten Grund könntest du dafür haben?«

»Der Computer ist angegangen. Ich habe mich davorgesetzt. Das ist alles.«

Sie sah ihn an, als sei das die dümmste Lüge, die sie jemals gehört hatte.

»Du kannst es genauso gut zugeben, Jacob. Gib zu, dass du gucken wolltest. Du willst sehen, wie jemand mir seinen Schwanz in den Hals steckt, wie ich gefickt werde, den ganzen Scheiß willst du sehen.« Sie war wie ausgewechselt, wie eine Fremde.

»Kate.« Jacob machte einen Schritt auf sie zu. Er wollte, dass sie wieder sie selbst war.

Sie zuckte zusammen und entzog sich ihm mit einer heftigen Bewegung. »Fass mich nicht an!«

Sie hätte ihn genauso gut schlagen können.

»Beruhige dich«, sagte er, so beherrscht er konnte. Er wurde selten wütend, zu selten, wenn er seiner Schwester glauben durfte, aber diese Attacke weckte etwas Primitives in ihm.

»Ich bin ruhig, verdammt ruhig. Und du gehst jetzt.« Sie nickte zur Tür.

»Kate, ich …« Jacob wusste nicht, was er noch sagen sollte. Sie verhielt sich so, als glaube sie wahrhaftig, dass er nach dem abstoßenden Filmmaterial gesucht hatte.

»Ich habe dir vertraut«, sagte sie.

»Du *kannst* mir vertrauen«, sagte er in scharfem Ton. Hatte er ihr das nicht bewiesen, immer und immer wieder? Was ging hier vor? Sie verhielt sich ganz anders als die Kate, die er kannte, als wäre sie besessen oder so etwas. Die ganze Situation war eigentlich zu surreal, um sie ernst zu nehmen. Kate war wie ein anderer Mensch. Es war entsetzlich unangenehm. »Hör jetzt auf damit«, sagte er.

»Du hast meinen Computer durchsucht«, behauptete sie. Ihre Augen waren nachtschwarz.

»Nein. Ich wollte ihn ausschalten«, wiederholte er, zum wievielten Mal wusste er nicht.

Sie lächelte freudlos und höhnisch. »Eben hast du noch gesagt, dass du etwas googeln wolltest.« Sie sagte das triumphierend, als hätte sie ihn einer raffinierten Lüge überführt.

Müde kratzte er sich an der Stirn. »Kate, es ist drei Uhr morgens, ich konnte nicht schlafen, und dein Computer ist angesprungen.«

»Du lügst. Ich weiß es.«

»Du musst verrückt sein, wenn du das wirklich glaubst.«

Sie zählte an ihren Fingern ab: »Verrückt, hysterisch – sonst noch was?«

»Hysterisch habe ich nicht gesagt.«

»Aber gedacht. Verdammt, dass ich darauf reingefallen bin.«

Er wusste nicht einmal mehr, wovon sie sprach. Das Ganze war vollkommen absurd. »Also, ich habe keinen Nerv für so etwas, es ist mitten in der Nacht. Müssen wir hier stehen und uns anschreien?«

»Wir müssen gar nichts. Denn du gehst jetzt.«

»Hör auf damit, Kate!«

»Erteil mir keine Befehle, du Arsch. Niemand sagt mir, was ich zu tun habe. Raus. Raus aus meiner Wohnung.«

Jacob ballte die Fäuste. Das ging zu weit. Sie ließ überhaupt nicht mit sich reden. Und ja, sie war hysterisch und außerdem furchtbar ungerecht. Ihre Vorwürfe machten etwas in ihm kaputt, etwas, das er gerade angefangen hatte zu reparieren. Sah sie ihn nicht als der, der er war? Er hatte es gewagt, sich zu öffnen und aufrichtig zu ihr zu sein. Hielt sie ihn wirklich für so ein Schwein? So wie dieser Ubbe?

Er stampfte in die Küche. »Du brauchst mich nicht rauszuwerfen, ich gehe nur zu gern, wenn es das ist, was du willst«, rief er. Er schnappte sich seine Kleidung vom Fußboden, zog sie an und knallte die Tür hinter sich zu. Mit dieser Art von Drama war er durch.

# ~ 34 ~

Am selben Morgen, an dem sie Jacob aus ihrer Wohnung geworfen hatte, machte Kate sich auf den Weg, um einige ihrer liebsten Besitztümer zu verpfänden. Ihre Laune war sowieso schon unterirdisch, also warum nicht. Sie ging durch den Schneematsch zur Birger Jarlsgatan, bog in die Regeringsgatan ein und folgte ihr bis zur Mäster Samuelsgatan in der City, wo das Pfandhaus lag. Ein Ort für Menschen, die in Zahlungsschwierigkeiten geraten waren, konstatierte sie, während sie vor dem Gebäude ihren Mut zusammennahm. Sie schämte sich dafür, dass sie hier gelandet war. Schämte sich, arm zu sein. Schämte sich, beim Sex gefilmt worden zu sein. Schämte sich, ihr geliebtes *Kate's* dem Risiko auszusetzen, in Konkurs zu gehen. Ihretwegen war der Club ernsthaft bedroht. Und in der Folge wäre auch ihr Personal betroffen. Die Arbeitslosigkeit in ihrer Branche war astronomisch, und viele ihrer Angestellten hatten Familien zu versorgen. Bettys investiertes Kapital war in Gefahr. Weil Kate es vergeigt hatte. Weil sie Ubbe die Macht überlassen hatte. Weil sie schlussendlich doch null Menschenkenntnis hatte. Weil sie ein Loser war. Sie öffnete die Tür, bevor das Selbstmitleid sie ganz in die Knie zwang.

Sie hatte ihre beiden teuersten Handtaschen mitgebracht, eine kleine Chanel und eine noch kleinere Louis Vuitton. Und ihre schmalen Goldringe. Warum hatte sie nur Modeschmuck gekauft, als sie in Gold hätte investieren können? Nicht, dass sie besonders viel für die Ringe bekommen hätte. Ihre Schätze brachten deprimierend wenig ein. Vielleicht sollte sie Dosen sammeln und sich das Pfand holen, dachte sie, als sie das Leihhaus so schnell wie möglich wieder verließ. Leergut hatte sie früher auch schon gesammelt, das konnte sie ziemlich gut. So weit war es also gekommen: dass sie darüber nachdachte, Obdachlosen und Bettlern die Pfanddosen zu stehlen.

Sie hatte Hunger, konnte es sich aber wohl nicht mehr leisten, in einem Restaurant zu Mittag zu essen. Nur weil sie pleite war, bekam sie natürlich unbändige Lust auf Shopping und stand lange vor dem Schaufenster von Åhléns. Sie sollte in den Club gehen und dort etwas essen, aber sie hatte einen Trainingstermin. Im Fitnessstudio standen meist Obstkörbe, also würde sie sich wohl mit Gratisbananen vollstopfen müssen.

Ihr Handy klingelte, und sie nahm das Gespräch an. Besser, sie brachte es hinter sich.

»Hallo, Mama«, sagte sie.

»Herzlichen Glückwunsch zum Geburtstag. Achtundzwanzig Jahre, wo ist die Zeit nur geblieben? Glückwunsch, meine geliebte Tochter.«

»Danke.«

»Ich habe dir ein Geschenk gekauft.«

»Oh, danke, wie lieb.« Wenn ihre Mutter die Quittung noch hatte, könnte sie sich vielleicht das Geld zurückholen, dachte Kate und schämte sich dann.

»Wie feierst du?«, erkundigte ihre Mutter sich vorsichtig.

»Ich feiere nicht, ich arbeite.« Dies war wahrscheinlich nicht der schlimmste ihrer Geburtstage, aber er schaffte es sicher auf die Liste der ersten drei.

»Sag Bescheid, wenn du mich treffen willst?«

Mia-Lotta klang unsicher, ständig besorgt, in ein Fettnäpfchen zu treten, aber Kate konnte sich nicht neben allem anderen auch noch um die Gefühle ihrer Mutter kümmern. Sie hatte genug mit ihren eigenen zu tun. Sie antwortete vage, und kurz danach legten sie auf, und jetzt schämte sich Kate auch noch dafür, was für eine Tochter sie war. Was für ein fantastischer Tag. Da konnte sie ebenso gut gleich alle unangenehmen Pflichten hinter sich bringen.

Sie war kein Fan von Ausdauersport oder Krafttraining, aber sie wusste, dass sie einen starken Körper brauchte, um ihre langen Arbeitstage, die langen Nächte und den vielen Stress auf Dauer durchzuhalten. Und heute brauchte sie das mehr als jemals zuvor, auch wenn jede Zelle ihres Körpers schrie, dass sie nach Hause gehen, alle Vorhänge schließen, sich hinlegen und die Decke über den Kopf ziehen sollte, um zu weinen. Darum zwang sie sich weiterzugehen, denn das war es, was sie gut konnte: weitermachen.

Sie überquerte den Sergels Torg zur Hamngatan und ging dann an der Galleria und an der Oper vorbei und am kalten Wasserlauf des Strömmen entlang. Bis jetzt hatte sie zweimal in der Woche mit einem sündhaft teuren Personal Trainer im Grand Hotel trainiert. Aber mit solchem Luxus war jetzt Schluss. Ihre Mitgliedschaft hatte sie bereits gekündigt.

Das Fitnessstudio war nicht für die Allgemeinheit zugänglich, aber sie war Mitglied in dem exklusiven Club. Wenn sie ehrlich war, war es nicht nur sauteuer, sondern auch ein bisschen albern, dort zu trainieren. Aber zum einen waren die Angestellten des Grand Hotel diskret, und Kate verabscheute den Gedanken, dass irgendjemand sie nackt sehen und vielleicht heimlich Fotos machen könnte, Fotos, die dann verkauft oder auf irgendwelchen Blogs wieder auftauchen würden. Zum anderen war der Club außerordentlich exklusiv, und das mittellose Vorstadtmädchen in ihr genoss das. Sie hatte sich ihre Erfolge hart erarbeitet und wusste, solchen Luxus zu schätzen. Als Kind hatte sie nicht einmal gewusst, dass es so etwas gab. Es war nicht ganz einfach gewesen, Mitglied zu werden, was es natürlich noch erstrebenswerter machte, aber es war versnobt hier, dachte sie, während sie ihre Sachen zum letzten Mal einschloss. Außerdem war das Training hier auch nicht besser als anderswo. Egal, was sie von sich behaupteten. Es war ganz gewöhnliches Training mit den üblichen Geräten, allerdings mit verschwiegenem Personal und teurer Ausstattung in einer ruhigen Umgebung. Und dem einen oder anderen Welt-Star, der alles durcheinanderbrachte. Sowohl Springsteen als auch Madonna war sie hier schon begegnet.

Je weiter der Tag voranschritt und je mehr Stunden verflossen, desto mehr dämmerte es Kate, dass sie ungerecht zu Jacob gewesen war. Zu ihm, der so respektvoll und so sehr darauf bedacht war, keine Grenzen zu überschreiten. Vielleicht hatte er ja wirklich nicht gelogen, sondern einfach dagesessen und etwas gegoogelt, genau wie er gesagt hatte. Aber vielleicht war es besser so, dachte sie missmutig, als sie nach dem Training unter der Dusche stand. Luxusprodukte waren im Mitgliedsbeitrag inbegriffen, und sie ging besonders verschwenderisch mit Seife und Cremes um. Das zwischen Jacob und ihr hätte so oder so nicht gehalten. Da war es besser, dass es sofort geendet hatte, dass sie ihn verletzt hatte, sodass er sie vergessen konnte. Sie war niemand, mit dem man zusammen sein konnte, dachte sie, während sie sich eincremte, anzog und ihren Schrank ausräumte. Sie war schlicht keine Frau, auf die man sich rückhaltlos einlassen konnte, fasste sie zusammen. Es war besser, dass Jacob das einsah.

In dem Bewusstsein, dass sie kurz davor war, wieder in Selbstmitleid zu ertrinken, machte sie kurzen Prozess. Sie gab den

Schlüssel ab, verabschiedete sich, verließ das Grand und blickte über die vereiste Wasserfläche vor dem Strömkajen. Fuck, jetzt brauchte sie einen Luxus-Lunch. Rasch ging sie zu dem Hotel neben dem Grand hinüber, das neue, leuchtend weiße Lux by Mälaren. Es war wirklich kalt draußen, die Schiffe kämpften sich durch die Eisschollen, und die wenigen Touristen waren dick eingemummelt.

Sie ließ sich in der Bar nieder und sah sich um. Lux BM passte eigentlich besser zu ihr als das elitäre und traditionsbelastete Grand. Lux war jünger, moderner und viel diverser. Sie bestellte Mineralwasser mit Zitrone und ein reichhaltiges warmes Mittagessen.

»Hallo, Kate«, begrüßte der Barkeeper sie.

»Hallo, Hossein«, sagte sie und konnte einen winzigen vorwurfsvollen Unterton nicht verbergen.

Er grinste sie an. »Darling, du bist doch nicht immer noch sauer?«

Hossein hatte früher im *Kate's* gearbeitet. Er war einer der besten (und gut aussehendsten) Barkeeper, die sie je gehabt hatte, aber Sam Amini, der Hotelbesitzer, hatte ihn ihr gestohlen. Oder eigentlich hatte er Hossein, der zwei kleine Kinder und eine studierende Ehefrau hatte, einen Vollzeitjob tagsüber angeboten, was fast dasselbe war wie Diebstahl. Sam und seine Ehefrau, eine blonde, stille Frau, die als Leibwächterin arbeitete – ausgerechnet –, waren ein paarmal in ihrem Club gewesen, und Kate würde ihm bei der nächsten Gelegenheit vergeben.

Sie hatten hier einen guten Service, dachte sie. Sie aß gern in der Bar, das Restaurant war unglaublich edel, und für einen kleineren Empfang oder ein intimes Abendessen konnte man einen fantastischen Raum mieten. Und das Personal war superfreundlich, nicht nur zu ihr, sondern zu allen Gästen. Die Stimmung unter den Angestellten war gut, großzügig, hilfsbereit und entspannt, was viel über die Chefetage aussagte. Sie merkte sofort, wenn ein Unternehmen ein gutes Management hatte und ob der oberste Chef ein netter Kerl oder ein Arschloch war. Eine gutes Management setzte sich nach unten hin fort. In dieser Hinsicht war Sam Amini vermutlich ein Vorbild, auch wenn er ihr das Personal abwarb. Sam war auch ein Vorstadtkind, genau wie sie. Er war hübsch anzuschauen, aber vielleicht sollte sie damit aufhören, in Männern Objekte zu sehen, dachte sie beschämt.

Sie legte ihr Besteck hin und schnaufte. Sie hatte das Essen in sich hineingeschaufelt und den Teller leer gekratzt.

»Mehr?«

Sie schüttelte den Kopf.

Hossein lächelte. »Heißes Wasser mit Zitrone?«

Wow. Er wusste es noch. »Danke. Ich habe heute Geburtstag«, fügte sie hinzu.

»Herzlichen Glückwunsch.«

»Ich hasse es, älter zu werden«, sagte sie, als er das Wasser vor sie hinstellte. Er hatte ihr eine Schokoladenpraline danebengelegt. Sie machte sich darüber her, denn Schokolade sollte man nicht verkommen lassen.

Kate trank das heiße Wasser aus und gab einen Hunderter von dem Geld aus dem Pfandhaus als Trinkgeld. Noch ein Nebeneffekt ihrer verarmten Jugend: Sie gab immer übertrieben viel Trinkgeld. Offenbar auch, wenn sie am Rande des Ruins stand. Jetzt war von ihrer Barschaft nicht mehr viel übrig.

Ihr Handy piepte, und die Nachricht war wie ein Schlag ins Gesicht.

UW: Ich muss dir wohl beweisen, dass ich es ernst meine, du Hure.

Kate setzte sich in die Lobby hinter eine Palme und tippte auf den Link, den Ubbe ihr geschickt hatte. Und da war sie. Nackt, auf allen vieren. Auf einer von diesen widerlichen Pornoseiten.

> *UW: nächstes Mal kann man dein Gesicht deutlich erkennen, du verficktes Miststück. Glaub nicht, dass es vorbei ist. Ich bin noch nicht fertig mit dir. Glückwunsch zum Geburtstag.*

Sie antwortete nicht darauf und weigerte sich, ihn anzuflehen, die Filme zu löschen, was er wohl eigentlich erreichen wollte. Außer den paar Tausendern, die sie im Pfandhaus bekommen hatte und die eine Weile für Essen und Miete reichen würden, hatte sie noch ungefähr zweihundert Kronen. Eine Woche vor Weihnachten. Sie würde sich wieder aufrappeln, wie immer, aber dieses Mal fiel es ihr schwer. Wie hatte sie jemals zu diesem Widerling aufsehen können?

Ubbe war immer über alle anderen Mädchen hergezogen, die so dumm, fett und hässlich waren, während Kate etwas Besonderes war. Erst hinterher ging ihr auf, dass das eine wohldurchdachte und total psychopathische Strategie war. Vor ihm hatte noch keiner Kate als etwas Besonderes gesehen. Weder ihre Mutter noch ihre Lehrer oder ihre Klassenkameraden. Natürlich war sie auf Ubbes Schmeicheleien hereingefallen. Er hatte ganz genau gewusst, auf welche Knöpfe er bei ihr drücken musste. Zuerst waren es Leidenschaft und Bestätigung gewesen. Niemand verstand ihn so wie Kate. Niemand machte ihn so glücklich wie Kate. Und sie wollte Ubbe ja so glücklich machen! Ihr ganzes Dasein hatte sich um ihn und seine Launen gekreist. Nach einer Weile sagte er, sie sei dumm, wenn sie etwas, was er sagte, nicht verstand, oder nicht schnell genug das tat, was er ihr befahl. Danach war er wieder lieb, Kate war die Beste, und sie fuhr auf dieses Gefühl ab. Nur um beschimpft zu werden, wenn sie nicht zum vierten Mal an ein und demselben Wochenende Sex haben wollte, wenn sie zum Ausgehen die falschen Kleider trug, wenn sie zu laut lachte. Das Ganze entwickelte sich allmählich, sodass sie nicht merkte, wie krank es war. Ihr Gespür dafür, was normal war, verschob sich immer weiter. Und bald kam es ihr ganz natürlich vor, heruntergeputzt und als Schlampe bezeichnet zu werden und auch dann Sex zu haben, wenn sie es eigentlich nicht wollte.

Kate steckte das Handy wieder ein, winkte Hossein zu und verließ das Lux BM. Rasch lief sie durch den Schnee und schützte ihr Gesicht vor dem Wind. Was für ein grässlicher Wintertag.

Im Laufe ihrer Jahre in der Stockholmer Nachtclubszene war Kate allen möglichen Kriminellen begegnet, von Leuten, die auf den Toiletten Kokain schnupften, bis zu Typen in kriminellen Organisationen mit großem Gewaltpotenzial. Sollte sie doch einen der Typen ansprechen, die sich am Stureplan herumtrieben? Das hätte sie dann allerdings machen sollen, bevor sie Ubbe eine Menge Geld gab. Sie dachte an Arams Warnung. Der toughe Securitymann hatte recht. Das Problem bei Kriminellen war, dass man nicht wusste, wem gegenüber sie loyal waren. Es war, als ob man Feuer mit Benzin löschen wollte. Nur zu leicht könnte sie in eine noch schlimmere Erpressung hineingeraten. Und das Schwierigste war es ja eben, überhaupt erst einmal jemandem von dem Problem zu erzählen. Denn sie wusste ja, was im selben Moment passieren würde, wenn sie offenbarte, dass Sexfilme von ihr online waren. Männer würden anfangen, danach zu suchen. Sie würden das zwar abstreiten oder sagen, sie machten das aus professionellen Gründen, aber sie glaubte ihnen nicht, und ihr wurde schon beim bloßen Gedanken daran speiübel. Sie gestattete sich einen Moment der bodenlosen Hoffnungslosigkeit, bevor sie sich wieder notdürftig zusammenriss.

Voller deprimierender Gedanken kehrte sie in die Geborgenheit des *Kate's* zurück. Wie sollte sie aus dieser Situation wieder herauskommen? Hm. Ubbes Freundin, Tanya. War sie eine mögliche Verbündete? Und gab es noch weitere Frauen, die von Ubbe bedroht wurden? Daran hatte sie noch gar nicht gedacht. Das musste sie herausfinden. Sie ...

»Herzlichen Glückwunsch zum Geburtstag«, sagte Nanna und umarmte Kate stürmisch.

»Danke«, sagte Kate, die darauf nicht gefasst gewesen war.

Nanna half ihr beflissen aus dem Mantel. »Komm, wir wollen dich feiern.«

»Oje, ich bin gar nicht in Feierlaune.«

»Komm trotzdem, du Spielverderberin«, sagte Nanna und zog sie mit sich an einen Tisch, an dem Parvin gerade eine Flasche alkoholfreien Fliedercidre öffnete. Als sie Kate erblickte, stellte sie die Flasche hin, breitete ihre Arme aus und drückte sie fest. Kate war baff, denn sie umarmten sich nicht oft, aber sie erwiderte die feste Umarmung, und spürte, dass sie das heute brauchte.

»Glückwunsch der besten Chefin, der lieben Kate«, lachte Parvin. »Jetzt rückt für ein Foto zusammen«, befahl sie und drückte dann ab. »Eine für alle, alle für eine. Darf ich das posten?«

»Klar«, sagte Kate.

Plötzlich wurde die Küchentür geöffnet, und der Barkeeper Emil kam heraus, mit einer riesigen Torte mit einer Wunderkerze in der Mitte. Nanna, Parvin, Emil und einer der Securityleute, der zu ihnen gestoßen war, sangen aus voller Kehle *Hoch soll sie leben*. Parin fotografierte wie besessen. Kate trocknete sich die eine oder andere Träne. Ihre wunderbaren Angestellten, die in diesem Jahr kein Weihnachtsgeld bekommen würden, weil sie es verbockt hatte. Es tat ihr so leid. Parvin, die ständig in Geldnöten war, Nanna, die jemanden kennengelernt hatte, den sie vor ihnen versteckte und mit dem sie vielleicht eine romantische Reise plante. Alle, die für sie arbeiteten und schufteten, die ihr eine Torte schenkten und für sie sangen.

»Danke«, sagte sie ganz ergriffen.

Sie ließen sie hochleben, und Emil schnitt die Torte an.

»Die ist nicht vegan«, sagte Parvin. »Ich weiß doch, wie sehr du Butter und Sahne liebst. Aber sie ist gekauft, keiner von uns kann backen.«

»Danke«, sagte Kate herzlich. »Für den Gesang und die gekaufte Torte und dafür, dass ihr an mich gedacht habt. Ich hoffe, ihr wisst, wie viel mir das bedeutet und wie sehr ich mich darüber freue.« Sie breitete ihre Arme aus. »Ihr seid wunderbar. Ich muss sagen, das hier bedeutet mir mehr, als dass meine Mutter angerufen hat.« Sie seufzte tief und murmelte: »Auf meine Mutter kann ich verzichten.«

»Kritisch wie immer«, sagte Nanna, den Tortenheber in der erhobenen Hand.

Kate konnte ihre Verblüffung nicht verbergen. »Ich bin doch kein kritischer Mensch«, sagte sie, denn sie sah sich selbst als jemanden, der andere integrierte und nicht über sie urteilte.

Parvin und Nanna wechselten einen langen, vielsagenden Blick.

»Was?« Kate starrte sie an. Verdrehten die beiden die Augen über sie?

»Du *kannst* schon kritisch sein«, sagte Nanna und leckte sich einen Sahneklecks vom Finger.

»Nur ein kleines bisschen«, räumte Parvin ein.

»Und auch nicht immer«, fügte Nanna hinzu.

»Aber es kommt vor«, sagte Parvin.

»Dass du Leute verurteilst«, erklärte Nanna.

Kate hob die Hand, um sie zu stoppen. »Danke, ich habe es kapiert, jetzt geht es mir wirklich super.« Sie drehte sich um und wandte ihnen den Rücken zu. »Bitte sehr, da ist noch Platz für einen Messerstich.«

Nanna legte ihre Hand auf Kates und drückte sie. »Du weißt, dass wir dich lieben.«

»Aha? Obwohl ich eine kritische Diktatorin bin?«

»Ja. Und obwohl du einen Hang zum Melodramatischen hast.« Parvin tätschelte ihr die Wange. »Keiner hält dich für eine Diktatorin. Aber du bist hart zu deiner Mutter. Was sie angeht, hast du eine selektive Wahrnehmung.«

Nanna täuschte sich, dachte Kate beleidigt und starrte die Torte an. Sie war kein kritischer Mensch. Ihre Mutter war wirklich unzuverlässig, das war eine Tatsache. Aber weißt du noch, wie hart du zu Jacob warst, sagte ihre innere Stimme. Du warst hart und hast ihn verurteilt.

»Ich hasse Geburtstage«, schmollte sie.

»Schau an, das verbirgst du aber gut«, sagte Nanna. »Iss etwas Torte.«

»Zucker und Sahne helfen da auch nicht.«

»Doch, ein bisschen helfen sie schon.«

## ~ 35 ~

Jacob war alles andere als in Hochform. Tatsache war, dass der schreckliche Streit mit Kate ihn in seinen Grundfesten erschüttert hatte. Vielleicht, weil er noch nie gut streiten konnte und sich immer lieber in sich zurückgezogen hatte. Vielleicht auch, weil der Streit zu einem Moment gekommen war, als er gerade begonnen hatte, an eine bessere Zukunft zu glauben. Oder vielleicht, weil es ihn zutiefst erschütterte, dass er offenbar immer noch so verletzlich war. Er hatte sich stark und unüberwindlich gefühlt, aber es hatte nicht viel gebraucht, damit er alles wieder infrage stellte. Jacob wusste, dass es ihm nicht leichtfiel, Gefühle zu zeigen, aber das bedeutete nicht, dass er keine Gefühle *hatte*. Er hatte sogar jede Menge Gefühle. Als Kate sich ihm anvertraut hatte, als sie ihm von ihren schrecklichen Erlebnissen erzählt hatte, da hatte er sich so geehrt gefühlt, so auserwählt und wichtig. Und er hatte die enorme Verantwortung gefühlt, ihr zu zeigen, wie sehr er sie respektierte. Als er ihr versprochen hatte, niemals online nach den Filmen zu suchen, hatten seine Worte darum etwas *bedeutet*. Für ihn war es wie ein heiliger Eid gewesen. Aber offensichtlich war sein Eid keinen Pfifferling wert, dachte er bitter. Denn wenn es darauf ankam, bedeutete er Kate nichts, da war er nur ein Dreckskerl wie die anderen. In ihrem Blick hatte eine solche Wut gelegen, dass er zurückgeschreckt war. Kate hatte sich von ihm verraten gefühlt, und Jacob wusste, wie es sich anfühlte, von jemandem verraten zu werden, dem man vertraut hatte. Aber dort endete auch sein Verständnis für ihr Verhalten. Kate war wie ausgewechselt gewesen. Sie hatte sich aufgeführt wie eine Verrückte, hatte sich wie rasend auf ihn gestürzt und sich geweigert, seine Erklärungen anzuhören. Er war schockiert, zornig und furchtbar enttäuscht. So schnell waren die Fortschritte seines emotionalen Zustands zunichtegemacht. So rasch konnte Freude in Misstrauen und Angst umschlagen. Denn wenn er ehrlich war, wusste er nicht mehr, was er fühlte. Chaos und aberwitzige Streitereien waren das Letzte, was er gebrauchen konnte. Er wischte sich eine Schneeflocke von der Stirn.

Benjamin und er wollten gemeinsam Weihnachtsgeschenke einkaufen gehen, hier auf Södermalm, aber sein neuer Freund verspätete sich. Und als Jacob an diesem bitterkalten Montag dort stand und fröstelte, fragte er sich, ob das, was zwischen ihm und Kate Ekberg gewesen war, tot war, bevor es sich hatte entwickeln können. Sie hatte sein vollkommen unschuldiges Surfen im Internet fehlinterpretiert und es ihm falsch ausgelegt. Wenn Kate ihm nicht vertraute, was konnte er dann noch tun? Sie war als Jugendliche Opfer von sexuellen Übergriffen geworden, dachte er, während der Schnee ihm in den Mantelkragen rann. Sie war auf der Hut, und das war nachvollziehbar. Aber ihn und dieses Schwein in einen Topf zu werfen ... Wenn sie ihn und ihre Beziehung in diesem Licht sah, konnten sie ja nicht zusammen sein.

»Tut mir leid, dass ich zu spät bin«, sagte Benjamin entschuldigend.

»Kein Problem«, erwiderte Jacob und klatschte mit vorgetäuschtem Enthusiasmus in die behandschuhten Hände. »Wohin willst du gehen?«

Ein Sexshop. Wenn Jacob gewusst hätte, dass Benjamin ihn in einen edlen, mit Samt verkleideten und sanft beleuchteten Sexshop mitnehmen wollte, hätte er Nein gesagt. Er versuchte, das umfassende Sortiment an Dildos nicht zu sehr anzustarren.

»Das ist kein Pornoshop«, erklärte Benjamin eilig. »Es ist ein exklusiver Laden. Inés hat sich etwas Besonderes aus diesem Shop zu Weihnachten gewünscht, und ich möchte sie überraschen.«

Jacob murmelte etwas.

»Was kaufst du Kate zu Weihnachten?«, fragte sein Freund, während er eingehend die Dildos in Rosa, Lila und Weiß betrachtete.

»Ich weiß nicht«, sagte Jacob. Er wollte weder daran denken noch darüber sprechen. Und dieser Sexshop war im Moment nicht der beste Ort für ihn. Er hatte niemanden, dem er Sexspielzeug hätte schenken können. Er war für immer einsam mit gebrochenem Herzen. In ihm war es leer und dunkel. Wieder einmal.

Benjamin stutzte. »Ist alles okay bei euch?«

Jacobs Blick blieb an einem nachtblauen Negligé aus dicker glänzender Seide hängen, das ganz hinten in einer Ecke hing. Kate würde fantastisch darin aussehen, aber es war ja vorbei. Seine Kehle brannte.

»Wir haben uns gestritten«, sagte er. Und vermutlich Schluss gemacht, aber das sagte er nicht. Denn als er gerade seine Schutzmauern geöffnet und sich verletzlich gezeigt hatte, als er versucht hatte, sie glücklich zu machen, und sich traute, an die Rückkehr des Lebens zu glauben, hatte sie ihm einen Schlag ins Gesicht verpasst. Hart und rücksichtslos. Er war sich nicht einmal sicher, ob es danach noch eine Chance für sie gab. Oder ob er das überhaupt wollte.

»Wie schade«, sagte Benjamin, der gerade zwei Flaschen mit Massageöl miteinander verglich. »Worüber habt ihr gestritten?«

»Wie hatten über einige Dinge unterschiedliche Ansichten«, antwortete Jacob diffus. Er hatte keine Lust, ins Detail zu gehen.

Benjamin stellte die Flaschen zurück und las sich gründlich die Inhaltsstoffe einer Kamasutra-Duftkerze durch. »Verstehe. Das ist hart. Vor allem, weil es noch so frisch war.«

»Ja.«

»Aber sie scheint eine gute Frau zu sein. Ihr passt zusammen.«

Jacob schüttelte den Kopf. »Wir sind ziemlich unterschiedlich. Das war es dann wohl.«

»Shit, wirklich schade.«

»Und du und Inés? Das klingt nach etwas Ernstem«, sagte Jacob in dem Versuch, das Gespräch auf ein anderes Thema zu lenken.

Benjamin strahlte über das ganze Gesicht. »Ich weiß nicht, wie das passiert ist. Ich hätte nie gedacht, dass sie mein Typ ist. Wie haben einen unterschiedlichen Musikgeschmack. Sie ist gläubig, während ich Atheist bin. Und sie ist Witwe, obwohl sie noch so jung ist, während ich noch keine wirklich ernsthafte Beziehung hatte. Sie macht Filme, und ich arbeite in der IT-Branche. Aber wenn es passt, dann passt es.«

»Glückwunsch«, sagte Jacob und meinte es auch so. Sein Handy piepte. »Entschuldige«, sagte er und zog es aus der Tasche.

*Amanda: Hallo, Jacob. Wollte mich noch mal melden. Hast du meine Nachricht erhalten, dass wir nach Stockholm kommen? Ich würde dich sehr gern treffen. Bitte antworte, ob du kannst.*

Er las die Nachricht ein zweites Mal. Warum gab sie nicht auf? Hatten sie nicht schon alles gesagt und getan?

»Bist du in Ordnung?«, erkundigte sich Benjamin.

»Sicher.« Er antwortete rasch:

> JG: Ich habe deine Nachricht bekommen.
> Entschuldige, ich hätte antworten sollen. Leider kann
> ich zwischen den Jahren nicht.

Er las den Text noch einmal gründlich durch, bevor er ihn abschickte. Er klang nicht bitter, und das war ihm wichtig. Streng genommen hatte er nicht gelogen. Er konnte sie nicht treffen, denn er wollte oder konnte sich nicht dazu durchringen, Amanda zu sehen.

Er blickte sich um. Noch vor einem Monat wäre ihm die Vorstellung, zusammen mit einem Freund in einen Erotik-Shop zu gehen, völlig abwegig erschienen, aber seit er Kate kennengelernt hatte, war er ein anderer. Sowohl äußerlich als auch innerlich, mit neuen Erfahrungen und Erkenntnissen. Sie hatte ihm so viel gegeben, und dafür war er dankbar. Aber er hatte genug Dramen erlebt. Jetzt reichte es.

Er steckte das Handy in die Tasche und gesellte sich wieder zu Benjamin, der aufmerksam der Verkäuferin zuhörte, die ihm das neueste Vibrator-Modell vorstellte. Offenbar wurde das stromlinienförmige Gerät mit eingebauter Orgasmusgarantie geliefert. Hier musste Jacob fast schmunzeln. Nicht, dass er prahlen wollte, aber eine solche Garantie konnte er mittlerweile auch geben. Einschließlich Nähe und anderen sexuellen Erlebnissen. Vielleicht war das der Grund, warum er Kate kennengelernt hatte: damit er wieder Sex hatte? Vielleicht war es so einfach. Er bemühte sich, sich nicht zu sehr in diesen Gedanken zu verlieren.

»Sollen wir uns jetzt Unterhaltungselektronik ansehen und Fleisch essen und Bier trinken wie stereotype Männer?«, schlug Benjamin mit einem Augenzwinkern vor.

»Schrecklich gern«, sagte Jacob nachdrücklich. Auch wenn Benjamin es ironisch gemeint hatte, sehnte er sich danach, diesen Laden zu verlassen und sich ganz anderen Themen zuzuwenden. Denn er wollte nicht mehr an Sex denken oder an Liebe. Oder an Kate.

## ~ 36 ~

»Fröhliche Weihnachten, Oma«, sagte Kate und umarmte die ältere Frau, die ihr im Flur entgegenkam.

Kate war mit der U-Bahn nach Enskede zu ihrer Mutter gefahren, um Heiligabend pflichtschuldig dort zu verbringen. Dass ihre Großmutter ebenfalls hier war, trug nicht gerade zum feiertäglichen Frieden bei. Aber ihre Familie bestand nur aus ihnen dreien, darum waren sie aufeinander angewiesen. Zumindest einen Tag im Jahr. »Fröhliche Weihnachten, Kate. Du siehst müde aus.«

Kate zog ihren Mantel aus. »Und du siehst gut aus, Oma.«

»Tja, ich weiß nicht recht. Ich bin alt. Freu dich, dass du noch jung bist.«

Als Kate klein war, war ihre Großmutter Britta die Einzige gewesen, die ihr ein bisschen Geborgenheit gegeben hatte. Immer wenn Mia-Lotta sich komplett in den Alkohol geflüchtet hatte oder in eine destruktive Beziehung mit irgendeinem nichtsnutzigen Typen geraten war, hatte Kate ein paar Tage lang bei ihrer Großmutter in Katrineholm wohnen dürfen. Oma wohnte in einem kleinen braunen Haus und hatte schwielige Hände von der harten Arbeit als Köchin an einer Schule. Sie packte Kate nicht in Watte, umarmte sie nicht, sah es nicht gern, wenn sie weinte, und ignorierte ihre Proteste. Sie war streng und fand oft, dass Kate »sich anstellte«. Sie hielt auch nichts davon, ihrer einzigen Enkelin Geschenke zu machen, weil sie Kate nicht verwöhnen wollte. Sie sorgte dafür, dass ihre Enkelin gesund, sauber und satt war, und das musste genügen. Jedes Mal, wenn ihre Großmutter Kate am Bahnhof abholte, schien sie neue strenge Falten bekommen zu haben. »Aha, da bist du also wieder«, sagte sie dann, und Kate war sich nie sicher, ob das etwas Gutes oder etwas Schlechtes war. Aber ihre Oma stellte das Essen zu festen Zeiten auf den Tisch, sie dachte an Kates Hausaufgaben und sorgte dafür, dass sie saubere Kleidung trug.

Heute war die Beziehung zwischen den drei Frauen ... komplex. Auch wenn Mia-Lotta nichts sagte, konnte Kate sehen, dass sie sich anstrengte, den Ansprüchen zu genügen, alles richtig zu machen, zu zeigen, dass sie sich geändert hatte. Wie viele Male hatte Mia-Lotta Stein und Bein geschworen, dass sie mit dem Trinken aufgehört hätte. Und wie unendlich viele Male hatte sie ihr Versprechen gebrochen.

»Aha, wie ich sehe, hast du auch in diesem Jahr wieder keine Weihnachtsgardinen aufgehängt«, sagte Oma, als sie – jede mit einem Becher alkoholfreiem Glögg – im Wohnzimmer standen. »Vielleicht ist das ja in der Hauptstadt so üblich, was weiß ich.«

»Ich habe so viel gearbeitet. Ich habe im Laden Extra-Schichten gemacht«, sagte Mia-Lotta entschuldigend, aber Kate sah, dass sie sich schämte. Seltsamerweise ärgerte sie das. Konnte ihre Mutter nicht einmal versuchen, Rückgrat zu beweisen? Durch die komplizierten Gefühle und Loyalitäten zu navigieren, die ihre Familie ausmachten, war, wie ohne Kompass durch einen Sumpf zu waten.

»Gekaufter Weihnachtsschinken in Scheiben?«, hörte sie ihre Großmutter in der Küche sagen. »Schade, dass du so viel zu tun hast, dass du es noch nicht einmal schaffst, selbst einen kleinen Schinken im Ofen zuzubereiten. Das duftet doch so gut und ist so leicht gemacht.«

»Ich mache das nun aber auf meine Art«, sagte Mia-Lotta in etwas schärferem Ton.

»Ja, entschuldige, dass ich etwas gesagt habe. Vielleicht sollte ich besser still sein.«

Ihre Großmutter lächelte verkniffen, und Kate stellte sich an den Küchentresen, wo ihre Mutter mit Schüsseln und Tellern kämpfte.

»Ich dachte nur, dass wir nicht so viel essen«, begann Mia-Lotta, aber Kate sah, dass ihre Wangen glühten.

»Ich finde, Mama hat recht«, sagte Kate beschwichtigend.

»Aha. Ja, so ist das dann wohl. Selbst gemachte Fleischklößchen bekommen wir dann vermutlich auch nicht.«

Kate war erst seit zwanzig Minuten hier, aber ihre Schläfen pochten bereits. Ihre Mutter ließ sich weiter von ihrer Großmutter tyrannisieren, dann verschwand sie auf die Toilette und kam mit blanken Augen und roter Nase wieder heraus. Kate geriet wie immer zwischen die Fronten. Früher hatte sie in diesen Gefechten die Partei ihrer Großmutter ergriffen, aber ganz so einfach ließ sich das Leben nicht in Gut und Böse einteilen. Sie dachte an Nannas Worte. War sie zu hart zu ihrer Mutter? War ihre Großmutter gemein oder einfach nur direkt? War ihre Mutter eine feige Heulsuse oder wurde sie zu Unrecht angegriffen? Kate hatte keine Ahnung, sie hatte vollauf damit zu tun, zwischen den beiden zu vermitteln, den Tisch zu decken und zu hoffen, dass kein Alkohol im Haus war.

Nach zwei Stunden war Kate völlig erledigt. Keine von ihnen hatte besonders viel gegessen, Kate mochte kein Weihnachtsessen, sie hasste Weihnachten jedes Jahr mehr, ihre Großmutter tat zu allem ihre Missbilligung kund, und ihre Mutter stocherte nur im Essen herum. Der wahre Frohsinn. Zumindest hatten sie beschlossen, auf Weihnachtsgeschenke zu verzichten. Nachdem ihre Großmutter in säuerlichem Ton gesagt hatte, sie hoffe, dass Mia-Lotta ihre Arbeit dieses Mal behalten würde, und ihre Mutter die Kaffeekanne mit einem Knall auf den Tisch gestellt hatte, hatte sich bedrückendes Schweigen breitgemacht. Britta hatte sich um drei Uhr ein Taxi zum Hauptbahnhof bestellt, um nach Katrineholm zurückzufahren. Mia-Lotta wirkte klein und verletzlich, und Kate dachte, dass ihre Mutter immer so aussah, bevor sie im Alkohol Trost suchte.

»Du brauchst nicht zu bleiben, Kate. Ich freue mich einfach, dass du gekommen bist.«

»Haben Omas Gemeinheiten dich nicht traurig gemacht?«

Mia-Lotta wischte die Arbeitsplatte ab. »Oma hat es schwer gehabt, und sie wird alt. Ich will mich nicht mit ihr streiten.«

Als ob. Als Kate das letzte Mal darüber nachgedacht hatte, war ihre Großmutter einundsiebzig gewesen, und als Rentnerin blühte sie auf, ging zur Seniorengymnastik, zur Theatermatinee und fuhr jedes Jahr in denselben Ort an der Costa del Sol, wo sie sich mit ihren ebenso energischen Freunden traf. Wahrscheinlich war sie die Fitteste von ihnen dreien.

Kate wollte gerade etwas Aufbauendes sagen, als sie sah, wie das Handy ihrer Mutter aufblinkte. Mia-Lotta nahm es und hielt es so, dass Kate das Display nicht sehen konnte.

Kate warf ihr einen strengen Blick zu. »Wer ist das?« Die Unruhe erwachte sofort. Wenn ihre Mutter wieder zu trinken anfing, würde Kate ihr das nie verzeihen.

»Niemand Besonderes.«

»Niemand? Und dieser Niemand schickt dir an Heiligabend eine Nachricht?«

»Ein Freund. Eine Freundin. Und du brauchst dir keine Sorgen zu machen. Ich trinke nicht.«

»Ich mache mir keine Sorgen«, sagte Kate, aber damit

täuschte sie weder ihre Mutter noch sich selbst. Sie machte sich *immer* Sorgen.

»Du solltest einmal zu einem Treffen mitkommen, das würde dir guttun.«

Kate nahm ihr eigenes Handy, tippte darauf herum, öffnete Instagram und tat so, als höre sie nichts. Ständig diese Drängelei. Seit mehreren Jahren lag ihre Mutter ihr damit in den Ohren, dass sie zu einem der Angehörigentreffen der AA mitgehen sollte. Verständnis hier und Versöhnung da. Wörter, die nichts zu bedeuten hatten. Denn *sie* war ja nicht diejenige, die ein Problem hatte. Sie hatte keine Lust, mit einem Haufen Alkoholiker und deren Angehörigen zusammenzusitzen und zu verstehen zu versuchen.

Während Mia-Lotta in der Küche mit dem Geschirr hantierte, nutzte Kate die Gelegenheit, ihren Angestellten zu schreiben und ihnen fröhliche Weihnachten zu wünschen. Sie hatte für alle Weihnachtsgeschenke gekauft, kurz bevor sie pleite war – Gott sei Dank –, liebevoll und persönlich ausgewählt, aber sie wollte sich dennoch melden. Nachdem sie die letzte Nachricht abgeschickt hatte, hörte sie die Stimme ihrer Mutter aus der Küche. Kate fragte sich, mit wem sie wohl telefonierte. War das mit der Freundin, die sich gemeldet hatte, eine Lüge gewesen? Ihre Mutter war schon immer verrückt nach Männern gewesen, jedenfalls solange Kate denken konnte, und laut ihrer Großmutter auch schon vor der Schwangerschaft. »Mia-Lotta konnte nie die Finger von den Kerlen lassen, und dann kam es, wie es kommen musste«, hatte ihre Großmutter mehr als einmal gesagt. Hatte sie selbst das geerbt? Das war Kates größte Befürchtung, so zu sein wie ihre Mutter. Von Männern abhängig, unselbstständig und auf Bestätigung angewiesen. Von einem Mann ins Elend gezogen zu werden. Sie dachte an Ubbe und schauderte. Ihre Mutter hörte auf zu murmeln, und es wurde still in der Küche, nur das Rauschen des

Wassers und Gläserklirren waren zu hören. Im gleichen Moment erhielt Kate eine kurze Frohe-Weihnachten-Antwort von Nanna, als ob sie ebenfalls gerade das Telefon in der Hand hätte. Kate schenkte ihrem »Fels in der Brandung« ein Herz und einen Weihnachtsbaum und begann, durch alte SMS zu scrollen.

Zwischen Jacob und ihr war es aus, kein Zweifel. Sie hatten seit fünf Tagen nichts voneinander gehört. Nicht, dass sie mitzählen würde. Und die Schuld lag definitiv zum Teil bei ihr. Sie war sofort auf hundertachtzig gewesen und hatte ihm alle Vorwürfe an den Kopf geworfen, die ihr in den Sinn kamen. Es hatte eine Weile gedauert, bis ihr klar geworden war, dass sie wohl deshalb so heftig reagiert hatte, weil er ihr viel bedeutete. Das war zwar eher Küchenpsychologie, aber trotzdem. Er hatte ihr das sehr übel genommen. Und ja, sie hatte darüber nachgedacht, ihn um Verzeihung zu bitten. Sie war durchaus fähig, sich zu entschuldigen, wenn sie etwas falsch gemacht hatte, aber sie war nicht bereit, vor ihm hinzukriechen, schließlich hatte *er* sich ja auch nicht gemeldet, und da hatte sie es einfach sein lassen. Fuck him. Es war ihr sowieso egal, dachte sie stur. Jacob war einfach nur ein Mann von vielen. Sie konnte ihn mit Leichtigkeit ersetzen. Auch wenn er ihr fehlte. Warum meldete er sich nicht einfach? Gab er so schnell auf? Obwohl du ja diejenige bist, die sich melden sollte, sagte diese nervige Stimme, die wohl ihr Gewissen darstellen sollte. Grr, warum war es bloß so verdammt beängstigend, eine Zurückweisung zu riskieren, wenn man den ersten Schritt machte? Zögernd schwebten ihre Daumen über den Tasten. Was, wenn er nicht antwortete? Hasste er sie jetzt? Bah. Rasch tippte sie:

*KE: Frohe Weihnachten. Umarmung.*

Sie dachte viel zu lange über dieses Wort »Umarmung« nach, mit dem sie die Nachricht beendete. Aber sie ließ es stehen, versuchte, sich tough und cool zu fühlen, obwohl sie vor allem traurig und verletzlich war, was absurd war. Sie war nicht der verletzliche Typ.

Sie verabschiedete sich von ihrer Mutter, die jetzt ihr Handy in die Hosentasche gesteckt hatte, als wolle sie es verstecken. Vielleicht hatte ihre Mutter einen Alkoholdealer, der nur darauf wartete, mit Wein und Schnaps vorbeizuschauen? Fuck, nur schön, dass dieses grässliche Weihnachtsfest bald vorüber war.

Sie umarmten sich. Mia-Lotta hielt sie ganz fest, und Kate ließ die Umarmung über sich ergehen. Dann fuhr sie in einem Taxi nach Hause, denn sie hatte keine Lust, an Heiligabend mit der U-Bahn durch die Stadt zu zuckeln. Sie bat den Fahrer, noch bei einer anderen Adresse vorbeizufahren, erledigte dort etwas und kehrte zu dem wartenden Taxi zurück. Die Fahrt bezahlte sie mit der Firmenkarte, darum würde sie jetzt wohl auch noch wegen Veruntreuung ins Gefängnis kommen.

»Frohe Weihnachten«, sagte sie zu dem Taxifahrer und nahm ihre Handtasche. Die Straßen waren wie leer gefegt, alle waren zu Hause bei ihren Familien, wie normale Menschen. Als sie das Haus betrat, steckte Betty den Kopf aus ihrer Wohnungstür.

»Frohe Weihnachten, meine Liebe. Magst du reinkommen?«

»Ich möchte mich nur zuerst umziehen und ein paar Sachen holen.«

Als sie ihre Wohnung betrat, empfingen sie ihre Rosen, aufgeblüht und betörend schön, und sie bekam einen Kloß im Hals. Als sie ihre Kleider über einen Stuhl hängte, glitt die Decke, die dort hing, zu Boden, und gleichzeitig fiel noch etwas anderes herunter. Verwundert hob sie eine orange Tüte auf. Eine Hermèstüte, in der eine eckige Schachtel lag. Als sie behutsam die Schachtel öffnete und das knisternde Seidenpapier zur Seite schlug, schluchzte sie auf. Es war der Schal, den sie bewundert hatte, als Jacob und sie miteinander Champagner getrunken und gelacht hatten, vor tausend Jahren. Bevor sie alles vergeigt hatte. Jacob hatte den Schal gekauft, war aber nicht mehr dazu gekommen, ihn ihr zu geben, weil sie ihn rausgeworfen hatte, und jetzt lag er seit einer Woche hier.

Sie hob die schwere Seide aus der Schachtel, legte sie sich um den Hals und spürte, wie Tränen in ihr aufstiegen. Sie vermisste ihn. Wenn sie auf ihre Instinkte hörte, statt auf ihre alten Ängste, dann wusste sie, dass Jacob the real deal war. Und ihn hatte sie in die Flucht geschlagen. Glückwunsch, Kate.

Sie ging zu Betty hinunter. Es lief jedes Jahr gleich ab. Sie vereinbarten, dass sie sich nichts schenken würden, und dann taten sie es doch beide. Kate öffnete ihr Paket, in dem eine gerahmte Stickerei lag, mit dem Text *Das Leben ist wie ein Schwanz. Manchmal geht es aufwärts, manchmal abwärts, aber es bleibt nicht ewig hart*, sowie ein hübsches, antikes Goldarmband, das sie schon mehrmals an Bettys Handgelenk bewundert hatte. Sie war gerührt. »Du weißt schon, wie viel du mir bedeutest, Betty?«, sagte sie, als sie sich das Armband ums Handgelenk legte.

»Bring mich bloß nicht zum Weinen«, sagte Betty und schnäuzte sich.

Kate hatte für sie ein Set mit besonders feinem Stickgarn, das sie im Internet bestellt hatte, sowie eine Schachtel mit luxuriös duftender Hautcreme, Seife und Duschöl.

»Danke, liebe Kate«, sagte Betty und drückte ihre Geschenke an die Brust, während Kate die Frischhaltefolie von den Weihnachtstellern abnahm, die sie bestellt hatte. Betty aß schmatzend ihren Hering, während Kate in ihrem Fisch herumstocherte.

»Ich mag Hering nicht einmal«, sagte sie finster. Morgen war der erste Weihnachtstag, und der Club war geschlossen, aber am folgenden Tag würde das *Kate's* sich ihrer und ihrer komplizierten Gefühle annehmen. »Und ich hasse Weihnachten.« Sie nahm sich etwas Lachs mit Krabbensalat und kaute lustlos. »Entschuldige.«

»Willst du darüber sprechen?«, fragte Betty.

Kate wich ihrem Blick aus. »Worüber?«

Betty legte ihr Besteck hin und tätschelte Kate die Hand. »Darüber, warum du ein Gesicht machst wie drei Tage Regenwetter.«

Also erzählte Kate ihr, was zwischen ihr und Jacob vorgefallen war. Es sprudelte nur so aus ihr heraus. Wie wunderbar er war. Wie aufmerksam. »Er ist anders als alle Männer, mit denen ich bisher zusammen war.« Sie erzählte, dass sie sich gestritten hatten und sie ihn rausgeworfen hatte.

»Worüber habt ihr gestritten? Was hat er getan?«

Kate legte ihr Besteck hin und befingerte eine weiße Hyazinthe. »Warum glaubst du, dass er derjenige ist, der etwas getan hat?«

»So muss es doch sein. Schuld hat immer der Mann.«

Typisch, dass Betty für sie Partei ergriff. Ihr wurde warm ums Herz. Sie wusste ja, dass sie in Betty eine wahre Freundin hatte, aber sie hatte ihr noch nie von Ubbe erzählt. Sie war so daran gewöhnt zu schweigen, dass es ihr schwerfiel umzudenken. Wozu sollte das auch gut sein? Betty würde ihretwegen nur traurig und wütend werden. Und sich vielleicht Sorgen machen, um den Club und um das Geld, das sie investiert hatte. Kate wollte Betty nicht beunruhigen, und sie wollte auch nicht, dass die geliebte ältere Dame glaubte, sie ginge verantwortungslos mit ihrem Geld um. Darum erzählte sie weiter von Jacob, wie sie aneinandergeraten waren und wie der Streit eskaliert war, ohne die Sexfilme zu erwähnen. Sie log nicht, sie ließ nur etwas aus. »Jacob hat etwas getan, was er nicht hätte tun sollen.«

»Das war dumm von ihm«, sagte Betty loyal.

Kate musste lächeln und streichelte Bettys Hand. »Du bist lieb. Neulich, als wir gestritten haben, war ich furchtbar wütend auf ihn. Aber jetzt habe ich mich wieder beruhigt.«

»Und?«

»Ich bin mir nicht mehr sicher. Vielleicht war das Ganze zum Teil auch meine Schuld.«

Betty verleibte sich den Rest von ihrem Weihnachtsteller ein. »Kann ich mir nicht vorstellen. Und wie geht es jetzt weiter? Mit euch, meine ich.«

»Ich dachte, er würde sich melden. Aber Fehlanzeige.«

»Autsch. Schmollt er?«

»Ich glaube, ich habe ihn verletzt, ihm unverzeihliche Dinge an den Kopf geworfen.«

»Das ist kein schönes Gefühl. Aber bist du dir sicher, dass es unverzeihlich ist?«

Kate starrte auf die Tischplatte. Streng genommen hatte sie ihn gar nicht um Verzeihung gebeten. »Ich weiß nicht«, sagte sie.

»Du machst dir unnötig Sorgen«, sagte Betty im Brustton der Überzeugung. »Warte mal.« Sie schlurfte los und kam mit kleinen Flaschen mit schwedischem Weihnachtsschnaps wieder. »Möchtest du einen?«

Kate lehnte ab, sie hatte immer schon einen Bogen um reinen Schnaps gemacht, aber Betty schenkte die klare Flüssigkeit in ein Schnapsglas, das aussah, als wäre es zweihundert Jahre alt, prostete ihr mit einem kurzen Nicken zu und kippte den Alkohol hinunter, ohne mit der Wimper zu zucken. »Wenn man über Männer redet, braucht man einen Schnaps.«

»Dazu gibt es nicht viel mehr zu sagen.«

Betty machte ein weltmännisches Gesicht. »Ich habe zu meiner Zeit viel mit Männern gestritten. Manchmal hatten sie schuld und manchmal ich. Das gehört dazu.«

»Ich hasse es, um Entschuldigung zu bitten.«

»Das geht jedem so. Solltest du dich denn entschuldigen?«

»Ich glaube schon.«

Kate sah, wie Betty die kleine Flasche Weihnachtsaquavit öffnete.

»Übertreib es nicht«, das konnte sie sich nicht verkneifen, als Betty ihr Schnapsglas vollschenkte und es wieder leerte. Betty hickste ein paarmal.

»Ich brauche das«, schnaufte sie dann. »Männer. Ohne sie wäre das Leben viel einfacher.«

»Aber langweiliger«, sagte Kate aufrichtig. Sie mochte Männer ja. Das war ein nicht unbeträchtlicher Teil des Problems.

»Viel langweiliger. Darf ich dir etwas sagen?«

»Ja?«

»Du scheinst ihn zu mögen. Ich kenne dich nun schon seit vielen Jahren, aber ich habe dich noch nie so strahlen sehen wie dann, wenn du von diesem Jacob sprichst.«

Betty schenkte sich den dritten Schnaps ein, dieses Mal einen O. P. Anderson. Vertrug sie wirklich so viel?

Sie unterhielten sich weiter, über Männer, die Liebe und über Frauenfreundschaften, bis Betty plötzlich mitten in einem Satz verstummte. Kate betrachtete sie besorgt. Ihre Freundin wirkte schläfrig.

»Betty?«, sagte sie, als die ältere Frau die Augen schloss und gegen die Stuhllehne sank.

»Betty?«

Betty saß ganz still da. Ihr Kinn hing auf der Brust, und sie reagierte nicht. In Panik rief Kate noch einmal ihren Namen.

Keine Reaktion.

Kate schlug sich die Hand vor den Mund. Um Gottes willen. Betty war tot. Sie war gestorben. Vom Alkohol. Sie sollte ...

Plötzlich hickste Betty, und Kate keuchte auf. Betty schlug die Augen auf und blinzelte ein paarmal. Mit unsicherer Hand wischte sie sich die Mundwinkel ab und fuhr sich mit der Zunge über die Schneidezähne. Dann lächelte sie und griff nach ihrem Schnapsglas.

»Was ist?«, fragte sie.

Kate lehnte sich in ihrem Stuhl zurück. Ihr Herz hämmerte. »Ich dachte, du wärst gestorben«, sagte sie, halb entsetzt, halb vorwurfsvoll. Durfte man anderen so etwas antun? Resolut nahm sie Bettys Schnapsglas, stellte es außerhalb ihrer Reichweite und schob ihr stattdessen ein Glas mit Julmust hin.

»Ich bin nicht gestorben. Bloß weil ich alt bin ... Aber man kann nie wissen, wann es so weit ist, Kate«, sagte Betty und trank einen Schluck von dem Julmust. Sie schmatzte. »Man kann tot umfallen oder überfahren werden. Darum soll man nichts aufschieben. Zum Beispiel um Verzeihung zu bitten.«

»Willst du mit diesem erbaulichen Gespräch auf irgendetwas Bestimmtes hinaus?«, fragte Kate, wobei sie immer noch den beschlagnahmten Alkohol an ihre Brust drückte. Der Schock war ihr in die Glieder gefahren. Um Himmels willen, nahm dieser traurige Heiligabend denn gar kein Ende? Bevor sie noch versehentlich ihre Freundin und Vermieterin um die Ecke brachte.

»Sei nicht so aufmüpfig. Ich bin schon fast hundert.«

»Du bist knapp über achtzig. Wenn du deine Leber nicht in Alkohol marinierst, hast du noch viele Jahre vor dir.«

»Was ich sagen will, ist: Ruf deinen Mann an.«

»Er hat nicht auf meine SMS geantwortet.«

»Ruf ihn trotzdem an. Gib nicht gleich auf, Kate, nicht, wenn dir etwas an ihm liegt. Er scheint dir gutzutun.«

»Vielleicht«, sagte Kate zweifelnd, während sie spürte, wie Sehnsucht in ihr aufstieg.

»Gib mir meinen Alkohol.«

»Stirb nicht.«

»Wenn du mir versprichst, ihn anzurufen, verspreche ich dir, nicht zu sterben.«

# ~ 37 ~

Jacob feierte Heiligabend bei seiner Schwester Jennifer, zusammen mit viel zu vielen Menschen, mit denen er mehr oder weniger eng verwandt war. Seine Verwandtschaft besaß einen ausgeprägten Familiensinn. Jennifer und ihr Mann Gustaf wohnten in einer großen weißen Villa in Stocksund. Dort herrschte das übliche Chaos. Dafür, dass Jennifer ein fast genauso großer Kontrollfreak war wie er, fühlte sie sich in dem kompletten Durcheinander erstaunlich wohl. Sie war mittlerweile womöglich noch schwangerer. Sie erinnerte an einen Pilatesball, der jederzeit explodieren konnte, und befehligte alles von einem grauen Howardsessel in dem geschmackvoll eingerichteten, aber unglaublich unordentlichen Wohnzimmer. Jennifer war schon zu normalen Zeiten laut, aber die Schwangerschaft machte sie darüber hinaus auch noch reizbar und ungeduldig.

»Weil ich mich verdammt noch mal nicht bewegen kann«, brüllte sie eine bedauernswerte Cousine an, die es gewagt hatte, einen Vorschlag zu machen.

Zwei Teenager hoben den Blick von ihrem iPad, wandten sich dann aber, als nichts Interessantes mehr folgte, gleich wieder dem Bildschirm zu. Jacob wiederum verzog sich in die Küche. Energisch drückte ihm seine Mutter ein Glas Eiswasser und eine Schale mit Weintrauben in die Hand. »Leiste du Jennifer Gesellschaft.«

»Warum ausgerechnet ich?«, beschwerte er sich.

Seine Mutter bedachte ihn mit einem strengen Blick. »Weil du an der Reihe bist. Wir wechseln uns heute ab. Sie hat Papa beinahe zum Weinen gebracht. Jetzt musst du in die Bresche springen, Jacob.«

Jacob fügte sich, nahm das Wasser und die Weintrauben und ging hinüber in das chaotische Wohnzimmer.

Seine zwei Nichten und deren drei kleine Cousinen und Cousins tobten durch den Raum. In dem Spiel schien es darum zu gehen, wild herumzuschreien und über alles hinüberzuspringen, was als Hindernis dienen konnte: Katzen, Teppichfalten oder übellaunige Teenager. Gustaf, dessen älterer Bruder und Frau sowie deren diverse Elternkonstellationen redeten alle gleichzeitig. Gerade diskutierten sie, ob sie die Weihnachtsausgabe von Donald Duck schauen sollten oder nicht. Jacob war sich sicher, dass sie in den vergangenen fünf Jahren haargenau dieselbe Diskussion geführt hatten. Ein älterer Mann, den Jacob nicht mit Sicherheit zuordnen konnte, saß mit einer Zipfelmütze auf dem Kopf, einem Schälchen mit Chips auf dem Schoß und einer Flasche Julmust in der Hand da und sah zufrieden drein. Immer, wenn er Jacob erblickte, winkte er und lächelte über das ganze Gesicht, weshalb davon auszugehen war, dass er zu dieser Horde Menschen unterschiedlichen Alters dazugehörte, die es offenbar liebten, miteinander Heiligabend zu feiern. Über dem ganzen Lärm sang Bing Crosby aus vollem Hals.

Jacob bahnte sich einen Weg zwischen allen Verrückten hindurch.

»Jacob, du willst doch bestimmt Donald gucken?«, rief Gustaf, der schon einen sitzen zu haben schien. Jacob mochte seinen Schwager, der meistens schweigsam und freundlich war und Jennifer zufolge einen IQ von 194 hatte.

»Ich habe dazu keine Meinung«, antwortete Jacob wahrheitsgemäß.

»Jacob ist auf meiner Seite«, verkündete Gustaf.

Jacob wechselte ein paar Worte mit Gustafs Eltern, die ganz normal wirkten, obwohl sie laut Jennifer *sowohl* Kinky Sex hatten *als auch* Buntnesseln sammelten. Jacob war sich nicht ganz sicher, was davon schwerer vorstellbar war: der Sex oder die Topfpflanzen. Er machte höflich Konversation, bewunderte den Weihnachtsbaum, sagte, dass es gut aus der Küche duftete, verteilte Komplimente an die Damen zu ihren roten Strickjacken, roten Blusen und roten Kleidern, und tat alles, was ein normaler Mensch an Heiligabend tun würde. Aber er mochte Weihnachten nicht. Nicht, seit er Olivia verloren hatte.

Außerdem war er mit dem Auto hier, darum konnte er nicht einmal etwas trinken. Das war vielleicht auch besser so. Besser nüchtern und traurig, als unter Alkoholeinfluss völlig zusammenzubrechen, was ihm am ersten Weihnachtsfest nach seiner Scheidung passiert war. Die Erinnerung daran, wie er so betrunken gewesen war, dass er stolperte, über einen Glastisch fiel und sich die Augenbraue aufschnitt, sodass das Blut nur so spritzte und alle Anwesenden in Angst und Schrecken versetzte, quälte ihn immer noch. Doch falls die anderen sich an dieses Fiasko erinnerten, so schwiegen sie sich darüber aus. Was ja nett von ihnen war.

»Alles in Ordnung?«, fragte er, als er bei Jennifer ankam und ihr das Wasser und die Weintrauben überreichte.

Sie hatte Tränen in den Augen und ließ den Blick über den Tumult in ihrem Heim schweifen.

»Das Leben ist doch eigentlich verdammt schön«, sagte sie.

Jacob nickte, denn im Prinzip hatte seine kleine Schwester ja recht. Das Leben war in Ordnung. Aber er war es nicht.

»Wie geht es dir?«, fragte sie und betrachtete ihn eingehender.

Sie hatte sich die Schüssel mit den Weintrauben auf den Bauch gestellt und stopfte das Obst in sich hinein, als gäbe es kein Morgen.

»Gut«, antwortete er automatisch.

»Du brauchst nicht fröhlich zu sein«, sagte sie sanft, und ihm fiel wieder ein, warum er seine laute und herrische Schwester liebte. Ihre Freundlichkeit und Empathie waren aufrichtig.

»Danke.«

Aber er war wirklich nicht so traurig wie in jenen ersten schrecklichen Jahren. Eher melancholisch.

Worauf kam es im Leben eigentlich an? Wollte er Liebe? Er hatte geglaubt, er sei damit fertig, aber nun war er sich nicht mehr sicher. Guten Sex? Eine glänzende Karriere? Er würde vermutlich noch weitere vierzig Jahre leben. Was erwartete er von dieser Zeit? Er hatte keine Ahnung. Oh doch, die hast du, sagte diese neue Stimme in ihm, die mit Kate zusammenhing. Die, die ihm klarmachte, dass Kate ihm etwas bedeutete, und die ihn vielleicht, ganz eventuell Hoffnung schöpfen ließ.

»Du siehst in letzter Zeit besser aus«, stellte Jennifer fest.

»Es geht mal rauf, mal runter«, sagte er, denn heute war er alles andere als unbeschwert. Er fühlte sich traurig.

»Wann ist denn rauf?«

»Wie bitte?«

Sie seufzte übertrieben und versuchte, eine andere Sitzposition zu finden, wobei sie es schaffte, die Schüssel umzukippen. Sie fing sie auf, bevor sie auf den Boden knallte. »Wann geht es dir denn gut, Jacob?«, sagte sie mit übertrieben deutlicher Artikulation.

*Wenn ich mit Kate Austern esse.*

Der Satz tauchte urplötzlich in ihm auf. Es war die Wahrheit. Im Restaurant, als Kate sich schmatzend und schlürfend seine Austern einverleibte und sie miteinander lachten, war es ihm besser gegangen als seit Langem. Es war magisch gewesen, dort mit ihr zu sitzen. Das war das Glück. Und natürlich, wenn sie sich liebten. Aber auch die ganze Zeit vorher, die Spannung, die Blicke und die Verführung. Und die Momente, nachdem sie sich geliebt hatten, wenn sie auf seiner Brust lag und redete oder zuhörte. Bei Kate ging es ihm ganz einfach gut. Außer natürlich, wenn sie sich wie eine melodramatische Diva aufführte. Er knibbelte am Etikett des alkoholfreien Biers.

Jennifer betrachtete ihn prüfend, und ihm wurde bewusst, dass er ihr nicht geantwortet hatte, sondern in seine Fantasien abgedriftet war.

»Ich mag meine Arbeit und das Training«, sagte er ausweichend.

Jennifer sah zutiefst skeptisch aus. »Mhm.«

»Ich verstehe Frauen einfach nicht«, entfuhr es ihm.

»Du hast *eine* schlimme Erfahrung gemacht. Mit Amanda.«

»Aber es ist nicht nur das. Wie geht es dir damit? Vertraust du Männern? Vertraust du Gustaf?«

Sie sahen zu Gustaf hinüber, der gerade ein Schnapslied sang und es schaffte, bei fast jedem Ton danebenzuliegen.

»Ich als Frau vertraue Männern nicht, Jacob. Grundsätzlich nicht.«

»Das klingt verrückt.«

Sie ließ sich eine Weintraube in den Mund fallen. »Wirklich?«

»Ja, denn die meisten Männer sind doch wohl zuverlässig?«

»Definitiv. Aber als Frau kann man sich nicht sicher sein.«

»Ich könnte argumentieren, dass es umgekehrt mit den Frauen genau dasselbe ist. Man sieht niemandem an, ob man ihr oder ihm vertrauen kann.«

Sie kratzte sich am Bauch. »Ich bin ganz deiner Meinung. Sogar, wenn wir diese schreckliche Amanda, die eine Bitch war, außen vor lassen. Aber wir Frauen haben ständig Angst, dass wir misshandelt, vergewaltigt oder ermordet werden. Eine Frau zu sein bedeutet, die Freundin anzurufen, um sich zu vergewissern, dass sie gut zu Hause angekommen ist. Jedes Mal, wenn wir ausgehen. Die andere immer aufzufordern, auf sich aufzupassen. Machst du das mit deinen männlichen Freunden auch so?«

»Nein.«

»Immer einen Schlüsselbund in der Hand zu haben. Niemals zu wissen, ob der Mann, dem du begegnest, ein potenzieller Vergewaltiger ist. Auch das heißt es, eine Frau zu sein.«

»Das klingt furchtbar.«

»Weißt du noch, dass ich Fußball gespielt habe, als ich klein war? Ich habe aufgehört, weil einer der Trainer sich an die Mädchen rangemacht hat. Ich schätze, dass alle Frauen, die ich kenne, so etwas schon erlebt haben. Alle. Wie viele Männer kennst du, die Täter sind?«

»Keinen, hoffe ich.«

»Exakt. Alle Frauen waren schon Opfer, aber seltsamerweise kennt kein Mann einen anderen, der Täter ist. Irgendetwas stimmt da nicht. Ich sage nicht, dass alle Männer schlecht sind, absolut nicht, es gibt wunderbare Männer in meinem Leben. Ich meine nur, dass es die Grundvoraussetzung im Leben einer Frau ist, immer verdammt wachsam zu sein.«

Gustaf kam auf sie zu, eine seiner Töchter auf dem Arm. Das Kind streckte die Arme nach Jennifer aus und klammerte sich dann an ihr fest wie ein Kängurubaby. Jacob betrachtete das kleine Mädchen und seine Schwester. Er würde sie mit seinem Leben verteidigen, das wusste er.

Sein Schwager lächelte glücklich und beduselt. »Stimmt es, dass du dich mit Kate Ekberg triffst?«, fragte er neugierig, als im selben Moment die Musik, das Gespräch und das Kindergeschrei gleichzeitig abbrachen. Seine Worte hallten durch das Zimmer, und alle Gesichter drehten sich Jacob zu.

Er wand sich. Die unverhoffte Frage schmerzte mehr, als er gedacht hätte. Sie waren ja nie zusammen gewesen, und nach Jennifers Eröffnungen darüber, wie es war, eine Frau zu sein, fühlte es sich für ihn noch schlimmer an. »Nein, wir treffen uns nicht«, sagte er betreten. Er hatte ihre Nachricht mit einem »Frohe Weihnachten« beantwortet, aber seitdem war sein Telefon mausetot.

Gustaf wollte das Verhör offenbar fortsetzen, aber glücklicherweise begannen zwei Kinder mittleren Alters, sich um ein besonders begehrenswertes Spielzeug zu prügeln, und Jacob war aus dem Schneider.

Nach Donald Duck und einem quirligen Weihnachtsessen mit Kindern, die die Nahrungsaufnahme verweigerten, schmollenden Teenagern, schwitzenden Eltern und einem Gustaf, der sich einen Schnaps nach dem anderen hinter die Binde kippte, nahm Jacob an der Bescherung teil. Nur die Kinder bekamen Geschenke, und die Sachen, die Jacob mit Kates Hilfe ausgesucht hatte, riefen bei seinen Nichten große Freude hervor. Und großen Neid bei einigen Cousinen, die sofort zu heulen anfingen. Bald prügelten sie sich wieder, einer schrie und einer weinte.

Nachdem er Ris à la Malta als Nachtisch mindestens achtmal dankend abgelehnt hatte, verabschiedete Jacob sich und machte sich auf den Heimweg.

Er nahm die Treppe im Laufschritt und fand oben an der Türklinke eine bunte Geschenktüte vor. Er schaute hinein, und dort lag ein in goldfarbenes Papier eingepacktes Weihnachtsgeschenk mit großer roter Schleife. *Umarmung, von Kate*, stand auf dem weihnachtlichen Etikett. Mit pochendem Puls riss er das Paket auf und fand darin drei Paar bunte Socken. Ein Paar in Knallblau mit gelben Sternen mit fröhlichen Gesichtern, ein Paar in Rot mit Melonenscheiben und ein Paar gestreifte in schrillen Regenbogenfarben.

*Frohe Weihnachten* stand auf einem Zettel. Sie hatte auch ein Herz dazugemalt. Mit neuer zarter Hoffnung in der Brust trug er das Geschenk in die Wohnung, und dann rief er sie an. Er konnte nicht anders. Die Verletzungen nach ihrem Wutausbruch und die Furcht, nicht zu wissen, wie er sich verteidigen sollte, blendete er aus. Er wollte ihre heisere, dunkle Stimme hören, das war das Einzige, woran er denken konnte.

»Danke für die Socken«, sagte er, als sie sich meldete.

»Bitte schön. Danke für den Schal.« Sie schwieg einen Moment. »Ich meine es ernst. Er ist ganz wunderbar, Jacob. Vielen Dank.«

»Wo bist du?«, fragte er. Am anderen Ende war es ganz still, und er versuchte, sie sich vorzustellen. Er dachte an ihr Grübchenlächeln, eins ihrer eng anliegenden Kleider, ihr widerspenstiges Haar. Er vermisste sie so sehr, dass es wehtat. Bisher hatte er sich nicht gestattet nachzuspüren, wie sehr er sie vermisste, und nun wurde er von seinen Gefühlen überwältigt – und er ignorierte die warnende innere Stimme, die ihn daran erinnerte, dass er nicht noch einmal solche Schmerzen ertragen würde.

»Im Club.«

Das hatte er nicht erwartet. »Habt ihr geöffnet?«

»Nein. Aber ich wollte hier sein. Ich glaube, ich bin süchtig nach meinem Club.«

Er lächelte. Natürlich war sie das. »Was machst du denn gerade? In deinem Club?«

»Nichts.«

Alles, wirklich alles, hing zwischen ihnen in der Luft. Der Streit. Die Kälte. Und die Anziehung. Ständig diese Anziehung.

»Möchtest du herkommen?«, fragte sie, und gleichzeitig sagte er: »Kate, ich ...«

»Ja«, antwortete er. Nichts lieber als das. Er wollte ins *Kate's* hinübergehen und nicht mehr über Misstrauen und Missverständnisse nachdenken. Vielleicht war das für den Augenblick genug.

Er zog sich um, putzte sich die Zähne und war in Rekordzeit im Club, und im selben Moment öffnete Kate die Hintertür.

»Komm rein«, sagte sie, und ihr Atem stand wie eine Wolke in der kalten Luft.

Sie trug den Hermèsschal, und es versetzte ihm einen Stich, als er sie sah. Konnte er sich damit begnügen, einfach nur für den Moment zu leben? Er wusste es nicht, sondern würde sich einfach vortasten müssen. Er machte einen Schritt über die Schwelle und ließ die Tür hinter sich zufallen.

## ~ 38 ~

»Hallo«, begrüßte Kate ihn in dem abgedunkelten Club. Dabei forschte sie in seinem Gesicht. Wie ging es ihm? War er wütend auf sie?

»Hallo, Kate«, sagte er mit einem leisen Lächeln. Er schien nicht wütend zu sein, sondern war so höflich wie immer, aber sein Blick wirkte zurückhaltend, als würde er sich ebenfalls fragen, wie sie zueinander standen.

»Ich freue mich, dass du gekommen bist«, sagte sie herzlich. Konnten sie nicht einfach alles vergessen? Den Streit, die Worte? Einfach dort weitermachen, wo sie vor dem zerstörerischen Streit gewesen waren? Betty hatte recht, manchmal stritt man sich, aber das brauchte nicht unbedingt alles kaputt zu machen.

»Ich auch«, sagte er und steckte die Hände in die Manteltaschen, als wolle er sich keine Freiheiten herausnehmen. »Ich konnte nicht wegbleiben«, fuhr er fort, und jetzt sah sie auch den ungezügelten Hunger tief in seinen stahlgrauen Augen, einen dunklen und sinnlichen Raubtierblick. Ein Mann, der sie begehrte, aber dessen Vertrauen einen Knacks bekommen hatte und der jetzt nicht mehr wusste, woran er bei ihr war. Das war in Ordnung, damit konnte sie umgehen.

Kate machte den ersten Schritt, umfasste seinen Nacken mit einer Hand, vergrub ihre Finger in seinen kurz geschnittenen Haaren, legte ihre andere Hand an seine raue Wange, zog seinen Kopf zu sich herab und küsste ihn, wobei sie ihre Brüste und Hüften an seinen Körper presste und ihm zeigte, was sie wollte. Ihn. Jetzt.

Seine Reaktion ließ nicht auf sich warten. Er umfasste ihre Taille mit beiden Händen und beugte sie zurück. Ein Keuchen entrang sich ihr, als er sie gegen seinen festen Körper drückte und ihren Kuss erwiderte, zärtlich, aber stark, sanft und gleichzeitig fordernd. Zwischen ihnen floss reine Energie. Und sie spürte einen Hunger, dessen Wildheit sie überraschte. Sie waren nur ein paar Tage voneinander getrennt gewesen, aber sie hatte sich innerlich leer gefühlt, orientierungslos. Sie hatte geglaubt, sie hätte ihn verloren, aber jetzt war er hier. Begierig. Er wusste, was er wollte.

Mit ungeduldigen Bewegungen und verlangenden Händen half sie ihm, seinen Mantel auszuziehen. Unter dem dünnen grauen Pullover trug er ein blaues Hemd. Keinen Schlips.

»Was ist?«, fragte er, als er merkte, dass sie ihn ansah.

»Ich vermisse deine Krawatten«, bekannte sie lachend.

»Wirklich? Warum denn?«, fragte er an ihrem Hals. Er biss zu, und sie spürte es sofort zwischen den Beinen. Sie hatte einen empfindlichen Hals, und das wusste er. Sie wand sich in seinen Armen und rieb sich an seiner Erektion.

»Du siehst so streng und formell aus in deinen Krawatten.«

»Gefällt dir das? Wenn ich streng bin?«

»Hin und wieder.« Was ihr gefiel, war, dass er ihren Körper so gut kannte, dass er ihr intuitiv das gab, wonach sie sich sehnte.

Sie half ihm auch aus dem Pullover, warf ihn von sich und zog an seinem Gürtel, während sie sich beide rückwärts weiter in den Club hineinmanövrierten. Sie küsste seine Halsgrube, leckte und knabberte, während sie sich mit seinem Gürtel abmühte.

Unvermittelt ergriff er ihre Handgelenke, hielt sie auf Abstand und sah sie an. Ihre Brüste hoben und senkten sich unter seinem Blick. Sie war so unglaublich erregt.

»Zieh dich aus«, befahl er ihr leise.

Eine intensive Hitze stieg tief aus ihrem Bauch auf. Sie schluckte. »Okay.« Er ließ ihre Hände los und wartete, beobachtete sie mit hungrigem Blick, während sie aus ihrer Strumpfhose und dem Kleid stieg und den Schal ablegte.

»Ich denke immer an dich, wenn ich masturbiere«, sagte er und starrte auf ihr seidiges Unterkleid, während sie den BH im Rücken aufhakte. »Zieh es aus.«

Er betrachtete ihre schwarze Unterwäsche mit lüsternem Blick. Sie bekam weiche Knie.

»Den auch«, nickte er in Richtung BH, den sie geöffnet hatte, sich aber immer noch vor die Brüste hielt. Mit langsamen Bewegungen erfüllte sie seinen Wunsch, ließ ihre Brüste frei und den BH fallen.

Er hielt sie mit dem Blick fest. »Dein Slip«, sagte er heiser.

Als sie nackt war, hob er sie auf den Tresen. Er war immer noch bekleidet, als er mit seinen Händen über ihre Beine strich, sie mit entschlossenem Griff spreizte und sich mit seiner göttlichen Zunge über sie hermachte. Er leckte sie, bis sie kam. Schreiend klammerte sie sich an seine Schultern und hob von dem polierten Holz ab.

Erst danach zog er sich aus. »Ich bin mit niemandem zusammen gewesen«, sagte er.

»Ich auch nicht.« Und sie nahm die Pille, darum drang er ohne Schutz in sie ein, intensiver und wilder als jemals zuvor.

»Ich habe Fantasien von dir. Die ganze Zeit«, sagte er, während er sie nahm.

»Ich auch.«

»Komm«, sagte er, glitt aus ihr heraus und trug sie zu einer der Sitzgruppen. Sie war keine federleichte Frau, aber er trug sie, ohne mit der Wimper zu zucken. Er fuhr fort, sie zu küssen, immer und immer wieder: ihre Lippen, ihr Schlüsselbein und die Halsgrube, ihre Brüste. Er küsste sie, als ob das Ende der Welt nahe wäre, und er hörte nicht auf, bis sie wieder kam. Der Orgasmus war wie ein Feuerwerk im Kopf. Alles explodierte. Er war völlig zügellos, und sie schrie.

Er umfasste ihr Kinn. »Kate, sieh mich an. Ich will, dass du mich ansiehst, wenn ich dich ficke.«

Seine Worte waren grob, aber der Tonfall war unerwartet sanft. Sie öffnete ihre Augen und begegnete seinen, die sie mit einer unendlichen Wärme ansahen.

»Nimm mich härter«, sagte sie, denn sie wusste, dass Sex Talk ihn erregte, und sie wollte ihn scharf machen. »Nimm mich mit deinem großen Schwanz, gib ihn mir.« Sie begegnete seinen Stößen, umfasste seine Pobacken, presste ihn an sich und umschloss ihn mit ihren Schenkeln. »Nimm mich, Jacob, nimm mich hart. Keiner hat mich so gefickt wie du.«

Er kam mit einem Brüllen, und Kate wurde von dem, was zwischen ihnen war, schier überwältigt, nicht zuletzt von der unglaublichen Anziehung, die alles bisher Dagewesene sprengte. Gab es vielleicht doch eine Chance, dass es zwischen ihnen funktionierte, fragte sie sich.

»Danke«, keuchte Jacob und vergrub sein Kinn in ihrem Haar.

»Ich habe zu danken.«

»Ich habe an dich gedacht«, sagte er.

»Das hast du erwähnt. Dass ich in deinen Sexfantasien bei dir bin.«

»Nicht nur da. Ich habe dich vermisst.«

Jetzt war der Zeitpunkt, um ihn um Verzeihung zu bitten. *Nun mach schon, Kate. Sag es einfach.* Sie sollte ihm sagen, dass sie ungerecht gewesen war, aber sie schwieg. Vielleicht weil sie nichts aufs Spiel setzen wollte. Oder weil sie hoffte, dass jetzt alles gut war. Vielleicht konnten sie einfach so weitermachen? Sie schmiegte sich an ihn.

»Ich frage mich, was hier vor sich geht, wenn ich nicht da bin«, sagte sie leichthin. Das Personal des Nachtclubs war, vorsichtig ausgedrückt, hemmungslos, darum wäre sie nicht verwundert, wenn sie die Letzte wäre, die Sex im Club hatte. Sie war froh, dass sie diese Premiere mit Jacob erlebt hatte und mit keinem anderen. »Und, wie war dein Heiligabend?«, fuhr sie vorsichtig und tastend fort. Sex zu haben war einfacher, als ein Gespräch zu führen.

»Ich habe mit einem Haufen Leute gefeiert. Erwachsenen und Kindern und schmollenden Teenagern.«

Für sie klang das ziemlich schön, aber er wirkte erschöpft. Nicht nur körperlich vom Sex, sondern auch mental.

»Es hat jedenfalls sehr gut geendet«, sagte er mit neuer Energie und einem Lächeln in der Stimme, und sie beschloss, ihn nicht zu bedrängen. Zwischen ihnen war alles so unsicher und zerbrechlich. Es war wie ein Balanceakt. Man musste nach vorne schauen, nicht nach unten, nicht zur Seite und keine plötzlichen Bewegungen machen.

»Die Weihnachtsgeschenke, die du mit mir ausgesucht hast, waren der Knaller. Wie war dein Weihnachtsfest?«, fragte er.

Sie liebkoste seine Brusthaare. Sie brauchte nichts weiter als guten Sex und einen Mann, der ihren Körper zu schätzen wusste, redete sie sich ein. »Ich bin einfach froh, dass ich es überlebt habe.«

»Kein Fanny-und-Alexander-Weihnachten?«

»Weit gefehlt. Ich habe den Verdacht, dass meine Mutter jemanden kennengelernt hat. Das war mein Weihnachtsgeschenk.«

»Und du möchtest nicht, dass sie jemanden kennenlernt?«

»Natürlich gönne ich meiner Mutter ihre Liebe. Aber in meiner Familie ist keiner gut darin. Meine Großmutter lebt bestimmt schon seit dreißig Jahren allein, und Mama lernt nur Typen kennen, die sie in die Scheiße reiten. Es geht ihr besser, wenn sie allein ist.« Kate biss sich auf die Lippe. Als sie es laut aussprach, war es, als würde sie sich selbst von außen betrachten.

Jacobs Arm lag um ihre Schultern, und er atmete ruhig. Wenn sie doch nur einfach so liegen bleiben könnte, alle komplizierten Gedanken und alle Grübeleien vergessen, wäre sie zufrieden. »Ich habe doch erzählt, dass meine Mutter Alkoholikerin ist?«, fuhr sie fort, während er ihr über die Schulter strich, sie aufs Haar küsste und sie festhielt. Sie ertappte sich dabei, dass sie sich wünschte, das immer haben zu können.

»Ja, das hast du erwähnt«, flüsterte er, während er Küsse auf sie regnen ließ, wo immer er konnte.

»Mittlerweile ist sie trocken, aber ich rechne jederzeit mit einem Rückfall. Und Männer sind immer ein Risikofaktor.«

»Familien sind niemals unkompliziert«, sagte Jacob traurig.

»Möchtest du mir von deiner Tochter erzählen?« Denn ihr war klar, dass es das war, was ihn heimlich bedrückte und das Weihnachtsfest besonders schwierig für ihn machte.

Sie spürte, wie seine Atmung flacher wurde, und wartete ab.

»Sie fehlt mir«, sagte er schließlich.

»Das verstehe ich.«

»Weihnachten ist schwierig.«

Sie stützte ihr Kinn auf seine Brust. »Und lässt sich das nicht lösen?«

»Das ist nicht so einfach.« Seine Stimme klang bedrückt, und Kate spürte den überwältigenden Wunsch, ihm zu helfen.

»Ich verstehe das nicht.« Sie löste sich aus seinen Armen und suchte fragend seinen Blick. »Willst du sie nicht treffen? Oder darfst du nicht?« Das Mädchen hatte doch wohl ein Recht auf seinen Vater?

Er entzog sich ihr. »Hör auf. Du verstehst das nicht, und ich mag nicht darüber sprechen. Können wir es nicht einfach vergessen?«

Für Sex war sie gut genug, für mehr aber nicht. Alles klar. Aber noch konnte sie sich nicht damit zufriedengeben. »Ich möchte es aber gern verstehen«, beharrte sie.

»Wozu?« Er seufzte tief und gequält.

Er hatte recht. Sie hatten sich noch nicht von ihrem grässlichen Streit erholt, und es wäre besser, diese Tür geschlossen zu halten. Aber sie musste es wissen. »Weil zwei Köpfe besser sind als einer. Weil ich dir vielleicht irgendwie helfen kann.«

»Du hast doch auch Probleme, die du lieber allein lösen willst«, sagte er in scharfem Ton. Als ob sie gemeinsam gezogene Grenzen verletzt hätte. Im Prinzip stimmte Kate ihm zu. Aber es gab einen Unterschied zwischen Ubbes Wahnsinn und dieser Sache. Denn hier war ein unschuldiges Kind beteiligt. »Du hast recht, aber kannst du mir nicht trotzdem die Chance geben, dich zu verstehen? Bitte?« Sie war immerhin selbst eine Tochter, die von ihrem Vater verlassen worden war, und sie musste wissen, was Jacob dachte, warum er nicht mehr um sein Kind kämpfte.

»Wenn ich dir erzähle, wie die Dinge liegen, warum ich nichts unternehmen kann, lässt du die Sache dann auf sich beruhen?«

Sie nickte. Das klang fair.

»Ich weiß nicht einmal, ob ich es selbst verstehe, trotz all der Zeit, die seitdem vergangen ist«, begann er und zog sich noch weiter in sich zurück. Er fuhr sich mit der Hand über das Gesicht. Kate streckte sich nach einer Strickjacke und deckte sich damit zu. »Wie du weißt, war ich mit Amanda verheiratet. Ich war ziemlich unerfahren, als wir uns kennenlernten, zwar kein Unschuldslamm, aber ich hatte nicht mit so vielen Frauen geschlafen. Wir hatten gemeinsame Bekannte, und ich fühlte mich geschmeichelt, als Amanda sich offensichtlich in mich verliebt hatte. Sie wurde schwanger, und da habe ich um ihre Hand angehalten, wir haben geheiratet und eine Tochter bekommen.«

Kate nahm seine Hand und hielt sie in ihrer. Es fühlte sich an, als brauche er das.

»Olivia war mein Augenstern. Ich habe sie geliebt, ich war ganz erfüllt davon. Alles, was man sich darüber erzählt, wie sehr man sein Kind liebt, ist wirklich wahr.«

»Das klingt schön.«

Er drückte ihre Hand. »Das war die glücklichste Zeit meines Lebens. Ich habe die halbe Elternzeit genommen und das Familienleben genossen. Amanda liebte ihre Arbeit und war sehr froh darüber, dass ich mich so aktiv an der Kindererziehung beteiligt habe. Ich war stolz auf unsere Tochter. Und auch stolz darauf, dass ich für sie da war, dass sie für mich an erster Stelle stand.«

Jacobs Stimme klang rau, und Kate merkte, dass ihr das Atmen schwerfiel. Herrgott, wohin führte diese Geschichte? Keine Chance, dass jemand, der so über seine Tochter sprach, sie freiwillig aufgeben würde.

»Was ist passiert?«, flüsterte sie.

»Als Olivia eineinhalb war, habe ich mit der Eingewöhnung in die Vorschule begonnen. Amanda hat viel gearbeitet. Unser Leben war nach der Kleinen ausgerichtet. Das war nicht so supertoll, wirklich nicht, aber wir waren eine Familie, und ich war zufrieden. Was ich nicht wusste, war, dass Amanda einen anderen Mann traf. Jemand, der sie auf Facebook gefunden hatte. Wie sich herausstellte, war er eine alte Liebe von ihr – der Mann, mit dem sie zusammen gewesen war, bevor wir zusammenkamen. Er hatte sie abserviert, kurz bevor wir uns kennenlernten. Ich hatte auch nicht gewusst, dass Amanda nie über ihn hinweggekommen war und dass sie miteinander im Bett gewesen waren, während wir ein Paar wurden. Jetzt hatten sie wieder zueinandergefunden. Und das war schon eine ganze Weile so gegangen.«

»Wie lange?«

»Monate, vielleicht auch länger. Das will ich gar nicht wissen.«

»Und was ist dann passiert?«

»Dieser Mann sah Fotos von Olivia. Amanda hat ständig Bilder von uns gepostet, von der glücklichen Familie und ihrem perfekten Heim. Ihr Aussehen hat ihn stutzig gemacht, und es stellte sich heraus, dass er Olivias biologischer Vater ist. Amanda hatte schon vermutet, dass das der Fall sein könnte, aber beschlossen, darüber zu schweigen. Doch dann fingen sie an, sich wieder zu treffen, und irgendwann machten sie dann heimlich einen Vaterschaftstest. Er war Olivias Vater und nicht ich.«

»Verdammt, Jacob.«

Er entzog ihr seine Hand und setzte sich auf. »Ja, das kann man wohl sagen. Zuerst hat sie sich nicht getraut, mir das zu sagen, und hat ihn weiter heimlich getroffen, aber schließlich kam es raus. Ich war am Boden zerstört, aber ich wollte unbedingt so weitermachen wie bisher. Olivia war doch meine Tochter. Mein Kind. Ich habe sie mehr geliebt als mein Leben, und ich konnte nicht einfach damit aufhören, Papa zu sein. Ich habe geglaubt, dass Amanda und ich das wieder kitten könnten. Ich war wütend, aber bereit, dafür zu kämpfen.«

»Aber?«

»Amanda hatte sich schon von mir entfernt, das erkenne ich jetzt, auch wenn ich es damals nicht begriffen habe. Ich habe überhaupt nichts kapiert. Sie und dieser Mann planten ein gemeinsames Leben, mit *meinem* Kind. Ich habe weitergekämpft, denn ich konnte ohne Olivia nicht sein. Unsere Auseinandersetzungen waren furchtbar. Amanda war wie ausgewechselt, eine vollkommen Fremde, voller Hass und mit Worten nicht zu erreichen.«

Er wandte seinen Blick ab, und Kate dachte daran, wie sie ihn angegriffen hatte, wie entsetzt er ausgesehen hatte, und plötzlich wurde ihr übel. Durch ihr Verhalten musste all das wieder in ihm hochgekommen sein.

»Amanda hat mir vorgeworfen, bösartig zu sein, langweilig, nichtsnutzig, sie hat sich richtig ausgekotzt. Wie unzufrieden sie sei, wie traurig und tot alles zwischen uns wäre. Wir haben uns angeschrien und mit Sachen beworfen und Olivia Angst gemacht. Das war abscheulich. Ich schäme mich dafür, wie ich mich aufgeführt habe, aber mein Leben lag in Trümmern, und ich war vor Schlafmangel und Angst ganz krank. Ich hatte Panik, meine Tochter zu verlieren.« Er verstummte.

»Was ist passiert?«, fragte sie nach einer Weile, als Jacob völlig in sich versunken zu sein schien.

»Alles, was ich gemacht habe, war falsch, ich habe als Vater versagt, ich war in jeder Hinsicht wertlos, es wäre besser, wenn es mich nicht geben würde.« Jacob ballte die Fäuste und musste sich anstrengen, um weitersprechen zu können. »Dann reichte sie die Scheidung ein und zog mit dem anderen Mann zusammen. Und ich verlor Olivia.« Jacob sah sie verzweifelt an. »Kate, ich habe wirklich alles versucht, aber mir blieb nichts anderes übrig, als aufzugeben. Ich hatte keinerlei rechtliche Handhabe. Olivia war nicht mein Kind. Schlussendlich zählten nur Blut und DNA. Amanda ließ mich Olivia nicht mehr sehen. Ich fiel in ein schwarzes Loch, und es gab Momente, da wollte ich nicht mehr leben. Seitdem habe ich Olivia nicht wiedergesehen.«

Kate legte die Arme um ihn, zog ihn an sich und hielt ihn fest. »Das ist schrecklich, Jacob, es tut mir so furchtbar leid.«

Er klammerte sich an sie. Sie hielt ihn, streichelte seinen Rücken und versuchte, ihm ein wenig von ihrer Wärme und ihrer Kraft abzugeben.

»Amanda hat sich gemeldet«, murmelte er in ihr Haar.

Kate erschrak. »Jetzt?«, fragte sie.

»Sie will mich treffen.«

Kate spürte einen Druck auf der Brust. Er klang am Boden zerstört, als er darüber sprach, was er verloren hatte, und die ganze Sache schien so unabgeschlossen. »Was glaubst du, was sie will?«, fragte sie. Was, wenn Amanda wieder mit Jacob zusammen sein wollte? Würde er das wollen? Sich mit seiner Familie wiedervereinen?

Er schüttelte leicht den Kopf und entzog sich ihr. »Ich weiß nicht, Kate. Und ich will es auch nicht wissen.«

Er klang ungewohnt sturköpfig. »Aber vielleicht solltest du sie trotzdem treffen?«, beharrte Kate. Warum, wusste sie nicht, am liebsten wollte sie Jacob beschützen und dieser grässlichen Frau die Augen auskratzen.

»Ich weiß es nicht«, antwortete er und starrte in die Luft.

Es tat Kate weh. Sie verstand nicht, wie jemand diesen loyalen Mann verlassen konnte. Amanda klang wie der abscheulichste Mensch der Welt, und jetzt wollte sie ihn vielleicht zurück? Wollte vielleicht wieder eine Familie mit ihm bilden? Noch mehr Kinder haben? Kate versuchte, sich gegen die Mutlosigkeit zu stemmen, die sie überkam. Sie mochte Jacob und sollte ihm nur das Beste wünschen. Und das tat sie wohl auch. Aber trotzdem. War es böse, sich zu wünschen, dass Amanda irgendeine abstoßende Krankheit bekam? Das Ganze war seltsam ungewohnt, dieser Beschützerinstinkt, dass sie ihn so wunderbar fand und dass sein

Respekt ihr so viel bedeutete. Er war einer der wundervollsten Männer, die sie kannte.

»Du solltest mit deiner Ex-Frau sprechen«, sagte sie. »Zu einem Abschluss kommen. So wie jetzt kannst du doch nicht leben.« Das war ganz offensichtlich eine nicht verheilte Wunde.

»Keiner versteht mich«, sagte Jacob gereizt. »Meine Familie behandelt mich, als wäre ich zerbrechlich und psychisch labil, denn das war ich ja lange.«

»Und trotzdem bist du einer der stärksten Männer, die ich kenne«, sagte sie sanft.

Er sah sie zweifelnd an.

»Ja«, beharrte sie. Sie kannten einander seit gut einem Monat. In dieser Zeit hatte er immer wieder Integrität, Achtsamkeit und echte Güte bewiesen. Das verlangte Kraft. Das Misstrauen, das sie ihm gegenüber empfunden hatte, war unbegründet, das wusste sie jetzt, auch wenn diese Erkenntnis vielleicht zu spät gekommen war. »Ich glaube, dass du da durchmusst«, sagte sie.

Jacob erhob sich, und sie ahnte, dass er an einem Punkt angelangt war, an dem er nicht mehr darüber sprechen wollte. »Können wir über etwas anderes reden?«

Sie wagte es nicht, sich zu neugierig und zu engagiert zu zeigen, und fühlte sich mit einem Mal dünnhäutig. Es war offensichtlich, dass es in Jacobs Leben viele Baustellen gab. Vielleicht hegte er gar nicht dieselben Gefühle für sie wie sie für ihn. Vielleicht hatte ihr Streit doch alles zerstört. Die Stimmung war jetzt anders zwischen ihnen, wachsamer und weniger vertrauensvoll. Vielleicht war das mit ihr nur Trostsex. Die Erste, mit der man ins Bett ging, um den Liebeskummer zu bewältigen, nachdem man brutal abserviert worden war. Fair enough, sie hatte das selbst schon getan: war ausgegangen und hatte einen Typen aufgerissen, um über einen anderen hinwegzukommen. Jacob war zwar nicht frisch geschieden, aber es war trotzdem schwer zu beurteilen, für was er bereit war. Schwer zu akzeptieren, dass sie mehr für ihn empfand als umgekehrt. Das war eine ungewohnte Situation für sie. Sie wollte ihm nicht in den Ohren liegen oder mit ihm streiten, das würde ihre Beziehung nicht aushalten, das spürte sie.

»Hast du Silvester schon etwas vor?«, fragte sie stattdessen. Betont fröhlich und unbeschwert. Sie war die toughe, unverwüstliche Kate, die Sex hatte, wenn ihr danach war, ohne einen Haufen Gefühle. Jedenfalls ohne solche Gefühle, mit denen sie nicht umgehen konnte.

»Danke für die Einladung. Kann ich mich auch später entscheiden?«

»Sicher«, sagte sie leichthin, ohne ihre Enttäuschung zu zeigen.

Jacob rekelte sich. »Ich habe Hunger. Du auch?«

Sie zwang sich zu einem Lächeln. Es war definitiv höchste Zeit, damit aufzuhören, hier herumzusitzen und sich unglücklich zu fühlen. Sie hatte fantastischen Sex gehabt, er war ein herausragender Liebhaber, und es war ja nicht so, als ob sie verliebt wäre oder so. Keine Spur. Haha.

»Auf alles außer Weihnachtsessen«, sagte sie mit übertrieben fröhlicher Stimme. »Wir können uns Tee und Brote machen. Ich habe alles in der Küche.«

»Wenn du mir sagst, wo alles ist, kümmere ich mich darum.« Jacob zog sich an. Kate lächelte über die Socken mit den Melonen und sah ihm nach, als er in die Küche ging.

Dann suchte sie ihren Slip (hinter der Bar) und die anderen Kleidungsstücke (beeindruckend weit verstreut) zusammen und fand auch Jacobs Pullover. Sie zog die Strickjacke aus und den Pullover an. Sein Duft umfing sie, und während sie darauf lauschte, wie er in der Küche hantierte, saß sie da und berauschte sich an ihm.

Das Klingeln des Telefons ließ sie zusammenfahren. Es war eine unterdrückte Nummer, und ihr erster Impuls riet ihr, nicht dranzugehen. Es war drei Uhr morgens am ersten Weihnachtstag, dem ruhigsten Tag des Jahres. Jemand musste sich verwählt haben. Aber was, wenn etwas passiert war? Wenn etwas mit Mama oder Betty war? Ständig diese Alarmbereitschaft. Sie schaute zur Küche hinüber, als ob Jacob ihr einen Rat geben könnte, aber er schien das Klingeln nicht gehört zu haben.

Also meldete sie sich mit klopfendem Herzen. »Hallo?«

»Kate?«, fragte eine junge Frauenstimme.

»Wer ist da?«

Die Stimme wurde leiser. »Ich will dich warnen. Ubbe ist total durchgedreht. Jemand hat ihn angerufen und ihm erzählt, dass du mit der Polizei gesprochen hast.«

Jetzt erkannte Kate die Stimme wieder. Ubbes Freundin, die mit den Brüsten und den Lippen. »Tanya? Was ist los? Bist du in Gefahr?« Die Angst um die junge Frau schnürte ihr den Hals zu.

»Ich muss auflegen.«

»Tanya, sei vorsichtig. Er ist gefährlich.«

Dann brach die Verbindung ab.

Kates Puls war im dreistelligen Bereich. In Tanyas Stimme hatte sie die nackte Angst gehört, so ansteckend, dass sie sich in Sekundenschnelle auf sie übertrug und sie in Alarmbereitschaft versetzte. Das war Ubbes Erbe – dass sie augenblicklich auf seine Aggressivität reagierte, auch wenn sie nur sekundär war. Es war unfassbar mutig von Tanya, anzurufen und sie zu warnen. Und unglaublich unvorsichtig. Sie konnte nur hoffen, dass Ubbe nicht Wind davon bekam, dachte Kate, während sie versuchte, ihren Atem wieder unter Kontrolle zu bekommen.

So. Ubbe hatte es also erfahren. Kate war nicht überrascht. Sie hatte zwar nicht einmal seinen Namen erwähnt, aber er erfuhr immer alles.

Wie in Gottes Namen sollte sie so weiterleben? Wie sollte sie damit klarkommen? Denn jetzt würde Ubbe sich mit allen Mitteln an ihr rächen. Das wusste Kate mit absoluter Sicherheit.

## ~ 39 ~

»Geht es dir gut, Jacob?« Gunilla hielt mitten im Gehen inne und sah ihn besorgt an.

Jacob ließ seiner Mutter den Vortritt durch die Drehtür am Eingang vom Krankenhaus in Danderyd.

»Natürlich. Warum sollte es mir nicht gut gehen?«, fragte er, als sie das Krankenhaus betraten, wo es warm und voller Menschen war. Jacob hatte leichthin auf die Frage geantwortet, doch sowohl seine Mutter als auch sein Vater blieben stehen und starrten ihn an, als wären sie von seinen Worten zutiefst schockiert.

»Warum fragst du?« Dann ging ihm auf, dass sie eine frischgebackene Mutter besuchen wollten, die in demselben Krankenhaus lag, in dem auch seine Tochter geboren worden war, dort, wohin seine Eltern vor vielen Jahren gekommen waren, um Amanda, ihn und die neugeborene Olivia zu besuchen. Selbstverständlich machten sie sich Gedanken, wie sich das für ihn anfühlte.

»Es ist alles in Ordnung, das verspreche ich euch«, sagte er nachdrücklich und erkannte, dass das die reine Wahrheit war. Der Besuch weckte lediglich frohe Erwartung und Freude in ihm. »Aber danke, dass ihr daran gedacht habt«, sagte er. Sie waren so empathisch und umsorgten ihn so liebevoll, dabei wusste er, dass es sie sehr hart getroffen hatte, als Olivia aus ihrem Leben verschwand. Sie waren engagierte Großeltern, und natürlich fehlte

Olivia auch ihnen. »Jetzt gehen wir euer jüngstes Enkelkind besuchen«, sagte er resolut.

Das Baby war herzallerliebst. Jacob hielt sie vorsichtig, stützte ihren Kopf und hielt sie dicht an seinem Körper.

»Was für eine wundervolle Tochter du bekommen hast, kleine Schwester«, sagte er tief berührt.

»Ja, wir machen gute Kinder, mein Mann und ich.«

Gustaf wuselte zwischen ihnen herum, fotografierte, holte Sachen für Jennifer und war unheimlich stolz auf sein drittes Kind.

Jacob betrachtete seine jüngste Nichte eingehend. »Jetzt hast du ein ganzes Rudel«, sagte er zu Jennifer. Sie hatte sich schon immer eine große und lebhafte Familie gewünscht, und er freute sich für sie.

»Du brauchst auch ein Rudel«, sagte Jennifer.

»Bis jetzt reichen mir meine Nichten.«

»Du brauchst eigene Kinder«, beharrte sie mit der Selbstverständlichkeit, die so charakteristisch für sie war.

»Deine Mama ist ganz schön herrisch, nur damit du Bescheid weißt«, flüsterte er dem neugeborenen Mädchen zu. Sie blinzelte langsam und sah ihn mit ruhigem Blick an.

»Sie ist mit einem Notkaiserschnitt zur Welt gekommen«, sagte Jennifer.

»Ist trotzdem alles gut gegangen? Hast du Schmerzen?«

»Es ist gut gegangen, und es geht ihr gut.«

Widerstrebend übergab Jacob das Baby an Gustaf, der seine Arme ausstreckte. »Danach bin ich an der Reihe«, sagte Oma Gunilla, bevor sie davoneilte, um Kaffee zu holen. Lennart sprach mit seinem Schwiegersohn über die finanzielle Zukunft des Neugeborenen. Jacob wusste, dass sein Vater die Ankunft seiner Enkelkinder sehr ernst nahm und umgehend Sparkonten für sie eröffnete. Er erinnerte sich, dass er das auch für Olivia getan hatte.

Während alle anderen beschäftigt waren, winkte Jennifer Jacob zu sich heran. »Du«, flüsterte sie, als er an ihrem Bett stand.

»Ja?«

»Du musst dich zusammenreißen, hörst du?«

»Kannst du dich etwas konkreter ausdrücken?«

»Wieso?«

Er betrachtete sie forschend und bemerkte ihre glasigen Augen und ihr träges Lächeln. »Jennifer, bist du etwa high?«

»Megahigh.« Sie grinste. »Die haben hier richtig Angst vor mir. Offenbar war ich ganz schön fordernd, und sie geben mir Drogen, sobald ich danach rufe. Ich tue nur so, als ob ich schreckliche Schmerzen hätte. Haha. Morphin ist mein bester Freund.« Ihr Grinsen wurde noch breiter. »Ich werde mich von Gustaf scheiden lassen und Morphin heiraten. Aber was ich dir sage, stimmt trotzdem. Hör gut zu«, sagte sie eindringlich, beugte sich vor, ergriff seine Hand, drückte sie und wurde dann mucksmäuschenstill. Sie starrte wieder in die Luft.

»Ja?«, sagte er, nachdem er eine ganze Weile gewartet hatte.

Sie sah ihn an, ohne ihren Blick zu fokussieren. »Was?«

Er nahm sich vor, das Krankenhauspersonal zu bitten, ein wenig zurückhaltender mit den Medikamenten umzugehen, denn sie wirkte viel zu entspannt. Es kam ihm geradezu unnatürlich vor. »Du hast gesagt, ich solle dir zuhören«, sagte er geduldig. Seine wunderbare, verrückte kleine Schwester. Die jetzt dreifache Mutter war.

»Hetz mich nicht.«

Er wartete, während sie einen verwickelten Gedankengang zu entwirren schien.

»Genau. Welche Gefühle hast du für Kate?«

Er zog seine Hand zurück. »Warum willst du das wissen?«

»Versuch nicht, dich rauszuwinden. Ich besitze so viel Weisheit, dass ich jemanden daran teilhaben lassen muss. Ich mag sie.«

»Ihr seid euch doch noch nie begegnet?«

Sie verschränkte die Arme vor der Brust. »Pah. Keine Wortklaubereien. Mit gefällt ihr Einfluss auf dich. Sie ist gut. Fast so gut wie Morphin. Habe ich schon gesagt, dass ich Morphin heiraten werde? Also. Welche Gefühle hast du?«

Er wich ihrem vernebelten, aber erstaunlich durchdringenden Blick aus. Er hatte so unglaublich viele Gefühle für Kate. Für ihre Warmherzigkeit und Fürsorge für andere. Ihren ironischen Humor. Ihre Stärke, aber auch ihre Weichheit. Die Art, wie ihre toughe Fassade ihr empfindsames Inneres verbarg. Vielleicht war er verzaubert, und das beunruhigte ihn, denn es machte ihn verletzlich. Er konnte nicht vergessen, wie sie ihn angeschrien hatte, wie sie sich verwandelt und ihm Abscheulichkeiten vorgeworfen hatte. Sie hatten das noch nicht miteinander geklärt. Sollte er es ansprechen? Oder sollten sie weitermachen, als ob nichts vorgefallen wäre? Er war schrecklich unsicher. Einerseits. Andererseits. Bis in alle Ewigkeit.

»Antworte!«, brüllte Jennifer, und er fuhr zusammen.

»Um Himmels willen, beruhige dich. Ich muss nachdenken, ich kann meine Gefühle nicht einfach so spontan ausdrücken.«

Jennifer schnaubte. »Männer. Wie haltet ihr es nur aus, so emotional verkümmert zu sein? Sie hat dich verändert. Das merkt man. Lass sie nicht los.« Sie fuchtelte mit dem Zeigefinger wie ein Besserwisser auf Droge.

»Aber wir sind nicht zusammen«, sagte er widerstrebend. Nicht ein einziges Mal hatten Kate und er über eine mögliche Zukunft gesprochen, sie hatten ihre Beziehung nicht definiert. Und dann war da noch die Sache mit dem Vertrauen. Kate schien alle Männer über einen Kamm zu scheren. Und er selbst hatte große Angst davor, noch einmal verletzt zu werden. »Mach dir nicht zu große Hoffnungen. Kate und ich sind nicht zusammen.«

»Dann sieh zu, dass sich das ändert«, befahl sie, wobei der dramatische Effekt durch den Speichel, der ihr über das Kinn lief, ein wenig geschmälert wurde.

Eine knappe Stunde später verließ Jacob das Krankenhaus zusammen mit seinen Eltern. Er hatte sie zu Hause abgeholt, damit sie nicht mit öffentlichen Verkehrsmitteln nach Danderyd zu fahren brauchten. Gunilla wollte sich mit ihrem Buchclub treffen, darum setzte er sie im Stadtzentrum ab.

»Tschüs«, sagte sie und lächelte den beiden Männern zu. Seine Mutter sah glücklich aus, als sie ihm über die Wange strich. Er erinnerte sich an die Zeit, als er zu verschiedenen Aktivitäten gefahren wurde, und jetzt war er derjenige, der am Steuer saß. Er freute sich, dass er ihnen helfen konnte. Sein Vater setzte sich nach vorn.

»Nach Hause?«, fragte Jacob, bog um eine Straßenecke und fuhr in Richtung Djurgårdsstaden.

»Ich hoffe, das war in Ordnung für dich«, sagte Lennart nach einer Weile.

Jacob schaltete die Scheibenwischer ein. Der Schnee fiel in dicken Flocken, aber die Straße war geräumt, und der Volvo hatte gute Winterreifen.

»Danke, Papa. Ich freue mich wirklich sehr für Jennifer und Gustaf. Sie sind wunderbare Eltern.«

»Man merkt, dass es dir besser geht. Das stimmt doch, oder?« Jacob spürte, dass sein Vater ihn von der Seite ansah. »Ich wünsche mir nur, dass es dir gut geht.«

Lennart räusperte sich, und Jacob tat so, als müsse er sich aufs Fahren konzentrieren, weil er nicht wusste, was er antworten sollte. Wieso war es nur so schwierig, über Gefühle zu sprechen? Sein Vater war immer freundlich, und er verurteilte ihn nie. Aber trotzdem konnte und wollte er keine Schwäche zeigen. Vielleicht lag es an seiner Persönlichkeit, dass es ihm schwerfiel, sich eine Blöße zu geben. Er umklammerte das Lenkrad und nahm Anlauf.

»Papa, darf ich dich etwas fragen?«

»Ist etwas passiert?«

»Es geht um eine Frau.«

Lennart lächelte breit und erleichtert. »Ich verstehe. Du hast Liebe verdient, mein Sohn. Nicht nur, geliebt zu werden, sondern auch, lieben zu dürfen. Du hast so viel zu geben, das war immer schon so, schon als du klein warst.«

»Das ist nicht der Punkt.«

»Geht es um Kate Ekberg?«

Jacob warf seinem Vater einen schnellen Blick zu. »Woher weißt du das?«

»Jennifer hat es Mama erzählt, die es mir erzählt hat. Dass da etwas zwischen euch sein könnte.«

»Ich würde nicht direkt sagen, dass da etwas zwischen uns ist.«

»Aber vielleicht ist Kate genau das, was du brauchst?«

»Glaubst du? Wir sind sehr unterschiedlich.« Diese Unterschiede waren nicht unwichtig. Und dann war da noch die Sache mit ihrem Streit und das ganze Durcheinander.

»Sie ist nicht wie Amanda, meinst du das?«, fragte sein Vater behutsam.

Jacob blinkte und bog ab. »Vielleicht.«

»Wir haben Amanda gemocht, Mama und ich, wir haben sie wirklich gemocht.« Lennart machte eine lange Pause, als versuche er, seine Worte so korrekt wie möglich zu wählen. »Aber sie war nicht gut für dich.«

»Ja, das kann man wohl sagen«, entgegnete Jacob trocken. Amanda hatte ihn betrogen, ihn verlassen, ihm sein Kind genommen. Schlimmer hätte es kaum kommen können.

Lennart strich sich über das Kinn, wie immer, wenn er laut nachdachte. »Ich meine, auch bevor das alles passiert ist. Du bist bei Amanda sozusagen geschrumpft. Als hättest du nur eine Rolle gespielt.«

»Tatsächlich?«, sagte Jacob verblüfft.

»Du warst nicht glücklich. Du schienst die ganze Zeit zu versuchen, ihr alles recht zu machen, als würdest du glauben, du seist nicht gut genug.«

Hatte sein Vater recht? War er mit Amanda nicht er selbst gewesen? Vielleicht. Nach so langer Zeit war das schwer zu sagen.

»Das hast du bisher nie erwähnt.«

»Es hat sich nie ergeben. Aber fühlt sich das jetzt auch so an? Mit Kate?«

»Nein, sogar ganz im Gegenteil.« Mit Kate war er einfach er selbst. Jacob hatte keine Ahnung gehabt, dass seine Eltern sich derartige Gedanken machten. Vielleicht hätte ihn das freuen sollen, aber plötzlich fühlte er sich gestresst. Was, wenn er wirklich ein Versager war, was Frauen und Beziehungen betraf? Also, er *wusste* ja, dass er einer war, aber was, wenn er seinem eigenen Urteil nicht vertrauen konnte? Vielleicht war Kate überhaupt nicht das, was er brauchte. Genau wie Amanda.

Er umklammerte das Lenkrad. »Wie kann man das denn wissen, Papa?«

»Was wissen?«

*Alles.* »Dass sie die Richtige ist.«

Wieder rieb Lennart sich das Kinn. »Wenn ich das wüsste. Ich glaube nicht daran, dass man das sofort weiß. Liebe auf den ersten Blick und so. In einer guten Beziehung geht es um so viel mehr. Darum, den anderen zu sehen. Sich dafür zu interessieren, was ihr wichtig ist, zu wissen, worüber sie sich Sorgen macht, wovon sie träumt. Zu wissen, was sie glücklich macht, und ihr das geben zu wollen.«

»Wie bei dir und Mama?« Sein Vater konnte das richtig gut, erkannte Jacob. Er kaufte Blumen, vergaß keine Jahrestage und schrieb kleine Zettel.

»Ich gebe mir Mühe. Und sie tut dasselbe für mich. Ich habe Glück gehabt.«

Ja, in Beziehungen brauchte man auch ganz einfach Glück, mit dieser Tatsache musste man sich einfach abfinden.

Jacob hielt an einer roten Ampel. »Kate fällt es sehr schwer, mir zu vertrauen.«

»Das ist schade. Du bist der zuverlässigste Mensch, den ich kenne. Das warst du immer schon, schon als Kind. Das musst du ihr zeigen.«

»Aber du weißt ja. Amanda. Sie hat mich dermaßen hintergangen, dass mir beinahe schon alles egal war.«

»Ich weiß.«

»Ich habe mir gewünscht, nicht mehr zu leben.«

»Oh, Jacob. Das Leben wäre schrecklich ohne dich.«

»So etwas werde ich nie wieder tun.«

»Versprichst du mir das?« Die Stimme seines Vaters zitterte ein wenig.

»Ja.« Jacob räusperte sich und versuchte, sich zu konzentrieren. »Ihr scheint euch nie zu streiten, Mama und du. Bist du nie wütend auf sie?«

Lennart lachte auf. »Oft. Wie gesagt. Das Leben ist harte Arbeit.«

»Ich weiß auch nicht, ob ich noch einmal einer Frau vertrauen kann.«

»Das verstehe ich. Aber um lieben zu können, muss man es wagen, jemandem zu vertrauen, jemanden an sich heranzulassen. Knifflige Sache.«

»Papa, seit wann bist du so klug?«

»Das ist eigentlich Mamas Verdienst. Aber erzähl ihr nicht, dass ich das gesagt habe«, fügte er eilig hinzu. »Die Ehe ist auch ein Wettstreit, und ich will ihr keinen Vorteil lassen. Aber unter uns: Sie hat mich zu einem besseren Menschen gemacht. Dadurch weiß man wohl, dass sie die Richtige ist. Dass man zusammen mit der anderen Person sein bestes Selbst ist.«

Als Jacob seinen Vater abgesetzt hatte und nach Hause fuhr, dachte er über ihr Gespräch nach. Er wollte zusammen mit Kate sein bestes Ich sein. Er wollte mit ihr reden, mit ihr lachen, gemeinsam mit ihr Dinge erleben. Aber hatte er Vertrauen? Konnte er Vertrauen haben? Konnte sie es? Jacob wünschte, er wüsste es. Wünschte sich, er könnte sagen, dass er sich wirklich auf sie einlassen und mit ihr zusammen sein wollte. Aber in Wahrheit hatte er keine Ahnung.

## ~ 40 ~

»Wie fühlst du dich?«, fragte Nanna und ließ sich Kate gegenüber auf das Sofa fallen. Der blaue Samt, auf dem Kate vor einer Woche mit Jacob Sex gehabt hatte, war gereinigt, aber ihre Erinnerung daran war noch sehr lebendig. Diese Nacht würde sie nie vergessen. Wie seine geschickten Hände mit ihrem Körper gespielt hatten, wie er sie dazu gebracht hatte, um mehr zu betteln, wie nah sie sich körperlich gekommen waren.

»Ich bin nervös«, gab sie zu.

»Das sieht dir gar nicht ähnlich«, stellte Nanna fest und schenkte ihnen beiden Wasser ein. Es würde eine lange Nacht werden, also tankten sie besser reichlich Flüssigkeit.

Nanna hatte vollkommen recht: Es sah ihr gar nicht ähnlich. Gespannt, ja, aber nervös? Keine Spur, nicht Kate Ekberg. Aber heute stand viel auf dem Spiel. Würde Jacob kommen? Er hatte zwar schlussendlich für den Silvesterabend zugesagt, aber danach hatte sie nichts mehr von ihm gehört. Sie hatte ihm sogar eine SMS geschrieben und sich erkundigt, ob er es sich anders überlegt hatte. Und er hatte nicht geantwortet! Diese Unsicherheit war neu und ungewohnt für sie. Sie war aufgeregt wie ein Teenager, der hoffte, dass der hübscheste Junge zum Schulball kommen würde. Ging es anderen Leuten etwa auch so? Das war doch Stress pur!

Sie und ihre Angestellten hatten zwischen den Jahren hart gearbeitet. Parvin war es gelungen, jede Menge Presseberichte zu generieren, was streng genommen nicht nötig war, da sie ihre Gästeliste schon vor langer Zeit geschlossen hatten, aber es konnte nie schaden, Aufmerksamkeit zu erregen. Kate hatte soeben mit dem angespannten Sternekoch gesprochen, der für das Luxus-Abendessen mit gesponsertem Essen zuständig sein würde, und sich selbst dabei ertappt, dass sie Sachen sagte wie »kein Safran und keine Austern«. Zuvor hatte sie die letzten Details mit der Security besprochen, sich mit dem Barchef abgestimmt und einigen der wichtigsten VIP-Gäste Nachrichten geschickt. Zwei schwedische Hollywoodstars würden mit ihren Verlobten kommen, und einige der kreativsten und hipsten Persönlichkeiten aus Film, Mode, Kunst und Musik hatten ihre Einladung zu einem Drei-Gänge-Menü angenommen. Die ganze Zeit hatten die Gedanken an Jacob in ihrem Hinterkopf gespukt. Sie wünschte sich, dass alles wieder so wäre wie früher, dass er ihr vertrauen und sich ihr öffnen würde. Aber vielleicht ertrug er sie nicht, vielleicht war sie ihm zu dramatisch, zu kompliziert, zu stressig und verkorkst. Sie hatte sich gezwungen, ihr eigenes Verhalten zu analysieren, und das Ergebnis war nicht besonders schmeichelhaft gewesen. Sie hatte sich ihm gegenüber wie eine Verrückte verhalten. Es war genauso, wie Nanna und Parvin gesagt hatten, sie war hart und kritisch, und sie hatte einen Menschen, für den sie Gefühle hegte, zutiefst verletzt. Diese Erkenntnis war so unbequem wie eine billige Strumpfhose.

»Kate? Hallo? Hörst du mir zu?«

»Sorry, wo waren wir stehen geblieben?«

»Zlatan ist beleidigt, weil er nicht eingeladen ist.«

»Er hat abgesagt, also ist er selbst schuld, wenn er es sich plötzlich anders überlegt.«

Silvester ist schwierig, das wussten alle in der Branche. Die gefragtesten Leute wollten sich nicht festlegen, für den Fall, dass etwas noch Besseres auftauchte, und viele feierten in privatem Rahmen zu Hause, aber Kate hatte sich für ein Abendessen in der *Bar Noir* mit einem Nacheinlass um zehn Uhr entschieden, und als sie das kommuniziert hatten, waren Nannas und Parvins Handys vor Nachrichten explodiert. Für die handverlesenen Gäste des Abendessens gab es Live-Unterhaltung während des Essens – Kate war es gelungen, Love Swensson zu verpflichten, eine der wenigen Künstlerinnen, die so bekannt und populär waren, dass sie allein damit schon verwöhnte Gäste anlockten – , außerdem eine gefragte DJane für die große Tanzfläche sowie einen mindestens ebenso populären DJ für die *Bar Noir*. Einen heißen Türsteher in Smoking und Boa und festlich gekleidetes Personal in allen Bars. Ein paar Probleme hatte es natürlich gegeben, denn irgendetwas lief immer schief: Jemand meldete sich krank, Promis beschwerten sich und waren verärgert, dass man sie nicht eingeladen hatte. Aber sie hatten noch alles rechtzeitig vor diesem Silvesterabend im *Kate's* hingebogen, und es versprach, großartig zu werden. Der Club war prunkvoll ganz in Silber und Gold dekoriert, die Kronleuchter funkelten, und alles sah sensationell aus. Als Team waren Nanna, Parvin und sie einfach fucking amazing.

Nanna streckte ihren Rücken und dehnte ihre Nackenmuskeln. Sie hatte sich umgezogen und trug nun einen Hosenanzug mit schwarzen Pailletten sowie größeren Silberschmuck als sonst. Ihre Nägel waren rot lackiert, und in ihrem voluminösen und fluffigen Haar trug sie ein goldenes Haarband. »Der Silvesterabend ist immer hart. Aber ich glaube, wir haben ins Schwarze getroffen. Wie immer. Du bist unglaublich, Kate, falls ich dir das nicht schon gesagt habe.«

»*Wir* sind unglaublich.« Sie arbeiteten in einer kleinen und schwierigen Branche. So vieles konnte schiefgehen und im Handumdrehen zum Konkurs führen. Dafür reichten schon zwei falsche Buchungen, ein Trottel als DJ, ein Mainstreamkünstler – und du warst in den angesagten Kreisen nicht mehr interessant. Man brauchte Fingerspitzengefühl und ein Gehör dafür, was den richtigen Publikums-Mix anlocken würde. Das Nachtleben hatte bei vielen einen schlechten Ruf. Kate hatte das alles schon gehört. Es sei oberflächlich, albern, elitär. Ja, das mochte stimmen. Aber es war auch eine verdammt aufregende Welt, denn es war das Gegenteil vom Alltag: dekadent und hedonistisch.

»Ohne dich und Parvin bin ich verloren«, sagte sie.

»Apropos, wo ist eigentlich unsere PR-Frau?«

»Ihren Storys nach zu urteilen ist sie zum Vorglühen auf einer Party in Nacka«, sagte Kate, die alle halbe Minute auf ihr Smartphone schaute. Kein Wort von Jacob. Was, wenn er nicht kam?

Nanna seufzte und trommelte mit ihren kurzen Fingernägeln auf den Tisch.

»Nanna? Was ist los? Du bist heute so anders.« Nanna war heute schon den ganzen Tag lang gereizt, als ob sie auch wegen irgendetwas nervös wäre.

Nanna seufzte wieder tief. »Nichts.«

»Aber irgendetwas hast du doch. Was ist es?«

»Hör auf zu nerven«, sagte Nanna, erhob sich und entfernte sich brummend. Kate starrte ihr nach. Irgendetwas ging ganz offenkundig in ihrer Marketingchefin vor. Seit ein paar Wochen war sie noch geheimnisvoller als sonst, aber Kate kam nicht dazu, sich weiter darüber Gedanken zu machen, denn jetzt tauchte Parvin auf, die Augen wie gewöhnlich auf ihr Smartphone geheftet. Parvin sah heute besonders cool aus. Ihr rasierter Schädel glänzte vor Öl, ihre Lippen waren knallrot, und sie trug ein silbernes Minikleid und Plateaupumps mit protzigen Steinen in unterschiedlichen Farben und Größen.

»Ich kriege pausenlos Nachrichten«, begrüßte sie Kate. »Alle wollen heute zu uns kommen.«

»Ich kriege auch Nachrichten«, sagte Kate, und beide grinsten selbstzufrieden. Nicht, dass es hier um einen Wettbewerb gegangen wäre, aber sie waren die Nummer eins.

»Die DJane ist da«, sagte Parvin und zog Kate mit sich zu Fiona Pop, einer kleinen Frau in einem Lederkleid und mit goldenen Augen, die Parvin mit Schmeicheleien und dem Versprechen, dass sie für ein cooles Publikum spielen würde, in den Club gelockt hatte.

Kate küsste sie auf die Wange und umarmte sie.

»Und dann ist da noch der Live Act«, sagte Kate einen Augenblick später, während sie mit Fiona die letzten Details durchging. Der Geräuschpegel stieg bereits an, und die Stimmung war so aufgeladen wie immer, kurz bevor sie öffneten. Die Tische in der Bar Noir waren gedeckt, sämtliche Tresen glänzten, und der Fußboden war spiegelblank.

»I know«, sagte Fiona lächelnd. Sie hatte einen Goldzahn und kurze schwarze Fingernägel. »Love Swensson. Das war einer der Hauptgründe, warum ich zu diesem Gig zugesagt habe. Love ist krass.«

»Finde ich auch«, lächelte Kate. Love legte mittlerweile nur noch selten in Schweden auf, aber sie hatte sich zu einem exklusiven Gastspiel bereit erklärt. Kate hatte Love in ihrem Club auftreten lassen, als die noch jung und unbekannt war, und sie standen immer noch in regelmäßigem Kontakt. Es würde das magische Event eines Profis werden. Welch eine Erleichterung. Denn Kates Nerven waren bereits zum Zerreißen gespannt. Und das hatte gar nicht so viel mit dem Club zu tun. In erster Linie wurzelte ihre Nervosität darin, dass sie zwischen Euphorie und Unsicherheit schwankte und sich abwechselnd cool, kontrolliert, kindisch und sehnsuchtsvoll fühlte. Es war wirklich ausgesprochen demütigend, in den Klauen eines solchen Gefühlsüberschwangs zu sein, für den sie noch nicht einmal einen Namen hatte. Aber sie hatte ihre Gefühle nicht unter Kontrolle. Sie waren all over the place.

Sie war sich so unsicher bei Jacob. Menschen waren unberechenbar. Sie waren illoyal und brachen ihre Versprechen, und offensichtlich waren ihre Gefühle gerade sehr verletzlich. Und darum fürchtete sie, dass er sie nicht mehr mochte oder dass er heute nicht kommen und deshalb der ganze Abend misslingen würde. Das war ätzend. Und um eine bereits schwierige Situation noch komplizierter zu machen, hatte Kate in einem schwachen Moment auch noch ihre Mutter eingeladen. Jetzt traf sie bei dem Gedanken daran beinahe der Schlag, und sie wusste nicht einmal mehr, wie es dazu gekommen war. Nanna und sie waren die Gästeliste durchgegangen, ihre Kollegin hatte Namen heruntergerasselt und dabei eine Schauspielerin erwähnt, die abgesprungen war, weil sie nach LA reiste, und dann war unversehens Mia-Lotta eingeladen. »Mach dir keine Sorgen, Kate«, hatte Nanna gesagt, die Hand auf dem Herz. »Ich kümmere mich um deine Mutter.« Als ob Kate nicht schon gestresst genug wäre. Live-Auftritte einer international bekannten Künstlerin, DJs, die von ihrer eigenen Genialität überzeugt waren, Jacob, der vielleicht kommen würde oder auch nicht, und dann noch eine unberechenbare Alkoholikerin von Mutter als Sahnehäubchen. Von so etwas konnte eine Nachtclubbesitzerin Magengeschwüre bekommen, wenn sie entsprechend veranlagt war.

Es wurde acht Uhr, die Leute von der Security waren auf ihren Posten, der Türsteher ebenso, und die Erste, die den Club betrat, war Mia-Lotta.

Kate umarmte sie. Ihre Mutter war doch eigentlich ziemlich

hübsch. Sie hatte die schrecklichen künstlichen Fingernägel entfernt, die sie sonst immer trug, und hatte jetzt gepflegte kurze, sanft gerundete Nägel. Und ihre Frisur war kürzer und flotter.

»Du siehst gut aus, Mama«, sagte Kate.

Mia-Lotta strich sich mit den Händen über ihr einfaches, hübsches Kleid. »Das war runtergesetzt, bei H&M. Hoffentlich ist es nicht zu schlicht.«

»Nein, es steht dir sehr gut.«

»Und ich bin nüchtern, ich werde nüchtern bleiben und dich nicht blamieren«, flüsterte sie.

»Ich habe doch gar nichts gesagt«, erwiderte Kate, während sie ihrer Mutter half, ihren Mantel aufzuhängen.

»Ich weiß. Aber ich wollte es trotzdem erwähnen. Du brauchst dir meinetwegen keine Sorgen zu machen«, sagte Mia-Lotta wie eine richtige Mutter.

»Danke«, sagte Kate, die plötzlich einen Kloß im Hals hatte.

Mia-Lotta blickte sich mit großen Augen um. »Das ist ja fantastisch, Kate.«

Nanna trat zu ihnen und unterbrach die emotionale Stimmung, bevor Kate etwas Seltsames tun konnte, wie ihre Mutter noch einmal fest und dankbar zu umarmen. Nanna und Mia-Lotta begrüßten sich wie alte Bekannte. Sie hatten ja schon mehrmals miteinander telefoniert, fiel es Kate ein. Vielleicht hatten sie einige Gemeinsamkeiten entdeckt. Sie beobachtete die beiden, die ein ungewöhnliches Gespann abgaben. Worüber konnten sie sich miteinander unterhalten?

Kate signalisierte Nanna ein Dankeschön, doch die zuckte nur beiläufig die Schultern und wandte sich wieder ihrem Gespräch zu, als ob es sie wirklich interessieren würde. Mia-Lotta lächelte Nanna an, und beide brachen in lautes Lachen aus.

Weitere Gäste trafen ein, und Kate konzentrierte sich darauf, sie willkommen zu heißen. Siri Stiller, eine brillante Künstlerin, die im Frühling eine hochgelobte Ausstellung in New York gehabt hatte und zu Nannas besten Freundinnen gehörte, breitete ihre Arme aus.

»Hello, sunshine«, sagte Kate und umarmte sie herzlich.

»Das ist Rebecca, meine Frau.«

Kate begrüßte die dunkelhaarige Frau, die sie schwungvoll auf die Wange küsste und in der Kate ein ehemaliges Model wiedererkannte. Das Paar war ein Hingucker, Siri in Weiß und Rebecca in Schwarz, und sie waren genau die richtigen Gäste. Kreativ, glamourös und ein wenig hemmungslos.

Kate kam nicht dazu, weiter darüber nachzudenken, denn jetzt sah sie Jacob, und ihr Herz blieb stehen.

*Er ist hier, er ist hier, er ist hier.*

Und ohne Vorwarnung verabschiedete sich ihre kühle Fassade und verschwand. Ihr Mund wurde trocken, und sie bekam einen Tunnelblick. Dann fing ihr Herz wieder an zu schlagen und hämmerte jetzt fieberhaft gegen die Rippen, und sie konnte ihn nur schmachtend anstarren. Er war zusammen mit seinem Freund Benjamin gekommen, der seinerseits eine ihr vage bekannt vorkommende schwarzhaarige Frau an der Hand hielt, aber die beiden nahm Kate nur am Rande wahr. Denn der, bei dem ihr das Herz aufging, war Jacob. Er sah fantastisch aus. Mit schimmerndem Haar, glatt rasiert und kraftvoll, in schwarzer Hose und schwarzem Hemd.

*Meiner,* dachte sie und strich sich mit verschwitzten Handflächen über die Hüften, fuhr sich durchs Haar und leckte sich mit der Zunge über die Zähne, um eventuell überschüssigen Lippenstift zu entfernen. Sie atmete ein und spürte, wie ihre Beine zitterten.

Todsicher würde es ihr schwerfallen, heute Abend cool zu bleiben.

## ~ 41 ~

Jacob erblickte Kate, die in ihrem goldenen Kleid wie ein Leuchtturm über einem stürmischen Meer strahlte.

»Hallo«, sagte sie, und ihre Augen blitzten, als sie ihm ihre Wange zum Kuss hinhielt. Er streifte sie mit den Lippen.

Sie duftete nach Gewürzen und Geheimnis, und ihre dunkle Stimme verursachte ihm Gänsehaut. Und heute Abend hatte sie diese königliche Aura, die die Nacht und der Club ihr verliehen. Der lange Schlitz in ihrem Kleid, der ihre wohlgeformten Beine sehen ließ, trug noch dazu bei. Ihre Lippen waren tiefrot, und ihr dunkles Haar fiel ihr in Wellen auf die Schulter. Die ganze Woche lang hatte Jacob seine Gefühle auf Distanz gehalten und ihre Beziehung von allen Seiten betrachtet. Sie waren einander so nahegekommen, als sie sich geliebt hatten, und er hatte das Gefühl gehabt, dass er auf sich achtgeben, vorsichtig sein und nicht vergessen sollte, dass sie ihn mit »allen Männern« in einen Topf warf. Jetzt wusste er auf einmal nicht mehr, warum es so wichtig war, das alles ständig wiederzukäuen. Denn als Kate ihren Charme und ihre Ausstrahlung auf ihn richtete, war es, als stünde er direkt in der Sonne. Man konnte ihr unmöglich widerstehen.

Der Geräuschpegel im Eingangsbereich war hoch, man rief, lachte und umarmte sich. Aus den Lautsprechern kam sanfte Jazzmusik, und festlich gekleidete Servierkräfte boten große Tabletts mit Drinks an.

»Herzlich willkommen«, sagte sie und begrüßte Benjamin

und seine Begleiterin Inès. »Ich freue mich, dass du gekommen bist«, sagte sie zu Inès. »Wir sind uns schon begegnet, jetzt erinnere ich mich. Und ich habe deinen neuesten Film gesehen. Ich liebe Screwball-Comedys.« Neu eingetroffene Gäste drängten von hinten nach, und das Stimmengewirr im Foyer nahm zu. Jacob kannte tatsächlich einige der Gäste, glamouröse Promis, die alle ganz genauso von Kate verzaubert zu sein schienen wie er.

Sie führte sie die Treppe hinauf zu einem kleineren, intimeren Bereich mit einer glänzend schwarzen Bar und ungefähr zehn Tischen mit weißen Tischdecken und Kerzenleuchtern. Es war etwas kitschig, aber der schwarze Samt und eine Unmenge von Lilien ließen es zugleich luxuriös wirken. Kate ging vor ihnen her zu einem der Tische. Auf dem weißen Tischtuch standen ein Eiskübel mit Champagner sowie goldene Schälchen mit Fingerfood. Die einzelnen Plätze waren mit Namensschildern versehen, und er sah, dass er neben ihr sitzen sollte. Auf dem Ehrenplatz. Als wären sie ein Paar, in aller Öffentlichkeit. Jacob atmete tief ein. Wie gesagt, wenn Kate ihren Charme spielen ließ, war Widerstand zwecklos.

»Das sind meine engsten Mitarbeiterinnen, Nanna und Parvin«, stellte Kate die beiden vor, und alle begrüßten sich. Sie warf Jacob einen raschen Blick zu, und wenn er sie nicht so aufmerksam angesehen hätte, wäre ihm ihre Nervosität, als sie ihn mit der nächsten Person bekannt machte, entgangen. »Und das ist meine Mutter, Mia-Lotta Ekberg.«

»Ich freue mich, dich kennenzulernen«, sagte er und lächelte die Mutter herzlich an, zu der Kate so ein kompliziertes Verhältnis hatte. Mia-Lottas Händedruck war zaghaft, fast schon schlaff. Er wäre nie darauf gekommen, dass diese spröde und ein wenig nervöse Person mit der charismatischen Kate verwandt war.

»Ich muss noch eine Runde drehen«, flüsterte Kate ihm ins

Ohr. Sie ließ ihren Mund einen Augenblick an seiner Wange ruhen, legte ihm die Hand auf die Brust, spreizte ihre Finger und ließ ihre langen, spitzen Fingernägel über sein Hemd gleiten und beugte sich nach vorn, sodass ihre Brüste sich gegen seinen Arm drückten. Ihm blieb beinahe die Luft weg, denn er musste an alles denken, was er hier im Club mit ihr gemacht hatte. Und dann war sie fort.

Als Kate zehn Minuten später wieder an ihren Tisch zurückkehrte, stand Jacob automatisch auf, er konnte nicht anders, und sie schenkte ihm ihr typisches belustigtes Lächeln.

»Bitte sehr«, sagte er und zog den Stuhl für sie vor.

Als sie sich setzte, ließ er seinen Zeigefinger an ihrer Schulter ruhen. Er hatte eine gute Sicht in ihren Ausschnitt, und ihre schwellenden Brüste und ihre helle Haut weckten die Lust in ihm. Er setzte sich neben sie und spürte, wie sie ihr Knie gegen seins presste, und legte ihr die Hand auf den Oberschenkel. Trotz des Gelächters und des Gläserklirrens und der Musik hörte er, wie sie heiser nach Luft rang.

Sie unterhielten sich entspannt, und in Jacob keimte ein neues Gefühl auf. *Mir. Sie gehört mir.*

»Sie scheinen gute Freundinnen zu sein«, flüsterte er Kate zu, nachdem sie miteinander angestoßen hatten.

»Wer?«

Er nickte zu Mia-Lotta und Nanna hinüber, die die Köpfe zusammengesteckt hatten und lachten. »Deine Mutter und deine Kollegin.«

»Nein, manchmal, wenn ich keinen Nerv habe, mit Mama zu sprechen, übernimmt Nanna das. Nur deswegen kennen sie sich.«

Nach der Vorspeise, einem Meisterwerk mit in Bier pochierter Königskrabbe, Smetana und Dillkronen, das auf der Zunge zerging, stieg Kate auf die kleine erhöhte Bühne und stellte Love

Swensson vor, eine Weltklassekünstlerin, von der sogar Jacob schon gehört hatte. Die Gäste applaudierten und pfiffen. Kate lächelte zufrieden. Und wieder erhob er sich, als sie an den Tisch zurückkehrte. Bevor sie sich hinsetzte, legte sie ihm eine Hand an die Wange, warf ihm einen schelmischen Blick zu und küsste ihn mitten auf den Mund. Er stand da wie versteinert. Elegant ließ sie sich auf ihren Stuhl sinken. Keiner am Tisch sagte etwas, aber Jacob sah die Blicke. Kate hatte ihn vor all ihren Kollegen und Freunden, vor ihrer Mutter geküsst. In seiner Welt hatte das etwas zu bedeuten. Langsam setzte er sich hin.

Love begann zu singen, und gleich darauf wurde das Hauptgericht serviert. Als Jacob den in Butter gebratenen Steinbutt mit Morchelsoße und Zuckererbsen kostete, hätte er beinahe gestöhnt. Den Reaktionen der anderen entnahm er, dass er nicht der Einzige war, der einen gelungenen Abend erlebte. Die Gäste sangen mit, prosteten sich zu und schienen sich fantastisch zu amüsieren. Überall an den Tischen wurden lebhafte Unterhaltungen geführt. Kate sagte nicht viel, meistens hörte sie zu, nickte den anderen zu und hielt Kontakt zum Servicepersonal. Hin und wieder legte sie heimlich ihre Hand auf Jacobs Bein. Er konnte sie überall hören, spüren und ihren Duft wahrnehmen. Und er erinnerte sich an das Gespräch mit seinem Vater. Jetzt war er er selbst. Mit Kate.

Nachdem das Dessert abgeräumt war, ein fantastisches Parfait aus arktischen Brombeeren mit gehobelten Mandeln und Blattgold, und der Kaffee serviert wurde, sang Love einen letzten Song, einen internationalen Megahit, der die Leute von den Stühlen riss.

»Du hast ja Spaß«, neckte Kate ihn, als sie merkte, wie Jacob sich von der Stimmung mitreißen ließ.

Er legte einen Arm um sie. »Mit dir habe ich immer Spaß.«

Sie sah zu ihm auf, und ihre Augen blickten ernst. »Nicht immer. Ich möchte dich um Verzeihung bitten, Jacob. Entschuldige, dass ich so dumm war. Und entschuldige, dass ich dich nicht schon eher um Verzeihung gebeten habe, ich hätte das nicht unter den Teppich kehren sollen.«

»Ich bitte dich auch um Verzeihung«, sagte er herzlich.

Sie lehnte ihren Kopf an seine Schulter, und ihm ging das Herz auf.

»Du hast nichts falsch gemacht. Ist jetzt alles in Ordnung zwischen uns?«

»Ja«, sagte er, und in ihm löste sich irgendetwas. Etwas Großes.

»Ich muss nach unten und dabei sein, wenn die große Tanzfläche öffnet«, sagte Kate um kurz vor zehn. Sich sanft in den Hüften wiegend, verließ sie den Tisch, und Jacob sah ihr nach. Sie musste alle paar Meter stehen bleiben, mit Gästen sprechen, für Fotos posieren oder jemanden umarmen. Das goldene Kleid und der lange Schlitz – er könnte sie den ganzen Abend lang so aus der Ferne ansehen und wäre vollkommen zufrieden.

Als Kate wiederkam, ging es auf der Tanzfläche bereits lebhaft zu. Die DJane legte Klangteppiche aus, die die Gäste zum Ausflippen brachten. Benjamin und Inès tanzten im Stroboskoplicht, neben Parvin, Nanna und Mia-Lotta, die zu dritt tanzten.

»Möchtest du tanzen?«, rief er Kate ins Ohr.

»Tut mir leid, aber das tue ich nie«, sagte sie. Doch da hatte Jacob bereits die Sehnsucht in ihrem Blick gesehen.

»Warum nicht?« Er wollte sie nicht drängen, aber er war neugierig, denn sie wirkte auf ihn wie eine Frau, die wie für die Tanzfläche gemacht war.

Sie biss sich auf die Lippe und schien zu zögern. »Das ist eins meiner Prinzipien. Keiner soll sich vernachlässigt fühlen. Und ich kann ja nicht mit allen tanzen, darum tanze ich gar nicht.« Sie lächelte ihn entschuldigend an.

»Wenn du meinst«, sagte er, aber er ahnte, dass sie unschlüssig war. »Bist du dir wirklich sicher? Heute ist ein besonderer Abend.«

»Ich arbeite ja, ich sollte das wirklich nicht tun.«

»Heute ist Silvester, Kate. Keiner wird sich darüber wundern. Es ist dein Fest, du bist hier die Königin.« Er erhob sich und streckte seine Hand aus. »Darf ich bitten?«

Sie blickte sich um. »Wenn ich mit dir tanze, werden alle anderen das auch wollen.«

»Wenn du mit mir tanzt, werde ich dich vor allen anderen beschützen«, sagte er selbstbewusst. Diese Frau gehörte ihm, mit ihren roten Lippen und wohlgeformten Beinen, ihrer starken Persönlichkeit und allem Drum und Dran.

»Du Knallkopf. Ich kann mich schon selbst beschützen.«

»Ich weiß.« Er streckte ihr immer noch die Hand entgegen. »Komm.«

Sie blickte über den Dancefloor mit den ausgelassenen Gästen und ergriff dann seine Hand. Jacob spürte den Triumph in seiner Brust, als sie seine Hand drückte und sich von ihm auf die pulsierende Tanzfläche führen ließ. Sie sagte nichts, aber er ahnte, was für ein großer Schritt das für sie war, und sein Brustkorb schwoll vor absurdem Stolz. Kate hatte ihn auserwählt.

Unter goldenen Kronleuchtern und inmitten der anderen Gäste bewegten sie sich gemeinsam zur Musik. Rasch fanden sie in ihren Rhythmus, einen Rhythmus, den ihre Körper bereits kannten. Kate strahlte, als sie tanzte. Lachend wirbelte sie herum, ließ sich von ihm mitreißen und glänzte im Licht der Scheinwerfer, das ihre Angestellten spielerisch auf sie richteten. Er sah in ihr ausdrucksvolles Gesicht. Sie war glücklich, hier und jetzt. Vielleicht hatte Kate nicht ganz so starke Gefühle für ihn wie er für sie, aber in diesem besonderen Augenblick wollte er einfach nur *da sein*. Solange er lebte, würde er sich daran erinnern, wie er (er!) und Kate Ekberg an diesem Silvesterabend in der *Bar Noir* tanzten. Kate lächelte ihn an, als wäre er ein Held oder ein Tanzgott, und er zog sie in seine Arme, sie wandte ihm ihr Gesicht zu, und sie küssten sich mitten auf der Tanzfläche. Sie begegnete seinem Blick und lächelte ihn an, sodass sein Herz vor Glück Purzelbäume schlug.

Auf einmal sah Jacob Parvin auf sie zusteuern. Mit verbissenem Gesichtsausdruck beugte sie sich zu Kate hinab und sagte ihr etwas ins Ohr. Sie wurde ganz blass.

»Was ist passiert?«, fragte er.

Kates Gesicht war wie eine Maske, mit einer Sorgenfalte zwischen den Augenbrauen und ohne jeden Glanz in den Augen. »Ubbe Widerström hat sich irgendwie Einlass verschafft.«

# ~ 42 ~

»Keiner wusste, dass er mit ihnen zusammen hereingekommen ist.« Parvin sah besorgt aus, während sie die Treppe zum großen Club hinunterstiegen. »Ich habe den Türsteher angewiesen, den ganzen Trupp einzulassen. Es ist meine Schuld, weil ich mich nicht noch einmal vergewissert habe, wer alles dabei war. Soll ich die Security bitten, ihn rauszuwerfen? Oder alle zusammen?«

Die Musik dröhnte, die Gäste tanzten und juchzten, und der Abend schien genau der Erfolg zu sein, den Kate sich erhofft hatte. Sie zögerte. Heute Abend ging der Einlass im *Kate's* nach der Gästeliste, so wie eigentlich immer. Die Grundregel lautete, wenn Kate kein grünes Licht gegeben hatte, kam die Person nicht rein. Aber es wurden trotzdem pausenlos weitere Gäste eingelassen, sei es, weil sie berühmt waren, weil sie angesagt waren, weil sie schön waren, weil der Türsteher gute Laune hatte oder weil sie mit dem Mann von der Security befreundet waren. So war es nun einmal. Es gab allerdings eine wirklich knallharte Liste von Menschen, die im *Kate's* nicht willkommen waren. Leute, die mit Drogen oder mit Prostitution zu tun hatten, sowie ein paar rassistische und homophobe Politiker, die Kate ganz einfach nicht ausstehen konnte. Auf dieser Liste stand auch Ubbe Widerström. Sie hatte sowohl seinen Namen als auch sein Foto hinterlegt, ohne Kommentar. Keiner sollte auf die Idee kommen, sie nach dem Warum zu fragen, oder ihre Entscheidung anzuzweifeln – es war ihr Club, und sie entschied, wer hier drinnen feiern durfte. Doch wie in allen Unternehmen passierten auch im *Kate's* Fehler. Die Frage war, was sie jetzt tun sollten. Sie zögerte, denn sie wollte nur ungern eine Szene machen. Noch hatte Ubbe nichts weiter getan, als zu existieren. Was er wohl, rein rechtlich betrachtet, auch durfte. Er hätte nicht hereingelassen werden sollen, aber nun war er hier und trank und grölte zusammen mit einigen von den besseren VIP-Gästen. Dass er sich hineingeschmuggelt hatte, war eine offene Kriegserklärung, ein absichtlicher Schlag ins Gesicht. Fragte sich nur, ob sie es sich leisten konnte, sich provozieren zu lassen. Sie überlegte, welchen Plan er damit verfolgte, im Schutz seiner berühmten Freunde hier aufzutauchen. Vielleicht war es das Einfachste, ihm zu erlauben hierzubleiben, so hatte sie ihn zumindest im Auge. Außerdem wollte sie nicht, dass ihr Personal sich Gedanken über ihn machte. Sie rieb sich die Stirn, während Parvin abwechselnd sie und Ubbes Tisch ansah. Und dabei hatte sie noch nicht einmal bedacht, dass Mia-Lotta hier war. Ihre Mutter kannte Ubbe, sie hatten sich zu der Zeit kennengelernt, als ihre Mutter besonders viel getrunken hatte, sie wusste, was er getan hatte, und war ein Risikofaktor. Was, wenn Ubbe sie ansprach? Wer wusste schon, was passieren konnte, wenn die beiden aufeinandertrafen? Und – um Himmels willen – Jacob! Shit, er wusste alles über sie und Ubbe. Ihre Welten kollidierten miteinander. Konnte sie nicht einmal einen einzigen verdammten Abend in Frieden verleben?

»Kate, sag mir, was ich tun soll«, bat Parvin, und Kate merkte, dass sie schon viel zu lange geschwiegen und gezögert hatte. *Snap out of it, Kate.*

»So etwas kann passieren«, entschied sie. »Lass ihn. Besser das, als eine Szene zu riskieren.«

»Was ist los?«, fragte Nanna, die ebenfalls die Treppe heruntergekommen und zu ihnen getreten war. Parvin erzählte ihr rasch, dass eine Person von ihrer schwarzen Liste eingelassen worden war.

»Wir warten ab und beobachten, wie sich die Situation entwickelt«, erklärte Kate.

»Okay, Boss«, sagte Nanna, aber Parvin schien nicht beruhigt zu sein.

Kate legte der jungen PR-Frau die Hand auf den Unterarm. »Parvin, erst einmal tun wir gar nichts.«

Alle schauten zu dem Tisch hinüber, an dem im selben Moment die Drinks bestellt wurden.

»Aber ich möchte, dass ihn jemand im Auge behält.« Kate nickte ihrem Security-Chef zu, der ihren Befehl und die Situation sofort erfasste. »Und, Parvin, wir konzentrieren uns auf das Hier und Jetzt. Es ist ja nichts passiert.« *Noch nicht*, fügte sie im Stillen hinzu. Denn die Situation wirkte alles andere als stabil.

Kate schaute wieder zu der Gruppe hinüber. Tanya war dabei, aber die junge Frau starrte nur geradeaus, ohne Kate oder sonst jemanden zu beachten. In ihrem viel zu tief ausgeschnittenen Kleid wirkte sie hier deplatziert. Kate spürte eine Welle des Mitgefühls mit der jungen Frau, die sie so heroisch angerufen und gewarnt hatte. Wie ging es ihr? Sie versuchte, Tanyas Blick einzufangen und wünschte sich, sie könnte ihr signalisieren, dass sie für sie da war.

Die Sicherheitsleute des Clubs verteilten sich an strategischen Plätzen. In der Bar gab es einen Notfallknopf, der direkt mit einer Security-Firma verbunden war, und Kate würde auch schon beim kleinsten Anzeichen von Ärger ohne zu zögern die Polizei anrufen. Die kleinste Kleinigkeit, das geringste unpassende Verhalten, und Ubbe und seine Kumpane flogen raus und bekamen für den Rest ihres Lebens Hausverbot. Selbst wenn er mit einem britischen Kronprinzen da war, war ihr das scheißegal. Ihr Club – ihre Regeln.

»Sie sind betrunken und wollen provozieren, aber mehr nicht«, sagte die Bedienung, die die Bestellungen aufgenommen hatte und von Kate herangewunken worden war.

»Und Ubbe Widerström?«, fragte Kate.

»Ubbe? Er ist ungefähr genauso sympathisch wie alle Ex-Promis, die glauben, sie wären noch wer«, sagte sie mit einem Schulterzucken. »Aber sie haben viel bestellt.«

»Was wollen sie trinken?«

»Ausschließlich Magnum und Statusdrinks. Den besten Wodka, Jahrgangstequila, Champagner.«

Gut. Typische Großkotze. Da könnte sich die Rechnung auf zweihunderttausend belaufen, vielleicht auch mehr. Immerhin ein Trost. Mehr wollte Kate jetzt nicht sagen oder fragen, um die Aufmerksamkeit nicht auf die eventuelle Krisensituation zu lenken. Sie wollte nicht, dass die Angestellten über sie und Ubbe tuschelten und Vermutungen über sie anstellten. Sie hatte es immer für sich behalten, dass sie ein Paar gewesen waren. Es gab zwar das eine oder andere Foto von ihnen beiden, aber die waren sehr alt, und bei den extrem seltenen Gelegenheiten, wenn sich jemand danach erkundigte, erhielt er nur Schweigen als Antwort.

»Kate?« Das war eine andere Kellnerin. Sie wirkte gestresst, der Club war brechend voll, und es wurde immer unübersichtlicher. Bald würden die Leute auf den Tischen und auf dem Tresen tanzen. Pausenlos kamen neue Tabletts mit Champagner und Eisfackeln von der Bar.

»Ja?«

»Ubbe Widerström möchte, dass du an ihren Tisch kommst. Ich habe ihnen gesagt, dass das so nicht läuft, aber er wollte, dass ich es dir trotzdem ausrichte.«

Kate versuchte, ihr Unbehagen beiseitezuschieben. Ubbe demonstrierte gerne seine Macht, das war nichts Neues. Sie sah zu ihm hinüber, ohne ihre Verachtung zu verhehlen. Er hielt sein Smartphone hoch und wedelte damit, wie um ihr zu drohen oder sie vielleicht auch nur zu reizen. Um sie daran zu erinnern, dass er darauf jede Menge Sexfilme von ihr gespeichert hatte. Vielleicht gelang es ihr ja, ihm das Handy abzunehmen? Was für ein Triumph. Aber er hatte bestimmt Kopien der Filme irgendwo auf einem Computer. Jetzt wollte er sie demütigen, sie dazu zwingen, ihm Honig um den Bart zu schmieren, damit er vor seinen berühmten Freunden gut dastand. Er war nicht ganz dumm, er wusste, dass es Grenzen dafür gab, was sie sich bieten ließ, aber er reizte sie bis zum Äußersten.

»Warum wirfst du ihn nicht raus?«, fragte Jacob leise hinter ihr. Er war ihr nachgegangen, ohne dass sie es bemerkt hatte. Sie wollte sich an ihn lehnen, aber dies war nicht der passende Moment, um Schwäche zu zeigen.

»Weil ich fürchte, dass es das nur schlimmer macht«, sagte sie leise.

»Aber er sitzt doch da und lässt dich nach seiner Pfeife tanzen.«

»Nein, das tut er nicht.« Sie tanzte nach niemandes Pfeife. Und Jacob sollte sich nicht darin einmischen, wie sie ihr Leben und ihren Club führte.

»Geh da nicht hin«, sagte Jacob im selben Moment, als Ubbe ihr noch einmal winkte.

Kate riss sich zusammen. »Ich muss.« Sie ging zu dem Tisch hinüber, an dem die Gruppe saß. Was hätte sie auch sonst tun sollen? Unterwegs fing sie den Blick des Wachmanns ein, wusste, dass er alles unter Kontrolle hatte und dass ihr nichts geschehen konnte. Die Gäste am Tisch grölten. Ubbe zog eine Show ab, er gestikulierte und prahlte mit etwas, das sicherlich schon vor vielen Jahren passiert war. War er betrunken? Schwer zu sagen. Eigentlich sollte sie kurzen Prozess machen, ihn rauswerfen und auf die Konsequenzen pfeifen. Aber das wagte sie nicht.

Sie spürte, dass Jacob ihr dicht auf den Fersen war, und drehte sich zu ihm um. »Jacob, hör mir jetzt gut zu. Komm nicht mit. Bleib hier. Das ist mein Job.«

»Aber …«

»Nein. Und mach bitte keinen Ärger«, fügte sie hinzu.

Zutiefst widerstrebend verschränkte er die Arme vor der Brust. »Okay, ich verspreche es. Du entscheidest.«

»Danke.« Sie wollte noch etwas hinzufügen, ihm sagen, dass er wunderbar war, ihm danken, dass er sie sah, aber sie brauchte ihre Kraft für anderes.

Ubbe lümmelte mit weit gespreizten Beinen auf seinem Stuhl und gab das Alphamännchen.

»Ja?«, sagte sie knapp.

»Denk an deinen Ton, Fräulein.« Er erfasste ihre Hand und drückte zu.

»Rühr mich nicht an«, sagte sie kühl und entzog ihm die Hand.

»Bist du auf einmal zu fein für mich? Glaubst du, ich hätte vergessen, wie du immer darum gebettelt hast?« Er fasste sich in den Schritt, und jemand aus seiner Gruppe wieherte. »Du hältst dich wirklich für was Besseres.«

Hinter ihr fluchte Jacob und machte einen Schritt auf sie zu. Kate hielt ihn mit einer kleinen Geste zurück, und er blieb sofort stehen. Von beiden Seiten näherten sich Security-Leute.

»Kate?«, sagte der eine, woraufhin Ubbe sich zu seiner vollen Größe und Breite aufrichtete.

»Du verdammte hochnäsige Kuh. Erweis mir gefälligst Respekt«, sagte er und warf sich in die Brust. Die anderen am Tisch glotzten, schienen aber nicht zu verstehen, was sich abspielte. Tanya schaute auf die Tischplatte hinunter und befingerte einen Bierdeckel.

Kate fühlte mehr, als dass sie sah, wie Jacob sich näherte, und sie schüttelte langsam und warnend den Kopf. Sie wollte nicht, dass er sich einmischte.

»Er darf nicht in diesem Ton mit dir sprechen«, protestierte er aufgebracht.

»Ich habe schon Schlimmeres gehört, glaub mir. Ich will in meinem Club keinen Ärger haben.«

Ubbe plusterte sich auf. »Du traust dich sowieso nicht, du Memme. Fängst du an zu plärren? Buhu.«

Jacob sagte nichts und rührte sich nicht. Aber sie spürte, wie er seine rasende Wut zügelte. Weil sie ihn darum gebeten hatte.

Bevor jemand reagieren konnte, warf Ubbe sich nach vorn und zielte einen Schlag auf Jacob. Der wich aus und sah Kate an, als bitte er um Erlaubnis zurückzuschlagen. Sie schüttelte den Kopf, und unbegreiflicherweise stand er still, schwer atmend und mit geballten Fäusten. Wenn es darauf ankam, war er ein Fels an ihrer Seite. Sie musste beinahe lächeln. Was für ein Gefühl. Aber es war eine Sache, dass Ubbe sie angriff, und eine ganz andere, wenn Jacob darunter leiden musste. Der Schlag hätte großen Schaden angerichtet, wenn er getroffen hätte. Ubbe hatte wieder einmal eine Grenze überschritten.

»Entweder du gehst jetzt, oder ihr geht alle zusammen«, sagte sie kühl, wobei sie sich zuerst an Ubbe wandte und dann an die anderen am Tisch. Dort saßen mehrere bekannte Leute aus der Finanzwelt, Männer, die im Laufe der Jahre große Summen im *Kate's* verjubelt hatten. In diesem Moment war das völlig belanglos.

Ubbe sah sich nach Rückendeckung um, aber seine Kumpel wandten sich ab. Keiner hielt zu ihm. Ubbe bleckte die Zähne, und sie sah den Hass in seinen Augen. Unsanft riss er die arme Tanya von ihrem Stuhl. Sie stieß sich an der Tischplatte und zog eine Grimasse.

»Du darfst gern bleiben, wenn du möchtest«, sagte Kate rasch zu der jungen Frau, mit der sie sich verbunden fühlte wie mit einer Schwester. Mit ihrer ganzen Körperhaltung versuchte sie, ihr Unterstützung zu signalisieren, aber Tanya sah Ubbe an, forschte in seinem Gesicht und schüttelte verängstigt den Kopf. Diese Angst und dieser Blick – Kate kannte das nur zu gut.

Ubbe schleifte eine stolpernde Tanya hinter sich her, und vor den Augen seiner Kumpel wurde das Paar vom Sicherheitsdienst hinauseskortiert. Sie hatte ihn gedemütigt, und Kate wusste, dass sowohl sie als auch Tanya dafür würde büßen müssen.

»Sie sind jetzt draußen«, berichtete Parvin nach einer Weile, als sie wieder an der Bar zusammentrafen.

»Danke«, sagte Kate.

Pfui Teufel, was für ein Schlamassel. Sie wünschte sich so sehr, dass es ihr gelungen wäre, Tanya zu überreden, noch zu bleiben, wusste aber, dass es sinnlos gewesen wäre. Sie hätte sie ja nicht zwingen können. Kate wusste nur zu gut, wie es war, in Ubbes Netz verstrickt zu sein und Angst vor ihm zu haben. Sie fühlte sich vollkommen ohnmächtig.

»Ich hätte besser damit fertig werden müssen«, sagte sie verzweifelt.

Jacob legte einen Arm um sie. »Er ist ein ganz mieser Typ. Du hast getan, was du konntest.«

»Kann schon sein.«

Während sie langsam die Tanzfläche überquerten, verstummte die Musik. Die Zeit war nur so verflogen, und jetzt war es so weit. Ein erwartungsvolles Raunen ging durch den Raum, und die Gäste sahen sich nach ihren Freunden und nach vollen Champagnergläsern um. Viele gingen hinaus, um sich das Feuerwerk anzusehen, während andere sich vor der Bühne versammelten. Love Swensson erklomm die Bühne, nahm den Jubel und ein Glas Champagner entgegen und begann dann, laut und taktfest die Sekunden bis Mitternacht herunterzuzählen. Die Uhr schlug zwölf, Konfettikanonen schossen Goldplättchen durch den Saal, und die Leute jubelten.

Jacob zog Kate an sich und küsste sie. »Frohes neues Jahr.«

»Frohes neues Jahr, Jacob«, sagte sie und versuchte, alle unangenehmen Gefühle abzuschütteln. Die Zukunft war hier. Ein neues Jahr. Was würde es bringen?

Die DJane spielte *Happy New Year* von Abba, und Kellner gingen herum und boten kleine Gläser mit Sekt an. Die Stimmung war immer noch euphorisch, und niemand schien den kleinen Zwischenfall bemerkt zu haben.

Während Kate eine Neujahrs-SMS an Betty schickte, die bei einer Freundin war, versuchte sie, sich über den gelungenen Abend zu freuen, über all jene, die sagten, dass es die beste Silvesterparty sei, auf der sie je gewesen waren, über die sozialen Medien, die vor Kommentaren schier explodierten. Aber Ubbe hatte ihr den Abend ruiniert.

»Wie fühlst du dich? Kann ich irgendetwas tun?«, fragte Jacob. Er hatte ein Auge auf sie, und sie zweifelte nicht mehr daran, dass sie ihm etwas bedeutete. Das machte die Situation aber nicht leichter. Jacob weckte Gefühle in ihr, mit denen sie nicht umgehen konnte, Gefühle und sogar das Allerschlimmste – eine Hoffnung, die sie verletzlich machte. Denn urplötzlich hatte sie noch mehr, über das sie sich Sorgen machen und das sie verlieren konnte. Sie wollte Jacob nicht in den ganzen Dreck mit hineinziehen. Ubbes Auftauchen hatte deutlich gezeigt, dass es gefährlich war, sich in ihrer Nähe aufzuhalten. Was, wenn Ubbe jetzt Jacob angriff, um ihr eins auszuwischen? Er war zweifellos dazu in der Lage, und sie wusste nicht, ob sie es überlebte, wenn Jacob verletzt wurde. So viele Menschen waren durch sie in Gefahr geraten.

»Was ist los?«, fragte Jacob und suchte ihren Blick.

»Verzeih mir das alles«, sagte sie, von Schuldgefühlen überwältigt.

»Aber das ist doch nicht deine Schuld.«

Kate versuchte zu lächeln, aber Jacob irrte sich. Ihretwegen hatte Ubbe ihn angegriffen, und das tat ihr verdammt weh. Sie war wie ein Patient null: Alle, die in ihre Nähe kamen, steckten sich mit dem Ubbe-Virus an, wurden von ihm beschmutzt und litten unter ihm. Tanya, die vermutlich Prügel bezog, weil Kate Ubbe aus dem Club geworfen hatte. Ihre Mitarbeiter, die ihre Jobs verlieren würden, wenn das *Kate's* schloss. Betty, die ihre Ersparnisse verlieren würde. Und dann der wunderbare Jacob. Er verstand nicht, welche Bedrohung Ubbe darstellte, wie rücksichtslos und gewalttätig dieses Schwein sein konnte, wenn er jemanden als seinen Feind auserkoren hatte. Sie war achtundzwanzig, und es war schon zehn Jahre her, dass sie es geschafft hatte, Ubbe zu verlassen, und trotzdem war die Beziehung zu ihm der Grund dafür, dass sie in all diesen Jahren niemanden an sich herangelassen hatte. Bis jetzt, wie ihr nun bewusst wurde, denn Jacob hatte sich in ihr Herz geschlichen, und diese Erkenntnis war herzzerreißend. Denn Ubbe bedrohte all das Zarte, Schöne und Neue, das sich so wundervoll anfühlte, und sie wurde das Aas einfach nicht los. Sie schlang ihre Arme um Jacobs Taille, und er hielt sie ganz fest. Sie erwiderte die Umarmung, und der Beschützerinstinkt, den sie für Jacob empfand, erfasste sie wie eine Welle. Sie versuchte, nicht daran zu denken, dass es für sie keine Zukunft geben würde. Nicht, solange Ubbe existierte.

## ~ 43 ~

Das *Kate's* schloss um drei, aber Kate und Jacob verließen den Club schon früher. Zumindest versuchten sie es, dachte Jacob, während er geduldig auf Kate wartete. Nanna, Parvin und Kate lagen sich ewig lange in den Armen, und Kate verabschiedete sich von jedem ihrer Angestellten einzeln. Dann sprach sie noch mit den Gästen, die oben im kleinen Club weiterfeierten, und als sie sich dort losgeeist hatte, ging sie noch eine Runde durch den großen Club, wo sie mit dem Personal und den Sicherheitsleuten sprach, und erst danach, nachdem sie sich noch voller Stolz auf der großen Tanzfläche umgesehen hatte, war sie endlich so weit.

»Bist du sicher?«, fragte er lächelnd.

»Bombensicher. Bring mich nach Hause«, sagte sie. »Aber zu dir.«

»Selbstverständlich.«

Er hatte aufgeräumt, der Kühlschrank war gut gefüllt und das Bett frisch bezogen. Offenbar hatte er unterbewusst gehofft, dass er sie mit zu sich nach Hause locken könnte. Sein Bett war größer als ihres, und außerdem ahnte er, dass Kate entspannter wäre, wenn sie nicht zu ihr nach Hause fuhren. Auch wenn sie ihn um Verzeihung gebeten hatte und die Angelegenheit geklärt war, stand der Streit um den Computer doch immer noch zwischen ihnen.

»Es ist mir gelungen, ein Taxi zu bestellen«, sagte er triumphierend. Silvester nach Mitternacht war nicht der beste Zeitpunkt, um spontan einen Wagen zu rufen.

»Meine Füße schaffen keinen einzigen Schritt mehr. Du bist mein Held.«

»Jederzeit«, sagte er resolut.

Als sie im Taxi auf dem Weg zu seiner Wohnung waren, erkundigte er sich vorsichtig, was sie gegen Ubbe unternehmen wollte. Aber Kate war offensichtlich überhaupt nicht in der Stimmung für dieses Thema.

»Lass es, Jacob. Das ist nicht deine Verantwortung, nicht dein Problem.«

»Aber ...«

Sie legte ihre Hand auf sein Knie. »Nein. Erzähl mir lieber, wie dir der Abend gefallen hat. Und mein Club.«

»Du und deine Angestellten habt euch selbst übertroffen.«

Ein strahlendes Lächeln war ihre Antwort. »Das war gut, oder?« Während das Taxi durch das verschneite Stockholm fuhr, wo immer noch letzte Feuerwerkskörper den Himmel erleuchteten, unterhielten sie sich über das Essen, die prominenten Gäste und das Showprogramm.

»Wie war es für dich, deine Mutter dazuhaben?«, fragte Jacob.

»Nicht so schlimm, wie ich befürchtet hatte. Ich glaube, dieser Abend hat uns beiden gutgetan. Und Nanna hat sich heldenhaft um sie gekümmert.«

Als sie seine Wohnung betreten, sich die Mäntel ausgezogen hatten und in der Küche standen, legte Kate ihm die Arme um den Hals. »Jacob, du bist wirklich mein Prinz«, sagte sie. »Frohes neues Jahr.« Sie küsste ihn, knabberte an seiner Unterlippe, glitt mit ihrer Zunge in seinen Mund und umspielte seine. Sie liebkoste seine Brust, und er stöhnte unter ihren gierigen Händen. Langsam begann sie, sein Hemd aufzuknöpfen und küsste seine

Haut. Zärtlich zog sie ihn weiter aus und folgte ihren Händen mit Küssen, Lecken und liebevollen Worten. Sie zog ihm das Hemd vom Körper und ließ es leise zu Boden gleiten. Bevor ihm klar wurde, was sie vorhatte, fiel sie vor ihm auf die Knie, zog ihm die Socken aus, dann den Gürtel, die Hose und zuletzt die Unterwäsche.

»Ich werde mich ausführlich um dich kümmern. Heute bist du an der Reihe, einfach nur zu genießen«, murmelte sie.

»Kate. Was tust du da?«, fragte er.

Statt einer Antwort erhob sie sich, zog ihr goldenes Kleid aus, das dünne Unterkleid und dann den BH. Sie sah ihn mit einem Blick voller Wärme an, nackt und ausgeliefert, als ob sie sich ihm anböte. Als sie wieder vor ihm auf die Knie ging, war er so hart, dass es wehtat. Er zitterte unter ihrem Blick, der ihn nicht losließ, während ihre geschickten Finger seinen Schwanz liebkosten. Oh Gott. Er konnte nicht mehr klar denken.

»Kate«, flüsterte er und stöhnte auf, als ihre Nägel seine Haut streiften. »Du musst das nicht tun. Wir können auch ins Schlafzimmer gehen.«

Auf dem Fußboden war es viel zu hart, zu kalt und zugig. Er wollte es und wollte es auch wieder nicht. Wollte es, weil er geiler war als je zuvor, und wollte es nicht, weil es sich anfühlte, als würde sie sich vor ihm erniedrigen. Das musste sie nicht tun.

»Ich will das«, sagte sie, »und ich brauche das«, und dann nahm sie ihn in den Mund. Umschloss ihn mit ihren Lippen, zog ihn hinein in die Wärme, und er bekam einen Kurzschluss. *Meine Frau*, dachte er immer und immer wieder. *Meine Frau bläst mir einen.* Während sie leckte und saugte, hielt sie ihren Blick fest auf ihn gerichtet. Jedes Mal, wenn er hinunterblickte, sah sie ihn ohne zu blinzeln an, während sie ihn tief in ihren Mund aufnahm, sanft seine Hoden massierte, mit ihren Nägeln über seine Oberschenkel und Pobacken fuhr, ihre Zunge spielen ließ und ihm ihre volle Aufmerksamkeit schenkte. Er war im Paradies, dachte er verworren und liebkoste ihr Haar, verfing sich in ihrem veilchenblauen Blick und atmete laut. Aber als er kurz davor war zu kommen, entzog er sich ihr. Er griff nach ihrer Hand. »Ich will, dass es noch nicht aufhört«, sagte er und half ihr aufzustehen, denn so herrlich das Gefühl auch war, wollte er doch nicht sofort kommen. Kates Brustwarzen waren hart, und er beugte sich vor und nahm die eine in den Mund, denn er liebte die Art, wie sie keuchte und seinen Kopf umfasste. Zusammen gingen sie ins Schlafzimmer. »Leg dich aufs Bett«, sagte er, und als sie dort lag, auf die Ellenbogen gestützt, zog er ihr den Slip aus, beugte sich vor und atmete ihren Duft ein. »Ich liebe deinen Busch«, sagte er und wölbte seine Hand darüber. Sie biss sich auf die Lippe und drückte sich gegen seine Handfläche.

»So schön war es für mich noch nie«, sagte sie.

»Für mich auch nicht.«

Sie setzte sich auf, kniete sich auf die Matratze und legte die Arme um ihn. »Leg dich auf den Rücken, dann reite ich dich«, flüsterte sie und biss ihm ins Ohrläppchen. »Wenn du sehen willst, wie ich dich reite, wie dein Schwanz in mich eindringt, und wenn du hören willst, wie ich es genieße, wenn du mich fickst.«

Bei ihren Worten zog sich seine Leistengegend erwartungsvoll zusammen. Als er auf den Rücken lag, kniete sie sich rittlings über ihn, ergriff seinen Schwanz und führte ihn in sich ein, sank auf ihn herab, ganz langsam, ließ sich von ihm ausfüllen. Wärme und Enge umschlossen ihn, sodass ihm schwarz vor Augen wurde. Wie konnte sich etwas so schön anfühlen? Konnte man vor Genuss sterben, wenn man Kate auf sich hatte?

Ohne Kondom war das Gefühl der Nähe viel intensiver, und er umfasste ihre Hüften, als sie sich bewegte, um sie ein wenig zu bremsen. »Nicht zu heftig«, bat er mit erstickter Stimme. Sie ritt ihn, ließ ihn aber das Tempo bestimmen, erzählte ihm weiter, was sie mit ihm machen wollte, küsste seine Brust und seinen Mund, während sie ihn unendlich wunderbar in seiner ganzen Länge aufnahm, immer und immer wieder. Sie hatte die Augen geöffnet und folgte seinem Blick, seinen Bewegungen und seinen Wünschen, konzentrierte sich ganz auf ihrer beider Genuss.

»Fass dich an«, bat er sie, spreizte ihre Schamlippen mit seinen Händen, wollte zusehen, wie ihre Finger sich über ihre Vulva und über sie beide bewegten, wollte ihre spitzen Nägel spüren.

»Ja, mach weiter so«, spornte er sie an, während ihr Blick immer verschwommener wurde und ihre Bewegungen heftiger. Trotz der fast schon primitiven Leidenschaft fühlte es sich zwischen ihnen innig an, er hatte kein besseres Wort dafür. Denn so weich und verletzlich wie jetzt hatte er Kate noch nie erlebt. Es war, als würde sie ihre Bitte um Verzeihung bekräftigen, indem sie sich selbst vollkommen hingab, und die Intimität und das Vertrauen machten alles noch besser. Sie umschloss ihn mit ihren inneren Muskeln und den Oberschenkeln, streichelte sich selbst, wobei ihr Tränen in die Augen traten. Er verstand sie, er war ebenso tief berührt wie sie. »Komm jetzt, Jacob, komm in meiner Möse«, sagte sie, und er liebte diese Mischung aus Zärtlichkeit und obszönen Worten, die ihr eigen war, und er tat, um was sie ihn gebeten hatte. Kam in ihr, intensiv. Mit seinen Händen um ihre Hüften stieß er in sie hinein, und sie kamen gleichzeitig zum Höhepunkt, in einem Orgasmus, der seinen noch einmal verlängerte. Hinter seinen geschlossenen Augenlidern sah er Sterne.

Danach schlief sie an seinem Rücken ein. Sie umarmte ihn, presste ihren weichen Körper an seine Rückseite, legte ihr Bein über seinen Oberschenkel und umschloss ihn wie in einem warmen, duftenden Kokon. Bald hörte er ihre ruhigen Atemzüge und entspannte sich total, lag erschlafft da und lauschte auf Kates Atem und die letzten Raketen draußen vor dem Fenster. Nach einer Weile drehte sie sich um, murmelte etwas im Schlaf, und Jacob zog die Decke um sie zurecht, betrachtete ihr verwuscheltes Haar und ihren vom Küssen geschwollenen Mund. Er wollte Kate alles geben, was sie sich wünschte, dachte er. Ihr beistehen. Sich um sie kümmern und sie beschützen. Aber auch mit ihr lachen und mit ihr reden. Sich gemeinsamen Herausforderungen stellen und sich zusammen geborgen fühlen. Vor allem aber wollte er ihr sagen, dass er sie liebte. Ja. Er war klug genug, um zu erkennen, dass er sich in seine Kate verliebt hatte, sie schon eine ganze Weile lang liebte und nur zu starrsinnig gewesen war, um es sich einzugestehen. Und es ihr zu sagen … Er hatte das unbestimmte Gefühl, dass sie diese Worte nicht hören wollte, dass sie sich in dem Moment, wo sie ausgesprochen wurden, von ihm zurückziehen würde. Die Grenze war klar: bis hierher und nicht weiter. Er verstand das und würde nicht darauf beharren. Sie kannten sich erst so kurze Zeit und hatten schon so viel durchgemacht. Es wäre nicht fair, sie unter Druck zu setzen. Vielleicht hatte er auch Angst davor, dass sie seine Liebeserklärung nicht erwidern würde.

Er streichelte ihr über die Stirn. Eine ihrer falschen Wimpern hatte sich gelöst, und er entfernte sie vorsichtig. Sie bewegte sich leicht.

»Wie spät ist es? Muss ich aufstehen?«, murmelte sie heiser.

»Nein. Schlaf weiter. Ich wache über dich.«

»Blödmann«, brummte sie und schlief wieder ein. Schon bald zersägte sie wieder Äste. Jacob schmunzelte. Wie könnte er sie nicht lieben?

Sie hatten Ubbe nicht mehr erwähnt, weil sie das ja nicht wollte. Dieses sture Frauenzimmer. Aber er wollte ihr helfen. Kate mochte zwar versuchen, in ihrer Fantasiewelt zu leben, in der sie im Alleingang Vergewaltiger und Erpresser bezwang, aber die Wahrheit war, dass sie das allein nicht schaffte, denn so war die Welt nun einmal nicht. Die Bedrohung, die Ubbe für Kate darstellte, am eigenen Leib zu spüren, hatte in Jacob einen eiskalten Beschluss geweckt. Statt mit seiner willensstarken Frau zu diskutieren, würde er mehr über Ubbe in Erfahrung bringen. Denn so wie jetzt konnte es nicht weitergehen.

Er stand auf, zog sich seine Hose und einen Pullover an, fuhr seinen Laptop hoch und fing an. Während Kate weiterschnarchte, begann er mit dem Grundlegenden: Ubbes Personennummer, Adresse und diverse Vergehen. Das war rasch erledigt, und in Jacobs Kopf nahm ein Plan Gestalt an. Er war kein bisschen müde, sondern voller Endorphine, hoffnungsloser Liebe und extremer Zielstrebigkeit. So bald wie möglich wollte er ein paar Telefonate führen. Als es hell wurde, kochte Jacob Kaffee. Kate zog frisch aufgebrühten Kaffee dem lauwarmen Edelgebräu aus seinem Monster von Maschine vor, also setzte er eine große Kanne davon auf. Der Duft zog von der Küche durch die Wohnung, und schon bald ertönte ein Wimmern aus dem Schlafzimmer.

»Kate?«, flüsterte er durch den Türspalt. Sie lag quer im Bett, nackt, auf dem Bauch, die Decke auf dem Fußboden, den Po in die Luft gereckt und sah unwiderstehlich aus.

Stöhnend drehte sie ihm ihr Gesicht zu.

»Kaffee«, ächzte sie mit geschlossenen Augen und wirren Haaren.

»Du bist so romantisch, mein Liebling«, sagte er, ging zum Bett hinüber und küsste sie auf die Stirn.

»Aaaaah«, war alles, was sie herausbrachte.

»Bist du okay?«

»Wenn du mir eine Waschwanne voll Kaffee gibst, bin ich okay.«

»Kate, ich ...«, begann er stockend, denn eigentlich wollte er ihr seine Pläne nicht verheimlichen.

»Kaffee«, ächzte sie wieder, mit zusammengekniffenen Augen und gequältem Gesichtsausdruck.

»Kommt.« Er würde ihr nichts sagen. Stattdessen ging er im Geiste seine Fähigkeiten durch sowie die Kenntnisse, die er sich noch aneignen musste. Während er zwei Tassen Kaffee einschenkte, wurde die Liste in seinem Kopf länger und länger und immer unübersichtlicher. Und in diesem Moment wurde ihm klar, was er tun musste und wie er es eventuell anpacken konnte. Wie er sowohl Held als auch Retter sein konnte. Und dass er Kate keinesfalls davon erzählen konnte, denn dann würde sie ihn daran zu hindern versuchen, und das war schlicht keine Option.

## ~ 44 ~

Am darauffolgenden Tag stand Kate vor einem anonymen Gebäude auf Södermalm und schlotterte in der Kälte. Es war erst halb zwei nachmittags, aber die schwache Januarsonne sank bereits. Tagsüber war der Himmel klar gewesen, und darum war es eisig kalt. Kate wollte nur noch zu Jacob nach Hause fahren, sich von ihm wärmen lassen und in seinen Armen und in seinem Bett den Alltag vergessen. Ihn bitten, sich um sie zu kümmern, ihr Orgasmen zu schenken und sie von der immer graueren Realität zu befreien. Doch im selben Moment kam Mia-Lotta angerannt, überquerte die Straße und betrat den Bürgersteig.

»Entschuldige, dass ich mich verspätet habe«, japste sie. Ihre Wangen waren rosig und ihre Augen klar und wach. Automatisch suchte Kate nach Anzeichen von Trunkenheit, konnte jedoch keine entdecken. Kein verschwommener Blick, kein Pfefferminzbonbon, um den Alkoholgeruch zu überdecken.

»Kein Problem, Mama. Ich war zu früh hier.«

Nachdem sie eingetreten waren und ihre Mäntel aufgehängt hatten, blieb Mia-Lotta vor einem großen Spiegel stehen und richtete ihre Haare.

»Diese Frisur steht dir wirklich gut«, sagte Kate. Der neue kurze Haarschnitt betonte Mia-Lottas Augen und Wangenknochen, und überhaupt sah ihre Mutter besser aus.

»Danke. Wollen wir reingehen?«

Eigentlich nicht, dachte Kate, folgte ihr aber in den Raum, in dem mehrere abgeschabte Stühle zu einem großen Kreis aufgestellt waren.

Das Ganze war eigentlich Nannas Schuld. Kate hatte sich beklagt und gejammert, weil ihre Mutter sie zu einem AA-Treffen mitschleppen wollte, und da hatte Nanna sie mit ihrem bohrendsten Blick bedacht und gesagt, sie solle sich schleunigst da hinschwingen, denn Kate hätte eine Mutter, die sie liebte, und jeder hätte eine zweite Chance verdient, und vielleicht würde Kate noch etwas lernen und dergleichen mehr. Und jetzt war sie hier. Bei einem offenen AA-Treffen. Die Anonymen Alkoholiker waren wohl der letzte Ort auf der Welt, wo sie sein wollte. Sie würde in Zukunft nicht mehr auf Nanna hören, beschloss sie undankbar. Nanna sollte sich um anderer Leute Mütter kümmern.

Mia-Lotta begrüßte die Frauen und Männer, die sie kannte, mit einem Nicken. Es waren noch zehn Minuten bis zum Beginn, und die Leute versammelten sich an einem Teewagen mit Kaffee in großen Pump-Thermoskannen, weißen Plastikbechern und einem Korb mit Butterkeksen.

Kate nahm sich Kaffee, und sie setzten sich nebeneinander.

»Hattest du einen schönen Abend im Club?«, fragte sie. Sie hatte ein bisschen ein schlechtes Gewissen, weil sie gar nicht dazu gekommen war, sich um ihre Mutter zu kümmern.

»Ich bin so stolz auf das, was du dir aufgebaut hast«, sagte Mia-Lotta. Sie schlug die Beine übereinander und nippte an dem schwachen Kaffee. »Es war wirklich interessant, einen Einblick in diese Welt zu bekommen. Und ich hatte viel Spaß, ich habe viel getanzt, und das Essen war das beste, das ich je bekommen habe. Und ich habe jede Menge Promis gesehen. Das war wohl der schönste Abend, den ich je hatte. Danke, dass ich kommen durfte.«

»Ich danke dir.« Kate vergaß manchmal, wie privilegiert ihre

Welt war, wie viel sie mittlerweile als selbstverständlich hinnahm, darum war es interessant, den Abend durch Mia-Lottas Augen zu betrachten. Es war wirklich ein gelungener Abend gewesen. Die Kommentare und Hashtags in den sozialen Medien waren praktisch explodiert, die Klatschpresse hatte ihnen mehrere Doppelseiten gewidmet, und auch das *Aftonbladet* hatte eine Notiz auf seiner Website gebracht, und Parvin hatte triumphierende SMS verschickt.

»Du und Jacob ... ist das etwas Ernstes? Ihr seid ein Paar?« Ihre Mutter lächelte vorsichtig.

Kate machte eine vage Schulterbewegung und wollte nicht näher darauf eingehen.

Mia-Lotta legte den Kopf schräg und setzte sie nicht unter Druck, sondern fragte stattdessen: »Wie ist es für dich, hier zu sein?«

Wie es sich anfühlte, bei einem AA-Treffen zu sein? Verdammt unbehaglich fühlte es sich an. Kate schielte in die Runde. Waren alle hier Alkoholiker?

»Ganz okay«, antwortete sie, so neutral sie konnte. Zumindest behandelte sie hier niemand, als wäre sie prominent, und das war wohltuend. Die wenigen Male, als jemand sie überhaupt ansah, nahm sie Freundlichkeit in den Blicken wahr, und sie entspannte sich minimal.

Das Treffen begann damit, dass sich die Teilnehmer vorstellten. Es war genau wie im Film. Als ihre Mutter an der Reihe war, sagte sie mit fester Stimme: »Hallo, ich heiße Mia-Lotta, und ich bin Alkoholikerin.«

»Hallo, Mia-Lotta«, antworteten die anderen, und ganz unverhofft spürte Kate einen Kloß im Hals. Noch nie hatte sie ihre Mutter diese Worte sagen hören. *Ich bin Alkoholikerin.*

Als Nächste war sie an der Reihe und sie hatte einen kurzen

Moment lang Panik. Aber dann sagte sie nur: »Ich heiße Kate. Ich bin zum Zuhören hier.«

»Hallo, Kate«, sagten die anderen, und dann ging die Vorstellungsrunde weiter. Da es sich um ein offenes Treffen handelte, waren auch einige andere da, die Angehörige zu sein schienen. Töchter und Söhne, Partner und Geschwister. Erstaunlich, wie viele Menschen von der Sucht einer einzigen Person betroffen waren.

Als Mia-Lotta das Wort hatte, sagte sie: »Ich bin heute mit meiner Tochter hier. Meine Alkoholkrankheit hat ihre Kindheit zerstört. Ich war nicht so für sie da, wie ich das hätte sein sollen, und die Scham darüber bedrückt mich. Meine Trockenheit hat die Dinge verändert, aber es dauert eine gewisse Zeit zu beweisen, dass man vertrauenswürdig ist. Ich bin einfach riesig dankbar dafür, dass ich womöglich eine Chance bekomme, das wiedergutzumachen. Und dafür, dass die Nüchternheit neue Menschen in mein Leben gebracht hat. Dass ich eine neue Chance bekommen habe.«

Kate hörte ihr atemlos zu.

Das Treffen dauerte zwei Stunden, und sie hörte verschiedene Geschichten über Alkohol, Kämpfe und zerstörte Beziehungen. Viele weinten. Hinterher verabschiedete sich Mia-Lotta von ihren Bekannten, während Kate im Hintergrund wartete und durch dieses Erlebnis viel mehr erschüttert worden war, als sie es für möglich gehalten hätte. Es hatte etwas mit ihr gemacht, Berichte zu hören, wie es ist, mit der Sucht oder im Umfeld eines Süchtigen zu leben. Auf einmal sah sie ihre Kindheitserinnerungen in einem neuen Licht. Und auch ihr eigenes Verhalten.

»Wollen wir uns noch kurz irgendwo hinsetzen?«, fragte Mia-Lotta.

Während sie in der Schlange eines altmodischen Cafés mit Bäckerei auf dem Mariatorget standen, ging es Kate auf, dass sie noch nie mit ihrer Mutter in einem Café gewesen war. Das konnte doch nicht sein? Doch egal, wie sehr sie auch ihr Gedächtnis durchforstete, dort war kein Cafébesuch zu finden. Als sie an der Reihe waren, bestellte Kate eine Tasse Kaffee und eine Schokoladenpraline, ihre Mutter bat um einen Latte mit Zimt und Kardamom und zeigte auf ein Mandeltörtchen. Es gab sogar schon Semlor. Als Kate klein war, hatte sie von einer richtigen Semla aus einer Konditorei geträumt, doch heute hatte sie gar keinen Appetit darauf.

Kate nahm das Tablett und ließ sich von Mia-Lotta einladen. Das zeigte, wie verwirrt sie war, denn sie ließ sich sonst nie von ihrer Mutter einladen, da sie immer eine Heidenangst hatte, jemandem etwas schuldig zu sein. Sie setzten sich mit ihren Kaffeetassen, Süßigkeiten und zwei Gläsern Wasser an einen Tisch, und wieder spürte Kate diesen fest sitzenden Kloß im Hals. Das war alles so *normal*. Sie saßen hier und waren genauso wie alle anderen. Sie und ihre Mutter, mit anderen Menschen in einem Café.

»Wie geht es dir jetzt?«, fragte Mia-Lotta und biss vorsichtig in ihr Törtchen.

»Alles gut.«

»Es gibt auch Treffen nur für Angehörige, falls du allein hingehen möchtest.«

Kate trank ihren Kaffee, rührte aber die Praline nicht an. Der Gedanke, allein zu einem Treffen zu gehen ... Früher hätte sie darüber höhnisch gelacht, aber jetzt nicht mehr. »Vielleicht. Wie war das für dich – dass ich dabei war?«

»Sehr schön. Ich habe das gebraucht. Und ich glaube, dass du es ebenfalls brauchst. Ich will mich nicht in dein Leben einmischen, aber ich weiß, dass das, was ich dir zugemutet habe, Spuren hinterlassen hat.«

Kate knibbelte an der Verpackung des Zuckerstücks herum. Natürlich wusste sie, dass die Alkoholsucht ihrer Mutter Auswirkungen auf sie gehabt hatte – die alles andere als perfekte Kindheit, die Unordnung und fehlende Geborgenheit. Aber es war ihr nicht bewusst gewesen, in welchem Maße sie *auch jetzt noch* darunter litt. Ihre Mutter hatte recht, ihre Kindheit war in vielerlei Hinsicht armselig gewesen, und dann hatte Ubbe ihrer Fähigkeit, Vertrauen zu empfinden, den Todesstoß gegeben. Die Beziehung zu ihm hatte sie beinahe zerbrochen und sie zu einem Menschen gemacht, der sich schützte, indem er niemanden an sich heranließ.

»Sag mir, wenn du etwas wissen möchtest. Ich antworte, so gut ich kann«, sagte Mia-Lotta.

Kate nippte an ihrem Kaffee. »Wie oft gehst du zu diesen Treffen?«

»Zweimal die Woche, die letzten acht Jahre.«

»Jede Woche?«, fragte sie baff. Das hätte sie ihrer Mutter nie zugetraut, deren beste Disziplin während Kates Jugend das Aufgeben gewesen war. Kate selbst war nach den zwei auf dem Klappstuhl verbrachten Stunden völlig ausgelaugt.

Doch Mia-Lotta nickte.

»Keine Rückfälle?« Kate hatte Mühe, diese gewaltige Wandlung zu erfassen.

»Kein einziger.«

»Hm.« Durfte man das wirklich glauben? Das war die Frage.

»Ich weiß, dass du es als Kind schwer hattest.«

»Du weißt das?« Kate meinte das nicht ironisch, sondern sie wollte es wirklich wissen. Denn als sie klein war, hatte sie sich gefühlt, als wäre sie unsichtbar. Als wäre ihr Leben nicht wichtig.

»Ja. Und das war meine Schuld. Ich hätte dich beschützen sollen und habe dich stattdessen im Stich gelassen.«

»Für mich hat es sich so angefühlt, als ob du den Alkohol mehr geliebt hättest als mich.« Das war brutal, aber sie hatte keine Lust, um den heißen Brei herumzureden. Wenn sie eine Chance haben sollten, sich zu versöhnen, musste sie alles auf den Tisch bringen. Wie oft hatte sie gedacht, dass etwas mit ihr nicht stimmte, weil ihre eigene Mutter sie nicht genug liebte, um die Finger vom Alkohol zu lassen.

Mia-Lotta nickte traurig. »So war es wohl, und das ist entsetzlich. Es tut mir so leid, dass es dir so ging. Entschuldige. Du musst mir nicht verzeihen, aber ich möchte, dass du weißt, dass mir das, was ich dir angetan habe, ganz furchtbar leidtut.«

Kate rührte in ihrem Kaffee. Das musste sie erst einmal verdauen. Ihr kam es vor, als müsste ihre ganze Geschichte neu geschrieben werden. »Ist Oma auch bei einem dieser Treffen gewesen?«, fiel ihr dann ein.

Mia-Lotta lachte auf. »Nein.«

»Das wäre vielleicht hilfreich.«

»Ja, aber das ist ihre Entscheidung.«

»Du hast mich doch auch mehr oder weniger gezwungen mitzukommen«, konnte sich Kate nicht verkneifen zu bemerken. Sie hatte keine Wahl gehabt.

»Ja«, sagte Mia-Lotta ruhig, wobei sie kleine Stücke aus ihrem Mazarin pflückte. »Aber du bist wichtiger für mich.«

»Oma ist nicht nett zu dir«, brach es aus Kate hervor.

»Oma liebt dich, sie hat sich um dich gekümmert und dir Geborgenheit gegeben. Dafür werde ich ihr immer dankbar sein.« Man konnte ihrer Mutter die Rührung ansehen, und Kate fühlte eine Woge der Liebe in sich aufsteigen. Auch Sorge – die würde wohl nie verschwinden –, aber irgendetwas in ihr hatte endlich zu heilen begonnen.

Mia-Lotta lächelte. »Kate, Ehrlichkeit und Offenheit sind ein wichtiger Bestandteil des Zwölf-Schritte-Programms. Ich möchte, dass du spürst, dass du dich auf mich verlassen kannst. Dass du mich Dinge fragen kannst.«

Das klang ja gut, zumindest in der Theorie, aber Kate war skeptisch. Achtundzwanzig Jahre des Misstrauens ließen sich nicht so leicht abschütteln. »Ich habe Angst, dich traurig zu machen und dass du dann deswegen wieder mit dem Trinken anfängst«, hörte sie sich sagen, und das war womöglich das Ehrlichste, was sie in ihrem ganzen Leben zu ihrer Mutter gesagt hatte.

»Das verstehe ich. Aber für meine Alkoholsucht und für meine Gefühle bist nicht du verantwortlich, und das warst du auch nie.«

Sie hatte gut reden, dachte Kate. Laut sagte sie: »Es wird sicher eine Weile dauern, bis ich in der Lage bin, dir zu vertrauen.«

»Ich weiß. Aber ich werde alles tun, um dir zu beweisen, dass ich die Verantwortung für meine Gefühle übernehme. Es kann niemals deine Aufgabe sein, mich zu beschützen. Weder vor Trauer noch vor Scham, vor gar nichts. Wenn ich traurig bin, ist das mein Problem.«

»Aber du bist doch enttäuscht, wenn ich dich nicht besuchen komme.« Kate spielte an ihrer Praline, wollte sie aber gar nicht essen. Der deutlichste Beweis dafür, dass das Gespräch sie berührte.

»Ja, manchmal macht mich das traurig, weil ich dich lieb habe und mit dir zusammen sein will. Aber das ist mein Problem. Und es ist auch kein Weltuntergang, traurig zu sein.«

Nicht? Nein, vielleicht nicht. »Aber was, wenn du wieder zu trinken anfängst?«

Mia-Lotta nahm einen Löffel Milchschaum. »Ich hoffe, dass ich das nicht tun werde, aber *falls* es doch passiert, dann bin ich auch dafür selbst verantwortlich. Natürlich hoffe ich, dass ich trocken bleibe. So mag ich mich selbst.«

»So mag ich dich auch«, sagte Kate und merkte, wie ihre Augen brannten. Es war schön, so miteinander zu reden. Aber irgendwie auch unheimlich. Denn sie wurde in ihren Beziehungen immer nur noch verletzlicher. Sie bekam immer noch mehr Angst vor ihren Gefühlen und davor, etwas zu besitzen, das sie wieder verlieren könnte. Und sie fürchtete, dass sie zu wenig zurückzugeben hatte. Die Liebe machte sie nicht stark, dachte sie bei sich, nur verletzbar und ängstlich. Jacob sah sie manchmal so zärtlich an, dass es ihr ins Herz schnitt, denn sie verdiente diesen anbetungsvollen Blick nicht, und ihr dummes Herz bildete sich nur etwas ein.

»Das ist ziemlich viel auf einmal«, sagte Kate ehrlich. Denn das waren sie ja jetzt: ehrlich.

Mia-Lotta aß den Rest ihres Mandeltörtchens. »Das verstehe ich. Aber mach dir keinen Stress. Du, da ist noch etwas, das ich dir erzählen möchte.«

Kate runzelte die Stirn. Das war schon das zweite Mal, dass ihre Mutter das sagte. Sie war sich nicht sicher, wie sie das fand. Gut möglich, dass sie einen dieser typischen Mia-Lotta-Männer kennengelernt hatte, und was dann? All die positiven Veränderungen beruhten darauf, dass ihre Mutter nicht verliebt und unvernünftig war. Kate versuchte, das Unbehagen auszublenden, das in ihr hochkam.

Mia-Lotta pickte nervös in ihren Kuchenkrümeln. »Ich habe jemanden kennengelernt. Es ist noch sehr frisch. Wir wollen über ein Wochenende wegfahren. Aber ich möchte, dass du das weißt, denn es ist …«

Das Klingeln von Kates Handy unterbrach sie. Seltsam, dass sie schon, bevor sie nachgesehen hatte, wusste, dass es Ubbe war.

Mit wild klopfendem Herzen stand sie von ihrem Stuhl auf, entschuldigte sich und entfernte sich rasch ein paar Schritte, ehe sie das unwillkommene Telefonat annahm. Sie wagte es nicht, ihn einfach zu ignorieren, nicht jetzt, wo er so labil war, nicht nach dem, was sich am Silvesterabend abgespielt hatte. Es war, als hantiere man mit einer Handgranate oder etwas anderem Brandgefährlichen. Wie zum Beispiel einem tollwütigen Hund.

»Du dreckige Fotze!«, schrie er. »Glaubst du, du kannst dir alles rausnehmen? Glaubst du, ich weiß nicht, was du machst? Ich sehe dich und deine Alte. Ich kann dich jederzeit hochgehen lassen, kapierst du? Und ich kann jeden kaltmachen, der dir etwas bedeutet.«

Bei seinen Worten fuhr Kate herum und versuchte, aus dem Fenster zu schauen. Stand er da draußen? Sie konnte nichts erkennen. Es war dunkel geworden, und sie sah nur ihr eigenes Spiegelbild in der Glasscheibe. Sie schauderte.

»Genau, du fette hässliche Hure, ganz richtig. Ich bin hier.«

»Was willst du?«

»Nimm dich vor mir in Acht. Ich kann dich fertigmachen, und deine Alte und den Schlappschwanz, mit dem du dich triffst, auch. Du bist nirgends sicher. Wenn ich will, kann ich dich ficken, bis du blutest und um dein Leben bettelst, einfach so, kapierst du?« Es wurde still. Er hatte aufgelegt.

Okay. Die Vergangenheit war wieder da. Was für eine Ironie des Schicksals, gerade jetzt, wo sie sich davon erholt hatte. Aber sie hatte verdammt noch mal die Nase voll. Wenn Mia-Lotta sich ihren Dämonen stellen konnte, dann konnte sie das ebenfalls. Sie würde sich nicht wegducken, sondern zum Gegenangriff übergehen und für das kämpfen, was ihr gehörte. Sie war eine Fighterin, und sie würde kämpfen. Sobald sie sich überlegt hatte, wie.

## ~ 45 ~

»Hallo, Jacob.«

Jacob wappnete sich, erhob sich höflich und begegnete zum ersten Mal seit vielen Jahren dem Blick seiner Ex-Frau. »Hallo, Amanda.«

»Danke, dass du dich mit mir triffst.« Amanda steckte die Hände in die Jackentaschen, nahm sie wieder heraus und sah ihn nervös an.

»Ich hatte das Gefühl, dass es an der Zeit war«, sagte er ehrlich. Denn sie hatte sich am selben Morgen noch einmal gemeldet. Die Familie würde bald wieder nach Hause fahren, und es wäre die letzte Chance für sie, sich zu treffen, und wollte er es sich wirklich nicht anders überlegen? *Bitte*, hatte sie ihn angefleht. Und Jacob hatte an Kates Worte gedacht, dass er einen Schlussstrich ziehen müsse. An die Worte seiner Schwester, dass er Liebe brauche. Und an die Worte seines Vaters, dass er er selbst sein solle. Er hatte an all die gedacht, denen er etwas bedeutete. Menschen, deren Meinung er respektierte und die die Situation von außen betrachteten und der Ansicht waren, dass Amandas Verrat und der Verlust seiner Tochter ihn daran hinderten zu leben, und dass es höchste Zeit für ihn war, das hinter sich zu lassen. Und er hatte erkannt, dass seine Erfahrungen der Grund dafür waren, dass er es nicht wagte, sich für eine Zukunft mit Kate zu entscheiden. Darum saß er nun also an einem der kältesten Tage dieses Winters hier in der Lobby des Hotels Clarion Sign, um gegen seine Dämonen anzutreten. Er saß der Frau gegenüber, die ihn damals zerstört hatte.

»Ich bin sehr froh, dass du es dir anders überlegt hast«, fuhr Amanda fort und biss sich auf die Wange, immer und immer wieder. Sie hatte sich kaum verändert. Dunkelblond, in sportlicher Alltagskleidung, mit einem goldenen Herzen an einer Kette um den Hals. Allerdings mit neuen Fältchen um den Mund und neuen Sorgen in den Augen. Er hatte sie geliebt, dachte er. Er war überzeugt gewesen, dass sie war, was er brauchte. Es war etwas Ernstes gewesen, und es war nicht gut gewesen, aber von seiner Seite war es echt. Es war ihm wichtig, auch zu dieser Erkenntnis zu gelangen: dass er zu tiefer Liebe fähig war.

»Bisher war ich dazu nicht in der Lage«, sagte er völlig aufrichtig. Allein der Gedanke, ihr wieder zu begegnen, die Frau zu sehen, die ihm so viele Schmerzen zugefügt hatte, mit ihr sprechen zu müssen, hatte Panik in ihm ausgelöst. Es war, wie durch einen Sumpf aus Gefühlen zu waten, die er nicht ertrug. Aber so schlimm war es gar nicht, wie er jetzt feststellte. Irgendwie war die Vorstellung, sie zu treffen, schlimmer gewesen als die Realität.

Amanda betrachtete ihn eingehend. »Du siehst gut aus. Schicker Pullover. Du bist hübsch, Jacob.« Sie errötete.

»Danke. Möchtest du etwas trinken?«, fragte er höflich und mit fester Stimme.

Sie schüttelte den Kopf. »Danke, dass du dir die Zeit genommen hast. Wir checken heute aus.«

»Ist das Hotel gut?«, erkundigte er sich. Die Lobby war voller Menschen, die Weihnachtsurlaub hatten, Gäste, die eintrafen, und Gäste, die auscheckten, und hier saß er mit seiner Ex-Frau. Einer Frau, die, als sie sich das letzte Mal begegnet waren, in einer Anwaltskanzlei, Olivia weggetragen und ihn angeschrien hatte, er sei ein Psychopath. Die Anwälte hatten ihn festhalten müssen, damit er ihr nicht hinterherrannte. An jenem Tag hatte sich Dunkelheit über sein Leben gesenkt.

»Gut«, sagte sie. »Das Hotel ist gut.«

Die Atmosphäre zwischen ihnen war steif und angespannt, aber ohne jede Wut oder Bitterkeit von seiner Seite, wie Jacob mit einem leichten Erstaunen erkannte. All die furchtbaren Gefühle, die er mit sich herumgeschleppt hatte, die negativen Gedanken, die ihn definiert, ihn aber auch verstümmelt hatten, hatten sich in der letzten Zeit abgeschwächt. Ohne dass er es gemerkt hatte, waren diese Gefühle, die früher unerträglich gewesen waren, zu einem Teil seiner Vergangenheit geworden. Alles, was er wie einen schweren Anker mit sich herumschleppte – Trauer, Ohnmacht, Hoffnungslosigkeit –, war jetzt verschwunden, und ihm war leicht ums Herz. Als würde er schweben, statt zu ertrinken. Wie intensiv er Amanda auch musterte, so *fühlte* er doch nichts. Wie sehr er auch alle Nischen seines Gefühlslebens durchforstete – überall war es sauber und geräumig, und man konnte darin atmen. Außerdem harrten neue Gefühle ungeduldig darauf, einzuziehen und Raum zu beanspruchen. Sein ganzes Inneres wartete auf Kate. Sie war während der letzten Tage schweigsam und geistesabwesend gewesen, aber nicht abweisend – im Gegenteil –, sie hatten sich genauso leidenschaftlich geliebt wie immer, aber sie schien den Kopf mit anderen Dingen voll zu haben. Sie hatte sich ihm nicht anvertraut, und er wollte sie nicht unter Druck setzen. Heute Morgen hatte sie ihn fast schon übertrieben fest umarmt und ihm viel Glück bei seinem Treffen mit Amanda gewünscht. Hatte gemurmelt, dass er ein guter Mann sei, dass sie froh war, dass es ihn gab, hatte seinen Hals geküsst und an seiner Haut geschnuppert. Es kam ihm vor, als wollte sie damit noch mehr sagen, aber er wusste nicht, ob es etwas Gutes oder etwas Schlechtes war. Überhaupt fühlte es sich so an, als stünden sie vor einer Entscheidung, die keiner von beiden anzusprechen wagte. Er hatte ihre Handfläche geküsst und gespürt, dass er sich am meisten wünschte, sich ihrer würdig zu erweisen und endlich in den Rest seines Lebens zu starten. Zusammen mit ihr.

»Ich verstehe es, wenn du mir nicht verzeihen kannst, Jacob«, sagte Amanda und holte ihn in die Gegenwart zurück. Sie hatte sich eine Papierserviette genommen und knetete sie in der Hand. »Ich weiß, dass das, was ich getan habe, unverzeihlich ist. Es tut mir so schrecklich leid, aber falls das ein Trost für dich ist: Ich habe zehn Jahre lang fast jeden einzelnen Tag unter dem gelitten, was ich dir angetan habe.« Sie blinzelte und biss sich wieder auf die Wange. Es klang, als hätte sie über diese Ansprache viele Male nachgedacht.

Früher hatte er geglaubt, dass sie seine Verachtung verdiente. Aber jetzt spürte er eher Mitleid mit ihr. Es musste schrecklich sein, mit einer solchen Schuld zu leben. Sie war nur eine gewöhnliche Frau und kein Monster.

Plötzlich wirkte Amanda noch nervöser. Ihr Blick flackerte.

»Jacob, entschuldige. Das war so nicht geplant. Sie waren shoppen und kommen früher zurück, als ich erwartet hatte. Entschuldige.« Sie erhob sich, während die Entschuldigungen nur so aus ihr heraussprudelten. »Jacob. Das ist mein Mann. Und Olivia.«

Jacob war wie versteinert. Er war überhaupt nicht darauf vorbereitet, dem Mädchen zu begegnen, das einmal seine Tochter gewesen war.

*Olivia.*

Langsam erhob er sich, und noch langsamer wandte er sich um. Das Blut rauschte in seinen Ohren, und sein Gesichtsfeld verschwamm an den Rändern, als würde er durch eine fremde Brille schauen.

»Hallo«, sagte er und hörte, dass seine Stimme nicht sehr stabil war. Ein schmächtiges blondes Mädchen sah ihn an. Mit einem Stich in der Brust wurde ihm klar, dass er sie nicht wiedererkannt hätte.

»Hallo«, sagte sie fröhlich, wie zu einem Fremden. Was er ja mittlerweile auch war.

Als Olivia noch klein war, hatte er sich selbst in ihr gesehen, aber jetzt fand er sich nicht mehr in ihr, wie sehr er auch danach suchte. Die Liebe zu ihr war noch da, wie eine unfassbar intensive Erinnerung oder ein Phantomschmerz. Er erinnerte sich an Olivias warme Schwere in seinen Armen, als sie klein war, und wie er sein Baby in den Schlaf gewiegt, an ihrer Haut geschnuppert und ihre Wangen geküsst hatte. Aber dieses Mädchen mit den fröhlichen Augen und den ein wenig schief stehenden Zähnen gehörte ihm nicht mehr.

»Schön, dich kennenzulernen«, sagte er förmlich, aber aufrichtig. Es war schmerzhaft, aber gleichzeitig schön, sie zu sehen.

»Danke«, sagte sie höflich.

Jacob begrüßte Olivias Vater. Der schob einen Buggy mit einem kleineren Kind und machte ein betretenes Gesicht.

»Unsere jüngste Tochter, Agnes«, sagte Amanda leise.

Jacob wusste nicht, was er sagen sollte. Er war vollkommen überwältigt.

»Mama, krieg ich Fanta?«, fragte Olivia, die offenbar die angespannte Atmosphäre zwischen den Erwachsenen nicht bemerkte. Das Kind im Wagen schlief, einen Schnuller im Mund und eine Kuscheldecke an die Wange gedrückt.

Amanda sah Jacob besorgt an.

»Darf ich dich auf eine Limonade einladen?«, fragte er höflich.

Olivia nickte.

Sie schwiegen, während Limonade, Glas und Strohhalm gebracht wurden.

»Und wie geht es dir, Olivia?«

»Mir geht es gut. Ich habe Weihnachtsferien. Aber bald fängt die Schule wieder an.«

»Gehst du gern in die Schule?«

»Ja. Ich habe ganz viele Freunde. Ich mag Fußball und Computerspiele, und ich schreibe gerne.«

Das war die Hauptsache, dachte Jacob. Dass es dem Kind, das nicht mehr sein Kind war, gut ging. Sie schien fröhlich und zufrieden zu sein, wie es alle Kinder sein sollten. Geborgen und geliebt. Jacob schielte zu Olivias Vater hinüber, der sich an dem schlafenden Kind im Buggy zu schaffen machte, und schwieg. Er schien ein guter Vater zu sein, nicht das Ungeheuer, zu dem Jacob ihn in seiner Erinnerung gemacht hatte.

»Was gefällt dir an der Schule?«

»Ich singe gerne. Bei der Abschlussfeier in der Schule habe ich *Ich wäre gern wie du* gesungen. Das ist aus dem *Dschungelbuch*.«

Jacob sah zu Amanda hinüber. Sie nickte bestätigend. »Ja, das Lied, das du immer für sie gesungen hast«, sagte sie leise.

Das war eines der wenigen Lieder, die er kannte, und er hatte es Olivia vorgesungen, wenn sie schlafen sollte.

»Das ist dein Lieblingslied, oder?«, sagte Amanda an ihre Tochter gewandt.

Olivia nickte, und ihm wurde warm ums Herz. Dann hatte er ihr etwas bedeutet.

»Du warst immer so wunderbar zu ihr.«

Sie flüsterten miteinander, während Olivia ihre Limonade trank und sich mit ihrem Vater unterhielt.

»Danke«, sagte Jacob spröde. Es war alles ziemlich viel auf einmal. Aber er merkte, dass er damit umgehen konnte. Sein Leben war weitergegangen. Er war erwachsen und gesund, und er hatte Glück gehabt. Olivia war ein Kind. Er musste Verantwortung übernehmen und sich wie ein Erwachsener verhalten und mit dem, was geschehen war, zurechtkommen. Und zum ersten Mal schaffte Jacob das. Denn in seinem Leben gab es wieder Liebe, und das veränderte erstaunlich vieles.

»Wenn du etwas brauchst, wenn sie etwas braucht ...«, sagte er, denn es schien jetzt der richtige Moment zu sein, um aufzubrechen. Um einen Schlussstrich zu ziehen.

Amanda nickte, als verstünde sie. »Dann werde ich mich melden. Danke für deine Worte. Ich verspreche es, Jacob.«

Er sah ihr die Erleichterung an, aber auch die Scham. Er hatte sich betrogen und verraten gefühlt, aber er hatte zumindest das Recht auf seiner Seite. Der Bösewicht in diesem Drama war Amanda, und das war bestimmt keine angenehme Rolle. Es hatte zehn qualvolle Jahre gedauert, aber jetzt hegte er keinen Groll mehr gegen seine Ex-Frau. Er wünschte nur, dass er schon viel früher so weit gewesen wäre, dass er ein besserer Mensch gewesen wäre, aber er hatte so lange gebraucht. Er musste versuchen, das zu akzeptieren.

Er bezahlte die Rechnung und sah zu, wie sie ihre Sachen zusammenpackten.

»Tschüs«, sagte er zu Olivia. Er sah sie lange an, vielleicht zum letzten Mal in seinem Leben.

»Tschüs, schön, dich kennenzulernen«, sagte sie ein wenig altklug und hüpfte dann sorglos von dannen.

Amanda nickte ihm zum Abschied zu, und dann waren sie fort.

Jacob spürte, wie sich Muskeln entspannten, von denen er nicht einmal gewusst hatte, dass er sie angespannt hatte. Amanda hatte ihn um Verzeihung gebeten, sich entschuldigt, aber er hatte es nicht geschafft, ihr zu sagen, dass er ihr verzieh. Er hätte die Worte aussprechen sollen, dachte er jetzt, auch wenn es ihm unglaublich schwerfiel – als würde er das Recht auf sein Leiden, auf seine Gefühle verlieren, wenn er der Frau verzieh, die an alldem schuld war. Aber er wollte ein besserer Mensch sein. Er nahm sein Handy und sammelte seine Kraft, um dann zu schreiben:

> JG: Amanda. Ich möchte dir nur sagen, dass ich dir verzeihe. Olivia wird immer einen Platz in meinem Herzen haben. Ich wünsche euch allen ein schönes Leben.

Er las sich die Nachricht durch und fügte dann hinzu:

> Grüß deinen Mann.

Kate würde das gefallen, dachte er, als er die Nachricht abgeschickt hatte und das Handy wieder in die Tasche steckte. Kate hätte es gut und richtig gefunden, dass er Amanda verzieh, und was Kate dachte, war ihm wichtig. Ihretwegen wollte er ein besserer Mensch sein.

Das Wichtigste war, dass es Olivia gut ging, und das tat es. Man sah ihr an, dass sie sich geborgen und geliebt fühlte. Er war dankbar für die gemeinsame Zeit mit ihr, denn es war die beste Zeit seines Lebens gewesen. Jedenfalls bis jetzt, wie ihm bewusst wurde, und er verweilte einen Moment bei dieser Erkenntnis. Ja, tatsächlich. Diese letzten Wochen mit Kate waren lebensverändernd gewesen. Wie eine Reise in ein Land, nach dem er sich sein ganzes Leben lang gesehnt hatte, ohne es zu wissen.

Er stand auf, nahm seinen Mantel, zog sich die Handschuhe

an, verließ die Lobby und schlenderte gedankenversunken durch das Schneetreiben. Was auch immer in Zukunft passierte, das stand jedenfalls fest: Die Wochen mit Kate waren das Großartigste gewesen, was ihm je widerfahren war. Er wusste nicht, was Kate fühlte, aber es wurde Zeit, das herauszufinden. Denn er selbst war jetzt bereit, Kate rückhaltlos zu lieben. Und nicht nur im Geheimen, sondern es laut auszusprechen und zu versuchen, ihre Liebe zu gewinnen. Und selbst wenn sie ihn nicht wollte, würde er die Sache mit Ubbe regeln, das Versprechen hatte er sich selbst gegeben. Sein Plan war fertig, er brauchte nur noch ein bisschen Zeit.

Abrupt blieb er vor dem Schaufenster von NK stehen, holte sein Handy aus der Tasche und rief sie an. Er ließ es sehr lange klingeln, aber sie nahm nicht ab.

## ~ 46 ~

»Du dreckige Fotze! Du kommst jetzt sofort hierher!«, brüllte Ubbe Kate ins Ohr. Im Hintergrund war das Weinen einer Frau zu hören und das Bellen eines Hundes. »Wenn du nicht Punkt acht hier bist, steche ich jeden ab, der dir etwas bedeutet«, fuhr er fort. »Deine Mutter. Deinen hässlichen Kerl. Und deine Kollegen. Kapiert?«

Ja, Kate verstand nur zu gut. Sie hörte ein Schluchzen.

»Was hast du mit Tanya gemacht? Lass sie in Frieden.«

Ein Scharren. Ubbe musste das Telefon hingelegt haben. Kate hörte schwere Schritte und dann seine Stimme.

»Halt's Maul.« Das Klatschen einer Ohrfeige, ein Wimmern und immer noch hysterisches Hundegebell. Sie konnte die traurige Szene vor sich sehen, weil sie selbst einmal an Tanyas Stelle gewesen war. Die Drogen. Die Gewalt. Das Elend. Noch ein Scharren, und dann war er wieder am Telefon. »Du entkommst mir nicht. Heute Abend um acht, du weißt, was sonst passiert. Du gehorchst, oder du stirbst.«

Ubbe drückte das Gespräch weg, ohne Kate die Gelegenheit zu einer Antwort zu geben. Was auch immer sie hätte sagen können. Er schien total durchgeknallt zu sein. Seit Neujahr war das ganze Ubbe-Chaos eskaliert, mit täglichen SMS und Drohungen. Und jetzt verlangte er, dass sie zu ihm fuhr, sonst würde er die Filme ins Netz stellen und alle umbringen, die sie kannte. Sollte sie darauf hoffen, dass er bluffte? Kaum. Ubbe Widerström war niemand, der leere Drohungen aussprach.

Mit einem frustrierten Stöhnen ließ sie sich gegen die Rückenlehne des Sofas im Club sinken. Gerade als sie begonnen hatte, auf eine Veränderung zu hoffen, war dieser ätzende Typ in ihr Leben zurückgekehrt und hatte *wieder* alles zunichtegemacht. Sie würde Jacob deswegen verlieren. Denn ein Leben mit ihr bedeutete, mit einer Frau zu leben, die jeder mit ein paar Clicks in perversen Sexfilmen sehen konnte, und das konnte sie ihm nicht zumuten. Was würde seine Familie dazu sagen? Seine Schwester und seine Eltern, die er so offensichtlich hoch achtete, und seine Kollegen? Seine Freunde? Er würde sich entsetzlich schämen.

Sie stand auf und ging in die Küche, um sich heißes Wasser zu holen. Abgesehen vom Reinigungspersonal war der Club leer. Sie tat eine Scheibe Zitrone in ihr Glas, navigierte über nasse Fußböden und zwischen Scheuersaugmaschinen hindurch und setzte sich wieder hin. Heute Abend um acht. Das war die Frist, die Ubbe ihr gesetzt hatte. Wenn die Sexfilme erst einmal veröffentlicht waren, hätte er keine Macht mehr über sie, denn dann wäre das Schlimmste bereits geschehen. Aber das würde auch bedeuten, dass ihr jetziges Leben vorbei war. Davon würde sie sich nicht mehr erholen können. Nicht als Unternehmerin und nicht als Mensch. Sie würde zwar wohl nicht sterben, aber sie würde nicht mehr das Leben leben können, das sie wollte.

Als Achtzehnjährige hatte sie es geschafft, Ubbe zu verlassen, weil sie ihren Hund retten wollte, ihre geliebte Mini, die ihr so sehr fehlte. Aber auch, weil sie zufällig einen Artikel in einer Zeitschrift gelesen hatte, der davon handelte, wie eine gute Beziehung aussehen sollte. Man sollte eine Liste erstellen, was an der Beziehung gut war und was man sich von einem Partner wünschte. Sie hatte beim Zahnarzt im Wartezimmer gesessen und in die Luft gestarrt. Innerlich war sie ganz leer gewesen. Schließlich hatte sie das Wort »lieb« hingeschrieben. Sie wollte einen lieben Mann, der ihr nicht das Gefühl gab, sie sei der letzte Dreck. Und erst da war ihr so richtig aufgegangen, dass sie Ubbe verlassen *musste*. Es gab nichts, was für ihn sprach.

Seitdem hatte sie die Methode mit der Liste nicht mehr benutzt. Es war nicht nötig gewesen, denn mittlerweile wusste sie immer, was sie wollte, sah klar und handelte entsprechend. Aber jetzt suchte sie Block und Stift heraus. Was wollte sie? *Frei sein*, schrieb sie und umkringelte »frei«. Nicht mehr erpresst werden, natürlich, nicht mehr finanziell ausgenommen werden. *Ubbe los sein*.

Sie unterstrich »los sein« und fasste für sich zusammen, was sie getan hatte, damit er sie in Frieden ließ. Sie hatte sich Geld geliehen, um ihn zu bezahlen. Sie hatte ihren Besitz geopfert und ihn aus dem Club geworfen. Nichts hatte geholfen.

Jetzt verlangte er, dass sie sich trafen.

*Konfrontation*, schrieb sie und starrte auf das Wort.

Alles in ihr schrie »Nein, nein« bei dem Gedanken, Ubbe gegenüberzutreten. Er war eine Missgeburt, ein gewalttätiger Junkie, ein Psychopath.

Aber der Gedanke ging ihr nicht wieder aus dem Kopf. Vielleicht war das ihre einzige Chance – sie musste ihrem Feind von Angesicht zu Angesicht gegenübertreten. Vielleicht konnte sie mit dem Smartphone aufnehmen, wie er Drohungen gegen sie ausstieß? Ihm ihrerseits drohen? Würde sie das schaffen? Und sollte sie dafür eine Waffe bei sich tragen? *Waffe*, schrieb sie. Herrgott, sie hatte nicht die leiseste Ahnung. Sie las ihre Notizen noch einmal durch. Unterstrich mit zusammengebissenen Zähnen mehrfach das Wort »Konfrontation« und wusste, dass sie schlussendlich an einem Scheideweg stand.

Sie musste zu Ubbe fahren, das ließ sich nicht umgehen. Komme, was da wolle. Sie weigerte sich, sich weiterhin klein zu machen, und sie wollte keine Angst mehr haben. Sie würde ihn treffen und ihm sagen, er solle zur Höl...

»Hallo«, ertönte Nannas Stimme aus dem Foyer.

Kate zuckte zusammen. Sie war so tief in ihre düsteren Gedanken versunken gewesen, dass sie sie nicht hatte kommen hören.

»Hallo«, sagte Kate und bedeckte ihre Notizen rasch mit einem Blatt Papier. »Was machst du hier?«

»Ich habe mein Halstuch vergessen. Und was machst du?« Nanna musterte sie eingehend. »Ist alles in Ordnung? Du bist schon seit Silvester so durch den Wind.«

Kate zögerte. Ihr war nicht bewusst gewesen, dass man es ihr anmerkte, wie sie litt. »Es ist alles in Ordnung.«

Nanna sah nicht so aus, als glaube sie ihr auch nur ein einziges Wort. »Du bist meine Chefin, aber ich hoffe, du weißt, dass ich auch eine Freundin in dir sehe.«

»Wirklich?«, fragte sie gerührt. Wie Nanna gesagt hatte: Sie war Arbeitgeberin und ging nicht davon aus, dass ihre Angestellten und Kollegen auch Freunde waren. Sie arbeiteten viel und feierten viel, aber sie war sich ihrer Rolle bewusst.

Nanna wirkte verletzt. »Das wirst du doch wohl wissen.«

»Ja, ich sehe dich auch als Freundin. Aber gleichzeitig bin ich deine Chefin. Ich will die Rollen nicht miteinander vermengen.«

»Davon mal abgesehen, sehe ich doch, dass irgendetwas nicht stimmt. Kate, ich muss dich das fragen. Hat es irgendetwas mit diesem Ubbe Widerström zu tun?«

Kate lehnte sich zurück, von Nannas hellsichtiger Frage überrumpelt. »Wieso glaubst du das?« Es machte etwas mit einem Menschen, so lange Zeit mit einem bedrückenden Geheimnis zu leben. Man war nicht wirklich man selbst, und die Angst vor Entdeckung lauerte immer im Hintergrund. So war es schon gewesen, als sie noch klein war und ihre Mutter trank, und jetzt trug sie das Geheimnis über Ubbes Filme mit sich herum. Sie lebte kein echtes Leben, und sie hatte keine Kraft mehr, so weiterzumachen.

»Seitdem bist du anders, und da war irgendetwas mit diesem Ubbe, was nicht stimmte.«

»Ich weiß es wirklich zu schätzen, dass du dir Gedanken um mich machst, aber ich kann nicht darüber sprechen. Verzeih mir.«

»Wie du willst. Aber ich bin für dich da, Kate. Und Parvin ebenfalls, das sollst du wissen. Wir stehen hinter dir, wenn du uns brauchst. Denk immer daran.«

»Außer an diesem Wochenende«, konnte Kate sich nicht verkneifen zu sagen. Nanna hatte frei, um irgendwohin zu reisen, und Kate fühlte sich überraschend allein.

»Ich bin für dich da, Kate, zu tausend Prozent.«

Kate schluckte den Kloß im Hals hinunter. Bei Nannas Worten fühlte sie sich nur noch mehr wie eine Betrügerin. Denn wenn Nanna oder Parvin erfuhren, dass sie ihre Jobs aufs Spiel setzte, wären sie dann wirklich noch ihre Freundinnen? Sie wich Nannas Blick aus.

»Danke.«

Nanna legte ihr eine Hand auf den Arm. »Jederzeit.«

»Ich muss los.« Kate sammelte ihre Sachen zusammen: Smartphone und Handtasche.

»Wo willst du hin?« Nanna folgte ihr. »Ist noch etwas anderes? Mit Jacob? Ist etwas zwischen euch vorgefallen?«

»Nichts ist vorgefallen.«

»Kommst du denn heute noch wieder? Wir sollten doch die Jungs von der Wodka-Firma treffen.«

»Könntest du dich darum kümmern?« Kate hatte den Termin völlig vergessen und hatte keine Ahnung, ob sie rechtzeitig zurück sein würde. Wie lange dauerte es, sich ihrem Erzfeind zu stellen und ihr Leben zu zerstören? »Ich muss etwas erledigen.« Sie knöpfte sich den Mantel zu und dachte zerstreut, dass sie etwas Wärmeres hätte anziehen sollen. Herrgott, sie hätte so vieles tun sollen.

»Erledigen?«

»Ich kann nicht ewig fliehen«, sagte Kate aufrichtig und hängte sich ihre Handtasche über die Schulter. Besser gerüstet war sie nicht.

»Kate, du machst mir Angst. Was ist hier los?«

»Mach dir keine Sorgen. Kümmer dich um den Club, okay?«

Sie war so lange schon voller Zorn. Es bestand das Risiko, dass sie explodierte. Das erinnerte sie an einen Ausdruck, den sie einmal vor langer Zeit gehört hatte. Kate durchforstete ihr Gedächtnis. »Meine unterschwellige Wut.« Dessie, die Leibwächterin und Frau von Sam Amini, hatte das gesagt. Wenn Dessie Frauen in Selbstverteidigung schulte, begann sie damit, ihnen zu helfen, ihre Wut hervorzulocken. Kate wünschte sich, sie hätte vieles anders gemacht. Dass sie Selbstverteidigung gelernt hätte, dass sie mutiger gewesen wäre, dass sie mit Waffen umgehen könnte und dass sie nie, niemals etwas mit Ubbe angefangen hätte.

Aber jetzt war es, wie es war. Sie ging in die Bar, nahm sich eines der Messer, mit denen sie das Obst schnitten, und steckte es in die Manteltasche. Sie schüttelte über sich selbst den Kopf. Danach simste sie Ubbe, dass sie unterwegs sei.

Dies war ihr *defining moment*. Ein Schicksalsmoment. Jetzt ging es ums Ganze.

# ~ 47 ~

Jacob starb am laufenden Band.

»Ich kapier es nicht. Was mache ich falsch?«, fragte er gereizt.

Im selben Moment drückte Benjamin auf seinen schwarzen kabellosen Controller, und alles auf dem Bildschirm explodierte.

Jacobs Avatar war kaum wieder zum Leben erwacht, als eine bunte Explosion Benjamins riesigen Bildschirm erhellte. »Was zum Teufel! Bin ich schon wieder tot?«

»Nein! Schnapp dir den Pokeball«, brüllte Alexander von seinem Sessel aus, wobei er den Controller blitzschnell mit den Fingern bearbeitete.

Jacob gab auf. Er verstand überhaupt nichts, und er hatte noch nie etwas für Computerspiele übriggehabt. Als Benjamin ihm gesimst und gefragt hatte, ob Alexander und er Lust hätten, zu ihm zu kommen und ein paar Stunden zu spielen, hatte er Ja gesagt. Die Tatsache, dass er geglaubt hatte, sie wollten sich treffen und so etwas wie Poker spielen und Whisky trinken, würde er mit ins Grab nehmen. Aber natürlich hatte Benjamin Computerspiele gemeint. Sie saßen in bequemen grauen Sesseln – die ganze Wohnung am Hornbergs Strand war in Grau und Schwarz gehalten – und spielten ein buntes Fighting Game, in dem jeder gegen jeden kämpfte, begleitet von ohrenbetäubender elektronischer Musik. Ziemlich kindisch, falls jemand seine Meinung wissen wollte. Alexander und Benjamin unterhielten sich über Endgegner und über Waffen, und Jacob fühlte sich hundert Jahre alt.

»Ist das wirklich etwas für erwachsene Menschen?«, brummte er, allerdings leise. Es hatte keinen Wert, seine Freunde vor den Kopf zu stoßen. Aber im Ernst, war das hier nicht etwas, womit sich sonst Kinder beschäftigten?

Jacob ließ seine Gedanken schweifen. Er hatte sich die letzten Tage mit etwas beschäftigt, das geheim war, weil er sich möglicherweise in einer rechtlichen Grauzone bewegte. Und bald war der Moment gekommen, seinen Plan umzusetzen.

Er nahm sein Smartphone und ging in die Küche, um Mineralwasser zu holen und um Kate anzurufen. Er machte sich Sorgen um sie. Sie hatte sich seit gestern nicht mehr gemeldet. Und irgendetwas war da im Busch, das spürte er schon seit Silvester – hin und wieder sah sie aus, als trüge sie die ganze Last der Welt auf ihren Schultern. Er hoffte wirklich, dass sie spürte, dass er für sie da war, dass er sie unterstützte, wenn sie ihn brauchte. Aber natürlich war diese starrköpfige Frau nicht in der Lage, Hilfe anzunehmen.

»Hallo«, hörte er ihre dunkle, heisere Stimme sagen. Freude durchströmte ihn. Dass einem ein anderer Mensch so viel bedeuten konnte. Das war etwas Kostbares, machte ihn aber auch verletzbar. Es fühlte sich an, als trüge er sein Herz in der Hand und wäre damit angreifbar. Aber er hatte sich selbst geschworen, das Risiko einzugehen. Er hatte beschlossen, die Vergangenheit zu begraben und sein Leben wirklich zu leben. Es war an der Zeit, dieses Versprechen einzulösen.

»Ich wollte nur hören, ob alles in Ordnung ist«, sagte er.

Es verging der Bruchteil einer Sekunde, bevor sie antwortete, als wisse sie nicht recht, was sie sagen sollte.

»Alles in Ordnung, viel Arbeit«, sagte sie schließlich.

Was meinte sie eigentlich damit? Mittlerweile verbrachte er viel Zeit damit, Kates Worte zu interpretieren. War das Liebe?

Ständig auf Bedeutungen und Nuancen zu horchen? Er musste zugeben, dass er nicht gerade begeistert von all diesen unklaren Gefühlen war. »Wie geht es deiner Mutter?«

»Ihr geht es gut.« Jetzt hörte er ein leises Lächeln in ihrer Stimme. Sie hatte ihm erzählt, dass sie bei einem Angehörigen-Treffen gewesen war, und das hatte sie ganz offensichtlich berührt.

»Und im Club läuft alles?« Ihre Mutter und ihr Club, das war das Wichtigste für sie.

»Ja, danke.« Jetzt strahlte sie, das konnte er hören, und das Herz ging ihm auf. Seine wunderbare Kate, die ihren Club so sehr liebte.

»Und diese andere Sache?«

»Ich weiß nicht, Jacob«, sagte sie nach einer langen Pause. »Es fällt mir schwer, darüber zu sprechen. Reden hilft da irgendwie nicht.«

Er war kurz davor, ihr zu verraten, dass er Ubbes finanzielle Situation überprüft hatte, dass er einen Plan hatte, wie er die Sexfilme an sich bringen und Kate aus Ubbes Umklammerung befreien könnte, aber er wollte keine Hoffnungen bei ihr wecken, solange er nicht wusste, ob der Plan auch funktionierte. Und er wollte auch nicht riskieren, dass sie ihn bat, sich herauszuhalten – was wohl das wahrscheinlichere Szenario war.

»Du bedeutest mir viel«, sagte er leise.

Kate schwieg. In der Leitung rauschte es, als ob sie gerade einen Spaziergang machte.

»Was machst du gerade?«, fragte er.

»Ich muss nur eben etwas erledigen.«

»Kate, ich will mich nicht aufdrängen, ich möchte dir nur sagen, dass du sehr wichtig für mich bist.« Das *Wichtigste*, dachte er.

Das Schweigen dauerte so lange, dass Jacob fühlte, wie seine Hoffnung ins Bodenlose fiel.

»Mir geht es genauso«, sagte sie schließlich mit erstickter Stimme.

Und wie im Handumdrehen änderte sich alles, und seine Hoffnung wuchs in den Himmel. Gab es schönere Worte als *Mir geht es genauso*?

Jacob umklammerte fest sein Smartphone und war kurz davor, alles herauszulassen. Dass er sich in sie verliebt hatte, dass sie sein Licht war, dass er für sie da sein wollte in jeder schwierigen Lage, dass er sie mehr liebte als jemals eine Frau zuvor – aber er hielt sich zurück. So etwas sagte man nicht am Telefon. Man wartete den passenden Moment ab. Man zeigte, dass ...

»Jacob?«

»Ja?«

»Danke, dass du in der letzten Zeit für mich da warst. Pass auf dich auf. Ich muss jetzt weiter.«

Kate legte auf, und Jacob stand mit einem ungutem Gefühl da. Sie hatte seltsam geklungen. Angespannt. Als ob sie ... Er konnte es nicht genau benennen. Als ob etwas im Gange war? Nachdenklich ging er zu den beiden anderen zurück.

Er sank in seinen Sessel und suchte sich wieder eine Figur aus. Alexander war ein blonder Wikinger und Benjamin eine Art weiblicher Gladiator. Jacob war aus unerfindlichen Gründen die Rolle eines rundlichen Männleins zugefallen. Es war aber auch egal, denn er starb sofort. Er stieß einen tiefen Seufzer aus.

»Was ist?«, fragte Alexander, während er seinen Wikinger gegen alle und jeden kämpfen ließ.

»Ja, mit wem hast du telefoniert?«, fragte Benjamin, ohne die Augen vom Bildschirm abzuwenden.

»Kate. Etwas ist im Gange.« Er starrte auf den Bildschirm. »Im

Prinzip habe ich ihr gesagt, dass ich sie liebe«, sagte er. Benjamins Gladiatorin attackierte seine Figur, die offenbar wieder lebendig war. Er legte den Controller hin und fuhr sich frustriert mit den Händen durchs Haar.

Benjamin und Alexander unterbrachen ihr Spiel und sahen ihn an.

»Wow! Dann ist es etwas Ernstes?«, fragte Alexander mit einem breiten Lächeln.

»Sehr. Aber es ist kompliziert.«

Benjamin legte ebenfalls seinen Controller hin. »Warum bist du nicht überglücklich?«

Jacobs Smartphone piepte, sodass ihm eine Erklärung erspart blieb.

> KE: Entschuldige, dass ich so kurz angebunden war.
> Ich habe mich über das, was du gesagt hast, gefreut.
> Ich denke viel über die Sache mit U nach. Hasse es,
> dass es uns so beeinflusst. Aber ich werde es lösen.

Jacob las die Nachricht. Was meinte sie damit? Es lösen? Wie? Wann? Er wurde von bösen Ahnungen erfüllt.

> JG: Wie meinst du das?

Aber sie antwortete nicht, und Jacob runzelte die Stirn. Was tat sie da? Alexander und Benjamin wandten sich wieder ihrem Spiel zu und ließen ihn in Ruhe. Bald kämpften auf dem Bildschirm wieder der Wikinger und die Gladiatorin.

Wenn das Leben ein Computerspiel wäre, würde er sich auf Ubbe stürzen, dachte er, aber in der Realität glaubte er nicht an Gewalt. Er glaubte an Cleverness. Wenn Kate ihm nur etwas Zeit gab, würde er sie von Ubbe befreien. Doch sein Unbehagen legte sich nicht. Was hatte Kate vor? Sie würde doch nichts Unüberlegtes oder Gefährliches tun?

Sein Telefon klingelte, und Jacob war sofort voller freudiger Erwartung, doch dann sah er, dass der Anruf von einer unterdrückten Nummer kam.

»Jacob Grim«, meldete er sich reserviert.

»Hallo, hier ist Nanna Amundsen«, sagte eine Stimme. Kates Kollegin.

»Hallo.« Das konnte nichts Gutes heißen.

»Ich wusste nicht, wen ich anrufen sollte. Aber ich glaube, dass Kate im Begriff ist, etwas sehr Dummes zu tun. Ich habe einen Notizblock gefunden, auf den sie etwas aufgeschrieben hat. Jacob, ich glaube, sie ist unterwegs, um Ubbe Widerström zu treffen. Ich befürchte, dass sie ihn irgendwie zur Rede stellen will.«

Als sie aufgelegt hatten, war es Jacob eiskalt zumute. Natürlich konnte Nanna sich irren. Vielleicht bedeutete Kates Notiz nicht, dass sie auf dem Weg nach Tyresö war, um sich mit Ubbe zu befassen. Vielleicht reagierte er gerade total über, aber sein Bauchgefühl sagte ihm etwas anderes. Rasch schrieb er an Kate:

*JG: Liebe Kate, du bringst dich doch hoffentlich nicht in Gefahr? Ruf mich an. Ich möchte dir helfen.*

Sie antwortete nicht. Wie gesagt. Stur.

»Ich muss los«, sagte Jacob, während sich die Pläne und Gedanken in seinem Kopf überschlugen. Zugegeben, er hatte Angst. Sein Plan war noch nicht ausgereift. Er war sich nicht einmal sicher, ob er funktionieren würde. Es gab ziemlich vieles, was er nicht wusste. Aber er hatte sich entschieden. Er würde seine Frau retten.

»Alexander, bist du mit dem Auto hier? Würdest du es mir leihen?«

»Selbstverständlich. Ist etwas passiert?«

»Kate hat ein Problem, bei dem ich ihr helfen möchte«, sagte er vage. Er wollte nicht zu viel verraten, denn die Drohungen und die Erpressung waren nicht sein eigenes Geheimnis.

Die beiden anderen sahen ihn auffordernd an. Offenkundig würden sie sich damit nicht zufriedengeben.

»Es gibt da einen Mann, der sie bedroht«, fügte Jacob hinzu. »Er ist im Club mit ihr aneinandergeraten, und das Ganze ist eskaliert. Ich will zu ihm fahren und mit ihm sprechen. Vielleicht kann ich ihn dazu überreden, sie in Ruhe zu lassen.«

»Dazu überreden?«, fragte Benjamin skeptisch.

Jacob nickte.

»Na, das klingt ja überhaupt nicht so, als ob das aus dem Ruder laufen könnte«, sagte Alexander trocken.

»Alexander hat recht. Ist er gefährlich?«, erkundigte sich Benjamin.

»Irgendwas ist passiert, da ist etwas oberfaul«, sagte Jacob. Mit jeder Sekunde, die verstrich, war er mehr davon überzeugt.

»Und deswegen willst du jetzt los«, sagte Alexander mit ernster Miene. Der lachende, sorglose Freund war verschwunden.

»Ja.« Je eher, desto besser. Er versuchte, einen Plan zu entwerfen. Es funktionierte nicht. Vielleicht war Kate überhaupt nicht auf dem Weg zu Ubbe. Oder Ubbe war gar nicht zu Hause. Aber Jacob musste sich entscheiden, wie er weiter vorgehen wollte. Die Situation wurde immer bedrohlicher, Ubbe war wie eine tickende Zeitbombe.

Alexander erhob sich. »Okay. Ich bin dabei.«

Jacob hob die Hände, wie um ihn zu stoppen. »Nein. Nein, ich fahre allein.«

»Wir haben nicht vor, dich das allein machen zu lassen, falls du das geglaubt hast«, sagte Benjamin, während er den Rechner ausschaltete.

»Seid nicht dumm, ich kann euch da nicht mit hineinziehen.«

»Wir kommen mit«, sagte Alexander stoisch.

Benjamin nickte zustimmend. »Das versteht sich von selbst.«

»Es könnte gefährlich sein«, warnte Jacob. Doch Alexander hatte irgendeinen militärischen Hintergrund, wenn er sich recht erinnerte, und war groß wie ein Wikinger. Und Benjamin kannte sich mit IT aus. In Jacobs Augen waren Leute, die sich mit IT auskannten, immer nützlich.

»Los jetzt«, sagte Alexander und schnappte sich sein Handy und seine Jacke. »Ich bin mir sicher, dass ich kein zweites Mal angeschossen werde.«

Benjamin hielt mitten in der Bewegung inne. »Angeschossen? Zum zweiten Mal? Was meinst du?«

»Das erkläre ich euch unterwegs. Was meint ihr? Sollen wir?«

Benjamin nickte entschlossen, und Jacob spürte eine Woge der Dankbarkeit für die bedingungslose Hilfe und Freundschaft, die die beiden ihm anboten. Es fühlte sich gut an, sie dabeizuhaben.

Alexander warf Jacob die Autoschlüssel zu, der sie fing, während er gleichzeitig im Kopf durchging, was sie als Nächstes tun mussten. Bis zu Ubbe würden sie höchstens eine halbe Stunde brauchen. Aber sie mussten unterwegs noch einen Zwischenstopp einlegen. Er hoffte, dass er noch rechtzeitig kam. Oder dass Nanna sich irrte. *Um Himmels willen, Kate, wo bist du da hineingeraten?*

## ~ 48 ~

Seltsam, dass sie wieder hier war. In Tyresö. Fröstelnd sah Kate sich auf dem tristen, schneebedeckten Parkplatz um. Sie hatte ihren Fuß seit zehn Jahren nicht mehr nach Tyresö gesetzt. Damals hatte sie gemeinsam mit Ubbe seine Mutter besucht. Die bedauernswerte Frau hatte Angst vor ihrem Sohn gehabt, und der Besuch war eine einzige Qual gewesen. Zu der Zeit hatte Ubbe eine schicke Wohnung in der City gehabt, aber jetzt wohnte er offenbar in der ehemaligen Wohnung seiner Mutter. Wenig überraschend. Ubbe legte zwar so viel Wert darauf, erfolgreich zu erscheinen, aber in Wahrheit war er nur ein armseliger Krimineller, der davon lebte, Schwächere auszunutzen. Sie schaute an der Fassade hoch. Die Wohnung lag auf der anderen Seite. Hier hinter den Häusern war es wie ausgestorben. Sie schickte ihm eine SMS.

*KE: Ich bin jetzt da.*

Jetzt war der Ball im Spiel.

Natürlich ließ Ubbe sie warten. Immer diese Machtspielchen. Sie stapfte über den Parkplatz und sah sich um, aber es war immer noch kein Mensch zu sehen, nur Dunkelheit und Schnee und eine kaputte Straßenlaterne. Wirklich kein guter Ort, um sich mit einem labilen, drogenabhängigen Gewalttäter zu treffen.

Schließlich trat er aus dem Haus. Zusammen mit Tanya, einem stillen, schmalen Schatten, der in dünnen Stiefeln über den rutschigen Boden stolperte, und einem mageren Schäferhund. Sobald er sich einen Schritt zu weit von Ubbe entfernte oder stehen blieb, um an etwas zu schnüffeln, riss Ubbe an der Leine. Er hatte Tiere schon immer grausam behandelt. Frauen und Tiere. War es falsch von ihr, dass sie sich wünschte, dass Ubbe eine Hirnblutung bekam und zusammensackte? Oder dass er von einem Bus überfahren wurde?

Er baute sich vor ihr auf und musterte sie, ohne etwas zu sagen.

»Was willst du von mir?«, fragte sie, als sie seinen aufdringlichen Blick nicht länger ertrug. Sie sprach leise. Sah ihn direkt an, wollte sich zwingen, ihm standzuhalten und nicht mehr so viel Angst zu haben. Aber leicht war das nicht. Ubbe wirkte größer und boshafter als je zuvor, und sie begann, sich zu fragen, ob sie einen kolossalen Fehler begangen hatte, indem sie hergekommen war.

»Sitz!«, brüllte er den Hund an, der zitterte und bellte. Als das Tier nicht gehorchte, zog er ihm die Leine über die Schnauze, sodass er schmerzerfüllt kläffte. Kate zwang sich, nichts zu sagen. Gefühle zu zeigen würde nichts besser machen. Davon lebte er: von der Angst der anderen.

»Was ich will? Bist du schwer von Begriff oder was?«, fragte er.

Schwer von Begriff, dumm, fett, hässlich. All das und noch mehr hatte er ihr schon an den Kopf geworfen, und es berührte sie schon lange nicht mehr.

Ubbe schnitt eine Grimasse und trat einen Schritt näher. Tanya biss sich auf die Lippe und zitterte in ihrer kurzen, dünnen Lederjacke. Der Hund winselte.

»Hast du vergessen, dass ich Filme habe, auf denen du an meinem Schwanz lutschst und stöhnst, du Hure. Filme, auf denen man deutlich sehen kann, wie Kate Ekberg einen Schwanz in alle

Löcher gesteckt bekommt. Vielleicht *willst* du ja, dass das rauskommt? Du *willst*, dass die Leute das sehen? Dafür kann ich sorgen.«

»Das weiß ich doch alles schon«, sagte sie kühl. Sie hatte nicht vor, sich dafür zu schämen, dass sie Sex gehabt hatte.

»Ich will mein Geld.«

Sie konnte sich eine Grimasse nicht verkneifen. »*Dein* Geld? Und was soll das sein, wenn ich fragen darf? Denn ich habe kein Geld mehr, das habe ich dir schon gesagt. Ich bin völlig pleite.«

»Dann besorg dir welches.«

Hier ging es nicht nur um Geld, wie Kate schlagartig klar wurde. Und auch nicht nur um Macht. Da war noch etwas anderes. Das spürte sie so deutlich wie den Schnee und den Wind auf ihrem Gesicht.

»Warum hasst du mich so? Ich versteh's nicht«, sagte sie, denn sie konnte es nicht begreifen. Was trieb ihn an?

»Du warst schon immer so verdammt hochmütig.«

»Das stimmt doch gar nicht«, sagte sie verblüfft. Sie war jung und kaputt gewesen und hatte null Selbstvertrauen gehabt, besonders am Schluss.

»Du hast dich für was Besseres gehalten. Dabei bist du nur ein verdammtes Luder.«

Der Schäferhund bellte gestresst. Der Ärmste schien durch das ganze Geschrei verängstigt zu sein, und dass Ubbe an der Leine riss, machte es nicht besser.

Über Ubbes Schulter warf Tanya ihr einen flehenden Blick zu, damit sie ihn nicht noch weiter provozierte.

Tanya hatte Angst, der Hund hatte Angst, und Kate hatte ebenfalls Angst. Ubbe hatte die Macht, und er wusste es. Einfach deshalb, weil er stärker war und weil er etwas in der Hand hatte, mit dem er drohen konnte. Aber dass Ubbe sie für stark hielt, das verlieh ihr Selbstvertrauen. Vielleicht sah er gar nicht, wie viel Angst sie hatte? Es war idiotisch gewesen, sich einzubilden, dass sie etwas tun könnte, um die Situation zu verändern, dass Ubbe mit sich reden lassen würde. Aber sie hatte sich entschieden. Ihr Entschluss war unwiderruflich.

»Mehr Geld bekommst du nicht.«

»Du weißt ja, was dann passiert.«

»Weißt du was, ich habe einfach keine Kraft mehr.« Das war beinahe wahr, denn sie musste sich enorm anstrengen, um nicht daran zu denken, was geschehen würde, wenn er die Filme veröffentlichte. Wenn jeder, den sie kannte, sie sich ansehen konnte.

»Du hast noch nie gewusst, was das Beste für dich ist. Das wirst du bereuen.«

Irgendetwas in ihr zerbrach. Da stand dieser erbärmliche Loser und erzählte ihr, dass sie die falschen Entscheidungen traf.

»Du bist ein Arsch, Ubbe. Ein widerlicher Typ. Und ein verdammter Tierquäler. Wenn es mit rechten Dingen zuginge, müsstest du Krebs kriegen oder Syphilis oder einfach tot umfallen. Hörst du, sterben sollst du!«

Sie zitterte am ganzen Körper. Aah, was für ein schönes Gefühl, ihm das ins Gesicht zu sagen. Die ganze Wut, die sie so lange mit sich herumgeschleppt hatte, rauszulassen. Einfach loszulassen und zu schreien.

Kate konnte sich nur kurz über ihre Auflehnung freuen, dann hob Ubbe die Hand, ballte die Faust und rammte sie ihr ins Gesicht. Ihr wurde schwarz vor Augen, und durch das Rauschen in ihren Ohren hörte sie Tanya schreien und den Hund winseln, und dann lag sie am Boden, die Wange im Schnee. Die ganze Welt drehte sich um sie. Sie konnte sich nicht bewegen, konnte kaum atmen.

»Du kriegst, was du willst. Ich stelle den Scheiß ins Netz«, schrie Ubbe und trat nach ihr. »Damit jeder sehen kann, wer Kate Ekberg wirklich ist.« Er trat und trat, und sie krümmte sich zusammen, um sich, so gut es ging, zu schützen, bis er genug hatte und mit Tanya an der einen und dem Hund an der anderen Hand durch den Schnee davonstiefelte.

Kate stöhnte vor Schmerz. Wie lange würde es dauern, bis Ubbe die Bilder und die Filme hochgeladen hatte? Eine Minute? Fünf Minuten? Dann würden sie da draußen sein. Für immer. Schon bald würde ihre Mutter die widerwärtigen Bilder sehen können. Und ihre Geldgeber. Ihre Mitarbeiter. Es war, als würde sie sterben, obwohl sie immer noch atmete. Würde der Club das überleben? Ihre Beziehungen? Und Jacob, was würde Jacob sagen?

Feuchtigkeit und Kälte drangen durch ihre Kleidung, und Kate stand unbeholfen auf. Ihr Kiefer schmerzte, und ihr Kopf dröhnte.

Es war vorbei.

Alles würde herauskommen, und ihr Leben war zerstört. Sie spuckte Blut und fühlte sich reumütig. Denn sie wollte nichts weniger, als dass die Filme für alle Ewigkeit im Internet kursierten, wie sie mit Schrecken erkannte. Sie wollte nichts weniger, als zu lernen, mit dieser Schande zu leben, sie wollte Jacob nicht verlieren. Sie hätte härter kämpfen sollen, sie hätte versuchen sollen, mehr Geld zusammenzukratzen, sie hätte Ubbe niederschlagen sollen, hätte irgendetwas tun sollen, statt einfach nur so zu verlieren. Sie tastete nach dem kleinen Messer in ihrer Tasche. Sollte sie sich mit einer Waffe auf ihn stürzen? War sie bereit, die Konsequenzen zu tragen? Ja, das war sie. Reiß dich zusammen, Kate, los. *Los!*

## ~ 49 ~

»Kannst du irgendwie seinen Internetanschluss kapern?«, flüsterte Jacob Benjamin zu, während sie sich draußen vor Ubbes Mietwohnung versteckten. Ihr Plan sah vor, ihm alles abzunehmen, worauf er Filme gespeichert haben könnte. So weit war die Taktik klar. Aber was sollten sie danach mit Ubbe anfangen? Um sich das zu überlegen, hätte Jacob noch mehr Zeit benötigt.

Benjamin sah mit einem zufriedenen Grinsen von seinem Smartphone auf. »Ich habe sein Netzwerk gefunden und das Passwort geändert. Das ist noch nie geändert worden, es lautete ›adminadmin‹. Ich habe nur zwei Versuche gebraucht. Kann es sein, dass dieser Gauner so dumm ist wie Brot?«

»Das ist er«, bestätigte Jacob.

»Da kommt jemand«, verkündete Alexander, und ein älterer Mann mit einem schnaufenden Mops kam ins Blickfeld. Der Mann gab den Türcode ein, und die drei schlüpften hinter ihm ins Haus.

Die Sekunden verstrichen, und Jacob machte sich Sorgen um Kate. War sie hier irgendwo? Was hatte sie vor? Alexander, Benjamin und er hatten wertvolle Minuten mit einem kurzen Zwischenstopp in einem Baumarkt verloren. Dort hatten sie eine Tasche mit Werkzeug, Kabelbinder und anderen Dingen gefüllt, die bei einem Einbruch nützlich sein konnten, und er hatte den anderen in groben Zügen erzählt, was Kate zugestoßen war. Seine Freunde hatten zugehört, an den entsprechenden Stellen geflucht und verbissen genickt und waren jetzt noch fester entschlossen, ihm zu helfen.

»Kommt mit«, sagte Alexander und führte sie die Treppen hinauf. »Aber sag mal, kann man nicht mit dem Smartphone auch ins Internet?«, fragte er Benjamin über seine Schulter.

Daran hatte Jacob auch schon gedacht. Wenn Ubbe sie kommen sah, könnte er ja die Filme von seinem Handy aus hochladen, bevor sie es schafften, es ihm abzunehmen. Was, wenn sie die Situation für Kate nur noch schlimmer machten, indem sie hierherkamen?

Benjamin nickte. »Doch, aber es dauert, längere Filme über das Smartphone hochzuladen. Eigentlich braucht er seinen Computer. Weißt du, was für ein Smartphone er hat? Ist es neu?«

Jacob versuchte, sich zu erinnern, schüttelte dann aber den Kopf. »Sollten wir nicht irgendeine Form von Störsender dabeihaben?«, fragte er stattdessen frustriert. Gerade für diesen Teil seines Plans hätte er wirklich noch einige Tage gebraucht.

»Sorry, ich habe den mega-illegalen Superstörer vergessen, den ich gebaut habe«, sagte Benjamin trocken. »Entspannt euch. Es dauert bestimmt eine Weile, bis er kapiert, was mit seinem WLAN passiert ist. Wenn wir Glück haben, kapiert er's überhaupt nicht. Es könnte auch sein, dass er in seinem Smartphone aktiv das WLAN abschalten muss, um wieder Internet zu haben. Alles kann passieren, er muss wissen, was er tun muss, und wir sind uns ja einig, dass er nicht besonders clever ist.«

»Stimmt«, sagte Jacob, der das ehrlich gesagt selbst nicht alles verstand. »So was wie ein Superstörer existiert aber nicht, oder?«

»Nicht wirklich. Theoretisch gibt es die, sind aber krass illegal. Besser, wir begehen so wenige Verbrechen wie möglich.«

»Richtig.«

Sie schwiegen, als sie die Tür erreichten, an der der Name Widerström stand. Als sie vor dem Nachbarhaus geparkt hatten, hatten sie gesehen, wie Ubbe zusammen mit einem Hund und einer Frau aus dem Haus stapfte. Vermutlich wollten sie den Köter Gassi führen. Kate war nirgends zu sehen. Vielleicht war sie gar nicht hierher unterwegs. Vielleicht saß sie zu Hause. Jacob fragte sich, ob sie lieber Ubbe hätten folgen sollen. Es war schwer zu entscheiden, in welcher Reihenfolge sie die Dinge am besten erledigen sollten. Sollte er nach Kate suchen, oder sollte er das Filmmaterial an sich bringen? Aber er wusste, was Kate sagen würde, er konnte ihre heisere Stimme praktisch hören: *Ich kann mich um mich selbst kümmern. Findet die verdammten Filme.* Sie konnten immer noch abbrechen. Noch hatten sie die letzte Grenze nicht überschritten. Aber für Jacob war es schon zu spät. Ohne zu zögern, legte er die Hand auf die Klinke und drückte sie hinunter. Er war hier, um seine Frau zu retten. Er würde Grenzen überschreiten und Verbrechen begehen. Die Tür glitt auf.

»Schau an, es ist ja offen«, sagte Benjamin.

»Für einen Kriminellen ist er nicht besonders vorsichtig«, sagte Alexander und klang enttäuscht. Er hatte wohl gehofft, das stabile Brecheisen benutzen zu können, das sie gekauft hatten.

»Er hat seine paar Hirnzellen weggekokst«, sagte Jacob, und dann schlüpften sie in die Wohnung.

Dort roch es miefig und verraucht. Spitzengardinen und Porzellanhunde teilten sich den Platz mit überfüllten Aschenbechern und haufenweise Schmutzwäsche und Gerümpel.

»Wir müssen seinen Laptop finden. Und wir nehmen auch alle USB-Speicher und externen Festplatten mit«, befahl Jacob. Es war entscheidend, alles mitzunehmen, sonst wäre der Einbruch sinnlos und würde die Gefahr für Kate nur noch vergrößern.

Benjamin sah sich in der verwahrlosten Wohnung um. »Ich

bezweifele stark, dass er so etwas wie eine externe Festplatte benutzt. Er scheint nicht der sicherheitsbewusste Typ zu sein.«

»Computer gefunden«, rief Alexander und kam mit einem zerkratzten Laptop angelaufen.

»Ich lege sofort los«, sagte Benjamin. »Wir müssen alles löschen und seinen Cloud-Speicher finden. Sonst kann er alles wiederherstellen, bevor wir ›Formatierung‹ buchstabiert haben.«

Jacob nickte und suchte zusammen mit Alexander nach weiteren Speichermedien, denn wenn Ubbe Material auf einem Datenstick lagerte, reichte es nicht, dass sie den Laptop hatten.

»Und sein Handy brauchen wir auch«, erinnerte Jacob sie. Er hatte erwartet, dass es ihn nervös machen würde, ein Verbrechen zu begehen, aber er war völlig emotionslos.

»Das hat er sicher mit nach draußen genommen«, meinte Alexander und verpasste dem Kleiderhaufen einen Tritt. »Pfui Teufel, was für ein Saustall.«

Plötzlich ertönte im Treppenhaus Hundegebell und Ubbes wütende Stimme, und dann flog mit einem Knall die Wohnungstür auf.

Sie wechselten Blicke. Jacob spannte die Muskeln an, Benjamin und Alexander zogen sich jeder in eine Ecke des Zimmers zurück. Jetzt ging es ums Ganze. Irgendwie mussten sie das hinkriegen.

Als Ubbe das Wohnzimmer betrat, löste Jacob sich aus dem Schatten.

»Hallo«, sagte er ungezwungen, als wären Einbrüche seine übliche Alltagsbeschäftigung.

Ubbe zuckte nicht einmal zusammen, was besorgniserregend war, denn Jacob hatte auf einen größeren Überraschungseffekt gehofft.

Der Hund, den sie bellen gehört hatten, ein junger Schäferhund mit einem Hängeohr und großen Pfoten, zog an der Leine. Hinter Ubbe erschien das blonde Mädchen, mit dem Ubbe im Club gewesen war. Tanya. Eine Situation mit vielen Variablen. Und immer noch keine Kate.

»Was machst du hier? Und wie bist du hier reingekommen?«

Jacob verschränkte die Arme vor der Brust und setzte eine gelangweilte Miene auf. Jetzt kam es drauf an. Er machte sich für einen Kampf bereit und warnte Alexander und Benjamin, die einen Schritt nach vorn gemacht hatten, mit einem Kopfschütteln. Er sah Ubbe kühl an und sammelte all seine Kräfte. Er mochte zwar introvertiert und an Gewalt nicht gewöhnt sein, doch Ubbe sollte ihn besser nicht unterschätzen.

»Ich bin als Stellvertreter für Kate Ekberg gekommen«, sagte er kalt. Im Vergleich mit dem bizarr muskulösen Ubbe war er selbst eher sehnig und ausdauernd, aber seine Antriebskräfte waren rasende Wut, Leidenschaft und Liebe, was in Jacobs Augen die Chancen etwas ausglich.

»Die dreckige Hure. Die habe ich gerade da unten erledigt«, sagte Ubbe mit einem boshaften Grinsen.

Jacob biss die Zähne zusammen, um Ubbe nicht sehen zu lassen, welches Entsetzen dessen Worte in ihm auslösten. Er hatte gehofft, dass er sich geirrt hatte und sie gar nicht zu Ubbe gegangen war.

»Wo ist sie?«, fragte er.

»Sie liegt wahrscheinlich immer noch auf der Straße und plärrt. Als ob ihr das etwas nützen würde. Sie ist erledigt.«

Jacob zwang sich, sich auf das Hier und Jetzt zu konzentrieren und das Bild einer hilflosen Kate vor seinem inneren Auge zu verdrängen. Noch hatte er einen Vorteil, und den gedachte er zu nutzen. Er warf Tanya einen Blick zu. »Ist Kate verletzt?«, fragte er.

»Du hältst dein Maul, du blöde Kuh!«, brüllte Ubbe über seine Schulter.

Tanya sagte nichts, zuckte als Antwort auf Jacobs Frage aber langsam, fast unmerklich die Achseln. *Ich weiß es nicht*, las er daraus. Wieder durchfuhr ihn Angst, und er musste sich zusammenreißen, um nicht aus dem Haus zu stürmen und nach ihr zu suchen. Zunächst musste er sich konzentrieren. Unter keinen Umständen durfte Ubbe irgendetwas ins Internet hochladen.

»Ich bin hier, um dir mitzuteilen, dass es jetzt genug ist«, sagte er.

Ubbe grinste und griff nach seinem Smartphone. »Das Zeug geht jetzt raus. Du kannst ja versuchen, mich aufzuhalten.«

Jacob sah zu, wie Ubbe mit zunehmender Frustration auf dem Handy herumtippte.

»Du bist am Ende«, sagte Jacob, während Benjamin und Alexander leise an seine Seite kamen.

»Du Arsch!«, schrie Ubbe.

»Gib mir das Handy.« Jacob streckte die Hand aus.

»Was hast du damit gemacht, verdammt?«

»Ich habe die Kontrolle über dein Leben übernommen«, sagte Jacob hochtrabend. Auf keinen Fall würde er ihm sagen, dass sie nur das Passwort für sein WLAN geändert hatten. »Das kriegst du nie wieder hin«, fügte er wegen des dramatischen Effekts noch hinzu. »Gib es mir.«

»Fuck off.«

Jacob trat einen Schritt vor, um das Telefon an sich zu reißen. Ubbe zielte einen Schlag auf ihn, dem Jacob jedoch leicht ausweichen konnte, und im gleichen Moment, als Benjamin und Alexander sich auf Ubbe stürzten, gelang es Jacob, sich das Handy zu schnappen. Der großgewachsene Mann warf sich wie wild hin und her, doch Benjamin und Alexander hielten ihn fest, und mit vereinten Kräften gelang es ihnen, Ubbe mit Kabelbinder an einen verschlissenen Sessel zu fesseln.

»Ich bring dich um. Ich mach dich fertig, du Schuft, und diese Hure ebenfalls«, brüllte Ubbe. Die Adern an seinem Hals schwollen an, und sein Gesicht war dunkelrot.

»Unwahrscheinlich. Ich werde jeden einzelnen Film und alle Bilder löschen, die du je gemacht hast. Du wirst nie wieder jemanden bedrohen oder erpressen können. Benjamin, brauchen wir seine PIN, um in sein Handy zu kommen?«, fragte Jacob.

»Nicht unbedingt. Wie können auch die SIM-Karte rausnehmen und das Ding mit Alexanders Brecheisen zertrümmern.«

»Nicht nötig«, sagte Tanya, die bisher geschwiegen hatte. Die Blondine sah nicht mehr ganz so verschreckt aus, eher rachedurstig und energiegeladen, als ob sie ebenfalls die Nase voll hätte. »Ich kenne sein Passwort. Er ist so dumm, dass er überall dasselbe benutzt.«

»Du verdammte Schlampe«, schrie Ubbe und versuchte aufzustehen. Alexander drückte ihn unsanft in den Sessel zurück.

»Es lautet 696 969.« Tanya warf Ubbe einen schadenfrohen Blick zu.

Jacob gab das Passwort ein, und Simsalabim war er drin. Für einen kurzen Augenblick genoss er seinen Triumph. Er hatte es geschafft!

»Hat er auch USB-Speicher?«, fragte Alexander, während Ubbe wütete und brüllte wie ein wildes Tier. Benjamin war schon zur Tat geschritten und hatte sich in Ubbes Cloud eingeloggt. Blieb nur die Frage, wie lange sie Ubbe in Schach halten konnten und was passieren würde, wenn er wieder frei war. Er riss so heftig an seinen Fesseln, dass der Sessel knackte.

Tanya zeigte auf eine Schale auf einem Regal.

»Hure!«, brüllte Ubbe.

Jacob nahm den Stick. »Hat er noch mehr?«

»Nein, das ist alles«, sagte Tanya. Sie sah mit jeder Sekunde tougher aus und ignorierte Ubbes Gebrüll einfach.

»Hast du irgendjemanden, zu dem du gehen kannst? Hier kannst du nicht bleiben«, sagte Jacob, der sich um die Sicherheit der jungen Frau sorgte.

»Nee, jetzt kann ich dieses Arschloch endlich verlassen. Ich kann bei einer Freundin wohnen.« Mit dem zitternden Hund im Schlepptau näherte sie sich Ubbe und verpasste ihm einen wohlgezielten Tritt in den Schritt.

Jacob hatte wahrhaftig keine Spur Mitleid mit diesem Scheißkerl, aber dennoch konnte er den Tritt am eigenen Leib fühlen, und genau so erging es anscheinend auch Benjamin und Alexander.

»Versprichst du mir, dass ihr alles löscht?«, fragte sie Benjamin. Jacob fragte sich, ob Ubbe auch von ihr Filme hatte, und sein Hass auf ihn loderte erneut auf.

»Ich werde alles auf seinem Computer löschen, seine Cloud, alles. Und ich ändere alle Passwörter für E-Mail, seine Konten, die Cloud, einfach alles. Wenn ich hier fertig bin, ist seine digitale Existenz ausgelöscht«, sagte Benjamin. »Ziemlich üble Situation, übrigens. Wie in der Steinzeit.«

»Such alles zusammen, was du mitnehmen willst«, sagte Jacob zu Tanya und steckte den USB-Stick und das Handy in seine Hosentasche. Sobald Benjamin mit der Software fertig war, würde er die elektronischen Geräte in mikroskopisch kleine Einzelteile zerlegen. Sie einschmelzen, sie zertrümmern. Den Elektroschrott in der Gegend verteilen. Niemand würde ihn danach wieder zusammensetzen können.

»Ihr seid geliefert!«, brülle Ubbe wieder und zerrte an seinen Fesseln.

»Was für ein Geschrei«, sagte Alexander.

»Er hat auch noch von anderen Mädchen Filme«, sagte Tanya und zeigte auf den Computer. In diesem Moment gelang es Ubbe, sich aufrecht hinzustellen. Er rannte mit vorgestrecktem Kopf auf sie zu, wie ein angreifender Stier, wobei er immer noch an den klobigen Sessel gefesselt war. Jacob warf sich nach vorn, um Tanya zu schützen, Ubbe stieß mit ihm zusammen und beide gingen zu Boden. Jacob stürzte schwer und musste kämpfen, um sich von dem Gewicht des brüllenden Ubbe zu befreien.

»Aufhören!«, schrie eine Stimme. Kate stand auf der Schwelle.

»Nein! Geh!«, rief Jacob, wobei er sein Gesicht so gut es ging vor Ubbes Kopfstößen schützte.

Ubbe ruckte einmal fest, dann noch einmal, und die Kabelbinder rissen, und er war frei. Der Sessel krachte auf den Boden, und Ubbes große Hände schlossen sich in einem Würgegriff um Jacobs Hals. Das alles ging rasend schnell, im ganzen Raum herrschte Chaos und innerhalb weniger Sekunden wurde Jacob schwarz vor Augen. Er versuchte, sich zu befreien, hörte Benjamin und Alexander rufen und an Ubbe zerren. Dann ertönte ein dumpfes Geräusch, und der Würgegriff um seinen Hals lockerte sich. Schwer wie ein Sandsack brach Ubbe über ihm zusammen. Kate hatte Jacob gerettet, indem sie ihrem Feind einen Gegenstand über den Schädel gezogen hatte.

Sie warf den protzigen Fußballpokal von sich, sodass er über den Fußboden schlitterte. »Den habe ich schon immer gehasst«, keuchte sie. »Ist er tot?«, erkundigte sie sich dann.

Ubbe stöhnte, während Jacob sich losmachte und auf die Füße kam.

»Nein, er lebt.« Jacob wischte sich Blut aus dem Mundwinkel und betrachtete den kollabierten Torwart. Er hatte noch nie jemandem den Tod gewünscht, aber wenn Ubbe Kate etwas getan hatte, war er bereit, eine Ausnahme zu machen. Sie war zerzaust, verquollen und rotgeweint. »Bist du verletzt?«, fragte er besorgt.

Sie strich sich das Haar aus dem Gesicht. Ihre eine Wange war rot und geschwollen, die Unterlippe aufgeplatzt. »Hat er es geschafft, etwas hochzuladen?« Sie betastete vorsichtig ihre blutige Lippe und verzog das Gesicht. »Er wollte es gerade tun.«

»Nein.« Jacob schüttelte den Kopf, während er sie von oben bis unten musterte. Ihre Kleidung war heil, und sie schien sich nichts gebrochen zu haben. Sie war ziemlich gebeutelt und mitgenommen, aber nicht ernsthaft verletzt, entschied er.

Vor Erleichterung entspannte sich ihr Gesicht. »Dann geht es mir gut.«

»Was hat er dir angetan? Hast du Schmerzen?« Jacob legte ihr behutsam den Arm um die Schultern und versuchte, sie an sich zu ziehen, doch sie entzog sich ihm.

»Alles in Ordnung. Aber wir sollten abhauen, bevor er zu sich kommt.«

Jacob streckte noch einmal die Hand nach ihr aus. Aber jetzt war Kates Aufmerksamkeit auf Tanya gerichtet, die Benjamin gerade erzählte, dass es noch eine Datei mit einem Sexfilm gab, die er zerstören sollte. »Der Name ist Linn, Linn Tigris«, erklärte sie.

»Aram Tigris' Tochter?«, fragte Kate ungläubig. »Hat Ubbe einen Film mit ihr?«

Tanya nickte. »Ubbe hat uns gezwungen, miteinander Sex zu haben. Er hat es gefilmt. Sie hatte Kokain genommen und Angst, dass er sie auffliegen lassen würde. Und er hat sie gefilmt, wie sie, ja, du weißt schon, alles Mögliche getan hat. Sie hatte eine solche Angst, es war schrecklich, das mitanzusehen.«

»Verflucht. Wenn ihr Vater davon erfährt, wird er Ubbe umbringen«, sagte Kate. »Also, wirklich töten. Ubbe hat keine Ahnung, mit wem er sich anlegt. Diesen Mann möchte niemand zum Feind haben.«

Nach einem Nicken von Jacob kopierte Benjamin den Film mit Linn auf einen mitgebrachten USB-Stick und gab ihn dann Kate.

»Was soll ich denn damit machen?«, fragte sie voller Abscheu.

»Das ist unsere Lebensversicherung«, erklärte Jacob verbissen. Es war eine abstoßende Lebensversicherung, aber die Not kannte in diesem Moment kein Gesetz.

Kate zögerte, aber dann nahm sie den Stick an sich.

Vom Fußboden her stöhnte Ubbe. Alexander hatte die Zeit genutzt, um seine Arme und Beine hinter dem Rücken zu fesseln. Kate ging vor ihm in die Hocke und sah in sein rotes Gesicht. »Nur als freundliche Warnung: Googele Aram Tigris und den Krieg in Kurdistan. Wenn ich du wäre, würde ich gleich danach das Land verlassen«, sagte sie, und dann gab sie ihm eine schallende Ohrfeige.

Eine einzige, für alle Ohrfeigen, die sie von ihm bekommen hatte, dachte Jacob bitter. »Wir müssen hier weg«, sagte er dann, und sie verließen rasch die Wohnung und eilten die Treppen hinab. Erstaunlicherweise hatte niemand von den Nachbarn reagiert, keine Türen hatten sich geöffnet, und sie huschten hinaus in den Schnee, ohne einen einzigen Menschen zu Gesicht zu bekommen.

»Wie bist du hergekommen?«, fragte Jacob Kate, der immer noch nicht fassen konnte, dass sie das getan hatte. Was hatte sie sich dabei gedacht? Und warum war sie allein hergefahren, ohne ihn?

»Ich habe den Bus genommen.«

Herrgott noch einmal.

Sie rannten zu Alexanders Auto und quetschten sich hinein, Tanya auf dem Beifahrersitz zusammen mit dem Hund, der endlich zu bellen aufgehört hatte, aber trotzdem nicht besonders ruhig wirkte. Der Ärmste.

»Hast du Ubbes Kram?«, fragte Jacob. Ohne den würde er Tyresö nicht verlassen.

»Jep«, sagte Benjamin und klopfte auf die Tasche, die auf seinem Schoß lag.

»Dann fahren wir jetzt«, befahl Jacob.

Alexander stieg aufs Gas wie bei einem Autorennen.

Jacob nahm Kates Hand. »Es ist vorbei«, sagte er, während sie über die verschneiten Straßen rasten.

»Glaubst du das wirklich?«

»Nein, ich weiß es«, sagte er.

Sie biss sich auf die Lippe. »Es fällt mir schwer, das zu glauben.« Sie sah mitgenommen aus. Schockiert.

Er drückte ihre Hand. »Kate, du bist frei.«

»Ich kann es nicht glauben«, sagte sie und zog ihre Hand zu sich.

Jacob beließ es dabei. Er wünschte sich, dass sie sich sicher fühlte, aber das sollte in ihrem eigenen Tempo passieren. Er konnte sie zu nichts zwingen. Sie war jetzt frei. Frei, Entscheidungen zu treffen und zu tun, was sie wollte.

»Willst du sagen, dass er nicht dazu gekommen ist, etwas hochzuladen?« Es schien, als ob sie nicht daran zu glauben wagte. Also erklärte er ihr, was er sich überlegt hatte, was er getan und dass Nanna ihn angerufen hatte. »Sie hat sich Sorgen um dich gemacht.«

Nach einer Weile hielt Alexander an, um Tanya und den Hund an einer U-Bahn-Station abzusetzen. Kate stieg ebenfalls aus und sah ihr tief in die Augen.

»Kommst du zurecht?«, fragte sie, dieses Mal mit mehr Gefühl in der Stimme.

»Absolut.«

Als sie weiterfuhren, schwiegen sie, jeder in seine eigenen Gedanken versunken. Niemand jubelte, sondern es schien, als ob alle zu der Einsicht gelangt waren, dass das Leben ziemlich hart sein konnte. Jacob schielte zu Kate hinüber, die mit abgewandtem Gesicht aus dem Fenster sah. Er hatte gehofft, sie werde überglücklich sein, aber vielleicht war das unrealistisch. Als sie sich dem Zentrum näherten, gähnte Kate wiederholt hinter vorgehaltener Hand, als ob alle Kraft sie verlassen hätte.

»Sollen wir dich nach Hause fahren?«, fragte Alexander mit einem Blick in den Rückspiegel. »Wo wohnst du?«

»Nein, fahrt mich zum Club, ich habe noch zu arbeiten.«

»Kate ...«, wollte Jacob protestieren, doch ihr Blick ließ ihn verstummen.

»Es wäre aber bestimmt gut, wenn du dich von einem Arzt untersuchen lassen würdest.« Das hatte er sich nicht verkneifen können. Am liebsten hätte er sie zum Arzt begleitet oder hätte sie zumindest nach Hause gebracht, ihr geholfen, wäre für sie da gewesen.

Sie zog sich auf dem Rücksitz von ihm zurück, schuf einen Abstand zwischen sich und ihm, eine Distanz, die nicht nur physisch, sondern auch mental zu sein schien.

»Ich habe doch gesagt, ich muss arbeiten. Und ich muss das, was passiert ist, erst einmal verdauen. Ich bin nicht verletzt, Nanna kann mich verarzten. Das ist jetzt wirklich das geringste Problem. Lass mir Zeit, ich brauche jetzt etwas Raum«, sagte sie mit erstickter Stimme.

Er nickte, als ob er verstünde, aber in Wahrheit verstand er gar nichts, und in seiner Brust machte sich Kälte breit. Zeit wozu? Er hatte gehofft und geglaubt, dass jetzt, wo die Bedrohung durch Ubbe ausgeräumt war, nichts mehr zwischen ihnen stünde. Dass sie erkennen würde, wie stark sie zusammen waren. Doch er konnte ihr Verhalten und ihre Stimmung nicht nachvollziehen. Statt froh und erleichtert zu sein, schien sie … etwas anderes zu sein. Als ob sie sich mit jeder Sekunde weiter von ihm entfernte.

Dann fiel es ihm wie Schuppen von den Augen. Dass er daran nicht gedacht hatte! »Kate, du weißt, dass ich keine andere Wahl hatte, als es ihnen zu erzählen?«

Sie seufzte tief. »Bitte, Jacob, lass uns später darüber sprechen. Ich habe jetzt nicht die Kraft dazu.«

Alexander bog in eine Seitenstraße der Biblioteksgatan ein und hielt in der Nähe des Clubs.

Wieder seufzte Kate. Sie legte die Hand auf den Türgriff und stieg aus. Dann beugte sie sich ins Auto. »Vielen Dank euch allen. Ich bin euch wirklich dankbar, aber ich muss jetzt ein wenig allein sein. Entschuldigt bitte.« Sie blieb stehen und sah Jacob lange an. »Tschüs«, sagte sie dann in einem Ton, den er nicht deuten konnte, und schlug die Autotür zu. Er wusste, dass sie damit zu kämpfen hatte, dass ihr Geheimnis ans Licht gekommen war. Der Entschluss dazu war ihm nicht leichtgefallen, und jetzt fragte er sich, ob der Preis zu hoch war. Könnte ihn das Kates Vertrauen gekostet haben?

»Ist sie okay?«, fragte Benjamin.

»Ich weiß es nicht«, antwortete Jacob und sah ihr durch das Autofenster nach. »Ich habe keine Ahnung.«

## ~ 50 ~

»Natürlich musst du ihn zu dir einladen. Sofort. Gleich heute Abend«, hatte Betty nachdrücklich gefordert. Kate hatte sie am Morgen um ihren Rat gebeten, wie sie sich Jacob gegenüber verhalten sollte. All ihre Gedanken gingen wild durcheinander. Sie hatte die Situation nicht besonders gut gemeistert, das war das Einzige, dessen sie sich sicher war.

Betty hatte auffordernd mit den Fingern auf den Küchentisch getrommelt und stur ihre Reaktion abgewartet.

»Ich habe Angst«, hatte Kate schließlich zugegeben. Sie hatte Angst, dass Jacob sie nicht mehr sehen wollte. Sie befürchtete, dass sie alles kaputt gemacht und ihn zu oft von sich gestoßen hatte. Und sie hatte panische Angst, von ihm abgewiesen zu werden.

Betty hatte ihren Kaffee aus der Untertasse geschlürft, durch ein Stück Zucker hindurch, und gouvernantenhaft genickt. »Verstehe. Schließlich steht ja auch nur deine ganze Zukunft auf dem Spiel.«

Kate hatte ihr über den Küchentisch hinweg einen gequälten Blick zugeworfen. Diese boshafte Art sah Betty gar nicht ähnlich. »Wie kannst du mich so unter Druck setzen?«

Betty hatte sie mit einem ungewohnt stechenden Blick angesehen, einem Blick, in dem die komprimierte Weisheit von Jahrzehnten lag. »Damit du verstehst, dass es ernst ist. Du kannst dich nicht weiter vor deinem Mann und vor der Liebe verstecken. Und in deinem tiefsten Inneren weißt du das auch.«

Kate war sich wie ein widerspenstiger Teenager vorgekommen. »Ich hatte im Club viel zu tun.«

»Pah.«

»Aber woher willst du wissen, dass es Liebe ist?«, hatte sie geschmollt. »Es fühlt sich eher wie eine Krankheit an, vielleicht brüte ich eine Grippe aus.« Am Wochenende bei der Arbeit hatte sie sich nicht konzentrieren können. Ihr war übel gewesen. Sie hatte keinen Appetit gehabt, und ihr war alles langweilig vorgekommen. Alle paar Sekunden hatte sie auf ihr Handy geschaut. Okay, vielleicht doch keine Grippe.

Betty ließ es nicht zu, dass sie sich drückte. »Du liebst ihn«, hatte sie festgestellt und sich mit entschlossenem Gesichtsausdruck über den Tisch gebeugt. »Und du bist *dumm*, Kate, wenn du dir das nicht gönnst, nur weil du Angst hast. Du bist doch nicht feige. Du bist mutig.«

Seit sie Jacob im Auto hatte sitzen lassen, war ihr total elend zumute. Immer, wenn sie daran dachte, wie schlecht sie ihn behandelt hatte, verspürte sie einen Stich. Er hatte so viel mehr verdient. Aber sie hatte nicht klar denken können, dafür war zu viel auf einmal passiert, und sie hatte einfach abgeschaltet. Dass Jacob aufgetaucht war und alles geregelt hatte, hatte sie aus dem Gleichgewicht gebracht. Noch nie hatte sie so viel Hilfe erhalten, und sie wusste nicht, wie man so etwas annahm und dann mit dem daraus folgenden Ungleichgewicht klarkam. Darum hatte sie dort auf dem Rücksitz gesessen und sich gefühlt, als würde ihr die Luft abgeschnürt. Sie war richtig panisch gewesen. Und das nur, weil Jacob etwas Heroisches getan und sie von Ubbe befreit hatte. Konnte man so gestört sein? Die ganze Welt schien aus den Fugen geraten, als sie versuchte, das Geschehene zu verstehen. Zu allem

Überfluss hatte Jacob sie im Auto so voller Hoffnung und Erwartung angeblickt, während sie Zeit brauchte, um alles zu verarbeiten. Sie brauchte Raum und musste einen Weg finden, wie sie der erdrückenden Dankbarkeit entkam. Wie gesagt. Sie war gestört.

Seitdem hatte sie das Ganze immer wieder durchgekaut und sich daran abgearbeitet, während sie gleichzeitig geschuftet hatte wie ein Pferd. Am Wochenende war Queerclub in der *Bar Noir* gewesen und es war wild zugegangen, also hatte sie sich in die Arbeit gestürzt und alles andere auf die lange Bank geschoben, wie ein echter Feigling. Betty hatte aber recht. Sonst war sie mutig. Sie hatte Ubbe die Stirn geboten und war von sich selbst beeindruckt. Und vielleicht musste sie ja auch nicht alles allein schaffen. Was, wenn sie hin und wieder einmal Hilfe und Unterstützung annehmen könnte, ohne sich deshalb gleich unselbstständig und zutiefst in der Schuld anderer zu fühlen? Vielleicht konnten sie sich ja sogar gegenseitig unterstützen? Nicht, dass sie Jacob etwas zu geben hätte, dachte sie schwermütig. Er hatte doch alles. Er besaß Geborgenheit, eine liebevolle Familie, eine gute Ausbildung, war finanziell abgesichert und hatte ein gutes Leben. Er könnte jede haben.

Ihre Gedanken wanderten noch einmal zu dem morgendlichen Gespräch zurück, in dem sie Betty schließlich um Verzeihung gebeten hatte, weil sie sie in den Schlamassel mit hineingezogen hatte.

»Ich wünschte nur, du hättest dich mir anvertraut«, hatte Betty ihr kummervoll entgegnet.

»Ich hatte eine solche Angst, dass du deine gesamten Investitionen verlieren könntest«, hatte sie hervorgestoßen, wo sie nun schon einmal dabei war und all ihre dunklen und beschämenden Geheimnisse ausplauderte.

Betty hatte die Untertasse abgestellt. »Kate, ist dir nicht klar, dass dir das Geld längst gehört? Ich habe dir schon vor langer Zeit alles, was ich besitze, in meinem Testament vermacht. Du wirst es gut verwalten.«

»Aber das ist zu viel.« Da war es wieder. Das Ungleichgewicht. Sie versuchte, gegen die Panik anzuatmen.

»Überhaupt nicht.«

»Bitte, Betty, du darfst nicht sterben.«

»Nein, keine Gefahr. Jedenfalls nicht, bevor ich mit meiner neuesten Stickerei fertig bin. *Manchmal braucht man nur zwei Dinge, Kaffee und einen Schwanz*«, hatte sie geantwortet, ihr die Wange getätschelt und sie aus ihrer Küche und ihrer Wohnung geschoben. »Mach dir keine Sorgen um mich oder um das Geld, das wird sich schon finden. Geh jetzt nach oben, ruf deinen Kerl an und klär das, bevor es zu spät ist.«

»Glaubst du, das klappt?«, hatte Kate sie gefragt.

»Sicher, aber mach dich hübsch. Zieh einen Push-up-BH an, und du wirst sehen, dass alles gut wird.«

Kate hatte die Augen verdreht, war dann aber zu sich nach oben gegangen und hatte Jacob eine Nachricht geschickt, ob er sie treffen wolle. Die Antwort kam sofort.

JG: *Wir müssen reden.*

Und hier war sie nun. Nervös. Unruhig. Aber sehr hübsch, denn sie hatte ganz tief in die Trickkiste gegriffen. Sie hatte ein geschmackvolles Strickkleid herausgesucht, das ein einladendes Dekolleté machte. Es war aus weicher Schafwolle, und diese Weichheit brauchte sie heute. Sie trug die Haare offen und hatte sich nur ganz leicht geschminkt. So wollte sie Jacob gegenübertreten, offen und verwundbar, mit diskretem Schmuck und Lipgloss und ihrer Verliebtheit. Das war ohne Übertreibung das Beängstigendste, was sie je getan hatte. Gleichzeitig fühlte sie sich stärker als je zuvor. Sie wollte ihm sagen, dass sie ihn liebte, auch wenn es vielleicht schon zu spät war. Seit dem Debakel in Tyresö hatten sie sich nicht mehr gesehen, und sie wusste nicht, wie sie zueinander standen. Das war ganz allein ihre Schuld, bedauerlicherweise. Betty hatte recht. Manchmal war sie einfach zu dämlich. Was, wenn Jacob glaubte, dass er ihr egal war, wenn ihre Kälte ihn so verletzt hatte, dass er sie aufgegeben hatte? Es hatte sich so angefühlt, als ob sie einander ihre Liebe erklärt hätten, aber in Wahrheit hatte keiner von ihnen beiden diese Worte ausgesprochen. Und Worte waren wichtig.

Es klingelte an der Tür, und sie atmete tief durch. Jetzt war es so weit. Ihre ganze Zukunft stand auf dem Spiel.

Als sie öffnete, machte ihr Herz einen Sprung. Shit, er sah so gut aus. Früher einmal hatte sie Jacob für langweilig und uninteressant gehalten. Jetzt konnte sie kaum normal atmen, wenn sie ihn sah. Die Liebe machte offenbar auch das mit einem, machte aus Jacob den heißesten, attraktivsten Mann der Welt. Und verwandelte sie selbst in ein albernes Mädchen, das Herzchen auf Servietten zeichnen wollte, das seine Hemden tragen und so tun wollte, als spiele sie in einer romantischen Komödie mit, und das die ganze Zeit nur über ihn reden wollte. Doch die Liebe machte sie auch zu einer Löwin, zu einer Frau, die für diesen Mann kämpfen würde.

Er trug eine schwarze Hose und einen eng anliegenden dunkelgrauen Strickpullover mit rundem Ausschnitt. Kein Anzug oder Schlips in Sicht. Außerdem sah er sehr ernst aus. Da war so viel zwischen ihnen, das fühlte sie. Vielleicht zu viel. Das Herz schlug ihr bis zum Hals. Sie konnte seinen Gesichtsausdruck nicht deuten, und sie, Kate Ekberg, wurde unter seinem Blick verlegen. Urplötzlich wusste sie nicht mehr, wie sie sich begrüßen sollten.

»Kate«, sagte er förmlich.

Er klang so sehr nach Jacob, steif und seriös, dass sie grinsen musste, trotz der Schmetterlinge im Bauch. Sein brennender Blick verweilte auf ihrem Mund mit diesem Hunger, den sie schon kannte. Also war er doch nicht ganz unberührt. Das wollte sie als gutes Zeichen nehmen.

»Komm rein«, begrüßte sie ihn, denn es schien nicht der richtige Moment für Umarmungen oder Küsse zu sein.

Er betrat ihre Wohnung und erfüllte sie mit seiner Anwesenheit und seinem Duft und mit allem, was Jacob war: einer überwältigenden Integrität. Sie war nervös, und das war sie sonst bei Männern nie. Das fühlte sich gar nicht gut an, musste sie feststellen. Falls Jacob nur hergekommen war, um sie abzuservieren, würde sie ihre Schränke plündern und sich mit allem volllaufen lassen, was sie finden konnte. Das wäre typisch Jacob, von Angesicht zu Angesicht mit ihr Schluss zu machen. Aber sie würde sich nicht ohne Kampf in die Wüste schicken lassen. Sie richtete ihr Dekolleté und führte ihn ins Wohnzimmer. »Möchtest du etwas trinken?«, erkundigte sie sich höflich und hörte, dass ihre Stimme etwas atemlos klang. Reiß dich zusammen, Kate.

»Nein, danke«, sagte Jacob, lehnte sich im Sofa zurück und streckte die Beine aus.

Sie setzte sich ihm gegenüber in ihren Sessel, schlug die Beine übereinander und bemühte sich, entspannt zu wirken.

»Ich hätte mich schon eher gemeldet«, begann Jacob ruhig. »Aber ich wollte erst konkrete Informationen vorweisen können. Du brauchst keine Angst mehr vor Ubbe zu haben. Er hat das Land verlassen, vermutlich für immer. Daran, dass er einige Filme schon hochgeladen hatte, war leider nichts mehr zu ändern. Ich habe es wirklich versucht, aber ich verstehe, wenn du enttäuscht bist.« Er wirkte verzweifelt, als ob er wirklich der Meinung wäre, dass er das Unmögliche hätte leisten müssen: etwas aus dem Internet zu löschen.

Kate hatte in den vergangenen Tagen keinen einzigen Gedanken an Ubbe verschwendet, sondern sich ganz auf Jacob konzentriert. Sie war nicht einmal auf die Idee gekommen, dass Jacob sich deshalb Sorgen machen könnte. Er war einfach so wundervoll. Sie spürte ein Brennen in Augen und Nase und biss sich auf die Lippen, um nicht loszuheulen.

»Jacob«, sagte sie nur.

»Verzeih mir, Kate. Ich wünschte, ich hätte mehr tun können. Er wird keine Strafe erhalten für das, was er dir angetan hat. Eigentlich gehört er ins Gefängnis. Und dein Geld ist wohl auch weg. Es tut mir so leid.«

Sie rutschte in ihrem Sessel herum und betrachtete ihre Hand. Jacob hatte sie gerettet, sie befreit, und jetzt saß er hier auf ihrem Sofa und entschuldigte sich dafür, dass es ihm nicht gelungen war, einen Film von einer Pornoseite zu löschen. Einen Film, an den sie schon gar keinen Gedanken mehr verschwendete. »Ich glaube, enttäuscht ist nicht das richtige Wort«, sagte sie sanft.

Er legte einen Fuß auf sein Knie, nahm ihn dann aber wieder herunter.

»Ich habe gehört, dass du Tanya eingestellt hast«, sagte er dann.

Sie nickte. Sie hatte der jungen Frau einen Job als Kellnerin im Club gegeben. Um ehrlich zu sein, war Tanya nicht besonders tüchtig, aber es fühlte sich trotzdem richtig an.

»Du bist so fürsorglich«, sagte er.

Sie hätte beinahe geschnaubt. »Ich? *Ich* bin fürsorglich? Du bist doch derjenige, der fürsorglich ist.«

Jacob machte nur eine abwehrende Kopfbewegung.

Kates Gedanken überstürzten sich. Wie konnte er nur so wundervoll sein? Sie öffnete den Mund, um ihm das zu sagen, doch er fiel ihr ins Wort.

»Warum hast du mich nicht um Hilfe gebeten?«, fragte er mit verhaltener Traurigkeit in der Stimme.

Sie schmolz einfach dahin. Sie liebte diese tiefe, ernste Stimme. Es war, als würde Jacob niemals etwas Unüberlegtes sagen.

»Warum wolltest du meine Hilfe nicht?« Seine stahlgrauen Augen sahen sie nahezu verzweifelt an, und sie wurde von ihren Gefühlen überwältigt. So hatte sie das noch gar nicht gesehen.

Sie beugte sich vor. »So mache ich das einfach. Ich bin schon immer allein zurechtgekommen, und es fällt mir unglaublich schwer, um Hilfe zu bitten oder Hilfe anzunehmen. Das stresst mich total, und es kommt mir vor, als würde ich dem anderen etwas schulden, was ich sofort begleichen oder besser noch überkompensieren muss.«

»Du meinst, wenn du meine Hilfe annähmst, würdest du in meiner Schuld stehen?« Er klang nicht gerade froh.

»Ja«, sagte sie und strich sich über die Knie. Wenn er es aussprach, hörte sie ja, wie verrückt es klang. Sie hatte kein Problem damit, Sex, Essenseinladungen oder Geschenke anzunehmen, aber wenn es um etwas ging, das sie dringend nötig hatte, fiel es ihr schwer.

Er schwieg lange, als müsse er ihre Worte erst verdauen. Auch das liebte sie an ihm: dass Jacob nachdachte, bevor er etwas sagte.

»Ich weiß, dass das gestört ist«, fügte sie nervös hinzu, weil er schwieg. Er hatte genug von ihrer verrückten Art, wie sie mit aufsteigender Panik erkannte. »Jacob, es hatte nichts mit dir zu tun, nur mit meinen eigenen Problemen. Und dann habe ich mich für das geschämt, was ich in eine Beziehung mitbringe. Wenn du mich überhaupt haben willst. Denn was solltest du auch mit einer zynischen und ungebildeten Nachtclubkönigin anfangen.« Sie *musste* aufhören zu schwafeln.

Jacob lehnte sich über den kleinen Couchtisch, der zwischen ihnen stand. »Wir haben wohl unterschiedliche Ansichten darüber, was du in einer Beziehung zu geben hast«, sagte er langsam. Sie hatte keine Ahnung, was er damit meinte. Wie, unterschiedliche Ansichten? Oh Gott, bitte verlass mich nicht, dachte sie. Sie war ganz zittrig, hatte verschwitzte Hände, und ihr Herz pochte. Nicht besonders angenehm.

»Wie ist es eigentlich mit Amanda gelaufen?«, wechselte sie blitzschnell das Thema, weil sie nicht bereit für eine Zurückweisung war. Sein Treffen mit der sagenumwobenen Ex-Frau hatte sie belastet. Was, wenn er sich danach sehnte, wieder mit Amanda zusammenzukommen? Was, wenn Amanda ihn zurückhaben wollte? Aber dann hätte er es doch wohl nicht mit Ubbe aufgenommen? Oder hatte er das aus Pflichtgefühl getan? Ahrrrg. Sie wurde noch verrückt.

»Es ist gut gelaufen. Du wärst mit mir zufrieden gewesen.«

»Wie schön«, sagte sie halb erfreut, halb rasend vor Eifersucht. Auch das war ein neues Gefühl: Eifersucht. Grässlich.

»Ich habe auch Olivia getroffen.«

»Wirklich?« Aha, er und Amanda und ihre Tochter würden also wieder eine glückliche Familie sein, darauf könnte sie wetten.

»Sie sind jetzt wieder zu Hause.« Er wirkte ein wenig traurig, und ihr Herz setzte aus.

»Wie fühlt sich das an?«, fragte sie, denn sie wollte auf keinen Fall, dass Jacob traurig war.

»Es ist natürlich traurig, die ganze Angelegenheit ist betrüblich. Aber das Treffen ist viel besser gelaufen, als ich zu hoffen gewagt hätte. Es fühlt sich … klar an.«

»Du hast dich verändert.«

Das stimmte. Jetzt sah sie es. Jacob hatte klarere Konturen, einen geraderen Rücken, und er war weniger traurig als damals, als sie in der Bank zum ersten Mal miteinander gesprochen hatten. Das war kaum zwei Monate her, fühlte sich aber wie ein ganzes Leben an. Es gab ein ganz deutliches *Bevor* und ein *Nachdem* Jacob in ihr Leben getreten war. Sie streckte ihm die Hand entgegen, und nach einem kurzen Zögern ergriff er sie, sodass sie seine Hand drücken konnte. Sie würde ihn nicht mehr loslassen. Nie mehr.

»Kate. Ich wollte stark für dich sein, das war das Einzige, was für mich gezählt hat, ich habe mich so schwach gefühlt.«

»Aber du bist doch stark, und zwar da, wo es drauf ankommt, innen drin.« Er war stark wie eine zweihundertjährige Kiefer. Unerschütterlich wie ein Fels und stabil wie ein unsinkbares Schiff.

Er schüttelte den Kopf, als ob sie Blödsinn redete. »Meine Familie zu verlieren hat mich zerstört. Zehn Jahre lang war ich vollkommen am Boden. Das ist nicht besonders stark, Kate.«

»Aber Menschen sind verschieden und trauern auf unterschiedliche Art und Weise. Du hast diese Zeit gebraucht.« In ihren Augen war er ein Mensch, der tief und aufrichtig liebte. Ein loyaler und beständiger Mann. Sie konnte sich keine besseren Eigenschaften vorstellen.

»Vielleicht hast du recht, das hast du häufig. Auch wenn du nicht zu verstehen scheinst, was ich für dich empfinde.«

Sie schluckte krampfhaft. Jetzt ging es ums Ganze. »Was empfindest du denn für mich?« Sie versuchte, das in einem entspannten und scherzhaften Tonfall zu sagen, aber es klang eher abgekämpft und ängstlich.

»Kate, mir fehlen die Worte, um auszudrücken, was ich empfinde«, sagte er und fasste ihre Hand noch fester.

Jetzt hämmerte ihr Herz so wild, dass es in ihren Ohren rauschte. »Nicht? Willst du es nicht versuchen?«

Er schüttelte langsam den Kopf, liebkoste ihre Finger und die hellrosa Nägel. »Es ist, als hätte ich mehr Gefühle, als hier drinnen Platz finden.« Er legte seine andere Hand auf sein Herz. Sein warmes, gutes Herz. »Ich bewundere deinen Mut und deine Kraft, dass du das Leben anpackst, das inspiriert mich und weckt in mir den Wunsch, besser zu werden, sodass ich dir auf Augenhöhe begegnen kann.«

Er hob ihre Hand und küsste ihren Zeigefinger. »Ich will wissen, wo du in Gedanken bist, damit ich dir dorthin folgen kann.« Er küsste den nächsten Finger und noch einen, während er weitersprach: »Ich will wissen, worüber du dir Sorgen machst, wofür du brennst, was du brauchst, um glücklich zu sein, und wie ich dir helfen kann, das zu bekommen. Ich will dir zuhören und von dir lernen. Ich will sehen, wie du dich entwickelst, und spüren, dass du dir dasselbe für mich wünschst.«

Ein Teil von ihr wollte einfach nur zu einer Kate-Pfütze auf dem Fußboden zerschmelzen. Dies alles war mehr, als sie zu hoffen gewagt hatte.

»Ich hatte ja keine Ahnung.«

»Nein?«

»Du hast erwähnt, dass wir sehr verschieden sind. Mehrfach«, erklärte sie und erinnerte sich daran, wie sie den Zweifel in seinen Augen gesehen hatte und wie ihre Unterschiede ein Problem zu sein schienen.

»Ja«, pflichtete er ihr bei. »Früher dachte ich, dass das ein Hindernis wäre, wenn zwei Menschen so unterschiedlich sind. Aber so geht es ja vielen. Jetzt glaube ich eher, dass wir einander ergänzen. Durch dich wachse ich und traue mich, dir zu sagen, was ich fühle. Ich liebe dich, Kate.«

»Aber warum?«, fragte sie heiser und konnte nicht glauben, dass sie so viel Liebe verdient hätte.

»Warum? Darum. Weil du die Letzte bist, mit der ich abends sprechen möchte, und die Erste, an die ich beim Aufwachen denke. Weil ich den Duft deines Parfüms in meinen Kleidern spüre, wenn wir einen Tag zusammen verbracht haben. Weil unser Sex sich so anfühlt, als hätten wir zwei den Sex überhaupt erst erfunden. Weil ich ohne dich nur halb bin. Weil ich mit dir ich selbst bin. Weil ich mit dir glücklicher bin als je zuvor.«

Oh.

Sie sah ihn an und nahm all seine Einzelheiten in sich auf. Das ernste Gesicht. Das große Herz. Die Loyalität und Stabilität. Der Mann, der als Prinz auf dem weißen Pferd nach Tyresö geritten war, um für sie zu kämpfen.

Sie war so schrecklich in ihn verliebt, sie liebte ihn mit ihrer Seele, ihrem Körper, ihrem Herzen.

»Ich weiß, dass du Angst vor Heimlichkeiten hast«, sagte sie atemlos. »Du kannst mich fragen, was du willst, ich habe keine weiteren dunklen Geheimnisse vor dir. Nur gewöhnliche, alltägliche. Ich bin noch nie untreu gewesen. Dass ich keine Spaziergänge mag, weißt du schon. Ich bin wohl ein Workaholic, und ich kann nicht kochen, und meine Mutter ist alkoholabhängig. Aber das ist auch schon alles.«

Er zog sie vom Stuhl hoch und lockte sie zu sich auf das Sofa. Sein Blick war warm und liebevoll. »Irgendwie verliebe ich mich jeden Tag noch ein bisschen mehr in dich. Warum erscheinen mir Worte zu schwach für das, was ich fühle?«

»Ich will auch ein besserer Mensch werden«, sagte sie, wo sie nun schon einmal ehrlich und verletzlich waren. Sie bewegte sich unruhig und spürte seine Körperwärme. Sie hatte sich zu der Erkenntnis durchgerungen, dass sie sich manchmal hinter ihrer Arbeit versteckte. Sie liebte den Club und die Arbeit dort immer noch, aber vielleicht war das nicht der alleinige Sinn des Lebens.

»Das ist unmöglich. Du bist perfekt.«

Sie musste lachen. Sie war so weit entfernt von perfekt, wie man nur sein konnte, aber sie liebte es, sich selbst durch seine Augen zu sehen: stark, smart und liebenswert. Kate war daran gewöhnt, dass Männer sie anschmachteten, doch sie wollten nicht *sie* haben, nicht die, die sie wirklich war. Sie wollten die Fassade, das Abenteuer. Schon mehrere Männer hatten ihr gesagt, dass sie sie liebten, aber sie hatten sie nicht *gekannt*. Sie hatte ihr Inneres auch nur selten gezeigt, weil sie nicht glaubte, dass sie viel zu bieten hatte. Außerdem war sie nachtragend. Selbstverliebt. Ungebildet. Aber Jacob kannte sie und wusste viel über sie und sah sie *trotzdem* so respektvoll und zärtlich an. Sagte ihr, dass er sie liebe. Küsste sie lustvoll. Darum wollte sie seiner auch wert sein, ihr bestes Ich sein, sie wollte ihm die beste Kate geben.

»Ich liebe dich, Jacob«, sagte sie ernst. Diese Worte hatte sie noch nie zu einem Mann gesagt. »Ich liebe dich.«

»Und ich liebe dich. Und ich werde dich auf alle denkbaren und undenkbaren Arten befriedigen. Wie klingt das?«

Sie küsste ihn, ein langer, lang ersehnter Kuss. »Nur, wenn ich dasselbe auch für dich tun darf«, sagte sie heiser. Am liebsten würde sie sofort damit anfangen.

»Klingt für mich nicht schlecht.« Jacob entwand sich ihr und berührte ihr Gesicht, ihre Stirn, ihren Mund. »Ich muss dir eine Frage stellen, meine geliebte Kate. Eine wichtige Frage.«

Sie hatte Schmetterlinge im Bauch. Hilfe. Noch nie hatte jemand ihr einen Heiratsantrag gemacht, sie war sich nicht einmal sicher, ob das noch üblich war, aber es klang jedenfalls so, als ob er genau das vorhätte. Ihr Haut brannte, und ihr Puls schlug im Stakkato.

»Kate?«

»Ja«, sagte sie atemlos. Sie versuchte, ihre Gesichtszüge zu ordnen und in sich hineinzuhorchen, was sie fühlte. Wollte sie überhaupt heiraten? Einen Mann, den sie erst seit zwei Monaten kannte? Sie hatte sich gerade erst an den Gedanken gewöhnt, eine Beziehung mit ihm zu haben. War das nicht genug? Ihr wurde schwindelig.

»Kate Ekberg. Willst du dir einen Hund mit mir teilen?«

Sie starrte ihn an. Er sah vollkommen ernst aus. »Einen Hund?«, fragte sie tonlos.

Jacob ließ sie los, stand auf und ging in den Flur hinaus. Kate hörte, wie er die Treppen hinunterlief und dann zurückkam, Ubbes Schäferhund im Schlepptau. Er hatte eine Schleife um den Hals und blickte sich neugierig um.

Kate streckte ihre Hand aus, und der Hund kam vorsichtig zu ihr, schnupperte an ihren Händen und ließ sich hinter dem Ohr kraulen. Sie hatte so oft an dieses schöne Tier gedacht, aber nicht wirklich gewagt, sich bei Tanya nach seinem Schicksal zu erkundigen.

»Sie braucht ein Zuhause. Einen Hund zu haben bedeutet eine große Verantwortung, aber ich dachte, wir könnten sie uns vielleicht teilen?«

Gemeinsames Sorgerecht.

»Und ich dachte, du wolltest mir einen Antrag machen«, sagte sie. Es fühlte sich an, als wäre ihr Körper voller Kohlensäure, albern und prickelnd und froh. Sie ließ den Hund ihr Kinn lecken. Was für ein wunderbares Tier. Viel Arbeit, Verantwortung und all das, aber sie hatte es so vermisst, einen Hund zu haben. Und was für eine clevere Idee, ihn zu teilen. Betty wollte sicher auch helfen.

Dieser Hund würde eine kleine Familie bekommen. Eine Familie, die nicht brüllte und schlug und demütigte.

»Möchtest du das? Dass ich dir einen Antrag mache? Wir sind noch gar nicht so lange zusammen.«

»Weiß nicht.« Sie streichelte wieder den Hund und überlegte, welcher Name zu diesem mageren Jungtier mit dem Hängeohr passen würde. Vielleicht war sie ein klitzekleines bisschen enttäuscht, weil Jacob ihr keinen Antrag gemacht hatte. Aber sie würde sich das nicht anmerken lassen, dachte sie und kraulte den Hund im Nacken. Oder? Vielleicht sollte sie es einmal ausprobieren, sich sowohl ehrlich als auch verletzlich zu zeigen?

»Kann schon sein«, gab sie zu. Aber er war ja nicht verpflichtet, ihr einen Antrag zu machen. *Sie* konnte das auch tun. Später. Er hatte schon so viel getan. Die Zukunft würde zeigen, was sich entwickelte. Aber sie liebte Jacob, da war sie sich absolut sicher. Sie stand auf und küsste ihn. »Ich liebe dich. Und ja, ich möchte mir gern einen Hund mit dir teilen.«

Sie schlang ihm die Arme um den Hals, presste sich an ihn und spürte, wie die Lust sie in Brand setzte. Das würde etwas Gutes werden.

*Einige Monate später*

Der Samstag war so grün und zart, wie es nur im Frühsommer möglich war. Nach mehreren verregneten und windigen Tagen hatte eine strahlende Sonne beschlossen zu scheinen, und vereinzelte wattweiße Wolken segelten über einen ansonsten klaren blauen Himmel. Schwalben schossen wie kleine Speere durch die Luft, der Flieder blühte in lilafarbenen Dolden, und es duftete nach Sommer und Zukunftshoffnung. Die Kirche war nichts Besonderes, ein ganz gewöhnlicher, gut hundert Jahre alter Steinbau in einem ganz gewöhnlichen Vorort. Sie hatten sich für eine kleine Feier entschieden, mit ungefähr zehn Gästen – nur die Menschen, die ihnen am allernächsten standen. Beim Empfang danach würde natürlich kein Alkohol ausgeschenkt werden: Das verstand sich von selbst.

Kate atmete tief ein. Sie war glücklich. Ein Gefühl ohne jede Ironie. Und genauso fühlte sich das auch an: wie Glück. Nicht himmelhochjauchzend, sondern eher wie ein ruhiger Fluss.

»Bist du nervös?«, fragte sie.

»Ein bisschen.« Mia-Lotta lächelte.

»Wie ist das für dich?«, flüsterte Jacob in Kates Ohr, als er zu ihnen trat, nachdem er ein letztes Mal mit der Pfarrerin gesprochen hatte.

Kates Blick blieb an seinen sonnengebräunten Händen hängen. Vor einigen Wochen hatten sie einen kurzen Strandurlaub gemacht, um zu feiern, dass das *Kate's* nach Monaten harter Arbeit endlich wieder schwarze Zahlen schrieb. Sie hatte das Nichtstun am Strand circa achtundvierzig Stunden lang ausgehalten, während Jacob sich einen hübschen Sonnenbrand zugelegt hatte. Und das, obwohl sie so viel Zeit auf dem Hotelzimmer verbracht hatten, dachte sie mit einem unanständigen Grinsen, während sie ein Blatt aus ihrem grün-weißen Sträußchen zupfte. Ja, sie war unersättlich.

»Wenn man sich überlegt, was sonst noch alles passiert ist, erscheint es mir irgendwie logisch«, sagte sie und verschlang ihn weiter schamlos mit den Blicken. Da sie heute nicht die Hauptperson war, konnte sie ihren Kerl ansehen, so viel sie wollte.

Mia-Lotta und Nanna waren diejenigen, die sich heute in der weißen Kirche das Ja-Wort geben wollten, sie waren Braut und Braut, und Kate war lediglich eine Randfigur, die ihren Jacob so sehr liebte, dass ihr das Herz überging. Und er liebte sie. Alles andere war nicht so wichtig. Noch nie hatte sie eine solche Ruhe und Zuversicht gespürt. Sie waren zusammen, alles andere waren Nebensächlichkeiten.

Dass ihre Mutter bisexuell und im Geheimen mit ihrer engsten Mitarbeiterin zusammen war – das hatte Kate allerdings *nicht* kommen sehen.

»Dass du das geahnt hast«, sagte sie zu Jacob und berührte seinen Krawattenknoten. Sexy, dachte sie zerstreut. Es war, als könne ihr Gehirn überhaupt nur verruchte Gedanken denken, wenn sie ihn sah. Vielleicht könnte sie ihn nachher mal kurz mit seinem Schlips fesseln und sich ein wenig über seinen schönen Körper hermachen. Ein guter Plan.

»So bin ich. Randvoll mit emotionaler Intelligenz«, sagte er zufrieden und küsste sie, sodass sie sich mit dem ganzen Körper an ihn presste. So war es zwischen ihnen. Ein Blick, eine Berührung, ein Kuss, und es war wieder so weit. Ein wenig außer Atem, warm und kichernd, entzog sie sich ihm.

»Hört sofort mit dem Gerede auf«, erklang plötzlich Bettys Stimme laut und deutlich aus einer der vorderen Kirchenbänke. Parvin und einige Mitglieder von Nannas Familie schauten neugierig zu ihr hinüber. Kates Großmutter beugte den Kopf.

»Betty ist ziemlich hart zu deiner Großmutter«, wisperte Jacob.

»Genau, was Oma braucht«, befand Kate.

Ihre Großmutter hatte die Homosexualität ihrer Tochter und die Veränderungen, die sie durchgemacht hatte, nicht gut aufgenommen. Doch mit der Zeit hatte sie sich daran gewöhnen müssen. Nicht zuletzt dank Betty, die die Aufgabe übernommen hatte, sie in regelmäßigen Abständen zurechtzuweisen. »Hör auf, dich zu beklagen«, war ihre liebste Ermahnung, gleich gefolgt von

»Sag, was du sagen willst, statt vor dich hin zu brummeln. Das nervt.«

Jacob gab Kate einen letzten, raschen Kuss. »Ich setze mich zu ihnen hinüber, damit sie sich nicht an die Gurgel gehen.«

»Danke.« Sie blickte ihm nach. Was hatte sie doch für ein Glück gehabt!

Die Pastorin war unterwegs, der Organist wärmte sich auf, und die wenigen geladenen Gäste nahmen in den Kirchenbänken Platz. Als Letzte schlüpften Siri Stiller und ihre Rebecca durch die Tür und glitten wie glamouröse Gazellen auf ihre Plätze hinter Nannas Familie. Kate betrachtete das Brautpaar. Beide trugen weiße Kleider. Mia-Lottas war eine bezaubernde Kreation mit viel Spitze am Rock, die die Schultern freiließ, sodass ihr neues Tattoo zu sehen war. Ihre Mutter hatte sich im Laufe der Jahre zahlreiche mehr oder weniger geglückte Tattoos stechen lassen, doch dieses war neu und anders. *Born this way*, stand dort, und Kate war unheimlich stolz darauf, eine Mutter zu haben, die mit einem für alle sichtbaren Lady-Gaga-Zitat auf der Schulter heiratete. Nanna trug ein glänzendes Vintage-Kleid aus Duchesse, eine fantastische Kreation von Stella Wallin, die Kate einer anderen Kundin vor der Nase weggeschnappt hatte. Diese Einzelstücke waren enorm gefragt, aber es war Nannas größter Wunsch gewesen, in einem Stella-Wallin-Kleid zu heiraten, darum hatte Kate alles darangesetzt, ihr eines zu besorgen. Manchmal zahlte es sich aus, einen Dickschädel zu haben.

»Du bist sehr hübsch, Mama«, sagte Kate.

Mia-Lotta trug einen Kranz aus roten Röschen in ihren kurzen blonden Haaren, und sie hatte Tränen in den Augen. »Du auch, meine wunderbare Tochter.«

Kate drehte sich in ihrem dunkelrosa Tüllrock. Sie war Brautjungfer und hatte glücklicherweise ihr Kleid selbst aussuchen dürfen. Sie liebte ihre Mutter, definitiv, aber ihre Geschmäcker waren, vorsichtig ausgedrückt, unterschiedlich.

»Du bist auch hübsch, Nanna«, sagte Kate.

Nanna trug großen Silberschmuck und ein zierliches silbergrünes Diadem in ihren fantastischen Haaren. Das Diadem war von einem der exklusivsten Silberschmiede Schwedens ausgeliehen. Nanna war so schön, dass es Kate ins Herz schnitt.

»Du darfst mich jetzt Mama nennen, das weißt du.«

»Ja, das hast du erwähnt, aber das passiert nur über meine Leiche. Ich bin immer noch deine Chefin.«

»Und meine Freundin.«

Kate umarmte sie. »Immer.«

Ihre Mutter hatte offenbar immer schon gewusst, dass sie bisexuell war. Auch wenn sie es mithilfe all ihrer Männer gut vertuscht hatte.

»Männer sind nicht ganz so anstrengend. Und dann war da noch Oma. Kannst du dir Omas Reaktion ausmalen?«, hatte Mia-Lotta gesagt, als sie und Nanna zu ihr gekommen waren, weil sie ihr etwas Wichtiges mitteilen wollten. Kate, die immer noch nicht aufgehört hatte, hinter jeder Ecke eine Katastrophe zu wittern, hatte fast einen Herzinfarkt bekommen, als sie das verkniffene Gesicht ihrer Mutter sah, und hatte damit gerechnet, dass sie im Sterben läge. Mindestens. Aber alles war gut. Sie waren kerngesund, verliebt, verlobt und sie wünschten sich ihren Segen, weil sie heiraten wollten. Einen Segen, den Kate ihnen natürlich nur zu gern erteilt hatte. Sie hatte sich außerdem erboten, den Empfang zu organisieren. Gleich nach der Trauung sollten alle Gäste in zwei Limousinen zum Lux BM fahren, um dort im Festsaal, den Kate mit Rosen überschwemmt hatte, Mittag zu essen. Außerdem hatte sie eine rosa, von einem weiblichen Brautpaar bekrönte Hochzeitstorte bestellt, die zum Kaffee serviert werden sollte. Wie es schien, könnte sie auch eine Karriere als Hochzeitsplanerin einschlagen.

Als die Orgel einsetzte, schritt das Brautpaar Hand in Hand den Mittelgang entlang. Vorne bei der Pastorin warteten Kate und einer von Nannas Brüdern auf sie. Gleich als die Musik verstummte und die Pastorin ihre Predigt begann, fing Kate zu heulen an. Alles war so perfekt. Die Liebe, die Blumen, die Kleider. Obendrein wurde das Brautpaar von einer Schwarzen, lesbischen Pastorin getraut. Eigentlich war das nicht von Belang, das Brautpaar hatte sich eine Pastorin ausgesucht, die sie kannten und mochten, aber perfekter ging es nun wirklich nicht. Ein Hoch auf Political Correctness, dachte Kate, und wieder schossen ihr die Tränen in die Augen. Sie war in letzter Zeit furchtbar emotional. Das bedeutete vermutlich, dass sogar eine zynische Nachtclubkönigin geheilt, weich werden und wieder an die Liebe glauben konnte.

Während die Pastorin über die Bedeutung der Ehe sprach, über Respekt und dass der Mensch nicht scheiden dürfe, was Gott verbunden hatte, ließ Kate ihren Blick über die Menschen wandern, die sie so sehr liebte. Die wichtigsten Personen in ihrem Leben waren hier versammelt.

Natürlich konnte man sich auch selbst heilen. Aber zusammen mit Familie und Freunden ging es viel leichter. Oder mit der Liebe seines Lebens. Sie sah Jacob lange an, bevor sie den Blick senkte und sich die Hand lecken ließ. Und natürlich mit ihrem Hund Rocky.

Jetzt war sie bereit für den Rest ihres Lebens.

# Leseprobe
## The promises we made

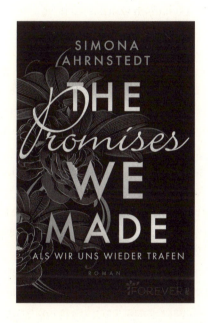

## ~ 1 ~

Sam Amini warf einen demonstrativen Blick auf seine Rolex. Dann sah er ebenso demonstrativ zur Wanduhr hinter dem Empfangstresen. Er hasste es, warten zu müssen, und jetzt waren es schon zehn Minuten über der verabredeten Zeit.

»Er kommt gleich«, sagte die Rezeptionistin, die sich als Johanna vorgestellt und seinen Blick bemerkt hatte.

»Danke!« Sam blickte sich in der Rezeption von Lodestar Security um. Nicht zum ersten Mal. Der fensterlose, anonyme Raum hätte ebenso gut zu einem Wirtschaftsprüfer gehören können, aber Lodestar auf der Insel Kungsholmen in Stockholm war der beste private Sicherheitsdienstleister in Schweden. Er beschäftigte ausschließlich ehemalige Militärangehörige und Polizisten. Johanna mit der leisen, freundlichen Stimme würde ihn vermutlich auf zehn verschiedene Arten töten können. Hierher kam man, wenn man Probleme hatte. Und die hatte Sam.

Große Probleme.

Wieder schaute er auf seine Uhr. Stand auf und setzte sich abermals hin. Johanna schenkte ihm ein reizendes, aber auch bestimmtes Lächeln, das ihm bedeutete, dass er störe und damit aufhören solle. Sam griff sich ein Wirtschaftsmagazin vom Tisch. Von der ersten Seite blickte ihm ein bekanntes Gesicht entgegen: Douglas Ankarcrona, sein ehemaliger Geschäftspartner und Kumpel. Beim Gedanken an ihn musste er grinsen. Douglas und er waren damals wirklich komplett durchgeknallt gewesen. Sie hatten zusammen studiert, zusammen gefeiert und zusammen ihr erstes Unternehmen gegründet. In Interviews und Pressemitteilungen hatten sie sich selbst großspurig als verrückte Visionäre bezeichnet. Verrückt, ja, hatten die meisten Journalisten befunden.

»Hallo, Sam! Entschuldige, dass du warten musstest. Wir hatten ein akutes Problem im Irak«, sagte Tom Lexington, als er die Rezeption betrat und Sam die Hand hinstreckte.

Sam legte die Zeitschrift weg. »Kein Problem.« Sogar er kapierte, dass akute Probleme im Irak dringender waren als die eines nervösen Hotelkönigs. Er erhob sich, und sie gaben sich die Hand. Sam hatte zwar schon mit Tom telefoniert, aber heute begegneten sie sich zum ersten Mal. Tom Lexington war ein beeindruckender Mann, dunkelhaarig und breit wie ein Schrank. Der Beste in seiner Branche, laut Sams Freund und Mentor, dem Finanzmagnaten David Hammar. Das war Sam gerade recht, denn er zog es vor, mit den Besten zu arbeiten.

Tom führte ihn in einen Konferenzraum. Die Fensterscheiben waren getönt, die Wände mattgrau, eine Glaswand gab den Blick in die Büros frei, und Sam vermutete, dass alle Räumlichkeiten praktisch uneinnehmbar waren. So arbeitete Tom Lexington nun einmal, das hatten alle gesagt, bei denen Sam sich erkundigt hatte. Sicherheit hatte bei Tom höchste Priorität, was Sam sehr gelegen kam. Er brauchte seriöse Partner, denn wie es schien, steckte er ernsthaft in der Klemme.

»Also, Sam Amini, womit kann ich dir helfen?«

Sam leitete die Hotelkette Responsibility, die ihm auch gehörte. Er hatte eintausendfünfhundert Angestellte, und er war zur Zielscheibe geworden. »Ich brauche jemanden, der meine aktuelle Sicherheitslage analysiert.«

Tom lehnte sich in seinem Stuhl zurück, formte mit den Händen ein Dreieck und nickte. Sam vermutete, dass Tom schon alles über ihn gelesen hatte, was verfügbar war.

»Und warum kommst du gerade jetzt zu mir?«

»Ich bin daran gewöhnt, dass sich die Leute an mir reiben«, begann Sam. Das war schon so, seit er als Zwanzigjähriger an die Öffentlichkeit getreten war. Damals war er der Skandalpromi gewesen, jedermanns bevorzugtes Hassobjekt, und er hatte gelernt, mit jedem Stuss, der über ihn geschrieben wurde, umzugehen. Das machte ihm heute nichts mehr aus. Aber hier ging es um etwas anderes. »Ich werde bedroht. Das Unternehmen und ich.«

»Welche Art von Drohungen?«

»Hass-Mails. Extrem intensive Aktivitäten im Netz.«

Die Hotelbranche war viel komplexer, als die meisten glaubten. Im Prinzip verkaufte man sein Produkt an Menschen auf der ganzen Welt und musste sie dann dazu bringen, an diesen einen bestimmten Ort zu reisen. Sams Hotels hatten zufriedene Gäste, was man auch an den Bewertungen ablesen konnte. In der letzten Woche hatten alle Hotels der Responsibility-Gruppe allerdings haufenweise negative Bewertungen erhalten. Dabei handelte es sich ganz offensichtlich um einen gezielten Angriff. »Und ein paar eigenartige Vorfälle«, fügte er hinzu.